河南省中原人文精神系列工程——文艺精品工程

春秋·息夫人传

一子桃花

柳岸/著

作家出版社

周口文化系列丛书·文学卷

序

朱秀海

在近年来于中国文学界声名鹊起的“周口作家群”中，柳岸既是领军人物（她是周口市作协的主席），又是一名主将。似乎是在一个非常短的时间里，她的一些作品，譬如长篇小说《我的干娘柳司令》《浮生》，中篇小说《燃烧的木头人》《聊吧随录》《红月亮》《润玉》等等，饱合轰炸般地呈现在读者面前，给我们带来一次次的震动与惊喜，也为她赢得了包括河南省“五个一”工程奖、河南省优秀图书奖、河南省文鼎中原优秀长篇小说精品工程优秀作品奖等等荣誉，国内几家最有影响力的小说类选刊，譬如《小说选刊》《中篇小说选刊》和《小说月报》，一直在不停地选载和推荐她的作品，这也让作家和她的作品为更广大的读者所熟知和喜爱。身为故乡人，柳岸的这种如同岩浆喷发一般的创作势头让我们有理由相信和期待她会在不长的时间内拿出更有份量的作品，给我们更大的意外和惊喜。柳岸显然没有让我们失望，于是我们也就在这个夏天，读到了她的煌煌四十余万字的长篇新著《公子桃花》。

《公子桃花》主角桃花就是大名鼎鼎的息夫人。我们知道她，通常是因为清康熙年间的一位名叫邓汉仪的诗人的一首名为《题息夫人庙》的诗。这首七绝带给我们的印象是沉痛和晦暗的：

楚宫慵扫黛眉新，只自无言对暮春。
千古艰难唯一死，伤心岂独息夫人。

相当长的时间内，这样一首诗几乎规范了无数人也包括我自己，对诗中那位因为自己的倾国之貌而遭遇横祸、终被楚文王兴兵灭国后掳获至楚宫内，三年内和自己的仇人生了两个儿子却一言不发的女子的全部认识。我对这位美丽的陈国公子（春秋时还没有公主之称）抱有的只有一种哀其不幸怒其不争（其实是不死）的印象。但是读了柳岸的《公子桃花》，这种看法完全被改变了。

公子桃花的出生地和故乡就是春秋时的陈国，即今天的河南淮阳县，它也是作者柳岸的故乡。这是一块位于古豫州腹地、淮水之阳的神奇土地。中华先民最早在这里生息、繁衍，传说中的伏羲氏即中华民族的人文始祖在这里定都。当然还有他那位著名的妹妹，抟泥造人的女娲，在同一个传说与自己的哥哥成婚，生儿育女，孕育出了中华民族的后代子孙，据此当地人至今仍把他们称为“人祖爷”和“人祖奶奶”，每年都举行盛大的祭祀活动。那时候，这个地方叫宛丘。伏羲氏之后是神农氏，他再次在宛丘建都。后有黄帝后裔陈锋氏一族居住此地，此地由此称“陈”。西周灭商之后，武王将自己的元女大姬下嫁舜帝之后胡公，封爵立国于陈地。于是这里便有了享祚近六百年的陈国。春秋时期，陈国是一个今天所谓的经济繁盛文化昌明之邦，孔子曾三次来这里讲学，《诗经》中的十首《陈风》奠定了这块土地在灿烂的中华古文化中的不朽地位。由这里东去数十里，即是我的故乡河南鹿邑，当年的陈国相地，秦时又称苦县，在那里诞生了中国最伟大的思想家之一老子；继续东行二十公里，则是在中国政治史、军事史和文学史上占有重要地位的三曹（曹操、曹丕、曹植）的故乡亳州；北出数十公里，则是河南民权，春秋宋国的蒙邑，另一位伟大道家思想家庄子的故乡。可以想象，春秋之时，陈国最繁盛的时期，它会是一个多么吸引人的诗礼文明之地。即便到了公元前479年，陈国为楚国所灭，这里的繁荣仍然没有消失，不然也不会远在201年之后的公元前278年，当秦将白起率军攻灭楚国郢都之后，楚顷襄王会率溃军将国都迁到这里，陈又在长达38年的时间内成了楚国的都城，史称陈郢，直到公元前253年被迫迁都巨阳，后又迁都寿春，直至灭亡。陈的故事到这里并没有完结，其后的秦末农民大起义，陈胜吴广又将这里据为自己的都城，再其后，曹植七步成诗、岳飞三复淮宁府、包拯陈州放粮，这些千古传颂的故事也都发生于此。李白、苏轼、范仲淹等文学巨匠也都在不同时期留下了歌咏陈地的诗词歌赋，共达660篇之多，当然，淮阳还是革命老区，有着光荣厚重的红色文化。在这样一块被人称之为“人之祖，史之初，国之根，文之源”的土地上，生长出任何一种传奇都是不奇怪的，包括一位像柳岸笔下的公子桃花那样具有“一顾倾人城、再顾倾人国”的美貌和惊世骇俗的人生经历的伟大女性。

阅读《公子桃花》的过程是愉快的，我的心里，一直伴唱似地回荡着的仍然是

《诗经》中的那十首瑰丽的《陈风》。譬如其中的《月出》:

月出皎兮，佼人僚兮。
舒窈纠兮，劳心悄兮。
月出皓兮，佼人懰兮。
舒懮受兮，劳心慅兮。
月出照兮，佼人燎兮。
舒夭绍兮，劳心惨兮。

这是歌唱吗？当然是。但也是舞蹈，也是咏叹，更是倾心的热情似火的爱慕。不止是《月出》，在我看来，这十首被陈人视为千古绝唱的诗篇，全同这首《月出》一样，是人们唱给当时的陈国女子的颂歌，而那些在诗篇中被歌颂的女子，也都具有同样的品格，那是美丽、自由、热情、奔放、优雅，对她们而言，爱和美就是自己所追求的一切，她们为了这些而活，同样也为这些而死。这样的十首《陈风》，常常让我这个因电视剧的写作频繁接触今天的山西或者陕北民歌乃至于西北诸省“花儿”的人想到二者的相似之处，虽然有雅俗之分，但它们的主旨却都是对于女性爱情心理的大胆展现和描绘。我还以为，只有从这十首《陈风》里，读者才能真正接近、理解柳岸笔下这位同样出生于陈地、具有高贵血统、从小受到良好教育，集美貌、刚强、智慧、勇敢、贤明于一身的公子桃花，懂得她那不同于清人邓汉仪《题息夫人庙》诗中描绘的息夫人的内心、形象和人生。

对于我和众多读者而言,《公子桃花》无疑还是一篇类似于郭沫若先生剧作《蔡文姬》那样的翻案作品。它的艺术成就达到了怎样的高度，读者可能见仁见智，但仅仅是一位出生于今日的陈地、自幼一直蒙受着不朽《陈风》熏陶的女子，为了历史和文学对于两千四百年前另一位出生于此地的奇女子的评价，站在陈人的立场上重新浓墨重彩书写她的故事，这样一部书就是值得广大读者期待的了。

何况柳岸笔下的女主人公，是那样的美丽动人，充满令人着迷的力量和经历。在成为我们似乎熟悉其实并不熟悉的那个在楚宫中屈辱苟活的息夫人之前，她是万人景仰的陈国公子，之后是楚文王的王后，再之后就是他的儿子大名鼎鼎的楚成王的母后了。楚文王死后，是这位女子倾全力辅佐自己的儿子除逆安邦，重外交，选贤能，赦天下，劝农桑，大胆改革，最后又还政于其子，为楚成王及后世楚国君王奠定了雄霸荆湘问鼎中原的基石。这样一个早出于武则天、马王后千余年、经历和成就却过于上述两位女性的奇女子和她一生缠绵悱恻、惊心动魄、九曲回肠般的故事，逆袭般地成了楚国全部辉煌历史的开端。这是史家的心仪，诗家的灵感，美术家的梦中情人，影视家们倾心寻觅的艺术原矿，各位朋友是否已经怦然心动了呢？

《公子桃花》付梓在即，柳岸邀请我为本书写一篇序。盛情难却，赘语如右，不知所言。

二〇一五年七月三十日

《公子桃花》主要人物表

陈侯鲍：　陈桓公，陈国第十二位国君，在位三十八年。

公子佗：　陈桓公鲍之弟，弑太子自立。在位八个月。

陈侯跃：　陈厉公，陈国国君，陈桓公二子。在位七年。

陈侯林：　陈庄公，陈国国君，陈桓公三子。在位七年。

陈杵臼：　陈宣公，陈国国君，陈桓公四子，公元前 692 年——648 年在位。

陈侯款：　陈穆公，陈国国君，陈宣公之子。公元前 647 年——629 年在位。

太子御寇：陈宣公太子，被杀。

宣　宓：　陈宣公夫人。

公子琥儿：陈宣公女公子。嫁于蔡侯后名蔡妫，蔡侯夫人。

公子桃花：陈宣公女公子。嫁于息侯后名息妫，息侯夫人。后至楚国，为楚文王后。楚成母后。

宓　伯：　陈国上卿。宣宓的哥哥。

伯爰诸：　陈国大夫。

公子完：　陈厉公之子。后逃至齐国。又名陈完，田完。

鍼　子：　陈国大夫。

原　仲：　陈国大夫。

鲁　曹：　陈宣公宠妾。

郑　姬：　陈宣公宠妾。

宓夫子：　宓伯女儿。

宓子叔：　宓伯儿子。

郑伯寤生：郑庄公，姬姓，郑武公之子，春秋初期著名的政治家，郑国第三任国君，公元前 743 年——公元前 701 年在位。

郑伯子仪：郑庄公之子，郑国国君，宓夫子的丈夫。

郑伯忽：　郑庄公之子，郑昭公，郑国国君，子仪之兄。

郑伯突：　郑庄公之子，郑厉公，郑国国君。

郑伯踕：　郑文公，郑厉公之子。

郑伯兰：　郑穆公，郑文公之子。

息桓侯：　息国国君。息侯濮之父。

息侯濮：　息国国君。桃花的丈夫。息国亡国之君。

息达叔：　息国上卿。

蒋　姬：　蒋国送予息侯的舞伎。

蔡侯封人：蔡桓侯，蔡国国君，献舞的哥哥。

蔡侯献舞：蔡哀侯，蔡国国君。琥儿的丈夫。

蔡侯肸：　蔡缪侯，蔡献舞之子。

季　孟：　蔡国上卿。蔡哀侯的侄子。

宋公冯：　宋庄公，宋国国君，公元前710年——公元前692年在位。

宋公捷：　宋闵公，宋国国君，公元前691年——公元前682年在位。

宋公御说：宋桓公，宋国国君，公元前681年——公元前651年在位。

宋公兹甫：宋襄公，宋国国君，公元前650年——公元前637年在位。

宋公王臣：宋成公，宋国国君，公元前636年——公元前620年在位。

卫侯朔：　卫惠公，卫宣公之子，卫国第十六任国君，公元前699年——公元前696年、公元前688年——公元前669年在位。

齐侯小白：齐桓公，齐国国君，姜姓，春秋第一霸主。公元前685——公元前643年在位。

齐侯昭：　齐孝公，齐侯小白之子。

晋侯重耳：晋文公，姬姓，是中国春秋时期晋国的第二十二任君主，公元前636年——公元前628年在位，晋献公之子，母亲为狐姬。

鲁侯同：　鲁庄公，公元前693年——公元前662年在位。

鲁侯申：　鲁僖公，公元前659年——公元前627年在位。

楚武王：　熊通，楚国第一位称王的国君，公元前740年——公元前690年在位，楚文王之父。

楚文王：　熊赀，楚国君王，公元前689年——公元前677年在位，楚武王之子，楚成王之父。

楚成王：　熊恽，楚国君王，公元前671年——公元前626年在位，文王后之子。

子　元：　熊子善，楚国令尹。楚文王之弟。

堵　敖：　熊囏，楚国君王，公元前676年——公元前672年在位，12岁薨，文王后之子。

彭仲爽：　楚国令尹。中原申国人。

斗　廉：　楚国大将军，若敖氏。

子　文：　斗谷於菟，楚国令尹，若敖氏。

子　玉：　成得臣，楚国令尹，子文之弟，若敖氏。

季　融：　斗廉之子，后在陈国为官。

斗　丹：　楚国大将。

鬻　拳：　楚国大夫，以强谏出名。

公子瑕：　郑伯子仪之孙，逃亡楚国。

目录 Contents

001 / 楔　子

第一部　陈国　公子桃花

005 / 第一章　桃之灼灼仙降陈妫
010 / 第二章　乱征纷纷慧心通灵
017 / 第三章　大气凛凛扶兄继位
022 / 第四章　国威浩浩会盟五国
030 / 第五章　大国泱泱聚三公子
037 / 第六章　喜气洋洋御寇降世
043 / 第七章　不舍恋恋早定情缘
051 / 第八章　神奇秘秘庄公仙逝
058 / 第九章　邻邦睦睦鲁媵新妾
064 / 第十章　宠爱切切姊娣入泮
070 / 第十一章　悲情戚戚曹生惠妫
075 / 第十二章　雄心勃勃子濮再入
080 / 第十三章　街肆熙熙离门定缘
087 / 第十四章　思之绵绵献舞娶陈
092 / 第十五章　来迟姗姗子仪议娶
101 / 第十六章　天命昭昭懿氏卜婚
106 / 第十七章　急匆忙忙子濮继位

第二部　息国　息妫夫人

113 / 第十八章　桓侯雄起息国伐郑
120 / 第十九章　内外交困息侯赴陈
125 / 第二十章　再三赴陈迎娶新娘
131 / 第二十一章　缠绵悱恻息侯废朝
138 / 第二十二章　妫夫人挂灯劝息侯
145 / 第二十三章　推行新政息国渐起
150 / 第二十四章　强兵习武会盟邻邦
156 / 第二十五章　息妫归宁蔡侯失礼
162 / 第二十六章　陈响郑音两姬争宠
170 / 第二十七章　谜团重重鲁曹毙命
178 / 第二十八章　息侯暴怒计谋献舞
184 / 第二十九章　蔡侯兵败掳囚荆蛮
191 / 第三十章　息妫夫人再次归宁
199 / 第三十一章　楚王恣情宴归蔡侯
206 / 第三十二章　熊赀巡息谋掳息妫
213 / 第三十三章　引狼入室息侯祀汝

第三部　楚国　楚文王后

223 /　第三十四章　楚子雄起赫赫威震
230 /　第三十五章　文王继起巍巍新郢
236 /　第三十六章　凤凰遍桃艳艳慰妫
241 /　第三十七章　妫后降楚煦煦北风
246 /　第三十八章　三年不语款款情深
253 /　第三十九章　噩梦惊醒幽幽思濮
258 /　第四十章　蔡侯再掳凄凄居楚
264 /　第四十一章　王后生情眷眷恋赀
268 /　第四十二章　濮妫相见涟涟泪水
274 /　第四十三章　子元登场隐隐衷情
280 /　第四十四章　立储熊囏殷殷希望
285 /　第四十五章　惠妫嫁周戚戚母丧
292 /　第四十六章　赀桃伉俪蜜蜜情爱
297 /　第四十七章　文王抗巴悼悼而薨

第四部　楚国　楚成母后

307 /　第四十八章　献舞亡楚唏唏归蔡
313 /　第四十九章　楚王宫中汩汩暗流
318 /　第五十章　手足相残烈烈权斗
324 /　第五十一章　猎场突变汹汹战起
329 /　第五十二章　陈废太子戗戗坐窓
336 /　第五十三章　子元谋嫂绵绵情长
343 /　第五十四章　叔嫂谋斗颤颤惊心
349 /　第五十五章　熊恽任贤渐渐继起
356 /　第五十六章　息侯文后冥冥再遇
360 /　第五十七章　濮妫续缘双双跳涧
366 /　第五十八章　八国联军浩浩入楚
373 /　第五十九章　子款继位融融宣和
380 /　第六十章　成王纳甥噩噩失德
387 /　第六十一章　迎接重耳惺惺相惜
394 /　第六十二章　裔似再相冥冥命伤
400 /　第六十三章　王后葬瑕徐徐谢幕

404 /　跋　我与《公子桃花》

楔 子

公元前一〇四六年，武王克纣，下车伊始，封妫满于陈，并把元女[①]大姬嫁他。大姬喜好巫觋[②]，从周大庙带了三件瑞器至陈，用于祭祀。这三件宝物，分别是：白琥、赤璋、苍璧。大姬仙逝，三件宝物置于陈太庙，仍为祭祀宝器。后来，白琥不慎失迷；赤璋本是一块剔透的翡玉，折成两块，雕成一大一小两块玉佩，小的放入库府，大的仍用于祭祀。后有小祝在祭祀时失手打碎苍璧，尊主命将碎玉瘗埋于始祖夫人大姬牌位下。小祝被逐出陈城，走时将大块玉佩携去，不知去向。经世多年，三件宝物，各具灵性，幻化成人，生于陈侯杵臼，竟也演绎出许多跌宕凄迷的故事……

① 元女：大女儿。

② 巫觋：巫，女性巫者。觋，男性巫者。

第一部

陈国[①]　公子桃花[②]

① 陈国：公元前1045年——公元前478年，周朝封公级诸侯国，古亦称宛丘，今河南省淮阳县。

② 公子：春秋时期对国君的儿子、女儿统称公子。

第一章　桃之灼灼仙降陈妫

陈侯跃立四年[①]正月十五，陈国的上空，苍穹瓦蓝，太阳惨淡，阳光嫩弱，突然一片灰色的云，飘然而至，雾一样迷离的雪花，漫然纷扬。也许是雪花太轻太细，只留一袭的寒冽，便消融了。

陈国公子杵臼，从陈佗沟回陈城，轺车[②]路过一片桑林，桑林的枝条还是光秃秃的，并未有嫩芽攒动。桑林的前面是蔡水[③]，过了蔡水石桥，便是陈城外郭坤门[④]。车子还未至坤门，一股浓郁的花香扑鼻而来。御者说道："主公，哪来的花香啊？"

公子杵臼也在诧异，时值正月，残寒未退，怎么会有花香？

他嘱咐御者停车，驻足张望，透过远处的桑林，看到一片粉红色的光亮。花香好像从那边飘过来的。他留下御者，顺着花香，徒步穿过桑林，终于看到那粉红色的光亮和浓郁花香的所在。公子杵臼顿时惊呆了，这是陈城东北角的一片桃园，满园桃花正在怒放，宛如被蒙上绚丽的丝帛，全然不见枝条，这情景太震撼了。继而，他心中不禁一沉，三月桃花开在正月，这异象会给陈国的农桑带来什么？

公子杵臼是陈国的大司空，主管桑农，因此他对四季天象特别敏感。他是陈桓公鲍的小儿子，哥哥公子跃即位后，封为大司空。这次去陈佗沟巡视，就是为了疏浚陈城北部水域沟渠，补给水源，丰收粮草，充实仓廪。他知道，农富则国强，国强则威重。重振陈国国威，是他们弟兄铲除公子佗时的盟誓。

公子杵臼从桃园回到轺车上，桃花盛开的美景，并没有给他带来喜悦，反而有

---

① 陈侯跃立四年：公元前1702年。

② 轺车：轻便的马车。

③ 蔡水：蔡河，由普济水门出城，南流经通许、扶沟、太康、淮阳等地，至河南沈丘槐店镇注入沙颍河。

④ 坤门：北门。

种飘忽的感觉，没有大德大治，天降异象未必是祥瑞。他嘱咐御者快行，回到了府里，更加惊悚不已，院里的那棵桃花也正在怒放。他一时疑惑，这桃花是何时开的？出门时好像并未见到有桃花开放，若有花开，他一定会注意到的。难道这半天的工夫就全部盛开？这也太神奇了。内侍迎他入厅，奉上一盏热汤，这时，内子①宣宓的婢女过来唱喏："恭喜大人，夫人临盆了。"

杵臼候在大堂，他真希望这孩子是个男孩儿。他早上离开府邸时，宣宓身着礼服，送至门口。看天色阴沉，宣宓让侍者拿出了裘衣为他披上。宣宓虽然身怀六甲，已近临产，但她仍旧身着礼服，恭敬守礼，没有丝毫倦怠。杵臼突然心生感动，转身嘱咐她："夫人身体不便，不必拘礼，多加保重才是。"宣宓手抚腹部，面带微笑，说道："昔太任②者，文王之母，挚任氏中女也，王季③娶为妃。太任之性，端一诚庄，惟德之行。及其有娠，目不视恶色，耳不听淫声，口不出謷言，而生文王明圣。妾以为有妊者，应遵太任之仪，寝不侧，坐不边，立不蹕，不食邪味，割不正不食，席不正不坐，目不视于邪色，耳不听于淫声。"

杵臼叹道："吾杵臼有子育于宓氏，甚幸之。"宣宓已经为他生了一个女儿，所以他才希望这孩子是个男孩儿，将来立为世子④，继承他爵位封邑。可是，这正月桃花盛开的异象，会跟这个孩子有关吗？这个孩子会是一个儿子吗？

杵臼在厅堂里期待儿子的到来。不一会儿，婢女又从厢房而出，对杵臼说道："恭喜大人，是位女子。"

"女子？怎不闻婴儿啼哭？"

婢女道："不但不哭，而且还面带微笑。好漂亮的女子，脖子上有一朵鲜艳的桃花，像是一块胎记。"

杵臼虽然希望这是个儿子，但是看到漂亮可爱的女儿，加上种种异象，心生欢喜。他想，天生桃花仙子，奈何多嫌啊？于是，视之为宝。杵臼把太史请到府中，为这孩子揲蓍而筮⑤，得卦"家人"，下离上巽，经文"利女贞"。象曰："风自火出，家人。君子以言有物而行有恒。闲有家，志未变也。六二之吉，顺以巽也。家人嗃嗃，

---

① 内子：周朝对大夫妻子的称谓。

② 太任：文王母亲。

③ 王季：周文王姬昌的父亲。

④ 世子：王公贵族的继承人。

⑤ 揲蓍而筮：用蓍草占卜。

未失也。妇子嘻嘻，失家节也。富家大吉，顺在位也。王假有家，交相爱也。威如之吉，反身之谓也。象曰：家人，女正位乎内，男正位乎外。男女正，天地之大义也。家人有严君焉，父母之谓也。父父子子，兄兄弟弟，夫夫妇妇，而家道正。正家而天下定矣。”

杵臼得此卦，十分欣慰，乃信正月桃花盛开之吉兆。

待这女孩儿出生三日，杵臼往公宫报喜，并将清理陈伦沟计划，一并向陈侯跃禀告。

陈侯跃非常高兴，说道：“寡人也听说东北桃园，一夜之间桃花全部盛开，寡人着太史查阅史简，至上古以来，从未有过记载。如此说来，这异象竟是应在这女子身上了。好啊，她一定是桃花仙子降于吾妫姓，一定会为陈国带来祥瑞的。这女子可曾取名？”

“不曾取名，望主公恩赐名号。”

“好，既然有桃花盛开之兆，就取名桃花吧！长大之后，一定会美若桃花。”

“谢主公恩典。桃花的名字再好不过了。”

杵臼非常高兴，国君为女子赐名还未曾有过，这女子有这等荣幸，将来一定非同寻常。谢过主公赐名之后，他又上奏以陈伦沟清淤为主，北部水渠疏通、畛道修整等事宜。他说：“臣请以陈城北部防邑和株野的国人都参加劳役，劳役之多少，抵充税赋，既不伤民，也可为农增收。”

陈侯跃非常高兴，杵臼的贤能和忠勇让他由衷地欣慰，他们兄弟如此精忠为国，陈国很快就会走向强盛。

望着杵臼走出的背影，陈侯跃陷入了沉思。

想吾陈国君侯，乃舜帝之后，承续德政，不尚武略，绵延胙长。吾陈地，自封国以来，一直富足昌盛，民风淳厚，邻邦亲睦，效忠周室。吾陈国，自先祖胡公被封时，就是公侯大国，礼仪之邦，豫州之东南门户，武王还将其元女大姬下嫁胡公。陈建国三百多年来，经十世十二君励精图治，传至父亲桓公时，已经非常强盛了，就是小霸主郑庄公时期的郑国，也不得不对陈国示好求和。不过，郑庄公却不是一般的国君，他们君臣在利用陈国遭到拒绝时，狠狠地算计了陈国一把。当年卫[①]、

① 卫国：公元前1115年——公元前209年，周朝封姬姓诸侯国，侯爵。今黄河以北的河南濮阳、河北邯郸、邢台、山东聊城西部一带。

宋[1]、陈、蔡[2]联合伐郑[3]，郑国想瓦解四国联盟，私下与陈国结好，可是父亲桓公不同意，叔父公子佗力劝父亲桓公答应，说郑国与周王朝虽有矛盾，但郑庄公以德施政，国力殷实，陈国应与其暗修邻好，以图后计。当时陈国国势甚大，父亲以为郑国不足为害，况郑国不是真心修好，而是在利用陈国，就没有理会郑国。时隔一年，郑国报复陈国，偷袭陈国边境，掳走了陈国的很多庄稼、财物，以至于仓廪空虚，国力渐弱。而郑国以此要挟陈国，与其结好。

郑国对陈国的掠夺，还没有真正地削弱陈国。真正使陈国一蹶不振的是内乱。正是公子佗，那个劝父亲桓公结好于郑的公子佗，造成了陈国的内乱。

陈侯跃长叹一声，从回忆中走出。是的，正是这四年前的一场内乱，导致陈国衰败。他即位后，封二弟林为大司马，掌管军队，三弟杵臼为大司空，掌管桑农，他们兄弟齐心治国，陈国渐次稳定。

为了不留后患，斩草除根，跃即位之后，对公子佗家人及其余党进行清除，血洗公子佗府邸，公子佗府邸男女老少全部诛杀。

由于乱杀无辜，公子跃死后谥号厉公，这都是后话。

杵臼从公宫出来，便召集大司农、防邑大夫、株野大夫，商议陈佗沟清理事宜。他和他们一起，再次来到陈佗沟，仔细查看水源地势，筹划土量工程。

杵臼站在河岸上，看着清澈凛冽的河水，心情一下子变得复杂而沉重。自公子佗内乱之后，每次来陈佗沟，他心情都很复杂。因为这陈佗沟，就是公子佗为大司空时所开凿。公子佗其实也是一个很有才干的人，他为大司空时，陈国北部水源匮乏，庄稼旱涝不保，公子佗为了粮食丰收，仓廪丰盈，花费了两年的时间，引蔡水入陈北，补给陈城北部的水源，把原本靠天收的半荒之地，变成了旱涝保收田。他不但开凿了陈佗沟，而且在外交方面也很有眼光和才能。他不但劝陈桓公答应郑国示好，而且还多次参加郑、陈会盟，为两国交好做了很大努力。如果公子佗不行篡逆，一心扶助太子，陈国将是怎么样的强盛啊！

一个国家的强弱，关键是君明臣忠，共谋国政，内稳才能外强！所以哥哥跃即位之后，公子杵臼殚精竭虑，忠心辅国。

---

① 宋国：公元前1040年—公元前286年，周朝封诸侯国，公爵，国君子姓。今河南商丘。

② 蔡国：周初——公元前447年，周朝姬姓诸侯国，侯爵。今河南上蔡。

③ 郑国：公元前806年——公元前375年，是西周末至战国初重要诸侯国之一，姬姓，伯爵。今河南新郑一带。

杵臼在哥哥跃继位后，娶了陈国世族之女宣宓为夫人。他之所以娶宣宓，也是为了稳定公室以外的世族力量，宓氏一族是妫姓之外的陈地原居氏族，伏羲氏的后裔，其族系相当庞大。两年后，宣宓生一女儿，出生时胳膊上有雪白的印记，犹如卧虎，所以取名琥儿。如今琥儿也已经两岁多了，宣宓又生了桃花。宣宓怀孕之初，就说这孩子一定是个女孩儿。杵臼追问："为何"？宣宓说，她梦见了院子里那棵桃树开了花，那时正是夏日，桃子都熟了，哪里会有桃花开放？一定是桃花仙子降临咱们家了。不想，孩子降生时，还真是出现了那么多的异象。

公子杵臼从陈佗沟回陈城，大衢[①]路两旁是绿油油的麦田，长势喜人。去年麦子播种之后，一直大旱，是陈佗沟的水灌溉了麦田，麦子才有这样好的长势。看着一望无际的田野，杵臼的心情非常高兴，想吾陈国，水草丰沛，土地肥沃，真是上天赐给陈人的宝藏啊。是啊，陈国由乱到治，充满了希望，此次陈佗沟清淤，他感受到了陈民对陈国的期待，对君侯的爱戴。

轺车从陈城北门进入街市，一阵悠扬的埙声，飘然而至，而后有浑厚的歌声传来："桃之灼灼兮，仙降陈妫。其华艳艳兮，盛在南国……"

杵臼对御者说："好像有人吟唱。"

御者说："是的，好像在前面。"

轺车循着吟唱声驰去，可是，一直到杵臼府邸，并没有见到歌者。

杵臼说："好生奇怪，怎么不见歌者？"

御者说："好像已经错过了，吾看到一位老者，边走边吟唱。大人要找他吗？"

杵臼说："算了，有缘总会碰上的。"

---

① 大衢：大路。

第二章　乱征纷纷慧心通灵

陈侯跃正在公宫议事，突然感到一阵心悸。他不知道怎么回事儿，最近一段时间，心悸频发，他用手拍了一下胸部，便嘱咐大臣们都散了。

他一面遣人宣医师进宫，一面走出朝堂。外边的阳光像经过水洗一般清亮，高大的桧树投下一片阴凉。已经是八月了，秋高气爽，清凉宜人，他信步走到那棵桧树下，手抚着坚硬粗糙的树皮，不禁感慨，这棵桧树，据传是陈始祖胡公初建陈城时所种，已经经历了三百多年的岁月，依然健硕葱茏。人生苦短，却不如这树木经年啊。

这时，他仿佛听到有人在吟唱，声音缥缥缈缈，隐隐约约。他侧耳倾听："桃之灼灼兮，仙降陈妫。其华艳艳兮，盛在南国……"

这歌谣好像在大司空家的小桃花出生时有过，不想两年之后，在陈国街肆再起，好生奇怪。小桃花大概有两岁多了吧？陈侯跃突然就萌生出要去看看杵臼家的小仙子。于是，他嘱咐宫人，到陈国库房挑选一件礼物，送给桃花。当宫人进入库府，突然发现了一件亮闪闪的东西，走进一看，原来是一块翡玉玉佩。宫人拿起玉佩，觉得这件东西送桃花最好不过了。

医师进宫，为陈侯跃诊完脉，起身准备药物去了。陈侯跃也觉得轻松了很多，便传谕探访大司空。

杵臼接到主公探访的讯息，便和内子宣宓，以及孩子都候在大门外，恭候接驾。

陈侯跃被恭迎至厅堂，杵臼等人礼毕，陈侯跃问道："小桃花呢？"

侍女抱着小桃花走到了陈侯跃跟前，陈侯跃惊叹道："哦，真是个小仙女。多可爱的女子。"

陈侯跃从宫人手里接过玉佩，亲自送给了桃花。

说来也怪，小桃花见到玉佩，两眼放光，一把夺了过去，攥在手里。

桃花的举动，逗得大人们都笑了。

宣宓怕她失手，把这么珍贵的玉佩给打碎了，就想替她先收起来，可是她却牢牢地抓住不放。宣宓道："这孩子知道是宝贝啊，看抓得多牢，还不快点谢谢主公。"

桃花仿佛很懂事的样子，抬头看了看陈侯跃，刚说了一个"谢"字，就愣了一下。她的脸色像六月的天气，由笑到哭，转眼突变，继而大哭不止，任谁也哄不下。姊姊琥儿，看桃花哭了，非常懂事地上前抱住她。桃花却抓破了琥儿的脸，可怜的琥儿被娣娣[①]一抓，也哭了。陈侯跃看到琥儿也哭了，就嘱咐侍卫回宫取了一块白玉琥，赏给了琥儿。

杵臼看到两个孩子在主公面前哇哇大哭，十分尴尬。大声喝住了琥儿，桃花仍旧啼哭不止。杵臼拉出佩剑摔到桃花跟前，桃花很害怕，便停住了哭。可是，小桃花，却对着陈侯跃的脸，说了一个非常清晰的"鬼"字。

陈侯跃本来高高兴兴地看望桃花，一睹桃花仙容，沾点桃花的仙气。没有想到，他竟然惹哭两位侄女。这两个孩子，怎么就莫名其妙地哭了？也许是怕见生人。桃花怎么会说出一个"鬼"字，童言无忌，难道他真有恶鬼附身？于是，陈侯跃悻悻地离开了杵臼府邸。

陈侯跃探访杵臼府邸，除了看望桃花之外，更主要的是借机安抚褒奖杵臼。杵臼在铲除公子佗之乱时，不顾安危，奋勇当先。除乱之后，又忠心耿耿，竭力辅主，堪称陈国擎柱。

陈侯跃回到宫里，又是一阵心悸，这时侍者端来了药，他一饮而尽。突然，他有一种心力交瘁的感觉，虽然陈国经兄弟们鼎力协助，君臣同心共治，趋于稳定繁荣，可是，天下形势并不容乐观。

周王朝经过了厉、幽两朝，朝纲败坏，礼乐崩塌，诸侯争霸，征伐不断，不得不东迁至洛邑。周天子东迁以后，出现了周郑交质事件[②]，周王朝的尊严就更加不堪。虽然陈国离京都更近了，但是，连周王朝都没有尊严了，何况和周王朝关系密切的陈国呢。郑国庄公公然对抗周王，使周天子颜面全无。不过，郑国在庄公病卒后，也陷入了内乱，兄弟反目，篡逆迭起，这也许是上天对它的惩罚。虽然郑国陷入混乱，无暇它顾，可是陈国东边的鲁国，到处在做和事佬，扩大自己的势力。南蛮楚国有违规制，开始称王。宋国又邀请鲁国、燕国在谷丘[③]会盟。宋、鲁、燕三国会盟，

---

① 娣娣：古时对妹妹的称谓。

② 周郑交质事件：周平王与郑庄公交换太子互为人质。

③ 谷丘：宋地。

并未通知陈国，这说明陈国并没有引起他们的重视。是的，陈国地处豫州平原，虽然水土丰沛，却是易攻难守，又地处南国隘口，在被动挨打的圈内。陈国虽然经过了这几年的休养生息，国力渐渐恢复，但是面对如此复杂的形势，该怎么办？

陈侯跃在位已经七年了。七年以来，他一直在图求强国之策，一边修礼，一边强农。可是，他却一直觉得，力不从心，收效甚微，还落下了心悸的毛病。

喝完药，陈侯跃小憩了一会儿，刚刚闭上眼睛，竟然觉得身轻如燕，腾然飘上了天空。正在他惬意地飞飘之时，被小竖唤醒。小竖禀道："主公，大夫子鍼求见。"

陈侯跃揉了揉眼睛，还在恍惚之中。小竖又说了一遍："子鍼大人求见。"

陈侯跃道："子鍼？哦，宣见。"

子鍼禀告："旧城宛丘[①]西南柽邑，使用了最新的铁犁、铁锸、铁耨、铁耒等新式农具耕田，土地得以深耕，庄稼取得了大丰收。"

陈侯跃非常高兴，陈国地处华夏中心，南北货殖流通便利，各诸侯国先进的东西，很快传到陈国。陈国有这些先进的农具，粮草给养积蓄很快，只要粮草充足，兵甲精锐，陈国就能重振国威。他督促子鍼预备车驾巡视柽地桑农。

因为主公探访，孩子们哭闹了一阵，杵臼虽然为了主公的面子，斥责了孩子，但看到她们脸上的泪珠，又心痛不已。送走主公，他便和夫人一起逗着两个孩子玩耍，哄她们高兴。

桃花脸上的泪珠未干，就伸出小手，指着要出门。于是，他们便来到东边的花园里。花园里郁郁葱葱，虽然花色甚少，却飘着一股浓郁的花香，原来是那棵桂子挂满了金灿灿的小花。桃花用手抹一下脸，咯咯地笑着，显得特别开心。她花瓣儿一样粉嫩的小脸，紫葡萄一样亮汪汪的眼睛，还有那两个小小的酒窝，像酒一样醉着父亲母亲的心。这孩子实在太可爱了。杵臼禁不住在她的小脸上亲了一下。她双手捧着父亲的脸，轻轻地拍着。突然，她松开了小手，指着天上说："伯，伯，伯。"

杵臼抬头看天，天空中飘着一片乌云，一时间遮住太阳，天色顿时暗了下来。一只乌鸦嘶叫而过，悲戚而犀利。他心里不禁抖了一下，有种不祥的感觉，放下怀里的桃花，对夫人说，"回府吧。"

他们刚进府院，一宫人急匆匆来报，禀道："大人，主公薨殁了。子鍼大人请大司空进宫议事。"

---

① 宛丘：陈国旧城，伏羲神农都城。

杵臼顿感眩晕。又问了一句："什么？"

宫人道："主公去柽邑巡视，不幸途中薨殁，子鍼大夫请司空大人进宫议事。"

杵臼眼泪蓄满了泪水，他定了定神，立即嘱咐下人缝制斩衰，为夫人宣宓和孩子缝制齐衰[①]。琥儿看到父母慌张，吓得哇哇大哭，桃花却在婢女怀里咯咯发笑。

杵臼心情沉痛而焦虑，兄长薨殁，国家失君，谁主陈国社稷？若立公子完为太子，最合规制，周朝继位是父传嫡子和兄终弟及并存，但还是以父传嫡子为主，无嫡才传弟。可是，兄跃的儿子公子完刚满七岁，况还有他们兄弟的盟誓。如立公子完，七岁的孩子肯定不能主政，陈侯跃夫人蔡姬肯定在蔡人的支持下摄政，兄长林一定不甘在蔡姬之下，必争国位，这就意味着陈国面临着又一次内乱。如果立兄长林，虽然兄弟盟誓在，但并不是最顺成的规制。有嫡子在，而不立嫡子，就意味着有悖规制，盟誓是不能超越规制的，况陈国是礼仪之邦，谨遵周制之国。还有，现在兄长林不在国内，这让纷杂的形势更加复杂。

杵臼再次想起了公子佗之乱：陈桓公三十八年（公元前 707 年），他的叔叔公子佗，在父亲桓公病重之时，谎称蔡国有神医，要太子免亲赴蔡国请医，继而伙同蔡人处死太子免，自立为陈侯。

天不助虐，虐者自亡。公子佗喜欢游猎，篡位之后的第八个月，带着大队人马赴壶丘[②]狩猎，被蔡国大司马蔡季斩首，交与等候在壶丘的大将伯爰诸。伯爰诸将其首级带回，供与祖庙。公子佗死后，谥号废公，他是陈国第一个谋逆即位的国君。伯爰诸等陈国大臣，在宗庙共拥公子跃为国君。杵臼遵兄长跃旨意，诛杀了公子佗家人及其余党。

血腥残杀刚刚过去七年，他真的不想再看到骨肉相残。

内臣宓伯急匆匆进了府邸，把杵臼从惨痛的回忆中惊醒，他说："大人还有何犹豫，您何不当机立断，趁公子林出使未回，自立为君。同时也可借机铲除公子林的势力，这可是天赐良机啊。如果公子林回国继位，遵誓'兄终弟即'，您要等到何年何月啊？如果公子林不在，您即位也算是兄终弟及！大人，切莫再犹豫了。"

宓伯是杵臼内子宣宓的兄长，也是杵臼的心腹内臣。他听到主公薨殁的消息后，迅速赶到了杵臼府邸，他一定要帮大司空杵臼成就大事。

铲除公子林？谈何容易。公子林是大司马，掌管军政，势力不可小觑。公子林

---

① 齐衰（zīcuī）：周时丧服五等，二等丧服，次于斩衰，齐边，顾名齐衰。

② 壶丘：春秋时陈国最南邑，与蔡国接壤。

确实是出使未回，可是他得到消息，必定连夜兼程赶回。如果杵臼借机自立为君，兄弟背约，反目成仇，那么他就要面临与公子林、蔡人两股势力的斗争，内讧加外患，陈国还有安宁之日吗？

杵臼不是不想自立，他也是个有抱负的人，可是公子佗的教训还近在眼前，怎能再重蹈覆辙？使国家陷入混乱，使人民陷入水火？

宓伯还在苦苦劝着杵臼。

上卿伯爰诸也来到杵臼府邸，说是蔡姬夫人请他过去议事。伯爰诸亲自来传达蔡姬旨意，说明他和蔡姬已经见过面了，这也就意味着蔡姬已经开始行动了。但不知道伯爰诸意下如何？

看到伯爰诸，杵臼心里豁然开朗，他主意已定，任何人也改变不了。

杵臼来到陈侯跃宫中，穿过大堂直奔寝宫。陈侯跃的尸体已经安放在寝宫里。他看到宫中的侍卫神情紧张，戒备森严，想必蔡姬都已经都安排好了。因为公子完年幼，三兄林不在国中，此刻主丧就应该是杵臼。杵臼嘱咐侍者去冰窖取冰，放在灵榻之下。

这时，狄人[①]安放好梯子，找来陈侯跃的衮服。杵臼必须亲自为陈侯跃招魂，他爬上东南面的檐角上屋，在屋脊的正中用竿揭起衮服，面向西北，大喊三声："吾兄归来兮。"然后用竿将衮服卷起，掷向檐下，由衣典接着，覆在陈侯跃身上。之后，他从西北角的屋檐下来。

杵臼之所以亲自为兄长招魂，就是为了不见蔡姬。现在，他不能见蔡姬，蔡姬见他肯定是商议立主，如果她以规制压他，他必须附和。所以，他要亲自作为国葬的每一个细节，以拖延时间，等候三兄林回国。按最快时间，三兄林也要等到灵柩出殡至宗庙时才能回国。杵臼已嘱咐禁卫统领陈武，率士卒在公宫外及内城四门守护，不准可疑人等出城。蔡姬已经派人去蔡国送丧，不知道陈武的人是否能堵住他们，但愿送丧的人还没有出城，这样他就能掌控住局势了。

招魂结束，就开始准备小敛。小敛日时要等第二天早起，不过，杵臼不能等，他得把时间安排紧凑，以防发生变故。杵臼直接走进陈侯跃的寝宫，大祝已经将陈侯跃小敛的十九套衣服在东厢房排列整齐。

伯爰诸再次耳语杵臼，说蔡姬夫人有请。杵臼道："请大人转告夫人，国丧之时，望夫人多保重，先把主公魂安归宁，再议它事。"

---

① 狄人：古代掌乐的下级官吏。

这时，蔡姬已经穿上了斩衰[①]，麻布腰绖[②]，头系麻髽[③]。领着同样穿着斩衰，年仅七岁的公子完，从东厢房出来。公子完身着斩衰，衣长蔽裳，整个人都裹在白色的细麻布里。他清澈的大眼睛里充满了惊慌。尽管如此，他还是赤脚站在母亲旁边，满面悲戚。也是造化弄人，这个本该享有童趣的孩子，却因为父亲早逝，命运即将改写。也许，他会成为权斗的牺牲品。

蔡姬来到灵堂，立西面东，又哭又踊。

大祝和内侍为陈侯跃洗浴。杵臼面含悲戚，神情肃穆地用细葛巾为长兄跃擦拭身上的水珠，修剪指甲和胡须。最后为长兄跃穿上衣裳，塞上饭含，盖上锦衾，一直三横扎上布条，严严实实地捆住。

待小敛结束，杵臼率众卿、大夫、家人，俯在陈侯跃身旁大哭。哭毕，便将其尸移至大堂南牖等候大殓。

大祝主持陈侯跃大殓，蔡姬身着重孝站在西边，脸色苍白，焦虑遮住了悲戚，她魂不守舍地扫视着来往人等。她不知道派去蔡国报丧的人到了没有？如果到了，蔡国人马可能正在来陈国的路上。她本打算和杵臼商议立君一事儿，假托杵臼为上卿，摄政陈国，先稳住公子杵臼，等蔡人一到，杵臼便可拿下。可是，内侍总管刚刚禀报，禁卫统领陈武，已经将执戟士卒遍布公宫内外。这一切可能都是公子杵臼安排的，看来他迟迟不听招呼，肯定是另有所图。公子林现在不在国内，当前公子完即位的真正阻力也就是杵臼，只要公子林不回，蔡国使节一到，伯爰诸马上就可以宣诏公子完即位。因为现在正是时机，就算大司马公子林想快马加鞭赶回陈国，也并不那么容易。她已嘱咐内侍总管，物色几个身手不凡的侍卫，扮成强盗潜入卫国，在卫国边境拦截公子林，倘若能取其性命更好，即便不能，也要让他滞留卫国。公子林只要耽搁一天，大事便可成矣。眼下，只要能稳住杵臼，公子完立君便可万无一失。此乃天助公子完嗣位，她亦可摄政，她母子便可君临陈国。可是，她看公子杵臼如此从容淡定，好像一切都胸有成竹。上卿伯爰诸是答应过她的，只要公子杵臼同意，他便可宣诏，伯爰诸会被杵臼收买吗？

---

① 斩衰（cuī）：周时五等丧服中一等，以粗疏的麻布制成，缘边部分缝缉整齐，故名斩衰。

② 腰绖（dié）：系在腰间的麻带。

③ 麻髽（zhuā）：麻质的头上丧饰。

公子完戴着皮弁[①]和首绖[②]，手持竹制苴杖[③]，由内侍陪着站在灵堂的东边。他的母亲心神不宁地站在西边，杵臼和卿、大夫们在堂下向北站着，宣宓带着琥儿、桃花面南而站。这个七岁的孩子，正惶惶不安地注视着灵堂的前面，那些站在不同方位的人们，匆忙，繁杂，悲戚，焦躁……父亲真的升天了吗？怎么会这样？他很害怕，不知道这一切是怎么回事。

桃花由婢女抱着，她倒是十分安静，不为熙熙攘攘的人群所干扰，面带微笑地看着公子完。

当公子完的目光与她相遇时，她便拍了拍小手。公子完看到桃花天使般的笑容，他安定了许多，大概孩子的心灵是相通的。

棺木已经在堂前的东台阶前放好，近臣们已将大殓的衣物备妥，把陈侯跃敛入棺木。

上卿伯爰诸已把立君诏书拿出，他扫了一眼忙碌的大司空杵臼，预备在陈侯跃灵堂前宣读。

公子杵臼心中一沉，耳语身边的老大夫子鍼。子鍼快步走到伯爰诸跟前，俯耳道："伯爰大人，按照规制，立君之事应在宗庙，而不是在亡君灵前。主公还未出殡，现在宣召恐怕为时过早吧。眼前最主要的是筹备宗庙里的祭祀事宜，待棺木进入宗庙，再宣召不迟。"

伯爰诸嘴角一动放了一个神秘的微笑。他拿出诏书，正是要刺激一下杵臼，看他的反应。本来他对蔡姬拿出的遗诏有怀疑，想经公子杵臼确认。可是，他多次转达蔡姬夫人的意见，请公子杵臼商议立君之事，而杵臼一再推脱，像是另有图谋。国不可一日无君，公子林不在国内，杵臼又是如此态度，蔡姬再三催促，他才如此试探杵臼，稳住蔡姬。再说立公子完为君，也是天经地义的，可是，公子完毕竟才七岁，他不可能主政，国政必然要落在蔡姬手中。蔡姬如果摄政，肯定要除掉公子林、公子杵臼，那将是一场血腥的政治斗争。

公子佗的教训还在眼前，陈国不能再有内乱啊！现在形势晦暗迷离。不过，伯爰诸已经明白，杵臼不会支持立公子完，那么，他要立谁？公子林还是他自己？不管立谁，他都要先收起诏书，静观其变。

---

① 皮弁：冠上的皮革饰物。

② 首绖：古丧服名，用麻绕成环状，戴在头上。

③ 苴杖：古代居父丧时孝子所用的竹杖。

第三章　大气凛凛扶兄继位

伯爰诸虽然收起遗诏，他知道蔡姬不会善罢甘休的，灵柩一到宗庙，她还会再催促他。她一定知道陈侯跃继位时，蔡国所做的一切。如果她向蔡国求援，蔡桓公绝不会坐视不管，蔡国肯定是要立公子完的。这样，陈国就会为蔡国所控制。可是，从目前看，如果公子林不能回国，也只有立公子完，就是立公子完，也必须陈国自己立君，不能让蔡国参与。得知主公薨殁的讯息，蔡姬速召伯爰诸进宫议事。她拿出了遗诏，说是主公生前已经写好的诏书，并让侍者传主公口谕，让伯爰大人辅助公子完继位。以伯爰诸对主公的忠诚，不管是口谕还是遗诏，他都会执行的，这一点蔡姬非常清楚。其实，伯爰诸也清楚，蔡姬并不真正相信他，一些内幕他并不知晓，她只是利用他而已。现在，伯爰诸最担心的是蔡国干预陈国内政，不知道蔡姬是否已经遣使通往蔡国。

杵臼和伯爰诸引领陈侯跃的棺椁从公宫运出，直接进了宗庙，卿、大夫们紧随其后，一并到宗庙参加祭祀。

祭祀还在进行中，祭祀结束，新君就要即位，伯爰诸手握遗诏，有些不安。公子林还未回国，蔡姬夫人不时目示他宣诏。他总感觉有事情要发生。在他没有弄清杵臼的意思之前，他是不能轻易宣诏的。也许等祭祀结束，杵臼就会坦露他的意向。杵臼恭敬严肃地行礼，并未显露一丝的异常。他究竟会怎么做？他同意立公子完吗？如果同意，他为什么阻止宣诏？如果不同意，那么他就要自立了？

祭祀已接近尾声……行人[①]急匆匆进了宗庙，径直到了杵臼跟前，说蔡国吊丧队伍已经进入陈国边境，由蔡公子献舞带队，共有戎车二十乘，士卒二百人。杵臼心中大惊，如此看来，陈武并未拦截住蔡姬派出送丧的人马，讣告还是发出去了。

---

①　行人：负责外交接待的官员。

不知道二兄公子林什么时候才能回国？如果路途耽搁，陈国恐怕要大乱了。

杵臼看到蔡姬神情由不安转为笃定，估计她已经知道了情况，想必是觉得大事已成。公子杵臼知道，此刻他决不能慌乱，哪怕一丝的情绪暴露，就会导致局势失控。他很从容有节地派遣老大夫子鍼郊迎蔡国使臣，暂请他们到馆舍休息，待祭祀结束，再到宗庙祭拜。杵臼已派卫士迎接二兄林，但不知何时能到。情况十分紧急，不能再等了。祭祀礼毕，他必须邀请伯爰诸到太庙议事，是出牌的时候了。从种种迹象看来，伯爰诸已经被蔡姬所迷惑，力主公子完即位。无论如何，要挑明利害，争取伯爰诸的支持。

伯爰诸知道蔡国使臣一到，也大吃一惊。果然不出所料，蔡姬向蔡国求援了。杵臼究竟想干什么？他真的甘心让公子完继位吗？不然，他怎么还不行动？在伯爰诸看来，杵臼虽然德才具备，但是，论长论嫡都轮不到他继位。所以，他并没有立杵臼为君的打算。如果公子林回国即位，他不会说什么，因为他们兄弟有过盟誓。如果公子杵臼强行继立，他宁愿奉公子完继位，决不妥协。他已安排好家兵，以备不虞之时。因为公子杵臼没有掌握兵权，如果要想继位，必须得依仗宫中的老臣。由于时间紧迫，两股势力剑拔弩张，他还没有来得及和老大夫子鍼商量，达成共识。子鍼已经被杵臼派遣出去，想必已经站到了公子杵臼一边。没关系，公子林不在国内，即便子鍼支持杵臼，没有他伯爰诸，他们也断难成事。

伯爰诸想，在国家危急关头，他必须保持清醒的头脑和坚定的立场。如果立公子完为君，陈国暂时还不会出现混乱局面。等公子林回来之后，立君之事已成定局，即便他有篡逆之心，也不能马上行动。这样就有了缓和的余地，他便可以和诸卿大夫们达成共识，确保国势稳定。即便这样，陈国内乱已成定局。因为公子林和公子杵臼弟兄二人，肯定不甘受制于蔡姬，还会伺机而动。现在，最好的结局是公子林能继位，可是他却不在国内。天要祸殃陈国，谁能有什么办法呢？

伯爰诸手中的遗诏，已经被汗水浸湿。他已经做好了准备，在蔡国使节到达之前，宣诏立公子完为君。这时，公子杵臼身边的侍者来请伯爰诸，伯爰诸透了一口气，看来，杵臼终于行动了。

公子杵臼请伯爰诸来到太庙，语气谦和，态度诚恳，向伯爰诸说出了自己想法。

这时，伯爰诸才明白，公子杵臼并不是打算自己继位，而是为了哥哥公子林。看来伯爰诸确实小看了公子杵臼，在公子杵臼说出了想法之后，他绷紧的心劲儿顿时松懈下来。他只知道杵臼肯定不会支持公子完即位，公子佗的教训还在眼前，但却没有想到他竟然力主哥哥公子林继位。伯爰诸也被公子杵臼的大义打动，公子林继位是最好的选择。在国家危难时刻，切不可墨守成规，一定要保证国家的安稳才是上策。

伯爰诸和公子杵臼很快达成一致，共推公子林为君。陈武那边也传来消息，说蔡国大队人马已从馆舍出发，由老大夫子鍼陪着进入外郭，很快就到内城南门了。伯爰诸和杵臼一边集合各自的家兵士卒，以备蔡国借机强立，一边叮嘱陈武想法儿拖住蔡公子献舞，这边打发人马再去迎接公子林。

陈武在陈内城南门迎住蔡公子献舞，因为公子蔡献舞由子鍼陪着，陈武只好和子鍼周旋。子鍼也心知肚明，但觉得再拖延下去就有失国礼，况蔡国对平定陈国内乱有功，这陈侯跃母亲是蔡侯封人的姊姊，陈侯跃夫人也是蔡国人，姻亲之国吊丧是理所应当的，陈国本应以礼相迎，如此推阻耽搁实在不成体统。况这蔡公子献舞本是桓公一奶同胞的嫡亲弟弟，年轻气盛，早已面有躁色。虽然他们没有谈及立君之事，但是，蔡公子献舞似乎立定了公子完。估计蔡姬遣使已向蔡侯说明了陈国宫廷的势力格局，蔡公子献舞大概是带着蔡侯封人的意思，既吊又立，哀贺并行。

大夫子鍼其实是一心支持杵臼即位的，他知道，陈国只有杵臼才能堪当国君大任。他想，公子杵臼只要能抓住上卿伯爰诸，立君一事一定没有问题。公子林即便回国，君位已定，也是没有办法的事。他遵照杵臼的意思，和蔡公子献舞周旋，就是为了让杵臼争取伯爰诸，凭借杵臼的智慧，争取伯爰诸是没有问题的。只要有伯爰诸相助，大事成矣。如果公子杵臼足够聪明，他一定会在蔡公子献舞进入宗庙之前，迫使伯爰诸宣诏立他即位。公子林一旦回国，就没有公子杵臼的事儿了，愿上天保佑公子杵臼吧。情况确实紧迫，可是他已经再无能为力了，再耽搁下去，有失国礼不说，怕会引起蔡国使节哗变。如果那边君位未定，这边又引起了使节兵变，后果不堪设想。所以，他以目示意，让陈武依礼放行。

且说公子林接到了陈侯跃薨殁的消息，快马加鞭从卫国火速回国。刚刚接近国境，却被几个强盗拦住，他看那几个强盗好像并不是为了钱财，心生疑惑，留几个人对付他们，自己趁乱逃脱。还好，并没有耽误多少时间。

公子林一行人策马驰行，进入内城北门，听报蔡公子献舞已带着大队人马进入了南门，南门离宗庙比北门更近一些。经过北门时，他并未下马，嘱咐守门的士卒，一并跟他赶往宗庙。这一刻，他必须分秒必争。

他哥哥暴病薨殁，生前并未议立太子，立君一事肯定是悬而未决。如果他不能即刻回国，陈国可能造成大乱。他并不担心杵臼，他了解杵臼，如果他不继位，杵臼是绝不会继位的。他担心的是蔡姬，她是个有野心的女子，肯定会趁他不在国内，力主公子完继位。公子完年幼，根本无力执掌国政，一旦蔡姬摄政，蔡国肯定要干涉陈国内政，剔除陈国老臣，那陈国就危险了。他公子林急匆匆回国，并不是野心篡逆，而是为了陈国的大局。再说，他们兄弟讨伐公子佗时，有过盟誓，兄终弟及，大夫伯爰诸当时是在场的，他可以作证。

公子林赶到宗庙时，蔡公子献舞已经到了宗庙门外，只是他还在等候主丧家的迎接。蔡公子献舞在从容地等候，公子林还未回国，他有足够的耐心等候。他等着公子完以主丧身份出来迎接他，只要公子完的主丧身份一确定，那他就是陈君了。宗庙里正在摆放蔡国带来的太牢祭礼，他们要进去祭拜，就必须把他们带来的祭品摆放整齐。按规制，要把那些祭品摆好之后，才能迎接他们进入宗庙行礼。

公子杵臼得知公子林已经过了北门，待祭品摆放好之后，才拉着公子完率领诸卿、大夫，一起出来迎接蔡公子献舞一行。

公子杵臼在宗庙的大门外边迎住蔡公子献舞，他和公子完一起跪下行了大礼。这时，公子林策马到了宗庙，并未停留和蔡公子献舞照面施礼，急匆匆地直接进入庙堂。

公子杵臼一颗高悬的心终于落下了，但他并未起身，还在为蔡公子献舞行礼。

公子杵臼伏地不起……他知道，只要公子林进去，等待他的就是即位的诏书。他出门迎客时，已经和伯爰诸计划好了，伯爰诸留在庙堂，率领大臣们在那儿守着，公子林只要进去，即刻宣诏即位。这一切，蔡姬并未知晓。她只想，蔡公子献舞已经在宗庙大门外候着，只要他和蔡国士卒进了宗庙，公子完就会即位，大事成矣。

公子杵臼还伏在地上，他不起身就意味着行礼未毕，蔡公子献舞是不能进去的。他故作深痛之状，放慢行礼的节拍，单听里面通报，方才起身。

宗庙里传来了大祝高亢的唱礼声，公子杵臼知道公子林已经祭拜了厉公亡灵，接下来就是应诏即位，他将以国君的身份迎接蔡国使臣公子献舞。

蔡公子献舞非常惊诧，正纳闷杵臼为何如此恭谦行礼。他确实带着立君的秘密任务来陈国的，他所带的兵士个个都是剑戟高手，内置甲胄，备战而来。那些士卒们都聚精会神地等候他一声令下，强立公子完为陈君。

陈宗庙里传出大祝的唱礼，蔡公子献舞知道，扶助公子完继位之事，已经不可能了。他带来的只有二百名士卒，如果公子林不在国内，完全可以恃强而立公子完，现在公子林已经回国，他是大司马，掌控陈国军队，靠他的二百名士卒，是不可能以武力取胜的，况且是在人家宗庙里。他喝退了士卒，只带几个侍卫，在公子杵臼的引领下进入宗庙，公子林已经穿上丧服主丧了。

蔡姬一看情形，昏厥过去。公子完惊恐地望着母亲和慌乱的人群，不知道这究竟是怎么回事儿。当他的目光再次落到小桃花的身上时，她仍旧笑眯眯地望着他。她的微笑像一缕阳光，让他感到暖融融的，不再害怕。也是这微笑，让他受益终生。他总是在危机来临之时，想起桃花温暖的微笑，心里就会坦然和淡定。

蔡公子献舞虽然年轻，却也是个极其睿智之人，当他看到事情到了这地步，无可逆转，只好先吊后贺。这次经历对他来说是一生最难忘的，他亲历了一个国家在紧急关头是怎样转危为安的。这关键一刻又是怎样地惊心动魄。他看到了陈国的君臣同舟共济，共赴大义的壮举，这就是陈国之所以强大的所在。同时，他也看到了公子杵臼的机敏和德行，他一定是个有大作为的人。

蔡公子献舞从陈国回去后，如实向蔡侯封人禀报了陈国立君的详情，坚定了他赴陈聘问学习的决心。

第四章　国威浩浩会盟五国

陈国君位之争，只是暗潮涌动，并未有引起任何表面上的冲突。所以，陈侯林即位之后，蔡姬和公子完仍旧住在宫中，一切待遇并未有所简慢。

宣宓得知蔡姬有恙，带着琥儿、桃花去蔡姬宫中探望、问安。经过了这场变故的公子完，似乎变得敏感和忧郁。小桃花见到公子完，直奔过去，拉着他的手，叫着完哥哥。公子完一见桃花和琥儿，马上高兴起来，他用手摸摸桃花的小脸。桃花咯咯地笑个不停，而后拉着公子完，和琥儿他们到院子里玩去了。蔡姬和宣宓寒暄着，她望着几个孩子的背影，心里一动，似乎有些开悟了。

她拉着宣宓的手说："娣娣能来看望吾这未亡人，实在感激。吾这病怕是不行了，完儿就拜托给娣娣和大司马了。"

宣宓说："夫人言重了。完儿是先君的公子，是吾陈国将来的栋梁。吾妫姓宗族，都会好好对他的。"

"不，不是这样的。娣娣一定答应吾，如果吾不在了，夫人一定要把完儿收在大司马府邸，把他当做你们的儿子。吾也就放心了。"宣宓突然有种不祥的感觉，她慌忙说道："一定。一定。不过，您一定很快就会好起来的。"然后，她问婢女，"医师来过吗？"

婢女说："来过，已经给夫人诊过脉了。"

蔡姬在宣宓告辞之后，关于儿子她想了很多。

当她醒来，陈国君位已定，她所有的谋划，都化为泡影。儿子完一直守在她的病榻前，见她醒来，只叫了一声："母亲。"可怜的孩子，他眼睛蓄满了泪水。

蔡姬悲哀地闭上眼睛。她的儿子，再也没有为君的希望了，她之所以为儿子争取君位，是因为他有天命的。周太史曾为他占卜过，虽然她不知详情，但是她知道他一定会成为君主的。可是，这样的结局，是她没有想到的。

接下来，她和儿子该怎么办？她已经错过最佳时机，她太小看公子杵臼了，这一切都是他谋划的，他是怎么让伯爰诸倒戈的，她不得而知，她只知道，蔡国使节到来之后，伯爰诸还是力主立公子完的。伯爰诸走进太庙之前，还跟她示意，出来时就神情大变了。那一刻，她就有种不祥的预感，她只想公子杵臼会争夺君位，没想到他们竟然在等公子林。大势已去，蔡国也无能为力啊，可她却不甘心，不甘……

绝望无助的蔡姬，看到完儿和琥儿、桃花一起时那么开心，心里很受触动。这也许是上天在开启她的智慧，她突然觉得这是一个不错的主意：让儿子进大司马府。公子杵臼具有超人的智慧，他扶助公子林即位，既落得践行“兄终弟及”盟誓的好名声，又可以在公子林之后可名正言顺地即位，而且将来他的儿子也可以继承君位了。这样的算计，要比在陈厉公跃之后抢先即位高明得多。他扶助了公子林，也等于扶助了他自己。

公子杵臼这样不惜一切扶助公子林即位，取得了公子林的信任，公子林继位后便把兵权交给了他，任他为大司马。陈侯林一定会把君位传给他的，公子杵臼算计得很到位。如此算来，公子杵臼肯定是将来陈国的国君。完儿只有进了大司马府，被认作公子杵臼的养子，他才有一个好的未来。如果公子杵臼没有儿子，他将来就有可能被立为国君，即便他不能立为国君，作为国君的养子，也会手握重权，一切的结果都看他自己的造化了。

可是，怎么才能让完儿进大司马府呢？只有一种办法，那就是……

想到此，蔡姬不禁流出两行热泪，为了儿子，她何惜一死啊。

她把儿子叫到跟前，告诉儿子说：“如果进得了大司马府，一定要小心侍奉大司马和司马内子，好好和琥儿、桃花相处，要谨慎行事，遇事多思，懂得自我保护。”

公子完一脸茫然地说：“吾为什么要进大司马府？不进大司马府，吾也可以和桃花她们一起玩啊，吾要在宫里陪着母亲。”

蔡姬不禁潸然泪下，她何尝不想和儿子在一起，可是，主公已经不在了，她不得不及早为儿子做打算，作为先君的夫人，她决不能被儿女情长所绊，必须为先君唯一的儿子谋划一个属于他的国家。她已经失败一次，这次她要以身试之。她拉着儿子的手说：“无论如何，要记住母亲的话。你是先君的儿子，应该得到你应有的一切。”

大司马公子杵臼听到蔡姬暴病身亡的消息之后，十分震惊。他把消息告诉了宣宓，宣宓说出了更让他吃惊的话，那就是蔡姬让他们收养公子完。收养公子完？他不得不慎重考虑，这绝不是一个简单的事情。蔡姬如此决绝，这一切都谋划好了。

蔡姬的灵堂里，桃花拉着公子完的手，要他一起回司马府，任婢女怎么哄都不松开。公子完神情凄然地望着被强行抱走的桃花，泪珠像断了线的珠子滚落下来。宣宓远远地望去，心里十分不忍。

第二天，桃花又哭着要找完哥哥，婢女只好抱着她去了蔡姬的灵堂，到了灵堂，她一直拉着公子完的手，安静地陪着他，倒是令大人们十分惊讶。到了祭祀的仪式结束，大家都要离开时，桃花仍旧拉着公子完一起走。

宣宓回到府里，跟公子杵臼说："孩子是无辜的。他失去了父母，不能再让他失去家。吾要收养他。大司马家需要一个儿子。"

公子杵臼长叹一声说："无辜！生在君侯家的无辜。收养，不是那么简单的事啊！吾要上报主公，他是先君的儿子，收养他不是家事，是国事！国事，你不懂。儿子，吾会有的，不是公子完。"

"可是，吾答应过蔡姬夫人的。她死了，吾不能反悔。"

"这不是你一个人的事儿。你知道吗，收养先君的儿子，是对主公的威胁。臣的忠心可以是永远的，但君不会无限度地信任臣子。这是君臣之道。"

"无论如何，请夫君通融与主公，就让公子完做吾家的儿子吧。他是个好孩子，孩子们都喜欢他。"

公子杵臼沉默不语。

天色近晚，宓伯急匆匆来见宣宓，他说："听说你要收养公子完？"

"是的。"

"不能。后患无穷。这是政治，你不懂。这孩子，他不应该再出现在陈国。"

"政治、国事这些，吾不想懂。吾只知道他是个孩子，没有父母了，桃花一直闹着要找他，他和桃花、琥儿在一起是多么快乐，吾只想让他们快乐成长。这个孩子，谁都不能伤害他！他是吾的儿子，谁伤害他，就是伤害吾。"

宓伯非常遗憾地离开了司马府邸，他知道，只要是宣宓认准的事，谁都拦不住。他也知道，这个孩子，注定是个是非根源。

在宣宓的坚持下，公子完终于被收养在公子杵臼府邸。

公子完正式进入大司马府邸那天，大司马公子杵臼嘱咐宣宓，为公子完进府设立宴席，让孩子们都参加，一家人热热闹闹地举行一场庆祝仪式。

宴席正在进行中，行人来报："主公请大司马进宫议事。"

行人来报，肯定是关于外国使节事宜，公子杵臼问道："使节来自哪国？"

行人说："宋国。已到陈国，由戍边大夫迎入陈城，现在馆舍等候觐见君主。"

陈侯林见公子杵臼进宫，便使行人宣见使节。

来者乃宋国大将南宫长万，待行过觐见之礼，他嘱咐随行侍卫，奉上了从宋国带来的礼物：玉璧五十双，黄金百镒。

大司马公子杵臼与陈侯林耳语道："宋国如此重礼，一定有事儿相求。"

果然，南宫长万说明了来意。

原本，郑伯突[①]还是公子时，被老爹郑庄公送到了宋国，因为他母亲是宋国世族雍氏之女。把他送到宋国，主要是怕他和郑太子忽争夺君位。郑太子忽[②]即位之后，为与邻邦结好，派大夫祭足[③]聘问[④]宋国[⑤]。谁知非但没有结好，反而丢了君位。宋公冯[⑥]为了拉拢雍氏一族，更是为了控制郑国，挟持祭足立客居宋国的郑公子突为君。祭足贪生怕死，只得答应。公子突为了回国继位，孤注一掷，向宋公冯许下割送三城，白璧百双、黄金千镒，还有进贡每年新产谷物等重诺。想必公子突为了得到君位，不惜倾其国有。宋公冯得到郑公子突的重诺，便力保他随祭足回国即位。祭足回国，便逼迫郑伯忽退位，立公子突为君。

郑伯突继位后，宋公冯就开始派人追要许诺。你公子突也登上君位了，说的那些话该兑现了吧？郑伯突没有继位时，觉得郑国不是他的，许诺什么都不心疼，可一旦继位，国家就是他的了，又割城又送礼的，很是不舍。更主要是刚刚继位就做这些，觉得有失人心，不想认账。宋国使者很生气，住在郑国不走，催促郑伯突兑现。郑伯突被逼无奈，就向鲁侯允[⑦]求救，让他出面当说和，看能不能缓一缓。鲁侯允正在四处买好，当然欣然应命，遂和宋公冯商议，三城不割，财礼减至三成，看这样行不行？宋公冯一听很生气，你郑伯突是怎么登上君位的？怎么可以转脸不认账？不行，必须按他许诺的兑现。鲁侯允一看宋公冯不给面子，很生气，便约定郑国、齐国一起攻打宋国。结果，宋国军队大败。

宋公冯忍无可忍，你郑伯突不兑现许诺也罢，还恩将仇报，借兵攻伐恩国，实在太过分了。宋公冯咽不下这口气，便不惜国力，拿出重礼，遣使到陈、卫、齐、蔡四国，请求出兵联合讨伐郑国。

---

① 郑伯突：郑厉公。

② 郑太子忽：即郑伯忽，郑昭公姬姓。郑庄公长子，春秋时期郑国第四任及第六任君主。

③ 祭足：郑国大夫，正卿。

④ 聘问：国与国之间遣使访问。

⑤ 宋国：周封诸侯国，子姓公符国，国都今在商丘。

⑥ 宋公冯：宋国国君宋庄公。

⑦ 鲁侯允：鲁恒公。

陈侯林听完南宫长万的请求，征求大司马公子杵臼的意见。

公子杵臼说道："请南宫将军先到馆舍歇息，待吾君臣商议之后，再回禀将军。"公子杵臼奏请庄公，召请来上卿伯爰诸、老大夫子鍼到公宫共同商议助宋伐郑事宜。

公子杵臼说道："以吾拙见，答应宋国，联合四国共同伐郑。宋国与陈国都是异性诸侯[①]，友好邻邦。而郑国虽然也是我们的邻国，但是郑庄公不守臣道，败坏朝纲，而且依仗兵坚国强，四处征伐。再说，那郑伯突本来就是依靠宋国继位，继位后又失信于宋国。失信也罢，怎么能以德报怨，联合鲁国、齐国攻讨伐宋国呢？公道何在？大义何在？郑国，如果我们不去征伐它，日后它也会征伐我们的。"

伯爰诸和子鍼都认同大司马的意见。陈侯林刚刚继位，想稳定民心，安于自保，不想出兵伐郑。但是，他看到他们几个意见一致，也就勉强同意。毕竟，陈国需要振兴，需要施德于邻国，宋国本来就是友好邻邦，支援他们是应该的。

陈国联合蔡国、卫国一起攻伐郑国，齐国因僖公新丧，没有参与。这一仗大捷而回，打出了几国的威风。联军一直攻到郑国国都，烧毁了郑国的太庙，把太庙的椽子运到了宋国，装在宋国的城门上。

到了第二年，周桓王薨殁，陈侯林到京都吊丧，大司马公子杵臼监国。这期间，郑国又出现了内乱，不是因为国君，而是因为大臣。郑伯突因为陈、宋、蔡、卫联军大败郑国，归罪于祭足。因为祭足看联军来势凶猛，不让出兵交战。他说："郑国必败，不如索性让联军肆意进入郑国，这样还能减少损失。"郑伯突听了祭足的话，才使郑国太庙的椽子装在宋国的城门上。郑伯突觉得这真是莫大的耻辱。导致郑国君臣关系破裂的还有一件事儿，就是周桓王薨殁，郑伯突本想亲去吊丧，可是祭足力阻，说是郑伯突新立，而郑、周关系僵化，去了之后自找难堪。郑伯突觉得自己乃一国之君，却处处受制于祭足，由此产生了除掉祭足的恶念。其实，郑伯突要除掉祭足并不难，只可惜他找错了人。为除祭足，他找了他的表哥——对他忠心耿耿的铁血哥们雍纠。这雍纠不是别人，正是祭足的女婿，来自宋国的雍氏一族。雍纠是个成事不足败事有余的人，接受了这么重要的任务，居然还能喝酒。喝酒也罢，喝多了还把消息透给了他的妻子——祭足的女儿。祭足的女儿觉得这事儿太大了，不知道该怎么办，就回了娘家，问她母亲："丈夫和父亲哪个更重要？"她母亲说："父亲只有一个，而丈夫可以再换。"丈母娘的一句话，要了雍纠的命。雍纠

---

① 异姓诸侯：周封诸侯两类，一是天子兄弟及族人有功的是姬姓诸侯，二是先朝先贤后裔，为异姓诸侯。陈是妫姓，宋是子姓。

命丧，郑伯突事败出逃，祭足迎回郑伯忽。

陈侯林从京都回到陈国，大司马公子杵臼进宫朝见，陈侯林言及郑国内乱，郑伯忽复位；卫国伐郑而返，也是因为国内发生了变故。他感叹道：整个中原诸侯国，内乱外伐，战事纷纷，风雨飘摇。比起这些国家，吾兄弟同心治国，真是陈国人民之幸事啊！若不是大司马胆略超群，陈国也同这些国家一样，处在血腥之中。

由此，陈侯林将一切国事，尽委大司马公子杵臼。公子杵臼越发恭慎事主，为国事殚精竭虑。

公子杵臼向陈侯林禀报："在主公去周吊丧期间，宋国南宫将军又遣使来陈国借兵，准备联合卫、蔡伐郑，以复郑伯突，原因是郑伯突向宋国承认了错误，并承诺以前的许诺要兑现，宋公冯贪图钱财，轻信郑伯突，才答应帮助他复位。陈国没有参加伐郑联军，一是因为主公不在国中，大司马不能随意发兵。二是，宋国反复无常，不论是非曲直，唯利益至上。不过，这次联军以失败而告终，也许是因为陈国没有参加。"

陈侯林说："各国弑逆迭起，国政不稳啊。"

杵臼说："这正是陈国崛起的好时机。现在华夏诸国动荡不安，无暇他顾，而陈国地处中原，水草丰沛，四方通达。吾国可对内富民强兵，增强防御，对外亲睦邦邻，弭兵休战，以振国威。"

陈侯林问道："怎么才能弭兵休战，以振国威呢？"

公子杵臼说道："主持会盟，以求同甘同患！"

"主持会盟？陈国从来没有主持过会盟？这些国家会听陈国的吗？"

公子杵臼娓娓道来："主公且看眼下局势，便知他们会听的。吾不参加伐郑联军，宋国想必会有不悦，但宋国连年征伐，国内空虚，百姓愤怨，最应该休息民生。宋公冯并不昏庸，这点还是应该清楚的。卫国新君黔牟是周天子的女婿，他刚刚即位，旧君卫侯朔[①]逃至齐国，时刻想归复君位，所以卫新君黔牟也想国内安定，邻邦和睦，以抗御卫侯朔。蔡国乃陈国姻亲，与陈国休戚相关。鲁国虽然是姬姓国，但是礼仪之邦，向来与陈国亲善友好，况鲁侯允最喜这事。如果我们主持这些国家会盟，永结邻好，他们肯定拥护。"

陈侯林说："好！什么时候？"

---

① 卫侯朔：卫国国君，卫惠公。

“九月吧，秋收已过，国库丰盈，正是会盟的好时机。”

“在什么地方比较合适？”

“在衫[1]地，距离各国路途相当。”

于是，陈国派出使节，通谕各国，定于九月朔日[2]在衫地会盟。陈侯林派遣老大夫子鍼，提前到衫地修建会馆和盟坛，预备各种物品。

转眼到了八月，公子杵臼与陈侯林一起启程参加会盟，临行前与内子宣宓、两位女子告别。小桃花抱住了他的腿说：“父亲这是要干嘛去啊？”

“会盟。”

“会盟是干什么啊？”

“大家共同宣誓缔约。”

“是什么缔约呢？”

“互为友爱，互为协助，共同过上美好安宁的日子。”

“那，吾也想去。”

“你啊，现在不行，路途遥远，你太小了。等你长大了，吾再带你去好吗？”公子杵臼说着，将桃花抱上马，小小的桃花，坐在马上，手拉缰绳，却也不惊不诧，像个威风凛凛的女将军。

公子杵臼笑道：“吾桃花长大以后，怕也会威震四方了，瞧这小模样，多威武啊。”

公子杵臼把桃花抱下马，别过家人，与陈侯林一行，自中秋出城，大约走了十日，便到了衫地。

老大夫子鍼，早已在馆舍之外迎接，君臣见过，便引他们进入馆舍。陈侯林君臣安顿下，其他君侯还都未到。

公子杵臼走出馆舍，亲自视察其他君侯馆舍，看物品设备是否齐全，盟坛祭品摆放是否规整。按照会盟惯例，各国馆舍按照各国人马规模，一国一处，相距五里，粮草饩廪一应俱全。公子杵臼骑着马把各国的馆舍看完，便转向盟坛。盟坛建在各国馆舍中心，坛长宽各三十三丈，高三丈，三层阶梯，每层十阶。

公子杵臼下马，登上了盟坛。盟坛四角上插着青、红、黑、白的旗帜，都是按照所属方位插就。四色旗的里围，插的是绣有各国字号的旗帜，中间是一面黄色绣

---

① 衫：安徽涡阳，陈国边界城邑。

② 朔日：农历将每月的第一天定为朔日，即初一。

有“陈”字的大旗。盟坛上的祭品都已经准备就绪，正中间设有香案，案上排列朱盘玉盂，盛牲歃盟之器。两旁反坫[①]上放有金樽玉壶等器皿。反坫的外面，是两尊大鼓。大鼓旁边各置一根大石柱子，是用来拴系盟誓所用赤牛白羊黑猪的。再看盟坛下面，四周有持戟壮士把守，从盟坛底层起，每层都有手持彩旗的士卒。盟坛的最上层，持旗与持戟的士卒交相站在四色旗的中间。子鍼老大夫确实是个知礼之人，详细周到，各种设置均合规制，既体现了国威，又不僭越。

放眼望去，整个盟坛馆舍气势宏大，蔚为壮观。盟坛上彩旗猎猎作响，士卒神气威武，各种器皿俱全，规制详致无缺。

到了八月晦日[②]，五国国君俱已聚齐，一望馆舍和盟坛，都被这等排场和气势所震撼，陈国确实是大国风度，事体周全。九月朔日，各诸侯齐刷刷聚于盟坛下，陈侯林被推为盟主。老大夫子鍼在坛下迎宾，陈侯林引各位国君拾阶登坛。大司马杵臼手持盛血玉盂，跪而请歃。五位国君歃毕，陈国上卿伯爰诸捧约简一函，跪而读道：“某年月日，陈（庄公）林，宋（庄公）冯、卫（侯）黔牟、鲁（桓公）允、蔡（桓侯）封人，会与衫地，誓同甘同患，互助睦邻，弭兵休民，共奖王室。有败约者，列国伐之。”读完，各君侯拱手称命。

这一会，使陈国在中原诸侯国中，不仅重树了威望，也开启了陈国的中兴之路。陈国自胡公封国以来，第一次主持如此规模的会盟。

---

① 反坫：放置酒具的土台子。

② 晦日：农历每月的最后一天，即大月三十日、小月二十九日。

第五章　大国泱泱聚三公子

三位年轻公子，从陈国公宫的东南方向而来，他们刚刚从陈国泮宫[①]大学堂出来，准备参加陈侯林的享宴。他们一边走着，一边讨论老大夫子鍼给他们讲授的《周礼·地官司徒第二·师氏》中的“三德”“三行”。

年龄稍长的那个公子，长得高大魁梧，虎背熊腰，黑红脸膛。他内穿青色曲裾深衣外穿青色礼服，腰系黑色丝绦，佩戴一只翠玉璧。他朗声说道：“致德、敏德、孝德‘三德’中，吾的理解是，致德就是中庸之德，用作道德的根本；敏德就是及时行仁义之德，用作行为的根本；孝德用以制止犯上和邪恶的事，用作浩养正气之根本。这些都是国君修身之道，不仅国君，所有仁人君子都必须遵守这些根本准则。唯‘三德’者，乃立国、立人、立事之本。”

中等个子的那个公子，内穿赤色深衣外穿赤色礼服，腰系紫色皮带，白玉带钩，长相特别英俊，面如粉脂，唇若丹寇。他接着说道：“没错，吾赞同子仪兄的观点。不过，这孝行、友行、顺行‘三行’中，孝行用以亲爱父母；友行是善于交友之行，用以尊敬有德行而善良的人；顺行是敬顺之行，用以侍奉师长。先王有致德要道，以顺天下，民用和睦，上下无怨。国君要规范自己的行为，符合‘三行’才能统领人民。”

一个年龄较小的公子，内穿一件黄色深衣外穿黄色礼服，腰系蓝色丝绦，丝绦上系着一块血红的翡玉佩，个子很高，略显单薄。他有着一双明亮的大眼睛，深深的眼窝，高高的鼻梁，面色白净，左眉心长了一颗黑痣。看两位公子谈得起劲，也不甘示弱地接道：“吾觉得周成王诫伯禽那段更有意思：夫有文无武，无以威天下，有武无文，民畏不亲，文武俱行，威德乃成。既成威德，民亲以服。有文德、武威，

---

① 泮宫：诸侯国的国办学校。

才能治理国家。”

赤色礼服的公子有几分认真、几分戏谑地说道：“濮贤弟有如此见地，将来一定要做一个明君了。”

他们三人一路热热闹闹地交谈着，不知不觉已经来到了公宫，进入宫门，看到东花园有两个侍女，领着两个小女孩儿捉蝴蝶。稍微大一点的有七八岁的样子，小一点的有五六岁，两个女孩儿听到三个人热热闹闹地讨论，就停下来了。

小女孩儿问大一点女孩儿：“琥儿姊，他们是谁啊？”

被称为琥儿姊的说道：“过道的，吾不认识他们。”

小女孩儿转脸迎着他们问道：“三位哥哥，你们从哪儿来啊？”

听到稚嫩甜美的声音，三个年轻人便停了下来，转到他们跟前。年龄稍大穿青色礼服的公子，朝着小女孩蹲下来，说道：“小娣娣你好！你们在干什么啊？”

小女孩儿看着飞来飞去的蝴蝶，正要回答，大一点的女孩抢先说道：“吾在捉蝴蝶，你看这么多蝴蝶，多好看啊。”

小女孩说：“琥儿姊捉了蝴蝶，吾把它们放了。”

穿黄色礼服的公子问道：“姊姊捉住了，你为什么要放了啊？”

“因为……因为它们会想家。它们在外面时间久了，家里人会担心的。你们还没有回答吾的问话呢？”

“哦，对了。吾三人啊，来自不同的国家。这位大哥哥来自郑国，是郑国的公子子仪，你们可以叫他子仪哥哥，这位哥哥来自息国①，息国的公子濮，你们可以叫他濮哥哥。吾呢，来自蔡国，吾叫献舞。”

“那吾就叫你献舞哥哥。”

“可以啊，你叫什么啊？”

“吾叫桃花，这个是吾姊，叫琥儿。你们可以叫她琥儿姊，叫吾桃花好了。”

三位公子听到桃花的介绍，都笑了起来。

息公子濮说：“桃花，真好，这名字太美了。真是人如其名啊，桃花娣娣，你比树上的桃花好看多了。”

“吾母亲说，吾出生的时候，好多好多的桃花都开了。那时候天上还下着雪花儿呢。”

---

① 息国：公元前1043年——公元前684年，周朝封同姓诸侯国。侯爵。现在河南息县。

蔡公子献舞说："真的啊？也太神奇了。你是桃花仙子吧。"

"吾不是，大人们都说仙子在天上呢。"

息公子濮说："你啊，从天上下到人间了。"

桃花转脸看这公子濮，突然发现他身上的翡玉佩，顿时两眼放出了光芒，她说道："濮哥哥，您身上的那个翡玉佩好漂亮啊，怎么像吾家的！"

公子濮笑道："就是你家的吧？要不还给你吧。"说着就要取下来送给桃花。

桃花说："肯定不是吾家的，你息国的东西怎么可能是吾家的？吾是说像，像，你懂吧，大概有同样的东西吧。吾不会要你的。君子不夺人之所爱。"

"不是夺，是吾意送给你，自愿的。"

桃花说："那吾也不要。吾不能无缘无故要你的东西。"

"怎么是无缘无故呢，你不是说像吗，像，不就是有缘吗？"

"不行的，吾今天才见到你们啊，又不认识你们。吾真不能要你的玉佩。"

公子子仪叹道："这俩孩子太可爱了，聪明伶俐，真像天上的仙女一样。"

琥儿拉了一下桃花，说，"娣娣，咱们快走吧。蝴蝶要回家了。母亲不让咱们出来太久。"

桃花说道："让蝴蝶先回家吧，咱们再玩一会儿。"而后，转脸问道："你们几个来这里干嘛呢？"

息公子濮答道："吾啊，来这里学习的。"

"学习？学什么啊？"

蔡公子献舞说道："学的可多了，礼仪规制，治理国家，你太小，不会懂的。"

"吾都快六岁了，吾琥儿姊都快八岁了，吾俩都长大了。你们学习的礼仪，吾知道的，女师教过吾。治理国家，吾也知道，就像吾父一样。"

郑公子子仪笑道："还真是，桃花知道的真不少。"

桃花说："吾还会唱歌呢？"

息公子濮说："你还会唱歌？太好了，给吾等唱一曲吧。"

"好吧，吾就给你们唱《宛丘》[①]，不过你们不要告诉吾母，她不让吾唱这歌，这是吾家婢女教的。你们听好了：子之汤兮，宛丘之上兮。洵有情兮，而无望兮。坎其击鼓，宛丘之下。无冬无夏，值其鹭羽。坎其击缶，宛丘之道。无冬无夏，值

---

① 《宛丘》：《诗经·陈风》中篇目。

其鹭翿。”桃花用稚嫩甜柔的声音，有板有眼地唱着。

待桃花唱完，三位公子一起鼓起掌来。琥儿见他们给桃花鼓掌，也不甘示弱地说：“吾也会唱：呦呦鹿鸣，食野之苹。我有嘉宾，鼓瑟吹笙。吹笙鼓簧，承筐是将。人之好我，示我周行……[①]”

郑公子子仪问一旁的婢女：“这是谁家的女子？”

婢女说：“大司马家的。”

蔡公子献舞说：“大司马就是公子杵臼。前年，吾来陈国奔丧时，见过他，那时他是大司空。新君继位之后，任大司马了。这位大司马可谓是智勇双全了，陈国的兴起，他功不可没。”

三位公子辞别了两位小姑娘，郑子仪叹道：“陈乃礼仪之邦，大国风范了。你们看这两位女子就明白了，这么小的孩子，聪慧过人，美若天仙。将来啊，不知道是谁会有福气娶上这样的夫人啊！”

蔡献舞心里一动，毕竟她们还都是孩子。不过，他确实感觉这陈国太了不起了，不来陈国感受不到这种尚礼之风的畅怡。其实，蔡国和陈国同是侯国，同一条蔡水穿越而过，民俗基本相同。但是，陈国是公侯级的国家，与周为客，蔡国属侯爵级的姬姓诸侯国，规模规制都有些差距，差距最大的就是礼乐教化。将来，若能有幸和陈国结成姻缘，那真是天赐福庇！

郑公子子仪看他们二人若有所思，接着说道：“陈国的昌盛不但是重视礼仪，更注重邦交友善。吾本来是来避难的，陈侯待吾如同聘问使节。已经三年了，馆舍饩廪用度一应俱全，不曾有过短缺。这次，陈侯林还在宴飨鲁国使节时，邀请吾参加。吾一个在本国都不被善待的公子，在陈国却以礼相待。真是太难得了。”

蔡公子献舞说：“吾听说这次鲁国遣使来陈国，跟郑国有关系。”

息公子濮说：“跟郑国有什么关系？”

蔡公子献舞道：“同陈国商议联合讨伐郑国，归复郑伯[②]突君位的。”

郑公子子仪长叹一声说：“那吾更不应该参加了。”

息公子濮向蔡公子献舞递了一个眼色，蔡公子献舞说道：“咱们现在是陈国泮宫的学生，主要任务是学习，虽然应邀参加宴飨，他们盟国商定什么事情，吾等都不参与意见。再说，宫中宴飨，不谈政事。”

---

① 呦呦鹿鸣……示我周行：《鹿鸣》，《诗经·小雅》中的篇目。

② 郑伯：郑国是周制伯爵国，其君称郑伯。

正如蔡公子献舞所说，鲁国使者来陈国，确实是为了郑国。

上次联军伐郑归复郑伯突一战，陈国没有参加，但是联军最终失败，郑伯突还在栎[1]地，估计他一刻也没有停止归复君位的心思，竭尽全力促使联军再次伐郑。衫地会盟时，鲁国曾提出联合伐郑，归复郑伯突的建议，但是几个国家都不响应，毕竟他们会盟的主题是弭兵休民。因此，也没有形成一致意见。想必郑伯突贼心欲炙，又厚赂鲁国。鲁侯允因为上次说合没成功，帮郑国攻伐宋国也失败了。所以衫地会盟之后，想借盟国的力量，帮助郑伯突复位，由此挽回鲁国的面子。

按照诸侯国互相聘问的礼仪，陈侯林已经在宗庙里享宴了鲁国使节，因为宗庙享宴偏重礼仪，摆放的很多东西是不能食用的。第二天的宴飨是在宫中，以餐饮为主，所以，他邀请在陈国的三位公子参加。

说起这三国公子来陈国也都是有因由的。

先说郑公子子仪，他和郑伯忽、郑伯突还有郑公子子亹，四个人都是郑庄公的儿子。郑庄公时期，郑国国力强大，郑庄公是叱咤风云，英雄一时的春秋小霸主。他不但对抗周王，还征伐四邻。他最终没有成为真正霸主的关键，是没有打起“尊周”的旗帜，不但不尊周，而且还搞什么“郑周交质”，公然对抗周天子，攻打周王朝的军队，由此败坏朝纲。按说，郑国始封君是周宣王的庶弟，到了郑庄公才三世，他和周平王还是姨表兄弟，郑国和周王朝血脉最近，而郑庄公竟然不顾血脉亲缘，不顾君臣礼仪，和周天子闹翻了脸。郑庄公不但不尊周，德行还不好，太善于算计，连他一奶同胞的亲弟弟和老母都算计得一丝不苟，如果不是他一丝不苟地算计，就算他母亲再偏心，他的胞弟共段叔也未必毙命。他这样一个善于算计的人，当然也算出了儿子们的野心，所以他立公子忽为太子时，就把最大的隐患公子突送到了宋国。不曾想，人算不如天算，最终公子突还是借了宋国势力篡了君位。由此，郑国陷入了篡逆弑杀的混乱，郑庄公建立的霸业也随之毁掉。郑公子子仪，本是郑伯忽器重的肱股之臣，一看郑伯忽被迫退位流亡，公子突篡了位，害怕祸及自身，才逃至陈国。公子杵臼十分看重郑公子子仪，从中周旋，把他安排到陈城馆舍，一切待遇比照外国使节。

蔡公子献舞，是因为出使陈侯跃丧吊，感受了那惊心动魄的时刻，有感而来陈国的。

---

① 栎：春秋郑邑，今河南禹县。

息公子濮来陈国的原因，说起来有些话长，息桓侯在位时（公元前712年），息国跟郑国有些误会，当时的息桓侯，也就是息公子的父亲，倾举国之力，帅兵伐郑，结果大败而归。息国一直处于兵败的阴影中。库府空虚，为了振兴息国，息桓侯在息公子濮刚满十五时，就送他到了陈国学习。息国周围都是一些小国家，时常受到楚国的侵扰。最大的邻国就是蔡国和陈国了，陈国是礼仪之邦，在中原诸侯国中泮宫科目最为完备，息桓侯把儿子送到陈国，意在把他培养成文韬武略的储君。

三公子一同在陈国留学，结下了深厚的友谊。不曾想，这三国公子，日后都成了国君，也为陈国那段历史添彩不少。造化弄人啊，这三位同窗的国君在陈国期间，与陈国女公子琥儿、桃花产生了感情纠葛，竟也演绎出千古传奇的爱情故事，丰富了春秋早期那段历史，这都是后话。

公子完已经九岁了，到了上学的年龄。他告诉桃花，他要去泮宫上学了，他长大了，主要任务是学习，不能再和她们一起玩儿了。

小桃花拉着公子完的手说，“完哥哥，吾要跟你一起去上学。”

公子完露出一丝惶恐，母亲临终前的嘱咐，在大司马府谨慎行事。他悄悄地告诉桃花说：“你不能上学，也不能跟大人说要上学的话。哥哥一有时间就陪你玩儿。听哥哥的话，不要跟大人说，你想跟哥哥上学，这是不允许的。”

“为什么呀？”

“因为你是女子，不能上学的。如果你跟大人说想和哥哥一起上学的话，大人们就会怪哥哥的，他们会说哥哥把你带坏了。你一定不愿别人怪哥哥，对吧？”

“大人们为什么要怪你？这跟你没有关系啊。”

公子完扯了一下桃花的衣裳，说道：“小声点儿。让人听见吾给你说这些不好。”

“有吾父在，没有人敢怪你的。”

“不，吾跟你不一样。”

“哦。吾明白了，你父母都死了。”

公子完慌忙捂住了桃花的嘴，他说：“不能这样说的，吾父母就是大司马夫妇。”

公子完说完，眼前出现了父母灵堂的场景，眼里即刻蓄满了泪水。

桃花拉着他的手说：“完哥哥，你怎么了？都是吾不好。吾惹你伤心了。”小小年纪的公子完回过神来，做了一个吞咽的动作，像是把悲戚咽下，把惨淡的笑容摆在脸上。

他对桃花说：“没事的，哥哥眼里进了东西，不是伤心。哥哥放学之后再跟你玩儿。”

“好的。完哥哥，你去上学吧。子仪哥哥、濮哥哥、还有献舞哥哥，他们都在泮宫上学呢，你也可以跟他们玩儿的。”

“哥哥要学习，不能随便找人玩的，你和琥儿姊一起玩吧。”

桃花望着离去的公子完，心里有很多疑惑。完哥哥对她和琥儿姊那么好，对父亲、母亲非常恭顺，对下人们也很好，他为什么怕大人们怪他？谁会怪他？他到底有什么跟别人不一样？他为什么要哭呢？他有什么伤心的事儿？为什么不和她说呢？她心里的秘密都和完哥哥说的。

桃花觉得完哥哥和大人们都怪怪的。

第六章　喜气洋洋御寇降世

桃花特别羡慕完哥哥，每天都去上学，还有那三位大哥哥，他们也都每天去泮宫。她想快点长大，长大了也去上学。完哥哥说她不能说上学的话，她现在不说，等长大了再说。

公子完放学之后，照例会和桃花、琥儿玩一会儿。只有和她们在一起，他才是个阳光快乐的少年。桃花也很懂事，不在公子完跟前提上学的事儿。

桃花、琥儿，让公子完给她们揭掉桃树上的一块凝胶，用它来粘住飞来飞去的虫子。公子完够不着，搬了旁边的一块木头，琥儿说："完哥哥太低了，要是子仪哥哥他们就能够得着。"她转脸问道："完哥哥，你见到献舞哥哥他们了吗？"

公子完一愣，手里的木头落在地上，砸在他的脚上，他哎呀一声蹲下，捂住了脚。而后，看了一眼桃花说："没有。吾不认识他们。吾上的是小学。他们上的是大学。"

琥儿继续说："学堂都在泮宫，你可以找他们玩的。"

"不，不，不行，师傅不准许，吾要听师傅的话。"

桃花看了看公子完，他好像很慌张的样子。她说："琥儿姊，等会儿完哥哥把黏胶取下来，咱们先去粘蝴蝶去吧。"

琥儿说："好的，那边有好多好多的蝴蝶。完哥哥，你要不要紧啊，快点取吧。"

公子完收养在大司马府邸，宣宓没有再生儿子。她把他当做亲儿子一样抚养，她觉得公子完就是上天送给她的儿子，她有两个女儿，一个儿子，真是非常好。

宓伯到了司马府，探望宣宓和桃花、琥儿。桃花、琥儿和公子完在外面玩儿，还未回来。宓伯告诉宣宓："一定要为大司马生个儿子。大司马想有自己的儿子，公子完虽然很好，但不是他的儿子。对一个女人来说，有一个自己的儿子，这一点很重要。"

宣宓望着哥哥宓伯离去的背影，觉得哥哥有些话太过犀利。哥哥宓伯是个有智慧的人，对事情的把握总是很到位。他是宓氏宗人，被父亲立为世子，继承了宓氏的爵位和封邑。同时，他也是大司马的内臣，对大司马忠心耿耿，在陈侯跃薨殁时，他是力主公子杵臼继位的大夫之一。在对公子完的态度上，他和大司马是一致的。宣宓总是觉得他们过于敏感，一个孩子，长大后是个什么样子，关键是怎么教导他。他在大家的关爱中成长，就不会有仇恨，先君的儿子怎么了？那不是他的错，他现在就是大司马的儿子。

正如宓伯所说，大司马公子杵臼确实想有个自己的儿子，虽然公子完聪慧懂事，但他毕竟是先君唯一的儿子，如果他是一般的公子，他将来怎么安排他都可以，他有这样特殊的身份，就是隐患。虽然，他对他视为己出，但终归有些隐隐的隔阂。

宣宓其实心里清楚杵臼的想法，虽然他没有把话挑明，但他的言行里却有所流露。她为杵臼生了两个女子，在生完桃花之后，又生了一个孩子，没几天就死了。杵臼希望她生个儿子，被立为世子，继承爵位。当然，凭借宓伯的睿智，他当然知道杵臼的想法，他一再暗示宣宓，她却佯装不知，所以他才这样挑明了话题。他确实是为了宣宓好，这个时代的女子，不管是后、妃、夫人，还是小主都是夫贵妻荣，母凭子贵。公子完虽然被公子杵臼收为养子，但公子杵臼绝对不会立他为世子的。就算宣宓不能为他生个儿子，他也会立妾生的庶子为世子。对于宣宓来说，如果杵臼立妾的庶子为世子，她的夫人之位，就很难保住。这就是现实。宣宓不会过多地想这事儿，可是宓伯不能不想，他是一个有抱负的人，他一定要让自己的嫡亲外甥，立为杵臼的世子，因为杵臼不久就会是陈国的君侯。

宓伯是个睿智过人的内臣，如果公子杵臼当时采纳他的意见，现在已经是陈国的君侯了，他不必再小心翼翼地等着。不过后来想想，公子杵臼执意让哥哥林即位，还是胜人一筹，他不但落下了让国的美名，还拯救陈国于危难之际。如果那时候他抢先即位，肯定也能成功，但一定会背上“篡逆谋国”的恶名，还会陷陈国于混战之中。而且，他哥哥公子林，或者公子林的儿子，都将是他的政治对手，互相残杀。权利的斗争就是这样血腥，是容不下血脉和温情的。公子杵臼的大义与理智，聪慧和远见，都是宓伯他们所不及的。公子杵臼在关键时刻，没有听从他和子鍼这些大夫们的意见，坚持了自己的理念，赢得了美誉。这让宓伯更加敬佩他，相信他一定会成为一位明君。他不但是公子杵臼的姻亲，而且是他的内臣和智囊，所以一切都要替他谋划好，为他谋划，也是为自己谋划。所以，有些事情，他必须要向宣宓说明。

宣宓身穿青色的礼服，佩戴青玉，她率领府中所有女眷，女眷们也都穿着青色礼服，前往宛丘之西——公宫东南的祭坛祭祀高禖[①]。祭祀由女祝主持，她命乐师用夹钟奏演角音，把弓韣[②]弓矢交给宣宓，宣宓恭恭敬敬接过，小心翼翼把弓矢装进弓韣中。然后，对着东方之神高禖神位三叩九拜。她身旁的琥儿、桃花，也穿着青色的小礼服，神情庄重地一招一式地跟着母亲行礼。

宣宓是遵照哥哥的意见，在仲春里燕子来时，祭祀东方之神高禖的。高禖是主管生育的神，会保佑她生男孩的。这一切都是哥哥筹备好的，他着人设置祭坛，备置太牢、麦菽等祭祀物品。宣宓曾在《礼记·月令》中读过关于祭祀高禖的事情，她怕有些僭越，因为那里说这是后妃们才做的事情，她不过一个小主[③]而已。哥哥说祭祀先祖和神灵，义在虔诚敬畏，没有僭越不僭越。

宣宓只得按照哥哥宓伯的安排去做，如果祭坛都建好了，不去祭祀的话，怕是神都要怪罪的。为了满足夫君的心愿，她愿意生个儿子。如果像哥哥所说，公子完不能立为世子，那么她还是愿意自己的儿子立为世子，不是为了争宠夺爱，而是为了这一氏族的稳定昌盛。如果她没有儿子，势必会引起婢妾们为子争立，祸乱内室。

也许是宣宓的虔诚，感动了高禖，宣宓果然怀上了孩子。她不知道是男孩子还是女孩子，不过她想，如果还是个女孩子，那也是天命难违。

宣宓身怀六甲，并未停止对琥儿、桃花的教导，让女师教导琥儿、桃花学习《曲礼》[④]。作为诸侯国的卿小主，她必须统领好内室，宽爱仁慈。她要让整个内室和谐，不生嫉妒。所以，她从不独霸夫爱，让侧室们都能感到丈夫的宠爱。杵臼的两位绝色侧室和相貌端正的四个婢女，都是她亲自挑选的。她提醒杵臼轮值留宿，不能让两侧室感到寂寞。她必须恪尽小主职责，把两位女子教养出息，懂得为内室的本分。所以，她才早早地为她们请女师，教导她们学习《曲礼》。这两个孩子，天资聪慧，学得很用心，做起来也是有模有样，她由衷地高兴。

公子杵臼上朝结束，出了宫门，往东边的街肆走去，他去视察街肆，看看今年的货物是否丰沛，客馆是否需要修缉。当他看到了热热闹闹的陈都城，南殖北贾聚集，货物琳琅满目，心情很好，顺便给孩子买来了当地的泥泥狗、小风筝之类的玩具。回府进了大门，他的两个仙女一样的女儿，蝴蝶一般扑到他的怀里。

---

① 高禖：东方之神，主管生育。东方为青色。

② 弓韣（dú）：弓袋子。

③ 小主：春秋时期，对卿、大夫妻子的称谓。

④ 《曲礼》：《礼记》中的篇章。

公子杵臼十分高兴，拿出了玩具给她们。小桃花用手摸摸父亲的脸庞说：“父亲，吾会采桑叶了，吾还要养蚕织布呢，给您做一件礼服。”

公子杵臼心里一阵感动，这孩子多体贴人，多心细，这才是儿女情长啊。这一段时间，他确实很累，主公喜好仙迹，时常出巡野林，乐而忘返，国内的一切政务皆依仗他。

陈侯林把国政交给了大司马公子杵臼，不仅因为他智慧超群，主要的是他没有野心。想起哥哥蘧殁，他继位时那一幕，还心有余悸。若论治理国家的能力，他确实不如弟弟，因此，他想早一些传位给弟弟。陈国兄终弟及的历史，应该在他弟弟杵臼这里终止。他们弟兄之所以违背祖训规制，实在是情况特殊。他的儿子公子结，更不是为君的料，他已经明示公子结，他要按照盟誓，把君位让给大司马。他要让公子结好好扶助叔父，不要滋生野心，谋逆乱国。

季春三月，正是布德行惠的季节，公子结按照父亲的嘱咐，跟着大司马杵臼下到城邑乡野巡查饥馑流民，嘱咐廪官开仓济民。父亲把他安排到大司马手下，就是要培养他为臣的忠诚，修身自善，免招杀戮。

大司马公子杵臼和公子结从乡野回都城，又安排宓伯协助大司空查巡水道陆路，清淤疏河，修整堤防，种植树木，畅通路途。这一段时间实在太累了，连他家的桃花都能看出来。不过，这儿女情长确定让他感到很温暖。

他欣慰地看了一下内子宣宓，说道：“你带他们去采桑了？”

宣宓温顺地回答：“是的，要让她们知道她们应该做什么。”

按照礼制，君主的后、妃，诸侯夫人，卿小主，到了三月都要亲自采桑缫丝织布的。刚进入三月时，宣宓就吩咐侍女们，把养蚕的蚕箔、木架和盛桑叶用的箩筐都提前准备好，以免耽误时机。每天太阳刚刚升起，宣宓就把琥儿、桃花和家里的女眷都召集起来，换上便装，由她带着一起去桑园采桑叶。采桑叶回来，宣宓告诉她们等蚕养好了，还要缫丝、织布、做衣服。桃花崇拜父亲，就想给父亲做一件礼服。

公子杵臼看孩子这样识得大体，向宣宓说道：“夫人教导有方。”

转眼到了冬季，大司马公子杵臼组织狩猎，训练士卒，教习阵法。他从郑国请来了一个军师，教士卒们学习一种新的阵法，叫“鱼丽阵”。“鱼丽阵”是郑国所特有的一种阵法，公子杵臼见识过。秋天的时候，宋国、陈国、卫国、蔡国联军，为了平定郑国的内乱，攻伐郑国。郑国厉公出逃后，内乱一直不停，如果不能使郑伯突复位，郑国的内乱不会停止。所以，根据鲁国提议，盟国商议，要伐郑平乱。

可是，这几国的联军却被祭足神秘的“鱼丽阵”打败了。郑国的“鱼丽阵”，是个新奇的阵法，他们就是靠这个“鱼丽阵”打败了周桓王的联军，当时联军中也有陈国的部队。由此，“鱼丽阵”成了神秘的传说。

自从联军被郑国“鱼丽阵”打败，“鱼丽阵”就成了大司马公子杵臼的一个心结。他一直在琢磨着怎么才能把这个“鱼丽阵”引进到陈国，为陈国所用。他曾派人去过郑国军队中，但是却无功而返。后来他豁然开朗，通过一个郑国商人，接触到一个郑国大司马的御人[①]，花了重金请他到陈国当教官，教习“鱼丽阵”。这御人不但教会了“鱼丽阵”，还教他们怎么破解“鱼丽阵”。

传说中的“鱼丽阵”确实诡异，它以甲车二十五乘为一偏，甲士五人为伍，每一偏车在前，别用甲士二十五人随后，塞其阙漏。车伤一人，别用随后补上，有进无退。此阵法极坚极密，难攻易守。新阵法让军士们精神大振，士气大张，公子杵臼因此也很高兴。陈国今年的天气还算顺调，虽然在仲夏时着了一场大火，也没有造成太多的损失。

天上飘起了雪花，公子杵臼宣告士卒们休整，他也回到府邸。这时，大雪已经像鹅毛一样抛洒起来，雪越来越大，风越刮越烈，狂风卷着大雪，在漫空中乱舞，不时地发出犀利的怒号。这样恶劣的天气，入冬以来还是头一次。他哈着气走进厅堂，还担心着士卒们有没有回到家里。

公子杵臼望着门外弥漫的风雪，还没坐下来，侍女禀告道：“大人，小主夫人生了，是一个男孩儿。”杵臼十分高兴，他来到了内子的卧室，宣宓正躺在床上。她想起身迎接，杵臼连忙扶着她，说道：“夫人免礼，你为吾生了一个儿子，真是太好了，杵臼有适子[②]了。”

说到适子，他突然想起了公子完。宓伯几次说到公子完是个聪明过人的孩子，他的存在，是将来陈国的隐患。宓伯的忠诚他能理解，可是宣宓对公子完却呵护有加。确实，他只是个孩子。宣宓说得对，只要有关爱，就会消弭仇恨。在宣宓的影响下，大司马对公子完视为己出，宓伯自然也不敢轻慢他。这孩子，已经到泮宫学习了，他知书达理，举止得体，对琥儿、桃花都特别好，是个不可多得的人才。确实，他如果心念恩德，将会成为陈国的栋梁。如果一心谋逆，也可能是陈国的祸患，那都看老天的安排了。

这时，琥儿和桃花跑过来，桃花甜滋滋的话语，打断了公子杵臼的遐想。“父

---

① 御人：驾车的人。

② 适子：王公贵族的嫡子。

亲，吾有弟弟了，他好可爱啊，你赶紧去看看吧。”杵臼被桃花拉着来到了婴儿跟前，这个毛茸茸的小家伙，睡得正香甜。公子杵臼万分欣喜，这孩子，太像他了。他一定好好地呵护他，教养他，立他为世子，让他继承爵位与封邑。

公子杵臼按捺不住内心的喜悦，第二天一早就把这消息报告给陈侯林。陈侯林也十分高兴，嘱咐杵臼，要在宫中宴飨卿、大夫，为大司马喜得贵子庆贺。

这个在极其恶劣天气里降生的孩子，叫御寇，生下不久就被父亲大司马杵臼立为世子。他的降世，给国君氏族带来了期待与喜悦。可是这骤降的暴风雪，这凛冽的寒流，这混沌的天空，是否也应了天物人伦？是否也预示着他命运的诡秘呢？待以后交代。

第七章　不舍恋恋早定情缘

蔡公子献舞正急急忙忙地往陈公宫赶去，刚进公宫的大门，就看见琥儿和桃花一起从女红部出来。她们正在学习女红，已经学会了织布，现在试着自己制作礼服呢。

七岁的桃花，远远地看见蔡公子献舞走来，拉了一下琥儿说："琥儿姊，你看，那不是蔡国的献舞哥哥吗？"

琥儿一看，还真是。待蔡公子献舞走近，桃花说道："献舞哥哥，你这么匆匆忙忙干什么啊？"

蔡公子献舞看到了大司马家的两位女子，就放慢了脚步，说道："吾蔡国使节到了，吾去禀报一下陈侯。你们在这里干什么啊？"

桃花说："吾刚刚学做女红了，献舞哥哥，吾会做礼服了。"

"太好了，桃花真是聪明。"

琥儿看了一眼蔡公子献舞，露出了羞涩。蔡公子献舞白皙的面孔、丰满的双唇、润亮的眼睛，还有他焦虑的神态，让她好生喜欢。九岁的女孩儿，已经知道害羞了。

她不知道他那么急匆匆地干吗？一个使节有那么要紧吗？她好想让他停下，玩一会儿再走。

琥儿看着蔡公子献舞，露出留恋与不舍，仍旧没有说话。蔡公子献舞看到琥儿迷恋的神情，转身走近了她，拉着她的手说："琥儿，吾可能要回国了。"

琥儿动了一下嘴唇，想说点什么，却又没有出口。她大概是怕说错了话，或者说出不合适的话。她眼神飘忽地扫了一下蔡公子献舞，脸颊蓦然羞红，迅速低下了头。

桃花说："献舞哥哥，你还会回来吗？"

"吾，不知道。"

琥儿惊慌地盯住了蔡公子献舞。

她这一盯，注定了一生的姻缘，也注定了蔡国的命运。琥儿喜欢这位献舞哥哥，不想让他走，她想长大了要嫁给他，他要是走了，她怎么才能找到他呢？

看到琥儿羞红的双颊，蔡公子献舞心里一动，这位女子真是太漂亮了，又是那么温润如玉，乖巧娴淑。虽然没有小桃花聪慧灵透，却更加贞静优雅。正是他喜欢的那种女子，如果有可能，他一定要把她娶回蔡国。可是，现在蔡国出现了变故，哥哥封人突然薨殁，他的前途未卜。他二兄的儿子季孟又是大将军，一切都在季孟的掌控之中，他能否回到蔡国还是个未知数。他现在唯一的希望，就是求助陈国。好在他在陈侯林即位时并未莽撞行事，他在这里学习期间，与他们君臣相处甚好。一切的因果，早就注定了。不过，他自己并未有一丝的把握，这一切就看陈国君臣的运筹了。所以，他才急匆匆地去陈公宫禀报。

陈侯林五年（公元前695年），刚进入孟秋，大司马公子杵臼来到公宫，禀告奖励将领，选拔人才等事宜。

秋天是一年非常重要的季节了，因为到了秋天，五谷已经收藏，国民都从丰收中闲置下来，大司农要巡查府库粮仓的修缉，查看粮食是否入库，库廪管理是否到位。大司徒要清理监狱，定性杀戮，惩治犯罪，所谓的秋后问斩。

大司马公子杵臼禀报完训练士卒事宜，又奏道："今年全国风调雨顺，粮食取得了丰收，民间富足，库房丰盈，这是加强军队训练的好时机。去年通过'鱼丽阵'阵法的训练，军队的战斗能力渐强。今年，要加强破解阵法的训练。只有民富兵强，陈国才能强大。另外，今年要清理护城河，加固各城门驰道，外郭的城墙也要增高加固。"

他们正在商议，行人来报，说蔡国发来讣告：蔡侯封人薨逝。

不等陈侯林发话，公子杵臼就嘱咐行人："请蔡国使者到馆舍歇息，以厚礼相待，遣大夫先去接洽，待明日宗庙享礼。"

公子杵臼待行人离开后，禀告陈侯林，据蔡国使者透漏，现在蔡国没有嗣君，如果不采取紧急措施，蔡国可能发生内乱。现在唯一能帮蔡国的就是陈国，在这关键时刻，陈国必须挺身而出，鼎力相助。这不但能平定蔡国内乱，还能为陈国储备政治力量。

陈侯林颔首称许。

原来，蔡侯封人兄弟三人，庶弟蔡季，嫡弟献舞。蔡季原是大司马，控制蔡国的部队。陈国平定公子佗之乱，就是他的功劳。可是，他毕竟是庶出的，而且已经病逝，他的儿子季孟现在是统军大将，继承父亲的封邑及爵位。蔡侯封人没有子嗣，可见，蔡公子献舞是最合适的嗣君，但是，他现在还在陈国，如果时间耽搁了，季孟肯定抢先即位，蔡国的内乱就不可避免。即便现在季孟暂时没有继位的想法，那是他还没有意识到机会难得。一旦他回过神来，肯定会滋生继位的野心。到那时，一切都无可挽回。蔡国面临着和当时陈厉公薨殁时一样的危机。不同的是蔡国没有一个像公子杵臼那样大义的国君血亲。所以，陈国必须火速送蔡公子献舞回国继位。

蔡公子献舞不敢耽搁，告别了两位女子，直奔陈公宫。刚走几步，他便停下来，转过身来，又来到二位女子身边，他想，这次说不定就是永别了。如果他能回国继位，他还有机会再来到陈国。如果不能继位，他这次回国可能要发生不测。即便他不回蔡国，也不能再作为一个公子留在陈国泮宫学习。于是，他取下腰间那块白玉佩，送给了琥儿，然后对桃花说："哥哥身上就这一块玉佩，先送给琥儿姊好吗?等吾回国以后，一定带回一块更好的给你。"

桃花说："吾知道，给琥儿姊吧，吾不会说出去的。吾不要白色的玉佩，吾喜欢翡玉。你回来时记得送吾一块翡玉佩啊。你说的话一定要算数，不可食言啊。"

"吾不会食言的，一定会送你一块翡玉佩。"

蔡公子献舞慌忙进了公宫朝堂，正要行礼，陈侯林说："蔡公子免礼，寡人正要派人请你呢。贵国遇上突变，寡人心里十分悲痛。但是，现在寡人想听听你的想法。是回去奔丧，还是回去继位？"

"凭借您的护佑，若可能，吾是想回去继位。如果只是奔丧，只怕将来吾在蔡国都不会有安宁的日子。献舞乞请君侯鼎力护助，归回蔡国。"

"好，寡人和大司马正在商议此事。如果您想回去继位的话，寡人已经为你准备好了车马兵卒，由大司马亲自送你回国，必须连天加夜，明天天亮之前就要回到蔡国，不然一起都来不及了。这里的一切寡人都替你安排好了，你和大司马即刻出发，耽误不得。"

蔡公子献舞当堂而跪，说道："臣献舞谢君侯隆恩，日后若能当国，必图厚报，就此别过。"

陈国大司马杵臼，护送蔡公子献舞，快马加鞭，星夜兼程，天明便到了蔡国。因为有蔡公子献舞跟着，大司马杵臼一行很顺利过了边戍，到了蔡国境内直接进入馆舍。陈大司马杵臼一行刚进蔡国，蔡公子献舞就差人飞报蔡国司马，说陈国大司马杵臼已经到蔡国馆舍，不刻即到府上拜访。

陈国大司马杵臼和蔡国大司马本来就很熟络，他们一起参加过会盟，共同参加伐郑联军。待二人相见，言及蔡侯封人的病情，蔡司马唏嘘不止地说："大概一个多月前，有一个神医叫扁鹊的，仙游到了蔡国，他从公宫门前路过，看到蔡侯，就停了下来，说：‘您有点小病在皮肤里，不医治恐怕要加重了。’蔡侯平素身体很好，听扁鹊这样一说，就不太高兴。他说，‘寡人没有病。’扁鹊听他这样说，就离开了。看着扁鹊离开的身影，蔡侯说：‘医生就是喜欢故弄玄虚，给没病的人治病，借此捞取功劳和好处。’过了十天，扁鹊又进宫见蔡侯，他说：‘您的病已经到了肌肉里了，再不医治就严重了。’蔡侯很不高兴，就没有理他。扁鹊又走了。再过十天，扁鹊再次进宫来，他见到蔡侯说：‘您的病已经到了肠胃，如果还不医治会更加严重。’蔡侯更生气了，不耐烦地说：‘您看好了，寡人没病，好好的。’他还前后左右地转了一圈给扁鹊看，扁鹊摇头叹息地走开了。又过了十天，扁鹊见到蔡侯，远远地看一眼，转身就跑。蔡侯觉得很奇怪，每次都是喋喋不休地说他有病，这回怎么没说一句话就跑了。于是，他便派人去追问扁鹊。扁鹊说：‘病在皮肤上，用热水敷的功效可以达到。病在肌肤里，针刺的功效可以达到。病在肠胃里，火剂的功效可以达到。病在骨髓里，那是生死之神所掌管的，医生没有办法。蔡侯不相信吾的话，他的病已经深入到了骨髓，所以吾不能再跟他说什么了，吾必须要走了。’使者回禀扁鹊之言，蔡侯笑道：‘寡人有他说的那么严重吗？你们看看，寡人不是好好的吗？怎么就病到骨髓了？病到了骨髓里，还能像吾这样吗？这些医生真是沽名钓誉啊！’

过了五天，蔡侯突然感到身体疼痛，才想起扁鹊说过的话。于是，他便派人去找扁鹊，扁鹊已经逃得杳无踪影了。又过了两天，蔡侯就死了。谁曾想，一向身体很好的蔡侯，怎么就突然暴毙？所以，就没有来得及迎接公子献舞回国。”

“那么贵国的嗣君怎么样呢？”

“蔡侯无子，又去得突然，没有明示嗣君。吾国文武大臣正忙着发讣告，筹备丧事，还没有在一起商议嗣君人选。蔡桓侯薨殁后，大将军季孟倒是来过，商议主丧之事，大家都很明白，如果是他主丧的话，嗣君之位必然是他。可是，按规制，君无子嗣，君位应兄终弟及，所以大家还都想着公子献舞。可是公子献舞远在陈国，吾国派遣的使者，不知道是否已经到了贵国？现在，还不见公子献舞回国，这边丧葬不能再等了。原本打算今天就商定季孟主丧之事，至于嗣位，就看他的意思了，他虽然君侯旁系，也算是最近的血脉了。没想到您这边就到了，公子献舞他？”

他们正在商议之时，侍卫通报大将军季孟请见。蔡司马赶紧让陈司马杵臼回避，季孟肯定是请司马召集诸卿、大夫商定主丧之事的。

季孟说明来意，蔡司马说：“大将军请先回府等候，吾这边遣人通知各位大夫一起到宗庙商议此事。”

待季孟离开，蔡司马说：“烦请司马大人带着公子献舞和你们的士卒一起赶往蔡宗庙，一定要在季孟进庙之前赶到。吾这就安排侍卫长跟你们一起去，把原来侍卫全部撤换，确保公子献舞的安全。吾这边着人通知诸位卿、大夫，即刻赶往宗庙，就在那里等候大将军季孟。待季孟进入宗庙时，吾等已经列班整齐。待他走进班列，吾就宣布由公子献舞嗣位及主持丧事。刚才吾之所以让你回避，就是怕大将军季孟知道公子献舞回国，节外生枝，发生不测。”

蔡国的宗庙里上演了原版陈国庄公即位的一幕，导演依旧是陈国大司马公子杵臼，只是嗣君是蔡公子献舞而已。

大将军季孟赶到宗庙，一切都安排妥当了，他并未有异常举动，只是恭贺蔡公子献舞回国继位。

公子献舞经过一场虚惊顺利即位。为感谢陈国大司马扶助之恩，他恳留陈大司公子马杵臼，在蔡国宗庙举行享礼，铺设三重大席[①]，摆上蔡国珍馐，公子杵臼进入大门时，宗庙内奏起《肆夏》[②]，蔡侯献舞及诸卿、大夫，以九献之礼[③]，为杵臼祝寿[④]。按照规制，只有国君才享受这么隆重的享礼。可见，蔡侯献舞对杵臼的感激之情。

在举行享礼的第二天，蔡侯献舞又在宫中设置宴礼，招待杵臼。蔡人载歌载舞，举国同庆，感谢陈大司马公子杵臼送君安位的恩德。

公子杵臼回国之后，琥儿问及献舞哥哥是否继位？公子杵臼非常惊讶地说：“你怎么问起这事儿了？小小的年纪，竟然关心起国事了？”

琥儿的脸突兀地红了，桃花见父亲追问琥儿姊，她知道琥儿姊是个诚实的人，怕她说出实情，连忙遮掩道：“那天，吾和琥儿姊碰上献舞哥哥了，他说回国之后要送吾一个翡玉佩呢。他继位就好了，肯定不会失信与吾的。”

公子杵臼笑道：“你这小孩子，怎么还惦记起人家的礼物了，想要翡玉佩，父亲送你。咱大司马府还能缺了一块翡玉佩？切不可能要人家的东西啊。对了，你小时候先君厉公还送你一块翡玉佩呢，让你母亲找找给你。”

---

① 三重大席：是国君享宴国君的规制。

② 《肆夏》：宴请国君之乐。

③ 九献之礼：对周时诸侯国君的礼节。

④ 祝寿：敬酒。

宣宓笑道："那块玉佩是吾陈始祖母大姬留下的宝物，要等她出嫁时再给她。"

桃花说道："不是吾要的，是献舞哥哥说要送的，做人说话要算数，他都做了国君了说话更要算数啊。"

宣宓说："孩子们知道你去了蔡国，都为你担心呢。蔡公子献舞也是个才俊，由他继位，蔡国一定会强大的。"

大司马杵臼高兴地说："原来是这样，吾说呢，怎么一下子把话题扯到蔡侯献舞身上了？"

他们一家正在说笑，行人过来通报，说郑国正卿祭足来陈国，现在已经到了馆舍，主公请大司马过去接见使者。

大司马杵臼到了馆舍，与祭足相见。过去，他们在战场上见过，祭足的"鱼丽阵"曾经威震沙场，败陈、宋等联军。现在，祭足作为使节来陈国，大司马杵臼还是以大国风度，按照规制接待他。

见礼结束，祭足道出了来陈国的目的。原来，他是要接公子仪回国继位的。杵臼说道："公子仪在陈国已经几年了，吾陈国一直以太子的待遇对他，就是为了这一天，看来吾主公眼光甚准啊。"

这几年郑国确实也够乱的。郑伯忽复位才一年多的时间，就在他冬季烝祭之时，被高渠弥伏弑在路上。高渠弥弑杀郑伯忽后，扶持早已被他接到他家的公子亹继位。公子亹继位后，为了巩固地位，计划寻求诸侯的支持。当时，齐侯诸儿[①]正是野心勃勃地想称霸，高渠弥就建议公子亹和他一起去聘问齐国。那齐侯诸儿本不是个有德行的国君，因为和妹妹文姜乱伦闹得沸沸扬扬，为了遮掩丑事，扬威诸侯，就以讨伐叛逆罪为名，车裂了公子亹和高渠弥。郑庄公留下两位肱股大臣，一个是祭足，一个是高渠弥。现在高渠弥在齐国被车裂，只剩下祭足。祭足本来就是足智多谋的老臣，一言九鼎地把持朝廷。这次公子亹被杀，郑国君位空缺，祭足肯定不会让郑伯突回郑国继位的。郑庄公的四个儿子，除了郑伯突在栎地，如今只有一个公子子仪了。所以，祭足只能来陈国迎接公子子仪回国继位。

郑公子子仪不像蔡侯献舞那么急促，因为是祭足来请他回国的，肯定不会再有君位之争了，至少现在不会有。于是，他就很从容地向息公子和公子完告别。从息公子馆舍出来，他就到了大司马杵臼的府邸。这么多年来，陈国一直把他当做太子

---

① 齐侯诸儿：齐襄公，齐国国君。

对待，都是大司马杵臼尽心周旋。大司马曾经私下跟他说过，他有为君的德行和相貌，郑国有朝一日肯定是他的，让他一定要耐心等候。正是大司马杵臼的这番话，他才安心在陈国多年。临行前，他要好好谢谢这位大恩人。还有，他想和大司马家的两位女子告别一下，两位仙女一样的女子，伶俐可爱，聪慧贤淑，他非常喜欢她们。他这一回国，啥时候再来，就很难说了。

这时，正好琥儿和桃花从女红坊回来。桃花问道："子仪哥哥，你也要回去当国君了吗？"

"是的，郑国需要吾回去，吾是来和你们告别的。"

"你还会回来吗？"

"肯定啊，吾一定会回来看你的，记得子仪哥哥啊。"

桃花朗声说道："当然记得了。你好好治理国家，吾长大了去看你。"

桃花大人一样的口气，逗笑了子仪，他拉着她的小手说："不用你去，子仪哥哥会来接你的。子仪哥哥听你的话，一定会把郑国治理好。"

琥儿忧郁地说："你们都走了。子仪哥哥，治理国家真的很有意思吗？"

"不是有没有意思，是责任。吾是郑国的公子，就有责任把这个国家治理好，让郑国民富国强。"

桃花说道："对，吾父也是这样说的。你们大人都得这样做吗？"

"对呀，桃花知道得真多。琥儿，这是两块玉佩，它们和吾这块玉璧是一块玉石雕琢的，送你们两个做个纪念。过几年，吾再来看你们啊。"

公子子仪说着，拿出两块一模一样的翠玉佩，分别放在她们的手里，然后又把她们的小手紧紧地捂住。温情脉脉地说："你们两个一定要记得子仪哥哥啊。记住子仪哥哥的话，吾一定会回来看你们的，把你们接到吾郑国去。"

琥儿说："吾不想去郑国。"

子仪问道："你想去哪儿呢？你长大了要离开司马府的。"

琥儿嘴巴动了一下，没有出声，脸一下子就红了。她想说，她要去蔡国，话到唇边又咽下了，觉得这是她心里的秘密，不能说出来的。

郑公子子仪蹲下来，两个胳膊揽住琥儿和桃花："等着吾，吾还会回来的。"

郑公子仪离开陈国之后，在陈国留学的三位公子，只剩下息公子濮了。

息公子濮在蔡侯献舞和郑公子子仪离开之后，感到非常孤单。他们三个同在陈国学习，相处甚是融洽。特别是郑公子子仪，也许是因为年长，也许是比他们遭遇更多，对他们两个爱护有加，常常宴请他们。蔡公子献舞也很讲义气时常为他解惑。

他们一起讨论治国之道，切磋诗礼，总是激情迸发，神采飞扬。他们两个都走了，都回去继承君位，他们都可以把在陈国学习几年的学识，用于治国的实践了。

息公子濮好想和他们一起继续学习，开心玩耍。他们都走了，他也有些想回国了。可是，父亲不召，他是不能回去的。还好，公子完已经长大了，他可以和他在一起学习讨论玩耍，只是，公子完非常恭慎，不像他们二位畅意。公子完是大司马的养子，他非常聪明懂事又有主见，他们也很合得来的，时常在一起。

以息公子看来，公子完在大司马府地位非常幽玄，大司马已经立御寇为世子，他为养子，不嫡不庶，不免遭受冷落。但是，他从来没有透露过一点的情绪，而是更加恭敬地对待大司马一家上下。他有了这个年龄不该有的淡定和从容。息公子濮很是佩服，他觉得公子完一定是一个成大事儿的人。只可惜他父陈厉公死得早，不然，他就是未来的陈君，造化弄人啊！

息公子经常去大司马府邸找公子完，公子完怕引起微词，就常常带着琥儿、桃花和息公子濮一起玩儿。公子完特别疼爱大司马家的两个娣娣——琥儿和桃花，把她们当做自己嫡亲的娣娣。所以，息公子濮也特别喜欢跟琥儿、桃花一起玩儿。大司马家的两位女子，越发漂亮，讨人喜爱。琥儿的年纪正像一朵含苞的花蕾，微微张开的花瓣儿里，满是水嫩的娇妍。可是她内敛沉稳，温婉润泽，特别是那一双黑黝黝的眼睛，像一泓望不到底的深潭。有时候，她还会发呆，不知道她在想什么？是少女思春的情怀吗？真是神秘莫测。

桃花和琥儿完全不同，虽然她也是一朵未开的花蕾，但是她的娇妍像花香一样散发出来，让人感到心悦神畅。她聪慧灵透，开朗活泼，却又识得大体。她那一双亮晶晶的眼睛，能照出人影。息公子濮感觉更喜欢桃花，如果，他将来继承君位，一定要到陈国求娶这一对姊娣花。

第八章　神奇秘秘庄公仙逝

陈侯林三年正月，在五谷台[①]进行郊祭[②]。

五谷台在陈城东边偏北方向的五里之处，是炎帝神农氏教民播种、训耕稼穑的地方。炎帝神农氏生于烈山，育于姜水，他率领部落从姜水向东迁移，在涿鹿与黄帝一起大战蚩尤，打败蚩尤之后定都宛丘。宛丘旧城在陈城的东南隅，是现在陈国的仓廪所在。因为这个月主宰之神是太皞，他的神名叫句芒，是东方之神。所以正月郊祭就选择了五谷台这个地方。

郊祭结束，陈侯林回到宫中，感到十分疲乏，就在卧榻上稍息片刻。朦胧之中，有一红衣女子，翩然而至，说道："吾乃娲皇之子，奉吾主之命诏告与汝，吾主将巡游至汝陈地西北方株林[③]之中，汝务必草建歇息之处，可保陈国子孙繁茂，国祚绵长。"陈侯林惊恐而拜，问道："在株林何处？"

那红衣女子说道："汝且随吾而来。"

于是，陈侯林便随那女子直奔陈国西北的株林而去。不一会儿，到了株林，株林的西北边是一片茂密森林。他们进入森林腹地，确有一片开阔之处，果真是一片仙境般的景致，一条小溪逶迤而过，小溪边长着各种奇花异草，团团轻霭在头上飘荡，顿时让人心旷神怡。这确实是神仙宜居之地啊。

"是这儿吗？"

"就是这儿。"说完，那红衣女子便不见了。陈侯林一阵慌乱，心想，不知吾走出去之后，能否再找到这里？还是要留下记号才好。他手中并无其他物件，便把腰

---

① 五谷台：位于淮阳县城东北五公里处。土台高文余，广十亩，传说是炎帝神农教民稼穑，播种五谷的地方。

② 郊祭：隆重祭祀，祭祀天地日月。

③ 株林：陈国邑，今在河南西华西东夏亭镇镜内。

间的丝绦解下，挂在那棵树上。待要出去，四周张望，全都一样，并不知从何而来，正着急之时，忽听有人唤他："主公，主公……"

陈侯林用力睁开眼睛，原来是一个梦境，唤他的是内侍小竖。那小竖禀告道："主公，外有一觋[1]士求见。"

陈侯林揌了揌眼睛，梦中的情景依然清晰，待他寻腰间的丝绦时，确实不见了。他不禁暗暗惊奇，忙宣觋士觐见。

觋士行完礼，说道："在下名祁，自王都而来，路过贵地，见陈城西北方向一团红色祥云缭绕，便知那是神仙踪履。主公可得祥兆？"

于是，陈侯林便把刚才梦中景致说了一遍。觋祁便道："在下乃受缥衣仙子的指点，为娲皇修建庙宇。"

有梦境为证，陈侯林对此深信不疑。于是，吩咐宫人打扫馆舍，安顿觋祁在宫中住下，帮助筹建女娲庙。

大夫伯爰诸听到之后，找到司城，让他和自己一起谏议陈侯林，停止建庙。现在陈国虽然安定，但也是正在恢复之中，由于频繁的战争，国库还没有充实，民生还没有得到足够休养。再说，现在不是动土建庙的季节。即使要动土建庙，也得等到秋天才能进行。建筑是秋天应该做的事儿，春天是耕田播种的时候，君主不能违背天时。如果现在动土，那就是在春天颁布秋天的命令。如果在春天颁布秋天的命令，就会遭到上天的惩罚，小则会有旋风暴雨，藜莠丛生，大则会有瘟疫流行，畜死民亡。主公一定要慎行啊！

陈侯林为觋祁迷惑，不听劝谏。他亲自和觋祁一起去探寻神仙之地。陈城西北株林确是有一片森林，正如陈侯林梦中所见一样。不过，他们进去之后，并没有找到他梦中的那片空地。

陈侯林未继位之前，也是一个雄心勃勃的大司马，掌管陈国兵马，立下赫赫战功。自继位后，甚喜方术神鬼，也许是陈侯跃暴殁，对他是个打击。特别是遇上了觋祁，就更痴迷上了神仙之道。

有一天，觋祁告诉陈侯林，他已经找到了那个地方，并拿出了一条丝绦为证。这时，陈侯林对觋祁更是坚信不疑。于是，他下令由觋祁负责，在森林之中筹建女娲庙。

---

① 觋：男巫。巫，一般指女性。

那天，宓伯跟大司马杵臼说，“如今主公喜欢上了巫道，您要为自己谋划了。”

公子杵臼说：“你这是什么意思？”

“喜巫的君主，就不会再爱他的人民。不爱人民的君主，就不能再做君主了。”

“主公并没有失德之举啊！”

“他常常跟觋祁出游，不理国政，这是君主之德吗？”

“不理国政？陈国现在不是很好吗？”

“那是由大司马撑着呢。”

“吾作为臣子，这是本分啊。主公在，吾却想做君主，这是谋逆。你说他常和觋祁出去？”

“是的。”

“你怎么知道的？”

“满朝文武都知道。”

“你认识觋祁？”

“不认识，听说而已。”宓伯说着，神情有一丝慌乱，这并未逃过公子杵臼的眼睛。

公子杵臼觉察出了宓伯的异常，他肯定认识觋祁，为什么要遮掩，这觋祁来得好生奇怪。不过，宓伯城府很深，想必再追问，也问不出什么。他想，宓伯既是姻亲，又是内臣，为他谋事也是忠心所在，并未深想。

第二年，陈国果然出现了涝灾，那年的夏天，雷雨下了七天，护城河水满外溢，连内城公宫都进了水，一夜之间大水漫到了陈侯林的卧榻前，整个城内的街衢都能撑船了。陈城之外的野邑①，田里的庄稼都淹死了，牲畜死了很多。还好，东湖还没有外溢，不过水位也已经到了岸边。如果再继续下去，就会很危险。

觋祁上奏陈侯林，这灾难是因为停止了傩祭，必须要进行一场大型傩祭才能消灾，以后每年照常，不能废止，就不会再有这样的灾异了。于是，觋祁便在公宫举行傩祭，他身穿朱衣朱裳，命方相氏召集三十巫、三十觋，都蒙着熊皮，戴着黄金铸造的有四只眼的面具，玄衣朱裳，拿着戈举着盾，跳着巫舞。然后，他又带领这班巫觋原样装束，巡游街衢，驱除疫鬼。大雨果然停了下来，水位也渐渐退去，而且大水过后，只是死了一些牲畜，并没有瘟疫出现。由此，陈侯林对觋祁就更加信赖。

觋祁借机告诉陈侯林，说主公本是天神。因为上天知道陈国要发生内乱，才派

---

① 城之外的野邑：春秋时期“城”指都城，“邑”指都城以外的城市。城邑之外称野。

他来治理陈国的，到时候，上天肯定会派仙人接他回去。

于是，陈侯林就经常跟觋祁一起寻仙求道。

息公子濮从泮宫出来，跟着公子完一起来到大司马府邸。大司马杵臼的世子御寇已经三岁了，琥儿和桃花都在逗他玩。

看到息公子濮和公子完过来，桃花放开了御寇，跑过来迎住他们。桃花说："濮哥哥，完哥哥，你们带吾去街肆玩玩吧？吾父给吾买的小风筝坏了，吾想给御寇弟弟买一个，让他玩。"

琥儿说："桃花，别麻烦他们了，让父亲再买一个就是了。"

"父亲那么忙，吾自己可以做的，为什么还要再给他添忙呢。吾有钱，不用他们的。你们就带吾去吧。"

公子完说道："女子出去要经过母亲允许的。"

"吾知道的。你们答应了，吾再向母亲禀告不迟。"

公子完说："还是桃花娣娣做事周全。"

息公子濮颔首称赞。

他们还没有走出府邸大门，就有行人来报。对息公子濮说："公子，息国来使，请公子到馆舍议事。"

息公子濮看了一眼桃花。桃花说："濮哥哥请先去吧，等你空闲下来咱们再去。"

息公子濮说道："也好，吾先回馆舍。处理完事情，就过来带你去。"

息公子濮来到馆舍，来使以礼相见。来使禀道："公子，主公诏公子急速回国。"息公子慌忙问道："为何如此紧急？"使者道："请公子回去监国。"

原来，息国的邻国赖国，遭到楚国[①]的征伐，向息国求救。息桓侯因为伐郑兵败的教训，不敢出兵相救。赖国[②]见息国不敢相救，只好倾其所有，向楚国求和，并答应每年向楚国进贡。楚国罢兵之后，赖国对息国袖手旁观，十分生气，倚仗有楚国做后盾，讨伐息国。息国本是侯爵国，赖国不过是子爵国，息国不出兵相救自有难处，怎么就出兵征伐，息国难道还能怕它不成。于是，息桓侯准备亲自率军和赖国开战，派人到陈国接息公子濮回国监国。息国出了那么大的事儿，息公子匆匆忙忙没有和公子完他们告别就走了。

---

① 楚国：公元前1042年——公元前223年，周朝封诸侯国。子爵国。后称王。都城郢都，在今荆州。（荆州北五公里有纪南城遗址）。

② 赖国：公元前11世纪——公元前538年，周朝封姬姓诸侯国，子爵。今在河南省息县包信镇。

宓伯来到大司马的府邸来看御寇，还给御寇带来一个小风筝。桃花看到了，高兴地说："舅舅，吾正准备给弟弟买一个这样的风筝呢，吾的那个丢了。舅舅正好买来了。"

"好孩子，舅舅还给你买了一个小熏香炉呢。你不能随便出去的，需要什么吩咐下人就行了。"

"吾是让完哥哥和濮哥哥陪吾去的。可是，濮哥哥说是一会儿就回来，这都好长时间了也不回来，他一定是有什么事绊住了。"

"是的，还绊得紧呢，恐怕一时半会儿回不来了。他们息国正在跟赖国打仗呢，他啊，要治理他的国家了。"

宣宓说道："公子濮品行端正，聪明灵透，听主公说，子鍼老大夫还夸他进步很快。他一定能治理好他的国家。"

桃花说："濮哥哥一定会回来的。他说回来，就一定会回来。他都监国了，怎么能说话不算数呢。"

宓伯笑道："好，他啊，甭管监不监国，都得听吾桃花的，一定会回来的。他要是不回来，老天就不答应。"

宓伯抱着御寇转了一圈，逗得御寇咯咯大笑。这时，一只花喜鹊飞来了，落到了那棵大桃树上，叽叽喳喳地叫了一阵子，抖抖翅膀飞走了。

宓伯转脸看着妹妹宣宓夫人说："喜鹊一定是来报喜的。你一定要教养好御寇，将来陈国一定是他的。"

宣宓觉得这话有些蹊跷，就问："出了什么事儿了？"

"没什么，该改年号了。"宓伯说完就走了。

刚刚进入冬天，一位农人在田里捡到一只大鸟，全身长着七彩的羽毛，尾巴很长，像传说中的凤凰。只是这只鸟身上中了箭镞，他拔掉它身上的箭镞时，它还活蹦乱跳的，很有精神。因为没人认识这只大鸟，所以他认为这一定是只神鸟，这么漂亮的神鸟，肯定会有瑞兆。于是他就拿着它来公宫献瑞。

可是，那人来到公宫，并未见到陈侯林。他等一个时辰，还是没有传见，侍卫不让他再等了，那人就是不肯回，说一定要见到主公，这是他一生见过最漂亮最神奇的鸟了，它一定是一只神鸟。又过了一个时辰，那只鸟由于中箭就死掉了。献鸟的人就在公宫里哭号不止，怎么都轰不走。

这件事惊动了内宫，内宫总管急忙来禀报大司马公子杵臼。待大司马公子杵臼赶到公宫时，献鸟人留下那只死鸟走了。

大司马公子杵臼嘱咐总管把那只鸟收起来，让司农和太史辨认一下，看看究竟是什么东西。

他召来宫内那个小竖，问：“主公什么时候走的？”

小竖说：“已经五天了，主公跟觋祁一起走的，走时还身着便装。”

“主公走时有何嘱咐？”

“没有，他只说，如果大司马来时，就领您到他的寝宫去看看，您一看便知晓一切。”

杵臼急急忙忙来到陈侯林的寝宫，只见陈侯林上朝的礼服挂得规规整整，榻前的一只木几上，放着一只函简。函简上只写着三个字：吾去矣！

一种不祥漫过杵臼的心头，主公不会再回来了。但是，他究竟去了哪里？还活在世上吗？国不可一日无君啊？他怎么办？

于是，他差人通知伯爰诸、子鍼几个老臣到宫中议事。

大司马杵臼说出了主公离宫出走之事，大家都沉默不语。陈侯林和觋祁微服出宫，是经常的事儿，这已经不是什么秘密的事儿了。不过，这次好像凶多吉少。

他们正在商议，只见陈侯林一个贴身侍卫，挎着一个包裹，从外边一路奔跑而来，进了朝堂大殿，扑倒在地。他语无伦次地说：“司马大人，不好了。主公他，他，怕是薨殁了。”

大司马杵臼说道：“慢慢地，从实说来。”

那侍卫道：“主公出宫时，不让小人跟着。小人怕主公没人照顾，就悄悄地跟上。主公和觋祁他们出了公宫，直奔株林而去，到了森林腹地的女娲庙[①]，进去拜了拜又出来，然后继续往里走去。走了不知多长时间，那里有一片空地，有一个院子，几间草屋，草屋前面还有一块大石头。石头上刻的字，小人不认识。他们二人进了院子，吾怕他们发现没跟上。吾想，吾在门口盯着就没问题，他们肯定会出来的。可是，过了两天，吾没见他们出来，也没人进出，吾感到奇怪，就大着胆子进了院子。整个院子里一个人影也没有，吾明明看着他们进了院子，也没见人出来，这人怎么就没了影儿？吾在院子里前后左右都找遍，也没有见到他们。吾就翻过院子的后墙，在后墙外边，找到了主公的衣服，却没见到人，想必他已经薨殁。”

贴身侍卫打开了包裹，确实是陈侯林的衣服，还有头上的青帛发冠。

---

① 女娲庙：现河南西华境内有女娲庙。

伯爰诸说：“看来主公已遭遇不测，消息暂不能外传，有问此事，只说主公暴病而薨。”

这时，大司农和太史也赶来了。他们报告说，农人所献祥瑞之物，不过是一只野鸡而已。这只野鸡可能是从森林飞出时，被猎人射中而死。

陈侯林神秘而逝，并未在陈国引起太大的震动。陈侯林之子公子结，并没有继位野心，更没有执掌国政的能力，而且他父亲也一再嘱咐，不要有谋逆之心，才能确保陈国安稳，自己安全。所以，他遵父遗嘱，甘愿扶助叔叔杵臼继位。陈厉公之子公子完，年龄尚小，且是个聪慧通达之人，更不会自不量力得谋取君位。国君一族内部没有争夺，外臣也就没有任何骚动了。

于是，陈国卿、大夫，一致拥戴大司马公子杵臼为君。杵臼即位之后，才对外发出讣告，称：陈侯林暴病而薨。陈侯杵臼嘱咐内宰，筹备棺椁，以国君规制殡葬陈侯林，棺木内盛陈侯林衣冠。

三日后，陈庄公灵柩移至宗庙。杵臼主丧，正式嗣位，由此陈侯杵臼正式登上了陈国的政治舞台，开启了陈国盛世。

第九章　邻邦睦睦鲁媵新妾

陈侯杵臼继位后[①]，各国使臣来贺。郑国国君子仪，亲自来到陈国，因为对陈城熟悉，没进馆舍，直接进入宗庙，先吊后贺参加祭拜仪式。祭拜仪式结束后，郑伯[②]子仪到了馆舍，看到自己腰间佩戴的翠玉璧，便想起了他送给琥儿和桃花的一对玉佩。三个物件儿本出自一块玉石，这个玉璧是中间的一块，而那两只玉佩是两边的材料。当时，他得到这块玉石，还有一段故事呢。那时他还是郑国公子，到封邑巡查，一个农人打扮的人，说有一个宝物送他。他即刻宣见，只见那人拿了一块石头送他，他很生气，说这不是糊弄他吗？那人却说，这不是一块普通的石头，大人如果识得，它将会成为您的护身之宝。他听说过楚国"和氏璧"的故事，就着人收下。然后，着玉匠剖开，果然是一块上好的翠玉。玉匠问他要做成什么？他想起了那人的话，就让玉匠做了一个玉璧。因为玉璧是六瑞之一，也是身份和权利的象征。玉匠又问，剩下的边料，怎么办？他说，就做成两块玉佩吧。有意思的是，玉匠把三件宝物送他之后，他做了一个更奇怪的梦，梦到那三件宝物突然飞到空中，幻化成了三个人，一男两女。那两位女子，飘飘如绝色仙女，围着那男子翩翩起舞。而后，两位女子不停地旋转，转啊，转啊，在旋转之中携那位男子飘然而去。他梦醒之后，回想着梦中情景，好生奇怪，那男子好像是自己，两位女子却不知是何许人也。当时，他想不过是一个荒诞的梦而已，并未在意。他从陈国回郑国时，因为没有找到别的礼物送给大司马家的两位女子，就顺手将两块玉佩送给了她们。此次来陈国，他突然开悟，也许那梦境是天降瑞兆。那两位天仙般的女子，一定是琥儿、桃花。那梦境，一定是预示着他的姻缘。既然是天意，就不可违。不过，现在求亲还不是时候，一是陈国国丧，二是两位女公子年龄尚小。陈侯杵臼待他恩重如山，

---

① 陈侯杵臼即位：公元前692年。

② 郑伯：郑公子子仪，郑国是伯爵级诸侯国，他没有谥号，因此称郑伯。

他一定要把这两位女公子立为郑国夫人。这次来陈国虽是吊丧，更主要是向陈侯祝贺继位的。像这种邻国吊丧，按规制派遣卿、大夫即可。可是，没有陈国的帮助，他就不能继承君位，所以他才以朝王的礼节亲自来陈国吊丧贺喜。

吊贺结束，郑伯子仪到公宫看望琥儿、桃花，两年不见，两位女公子[①]长成了花骨朵一般，十二岁的琥儿，身着粉色的深衣，外套七彩的袍子，十分漂亮。只是比过去更加沉稳、娴静，她那一双深潭般的眼睛，能把人给淹没了，实在不敢多看它一眼。活泼灵透的桃花，依旧是那么聪慧开朗，善解人意，仪态万方。

郑伯子仪从公宫出来，好像觉得有什么缺失，是什么呢？这感觉有些怪怪的。他下意识地摸了一下他腰间的玉璧。突然想起来了，是那两块玉佩，他怎么没有看到两位女公子佩戴啊？他好像看到琥儿的腰间佩戴了一块白玉佩。是的，白如羊脂的那种，也是国宝级的宝贝。他好像在哪儿见过。还有，当时，他看了一眼白玉佩，琥儿的脸儿还有些羞赧。这白玉佩是谁送她的？

难道？不会的，不会有人提亲的。她们还都那么小，他一定会在第一时间来陈国提亲的。

蔡侯献舞也亲自来贺，还带来了蔡国特制的大鼎，这也算是最贵重的礼物。两位君侯亲自来贺，陈侯杵臼自然高兴。这一吊贺，不但是彰显邻国的睦好，更是彰显了陈国对他们的恩德。蔡侯献舞见过陈侯杵臼，就去后宫拜见宣宓夫人和两位女公子。琥儿知道献舞哥哥要来，和母亲静候在室内，心里不禁慌乱，还好，桃花不在。蔡侯献舞一见琥儿，便惊诧不已，几年不见，竟然出落成这般妙嫚温雅，玉嫩秀靥如凝脂，眸含春波情脉脉。这泱泱大国，礼仪之邦的女公子，决然不同寻常。由是，蔡侯献舞对琥儿更加仰慕不已。蔡国虽然也是侯爵级国家，但比起公侯的陈国，还是有些差距的，这也是他的仰慕所在。自从他离开陈国，琥儿已经在他心里，从来没有放下过。他想，等她行了笄礼，他要亲自拜求姻缘。

琥儿生性内敛，柔顺羞涩，面对她心系已久的蔡侯献舞，自然是拘谨不安。而蔡侯经过了这几年的历练，他原本英俊的脸庞，多了一些成熟，更加英气逼人，魅力无限了。琥儿微微颔首，却也禁不住蔡侯的吸引，目光轻轻扫了一下，心里怦然悸动。这怦然悸动像胭脂一样，晕染了她的脸庞。她把头低了下去，却又不禁地轻轻回眸。蔡侯献舞像太阳一样，照得她不敢直视。她觉得不能再这样了，心儿跳得

---

① 女公子：春秋之前，国君的孩子，不管男女统称公子。为便于阅读，国君的女儿称“女公子”。

好快，要晕厥的样子，和蔡侯寒暄几句，就慌慌张张地离开了。蔡侯献舞不舍地望着离开的琥儿，她羞赧的样子更让他倾慕和兴奋。

息国的桓侯年迈，派公子濮前来吊贺。只是息公子濮晚来了一步，因为楚王征伐息国南邻的弦国[①]，弦国向息国求援，息国增援戎车一百乘，可是情况并不乐观。强大的荆蛮之楚，正虎视眈眈地望着中原，它的爪牙已经伸到了周边的小国。息公子濮忧心忡忡地说："弦国怕是不保，早晚为楚所灭，息国也将受到威胁。"息国近年来战争不断，国库亏空，兵力孱弱。自己尚且不保，哪还有力量再支援邻国呢？况且，楚国那么强大。可是，如果他不支援弦国，马上就有危险。所以，他借吊丧之际，传达父亲的旨意，向陈国借兵。

郑伯、蔡侯本打算离开，听报息公子濮来吊，就都留了下来，等候和这位昔日同窗学弟相聚。

陈侯杵臼在公宫宴飨他们。三位同窗好友与他们的大恩人欢情相聚。正是：这一聚友情暖暖化春寒，再聚时物是人非各一天。古往今来多少事，天道人轮不契合。

陈侯杵臼的宴飨，气氛融洽，既是答谢宴飨，又是同盟相会，三位国君一位太子，四国的力量在当时中原诸侯国也是不可小觑的。当下，陈侯杵臼吩咐，增援息国戎车二百乘，蔡国增援戎车一百乘，郑国因为太远，没有兵力相赠，不过郑伯已经吩咐过，待他回国，增援黄金百镒、弓矢一千，以抵挡南蛮。

宴罢，息公子濮千恩万谢，要去内宫辞拜宣宓夫人，主要想见一见两位女公子，特别是公子桃花，上次走时曾许诺公子桃花陪她去街肆，结果一走就是两年。陈侯杵臼拦住息公子说，"不必多礼，快快回去增援弦国吧。"作为太子安邻保国才是大事儿，不能为儿女情长所绊。息公子濮就此告别，说道，"等那边战事一停，还要到陈国来学习。"

送走了几位国君公子，行人来报，说鲁国大夫施伯带领使节已到陈城。宣公嘱咐上卿伯爰诸先迎接施伯进馆舍，待明日宗庙享宴。鲁国，乃礼仪之邦，向来亲善友邻，施伯乃鲁国名臣，忠善贤德，博才识礼，陈国必以至礼待之。

伯爰诸迎引施伯至馆舍，施伯道："鄙君闻及贵国主公薨殁，悲同贵国诸卿士臣民，特遣小臣以吊。但闻，新君杵臼，智高德旺，抚臣惠民，堪称贤能。共并

① 弦国：周朝封子爵诸侯国，嬴姓。今河南光山县境内。

一贺。”

除此之外，施伯还道出了另一层意思，陈君新嗣其位，鲁侯愿一宗女为媵[①]，以备陈侯扫洒之役，以结两国睦邻之好。

伯爰诸谢道：“多谢贵君侯美意，待臣下禀报主公之后，主公明日将亲谢于宗庙。”

施伯回鲁，见过鲁侯允，详禀陈国之盛。鲁侯允顿时生羡，嘱咐施伯待陈国葬过陈庄公，便遣使奉送媵妾鲁曹至陈。

鲁曹到陈，甚得陈侯杵臼宠爱。那鲁曹不但长相秀美，面带酒靥，笑意盈盈，而且声音甜美黏人，如莺啼燕语，让人如饮香醇美酒，如痴如醉。况这女子生性极其通透灵达，善解人意。

鲁曹讨得陈侯杵臼欢喜，夜夜欢愉，日日牵挂，陈侯杵臼便无暇幸临其他妾妃。这些被冷落的妾妃们，心生妒意，一起来到宣宓宫中，明着请安，实是告状。妾妃们七嘴八舌地数落鲁曹的种种不是。她们说：“姊姊治理后宫有方，多年来姐妹们情同手足，不曾有过生分，妾身们也不曾遭受冷落，这鲁曹一来，就坏了规矩。吾等这一段时间，可曾见过主公？姊姊还是要给主公提醒为是。”

宣宓何尝不是这样想的，不过她觉得鲁曹刚来，主公宠幸新人也是常情，燕尔新婚缠绵悱恻不必过多责备。况且，主公继位不久，国事繁多，不能因为小事给他添烦。只要他心情好，才能治理好国家，国家安稳了，姐妹们才有好日子。至于宠幸多一些少一些，不必太计较了。于是，她好生劝慰那些妾妃，各自散去。

刚刚过完中秋，宓伯过来看望宣宓姬、太子御寇。他说，他已经封为上卿了，任大司马。陈侯杵臼继位之后，第一次对文武大臣进行了调整：老大夫子鍼已经告老。大夫原仲填补了他的位置，任大司空，这原仲也是个德才兼备之人。伯爰诸提出告老，他的孙子宣仲（字涛涂）就任大将军，这小子智勇双全，是不可多得的将才。伯爰家后继有人啊，爰（辕）氏一族必将子孙兴旺昌盛。

“主公英明，陈国一定会称霸一方吧？”

“陈国不会称霸，称霸必须是‘假[②]仁义，真武力’，国盛兵强。称霸最关键的是真武力，而不是假仁义。陈国不称霸自有陈国的国情。陈国始祖是舜帝后裔，舜

---

① 媵：是先秦的嫁娶制度。一男子娶其姊，其妹妹或者宗族女子陪嫁。春秋时期媵妾制，一国嫁女其他国家可以陪嫁。

② 假：借。

帝以德治国，陈君主代代相传。周封妫满于陈地，并非血亲，而是因其父有功于周，继而又赐予姻亲。所以，陈国靠姻亲和礼仪德治维系和周王朝的关系，而不是靠武力。陈国因为和周王朝关系密切才被其他诸侯国看重，和其他诸侯国的关系也是靠德行和礼仪，这都是虚的。最关键的是，陈国的地理环境不允许它称霸。陈国地处中原腹地平原，易攻难守，绝对不适合武力对抗。陈国，不可以称霸，只有和睦邦邻，共结安好！主公是个英明的君主，他知道陈国应该怎么办。”宓伯兴致很好，侃侃而谈。见宣宓心神不宁，问道：“你情况怎么样？”

宣宓忧心忡忡地说：“近日宫中怨怼颇多。”

“都是关于鲁曹的吧？吾也听到一些。不过，你一定要保持从容，你的任务就是教导好太子御寇，善待公子完。只要太子御寇在，宓氏就能强盛。不然，就枉费了吾一番心机了。让那些妾妃们嫉妒吧，这才是体现你大度与贤德之时。身为后宫之主，最要不得就是妒忌。没有长久的宠爱，所有的欢愉都是暂时的。只要保住你后宫之主的位置，其他的都不重要。这些愚蠢的妾妃们是不会明白的。”

宓伯走后，宣宓夫人陷入了沉思，哥哥扶持御寇，也是为了宓氏一族。宓氏虽是世袭的大夫，但是一直都没有得到高位。他现在也算是宓氏一族中官位最高的了，哥哥深藏不露，智慧过人，善弄权谋。他今天说了很多，这不像他的为人，他一定是被什么事儿所激动，或者为了遮掩什么。

宣宓正沉思间，鲁曹过来请安，还送来几匹缯锦。这缯锦是丝织发源地缯国[①]所特有的，非常漂亮。缯子[②]每年都要向鲁国进贡缯锦。鲁曹从鲁国来时，鲁侯允赐给她很多缯锦，让她带到陈国。

鲁曹拜见宣宓时态度谦卑，礼节周全，一看就是鲁国世家女子，难怪陈侯杵臼喜欢她。

这时桃花从外边进来，同鲁曹见过。待鲁曹走后，桃花说，“母亲，这就是父亲宠爱的鲁曹？吾看挺好的，怎么那些夫人媵妾都说她的坏话？她是坏人吗？”

“怎么说呢？她并不是坏人，你看她为了伺候主公，从遥远的鲁国来，怎么是坏人呢？”

桃花说：“那些夫人媵妾们，她们是坏人吗？她们总有一方是错的吧？”

---

① 缯国：夏朝古国，姒姓。历经夏、商、周。周封子爵。公元前567年亡于莒国。丝绸发源地。今山东兰陵县境内。

② 缯子：缯国是子爵国，其君称缯子。

宣宓长叹一声说："人，不能简单地分好人和坏人，你那些姨娘们都不是坏人，只是想法不同而已，她们都是想自己太多了。身为女子，在家从父母，出嫁从丈夫。"

宣宓停了停，心情沉重地说："同是女人，为什么就不能大度一些，宽宥她人呢？你嫁给了一个国君，就得以国家社稷为重，自己小小的委屈又算什么呢？"桃花听母亲这样说，知道母亲心情不好，小小的女子心里在想，若吾长大了就按母亲说的做，不让母亲伤心。继而又安慰母亲说："母亲，吾明白了。哦，对了，吾刚碰到完哥哥了，他还教了吾一首歌呢。吾唱给你听听吧。《东门之枌》[①]：东门之枌，宛丘之栩。子仲之子，婆娑其下。榖旦于差，南方之原。不绩其麻，市也婆娑。榖旦于逝，越以鬷迈。视尔如荍，贻我握椒。母亲，吾喜欢这首歌。完哥哥说他再过两年就毕业了。吾也想上学，女工吾都学完了。"

宣宓说："女子是不上学堂的。这是规制，就是周王的女王子，也不能上学。"

"上学有什么不好？女子多学一些礼仪不好吗？子仪哥哥、献舞哥哥、濮哥哥，他们都上学了，都当了国君，还有完哥哥也上学了，吾怎么就不能上学？你不同意，吾自己跟父亲说。父亲一定会支持吾的。"

---

① 《东门之枌》：《诗经·陈风》中的篇目。

第十章　宠爱切切姊娣入泮

陈侯杵臼命大司空原仲考核百工，举荐能人巧匠，命大司马宓伯组织将士比武。宓伯特意邀请正在泮宫上大学的公子完参加。

公子完看到主公亲自观战，十分勇猛，拔得头筹。陈侯杵臼十分喜欢，这孩子有勇有智，将来一定成为陈国的栋梁。

比赛结束，陈侯杵臼即刻将株林加封给公子完，因为公子完已经长大，将近成年，他也该成家立业了。他被收养在大司马府，一直未有封地。可是没有想到，公子完言称还未成年，无力管理，力拒封邑。这太让陈侯杵臼意外了，很少有人面对封赏而拒绝，更不用说是一个孩子了。他觉得这孩子小小的年纪，如此沉稳，进退从容，宠辱不惊，一定会是一个有作为的卿相。

宓伯笑道："这样年纪的孩子，却这么谦逊干练，将来了不得。"

陈侯杵臼听宓伯说到公子完的将来，心里一沉。这孩子，他还真得提防着点。他父早薨，按规制原本该由他继位。陈侯杵臼是为了陈国安危，才力主陈庄公即位的。如果这孩子知道是他阻止了他的君位，情况会怎么样呢？

宓伯看出了陈侯杵臼的心思，没有继续这个话题，而把话题转到了太子御寇身上。他说："主公一直忙于国事，今天是太子的生日啊。您不去看看他吗？"

一提太子，陈侯杵臼心里漫过了一阵温情，是的，太子都五岁了，他得去看看他了。今天是他的生日，于是嘱咐玉人[①]挑一件礼物给他。

陈侯杵臼往宣宓寝宫走去，自鲁曹来陈之后，他几乎没有再去过宣宓的寝宫。顿时，一阵愧疚涌上来，宣宓是个识大体的夫人，不但没有女子的妒忌，还时常送一些礼物给鲁曹，就连受专宠的鲁曹都对她称赞不已，确实为难她了。

---

① 玉人：宫中主管玉器的人。

宣宓听报，早已让太子御寇、公子琥儿、公子桃花一起迎候父亲。陈侯杵臼看到孩子们都在迎接他，非常高兴。桃花更是灵透，拉着父亲的手说：“父亲，桃花可想您了，您今天就在这里用飧[①]。”

陈侯杵臼很高兴，就答应了。宣宓即刻嘱咐膳夫，准备飧食。陈侯杵臼遣人把公子完叫来，一起用飧。

这顿饭吃得其乐融融。吃完饭，桃花就问公子完：“完哥哥，泮宫什么时候收新学生啊？”

公子完说道：“每年的正月。”

桃花就说：“父亲，吾和御寇都是您的孩子吧？”

杵臼说：“当然了。怎么了？”

“御寇长大了是不是要上学啊？”

“当然要上学了。”

“可是，吾已经长大了。吾想上学，不可以吗？”

“当然可以。有什么不可以的，不就是上学吗？”

宣宓说：“按规制女子是不能上学的。”

陈侯杵臼说：“规制是死的，人是活的。好的规制就遵守，不好的可以改。好多规制也都是一点一点完善的。女子上学在陈国是可以的。只要她们愿意。寡人同意了，以后，这就是规制。”

桃花当即下跪谢父恩典。

陈侯杵臼哈哈大笑道：“寡人怎么就被这个小小的孩子绕进去了。不过，寡人既然说了，就这么办了。不就是上学吗？又不是坏事。琥儿呢？你是不是也要上学啊？”

琥儿说：“吾听父亲的。”

桃花说：“琥儿姊，你就去吧，吾二人一起去上学。吾想学习歌舞音乐，还有琴瑟。”

琥儿怕桃花一人上学孤单，就决定陪她一起去。

琥儿、桃花作为国君的女公子，进入了陈国的泮宫学习。那年是陈侯杵臼元年，琥儿十二岁，桃花九岁。

九岁，正是国君公子上学的年龄。因为按照周朝规制，王子七岁入学，诸侯公

---

① 飧（sūn）：晚饭。

子九岁入学。但是，当时规制，女孩子是不能入学的。即是女王子也是只在宫中学习女红，或者请女师教导礼仪。桃花因为遇上了开明的父亲，才有幸进入泮宫学习。

公子完和琥儿、桃花一起从泮宫回宫，来向宣宓夫人请安。宣宓看他们高高兴兴地回来，就问道："琥儿，你们都学了什么啊？"

"母亲，还是吾来告诉您吧。今天，告老的大夫子鍼，奉命为我们讲了'六逆六顺'，他说：'卑贱的人妨碍高贵的人，年少的人欺凌年长的人，疏远的人离间亲密的人，新人离间旧人，小国加兵大国，淫乱毁灭正义，这是六种背逆的行为。国君有义，臣子行义，父亲慈爱，儿子孝顺，哥哥友爱，弟弟恭敬，这是所谓的六种和顺的行为。摒弃顺行，效法背逆，就是加速祸患的发生。做国君的人，应该提倡六顺，消除六逆，祸患就不会发生了'。"

公子完说道："桃花娣娣好聪明啊，比吾记得都完整。"

琥儿说："吾还是觉得女红更有意思。用一块织锦，做一件漂亮的礼服，不是很好么？桃花娣娣偏偏喜欢什么六逆六顺，这都是男人的事儿。母亲曾教导吾等：'王后还要亲自编制玄紞[①]，公侯夫人要编织纮、綖[②]，卿的正妻编织大带，大夫之妻织祭祀礼服，上士之妻除此之外还要给丈夫织朝服，自下士以下的妻子，都要给丈夫织衣。'吾觉得，这是女子需要做的事情。女子要做好家里的事儿，外面的事儿交给男子做。"

"女子是应该做这些，但多学一些有什么坏处呢？吾还想学骑马射箭呢。对了完哥哥，是不是还有'御'[③]课啊？"

"有啊。不过，学'御'啊，还请娣娣斟酌。驾着马车可不是好玩的，这么漂亮的一个人，碰伤一点可不得了。"公子完笑着说。

琥儿说："明天是不是要学'礼、乐'？"

公子完说："是的。"

桃花说："太好了，吾要学弹琴了。"

这时鲁曹使人送了一件银狐锦袍，说是送与夫人御寒用的。

过了几天，陈侯杵臼差人送给桃花一把七弦琴。

宣宓纳闷，这是一把异常珍贵的琴，主公怎么就把它送与桃花呢？他又是怎么

---

① 玄紞（dǎn）：黑色的带子。紞：古代冠冕上用以系垂在冠冕两侧的玉坠的丝带。

② 织纮、綖：冠冕上的装饰品。

③ 御：驾术，泮宫课程之一。

知道桃花要学琴呢？说起这把琴，还真是有些来历的。据说这把琴是陈国始祖夫人大姬从镐京带来的。琴这种东西，原本是陈地之物，神农继伏羲氏之后建都宛丘，发明了五弦琴。神农五弦琴传到周地，周文王囚在羑里时，因思念其子伯邑考，加了一根弦，叫文弦。武王伐纣时，为了庆贺胜利，又加了一根弦，叫武弦，由此五弦琴便成了七弦琴。音律在原有的宫、商、角、徵、羽五音之上，又增加了少宫和少商两音，样式也变得更加精美。武王元女大姬，酷爱音律，精通琴技。大姬随妫满来陈地时，带来了一把心爱的七弦琴。一日，大姬在陈国宫中演奏《有凤来仪》[①]，空中便来了两只凤凰，同时几对白鹤也落在院子里，一群小鸟从四面八方而来，聚集在空中。凤凰在空中婉转鸣叫，白鹤在地上翩翩起舞，小鸟们围着凤凰盘旋，一曲《有凤来仪》妙音，直达云霄，天人合一。后来，那把琴就叫“胡姬[②]凤仪”，一直存放在陈国库府里。有一年，国库着火，“胡姬凤仪”便不知下落。后世为纪念始祖母大姬，便比照原来那把“胡姬凤仪”的样子仿造一把，也叫“胡姬凤仪”。即便是仿造，陈国也是只此一把，异常珍贵。

这样一把国宝级的“胡姬凤仪”，主公是不会无缘无故地送给桃花的，肯定另有隐情。

原来，鲁曹遣人送银狐锦袍之时，他们正在说桃花学琴之事，鲁曹的侍女听到后便禀告了鲁曹。鲁曹知道陈侯杵臼喜欢公子桃花，便动起心思来。鲁曹曾听陈侯杵臼说起“胡姬凤仪”的故事，知道陈国库府里有这么一把琴，她想通过这把陈国的宝贝，既讨了陈侯杵臼的欢心，又能笼络住宣宓夫人和公子桃花，这可是一石三鸟。鲁曹已在宣宓宫中安置了底线，宣宓宫中之事她了如指掌。这叫知己知彼百战不殆。

鲁曹确实不是等闲之辈，她虽然是鲁国送来的媵妾，但她祖上是周文王的后代，她也是公族之女，知书识礼，胸怀大志。她父亲虽然在野，却颇有韬略，善于谋算。她从小受到熏陶，做事却也计划周详。再说，鲁国是大国，她来陈时，以为是做夫人，谁知陈侯虽然刚刚即位，却早已娶了夫人，她只是媵妾。根据规制，天子也好诸侯也罢，包括卿、大夫，除了正妻举行结婚大典，其余的不管是多显赫人家的女子，都是悄悄娶进家里，不能举办婚礼。热闹红火的婚礼，大概是女子们梦中的希望，可是鲁曹却没有，所以她便觉得十分委屈。她想，无论如何，要做夫人，待她

① 《有凤来仪》：《大韶》里的乐章。

② 胡姬：陈胡公夫人；姬姓、故名胡姬。

立为夫人时，要举行大典，要比婚礼大典还要排场。可是，宣宓夫人是个非常娴淑贞静的女人，在宫中上下口碑很好，她立为夫人的希望更加渺茫。不过，即便这样，她也不会放弃的。她会稳妥运作，等候机会。最关键的一条，她必须先要为主公生个儿子，如果儿子被立为太子，母凭子贵，她就有可能立为夫人，只要有可能，她就可以把可能变为现实。这一切都在计划之中。

不过，现在还不是时候，她来陈国时间尚短，不能轻举妄动。她得把宣宓安稳住了，再见机行事。她也知道宫中的妾妃们对她妒忌愤恨，这些都是蠢妇，无关紧要，他们也不过是为了争风吃醋，宠爱春宵罢了。她不会把她们当回事儿，最关键的是宣宓，宣宓不但是正夫人，而且还生了太子御寇。这些还都不是最最关键的，最最关键的是御寇嫡亲舅舅宓伯。宓伯是宫中大司马，掌握兵权，这是一个深藏不露的人。据说，两位国君的薨殁都和他有关。他现在深得主公的信任，大权在握。他会不遗余力地保护御寇和宣宓的。所以，她必须谨慎地对待宣宓。当然，一切胜负都取决于主公，即便是大司马有权，和主公相比呢？所以，她必须深得主公的宠爱，让主公听信于她，大事便成。

陈侯杵臼下朝到了鲁曹寝宫，鲁曹唇不露齿，笑满酒靥。她碎步轻盈如鸟儿低飞，翩然而至陈侯跟前，莺啼燕呢地唱喏。然后，轻握陈侯杵臼之手，扶他坐在榻前的座儿上。她一边轻轻揉捏着陈侯的双肩，一边说道："主公大义明德，满朝卿士忠心耿耿，陈国蒸蒸日上。这都是主公慧眼识人啊。"陈侯杵臼高兴地说："你嘉奖起寡人了？"鲁曹俯在陈侯杵臼耳旁，轻声说道："臣妾万万不敢，这都是实情。就说大司马吧，知道主公宠爱妾，不但没有轻慢，还对妾关爱有加。今天他家内子[①]遣人送了熏香，说是怕妾自鲁国而来，不服水土，为妾驱驱身边的浊气。"

陈侯杵臼欣然说道："宓卿确实善解人意。"

"妾也不能无情无义，有来无往啊。吾差人送他们一些缯锦，说是主公嘱咐的，也送了大司空原仲家一些。吾想，他们替主公操劳，很辛苦，也算是主公您对他们的抚慰。"

陈侯杵臼只夸鲁曹灵透，处事周全，并未有丝毫的介意。陈侯杵臼说道："如果你烦闷，寡人便差人请卿、大夫内子进宫拜见。"

鲁曹非常清楚，她绝不可以这样张扬，引起公愤，妨碍他们母子将来的册立，

---

① 内子：卿、大夫之妻。

所以就回绝了。但是，她必须把大司马宓伯牵扯进来，让主公觉得宓伯对她另有所图才和她有来往。有宓伯的入围，她才有更大的题目做文章。她必须含而不露，顺其自然，既不能刻意渲染，也不能暗自去做。所以，她要把这事儿在主公跟前挑明了，还得把原仲也说上，这样就显得有些不太经意，不会引起主公的警觉。如果引起了主公的警觉，她反而不能收放自如了。这个度，她要把握得刚刚好。

鲁曹在和陈侯缠绵之后，撒娇地说道："主公，奴婢有一事相求，望主公成全。"陈侯杵臼说道："爱妃有什么只管说来，只要不要寡人的性命，说啥寡人都答应。"鲁曹说道："主公不能这样说的，您的命就是奴婢的命。奴婢说的也不是什么大事儿，就是公子桃花近来琴艺不凡，奴婢听说库府里有一把'胡姬凤仪'的琴，放置已久，何不赐予公子桃花，以传承陈始祖夫人胡姬之琴艺，光大吾陈始祖夫人的淑德。"

陈侯杵臼笑道："寡人还以为是什么大事儿呢，不就是一把琴吗？这有何难？况吾桃花，却也有始祖夫人的灵透，一定会把陈国琴艺发扬光大的。"

再说桃花，得了陈侯亲赐的"胡姬凤仪"，爱不释手。她和母亲宣宓，都对鲁曹很感激，觉得她是个通达大义的女子。桃花既得"胡姬凤仪"，便让乐师教她《有凤来仪》，这是始祖夫人最爱的乐章。

说起这《有凤来仪》，还真跟陈国是有渊源的。这章乐曲，本是舜帝《大韶》[①]中的篇章，是反映舜帝南巡，征服南方三苗故事。舜帝途径韶山，看到这里风光迤逦，山清水秀，觉得心旷神怡。于是命侍从在此安营扎寨，演奏起和成韶乐，优美动听的音乐引来了凤凰，霎时百鸟和鸣，呈现一派繁荣昌盛的景象。后来在与苗民交战时，舜帝用过人胆识和撼人气魄，以空灵婉转的韶乐征服了苗蛮，化干戈为玉帛。这是和平之曲，盛世之曲。因为陈国始封君胡公是舜帝的后代，所以陈地主祀舜帝。由此，陈国宫中乐曲也以《大韶》为常奏音乐。所以，始祖夫人时常弹奏《有凤来仪》，竟也达到出神入化的境界。

鲁曹这一计确实是一石三鸟，不过，凡事百密必有一疏，而她这一疏却不是小疏。

---

① 《大韶》：是舜时音乐。《大武》是周时的音乐。

第十一章　悲情戚戚曹生惠妫

鲁曹万万没有想到，自从桃花学会《有风来仪》，陈侯便频频出入宣宓宫中，来她宫中的时间越来越少。主公喜欢音律她是知道的，却把这事儿给疏忽了。鲁曹毕竟是个有心计的女子，她须得另辟蹊径了，要留住宣公，只有打肚里孩子这张牌。

鲁曹刚刚怀孕时，就让女祝和她一起祭祀了高禖。可是，祭祀那天却发生了一件诡异的事儿，那女祝刚刚点上香，便从空中降下一个东西，待女祝仔细瞧时，那东西便化成了一只七彩小鸟，在鲁曹的头上盘旋一周离去了。她问女祝："从天而降的东西究竟是什么？"女祝说："是一只苍璧。"待她追问详情时，女祝只说："天机也，人不可知。"不过，鲁曹相信，这一定是高禖显灵了。她相信高禖一定送她一个儿子，她一定会为他谋得太子之位。不过，她嘱咐女祝，这件事千万不能说出去，既是天机，说出去肯定要遭殃的。

现在虽然她有孕在身，不能伺候主公，但仍然担心主公不在跟前，会疏远她。她得想法让主公留在跟前。

鲁曹遣侍女小荷禀报陈侯杵臼，说鲁曹夫人有恙。陈侯杵臼知道鲁曹有孕，就来到鲁曹宫中。鲁曹并未迎接，她躺在床上，满脸挂着凄楚的笑容，这让陈侯杵臼心疼不已。陈侯杵臼问起怎么回事儿，鲁曹欲言又止。侍女小荷说道："昨天公子桃花来这里，给夫人送来一篮肉汤，说是让夫人补补身子。不承想，夫人喝了之后，竟然出现了这种情况。"

鲁曹气喘吁吁地说："这和公子桃花的肉汤没有关系，是妾身自己不小心绊了一下，才出现了出血的情况。"

陈侯杵臼忙说，"怎么不找医师来看看？"

小荷说："夫人不让，说这事儿传出去了不好，怕是有碍公子的名声。"

陈侯杵臼嘱咐小荷赶紧找医师来，鲁曹叫住了。她说："奴婢真的没事儿了，已经好了，托主公的福，主公一来孩子就没事儿了，一定是孩子想父亲了。如果是主公常常在这儿，就不会有事儿了，咱们的儿子一定会顺利出生的。”

第二天，陈侯杵臼上完朝，就去了宣宓寝宫，昨天的疑团他得解开。鲁曹说喝了桃花送的肉羹才出的事儿。桃花是个孩子，肯定不会使什么手段。问题一定是出在宣宓身上。宣宓是一个贤德的夫人，会做这种事吗？难道是鲁曹……鲁曹是个灵透的人，她怎么可能拿自己的孩子冒险。这事看似小事，背后可能是天大的阴谋，绝不可疏忽大意。经过数次宫变的陈侯杵臼，对宫中出现的任何小事，都非常敏感。

桃花见父亲来了，十分高兴，并不知道他是来解惑的，只当他来听琴，便为父亲弹了一曲《韶韵》[①]。父亲显然并不十分上心，他问桃花：“你去鲁曹那里了？”

“是啊。母亲让吾送去一篮肉羹，说她怀了小弟弟。”

陈侯杵臼便问宣宓：“什么肉汤？”

宣宓说：“哥哥打猎打了一只麋鹿，送来一些让御寇吃的，妾身想鲁曹娣娣有了身孕，给她送去一些补补身子。怎么了？有什么问题吗？”

陈侯杵臼说：“没什么。挺好的。”

陈侯杵臼离开后，宣宓陷入沉思，主公突然问起肉汤，一定是出了什么问题。他从来不曾问起过宫中饮食，怎么突然问起这个来？她细细回想，昨天哥哥来时，说让她一定要照顾好御寇。只是，鲁曹现在得宠，不知道生男生女。暂且让她顺顺当当生下再说。陈国只有一个太子，那就是御寇。宣宓知道哥哥心思都在御寇身上，不过，还不至于对鲁曹下手。因为，肉汤他们都吃了，没有任何问题。如果真有问题一定是鲁曹从中作梗，一定是鲁曹那儿出了问题，主公才问起的。问题究竟出在哪儿？在她没有搞清楚之前，还是不能妄加推断的，不能冤枉了好人。

过了一天，桃花告诉母亲。说鲁曹有病了，是喝了咱们的肉汤才病的。她还说，这都是那个侍女小荷说的。桃花说，父亲问她肉汤的事儿，她觉得一定是出了什么问题。母亲给鲁曹送了那么多东西，父亲从来不问，为什么单问肉汤的事儿，不是很奇怪吗？“吾把子仪哥哥给吾的那块玉佩送给了鲁曹的侍女小荷，她什么都说了。”她说，“其实，鲁曹没什么病，就是想让父亲陪着她。肉汤的事儿，是鲁曹故意要她那样说的。”

宣宓听了桃花的话，对她说：“这事儿不许向任何人说，你这小孩子以后不要

---

① 《韶韵》：即《大韶》。

掺和大人的事。”桃花说：“母亲，你以后得提防着鲁曹。吾觉得她心机很重，不像表面上那么好。”

鲁曹慵懒地躺在锦榻上，肚里孩子欢实地踢着她。她用手抚摸着孩子，喃喃地说，“汝一定要顶起陈国的天啊。”说来也怪，她的话音刚刚落下，那孩子就安静了。鲁曹也朦朦胧胧地闭上了眼睛。

鲁曹被一个缥衣侍女引着，只觉脚下轻盈，飘飘欲飞，一路奇花异草，锦簇繁茂，异常美妙。不一会儿，她们来到一处烟雾弥漫的亭台楼阁前。缥衣侍女领着她拾阶而上，登上了大殿。那里端坐着一位女君主，两旁侍女垂立。缥衣侍女说道：“鲁曹带到。”大殿西边一执笏女子喝道：“鲁曹，见到汝主还不跪下。”上面的女君主发话说道：“念她身怀六甲，免了罢。”

而后，那女君主说道：“鲁曹，吾乃你陈国始祖母，吾玉璧仙子青玉，因与你陈国有缘，须降世你陈君之家。此玉璧乃是周王室之宝物，吾携至陈国，须借汝之怀，降世于陈，待长之及笄，定还于周王。汝当小心谨慎！切勿动念！切记！切记！”

“什么？一女子？”

“去吧，此乃天数！”

“敢问吾主，吾还有子嗣于陈吗？”

“天命不可尽知。且去！且去！”

她待要问个清楚，却被两个侍女搀扶着出了大殿。鲁曹感到一阵寒风吹过，那神仙景致便不见了。待她呼唤侍女，却不见一人。

鲁曹醒来，出了一身冷汗。她张眼望去，内宫的窗幔被一股寒风吹起，冰冷挤进了寝室。鲁曹回忆刚才梦境，好像是预告她怀的是位女子，长大以后还要嫁给周王。这让她十分不安，这诡异之梦究竟会不会应验？

陈国下了入冬以来的第一场大雪，这场大雪来得非常突兀，本来是天晴日好，空中一丝的云彩都没有。起初，那雪花像细细的白粉，进而变成了圆圆的珠子，砸得屋顶噼噼啪啪乱响。继而，响声渐弱，倾天而出的白珠子变成了棉絮。那棉絮在空中滚啊，滚啊，就滚成了硕大的鹅毛，纷纷扬扬地飘落下来。

不多时，整个陈国都城便裹在洁白的鹅毛里。

真真一个瑞雪兆丰年啊。

鲁曹寝宫里，火盆里蹿着火苗，热气腾腾。可她心里却像外面的雪花，飘忽不定，即将临盆的她，不时地回忆着那奇特的梦境，会不会应验啊？她祈祷高禖神保佑，让她生个儿子吧。她宁要一个陈国的太子，也不要一个周王的王后。

可是，当医师告诉她是个女公子时，她顿时昏厥过去。

待她醒来，陈侯杵臼已经坐在了她的卧榻前，紧张地盯着她。鲁曹泪眼盈盈，满面凄楚。陈侯杵臼道：“小公子已经顺利分娩，你应该高兴才是啊，为何满面愁容啊？”

“妾想生一个儿子，将来像主公一样威武，能够辅助主公，成为陈国的栋梁之才。可是，竟然是个女子。”

陈侯杵臼笑道：“寡人喜欢女子。像寡人的琥儿、桃花，都是仙女一样女子，多好啊。这孩子，将来肯定是人见人爱，比仙女还漂亮。”

“只要主公喜欢就好。”鲁曹伸手拉住了陈侯杵臼的手说：“主公，奴婢一定会给您生一个儿子，能够带兵打仗的儿子。”

陈侯杵臼握住鲁曹的手抚慰道：“好。寡人一定让你生一个儿子。”

陈侯杵臼离开后，鲁曹陷入了绝望之中。虽然陈侯杵臼答应再生一个，可是，他还会像以前一样宠爱她吗？即使宠爱依旧，她一定会生一个儿子吗？

侍女告诉鲁曹，女公子非常可爱，见人就笑。她的右脚踝处还有一个非常规整的璧型青色胎记呢。可是，这些都不能让鲁曹高兴起来。

鲁曹生的这个女孩，乳名叫小青，就是后来的惠妫，周惠王的王后。鲁曹并没有把她的梦告诉陈侯杵臼，因为，她并不希望惠妫远嫁周王，宫中的女子，命运多舛，少有善终的。

且不说小青的降生，给鲁曹带来多少烦恼与怨怼。只说鲁曹一心想生个儿子，到了来年的三月，又去祭祀高禖。很快，鲁曹就又有了身孕，这次鲁曹不敢声张，悄悄地连陈侯杵臼都瞒过了。她想，她一定要生一个儿子，如果还是个女子，她就不该来到这世上。恶毒的念头，从她心里升起。

公子桃花去找公子完，想问问息国的情况。听说濮哥哥在父亲即位时来过陈国，但是并未见到他。正常情况下，他应该来道个别啊，怎么就那么匆忙呢？公子完告诉她：“息国的情况很不好。他们那边老是受楚国的欺负。不过，他特意嘱咐要转告你，他还会来陈国的，一定会实现他的承诺。”

桃花笑道：“那其实也不算承诺，御寇的小风筝早就有了，是舅舅买的。吾就是挺替濮哥哥担心的。”

“有他父亲在，他没事的，他需要多历练历练。息国只要一消停，他就会来的。”公子完好生羡慕地说道。

桃花从公子完处出来，心情很好。这时，正好看见鲁曹宫中那个侍女小荷，神情慌张地从外边回来。桃花叫住了她，问她干什么去。

小荷一看是公子桃花，便停了下来，颔首不语。桃花盘问再三，小荷嗫嚅地说：“鲁曹夫人身体欠安，去找医师了。”桃花说：“怎么回事？”

小荷因为之前与桃花比较熟络，还收过公子桃花的一块翠玉佩，觉得公子桃花对她们婢女很和善，便如实说了：“吾王身怀六甲，饮食不畅，找医师调养一下。吾王不让对外透露消息，公子切莫对外说起，不然奴婢就没命了。”

“好的。吾不说。你去吧。”

小荷离开后，桃花思忖到：鲁曹本是个心机很重的人，怎么有了身孕竟然不让声张？她意下何图？听母亲说过，鲁曹一心想生儿子，却不想生了小青娣娣。她这次怀孕却不想声张，肯定是对孩子有所图谋。

桃花犹豫着：要不要把这事告诉母亲？她得保护好这个孩子，毕竟孩子是父亲骨肉，她的手足。

桃花回到宫里，舅舅宓伯来看望御寇，给御寇带了一个小鼓。御寇已经五岁了，长得聪明伶俐，非常可爱。舅舅望着他，眼里放出了光芒，得意地说：“御寇一看就有国君像，长大了一定是一代明君。”

桃花看着舅舅那么喜欢御寇，也喜欢她和琥儿姊和完哥哥，他时常给他们买些礼物。她想，舅舅也一定会喜欢鲁曹的孩子。

她想把小荷说的鲁曹的情况和舅舅说说，让他保护鲁曹的孩子。可是，又不知道这样做妥不妥。因为，舅舅不是那孩子的舅舅啊。还有，她有时觉得舅舅像一眼老井，深不见底，有时又那么直截了当，一语道破。母亲时常说，宫中复杂。到底是说还是不说？

桃花回想起小荷那惊慌失措的样子，还有鲁曹关于肉汤的事情。她想，复杂都是大人搞的，孩子有什么错呢？于是，她把这件事儿告诉了舅舅。

鲁曹确定这次一定是个儿子，所以小心翼翼，不敢声张，只想着等小公子降世，给主公和所有人一个意外的惊喜。

不想，惊喜未至，噩梦却悄悄地降临在她身上。

第十二章　雄心勃勃子濮再入

陈侯杵臼继位两年以来，四邻友好，国盛民昌。大司空原仲来奏，计划今秋开始修建干渠，引颍水北上，直通蔡水，陈国柽邑到都城之野都能灌溉。

大司徒宓伯来奏，说："齐国[1]使者前来聘问，已经到馆舍候见。齐乃北方之大国，齐侯诸儿乃有称霸之图，不过与陈国少有通使，这次突兀通使来聘，不知何故。"

陈侯杵臼说道："以寡人看来，齐使者来陈，应是修好之意。自齐侯诸儿就位以来，有称霸之心，无称霸之德，更无称霸之事。不过，还是暂且探明情况，再做打算吧。"

陈侯杵臼继位没有遣使通告齐国，齐国却主动遣使聘问，确实有些可疑。按春秋时期的惯例，凡大臣拥戴即位的国君，一定要参加诸侯国会盟，才算得到各诸侯国承认。陈侯杵臼即位虽然是弟兄有约，也算是大臣拥立的。但自他继位，还未参加过会盟。宓伯离开后，陈侯杵臼思忖：倘若这次齐国遣使真是为了修好，倒不如借机倡议会盟，取得诸侯的认可。

第二天，宓伯禀告陈侯杵臼："齐国确实有修好之意，同时又有两国相会之意，没有明示，但有这个意思。怕是探明吾国态度吧。"

陈侯杵臼说："这样甚好。寡人正想联合几国会盟，上次衫地会盟，齐国因僖公薨殁，未能参与，这次他们主动提出，再好不过了。"

宓伯回禀："如果会盟，都要哪些国君参与？"

陈侯杵臼道："卫国内政不稳，不便通谕。通谕郑伯子仪、蔡侯献舞、宋公

---

① 齐国：（公元前1046年——公元前221年）周朝封诸侯国。公爵。姜姓。始封君姜尚。今山东省偏北的大部及河北省西南部，东靠海，国都在临淄，今山东省临淄区。

捷[①]、鲁侯同[②]，定于季夏的朔日在垂地[③]会盟。”

齐使回到齐国，把会盟的事情告诉了齐侯诸儿。齐侯诸儿大喜，他继位以来，本想称霸诸侯，无奈自己德行不好，各国并不认同。主要原因是他和妹妹鲁桓夫人文姜乱伦，被鲁桓公发现，他指使公子彭生杀人灭口，谎说鲁桓公暴病身亡。鲁桓死后，太子同继位，后称鲁庄公。齐侯诸儿自觉这事儿做得过分，为了遮掩丑行，便刻意展示假仁义假德行，先是车裂了郑公子亹和高渠弥，而后又收留了流亡的卫侯朔（惠公）。这次遣使入陈，他也是思谋已久，一是为了示好，因为现在陈国是中原诸侯国中很有影响力的大国，争取到了陈国，就稳定了中原。二是借助陈国的影响，联合几国归复卫侯朔。卫侯朔流亡齐国，并非因为齐侯诸儿是个可以依靠的君主，而是因为他是齐国嫡亲的外甥。原本，齐侯诸儿的父亲——齐僖公，有两个貌若天仙的女公子。小的叫文姜嫁给了鲁桓公，大的叫宣姜嫁给了卫宣公。那宣姜原本是卫宣公给太子伋娶的妻子，当时太子伋不在，卫宣公见宣姜漂亮，实在不忍放手，便占为己有，并建筑“新台”使之居住。齐僖公原本是小心恭慎的君主，却养了这么几个风流情种的公子。宣姜嫁给卫宣公后，生了两个儿子，一个叫寿，一个叫朔。公子朔是卫宣公的小儿子，为了继位，他害死了两个哥哥，气死老爹卫宣公。卫侯朔如此即位，引起国人的不满，卫国人趁他去京都朝王，借机立了公子黔牟，他才被迫流亡齐国。齐侯诸儿虽然许诺卫侯朔复位，由于自己一些烂事儿没有料理清楚，一直没有兑现。卫侯朔蜗居齐国，一心想回国复位，就一催再催齐侯诸儿。齐侯诸儿被催不过，又怕自己兵力不济，才想出联合几国共同伐卫的招数。这次遣使，只是试探陈国的态度。不想陈国却率先提出了会盟，正中下怀。他想作为幕后策划者，让陈国出面组织这次会盟，名誉上是为了陈侯杵臼、郑伯子仪即位，实际上是为了共同归复卫侯朔，这叫借势而为。

会盟时，齐侯诸儿为了让陈国协助伐卫，力推陈侯杵臼为盟主。作为主盟国的国君，陈侯杵臼竭力推让，一是体现了大国的虚怀礼让，二是他确实没有齐侯诸儿的资格老，还有一个更重要的原因，就是他和郑伯子仪，都是第一次以国君的身份参加会盟，是求得诸侯认可的，怎么可以做盟主呢？齐侯诸儿谦让了半天，看陈侯杵臼是真心让他，才就了盟主之位，依次为陈侯杵臼、鲁侯同、郑伯子仪、宋公捷、

---

① 宋公捷：宋国国君，宋庄公冯之子，宋闵公。

② 鲁侯同：鲁国国君，鲁恒公允之子，鲁庄公。

③ 垂地：陈国边陲之邑，今安徽境内。

蔡侯献舞。会盟结束，齐侯诸儿才露出了真面目，提出了归复卫侯朔。各位诸侯刚刚歃血为盟，不好抹了盟主面子，也都觉得不归复卫侯朔，卫国就不能安定，所以才约定来年的春天，联合讨伐卫国，促使卫侯朔复位。

陈侯杵臼从垂地会盟回来，桃花喜气洋洋地来见父亲，说濮哥哥又来陈国求学，要在陈国完成泮宫所有科目。

息公子濮之所以又能来陈，是因为楚国出了大事，没有时间和精力四处扩张征伐，息国才得以喘息。所以，他和父亲商议，再次来陈学习。他来陈国除了学习礼乐之外，要把大学的课程补完。他和父亲都清醒地认识到，要想息国安宁，必须使息国强大，要想息国强大，未来的息侯必须修文德习武备。息国所面临的真正危机，还是南边的楚国。楚国自熊通称王以来，便雄视北方中原，肆意征伐，吞灭小国，妄想称霸中原。今年的正月刚过，楚王熊通就引进了一种叫“荆尸”的新阵法，意欲征伐随国。因为楚王熊通让随侯去朝见周庄王，请求提高楚国的爵级。周庄王不但不许，反而谴责楚国久不朝王，肆意滥伐。楚王熊通以为是随侯背叛了他，周庄王才没有答应给楚国升爵提级。楚武王雄兵百万，虎视中原，岂容随侯的背叛，所以才要在正月里讨伐随国。按照楚国的礼制，部队列队出发之前，要举行授戟仪式。在授戟之前，要到宗庙里斋戒祭祀。楚武王在去宗庙之前，心慌得厉害，于是他去了内宫见了夫人邓曼，告诉她说：“吾心里惶惶不安啊！”邓曼长长叹口气说：“王的生命将要结束了吧。盈满就会摇动，这是合乎天道的。楚国的先王大约已经知道了楚国的扩张，所以在您面临战事，将要发出命令的时候，动摇您的心志。再说，现在不是征伐的季节。如果在这个季节征伐的话，仅仅是王薨途中，而部队不受到亏损，已经是楚国的福祉了。”楚王熊通没有听从邓曼的话，举行了授戟仪式，楚国的部队便向随国进发了。果然，邓曼的话灵验了。楚武王在讨伐随国途中暴病而亡。楚令尹斗祁和莫敖屈重秘不发丧，率领大军逼近随国。随国人并不知道楚武王已死，以为他还在军中，非常害怕，要求和解。莫敖屈重以楚武王的名义进入随国国都，与随国定了盟约，并让随侯到随国的边界饮血盟誓，而后才班师而回，待大部队过了汉水才发布讣告。楚国令尹斗祈回国后，即刻觐见武王夫人邓曼，立太子熊赀为王。邓曼夫人告诉熊赀说：“楚国这些年来，频繁征战，人民疲惫，国库空虚，现在需要息兵休养，以待天时。”熊赀刚刚继位，听从了母亲的教诲，也汲取了楚武王的教训，暂时息兵养民。正是由于楚国的国策调整，而楚国周边的国家，才得以安宁。息桓侯年老体衰，怕自己一旦薨殁，儿子不能面对虎视眈眈的楚国。所以，才趁楚国暂时休兵之时，派儿子去陈国学习。

息公子濮在陈侯杵臼回国的第二天，就觐见陈侯禀告了息国的情况。息公子濮自上次借兵回息，已经有了两年多的时间。他们的增援，并没有改变弦国的命运，弦国现在基本上是楚国的附庸国，面临时刻被灭掉的危险。楚国休兵，息国可暂时得以休养，不过时间不会长久，所以他才趁机来陈学习。如若息国能外结同盟，内图强盛，尚望抵御强楚。

晚上，陈侯杵臼在宫中宴飨息公子濮。息公子濮已经长成了高大威武的男子，过于白静的面颊，近乎苍白，跟他的身材有些不太相称。他那双深沉的大眼睛，带有几分忧郁，这让他的相貌平添了几分妩媚。他敏捷的思维，高远的志向，博得了陈侯杵臼的好感。陈侯杵臼想，这个年轻人将来一定会大有作为的，息国也一定会强大。他想到了他的两个女儿，息公子濮倒是一个不错的选择。他已经为女儿开了上学的先例，他爱她们，会尊重她们意愿，希望她们都能有自己心仪的夫君。

息公子濮再次来陈，桃花非常高兴，几年不见，公子濮变化很大，他长成了一个英武伟岸的俊朗男子，志向远大，勃勃昂扬，苦心修学，以图强国。她时常想起子仪、献舞他们讨论学习内容，交流体会的情景。现在她上学了，非常渴望能像他们一样，参与息公子濮、公子完的讨论。

息公子濮和琥儿、桃花同堂学习，每次放学都是他陪着她们回宫。回宫路上，他和桃花一起探讨学习的课目。琥儿对他们讨论的科目不感兴趣，并不参与讨论。琥儿完全出落成一个成年的女子模样，依旧是沉静而温婉，常常一副若有所思的样子。

“乐”课结束，息公子濮他们在讨论《大韶》。桃花说，她喜欢《有凤来仪》欢快平和，其乐融融的感觉。息公子濮说，《大韶》虽美，他还是喜欢周南民歌《关雎》[①]：关关雎鸠，在河之洲。窈窕淑女，君子好逑。息公子濮看着桃花花蕊般的肌肤，深情脉脉地诵道。他说，此曲真挚热烈，情真意切。

桃花明亮的大眼睛，真诚地望着他，对他的深情不做丝毫的回应。她说：“《关雎》也没什么不好。《南风歌》[②]不是更好吗：南风之薰兮，可以解吾民之愠兮。南风之时兮，可以阜吾民之财兮。可以看出舜帝之忧民爱民之心。陈国是舜帝后裔，注重德行教育。”

公子濮好像并未在意桃花后面说了什么，只沉浸在《关雎》的意境里，下意识

---

① 《关雎》：《诗经·国风·周南》里的篇目。

② 《南风歌》：《大韶》里的乐章。

地又说了一句:“关关雎鸠，在河之洲……”

桃花看到他的样子，不禁笑道:“濮哥哥怎么不直接说‘窈窕淑女’呢。琥儿姊，你看呢，你更喜欢哪一曲呢？”

琥儿好像从回忆中被惊醒，“哦？你说什么呢？”

“吾说你更喜欢《大韶》里的哪一曲？”

“吾？吾喜欢《湘夫人》。[①]”

桃花心里不禁一动。她知道琥儿姊肯定是心有所属了。她也喜欢《湘夫人》，本曲描述了一个凄美的爱情故事。传说尧帝将自己的两个女儿娥皇、女英许配给了他最喜欢的舜帝，自此三人如影相随，恩爱有加。舜帝十分关心国家，经常外出巡视，当他到南方巡视时，不幸驾崩于苍梧，葬在九嶷山。二妃闻此噩耗，在湘江边上哭得死去活来，她们的眼泪不时地挥洒在竹子上，竹子全身便挂上了斑斑点点的眼泪，这就是南方的斑竹的传说。她们泪尽泣血，而后跳入江中殉情而死，化为湘妃女神。

桃花又看了一眼息公子濮，他的大眼睛里，蒙上了一层薄雾似的忧郁，他的样子让她心里有一种莫名其妙的悸动。他喜欢《关雎》，一定是在给她传递什么信息，但，她是陈国女公子，不能随意传达私情。虽然，她也喜欢他，但这不是一个女公子所应该做的。所以，她不能随意回应他。

息公子濮，虽然钟情陈公子桃花，但见桃花心性笃定，面色平和，不曾流露一丝动容，也只好收起摇荡的心旌。

① 《湘夫人》：《大韶》里的乐章。

第十三章　街肆熙熙离门[1]定缘

宓伯听了桃花讲的关于鲁曹的情况，神情飘忽，匆匆离开了宣宓寝宫，即刻派人去请医师。医师来到宓府，大司马宓伯亲自迎到上座，婢女上了一盏清澈透亮的热汤，顿时整个厅堂清香迷漫。宓伯示意医师品尝，医师喝了一口，顿感口齿留香，喉头生津，回味甘甜。

大司马说："这叫茶，是南方嘉木，贾人[2]从楚国带到陈国的。"

喝完茶，宓伯令下人拿一件宝贝，送给医师。医师小心翼翼地打开，原来是宓氏传世的宝贝，一本秘藏的医典。医师如获至宝，千恩万谢。感谢之余，又诚惶诚恐，大司马如此厚待，必有事相托。

可是宓伯并没有说什么，只是问了鲁曹的病情。

医师犹豫了一下，鲁曹也曾厚赠，让他守口如瓶，而且，鲁曹还央求他让她生个儿子。他确有一个药方，据传是高禖神的神谕，但是从来没有试过。鲁曹是主公宠妾，万一失手，他怎么能担当得起呢？可那鲁曹，一心想生儿子，哪怕死也在所不惜。他也只好冒险一试。不过，现在的情况确实不太好，出现了一些早产先兆。真是天助啊，他刚刚粗略阅览大司马所赐宝典上正好有一个方子，可以保证他们母子平安。只是，那鲁曹是要受些委屈了，分娩之后，还要一段时间休养，容颜肯定受损。

鲁曹虽有私嘱，大司马既然相问，他断不敢有所隐瞒。况大司马所赐医典，可圆鲁曹心愿。

听医师如此说，宓伯故露惊慌地说："都知道主公宠爱鲁曹，没有她，主公会寝食不安。你一定要保住鲁曹的美貌不减才是。"

---

① 离门：陈城外郭的东门。

② 贾人：商人。

医师说："若保容颜，只有一个办法，打掉孩子。可是，鲁曹宁愿自己不要性命，也要保住孩子啊。"

宓伯沉吟道："事不能两全者，取其重。对于陈国来说，鲁曹的容颜更重要。记住了，不能听鲁曹之言，一个女子的思想难免有失偏颇。宁愿不要孩子，也不能因为生孩子影响鲁曹安康容颜。这事儿你不要让鲁曹知道，更不能让她知道吾知晓此事。保住鲁曹的容颜，也算你为国立了功，吾会替你向主公请赏。如果鲁曹的容貌出现了情况，吾拿你是问。还有，如果需要打掉孩子，要当机立断，之后赶紧报吾。这是吾陈国大事，耽误不得。切记，不许对任何人说起。"

医师惶然道："谨遵大人之命。"

息公子濮照旧送琥儿、桃花二位女公子回宫。因为泮宫在公宫的东南，东湖半岛之上，他们每日都是边走边聊，十分投机。

息公子濮已经学完了三德三行、六仪①、三乐②、小舞③，正在学习六艺④中的"大舞"，"大舞"有六种：《云门》《大咸》《大韶》《大夏》《大濩》《大武》，分别歌颂黄帝、唐尧、虞舜、夏禹、商汤和周王文、周武王六代历史人物的功德，乃是史诗性的舞蹈音乐。这些大舞都是二十岁以上的学生才能学习的，所以息公子濮学习大舞时，和桃花她们并不在一起。

息公子濮学习完《大武》，兴奋地对桃花说："今天的《大武》实在是震撼人心。整个舞乐歌颂了武王伐纣胜利的浩大场面。歌者高亢悠扬地唱道：于皇武王！无竞维烈。允文文王，克开厥后。嗣武受之，胜殷遏刘，耆定尔功……鼓声伴着诵唱而起，在一段鼓声之后，舞队从北面上场，舞者都手执武器，列队而立，以歌唱表现了武王伐纣的决心。舞队两面有人振铎传达军令，舞队随即分两行，作激烈的击刺动作，边舞边进，表示已经灭商。灭商后再向南进军，表示南方的疆域已稳定。舞队再分两行，表示周公在左，召公在右，协助周王统治。接着有条不紊地变化各种复杂的队形，形成整齐队式，而后舞者皆坐，作低势的静止场面，表示国家得到了很好治理。最后，舞队重新集合，排列整齐，表示对周王的崇敬。整个场面蔚为壮观，真是太震撼了。吾从未见过这样宏大壮美的舞乐，再现文武盛世，宣德寓教，

① 六仪：祭祀之容、宾客之容、朝廷之容、丧纪之容、军旅之容和车马之容。

② 三乐：乐德、乐语和乐舞。

③ 小舞：帗舞、羽舞、皇舞、旄舞、干舞和人舞。

④ 六艺：礼、乐、射、御、书、数。

鼓舞人心。”

桃花羡慕道：“但愿吾也能有机会看到这场面啊。”

琥儿并没有在意息公子濮绘声绘色的描述，她沉浸在与蔡侯献舞告别时的情景中。她知道，蔡侯献舞此刻也一定想着她。他说过，等她行了笄礼就会来求婚的。她明年就要行笄礼了，献舞哥哥肯定会来求婚的。

看到琥儿若有所思的样子，桃花觉得她一定是在想念她心仪的人。那个人，一定是蔡侯献舞。献舞哥哥说过，等她们长大了他就会娶她们的。当时，琥儿姊脸羞得通红，肯定是动了心思。她不会自己想这种事的，因为女公子的婚姻，是自己无法料定的。她喜欢的人，未必能真的娶她，她也未必能嫁给自己喜欢的人。不过，她们的父亲是个开明的君主，说不定会让她们嫁喜欢的人。谁知道呢，一切都是未知数啊。何必这样伤神呢？

于是，她说道：“琥儿姊，想什么呢？”

琥儿猛然回过神来，羞怯地说，“没什么。”

息公子濮说：“上次吾许诺你们去街肆的。今日就兑现了吧。”

桃花说：“好啊。咱们出城去看看吧。”

琥儿说，“还是先回去向母亲禀报一声再去。”

桃花说：“咱们从这里走，离东门很近，况有濮哥哥一起，不会有问题的。”

息公子濮说：“就是，如果先回宫再出来，需要半个时辰还多。这样出去更节省时间，你们也不会太累。”

琥儿看他们两人意见一致，就跟他们一起走了。

他们一行三人，径直来到街肆。已经到了秋天，各种货物也都上了市。除了陈国本土的货物之外，还有一些商贾盘来了南北货殖，街肆里人群熙熙攘攘，热闹非凡。

内城东门里，一家老铺子前，一位银须皓首的老者，拿出一个葫芦一样的小东西，在嘴边轻轻地吹着，一曲委婉的乐曲从小葫芦里飘然而出。真是太神奇了，桃花不禁被这乐曲吸引，仔细一听，竟然是《有凤来仪》。她停下脚步，十分惊诧，在这街肆上，竟然有人会吹《韶曲》，这老者大概是上古的遗民吧？

桃花上前垂问老者：“这是什么乐器？”老者呵呵而笑道：“这是陈国所特有的陶制六孔埙，这个叫葫芦埙，能吹出很多乐曲呢。”于是，老者又吹奏了一曲凄美哀怨的《湘夫人》。只听得琥儿泪花盈盈，听得桃花心生悲戚。

桃花对老者说：“这个能卖给吾吗？”老者说：“此物不卖，只送有缘之人。公子桃花就是老朽的有缘人。”

“老人家怎么知道吾是谁？”

“这埙是有灵性的，老朽祖上留下这个东西，说遇上有缘的人，它就会发光，就要把它送出去，那就是它的新主人。昨天老朽看到盛埙的匣子发出熠熠光辉，吾知道它将遇上新主人了。所以，今日一早，吾就是在这里吹埙，等候有缘之人。可是吾一直在吹这首曲子，街肆来来往往的人，却没有一个停下来的。公子一来就看到了它，不是有缘吗？”

“真的啊？那太好了。”

老者说：“公子果真是传说中的桃花仙子？”

“吾？老人家是怎么知道的？”

“陈国城内，再也找不到一个比您更漂亮的人了。”

桃花说：“吾是听到这曲子才停下来的，并不知道这埙啊。”

“此乃天意！请公子收起吧，这埙将伴公子远走南国。”

息公子濮在一旁惊得瞠目结舌，听到老人说道南国时，才开了口，问道：“这位老人家，公子桃花要远走南国？”

“公子一定是南国之人，请一定要好好珍惜姻缘，只可惜……”

桃花并没有在意息公子濮的问话，只陶醉在那只埙的神妙之中，没有及时去接老者递过来的埙，而是婉转地对老者请求道：“老人家吹得那么好，能不能再吹一曲？”

老者说：“好，老朽就为公子再献一曲陈国民歌”。于是他便吹了《宛丘》，《宛丘》也是桃花所喜欢的，她从小就会。这一曲民歌，听得桃花如梦如醉。

听到吹奏埙的声音，街肆上围拢过来很多人。又听说是公子桃花，更多的人在慢慢地聚集，大家都争相一睹公子桃花的仙颜，十几年前的那个传说再起。当时在场的一人说，那一年，他亲自看到了桃花盛开，正月十五，天空还飘着细细的雪花，那一园子的桃花啊，开得如火如荼，那细细的雪花，落在花瓣上就化了，像是花瓣上的露珠儿。那桃花的香气，飘到几里之外，整个陈城都灌满了花香。那一年，整个陈国五谷丰登，国泰民安，都是公子桃花带来的祥瑞啊。

琥儿看越来越多的人聚拢过来，又有人说起了桃花的传说，怕他们不好脱身。毕竟他们是陈国女公子，又私自出宫，出点差错不好，就催促他们离开。待他们要离开时，老者说：“公子，请把这个带上吧。”

桃花唱喏答谢。息公子濮还想再问一下刚才的话题，被琥儿催着走了。

桃花被这神奇的埙吸引住，不停地拿出来看看。

他们一直往前走，出了内城，前面就是外郭的“离门”了。息公子濮看到陈城的繁华，街肆的热闹，人们的安居乐业，又看到了眼前成片茂密的桑榆，前面的柿树上挂满红彤彤的果子，不禁心生感慨，这就是他理想中的生活啊。于是他朗声唱到：“衡门之下，可以栖迟。泌之洋洋，可以乐饥。岂其食鱼，必河之鲂？岂其取妻，必齐之姜？岂其食鱼，必河之鲤？岂其取妻，必宋之子？[①]”

听息公子唱完，琥儿道：“濮哥哥不想回息国了？”

“是啊，这里多好啊。歌舞升平，人民安乐。连街肆的老者，都会吹奏《有凤来仪》，这可是宫廷雅乐啊。陈国确实是礼仪之邦，诗乐之乡！吾在这里学了很多歌曲啊。现在，吾再给你们唱一曲：东门之池，可以沤麻。彼美淑姬，可与晤歌。东门之池，可以沤纻。彼美淑姬，可与晤语。东门之池，可以沤菅。彼美淑姬，可与晤言。[②]”

琥儿看到了息公子濮忘情地唱着，她想到蔡侯献舞，不知道他现在在蔡国还好吗？她也被此时此景所感染，不禁唱了起来：“月出皎兮。佼人僚兮。舒窈纠兮。劳心悄兮。月出皓兮。佼人懰兮。舒忧受兮。劳心慅兮。月出照兮。佼人燎兮。舒夭绍兮。劳心惨兮。[③]”

桃花笑道：“琥儿姊，是不是有心仪的公子了？”

琥儿顿时羞红了脸：“休要打趣。”

她们来到了东湖的堤岸上，清澈的湖水透亮见底，连游动的小鱼都能看得清清楚楚。远处的荷叶已经枯萎，像一把倒立的小伞，挺立在明镜似的湖面上。稀疏的芦苇，昂然挺起直直的躯干，呈着它们的阳刚之气。几只小鱼船静静地泊在湖上，远远看去像几处剪纸贴在那儿。还有几艘采菱船，不停穿梭，给沧桑饱满的湖面增加了几分灵气。

远处的捕鱼船上，响起了悠扬动听的歌声：彼泽之陂，有蒲与荷。有美一人，伤如之何？寤寐无为，涕泗滂沱。彼泽之陂，有蒲与蕳。有美一人，硕大且卷。寤寐无为，中心悁悁。彼泽之陂，有蒲菡萏。有美一人，硕大且俨。寤寐无为，辗转伏枕。[④]

三个人都被这秋天的景色迷住了，站在岸边的水草旁极目远望，这时，一对白鹤翩跹而至，落在他们跟前。桃花一惊，不由自主地往后退了一步，不想一脚踏在

---

① 衡门之下……必宋之子：《诗经·国风·陈风》中的篇目《衡门》。

② 东门之池……可以晤言：《诗经·国风·陈风》中的篇目《东门之池》。

③ 月出皎兮……劳心惨兮：《诗经·国风·陈风》中的篇目《月出》。

④ 彼泽之陂……辗转伏枕：《诗经·国风·陈风》中的篇目《泽陂》。

水草上，脚下一滑，失足落入水中。

桃花落水的声音，惊吓了那对白鹤，婉啼一声，双双飞走了。

息公子濮看到桃花落水，大吃一惊，琥儿吓得哭起来。息公子濮不顾啼哭的琥儿，纵身跳入湖里去救桃花。

其实，息公子濮也不会水，桃花落水的那一刻，他没有想到自己，只想把桃花救出来。好在湖水不深，公子濮跳下去之后，没有倒下，他把倒在水里的桃花抱上了岸。秋天的湖水已经很凉，桃花和息公子濮的衣服全部湿透了，一阵秋风掠过，清凉中透着寒意，他们不禁打了寒战。桃花的脚落水时扭了一下，不能走路了。息公子濮顾不得征求桃花的同意，背起她一路疾行回了公宫。

桃花还没有反应过来，已经在息公子濮的背上了。当她意识到自己一身湿衣地伏在息公子濮的背上，心里嗵嗵直跳。虽然她是陈国公子，但终归还是个灵透的女子，这样被一个男子背着，怎么能波澜不起呢？之前，桃花虽然也很喜欢息公子濮，任他怎么表露心迹，她并不十分上心，因为她知道自己的姻缘自己是不能做主的。可是，自从息公子濮背上她那一刻起，她就不能不在意他了。她和他有了肌肤之亲，虽然并不是有意的，但在她的意识里，既有这样的接触，她就不能再嫁别的男子了，只能嫁他。息公子濮，就这样走进了她心里。

桃花因为落水受了风寒，几天不能上学。息公子濮去看她，桃花有意躲避。只说她身体不适，不宜见人。息公子濮知道桃花肯定是害羞了，他把她放下时，她羞得满面通红。那一刻她真好看啊，纵然是天上的仙女，也不能和她相比。息公子濮从内宫出来，时不时地回味着他背着桃花的感觉，虽然激动但并不轻松。他对桃花的爱慕之情，在他第一次离开陈国时已经产生了。不过，他在这里，只是个留学的公子，不能太过放任。他想，等他回国之后，一定要禀告父亲，向陈侯求亲。息公子濮自背起陈公子桃花的那一刻起，就背起了一个誓愿，就是把公子桃花娶回息国。

几天来，息公子濮都心神不宁，却又不知缘由。他突然想起了前几天赠埙老者那句未说完的话，好像在暗示他些什么，好像说公子桃花要远走南国，还说要他珍惜。究竟是什么意思呢？难道是说他和公子桃花吗？于是，他急匆匆地来到闹市，找遍了几条街衢，都没有见到老者的身影。他询问旁边的一个卖者，那人说，老人好像不是本地人，来去无踪，十多年前好像就来过陈城，这次在你们走后他也走了，没有再来。息公子濮悻悻而归，走到了东门口时，看到一个熟悉的背影，赶紧跟上。正是那位老者，他上去问了安。老者一看是前几天见过的那位公子，便说道：“公子有何见教？”

息公子濮施礼说道：“上次幸会老人家，你好像还有什么话没说完，恳请老人家施恩指点。”

老者说道：“老朽只是看公子面色过于苍白，福薄之相啊。面乃身体之表，精、气、神应之于面，面相之色，应在婚姻。公子面目俊美，却肤色苍白，这大概是美好姻缘不能善终之兆吧。”

公子濮惶然道：“还望老人家拯救。”

“别人拯救不了您，只能靠您自己。公子若能大度宽厚，忍性勿躁，或能善终。”

“怎么个大度宽厚，请老人家明示。”

“此乃天机，不可泄露。”说完，径直走了。

息公子濮愣愣地站在那里，直到后来，他才明白老者那一番话的真正意义，不过为时已晚。

陈侯杵臼得知桃花感了风寒，前去探望。听宣宓说了情况之后，呵呵大笑道：“天意啊。公子濮既然能把你从东湖背回，也能把你背回息国啊。”

桃花顿时脸上绯红，灵机一动，羞答答地说：“父亲，您可是国君，一言既出，驷马难追。”

陈侯杵臼故作认真地说：“当然，如果公子濮做了国君，他就可以把你背回息国去。如果不能，那就不一定了。吾陈国女公子，做个诸侯夫人，不是妄想，倒是他们要有造化才行。”

“父亲，您说的话是不能反悔的，这跟他当不当国君没有关系，因为当不当国君不是他能做主的。而您，现在就是国君，说的话是能做主的。”

“哈哈，怎么？就这么着急嫁他了？竟然将起为父的军了。好，好，寡人说话肯定算话，等你行了笄礼就把你嫁他，他要及早提亲啊，晚了就轮不上他了。好了，你啊，好好地歇着吧。”

桃花极其通灵，她知道自己做了这样的事情，其实是不符合礼制的。但是，父亲和母亲都没有责怪她，他们的包容和爱，让她懂得了亲人之间需要宽宥，知恩一定图报。息公子濮救了她，也喜欢她，所以，如果父亲同意，她一定会嫁他。她只有趁父亲来看她时，借机把事挑明。不然，她再有心思，也没有机会说的。即使说了，也未必能得到父亲的同意。

父亲走后，公子桃花的心还在嗵嗵地跳着，她好高兴啊。她总算把自己的终身大事，跟父亲说定了。不是每个女子都这样幸运，能掌握自己的婚姻。她了解父亲，肯定会兑现他的承诺，就看濮哥哥什么时候提亲了。

第十四章　思之绵绵献舞娶陈

蔡侯献舞自继位之后，励精图治，不敢懈怠，一直恪守守土不张的传统。蔡国这种治国理念来自始封君蔡仲。蔡仲是叛逆之臣蔡叔度的儿子，蔡叔度是“三监之乱”的三监之一。古制“灭国不灭祀”，周武王克商之后，封商纣之子武庚于殷商故地。周武王担心武庚叛乱，封大弟管叔鲜在邶国，封三弟蔡叔度在鄘国，六弟霍叔处在卫国，形成一个包围圈，以此来监督武庚。史称“三监”。周武王克商的第四年就死去了，他的儿子周成王继位。周成王年幼，周公旦摄政。管叔鲜年长，看周成王年幼，周公旦摄政，心怀不满，联合蔡叔度和霍叔处及武庚叛乱。周公联合召公诛杀管叔鲜，贬庶霍叔处，流放蔡叔度。蔡叔度在流放途中死了。他的儿子胡，很有德行，周公旦向周成王请示，把胡封在蔡地，以奉蔡叔度之祀，这就是蔡国的始封君蔡仲。因为蔡国有这样的不太光彩历史，所以一直恪守守土不张的原则。蔡国传至献舞已经是十三世了，蔡桓侯时期的蔡国很是强大，蔡桓侯曾与郑庄公联盟抗击强楚，遏制楚武王侵伐中原的野心。蔡侯献舞继位将近十年了，还保持着蔡桓公时代的昌盛，这都是源于他在陈国的学习。

蔡侯献舞自把那一块玉佩送与琥儿，心就有了归属。特别是到陈国吊贺之后，更是对琥儿憧憬不已。他时常想起她看他时的羞涩，她娴淑优雅的举止，以及和他谈话时的矜持，这些都让他心动不已。特别是她那一双眼睛，水汪汪的像一泓深潭，能把整个人淹没。他身边侍妾不少，但是始终没有正式娶妻，就是为了聘娶陈国公子琥儿。

琥儿已经在他的想象中千变万化，长成了一个绝色女子，还有那个桃花，也一定出落得仙女一般。一方水土养一方人，陈国水草丰沛，土地肥美，礼仪周全，诗乐精深，这样的地方，还能不出美女吗？

蔡侯献舞与陈国联姻，有对陈国的感念，有对琥儿的钟情，有对桃花的向往，更有他的政治目的。这就是蔡侯献舞的精明之处。蔡国虽然一直主张守土不张，但是，南楚、北郑、西秦，都是虎狼之国，他们都对蔡国虎视眈眈。蔡侯献舞自知没有哥哥蔡桓公的勇猛德智，但他也清楚，如果不和大国联姻，蔡国势单力薄，很难抵挡楚国北上的野心。虽然现在的楚王熊赀听从了邓曼夫人的劝告，暂时休兵，可是他也是野心勃勃的君王。楚王熊赀现在正在忙于迁都，没有时间四处侵伐，所以周边诸侯国也只是暂时得以安宁。蔡侯献舞也是个有思想的君主，他清楚蔡国不能耽于楚国暂时的安宁，必须有长远的打算，趁楚国还没开始征伐之前，他得加强自己的力量。要加强蔡国的力量，就必须和大国联姻。和大国联姻，最理想的国家就是陈国了。陈国不但是礼仪之邦，两位女公子都是绝妙之人，更重要的是，陈国在当下中原诸侯国中威望很高，对郑有立国之恩，对宋、卫有扶乱之帮，对齐、鲁有修好之礼。还有一层，陈国与周王朝关系亲近，一旦有情况，关键时刻周天子还是一张可以打出去的牌。蔡侯献舞以其缜密的心思，把这些国家都算计了一遍。所以，他决定先派季孟携重礼前去陈国通达婚姻之意，待应允之后，他再亲自迎接两位女公子到蔡国。

蔡侯献舞的如意算盘打得很精，他不但想要娶回公子琥儿，最好把公子桃花作为媵妾一起娶回蔡国。因为，媵妾制在当时是一种习俗，他既娶陈公子琥儿为夫人，公子桃花作为媵妾也不是没有可能的。所以他叮嘱季孟如此这般地斡旋。

季孟从陈国回来，禀告了陈侯杵臼之意，愿意与蔡侯永结姻好。愿将大公子琥儿嫁于蔡侯。蔡侯问及媵妾之事，季孟说，陈侯并未言及。他按主公嘱咐，私下与大夫原仲斡旋。大夫原仲也通达其意，遭到陈侯回绝。原仲回说，主公答应蔡侯求婚，已属惠泽，按照礼制，一般都是小国女公子嫁给大国君主，才会有媵妾。陈国乃公侯之国，蔡国不过是侯国而已，媵妾一事怕是不太合适，即使有媵妾也不过是婢女而已，决然不是公子桃花。蔡侯献舞听罢，不免失落，既如此，没有媵妾也罢。

蔡侯献舞长叹一声，他之所以没有正式娶夫人，就是等候陈国的两位女公子。现在，陈国已经明示，陈国不可能会有媵妾，即使有媵妾也不会是公子桃花，仅几个婢女而已。不管怎么样，他都要亲自去迎娶陈公子琥儿。

陈侯杵臼之所以答应蔡侯献舞的求婚，是因为蔡侯献舞曾在陈留学聘问，对他比较了解。蔡国近几年虽然没有蔡桓公在世时强盛，但国内也算稳定，国民生活安逸。关键是公子琥儿非常乐意，作为父亲，他希望她嫁得一个如意郎君，有一个好的归宿。作为国君，他希望国家强大，联姻也是加强政治联盟、蓄积力量的一种方式。这正是两全其美的事儿。

陈侯杵臼请太史为琥儿占卜了嫁期，命宫人为琥儿准备了丰厚的嫁妆。琥儿听到蔡侯献舞求亲，也激动得夜不能寐。她日思夜想的献舞哥哥，终于要来迎娶她了。那白玉佩自从挂在她身上，就不曾离开过，它就像献舞哥哥一样，一直陪着她。

蔡侯献舞焦急地等候着迎娶的日子，每天都会梦到他娇美的新娘。他已经准备好了丰厚的彩礼。为了显示蔡国的排场，他准备两百辆温车[①]，四周用彩色的丝帛帷幔，每辆车上挂上了铃铛。车辕上挂着红灯笼，马头上系着红绸绣球，车里装满了蔡国财宝。两百辆温车就停在侯宫的门口，他令太史占卜了出发时辰，等到日晷影至，一声令下，浩浩荡荡的迎亲车队前往陈国。蔡国的使节，早已到陈，通告了出发的时辰。蔡国迎亲的队伍到了陈国国界，那里早有陈国的大夫迎住。陈国的卿、大夫们在陈城郊外迎接蔡侯。陈国不但按照迎娶的礼节来接待蔡侯献舞，而且以一个诸侯国君的礼节迎接他。蔡侯献舞及其大队人马，被安置在馆舍歇息，晚上陈侯按照礼制在宗庙享宴蔡国君臣。

明天就是琥儿出嫁的日子，陈公宫里异常热闹。大家都在为琥儿准备嫁衣，以及出嫁的物件。桃花给姊姊送了一个自己手缝的布老虎，希望姊姊能威震内宫，也希望蔡国能虎威邦邻。已经被封为大夫的公子完，给琥儿送来了一个叫人祖之根的陶制的泥泥狗，希望能把陈国祖先留下的祝福送给她。她的表姊宓伯家的宓夫子，送来一只玉箫，和她亲手缝制的女英、娥皇布偶。她知道琥儿喜欢吹箫，而且喜欢“湘夫人”乐曲。琥儿和宓夫子关系一向甚洽，想一去蔡国，今生未必能再见面，于是，便把郑子仪送她的一块翠玉佩送给了宓夫子。鲁曹身体欠安，差人送来了几匹缯锦和一对白玉璧。

息公子知道了蔡侯献舞迎娶琥儿，也十分激动，他已经去馆舍见过蔡侯献舞了，老朋友相见，自然是百感交集。息公子濮真心替蔡侯献舞高兴，能与陈国结亲真是最大的幸运。当然，他没有说出自己的想法。如果他也能像献舞一样幸运就好了。那蔡侯献舞激情澎湃，唯一的遗憾就是陈国没能把二公子桃花媵送。他突发奇想，建议息公子濮向陈侯求婚，这样他们就能结成姻亲同盟。息公子濮心里何尝不是这样想的，不过他不像蔡侯献舞这么孟浪，表面上不置可否，却暗下决心，一定要把公子桃花娶回息国，未来息国国君，一定不会输给蔡国国君的。这一对同学、朋友，也拉开了暗自较劲的序幕。

蔡侯献舞并不知道息公子心里怎么想的，他想请息公子濮作为蔡国的宾客，和

---

① 温车：古代小型马车。

他一起迎接新娘。息公子濮说，他和琥儿也算同学了，他的身份是陈国客人，要送琥儿出嫁才对。不过，一样的参加婚礼，不过是迎和送不同罢了。

蔡侯献舞笑道："虽然都是参加婚礼，但迎和送的意义绝然不同。但愿下次迎亲的是您。"

"借您的吉言，愿上天保佑，吾也能像您一样迎娶陈国女公子。"

息公子濮辞别了蔡侯献舞，就回去给琥儿准备礼物了。他不知道应该送她点什么。他想息国最著名的就是半夏了。琥儿到了蔡国，难免会有水土不服，就送给她一些息半夏吧。琥儿是个性格柔顺温婉、娴淑贞静的女子，蔡侯献舞虽然义气却也莽撞，性情真挚却喜爱酒色，但愿琥儿能够福寿安康。

这次婚礼，是陈侯杵臼继位以来，举办的第一次跨国婚礼，所以，从上到下都非常重视。陈侯杵臼为女儿准备了三百辆温车，就停在了公宫门口，用陈国的特产，丝织锦帛，装得满满的。

婚礼那天，蔡侯献舞头戴爵冕①，身穿玄端②，缁袘纁裳③，白绢单衣，纁韠④，赤舄⑤，一身婚礼盛装，早早地就候在公宫门口，等候送亲的队伍。

按照规制，诸侯国与诸侯国的婚姻，如果是同一级别的国家，国君的姐妹出嫁，由上卿送亲。国君的女子出嫁由大夫送亲。如果是小国国君的女子嫁给大国的国君，由上卿送亲。大国的女子嫁给小国的，由上大夫送亲。国君自己是不送女子出嫁的。

因为陈国与蔡国关系不同寻常，陈侯杵臼又特别喜欢琥儿，所以，派遣上卿宓伯送亲。

送亲的队伍终于从公宫里出来，前面是上卿宓伯带领着众大夫和仪礼队，后面是宫中侍女和宣宓夫人挑选的媵女，中间就是琥儿了。她由桃花和大表姊宓夫子搀扶着，后面是公子完、太子御寇、息公子濮等簇拥着，款款而出，出了宫门，走到了祢庙⑥前，停在那里。陈侯杵臼也是玄端礼服，在祢庙前站定，等候庙堂里摆设已成，他才请献舞进入祢庙行礼。

蔡侯献舞被陈侯杵臼让进祢庙，只见新娘子琥儿，身着红色镶边的玄礼服，头

---

① 爵冕：婚礼上的一种帽子。

② 玄端：黑色的礼服。

③ 缁（zī）袘（yì）纁（xūn）裳：黑色袖子的浅红色上衣。

④ 纁韠（bì）：浅红色的皮革服饰，扎在腰间到膝盖的。

⑤ 赤舄（xì）：赤色的鞋子。

⑥ 祢庙：（nǐ）最近的庙（父庙）。

上缥色束发长帛，横插着白玉长笄。面如杏花初吐蕊，眉如新月一钓钩，眼如深潭春波荡，身如杨柳婀娜姿。飘飘然如仙女下凡，轻盈盈惊艳众生。

蔡侯献舞从陈国祢庙出来，眼睛不曾离开过他的新娘琥儿，直到他欢天喜地牵着新娘子上车，转身向众人告别。蔡侯献舞有种被雷电击中的感觉，那是另一个让他心慌不已的惊艳，就是犹如七彩云霞一样的公子桃花。公子桃花已经出落成成年女子的模样，她身穿一件粉色带有凤凰图案的织锦礼服，下着白裳①，头上是粉色发帛，一只翡玉笄子，横插在发髻上。蔡侯献舞无法形容公子桃花的美，那是一种夺人心魄的震撼，如果琥儿是一朵幽静清雅的兰花，那桃花就是枝绚丽高贵的牡丹。

蔡侯献舞只这回眸一视，便觉魂魄飘然身外，直到“行起”的叫声传出，才把他的魂魄拽回。车队起行好一阵子，他还未回过神。

蔡侯献舞这惊鸿一瞥，注定了半生的悲哀，也许这就是定数。

① 裳：裙子。

第十五章　来迟姗姗子仪议娶

宓伯从蔡国送琥儿回来，便召见了医师，询问了鲁曹的情况。医师说：“鲁曹情况十分不好，看来孩子是保不住了。”可是，鲁曹死活要保孩子。所以，他也只能给他用了一些保胎的药。宓伯说：“你给她的是煎好的药，她怎么知道是什么药？吾的意思你不明白么？吾再告诉你一次，你如果把鲁曹的身体拖垮了，主公要杀你头的。即便主公不杀你，吾也不会放过你的。立即把孩子打掉，不许和鲁曹说实情，就说是保胎的药。还有，以后她不能再生孩子了，生孩子会毁掉她的容颜，陈国需要她的容颜，而不是她的孩子。”宓伯看了看手中的剑说：“你明白吗？”

医师吓得魂不附体，哆哆嗦嗦地说：“在下明白，在下明白，明天，明天孩子就掉了。”

医师从宓府出来，几乎瘫软在地上。他靠在墙上，双手捂胸，喘了喘气，略微平复一下情绪，才挪开脚步。他真的不明白宓伯为什么这样做？他真的是对主公忠心耿耿吗？鲁曹的容颜真有那么重要吗？其实，鲁曹是完全可以生下这个孩子的。可是他必须按照宓伯说的做，不然不会有好结果的。都说宓伯是眼无底的老井，这次他才真正地体会到。当他拿到宓伯家那捆祖传医典时，还觉得宓伯是个正人君子，对他恩重如山，可是当他看到宓伯按剑的那一刻，他又变成了一个要命的邪魔。

鲁曹太想生个儿子了，这是她谋取夫人之位的必须。可是这个孩子的性别把她折腾得寝食不安，人形憔悴。陈侯杵臼去她寝宫的次数越来越少，她希望这个孩子早些出生，减少她的煎熬。

那天，她刚喝了医师给她送来的药汤，便觉得腹痛难忍。一阵疼痛之后，鲁曹只觉下体有种热辣辣的感觉，她心里十分恐怖，因为离分娩还有两个多月呢，肯定不是好兆头。于是，叫来了侍女小荷。小荷掀开被子，大叫一声，说：“不好了，出血了。”

鲁曹还算镇定，嘱咐她赶紧去找医师，另遣奴婢通告主公。

医师来到之后，说：“夫人一定要保持安静，孩子肯定不保了。在下跟夫人说过，这孩子即便保住，也不会是个正常人。”

待孩子产下，鲁曹已经很镇定，她问：“男的还是女的？”

小荷说：“回夫人，女的。”

陈侯杵臼来到时，鲁曹的孩子已经被埋掉了。陈侯杵臼十分心疼地说：“你有孕怎么也不说一声，也怨寡人这段时间太忙，没顾上你，让你受委屈了。”

鲁曹心情并不坏，甚至有些轻松的感觉，她满眼爱意地对陈侯杵臼说：“只要主公心里有妾，妾就是死了也心甘。主公您为国操劳，身心疲惫，妾是能体谅到的。妾怎能因为一点小事打扰主公呢。”

陈侯杵臼抚摸着鲁曹的手说：“这怎么是小事呢？寡人的骨肉啊。”

鲁曹说：“妾知罪了。妾再怀孩子，一定会小心的，照顾好主公的骨肉。”

陈侯杵臼说：“你能体谅寡人，为寡人分忧，实在令寡人高兴。不过，这孩子好好的怎么会早产呢？没有先兆吗？”

鲁曹告诉陈侯：“本来好好的，也没有什么先兆，在肚里欢实着呢。不然，妾还能不通告主公吗？妾就是有些饮食欠佳，吃了医师的一服药，突然就出现了这种情况。不过，这跟医师没有关系，医师是宓伯内子引荐的，应该是十分可靠的。”

“宓伯？”

“对，是宓伯内子。宓伯内子来看望妾，妾说饮食不佳，她就荐了一位医师调理，不想就出现了这样的情况。”

陈侯杵臼沉思不语。

鲁曹觉得她的话已经有效了。虽然她并不知道宓伯跟医师的关系，但是她绝不放弃一丝削弱宓伯势力的机会。不剪除宓伯，她就不能立为夫人。其实，她并不知道医师用的什么药，她以为是保胎药导致的流产，不过还好是个女孩。她应该感谢医师才对，如果不是医师，这孩子生下之后，也得有同样的下场。现在孩子没了，不是因为她，她心里就没有了负担。出现了这种情况，主公不但不会责怪她，而且还会更加爱怜她。只要主公的宠爱还在，她就有机会，也许是上天在帮她吧。

鲁曹在陈侯杵臼离开之后，遣小荷把医师叫来，她要好好犒赏他，并告诉他如果主公问起，就说是宓伯荐他来看病的。不想，小荷回来禀报，说医师不在，不知道去了哪里。

医师不在？鲁曹又遣人去请，仍旧不见医师。三天了，她每天都派人去找医师，医师就地消失，一点踪影都没有留下。为什么？鲁曹心里不禁起疑，背后有种冷飕飕的感觉。医师失踪，会有怎样的阴谋？是不是有人害她？这个人是谁？为什么呢？可怕的是，她对这些情况毫不知晓。她知道，宣宓是不会害她的，因为宣宓宫中的情况她都清楚。那么，是谁呢？那些夫人媵妾？恐怕她们没有那么大的胆子。谋害她的人隐藏得很深啊。

陈侯杵臼从鲁曹寝宫回到朝堂，宓伯来报，说行人来禀，郑伯子仪到陈。陈侯杵臼嘱咐边戍大夫到边境迎接，诸卿、大夫到郊外迎候。

待宗庙享宴后，郑伯子仪便向陈侯杵臼献上了郑国宗室美女郑姬。郑伯子仪回到馆舍后，遣使请大夫原仲会晤。原仲应邀来到馆舍，郑伯子仪才道出来陈国的真正目的。

原来，齐国发生了内乱。齐侯诸儿，因为归复卫侯朔，和周王朝的军队开了战，之后怕周王朝讨伐他，便派了大将连称和管至父兵戍葵丘[①]。驻守边防毕竟是苦差事，二将军便问什么时候能回？那时正是瓜熟的时候，齐侯诸儿随口说道：来年瓜熟之时。到了第二年瓜熟时节，他们便派人请示齐侯诸儿，那齐侯诸儿本来就是顺口说的，见他们来请示，心里很烦，就说：等下一年的瓜熟。二人知道齐侯只忙于征伐扩张，不会守信，便生了弑君之意。再说齐侯诸儿有个媵妾是连称的妹妹，因封夫人无望心生怨愤。二位将军与连称之妹约定，让她做内应，事成之后立她为夫人。由于连称之妹通风报信，连称他们趁齐侯诸儿外出打猎时，在姑棼离宫弑杀了齐侯诸儿，扶助公孙无知为君。公孙无知本是齐侯诸儿的堂兄，齐僖公把他当做太子对待，到了齐侯诸儿继位后，降低了他的待遇，自然也是怀恨在心，被连称、管至父一煽动，便同他们一起谋反。不想公孙无知和大夫雍廪不和，雍廪又计杀公孙无知。一时间，齐国内乱纷纷，弑杀迭起。

齐国的内乱，惊醒了郑伯子仪。齐侯诸儿并不是一个懦弱的国君，他本想称霸诸侯，不想却命丧姑棼离宫。齐国这么一乱，中原诸侯国的格局出现了新的变化，力量最强大的就是与郑毗邻的陈国。而现在的郑国，还有郑伯突在栎地，正虎视眈眈地看着新郑，无时不想恢复君位。郑伯子仪和齐侯诸儿、陈侯杵臼、蔡侯献舞、宋公捷一起会盟时，齐国和陈国还旗鼓相当，可现在齐侯诸儿已经不在了，齐国内乱纷纷。宋公捷刚刚继位，自顾不暇，况宋国是扶持郑伯突继位的国家，肯定指望不上。蔡侯献舞虽然也是友好邻邦，但依他的能量，肯定保护不了郑国。郑伯如此

① 葵丘：河南省商丘市民权、兰考境内。

算来，也只有陈国可以依靠。以郑国现在的情况，如果没有一个强国依靠，会很危险的。所以，他必须要和陈国联姻，这次送陈侯杵臼的女子，是他精心挑选，悉心教导的。再说他在陈国时，对陈国的两位女公子十分钟情。所以，郑伯子仪明着是来聘问，实际是来求亲的。他把想法和原仲一说，原仲说道："郑伯来晚了，陈国公子琥儿已经嫁给了蔡侯献舞，二公子桃花倒是没有定亲，只是不知道主公意下如何。待臣下禀告主公，再回复您。"

"公子桃花若能下嫁寡人，寡人不胜荣幸。万望大人美意成全。"郑伯随即奉上黄金百镒，白璧十双，与原仲作为酬劳。原仲也不推脱，许诺尽力成全。

息公子濮听说郑伯子仪来陈，就去馆舍探望，郑伯子仪嘱咐随从，摆上酒席，二人边吃边聊，两下谈叙甚洽，其乐融融。不觉间，酒意渐浓，郑伯子仪便说出了联姻之意，遗憾的是，他来迟一步，来迟一步啊！公子琥儿已经远嫁蔡国。不过，还好，公子桃花尚未定亲，他已经向原仲说明此意，正在等候佳音。

息公子濮一下子愣住了，这对于他来说像是一声闷雷，炸在心里，他万万没有想到，他的好朋友，被他视为兄长的郑伯子仪竟然跟他抢娶公子桃花。他的那点酒意已经完全炸跑了，顿时清醒。郑伯还陶醉在遐想之中，息公子濮便起身说了一声："恭喜！"就匆匆地告辞了。

息公子濮来到公宫，不顾桃花的避讳，即刻通报桃花，与之相见。他必须把这个消息告诉她，如果陈侯同意郑伯子仪的求婚，他就完了。桃花倒是十分淡定，她说，父亲如果答应了郑伯子仪，那她只有嫁他。她不能让作为国君的父亲言而无信，自己的幸福是小事儿，国体是大事。息公子听桃花这么说，如万箭穿心，无论如何他也不能让桃花嫁给郑伯。可是，郑伯已经亲自求亲了，他又如何能阻止得了啊？息公子急得火烧火燎，却又一筹莫展。他说："如果不能娶到公子，吾宁愿跳进护城河里，了此一生，也算是永远守候着公子了。"

听息公子这样说，桃花心里一阵感动，原本父亲已经答应她与息公子濮的婚事，只是公子濮并不知晓。她那样说，不过是试探一下息公子濮。此刻，她已被息公子濮的真情所打动。她想起了息公子不顾一切地纵身一跳和背起她一路风似地跑回宫中。这样对她的男子，也许今生再也遇不上了。他如果真要跳河，不但是一个人的性命，而且牵涉到一个国家的命运。息桓侯已经年迈，而他只有濮这一个儿子。因为她一个人，毁灭了一个国家，那她的罪孽就大了。

桃花看了一眼息公子濮，他眼里充满焦虑和痛楚，神情凄楚而无助，她的心好痛。她刚才的话虽是试探，也是实情。现在的情况很复杂，郑伯子仪带着厚礼来访，他亲自来求亲，那么她嫁他就是国事，而不是婚姻了。还有，郑伯子仪和大夫原仲关系甚笃，原仲一定会尽力为他周旋。父亲也许不会为了一句戏言而不顾与郑国的关系，况且息公子濮并未正式求婚。这样复杂的局势，靠一个息公子濮根本无法应付。所以，息公子濮才不顾一切地找她。

可是，她有什么办法呢？除非有一个人，一个重要的人……对，只有他才可以力挽狂澜。

于是，她对息公子濮说，“请速找大司马宓伯，或许他能帮你想办法。”

息公子辞别了桃花，急匆匆地去了大司马府，找到了宓伯。他说公子桃花让他来找他，万望大司马相助，待事成之后，息国的一切听凭大司马安排。

大司马宓伯思忖良久，他在衡量桃花应该嫁到息国还是应该嫁到郑国。息国不存在内乱，因为息桓侯只有这一个公子，而且息公子年轻，倘若有事他还能操纵一二。郑伯子仪年龄大了不说，还有一个郑伯突在栎地，那是个最大的内乱之源。更重要的是，郑伯子仪跟大夫原仲关系甚近。所以，大司马宓伯决定要帮息公子濮。而且他必须在原仲见主公之前，就让息公子濮亲自向主公求亲，然后他再从中撮合。

陈侯杵臼把郑姬收入宫中，十分喜爱。那郑姬是郑伯子仪在郑国千挑万选的女子，自然是千娇百媚，惹人爱怜，不但有惊世绝尘之容，更主要的是她有一手精湛的琴艺。郑国的音乐本来就是最美妙的靡靡之音，在各国私下流传。作为国君，之前他没有机会听这样的音乐，郑姬来了之后，就把郑音带进了内宫，况这郑姬琴艺非凡，一曲郑音未了，陈侯杵臼只听得如痴如醉。这音乐让本来喜欢音律的陈侯杵臼，走进一种飘飘欲仙的境地。

郑姬确实对琴艺有很深的造诣，据说她曾师从于师文，是师文最得意的弟子。关于师文，还有一段故事。师文是郑国最有名的音乐家，极富音乐天才，为了学习音乐，他去鲁国向著名的音乐家师襄拜师求艺。师襄待人严厉，从不轻易招收弟子。师文苦苦哀求，终于打动了师襄。师襄手把手教他调弦定音，可是他学了三年竟然弹不成一支曲子。师襄毫不客气地说：“你不是学琴的料，赶紧回家吧。”师文放下琴，叹了口气，说：“吾并不是不能调好弦、定准音，也不是不会弹奏完整的乐章。吾所关注的并非只是调弦，吾所向往的也不仅仅是音调节律，而是用琴声来宣泄我内心复杂而难以表达的情感！在吾尚不能准确地把握情感，并且用琴声与之相呼应时，吾暂时还不敢放手去拨弄琴弦。请老师再给吾一些时日，看是否能有长进。”过了一段时间以后，师文又去拜见他的老师师襄。他首先奏响了属于金音的“商”弦，使之发出代表八月的南吕乐律，只觉琴声挟着凉爽的秋风拂面，似乎草木都要成熟结果了。他又拨动了属于木音的“角”弦，使之发出代表二月的夹钟乐律，随之又好像有温暖的春风在耳畔回荡，一派春意盎然的景色。接着，师文奏响了属于水音的“羽”弦，使之发出代表十一月的黄钟乐律，不一会儿，竟使人感到霜雪交加，江河封冻，一派肃杀景象如在眼前。再往下，他叩响了属于火音的“徵”弦，使之发出代表五月的乐律，又使人仿佛见到了骄阳似火，坚冰消释。在乐曲将终之际，师文又奏响了五音之首的“宫”弦，使之与商、角、徵、羽四弦产生和鸣，顿时在四周便有南风轻拂，恰似甘露从天而降，清泉于地喷涌。师襄兴奋异常，称赞说：“你的琴真是演奏得太美妙了！简直是神曲啊。”

可想而知，师承师文的郑姬，她所弹奏的音乐是何等地让人销魂了。所以，原仲把郑伯子仪的意思禀告给陈侯杵臼，他真的犯难了。因为，在原仲见他之前，息公子已见过他，也是向他求婚的，并且他已经答应过他了。那时，他并不知晓郑伯子仪的真实意图。如果他知道郑伯的意图，只从政治势力权衡的话，他肯定将桃花嫁与子仪，他之所以答应息公子，因为他知道桃花喜欢他，宓伯也竭力撮合这桩婚姻。可是，没想到这子仪此次也是求婚的，这边原仲，更重要的是还有郑姬，他们不约而同地撮合郑伯子仪和桃花的婚事。

陈侯杵臼离开了郑姬的寝宫，他得冷静地想想，怎么才能脱离两难，而又能把两个国家都拢在他的盟下。好在郑伯子仪并没有当面向他求亲，他也没有及时答复，这样就有了周旋的余地。陈侯杵臼召原仲进宫，让他回复郑伯子仪，就说陈国两位女公子年岁还小，不敢贻误郑伯。原仲回报陈侯杵臼说：“郑伯此次来陈，主要是联姻，他愿意等候公子桃花及笄再娶。”陈侯杵臼知道原仲有意替郑伯周旋，他说，“你通告郑伯，就说公子桃花早已许配给息公子濮，而且有缔约在先。如果郑伯愿意等候，就等小青吧。”

郑伯一听傻了，小青不过五六岁，成亲至少还要等上十年。他本来就是大张旗鼓地来求亲的，结果要等十年，还不让人笑掉大牙，他的颜面往哪儿搁啊？

郑伯子仪想到了大司马宓伯，这宓伯权倾朝野，又是宣宓的哥哥，看看能不能请他通融通融？这事儿来得蹊跷，他和息公子前天相见，并没听到他说起联姻之事，息公子不是城府深谋之人，若有这事他肯定会说出来的，他不但没说，还说了恭喜的话。怎么突然蹦出他来联姻？这中间肯定有问题。

于是，郑伯子仪遣人到大司马府里送了一封秘信，随信还送上了厚礼。信上只说是久慕大司马圣明，请往馆舍一叙。宓伯接见了郑国来使，并收下礼物，告之即刻到馆舍拜见郑伯。宓伯非常清楚，郑伯子仪肯定是为了联姻之事，现在郑伯骑虎难下。只有他才能帮助郑伯，所以才坦然收下礼物。

宓伯来到馆舍，与郑伯相见，互道仰慕之情。郑伯子仪知道宓伯肯定也知道了联姻之事，不必瞒绕，如果瞒绕就显得不真诚了。于是，直奔主题求宓伯相助。

宓伯说："想与陈国联姻也不难，不一定非得女公子，宗族女子也可以。郑伯曾在陈国呆过，能和陈宗族结亲，也不能算辱没。郑公子突不就是因为娶了宋国世家雍氏之女，宋国才扶持他继位吗？"

郑伯子仪豁然开朗。他说："寡人愚钝，大人教导的是，容寡人再想想。"宓伯告别之后，郑伯子仪想，也只好出此下策了。可是，他必须要亲见陈侯杵臼，说明此意，不然，联姻就失去了意义。

第二天，宓伯早早上朝，他知道主公必然找他商议此事，那他就是一个大赢家了。果然，陈侯杵臼见到他之后，眼前一亮，说："寡人正犯愁呢？你可是为寡人解了大难题了。"

宓伯说道："主公圣明，还能有什么事儿难住主公呢？"

陈侯杵臼并不接他的话茬，而是直接问他："你家的宓夫子是否已经婚配？"

"回主公，不曾婚配。"

"太好了，郑伯子仪来陈国求亲，寡人一时找不到合适人选，就你家宓夫子了，让她嫁给郑伯子仪吧，这样最合适不过了。"

"臣下遵命。"

宓伯退朝回府，兴致很好。一切都在他的设计之中。宓氏能与郑国联姻，将来御寇即位，也算为他谋得了盟友。再说了，他家女子嫁给了郑国国君，这也是他宓氏一族的荣耀啊。宣宓嫁给主公时，主公还是个公子。他的父亲，确实很有眼光啊，当时就认定公子杵臼是成就大事之人。所以，才将宣宓嫁给他。而且，嘱咐她一定要扶助杵臼，不得有二心。如果他家宓夫子嫁给郑伯，他宓氏一族又出了一位夫人。他的外甥已立为太子，太子就意味着是陈国将来的国君，到那时候，他不但是陈国上卿，还是郑国的国丈。想必他宓氏一族，到他这里，也是到了荣耀的顶峰。再往上，他真的不敢想了。

桃花得知宓夫子将要嫁给郑伯子仪时，知道舅舅已经帮息公子濮谋划成功了。从这事儿她也看出了舅舅宓伯的智慧，既笼络住了息公子，同时宓夫子也成了郑国夫人。真是太好了，她真替宓夫子高兴，只是有些觉得亏欠郑伯。不过，子仪哥哥有了宓夫子也很不错，宓夫子是个才貌德行俱佳的女子，绝不亚于她们姊娣。

桃花准备去大司马府向宓夫子道贺，刚出院子大门，就碰上了鲁曹宫里的侍女小荷。那女子看到她，神情慌张地快步离开了。桃花叫住她，问她“干嘛这么匆忙？”

小荷看公子桃花叫住了她，急忙收住了脚步，慌忙地用手遮住脸部。桃花拿开她的手，问她怎么回事儿？

小荷神情凄楚地说，鲁曹流产之后，让她去找医师。医师不见了，鲁曹夫人猜想有人害她。因为医师是她请的，别人不曾接触过，就怀疑她与外界勾结，可她确实不知道怎么回事儿。鲁曹心情不好，无处发泄，就打她。

公子桃花掀开小荷的衣袖，看到大片青紫血印，心疼不已，问道：“上次给你的那块玉佩你还放着吗？”

“放着呢，奴婢还给公子吧。以后，奴婢再也不敢和公子通信了。”

“以后不用你再通信了。那个翠玉佩，你好生放着，将来要带在身边。你先回吧，暂且再忍耐几日，会有好消息的，千万别跟鲁曹说见过吾。”

“是，公子。奴婢告辞了。”

桃花到了宓伯府上，见过宓夫子，二人寒暄一阵。桃花说道：“知道夫子姊远嫁郑国，你一个人远行很孤单，一定要挑几个贴心的奴婢带上，吾这边为你物色了一个可心的，待吾禀告父亲，再送她过来。”

陈侯杵臼自从得了郑姬，内宫其他人都冷落了。那天他来到宣宓宫中，是说宓夫子出嫁一事。因为这是内宫的事儿，必须有宣宓夫人操办。他说：“要把宓夫子以公子身份嫁到郑国。”

宣宓夫人非常高兴。

当时桃花也在场，她说：“既然如此，还应该媵入宫中的侍女，既懂得宫中的礼仪，也显出大国风范。”

陈侯杵臼高兴地说：“桃花说得对，夫人就费心挑选几个吧。”宣宓当下应诺，一定把事儿办好。

桃花就把鲁曹的侍女小荷，推荐给了母亲宣宓。宣宓奏请陈侯赐小荷妫姓，随媵宓夫子。

郑伯子仪没有想到，最后等到是宓伯家的女子。他不知道那女子长什么样，这完全是一个陌生的女子。他心里只有公子桃花啊，可是，这个息公子濮却又抢先了一步。公子桃花，那个仙女一样的陈国女公子，怕是今生今世再也见不上她了。他离开陈国时就已经计划好了，要回来迎娶两位女公子，这么多年，他一直魂牵梦绕的陈国女公子，最终都成了别国的夫人。真是好笑啊，做了几年的美梦，到头来竟是一场空。

他现在必须要回郑国去，准备彩礼迎娶新娘。这个大司马宓氏家的女子，他不需要再亲自来迎娶了，只派上卿祭足就行了。

郑伯子仪情绪低落地走出馆舍，来到院子里。已经是秋天了，院子里草都枯黄了，只有一株菊花还在独自开着，不过那菊花的花瓣也都无精打采地垂着，像是无法抗拒秋天的萧杀，这情景，更像他的心情。他摘掉那朵菊花，一瓣一瓣地撕着，像撕着自己的心。

突然，一股旋风朝他卷来，他往后退了一步，绊在一个树根上，身子猛晃了一下，腰间那块玉璧发出了叮当的响声。郑伯子仪取下那块玉璧，出神地盯着它，颇为伤情。上次离开陈国时，他把这一块玉石雕成的一璧两佩中的两佩，送给陈国两位女公子，自己带了这中间的一块玉璧。他想，有朝一日能将这一璧两佩，聚合在一起，便圆满了。哪曾想，这一块完整的玉石，只剩下中间这块玉璧，而那两块玉佩却天各一方。他要这一块玉璧还有什么意思？这玉石，怕是永远不能聚在一起了。于是，他随手把它扔到草丛之中。

桃花得知郑伯子仪要离开陈国，想去送送他。子仪哥哥在陈国时，时常和她们玩，还送给她们很多小玩意儿。他确实是个有情有义的男子，他离开陈国那年，还送给她和琥儿姊每人一个翠玉佩。他说，那两块玉佩和他腰间挂的那个玉璧是一块玉石。她知道子仪哥哥这次是奔她而来的，如果不是息公子濮，父亲肯定把她许配给他。也许是天意吧，阴阳差错的不仅是姻缘，还有很多事儿都是这样。其实，她很喜欢那块翠玉佩的，只是为了打探消息，才给了小荷。不过，这小荷将作为媵妾和宓夫子一起去郑国。无论如何，这一块翠玉也算聚合在一起了，不能说不是一种缘分。子仪哥哥这一走，不知道还能否再见面。他既来陈求亲，即使没有姻缘，友情还是有的。于是，她和侍女碧叶去了馆舍。

桃花和侍女碧叶来到馆舍时，郑伯子仪已经走了。她站在空荡荡的院子里，满怀失落。毕竟，他们相处了那么长时间，最后连一面都没有见上。她看到那一地撕碎的菊花瓣，愣愣地站在那儿，更是伤感。可想而知，子仪哥哥是多么伤心啊！

突然，碧叶叫道：“公子，这是什么？”

碧叶捡起那块玉璧，交于公子桃花。桃花喃喃地说：“真是阴阳差错啊。”她原想这一块玉石总算聚拢在一起了，不想这块玉璧却被扔在这里。肯定是子仪哥哥伤心绝望了才把它扔到这里的。桃花把这块玉璧珍藏起来，从此觉得欠子仪哥哥一个大人情，这辈子都不能还的人情。直到她年老之时，才得以偿还，这是后话。

第十六章　天命昭昭懿氏卜婚

桃花从馆舍出来，就去了宓府见宓夫子。她要把这块玉璧交给她，就说是郑伯子仪遗落的，一定要她转呈子仪哥哥。让子仪哥哥知道她对他的友情，这或许对他是种安慰。

宓夫子出嫁的时候，宓伯让太卜占了卦，看让谁送亲比较合适。宓夫子虽然不是公子，但是主公已经宣诏要按公子的规制出嫁。其实，真正体现规制的不在嫁妆，而是在送亲的规格上。郑国真正在意的也不是嫁妆，而是送亲人的身份。

太卜告诉宓伯：懿氏比较合适。懿氏？懿氏送嫁的话，宓伯觉得不太合适。因为懿氏虽然也是世族大夫，但是毕竟官位不高。宓夫子是按女公子规制出嫁的，但毕竟不是女公子，送亲的规格一定要高一些，应该是卿或者上大夫，不然对郑伯子仪无法交代。如果按女公子规格送嫁，只有两个人，就是宓伯和原仲。原仲送嫁显然不太合适，宓伯女子出嫁，原仲送亲，虽有诏书，他心里未必乐意，就是他乐意，宓伯也不放心。从长远考虑，大将军辕涛涂和公子完才是最合适的人选。因为，辕涛涂是伯爰诸的孙子，官至左司马。公子完是陈厉公的儿子，也已袭爵为大夫。这两个人都是年轻才俊，将来陈国的栋梁。这样，宓氏一族既不显得僭越，又蓄积了新生力量，太子御寇也有了肱骨大臣，一石三鸟。宓伯有了主意，就去请奏陈侯杵臼。陈侯杵臼也在思忖谁去送亲合适，如果是这两人，再合适不过了。

公子完和辕涛涂受命去郑国送亲，郑伯子仪早已在郑国边境迎住。送亲的队伍到了新郑，卿大夫都迎在郊外，然后进入馆舍。郑伯子仪在陈国时，公子完虽然还小，但是他们也都认识，郑伯以为他们年轻，晚上便安排了宫中宴飨，这样气氛更好一些。同时，他着人安排宓夫子进入公宫，宴飨之后就可以入洞房了。

公子完当时就拦住了，他说："新婚夫妇应该先到宗庙祭拜，才能进入洞房的，这是我们陈国的规矩。"上卿祭足也向郑伯子仪谏道："礼当如此。"当年因为郑伯忽迎娶陈国女公子时，没有进入宗庙，直接入了洞房，送亲的子鍼大夫预言，不守规制，不得善终。后来，果然应验。

郑伯子仪不得已，便把宓夫子一行，安排在馆舍，等候第二天到宗庙举行祭拜仪式。

公子完从郑国回来，直接到了宓伯府上。禀报了送亲的情况。最后他忧心忡忡地说，“郑伯子仪恐怕将来不会善终。”

宓伯诧异，问道：“为什么啊？”

公子完欲言又止，沉吟半天，最后还是说出来了。他说：“郑国不注重礼节，吾和辕将军送亲，虽然规格不算太高，但是这是两国联姻，理应在宗庙享宴。郑伯子仪却在宫中宴飨。不但如此，还想送宓夫子直接入宫，被吾拦下。本来他就不是太子，因为内乱才得以继承君位，就更应该遵守礼制，恪守德行。”

宓伯说，“郑伯继位以来，重用祭足，友好邻邦，郑国还算稳定吧。”

公子完说：“吾这次去郑国，还听到一个可怕的传说，说郑国南门中间，有两条蛇，一条在门里，一条在门外，相斗了整整七天七夜，最后门里的那条蛇被咬死了。如果这是预兆的话，那么门里的蛇肯定是应在郑伯子仪身上，而门外的蛇则应在郑公子突身上。郑国现在的局势蕴含着危机，公子突在栎地虎视眈眈地看着新郑，复位的意念一刻也没有停止。如果这一传说应验，怕是对郑伯子仪不利。”

宓伯沉吟，他开始为宓夫子担心。不过，通过这次送亲，他越发看好公子完了。公子完绝不是可以小看的人物，这么年轻，却能把大事看得这么清楚，就连他宓伯都自愧不如，将来一定能成大事儿。他要把他收拢过来，作为自己的力量储备。他想到公子完还尚未婚配，应该给他娶一房妻室。

宓伯想起了太卜为宓夫子送亲的占卜，懿氏一族的吉兆应在婚姻上，不然不会占出他送亲最宜。第二天上朝，宓伯便上奏公子完的婚事，陈侯杵臼也认为是该考虑了。只是，不知道谁家的女子合适。宓伯便把懿氏之女大加赞扬了一番，说她婚配公子完，真是天作之合啊。陈侯杵臼点头称是，懿氏一族虽是世族，德行甚好，不争不骄。于是，便遣宓伯前去提亲。

再说懿氏对宓伯提亲一事儿，颇为犹豫。公子完是公族，虽说人品才智双全，但他是陈先君厉公之子，因为当时年龄尚小没有被立为太子，陈侯杵臼继位虽是有盟约在前，终归不符合规制，将来可能会有不测宫斗，历来宫廷都是倾轧之地，他们不想沾惹是非，戕害子女。可是，这宓伯又打着主公的幌子，不知道真假。倘若不应承，落得不遵君命的罪名。如果应承，实在勉强。懿氏之妻说：“不如先占卜一下，看看兆头如何？”

懿氏说："如此甚好。"

于是，懿氏之妻揲蓍而筮，占后大喜。她说："吉，卦上说'凤凰于飞，和鸣锵锵，有妫之后，将育与姜（姜姓）。五世其昌，并于正卿。八世之后，莫之与京'。"这是说公子完将在姜姓之国发展壮大，五代开始昌盛，地位及于正卿，到了第八代，就没有人能比得上了。还说是两者将来不可能同样大，陈国衰亡之后，他在那个国家的一族就要昌盛了。后来果然如此，陈妫（封于田地，田姓始祖）在齐国代替了齐姜（公子完的第五世孙陈桓子开始在齐国发展起来做了卿大夫，在楚灭陈的同时，公子完的第八世孙陈成子取得了齐国政权）。

懿氏说："且不讲他们日后的发达，只要他们现世没有大的祸患就行。"于是，他们决定同意这门亲事。

桃花自被息公子濮从湖中背回宫中之后，惊寒交迫，病了一阵子，后来琥儿又远嫁蔡国。一度，她还想上学，母亲宣宓夫人不想让她去。女子本来就不该上学的，如果女公子能上学，那卿、大夫、民间的女子怎么办？为政乃上行下效，不能因为她乱了朝纲。父亲倒也没有明显反对，觉得一个女孩子上学，也不算坏了纲纪，上与不上都随她心愿。

桃花自己觉得还是不上为好，一则她该学的东西也基本学完了，六艺除了礼乐，她并不太感兴趣。二则，息公子濮已经向父亲求了亲，如果她再上学的话，未免交往过密，恐怕要有失国体。她作为陈国女公子，还是要以国体为重，所以，决定不再上学了。再说了，完哥哥已经毕业封为大夫，马上就要娶妻了，弟弟御寇还不到上学的年龄，他们都不能和她一起上下学了，实在无趣。

桃花听说公子完娶懿氏的消息，就到他的府上祝贺，并为公子完送了一对布偶小新人，公子完十分喜欢。

公子完也十分中意宓伯为他挑选懿氏家的女子。因为懿氏一族十分低调平和，从不参加权斗，所以才没有祸患。他依稀记得母亲在父亲灵柩前惊恐悲寂的目光，他觉得一个女子不应该经受这样惨烈的权斗。母亲临终前嘱咐他，小心谨慎，遇事多思。在大司马府邸，他看到了主公为大司马时的恭慎，现在他看到了宓伯的恭慎。敬畏恭慎，才能保护自己。他想有所作为，但没有野心，他只想辅助叔叔把陈国治理好，不想成为权斗的牺牲品。他不会与太子御寇争夺君位，永远不会，他只会尽力辅助他，这也许是宓伯看重他的原因。他特别喜欢桃花，除了她绝妙的相貌之外，她还是个极其灵透的女子，又识得大体。他和桃花之间，有种更亲切的默契。他清楚记得，母亲的灵堂前，小桃花陪他一起守灵，还有拉他去大司马府邸的情景。每每想起，眼里总是热辣辣的。小小年纪的桃花，让他感到了人世的温暖。她的聪慧透着灵异，让人不可思议。听说息公子濮已经向主公求过亲了，以他对息公子的了解，他是情长智短的人，他确实喜欢桃花，但是哪个男子会不喜欢这样的女子呢？但愿懿氏的女子，能和桃花一样。

息公子濮、大将军辕涛涂听说公子完要大婚，也都去祝贺。他们在公子完的府里遇上了桃花，桃花听说息公子濮要来，正要回避，他们已经进来了。

息公子濮看到公子桃花，惊喜万分，两眼放出熠熠光芒，让他本来忧郁的眼神，格外生动。息公子濮到她跟前向她问好，桃花并不羞怯，两人相谈甚洽。

公子完和辕涛涂在商议秋季猎训之事，公子濮起身送桃花回宫。路上，桃花询问了公子濮最近的学习，她十分关心他的学业，因为息桓公年迈体衰，他随时可能回国，所以必须抓紧时机，完成课目。

公子濮和桃花一起特别兴奋，他向桃花讲述了最近学习的“射”和“御”两门课。他说，“在‘射’的教学中，老师教了白矢、参连、剡注、襄尺、井仪五项技术。白矢就是穿透箭靶，靶后见箭头。参连就是箭头能连续射出去。剡注就是离弦的箭头要水平飞行。襄尺就是拉弦时胳膊肘必须保持平稳，肘上能放一把尺子。井仪就是四箭连射，箭头分布呈井字形的四个角上。”

桃花说：“这确实有难度，公子学得怎么样呢？”

公子濮说：“吾最喜欢井仪，吾不但把井仪学得熟稔，还有更绝的呢，是吾私自练习的。”

桃花好奇地问：“怎么个绝法儿呢？”

“吾还能把箭头射成一个‘心’字形。要不要吾射给你看看。”

桃花羞红了脸，不过，她很得体地说：“在战场上射杀敌人，大概不需要把箭射成心形吧。”

公子濮说：“战场上不需要心形的箭头，可是战场之外，吾对公子需要献上心形的箭头啊。”桃花见公子濮终于绕到了他想说的话题，但是，这不是他在她面前应该说的话。所以，便绕开了“射”的话题。说道：“你们‘御’课，都学了些什么？您都亲自驾车了吗？”

公子濮为了讨得桃花的欢心，故意卖弄地说：“‘御’也有五种技术。鸣和鸾、逐水曲、过君表、舞交衢、逐禽左。鸣和鸾：就是要求在驾车时发出和谐的声音，表示车行平稳。逐水曲：就是涉水时要顺水势而行。过君表：就是遇到障碍时要迅速安全通过。舞交衢：就是过路口或者是街肆时要轻快穿插而过。逐禽左：就是出猎时善于用车辆协调围猎。老师让吾实习了舞交衢，奇怪的是，车子走过那个老者卖埙的地方，那匹马就停了一下，仰头嘶叫。吾一鞭子打下去，那马才轻盈跳过街衢。”

桃花不知道息公子濮说的真假，她确实也很牵挂那位老者，后来也曾使人找过他，却没有再见到他。

息公子的话，挑动了桃花心里那最敏感的情愫。她喜欢那埙，本来她打算送给琥儿姊，可是琥儿姊并不喜欢这种乐器，她只喜欢吹奏箫。她没有送她箫，是因为宓夫子已经送了她一支玉箫。想起琥儿姊，桃花向息公子濮说道：“不知道琥儿姊过得怎么样，献舞哥哥对她好吗？”

息公子濮说：“蔡侯一定会珍惜她的。蔡侯在陈国时就对她非常钟情，曾和吾说过，一定要娶她为妻，和陈国联姻。他终于实现了自己的心愿，怎么能对她不好呢？公子就不要挂心了。”

到了内宫的大门，公子濮想要把公子桃花送进去。公子桃花站在门里说道：“公子请回吧。你还是直接去泮宫，要珍惜在陈的时间，把该学的内容争取都学完。”

公子濮恋恋不舍地望着公子桃花远去背影，她那婀娜的腰肢，像舞动的精灵，粉色的纯衣和浅色的绿裳，就像一朵刚刚含苞的圣莲。他有些恍惚，他真的在陈国吗？他真的向陈侯求过亲吗？这女子真的属于他吗？他有什么德行能配上她呢？

这时，刚好太子御寇从里面出来，说道：“濮哥哥，你怎么不进去啊？”

“不进去了，吾要上学去了。”

“哦，明年吾也要上学了，濮哥哥要和吾一起吗？”

“好，明年，吾一定陪你，天天陪你。”

“那你不回息国了？”

“不回了，陈国多好啊。”

“陈国不是濮哥哥的国家，父亲说，濮哥哥要回去当国君的。吾长大了，自己能上学，就不用濮哥哥陪了。国君要爱自己的国家。这是父亲告诉吾的。”

“是啊，太子真聪明，吾走了。”公子濮喃喃地说：“国君要爱自己的国家，这还用教吗？”可是，他更爱公子桃花。

第十七章　急匆忙忙子濮继位

待息公子濮转身之后，桃花才回过头来看他。望着息公子濮离去的背影，桃花心里嗵嗵直跳。自从郑伯子仪娶走了宓夫子，桃花心里时常惦念息公子濮。她虽然是陈国公子，但是女子的思春情怀还是很浓的。桃花拿出那只老者送她的埙，吹出了一曲息公子喜欢的《衡门》，这支曲子，是专门为他吹奏的。婉绵的《衡门》里，出现了息公子魁梧的身躯，白皙的脸庞，还有那双忧郁的大眼睛。他忧郁的眼睛见到桃花时，会发出闪电般的光亮，特别生动可爱。

桃花不上学了，每天就是弹弹琴，做一些女工。她要了几匹玄色丝帛，为公子濮做一件玄端礼服。她也知道，女子只有给丈夫才做玄端礼服的。她并不在意这些规制，她就想现在给濮哥哥做一件，到了息国她再送给他。

桃花做好了玄端礼服，想象着息公子濮穿上会是什么样子。正思忖间，侍女通报，说息公子濮求见。桃花连忙藏好礼服，迎息公子濮进门，让座。息公子濮面色忧郁，神情慌张，好像出了大事儿。桃花见他如此，开口道："公子有什么事儿吗？"

息公子说："吾要回国了。"

"课程不是还没有学完吗？"

息公子忧心忡忡地说："国中遣使，说吾父病重，让吾即刻回国，吾君父年老体衰，怕是不久于人世。估计还是他老人家担心国家安危，惊忧交加，才至如此。"

正如息公子说言，息国确实遇到了情况。原来，楚王熊赀继位之后，因为邓曼夫人的嘱咐，不敢太过扩张，一直忙于迁都。他把楚都从丹阳[①]迁到郢都[②]，就是为了窥视中原，便于扩张。由于邓曼夫人薨殁，楚王熊赀野心再起。他先灭掉南边的罗国，向北灭掉申国，又灭了楚国、申国之间的邓国。那邓国就是武王夫人邓曼的

---

① 丹阳：楚古都，今湖北保康（有争议）。

② 郢都：楚都。今在湖北荆州。荆州北五公里有纪南城遗址。

祖国，楚王熊赀伐申时借道于邓国，邓国的三个大臣，都建议邓侯把他干掉，邓侯以为楚王熊赀是他的外甥，不会灭掉邓国，不听劝谏，借道于他。果然，楚王熊赀伐申回来，便把邓国灭了。楚国征讨江国、弦国，迫使两国称臣，每年进贡。最近，楚国又征伐息国东面的蒋国[①]，蒋国向息国求救，息桓侯左右为难，如果不救，蒋国肯定被打败。如果救，楚国就有了讨伐息国的理由，息国由此惹上麻烦。而且，也未必能救得了。蒋国也是被逼无奈，借兵的使者一直待在息国，息桓侯本来身体不好，急火攻心，陷入沉疴。息国这才遣使让息公子濮回国。

息公子濮来向公子桃花告别。他说："吾离开陈国之前，有一个心愿，不知道公子能否成全？"

桃花说道："不知道公子是什么心愿？"

"现在正是桃花盛开的季节，吾想看一看那片桃林，就是传说中的彰显瑞兆的那一片桃林。吾回息国，再来陈国的机会也许就不多了，即便能再来，也未必赶上桃花盛开，所以想请公子陪吾去看看那一片桃林。"公子桃花为了使息公子濮安心回国，答应第二天陪他去看桃林。

第二天一早，息公子濮亲自驾着轺车[②]，载着公子桃花，从东门出内城，内城里正在举行一年一度的傩祭，巫者戴着面具，在街衢里巡游，很多的居民跟在后面看热闹。车子越过"离门"便出了外郭，郭外正在举行着盛大的舞会，这是和每年的社祭一起进行的，很多女子挑着花篮[③]，载歌载舞。她们一路从东门而出，经过各种商家的店铺和馆舍，穿过兑门[④]，再向东南直奔古城宛丘。

那古城宛丘是陈国的旧城，曾经是伏羲帝的都城。据传伏羲氏族，从甘肃天水出发，顺黄河一路东迁至宛丘，见这里水草丰沛，四季分明，宜于居住，便定都于此。

伏羲帝在这里定姓氏、制嫁娶、结网罟、养牺牲、兴庖厨、画八卦、造干戈、饰武功，结绳记事，始造图腾。后来神农帝和黄帝一起打败了蚩尤，也在宛丘建都。炎帝神农在这里尝百草、艺五谷、教穑稼、造五弦、耕耒耜、制陶器、播火种、始

① 蒋国：公元前1040年——公元前617年，周朝封诸侯国，子爵。姬姓。始祖是周公姬旦的第三子姬伯龄。今河南省淮滨县一带。

② 轺车（yáo）：轻便的马车。

③ 挑着花篮：巫舞，《挑花篮》，现在淮阳民间还有。

④ 兑门：陈外郭的东南门。

炊饮，安民定居，五谷丰登，现在陈城东北还有神农井和五谷台。两帝的德化和智慧，都留在这里，福荫宛丘。后来，黄帝后裔一支的陈锋氏，也迁徙到宛丘，从此宛丘又叫陈。陈地确实是一个神圣和神秘的地方，又是豫州的中心，夏商时期已经是一个非常强大的诸侯国了。陈地境内，蔡水和颍水横穿而过，由此成了挟制东南夷族的战略重地。所以，周武王伐纣胜利，下车伊始，就封了妫满到陈地，并把大姬嫁他。妫满来陈地之后，看到陈城宛丘经过战乱，已经破落荒废，满目疮痍。他望着这座古城，萌生了建筑新城的想法。于是，他带着当地氏族首领，视察宛丘周围的地域。他们来到宛丘西北的蔡水南岸，那是一片平坦高地，与蔡水之阳的伏羲陵正对，这正是一块非常适合建城的地方，北依蔡水，西方和南方是枣林河，东边是桃林河，桃林河之外还有一个湖泊。这里正是一块风水宝地啊，在这里建城再好不过了。他们正商议间，发现不远处一团白光。走近一看，是一个通体透明的白龟。陈胡公把白龟带回宫中，放入水池，每天都要看一看。那天，他突然发现白龟的龟壳上显出了一个八卦图形。他想，这也许就是人祖伏羲画八卦的那只神龟。由此，陈胡公对新城的建筑，便有了一个明了的意向。新陈城就是仿照白龟形状，依八卦的方位而建筑。整个陈城，内方外圆，内城外郭，基本成“回”字型。内城方形，有东、西、南、北四门。外郭圆形，设计八门，龟头朝南为“乾门”与内城的南门相对，龟尾朝北为“坤门”与内城的北门相对，外郭的东西门与内城的东西门相对，分别为“离门”、“坎门”。四条龟腿为外城的另外四门，东南为“兑门”，东北为“震门”，西南为“巽门”，西北为“艮门”。陈新城建好之后，故城居民都迁进了新城。宛丘慢慢地废置，成了祭祀、舞会、社火的场地。这社祭舞会——挑花篮，也是始祖母大姬遗传下来的，一直延续至今。每年的舞会，都是异常热闹，官民同乐，共祈风调雨顺，五谷丰登。

这些跳舞的女子，挑着花篮，不断地变化着队形，边唱边跳，从东门到兑门，一直跳到古城宛丘，然后从宛丘再折回到太昊伏羲陵前。熙熙攘攘的人群，随着跳舞的队伍，慢慢地游动，有些在看热闹，有些在做买卖。

息公子濮驾着车子，穿过热闹的街肆，顺着东湖去了那片桃林。当车子路过桃花落水的那地方时，息公子濮停了下来，远处传来了《陂泽》[①]的歌声，一切如旧，却恍若隔世。眼前的桃花绝不能用美来形容了，雍容和智慧，就像浆液一样，把她

---

① 《陂泽》：《诗经·国风·陈风》中的篇目。

滋润得光彩四射。她像女王一样，让见到她的人有一种称臣的感觉。公子濮沉浸在自己的想象中，桃花问道："怎么停下了，还没到呢。"

息公子濮说，"这就是你落水的地方，要下来看看吗？"公子桃花心情很好，便下了车。

岸边的浮萍草已经发出了嫩叶，远处的芦蒲也抽出了新的枝干，一艘小渔船，在湖面上慢悠悠地划行，现在并不是打渔的季节，他们在打一些小鱼，用于宗庙的祭祀。渔夫不停地唱着歌，一切都显得生机勃勃。近处，一对不知名的水鸟从远处飞来，轻飘飘地落在水面上，好像生怕吓着水下的鱼儿。然而，落水之后它们热闹起来，交项啁啾嬉戏，毫无遮掩地交欢。桃花看着那对小鸟，脸蛋腾然羞红，催促公子濮，"赶紧走吧，还有一段路程呢。"待他们来到那一片桃林，桃花正在怒放，像一片红色的祥云，从空中降落。有些开得早的，花瓣已经谢落，地上点点的粉色花瓣，像缥染的雪花，纯净剔透地轻栖着，让人心里不由地怜爱。枝头上的花蕊，已经露出毛茸茸的青色，不久那青果将长成一颗颗甜美硕大的桃子，大自然是如此的神奇。

他们来到一棵正在含苞待放的桃树前，眼盯着那树上的花蕾，说来奇怪，那花蕊竟然像欢迎他们一样，慢慢地张开了小嘴。公子桃花慢慢地将脸贴在树干上，一颗泪珠儿挂在了脸上。不知道为什么，她生出一种感动，瞬间，随着桃花泪珠儿的滚出，那棵树的花蕾，都张开了花瓣。息公子看到这惊天动地的一幕，他相信了公子桃花就是桃花仙子的传说。这美丽的传说，终于在他的眼前得到了印证。旁边的桃树上，传来了斑鸠的叫声，打破了这天神合一的宁静。斑鸠叫了一声，飞出桃林，往东边那片郁郁葱葱的桑林飞去。桑林与桃林之间，是一块麦田，麦田像一块绿毡子，好像是上天专门为桃花仙子铺下的。

这富饶美丽的陈国，这歌舞升平的陈国，这生机勃勃的陈国，这神秘神圣的陈国，还有陈国仙女般的公子桃花，让息公子濮心里生出了无限的惆怅。他的息国，他的君父，他的人民，能像陈国这样就好了。然而，这一切都是未知数，他前程未卜。

高大魁梧的息公子濮，站在盛开的桃林里，他白皙的面孔，由于兴奋，透出一层若隐若现的粉红，显出了女人般的娇媚。他忧郁的大眼睛，被明媚的春光一照，焕发出动人亮彩。他已经变得很沉稳和成熟了，犹如那桃树的树干，挺拔而健壮。他和鲜艳的桃花互相映衬，显出一种动人心魄的英武。这英武震撼着公子桃花的心，这就是她情定一生的那个人，不管世事怎么变幻，她都钟情于他，永远不会改变。

息公子濮看着身着粉色深衣的公子桃花，已经和盛开的桃花融为一体。她就是桃林中一朵硕大的桃花，她那粉色的深衣就像那娇艳的花瓣，头上的黑发像那花瓣里的果子，头上那块粉色的发帛像一根花蕊，这朵奇妍无比的大桃花，就是这桃林的生命之灵。这桃林的桃花之美和公子桃花之美，相映生辉，犹如人间仙境。息公子眼里闪着泪光，他被这场景深深地感动了，他觉得这一定是上天对他的眷顾，让他领略到如此的奇妙胜景。息公子濮喃喃地说："桃花一定是这桃林的精灵，上天赐公子美丽和智慧，是让公子为人间送福祥的。不然，怎么会有这样的奇观呢。"

桃花深情地望着息公子，眼睛里流光溢彩，这光彩像一束天光，锁定了公子濮，也锁定了他们跌宕凄迷的一生，演绎了千古一绝的爱情。

第二部

息国　息妫夫人

第十八章　桓侯雄起息国伐郑

息公子濮从桃林回到馆舍，就启程回国了。一路上，他都在回忆与公子桃花相会在桃林的情景，这也许是他一生中最美好最幸福的时光了。他已经向陈侯求过亲，但是还未向父亲通报，不是他不孝，不遵父母之命，实在是情况紧急。他想，见到了父亲，要把事情的原委向他禀报清楚。

息国的卿、大夫都聚集在息桓侯的病榻前。息桓侯虚弱地躺在榻上，奄奄一息，单等候儿子归来继位。息桓侯时期的息国，是历史上最鼎盛的时期。息桓侯是一个睿智的君主，在息国上下颇受爱戴。通过三十五年来的为君经历，他非常清醒地意识到，一个国家的盛衰是由君主决定的。所以，他才竭尽全力地培养儿子，历练儿子。他把儿子送到陈国，学习“诗”“礼”“舞”“乐”，“御”“射”“书”“数”，就是想让儿子能强大息国，以抗衡强楚。

楚国，始终是息国的心头大患。息桓侯常常自问：楚，乃荆蛮荒野之地，祝融的后裔，始祖封国不过是子爵，后世竟然发展成了一个威慑中原的强国，他们靠的是什么？

而息国，周王朝分封的侯国，始封君是周文王三十七子羽达，嫡亲的姬姓，竟然处处被动受制，邻不能助，敌不能抗。这究竟是为什么？息桓侯深深地自责，不甘啊。他的这个儿子，公子濮，能振兴息国吗？他看着儿子魁梧的身材，过于白净的肤色，透出一种粉红，他突然有种不安的感觉。这种粉红一定和男女之情有关。上次他从陈回国时，就曾透露过和陈国联姻的想法，他以为儿子已经政治上成熟了，可当他说出陈国女公子时，忧郁的眼神里透出了火一样的光亮，他才知道儿子所谓的联姻，并非出于政治，而是女色，他早晚得为儿女情长所伤。也许，这都是命中定数，他和陈国女公子会有一段情缘。也好，不管出于什么，能和陈国联姻，终归不是坏事儿，现在陈国在中原诸侯国中也算是强国了。儿子濮第二次去陈国时，是因为楚国在楚武王去世之后，暂时消停了一段时间。他要求去陈国继续深造，息桓侯并没有阻拦他，一是他确实需要学习历练，二是陈国确实也是合适的国家。至于儿女情长，那是再自然不过的事儿了。儿子这次从陈国回来，看起来确实成熟多了。不过，儿子大了，到了婚配的年龄，不知道他还能不能为他操办婚礼。息桓侯看到儿子，心情一下子轻松了，精神也好了很多。他嘱咐内侍把他扶起来，靠在卧榻上。他告诉儿子："从现在起必须担负起国君重任，重新振兴息国，走出'伐郑而败'的阴影。"

公子濮跪在父亲的榻前，看到父亲一下子精神起来，心里轻松了许多。他多么希望父亲能够好起来，治理一个国家他有些力不从心，最好能跟随父亲历练一段时间，就这样一下子接过担子，压力太大。他又不得不应诺着父亲的谆谆教诲。其实，他的心还没有完全从陈国的桃林收回来。他在想，如何向父亲禀报他向陈国求婚的既成事实，让父亲愉快地接受。

终于，在息桓侯说话的间隙，公子濮向父亲传达了陈侯杵臼的问候，奉上陈国馈赠的礼物。他说："现在的陈国，时和景丽，文修武偃，物阜民丰，邦邻安睦，政通人和。"他说："蔡侯、郑伯都争相与陈国联姻，达成政治联盟。陈国已经成了中原强国，就连齐国、鲁国都争相示好。息国，四周都是弱小国家，只有南边楚国强大，而强大的楚国却无时无刻不想征服中原。息国唯一的出路，就是与陈国联姻，与陈国联姻也意味着与郑国、蔡国联姻。这样，靠联盟的力量，还有望与南楚抗衡。"

息桓侯知道儿子为情所困，但是，他说的还是有道理的。他追问了儿子的想法。怎么个联姻法？

息公子濮这才把他向陈侯杵臼求亲的事摊了出来。

息桓侯沉吟不语。他在想，陈国乃礼仪之邦，怎么没有使者通达国君之意，就答应了息公子的求婚呢？看来，陈国宫内也不见得像公子濮说的那样和谐，陈侯在那种情况下能答应子濮，一定有一个高人为儿子周旋。不管怎样，陈国能答应公子濮求婚，息国已经是非常幸运了。郑伯子仪，有祭足扶持，也是不可小觑的，他到陈联姻，竟然只迎娶了大司马家的女子，虽然也是以公子的规制嫁出，终归不是名副其实啊。那么，支持息国的这个人肯定要比宓伯高明啊？这个人究竟是谁呢？

想到此，息桓侯让公子濮说出求亲的细节。公子濮不敢再有所隐瞒，就道出了求见公子桃花的经过。息桓侯颔首道："如果这样，撬动宓伯的人就是公子桃花了。这绝非是一般女子，她若能嫁入息国，此乃息国福分。既如此，你立刻差人，前往陈国商议婚事。"

公子濮说："陈侯已经答应，不会有变故的。吾已答应公子桃花，待禀回君父，要亲自携带国书，前去正式求亲。”

息桓侯说道：“也好！”

这时，行人通报，蒋国使者求见息公子。

息公子征求父亲的意见，息桓侯也是想历练历练儿子，让他自己做主。蒋国使者已经在息国候了一段时间，现在蒋国告急，再催息国增援。息国原以息桓侯病重，息公子在陈为由，一直推脱，现在息公子已经回到息国，所以他们就立刻求见息公子，请求息国增援。

蒋国也是姬姓诸侯国，位属子爵，始祖是周公旦的第三子伯龄，伯龄由成王封在蒋地建国。蒋国居于大别山北麓，淮水之阴，地势绵延起伏，域内河湖密布，水草丰沛，是富饶的鱼米之乡，也是周王朝姬姓嫡系诸侯最南边的封国。楚国也许正是看中蒋国的富饶，也许是出于吞并华夏的野心，屡屡征伐蒋国。

救与不救蒋国，让息桓侯十分交困，他把这个难题交给了儿子。不知道儿子会怎么处理。他其实是非常想救蒋国的，可是他走不出“伐郑而败”的阴影。正是那次征伐，使息国陷入了国空民乏的境地。那教训，历历在目，每次要增援邻国时，都会想起那次惨败的征伐，未战气输。

二十六年前，息桓侯还正值壮年。那时候的他意气风发，雄心勃勃，想把息国打造成周朝东南强国。那时楚武王还没有称王，虽然也是四处扩张，还没有那么嚣张。郑国虽然和周王朝关系不洽，但是郑庄公还是周王朝的左卿士，周桓王还没率军伐郑。当时息国也是千乘之国，兵马肥壮，粮草充足，国力强盛。尽管如此，跟郑国相比还是有差距的，当时伐郑，主要是上了蔡桓侯封人的圈套。

那一年，郑国因为朝见周桓王受到冷落，故意耀武扬威，假借王命讨伐宋国。也是宋殇公该伐，几年不去京都朝王，给了郑国讨伐宋国的理由。讨伐宋国，靠郑国一家，并没有胜算的把握。所以，郑国是准备联合鲁、齐、蔡、卫、息等五国一起伐宋。当时，楚武王正在征伐权国，权国向息国求援，息桓侯亲帅大军增援权国去了，没有参加郑国讨伐宋国的联军。宋殇公听到郑联军伐宋的消息之后，非常害怕，面对六国联军，宋国必败无疑。他和大司马孔父嘉商议如何迎敌。孔父嘉说，根据中原的形势，如果不惜财力去争取能够帮助宋国的力量，或许能和郑国联军抗衡。咱们想想看，都是哪些国家可以争取？陈国是肯定不行的，因为陈国和郑国有过同盟。陈国是礼仪之邦，既已修订同盟，就一定会恪守。那只有贿赂蔡国和卫国。蔡侯封人，是个老谋深算的君主，郑国使者来请兵时，他答应出兵。他知道郑国是假借王命伐宋的，虽然是假借的王命，但毕竟还打着王命的幌子，如果不答应，就是有违王命。可是，幌子毕竟是幌子，既是假借，就是不义之战。参与这样的不义之战，除了消耗蔡国兵草之外，蔡国并没有得到什么好处。所以，蔡侯封人只是表面上答应，并不打算出兵。刚送走郑国使者，宋国的贿赂就到了。蔡封人又打起了算盘，帮助宋国既可以得到他们的贿赂，也争取了宋国的同盟，这是一举两得的事情。所以，他准备帮助宋国对付郑国。宋国不但贿赂蔡国成功，贿赂卫国也一样成功。蔡国军队还没到，宋、卫联军就和郑国开战了。宋大将军孔父嘉带兵袭击新郑，向戴国借道，戴国不同意，就和戴国开了火。待蔡军赶到时，宋殇公就让蔡国帮助宋国和卫国队攻打戴国。蔡桓侯非常不满，本来是一起打郑国的，怎么又打起戴国了？他觉得宋殇公反复无常，便与宋国闹了意见。同盟军闹意见，敌军肯定收益，所以郑国就打败了宋国、卫国、蔡国的联军。这时，郑庄公才知道蔡国帮助了宋国，十分生气。好一个蔡封人，郑国请兵时他答应得好好的，不履约也就算了，反而倒戈，一定要狠狠地教训教训他。蔡侯封人听到消息后，十分害怕，就使用了一个计谋，把战火引向了息国。

当息桓侯从权国回到息国，蔡侯封人就遣使来聘问息国了，通谕息桓侯会盟，南御强楚，北防横郑。蔡国、息国明着是会盟，其实是蔡桓侯挖了一坑，让息桓侯跳。会盟时，蔡侯封人告诉息桓侯，说郑国因为息国没有参加讨伐宋国联军，准备征伐息国。郑国已经遣使通谕蔡国，要蔡国一起发兵伐息，蔡国和息国乃同姓[①]邻邦，绝不会和郑国一起征伐息国的。这次会盟主要是为了防御郑国，郑庄公败坏朝纲，不守臣道，假借王命肆意征伐。如果息国先起兵讨伐郑国，蔡国愿意鼎力增援。蔡桓侯建议息桓侯：与其被动挨打，不如主动出兵。以息国当时的力量，出兵攻打郑国，也不是没有取胜的可能。息桓侯想，能够攻打郑国，也是树立息国威风的时机。郑国本来就是假借王命伐宋的，不能算是仁义之师，讨伐郑国也是匡扶正义。在蔡侯的竭力怂恿下，息桓侯准备和郑国决一死战。

息桓侯回到国中，召集文武大臣商议伐郑一事。息国大臣分了两个阵营，主战派与主和派。以年轻的将军息达叔为首的主战派表示，息国现在国力强盛，称霸中原也不是不可能，尊王伐郑也算是仁义之举，何不借此机会以扬国威，以图霸业；主和派却觉得，息国地处偏远的东南边陲，周边都是弱小国家，不易挑起战事，现在中原混战，息国正是充实国力的好时机，国强自保才是息国的出路，而不是称霸，

---

① 蔡国和息国乃同姓：都是姬姓。

更不能主动挑起战争。

息桓侯确实有些摇摆不定，毕竟那时他正值壮年，还是想逞一逞威风，在他的意识里，主战思想占了上风。

于是，息桓侯倾举国之力，驾千乘戎车，浩浩荡荡地往郑国出发了。

郑庄公听到息国伐郑消息，更是怒不可遏，本来他讨伐宋国时，是通谕了息国的，息国不但不参加，反而要征伐郑国。这小小的息国，真是自不量力。不过，也正好借机教训教训它。他伐宋时虽然是假借王命，也是有王命在，不参加也算是违背王命，讨伐息国也算是有了正当的理由。于是，郑庄公积极备战，息国离郑国路途遥远，郑国有充足的时间秣马厉兵，等到息国军队到达郑国时，郑国军队早已整装在边境恭候了。

息国做了充分的准备，息桓侯亲自上阵，解衣击鼓，息国士卒看国君如此勇猛，士气大涨，这场战争打得很惨烈，也很残酷。双方胶着了很长时间，难分胜负，这是郑国也没有料到的。郑庄公以为这一场战争会很快结束，没想到竟然打了那么长时间，他还是小看了息桓侯。这时，面对如此勇猛的息国部队，郑国军队渐渐不支，郑庄公十分焦急，召集各位将军商议，如果郑国败了，岂止是失去了尊严和国威，简直是奇耻大辱，郑国本是“尊”王命讨伐宋国，是正义之战，威武之师，息国不参加也罢，怎么能又打上门来，而且大败郑国。经过郑庄公一番鼓动，郑国君臣同仇敌忾，大将祭足上奏郑庄公说：臣下新近研习一种新阵法，保证能打败息桓侯。郑庄公高兴地问是什么阵法，祭足说“鱼丽阵”，“鱼丽阵”不但是新阵法，而且是极其神秘，只要息桓侯将士进入“鱼丽阵”，就不可能出去，必败无疑。

那是息、郑胶着的最后一战，息桓侯抱着必胜信念。这一战决定着胜败，打完这一仗，他们就可以得胜回国了，息国从此在中原诸侯国中威名赫赫。可是，战势突然出现了逆转，息桓侯及其将领进入了郑国神秘的“鱼丽阵”，将士们被困在阵中，如泥牛入海，很快就散了。息桓侯凭借一身武力，在息达叔的拼死掩护下侥幸逃脱。千乘戎车，被迫丢弃，士卒溃败，人员伤亡很大，几乎全军覆没。

息桓侯带着浩浩荡荡的大军而出，回来时只有少数伤残的将士。息桓侯回到息国，看着在郊外迎接的文武大臣，痛心疾首，放声大哭。他在伐郑的惨败中，失去的不仅仅是国力，还有息国对外的声誉，更有他称霸中原的雄心。在当时的诸侯国中，对这场“息伐郑”之战，给予了抨击，纷纷谴责息桓侯自不量力，给息桓侯总结了五大罪过：一是不度量郑国的力量和郑庄公在国内的德行。二是不能对自己有正确的估量，一个小小的息国，竟然要讨伐郑国。三是不爱护自己的亲戚，因为郑也是姬姓国，由此算来也是亲戚吧。四是不考量言辞的真假，偏听偏信，不辨是非。五是不查明事情的曲直，轻易做出判断。息桓侯自己先犯了这五种错误，反而去讨伐郑国，息国的灭亡不会很远了。由此，息国被钉在耻辱柱上，一蹶不振。

息桓侯悔恨已晚，由英明之主跌入亡国之君的阴影中不能自拔。一朝被蛇咬十年怕井绳，他变得优柔寡断了，再不敢轻易出兵。

前期弦国求援时，他也曾犹豫不决，后来还是公子濮到陈国借兵，他才下决心增援。如今，他的锐气早已消失殆尽，息国国力经过了二十多年的休生养息，也略有回转。毕竟那是一次无法估量的元气大伤啊，振兴息国，对于他来说，只能寄希望于儿子，希望儿子能让息国再度雄起。

息桓侯在儿子濮离开之后，心里一直不能平静，他不知道儿子将做出怎样的决策。他老了，没有能力和智慧解决这样的问题。可是，儿子真能解决这个问题吗？这就是一个死结，是他把息国引向了穷途。已经发生的事儿是不能再回过去的，如果现在让他决定是否与郑国开战，他一定会选择不战。如果不是息国伐郑导致元气大伤，息国发展到现在，即便是强大的楚国，又能怎么样呢？只可惜这世界上没有如果。

息公子濮从父亲的寝宫出来，便和蒋国使者见了面。蒋国使者动之以情，晓之以理，说服了他。他很快做出了决断，其实，他和息桓侯年轻时一样，血气方刚，心强气盛。他做出了父亲一直想做而没有敢做的决定，亲自率兵增援蒋国。无论如何，蒋国也是息国的一道屏障。增援蒋国也是保护息国，息国只有和蒋国形成联盟，才能延缓蒋国被灭掉的时间。只要蒋国还在，息国就不会有太大的问题。父亲老了，“老”就是退路，而他是没有退路的。

息公子濮来和父亲告别时，息桓侯一句话都没有说。他只用复杂的眼神看着儿子，他知道儿子会做出这样的决定，但是他也多么不希望儿子这样做啊。可是，他能说什么呢？

儿子走后，息桓侯平静地躺在了卧榻上，他只能以他的方式，最后帮儿子一次了。是的，最后一次。

公子濮有一种悲壮的感觉，如果他增援蒋国，肯定会引火烧身，楚国征伐息国就有了理由。如果不增援蒋国，邻睦关系破裂不说，下一个被灭的也一定是息国，这是那个死结。他已经在蒋国的鼓动下，做出了决断，箭在弦上，不得不发。

公子濮率领息国的将士跟蒋国使者一起浩浩荡荡地出了息城的东门。蒋国使者，早已派人通报蒋子[①]，蒋国的将士们也士气大振，拼死抵抗楚军。公子濮一路急行，越过濮山，到了息国的边界，就在将要进入蒋国国境的时候，他下令队伍扎营休整，待明日再整装进发。

息公子刚刚扎营，还未来得及埋锅造饭，国内快马传来谍报，说息侯薨殁，要公子濮率领将士火速回国主丧。

息公子只好下令军士，班师回国。酝酿已久的“息增蒋”行动，刚刚启动，就此拉下帷幕。这就是息桓侯最后一次帮儿子，息公子濮率领将士增援蒋国，对蒋国也是一个交代，但是没有走出息国，也不能算是与楚国真正接火。至少楚国不会马上对息国下手，息公子还有时间设计息国的未来，如果息国直接与楚国对抗，那么息国马上就陷入了战乱，他的儿子公子濮，怕是难以掌控住局势，息国就完了。息桓侯用自己的残喘生命，为息国再谋划一次，最后一次！

---

① 蒋子：蒋国是子爵国，国君称蒋子。

第十九章　内外交困息侯赴陈

息公子濮殓葬完父亲，正式继位为息侯。面对父亲留下的一个残败的息国，他有些无助，虽然他在陈国学习了几年，但是，当他真正面对一个国家的时候，还是有些力不从心，惶然无措。

虽然父亲以他最后的智慧避免息国暂时陷入战乱，那只是权宜之计。

再说，蒋国君臣苦苦坚持了一个月，也没有等到息国救援的军队，好不容易盼到息公子率兵增援，半道又折回去奔丧了，天要灭掉蒋国，谁有什么办法呢？蒋国的城门，终于被楚军攻破了。蒋子无奈，率领文武大臣，带着库府里的财宝，出宫请成[①]，愿臣服楚国，每年向楚国进贡。楚国终于征服了姬姓嫡系最南端的诸侯国，征服中原的梦想就从这里开始。

蒋国的投诚，不但是蒋国噩梦的开始，也是息国噩梦的开始。

楚军从蒋国撤离之后，顺道进入了息国的边境，把息国成熟的水稻和边邑的粮食、财物、人口都掠夺而去。息国边戍大夫来报时，楚军已经撤离。

这是楚国对息国敲响的警钟，也是对息国增援蒋国的教训。虽然息国并未与楚国直接开战，但已经有了行动，这是楚王熊赀所不能容忍的。息国边邑被楚国一掠而空，边邑的居民遭遇饥馑，息侯不得不开仓救济。

到了第二年，息国遭受了前所未有的水灾，濮山山洪暴发，淮水[②]水位急剧上升，整个息国城郊一片汪洋。息国北面的清水[③]，是淮水的支流，水位也上涨泛滥成灾，息城北部的整个邑野，都淹没在洪水之中。水灾之后，蝗虫漫地，庄稼颗粒无收，这几乎给息国带来了灭顶之灾。

---

① 请成：请和，求和。

② 淮水：淮河。

③ 清水：清水河。

息国上卿息达叔建议息侯濮祭祀濮山。面对如此灾异，息侯也只有听从息达叔的意见，嘱咐息达叔往濮山建筑祭坛，命大祝筹备牺牲玉帛。息侯命太卜占卜祭祀日时，这时大司空前来禀告，说濮山北坡塌方，无端出现了大的裂缝，宽丈余，深不见底。息侯宣太史觐见，询问吉凶。太史说道："怕是凶兆。无端的出现这种异象，应是天意，不在地理之变。若是地理，山崩地裂，会有响动的，臣下询问过，没有听到任何动静。"

"会是什么征兆呢？"

"这个，臣并不确定。不过，山北为阴。息国的噩运应该和北方有关联。应在人的话，阴为女子，应该和女子有关。"

息侯对这种似是而非的解释并不十分上心，息国虽然很艰难，但还没有到亡国的地步。他虽然没有大的智慧，但会竭尽全力去振兴息国。

太史离开之后，息侯坐在朝廷的几榻上，心情十分烦闷。他垂下的手，碰到那块翡玉佩。他把这块翡玉佩握在手里，回想起关于它的故事。

这是一块非常神秘的翡玉佩。据传，他出生的那一天，正值父亲祭祀濮山，祭祀结束后，瘗埋祭品时，天空突然阴云密布，雷声阵阵，一个响雷把祭坛的边上炸了一个坑。当时正是季春[①]时节，所有的人都认为是濮山神显灵了，所以就把原来挖的坑给填上了，在雷炸的坑上重新挖坑。在新坑挖出第一锹土时，就发现了这块玉佩。于是，息桓侯就下令把这块玉佩带回库府，作为镇国之宝。

当祭祀的一班人马回到宫中，才知道息桓侯夫人生了一个公子。而且，据医师说，小公子出生时一道红光照进了内宫。

息桓侯非常高兴，就把那块翡玉佩赐给了小公子，并嘱咐夫人，一定要好好保存，让公子随身佩戴，这可能就是公子的护身符。

从此，这块翡玉佩就没有离开过他。他在陈国留学期间，本想送与公子桃花，公子桃花竭力推脱，况有他母亲曾嘱咐他，人在佩在，不得离身，所以他才没送出去。

后来，他听说父亲让太史查阅史简，有无关于翡玉佩的记载。太史查阅了很多史简，还真是查到了关于那块翡玉佩的记载。先祖时期，一个从北国来的祝人，为息君侯送上一块灵异的宝贝，据说是周宗庙里的祭祀之物，得之可保后祚[②]绵长。

---

① 季春：春季分孟、仲、季。季春是春天最后一个月，农历三月，也叫阳春三月。

② 祚：福。

这块翡玉佩被放置在库府之中，作为镇库之宝。后来，因为息国出来了特大的灾异，就把它拿出祭祀濮山了。祭祀之后，所有祭品瘗埋于祭坛之上。那次祭祀濮山的祭坛很可能就是瘗埋祭品的地方。所以，这镇国之宝也就失而复得。正因为息侯降世时有道红光，所以父亲认定他跟这块翡玉佩有缘。

息侯愣愣地看着手里的翡玉佩，想起了他在陈国时发生的一件怪事。那天他和陈公子完一起练习干舞，不小心碰了一下翡玉佩，当时也没在意。晚上，他做了一个奇怪的梦，他到了一个非常陌生而美妙的境地，有一个水草丰沛的湖泊，一个白鹤叼走了他的翡玉佩，因为那翡玉佩系在腰间，他竟然随着白鹤一起飞了起来，刚刚起飞不远，那白鹤听到了另一只白鹤的嘶鸣，丢下他径直飞走了。于是，他便落在了湖泊里。他很着急，因为他不会凫水，在水里扑通了几下就醒了。更奇怪的是，第二天，他就和公子桃花一起落入了陈国的护城河里面。这奇怪的巧遇，究竟有什么因缘？

息侯濮手握着玉佩，想着公子桃花，他回国这么长时间，息国一直处在外患内忧之中，没有时间去陈国娶亲，可在他心里一刻也没有放下她啊。此刻，他多么想见到公子桃花。不知道为什么，每次和她在一起时，他的心就特别安宁，从来没有过烦乱。就在郑伯子仪求婚之时，他觉得天就要塌了，可是当他见到公子桃花之后，那颗高悬的心才安定下来。如果有公子桃花在，他一定不会如此心力交瘁。

息侯还在遐想之时，上卿息达叔来报，说祭坛已经建好，可以择期祭祀。息国又一次举行了隆重的濮山祭祀大典。祭祀结束，息侯濮回到宫中，觉得特别疲惫，他一直处在煎熬之中，何日是个头啊？他无力地倒在卧榻上，闭上了沉重的眼皮，昏昏沉沉地睡去。

好像仍旧在濮山的祭祀中，瘗埋刚刚结束。他站在祭坛上，眺望濮山脚下的淮水，心中突然升起无限的悲怆，为什么他的息国如此多难，清水、淮水相继泛滥成灾。淮水发出了呜咽的回应。虽然水势有所缓和，但是河水依旧波涛汹涌，一浪高过一浪。突然，水面上翻起一个冲天大浪，随着大浪腾空而起飞出一条青龙。片刻之后，清水也出现了同样的情况，水中也腾出一条青龙。两条青龙在青龙山的上方嬉戏，青龙山顿时成了一颗硕大的青珠。两条青龙戏耍一阵子，清水青龙败回东北而去，淮水青龙便追过去，到公宫上空，淮水青龙停住了，在宫殿上空盘旋一阵，落了下来。之后，天空阴霾全消，一片晴朗，阳光刺得他睁不开眼睛。这让息侯无限惊悚，几乎跌下祭坛。

息侯正在疑惑之际，被内侍唤醒。他揉揉眼睛，室内一片刺眼光亮。大雨总算停了，雨后的阳光特别清亮。他眯着眼睛，看着这久违的阳光，心里总算透出一丝轻松。

内侍通报，大司空有急事求见主公。息侯宣见，大司空来报："公宫墙外三丈之余，出现了一个清水潭，潭水深不见底，清可倒影。"

息侯说出了刚才的梦境，大司空说，"这场灾难也许真是两条青龙所为，这样的水灾，是过去从来没有过的。太史也查过史简，不见记载。不如就在此地筹建青龙宫，以保佑吾息国不再遭受水患之灾。"

息侯召见文武大臣，把这异象告诉大家，征求筹建青龙宫①的意见。大家确实也都看到了那个清水潭，加上从未经历过的洪涝灾害，一致同意筹建青龙宫。

息国太史奏道：青龙也许是看到了公宫的建制，心生羡慕。如果筹建青龙宫，务必按照公宫的样式建筑。

于是，就在息国公宫的西南方向，三丈之外，清水潭的前面，比照公宫的样式筹建青龙宫。那清水潭被陶管围砌，上方修建了亭子。

楚王熊赀听说息国遭受了灾异，就召集大臣们商议讨伐息国的事宜。楚国讨伐蒋国时，息国出动军队增援，虽然没有进入蒋国与楚国直接开战，那是因为息桓侯薨殁。当时，楚王熊赀得胜回国之时，就想趁息国国丧袭击息国，被大臣鬻拳力谏。鬻拳说，吾王想统领中原，必须出师有名。再说，攻打国丧是不仁义的战争，即使打胜了也会遭到老天的惩罚。楚王熊赀倒是没顾及什么惩罚不惩罚的，只是觉得楚国出兵时间太长，军队已经很疲惫，需要回国休整。所以，才掠夺了息国边境的粮草走了。但是，他一直还是对息国增援蒋国不能释怀，总觉得要教训教训息国才是。

于是，楚王熊赀使大将军斗廉，率领楚国大军浩浩荡荡往息国进发。时值青龙宫刚刚起工，息侯才舒缓了一口气，不想边戍谍报传来，说是楚国大将斗廉，率军越过弦国，朝息国边境而来。

息侯急忙召集卿、大夫，商议拒楚之计。上卿息达叔极力主张求和，现在息国全国饥馑，民不聊生，更何况兵马粮草空缺，根本不可能与楚军开战。既然败局已定，不如请成，答应楚国提出的全部条件。

息侯无奈，只得派息达叔去楚国军中请成。楚军还没有到息国，息达叔已经准备好了犒劳军队的物资，等候在息国的边境。楚军到了之后，息达叔就去了楚军营，拜见了大将军斗廉。

斗廉接受了息国的求和，但是，要息国拿出息国最珍贵的国宝。息达叔接受了

---

① 青龙宫：今息县城南息城遗址有青龙寺遗址，因那时并未有寺院，故为文中以青龙宫相称。为古青龙寺。

斗廉的条件，回国禀告息侯。息侯不知道什么才是息国的国宝。息达叔说：如果说是息国的国宝，莫过于主公身上这块翡玉佩了。

息侯说道："如果能保息国无虞，寡人何惜一块玉佩？虽然老夫人曾嘱咐过寡人，说这块玉佩是寡人的护身符，一定要人在佩在。可是现在息国危在旦夕，别说这一块玉佩，就要寡人的性命，又有什么值得吝惜的呢。"于是，息侯取下玉佩，交给了息达叔。

再说息达叔把那块翡玉佩交于斗廉时，斗廉十分生气，说息国没有诚意，难道这就是息国的国宝吗？息达叔便讲了关于这块翡玉佩神秘的来历。斗廉半信半疑地接过这块翡玉佩，并要求息国每年向楚国进贡大米、红麻与半夏。斗廉之所以提出这样的要求，是因为他对息国的物产非常了解，息国的稻谷非常好，有一种叫"珍珠玉"的大米，香甜绵糯，堪称绝品，红麻和半夏也是息国的特产，质地优良，他已经把息国作为楚国的府库了。息达叔心中隐隐作痛，虽然没有割城，这与割城何异啊！但是情况紧急，尽管楚国贪婪刻薄，息达叔也只得一一应诺。

却说斗廉不战而胜，回到了楚国。楚王熊赀非常高兴，犒赏三军，他看到了楚国的威力，也增强了向中原扩张的野心。当斗廉拿出息国的国宝时，楚王熊赀两眼放光，有种久违的感觉。他不知道这种感觉来自何处，由此对那块翡玉佩视如珍宝，爱不释手，一直佩戴在腰间。这让斗廉更加不解，一块玉佩果真是什么国宝吗？他怎么没有看出有什么特别之处？楚王原本并不喜欢这些玩意，怎么一见如获至宝啊？他还是觉得获得息国的大米、红麻、半夏更有实用价值。

年轻的息侯濮自继位以来，经历这样内外交困的境地，已经筋疲力尽。然而，这种困境还没有结束，洪涝和兵困虽然已经过去了，接下来却是更可怕的瘟疫和饥馑。面对如此的困境，他已经临近崩溃的边缘，如果不是对公子桃花的思念支撑着他，他怕真的是不行了。他需要公子桃花，需要陈国的支持。所以，息侯决定去一趟陈国，商定迎娶公子桃花的日时，顺便向陈国乞籴[①]。

---

① 乞籴：买粮食。

第二十章　再三赴陈迎娶新娘

息侯到陈国的消息，传到了陈国公宫，公子桃花非常激动。自从与濮哥哥桃林一别，就再没有他的确切消息，她只有靠做礼服打发思念他的日子。她知道，他一定是被国内的事务绊住了，不然早就来陈国迎亲了。对于息国，她也曾打探过一些消息，都是一些传言。还好，濮哥哥终于来了，她很快就能见到他了。濮哥哥这次来陈国，肯定是来协商娶亲的日子。想到此，公子桃花不禁耳红心跳，她的濮哥哥还是那样明朗隽秀吗？经过了这些年历练，一定更加睿智成熟，英气逼人了。公子桃花按捺不住心中的喜悦，期待早一些时候见到濮哥哥。

息侯到了陈国的边邑，由下大夫接着，速报给了陈侯杵臼。毕竟息侯是诸侯国君，陈侯杵臼派遣公子完、辕涛涂一行到陈城郊外迎接。到了馆舍，三人叙旧。息侯唏嘘不禁，二人劝慰一番。第二天，陈侯杵臼以国君之礼宗庙享宴。

陈侯杵臼在宗庙为息侯举行享礼之后，又在宫中宴飨，留与宫中叙谈。息侯请求陈侯杵臼择选良日，他要迎娶公子桃花。陈侯杵臼见息侯如此诚意，便应允了。

息侯说起了息国的饥馑，想向陈国乞籴，陈侯杵臼也都一一应诺。陈侯杵臼嘱咐大司空，开仓出粮，接济息国，息侯自是感激不尽

息侯在回息国之前，拜见了公子桃花。诉说了息国的内忧外患，也诉说了对她的思念之情。公子桃花终于盼到了她的濮哥哥，可是息侯憔悴的面孔让她大吃一惊，他经历了什么让他如此沧桑？她听息侯说完息国的情况，心情也很沉重。在陈宫中长大的她，很难想象息国的情况。除了心疼之外，她觉得应该为他做点什么。可是，她一个女子，能做什么呢？这样的事情，她过去从来没有遇见过，她面对的不单单是一个濮哥哥，还有一个息国啊。她得好好想想，到底该怎么办！

息侯显然不知道公子桃花在想什么？他说："非常感谢陈君侯，不但定下了婚期，还赈济了息国粮食。息国永远铭记陈国恩德。"

粮食？！公子桃花豁然开朗，粮食一定是息国最需要的。她一定要帮助濮哥哥

和息国渡过难关。于是，她告诉息侯，来陈国迎娶时，要多来车辆，少装东西，只装一些半夏之类的息国特产就行了。千万不要太多的聘品，她会向父亲说明这些都是她的意思，跟息国无关。陈国不需要息国这些东西，相反息国筹备这些礼品比较困难，有关事项她都会安排好的。

息侯顿时心里充满温润酸楚，公子桃花什么都替他想到了，他应该早些来陈国。公子桃花真是上苍派来扶助他的神人，不然，怎么会还没有嫁进息国，就已经替息国着想了？正如父亲所说，能娶到公子桃花，真是他之大幸，息国之大幸啊。

息侯拉着陈国的粮食，回到了息国。

息侯离开之后，桃花去见父亲，她告诉父亲，她所有的嫁妆，除了规制所必须的用品之外，都换成粮食，特别是换成上好的黍麦，既可以用于解决饥馑，也可以作为种子。现在息国全国都处在饥馑之中，需要大量的粮食。她作为息国未来的夫人，也是息国的主母，她不能让息国的子民流离失所，饿死街头。桃花的父亲陈侯杵臼，有感于桃花的大义，答应了她的要求。桃花还向父亲说明，她已经许诺息侯免去聘礼，只带息国的特产。她说陈国是个重礼重义的国家，帮难解困是最大的礼义，父亲一定会支持她的。陈侯杵臼叹道："息侯何德何能娶吾桃花啊？吾桃花如此深明大义，就连男子也未必能赶得上！息侯若不善待吾桃花，天理不容。"陈侯杵臼说完，拿出一个织锦的包裹，递给桃花，接着说："这个，是吾陈国特有的神物——蓍草，只有人祖伏羲陵处才有生长，极其珍贵。为父把它作为嫁妆私送与你，愿它保佑你平安吉祥。"

桃花辞别了父亲，去了母亲的寝宫。她觉得母亲的心情并不好，父亲自从有了郑姬，对鲁曹似乎也不那么在意了，偶尔才去见她一次。鲁曹为了留住父亲，千方百计讨好父亲，反而成了父亲的负担，父亲越发去得少了。鲁曹也由此变得疑神疑鬼，乖戾无常。母亲对后宫的管理越来越力不从心，那些夫人媵妾争风吃醋，搬弄是非。桃花并不明白，后宫为什么要这样？不但是后宫，整个公宫都有一种诡异的感觉。父亲好像也有了很大的变化，他时常去郑姬的寝宫，偶尔才会去其他宫室。桃花又有了两个弟弟，都不是母亲所出。郑姬在父亲处得宠，除了绝妙的郑音之外，好像没有表现出鲁曹那样的心计。也许这是一个更可怕的女子，父亲对她的宠爱，足以让她有机会操纵一切。

桃花看到了母亲憔悴的面庞、眼中的哀愁，心情也随之沉重。母亲心里经受了怎样的煎熬啊？父亲的冷落，一定像刀戟一样残害着母亲的心。作为国君夫人，她全心爱她的国家、她的丈夫、她的子女，从来没有过任何怨言，也不曾透露过内宫的是非。可是，她毕竟是一个女子，有着女子的柔弱和善感。也许正是这种柔弱和善感，她的心才承受着更大的不为人知的伤痛和压力。

公子桃花向母亲请安，宣宓夫人看到桃花非常高兴。听桃花说要把嫁妆换成粮食，夸奖她做得很好。她告诉桃花，做国君夫人，就要以国家社稷为重，以子民为重。她也会拿出钱，替桃花籴一些粮食，让她带到息国，这也算她为桃花预备的嫁妆。

桃花很感动，她很敬仰母亲的大义和包容，母亲就是她的榜样。

桃花还没有离开母亲的寝宫，她的舅舅宓伯也来看望宣宓，舅舅已经不像过去那样，经常来看御寇了。御寇已经上学了，舅舅不再提起御寇做国君的事儿，他似乎在回避着什么。桃花感到好像有一股无形的力量，推动着某种格局的变化，这格局好像跟舅舅有关，不过这只是一种隐隐约约的感觉，说不清，想不透。舅舅似乎没有过去受信任了，做事说话也更谨慎。毕竟，母亲宣宓失宠，宓氏一族的势力也就削弱了，舅舅的恭慎是出了名的，宫中丝毫变化，他都能把握得很到位。

舅舅听说桃花把嫁妆换成了粮食，也很支持她，并表明，他把原来计划送她的礼物，都换成粮食，替她送到息国。

太子御寇听说公子完从鲁国回来了，就去了公子完的府邸。原本他是经常去公子完府中讨教学习的，他觉得完哥哥博学通达，对问题研悟得很透彻，他们意见也很相投。舅舅宓伯更是看重完哥哥，经常送一些稀奇的物件给他。太子御寇好长时间没有见到完哥哥了，完哥哥被父亲派到鲁国聘问刚刚回国。太子御寇和公子完说起桃花姊要籴粮食的事儿，公子完就问他：“为什么？她一个女公子，要粮食干什么？”御寇说：“她要带到息国去。”公子完明白了，因为息侯来时他刚从鲁国回来，也见过他，知道息国正在发生饥馑，桃花肯定是为了息国才籴粮食的。息侯这次来主要是定亲，他还不知道婚期定到了什么时间呢，于是，公子完就去内宫看望桃花。

桃花看到了完哥哥，非常高兴，她也是好久没有见到完哥哥了，听说他去了鲁国。鲁国是个重视礼仪的国家，更主要的是，鲁国在陈侯杵臼继位之初，就向陈国示好，还送来了媵妾鲁曹。这次公子完去鲁国，一是宣示两国结好，二是向鲁国学习礼仪，因为周礼规制皆出于鲁国。

公子完向桃花道贺，送给她一件非常珍贵的银狐裘皮披风，这是鲁国君侯赠他的。桃花道谢，说这件披风她实在是用不上，不如换成粮食。公子完说道：“鲁侯同非常看重陈国使者，才赠给吾这件异常珍贵的裘披。这样的裘披，鲁国只有三件，一件为鲁侯夫人所有，一件作为嫁妆送给了鲁曹，一件赠给了吾。鲁侯嘱咐，一定要送给吾最爱的人。因为娣娣要远嫁息国，吾才将这件裘披作为陈国信物送你，也寄托了祖国对你美好的祝福，如你常在祖国一样。你需要粮食，吾会替你籴入的。”

公子完还表示，他要把封邑的一半收成拿出来，赠与息国。他与息侯也是朋友，息国有难，他肯定会帮的。

桃花非常感动，就问起他在鲁国的情况。他说，鲁侯同是个庸常的君主。他在鲁国聘问时，正值齐国内乱，公孙无知杀了齐襄公，庸廪又计杀了公孙无知，齐国一时无君。鲁侯同在蔇（今山东峄县东八十里古缯城）地与齐大夫会盟，目的是想稳定齐国的内政，他其实是想推立齐公子纠继位，当时公子纠出逃在鲁国。但是，鲁国是个礼仪之邦，他不会强行推立，只看各位大夫的意思。可是，齐国的各位大夫却都没提起立君之事，所以鲁侯同也并未提及。其实，齐国是不会让鲁国干涉他们的内政的，鲁侯同是看不明白，还妄想让他们主动提起！

桃花说：“完哥哥这么睿智，将来也一定会成为国之栋梁的。”

公子完并未搭话。他也感到了宫中局势有些变化，但是他还是没有看得很清楚、很明了，所以，他也只是静观其变。宓伯本是一个非常睿智的人，他是陈国大司马，这一切本来都应该是他做的，陈侯杵臼却派公子完，这似乎也透出了一些信息。公子完虽然受到陈侯杵臼器重，毕竟他还年轻，官位也不及。他回陈国的当天，非常激动地去了宓伯府邸，他去过郑国、鲁国，知道他们国家的状况，如果宓伯竭尽全力地辅助主公，陈国完全可以稳住中原中心国的地位。但是，他感到宓伯对国政并不十分热心，反而更热衷对他旅途辛苦的慰问，对他个人示好而已，他好像在回避着什么。一个国家的兴盛，除了有一个明君之外，还要有忠臣，更要有大臣之间精诚合作。楚国武王在征伐随国的途中暴病死亡，斗祁和屈重秘不发丧，直到随国请成，楚军过了汉水才发讣告。有这样忠心和智慧的大臣，国家怎么能不强大呢？而陈国……宓伯究竟遇到了什么问题？大夫原仲似乎也在为自己打算，听说他养了不少歌伎。这些都是猜测和传言，他是不能随便乱说的，只能在心里琢磨真伪实情。

息侯回到息国，把陈国馈赠和籴入的粮食分发下去，当然，还有很大的不足，他也盼望着早日去陈国迎亲。公子桃花已经吩咐他，要多去车驾，肯定是为了多拉粮食。可是，他的婚车难道都空着吗？息国已经国库亏空，没有什么东西能把婚车装满。息侯十分烦闷，他觉得十分对不住公子桃花，他本来应该筹备丰厚的彩礼，去迎接新娘，可是他现在确实国力不堪啊。不但国力不堪，还有很多人在忍饥挨饿。息侯走出公宫，信步来到青龙潭，潭水是这么清澈，可以照出他人影儿。可是，水清又能干什么？他抬头看了看前面的青龙宫，这跟他的公宫样式一样的青龙宫，里面供的是青龙的塑像。他进了宫院，朝青龙的牌位叩首朝拜。然后走出了青龙宫的大殿。出了青龙宫的院门，息侯驻足远望，他隐隐约约地看到了青龙山和濮山，还有和濮山相连的黑山。是的，息国很困难，可是他有三山两河啊，他看到了满山遍野的鲜花，突然就有了主意了。还有什么东西比鲜花更配得上他的新娘桃花呢。于是，息侯想出了别出心裁的彩礼。

息侯去陈国迎亲的那天，整个息国都轰动了。息人知道救灾的粮食来自陈国，如今主公用鲜花迎娶陈国公子，他们都自觉自愿地去上山采花，送到了侯宫。三百辆婚车，装满了鲜花，车子已经启动了，还有很多息国百姓，在陆陆续续地送来了更多的鲜花。息侯已经把婚车扎上了彩帛帷幔，车上装满了鲜花。他用鲜花遮掩了息国的困窘，成了历史上最为浪漫的婚车队，也不能说不是千古佳话啊。

息侯来到陈国，令他更惊讶的是陈国女公子的嫁妆，不是别的，全部是息国所需要的粮食。除了粮食，桃花还带来一些东西：一把“胡姬凤仪”琴、一只黑陶七孔埙、银狐裘披，还有母亲送她的高禖神像、鲁曹送她的缯锦、宓伯夫人送给她的一套翡玉豆[①]。

这是一场更浩大更排场的婚礼，绝不亚于蔡侯和公子琥儿的婚礼。无论从送亲的规格，还是嫁妆的丰厚，比琥儿的婚礼都有过之无不及。要知道，桃花是陈侯杵臼最心爱的女公子，她的降生给陈国带来很多祥瑞。

送公子桃花出嫁的还是上卿宓伯。息国得到了这样的殊荣，让息侯受宠若惊。还有更让他惊诧的，除了他的三百辆温车装满粮食之外，还有陈国的三百辆装满粮食的温车，作为公子桃花的嫁妆。这些浩大的车队，已经等候在公宫大门外。这些粮食，基本可以使息国度过灾年了。

息侯心潮澎湃地站在陈国的宫门外等候他的新娘，他看到送亲的队伍浩浩荡荡地从宫里出来，大概过了两刻[②]，才看到他的新娘由两个宫女搀着出来了，和送亲的队伍一起到了祢庙前站定。

陈侯杵臼穿着玄端礼服，走出宫门，请息侯进入祢庙大门。陈侯杵臼拱手谦让息侯，息侯也拱手致谢并让陈侯杵臼先入，登阶前又拱手三让。陈侯杵臼登阶上堂，来到祚阶[③]上，面朝西而立，息侯登上西阶，行叩拜之礼。

---

① 豆：盛食物器物。

② 刻：一刻大概十四分二十四秒。

③ 祚阶：庙前主阶。

息侯进庙之前，公子桃花已经盛装在庙堂里等候了。她头上戴着硕大的黑次[①]，纚缅[②]缠绕，一根长长的翡玉笄横插其中。她身着镶着纁边的纯玄礼服，在陪嫁侍女碧叶的陪伴下，站在堂中面南而待。公子桃花绯红的面颊，和她那一身玄衣相映生辉，真好比是一条盛开的桃花枝条。

息侯礼毕，她便跟着息侯从西阶而下。息侯亲自放置踏几，扶她上车，为她起驾。待车轮子转了三圈之后，由御者接过息侯手中的缰绳，策马而行。

息侯的车子在前面缓缓启动，后面是六百辆装着粮食的车辆，浩浩荡荡地从陈国向息国出发了。息国，娶回的不仅仅是夫人，还有息国的希望。

---

① 黑次：假发做的头饰。

② 纚缅：红色的束发帛。

第二十一章　缠绵悱恻息侯废朝

息侯带着夫人桃花回到了息国，粮食一运到，息国的灾情基本解除。息侯心里一下子放松了，他想要好好休养一段时间，一切政务交给了息达叔。他和夫人新婚燕尔，缠绵悱恻，从此不再上朝。

息侯以让夫人熟悉公宫为名，每天领着息妫夫人在公宫花园游玩。游园结束，大摆宴席，演奏舞乐，他回想起陈国那种歌舞升平的日子。他想要那种日子，他想和夫人一起过那种日子，治理国家对他来说真的不是很重要了。

息侯领着息妫夫人游完公宫花园，又领她参观了青龙宫。一进宫院，他讲述了青龙宫的来历。从青龙宫出来，夫人心情十分沉痛，青龙给息国造成了灾难，但是，灾难之后呢？是不是还要抓紧农时补种呢？君侯好像对这些并不关心。

息侯吩咐内宫总管，造一辆大型的车子，要八匹马拉的，最豪华的那种，供他和夫人一起外出巡游。夫人是他息国的功臣，他要让夫人好好地享受息国的排场。息妫夫人知道后，劝阻道："八马拉的车子，超过了天子的排场，天子驾六，诸侯四，这是规制。马车可以大，但是驾马不能超过四，这是做诸侯的应该享受的，否则就是僭越。"

息妫夫人只是劝诫了车驾，可她刚到息国，也想多了解一下息国的情况。巡游的事情也都任息侯安排了，作为夫人不能拂了夫君的美意。

息侯吩咐大司城在青龙山和濮山建筑行宫，再铸造巨大游舫，以供他和夫人游玩。息国倾其财力为息侯建宫、造船，息侯的奢侈引起了息达叔的不安。息国国库空虚，理应节俭，息达叔待要劝谏，进了宫门又拐了回来，心想息侯刚刚大婚，他做这些都是为了夫人，夫人是息国的恩人，排场一些也是应该的。但愿以后有所收敛。

那日，大司城来报，说濮山行宫已经建好，请主公和夫人上山游幸。于是，息侯便与夫人进了濮山行宫。息妫夫人生在陈国，那里是一望无际的大平原，连一个丘陵都没有，更甭说山了。濮山行宫依山傍水，风光旖旎，息妫夫人十分兴奋，这样的山水美景，她从未见过，就让息侯陪她上山游览。

一进山林，更让她惊奇不已，只见树高藤古，松翼排空，银杏挺然，谷底幽兰生香，野花遍坡锦簇。遥望远处，满目苍莽，团团雾霭，缠绕山间；细听，鸟语虫啾，溪水潺潺，偶尔还会有不知名的野物嘶鸣，各色音符飘逸灵动，犹如美妙动听的乐曲，扣人心弦。再往深处，更让她愉悦动容，那曲径绿苔，与三涧六谷互相辉映。树藤如飞鸟一般悬挂峭壁悬崖上，树藤的旁侧，瀑布从山顶直飞而下，落入潭中，溅起飞珠碎玉。这情景太壮观了，息妫夫人停了下来，迷醉其中，忘记前行。息侯欣慰地说："前方的景色更美，无限风光在濮峰。"

息妫夫人听息侯如此说，便兴致勃勃地继续前行。前方的沟壑溪流，迂回曲折，汤汤淌淌喧嚣不止，水腾之处白烟袅袅，如丝帛轻飘飞荡。突然，林间有树木晃动，走近一看，是果狸树獾攀藤玩耍，全然不顾侵入者的嘈杂，仿佛这里不是人的境地，而是它们的王国。这些动物，也都是息妫夫人没有见过的，它们的灵动可爱让她欣喜不已，她不由得向它们招手致意。

息侯说："夫人，这里面还有大物呢，野狐狼豺都有的。到了狩猎的季节，寡人带你一起狩猎。"

"这里真好！一切都是那么自然和谐，天、地、人、神、物，浑然一体，濮山成了包容万物的精灵了。"息妫夫人不由得赞叹。

息妫夫人不禁娇喘微微，靠在一块巨石上小憩。息侯满含爱意地看着夫人，这才是他想要的生活，人间的神仙眷侣。稍稍休息之后，息妫夫人起身继续前行，越过了九泉九溪，三瀑三潭，来到濮山之巅。

息妫夫人何曾见过如此伟岸的魏巍大山？何曾听过如此喧嚣的水响龙吟？何曾见过腾跳玩耍的野物？何曾见过如此遍野怒放的山花？这一切都太让她震撼了。再说这山顶上的苍柏劲松，高大古朴，造型特异，这些都是她在陈国时没有见过的。她用手抚摸这粗糙的树皮，坚硬如铁石。息侯告诉她，这些树大概有几百年了。

他们信步来到祭祀濮山的祭坛边，登上祭坛，向北远眺长淮，山光水色尽收眼底。这山这水，都深深地震撼着息妫夫人。她本来对息国没有什么印象，她原想，息国和陈国一样，一片平原，只是比陈国更小一些罢了。当她站在濮山峰顶，眺望远处时，才真正地感到息国山河之壮美，她被这壮美所征服。上山时，一路穿行而过，看到的是山水之丰沛多姿，峰峦叠翠，神韵奇秀，而只有站在峰巅之上，才可以领略到濮山的气势恢宏，巍峨壮观，领略到息国的物华天宝，雄姿独秀。淮水像青丝带一样，缠绕在濮山脚下。和濮山隔河相望的是在淮水之阳的青龙山。两座山，犹如一对神仙眷侣，深情凝视。濮山往西和黑山接壤，而这两座山，犹如一对牵手的姐妹花。息城的东北方，就是清水了，这清水犹如息国腰间的丝绦，点缀着一袭盛装的息国平原。息国的都城，就在濮山的西北不远，被三山两河怀抱着。这简直是一块天然的风水宝地，同时也是一块战略要地，可战可防。陈国如果有这样的地界，称霸中原，势不可挡。

息妫夫人远眺中，不由得升起一种雄壮的使命感，这壮美的山河就是她夫君的领土，也是她的领土。他们，她和夫君，应该珍惜这片山河，珍惜山河里任何生灵，这是老天赐给他们的宝藏。无论如何，她要帮助夫君，把这美丽的息国建设得更繁荣更强大。

息侯显然没有意识到夫人在想什么。他站在夫人身后，他和夫人向背而站，心情也不平静。因为息国的灾难，他才祭祀了濮山，可濮山神并未保佑他。楚国照样来侵扰他，他遥望着楚国的方向，心中愤然。他的那块翡玉佩，作为镇国之宝送给了楚国，流落在楚王熊赀手中。他原来打算将这一块玉佩送与夫人，他知道夫人非常喜欢。他第一次见到她时，她就说她好像认识这块玉佩，好生喜欢。那时他就想送与她，可她执意不要。不过，那时候他已经打定主意，等把她娶到息国，再把玉佩送与她。可是，没想到发生了那样的事情，楚王这个强盗，不但抢走了他的玉佩，还无端征伐息国。息侯仰天长叹一声，突然发生了让他震惊的一幕，一道红光，从他夫人的头顶升起，跳动盘旋，直达云霄，然后朝着楚国的方向去了。

他顿时惊呆了，以为自己看花了眼，回过神来问身边的侍从，他们都说，没看到什么红光。为什么他刚想到那块玉佩，就发生了这样的奇异怪事？这玉佩真的是件国宝？真的那么灵异吗？这究竟意味着什么？息侯被这道红光搅得心神不宁，这时，息达叔气喘吁吁地来求见。息侯心情不爽，说有事等回宫再奏。息达叔只好悻悻而回。

息侯和夫人从山上下来，夫人一路兴致勃勃，看到夫人高兴，息侯的郁闷也一扫而光。他想，只要夫人高兴，他倾其所有也值得。为了让夫人更高兴，他嘱咐侍从，暂不回宫，过淮水直接去青龙山行宫，在那里再游览几天。

他们来到青龙山下，抬眼望去，苍劲的山岭确实犹如一尊盘旋的青龙。这青龙山除了息侯看到那一条嬉戏的青龙之外，还有一个民间的传说。传说，这里原本没有山，洪荒时代，是一片荒漠野岭，玉皇大帝派九条龙治理天下之水。最小的一条青龙被派到濮山一带。小青龙十分敬业，一片荒漠野岭倒也植被丰美，于是，便吸引了炎帝部落的另一群族在此居住。这里的人们勤劳智慧，刀耕火种，一派繁荣。小青龙自然很高兴，一日他到濮山游览，看到一株异常美丽的花朵，幽香醉人。这是他在天庭从来没有见过的，惊异之余心生欢喜，这人间竟然有如此奇葩，真是羞煞天庭。小青龙痴迷此花，时常浇水。那花心存感念，竟然变成了一个妙龄女子。小青龙再看那女子，胜过天庭的无数仙女，顿时心生爱慕，十分钟情。于是，他便幻化成一个美少年，两人一见坠入情网，原来那花朵是山神的女儿。

小青龙沉浸在两情相悦之中，和山神的女儿整天厮守在一起，忘记了降雨，一时间那地方出现了严重的干旱，庄稼都旱死了，百姓正在求雨。时值玉皇大帝巡游下界，看到那一幕，十分震怒。他把小青龙拘回天宫，让天门卫士鞭笞他，揭掉身上的鳞片，一怒之下注销了他的天籍，逐出天界。被揭掉鳞片逐出天界的小青龙，已经没有了法力，他只有一个心念，朝着他美丽的姑娘飞去，勉强落到那一片他曾经司水的地方，洒下了最后的眼泪，旱情得到缓解，而他却变成了一座山峰，和他心爱的姑娘隔河相望。山神的女儿，听到小青龙的事情之后，再也没有变回过人形，为了让小青龙看到自己，她把自己撕碎，化作了漫山遍野的山花。青龙山凄美爱情的传说，听得息妫夫人唏嘘不已。息侯去陈国迎亲时，她不明白怎么会有那么多鲜花。原来，这些都是山神的女儿。她当下嘱咐，一定要把濮山上的花籽，撒一些种到青龙山上，让小青龙每天都和他心爱的人在一起，并在青龙山上建立花神庙，把花神请入庙中，与青龙永远厮守。

息侯和夫人进入行宫后，小憩一会儿。醒来时精神大振，他打算和夫人一起游览青龙山，夫人听了他讲的青龙山传说，游玩的兴致更高了。

这时，内侍来报，说息达叔求见。息侯很不耐烦地说："不是说过要回宫再奏吗？"内侍说，"上卿大人说，有急事要见主公。"息侯勉强宣见。

息达叔上奏："楚国遣使催贡。"息侯不耐烦地说："交啊。"

息达叔说："咱们这里勉强维持生计，哪还有什么贡品？"

息侯说，"那就缓一缓。"

息达叔说："如果不送贡品，楚国便加兵息国。"

息侯勃然大怒："加兵息国？加兵好了，以吾看，跟他拼了算了，反正有楚国在，息国也别想安宁。"

息达叔见息侯发怒，撇开楚国催贡之事，继续说："还有，灾后一些田里还可以再补种庄稼，现在没有种子，何以补种？洪涝之后，一些河道需要清理。房屋需要重建。"

息侯面对这一切，烦躁不已，他耐着性子说道："寡人一切都委托给达叔，你就看着办吧。"

息达叔说："吾是没有办法才来向主公奏报的。"

"你没有办法，寡人也没有办法，你且回去，慢慢想办法吧。"

息达叔怏怏而回。

晚上，息侯想起那些烦心的事儿，便让膳人准备了酒肉，喝得酩酊大醉，夫人怎么也劝不住，只好陪他一起喝。

第二天，很多宫中大臣，也到行宫上奏事务，息侯嘱咐内侍，所有人等不得在行宫求见。凡到此求见的，一律不得通报。息侯之所以不想回宫，就是不想面对那些乱七八糟的事情，更不听那些人唠唠叨叨，都是一些烦心的事儿。他只想和夫人一起厮守游玩，忘情于山水之间，不问朝中之事，快活轻松地生活。

息侯和夫人乘着游舫，到清水里游玩。清水两岸，已没有过去那种肥沃的田地和茂盛的庄稼，满目都是大水之后的荒凉破败和淤泥积水的痕迹。一些村落房倒屋塌，还没有恢复原来的样子。息侯看得心情郁闷，夫人也心情沉重，全无游玩的兴趣。于是，息侯嘱咐回宫。

息侯回到宫中，行人来报，说是蒋国来使聘问。息侯让息达叔迎接使者至馆舍，并未安排享宴使者。息达叔把使者迎入馆舍，原来蒋国听说息侯大婚，送来了大礼以示祝贺。

息达叔接住了蒋使，安排到馆舍，回禀息侯。

息侯对蒋国的使节，并不在意，甚至都懒得说点什么。为了蒋国，息国遭到了楚国疯狂的报复，就算送了再大的礼物，能抵得了息国的损失吗？所以，息侯也未安排宗庙享宴。

蒋国使者候在馆舍，不见息侯接见，甚是着急，来时蒋子一再嘱咐，要让息侯高兴。于是，他们就想了一着。

一日，息侯遣宫中小竖请息达叔议事。息达叔迟迟不到，来到时气喘吁吁的，说是东门内的街肆被堵，给耽搁了。

息侯奇怪，又没有什么大灾大难，什么事儿能把街衢给堵上了？

息达叔说："是蒋国送给主公的歌舞伎子[①]在东门内表演，围观者甚众，把街衢

---

① 伎子：以歌舞为业的女子。

都堵上了。”

息达叔离去，息侯问起小竖：“蒋国歌舞如何？竟至于街衢堵塞？”

小竖说：“小人并未仔细观看，只是远远地瞅了一眼。”

“感觉如何？”

“听观者说，一见陶醉，再见销魂。”

“果真？”

小竖说：“舞姿曼妙，歌喉甜润。”

息侯为小竖之言所惑，当下就换了便装，跟小竖出了东门，往观蒋国歌舞去了。从东门回来，息侯便宣见蒋使，并在宫中宴飨使者。使者为讨息侯高兴，便把歌舞伎子，带到了侯宫，上演了最为精彩的曲目。

息侯看得如痴如醉，当即嘱咐四佾歌舞伎子，共十六人，收在宫中。这十六人中，一名领者蒋姬，色技俱佳，中息侯之意。

使者又呈上礼单：编钟一套、白璧五十双、织锦两车、丝帛两车……息侯嘱咐宫人一一收下。

蒋国之所以如此用心贺婚，主要是感谢息侯增援蒋国，虽然没有到达蒋国，也是因为息桓侯薨殁，息国也因此遭受楚国的侵扰。还有想和息国共结同盟，抗拒强楚，蒋国也是被楚国每年的进贡搞得苦不堪言。更主要的是蒋子为将来计，老息侯优柔寡断，蒋使曾在息国住了很久，息桓侯都不能果断出兵，年轻的息侯一回国就亲自带兵增援蒋国。蒋子以为年轻的息侯一定是一个英勇果断，有雄才大略的君主，所以他要和息国缔结友好，将来也有个依靠。

息侯向夫人通报蒋国贺婚一事，并言歌舞伎子之美妙。

息妫夫人也很高兴，蒋国贺婚是国事，应遣使回谢。蒋国是息国的盟国，是不可摈弃的同盟力量。

息侯见夫人大度接纳，安排周详，十分满意。

息侯难抵蒋国歌舞之魅，不时在宫中上演。不久，便将蒋姬收入燕寝[①]。蒋姬本为歌舞伎子，妖艳狐媚，息侯耽其魅惑，想把她纳进后宫为妃。可是，又不知道该如何向夫人说起。他琢磨应该有人先提，他便好向夫人开口。

时值息达叔进宫议事，息侯便将此意告之。息达叔一下子愣住了，他说：“主

---

① 燕寝：古代帝王居息的宫室。

公慎行，同姓之间是不能通婚的。”

“姬姓甚广，不为同氏，也不妨碍。”

“可是，这是规制啊。”

“寡人意决。不必多议。”

晚间，息侯向夫人说道：“息达叔禀奏，让蒋姬收入内宫，充实后宫，以使吾息国宫廷血脉繁盛。吾已准奏。”

息妫夫人当时就愣住了，怎么可能？息达叔难道不知道，同姓不能通婚吗？怎么可以让姬姓女子充实后宫。

于是，息妫夫人说道：“妾身恭喜君侯，只是同姓不能通婚，息达叔大人难道不知道吗？他怎么能如此不讲礼制规矩？”

“谢夫人提醒。不过，寡人已经准奏。”

息妫夫人一声长叹，她并不是嫉妒蒋姬，怨愤息侯纳妾，只是担心息侯如此有违规制，息国将来章法不立，何以教民？民之不教，何以强国？

息侯执意把蒋姬纳入宫中，鱼水甚欢。

一轮明月，静静地悬在空中，如水的月光充满了整个息国侯宫，投进了息妫夫人的寝室。息侯去了蒋姬的寝室，月光带来了冷清空落，新为人妇的息妫夫人，形影相吊，感到无限的失落孤独。

息妫夫人拿出了那只从陈国带来的埙，吹起了一曲《宛丘》……

第二十二章　妫夫人挂灯劝息侯

一曲《宛丘》终了，息妫夫人手握七孔陶埙，面对愁绪一般的月光，再也没有站在濮山顶峰时的雄心壮志。此刻，她作为一个远嫁他国，而又身处深宫的女子，满怀思乡愁绪，她想念祖国，想念那些和她相处的亲人们，想念陈国那广袤的沃野，想念兑门之外东湖里清澈的湖水，甚至想念宫中嫉妒倾轧的宫人们。陈国的一切都变得如此亲切和遥不可及。她多想回到她的祖国啊！可是，她得按照规制，只有过完年，到了春天的时候，才能回陈国归宁探亲……她多么盼望那一刻早点到来啊！她不由得想起了陈国后宫宫人们争风吃醋、互相算计的情景。她现在才明白，后宫的女子是多么地不易、不幸，明白她们为什么使出种种手段争得君王的恩宠。独守空房的清冷，毕竟不是所有的女子都能耐得住的。作为国君夫人，需要大度包容、大义慈悲，而这些都是用心疼和孤寂换来的。

再说那蒋姬，是蒋子亲自在宫中歌舞伎子中遴选的娇媚妖娆之人，使息侯陷入温柔之乡不能自拔。她不但夜间侍寝，白天也不停歇，指挥那些歌舞伎子，每天轮流演奏舞乐。四佾歌舞伎子，仙姿翩翩，千娇百媚，息侯看得如痴如醉，一切烦恼都消失在九霄云外了。

白天的歌舞，夜晚的酒宴，息侯无暇顾及朝政。

息国的卿、大夫，每天站在朝廷大门之外等候息侯上朝，上奏国事。可是，每天等到的都是“主公有令今日不朝”的口谕。卿大夫们都悻悻而回，实在有急事的都找上卿息达叔禀请。

息达叔也十分着急，本来息国有希望在年轻的主公这里兴盛发达，可是，他竟然是这种状态。他也为息国担忧啊。息国只是偶受灾异，并未元气大伤，只要治理有方，还是有希望的。主公如此荒惰，息国真就完了。

息国的卿、大夫都聚在息达叔府上，大家都忧心忡忡，让息达叔强谏息侯，息达叔长叹一声，说：“只有一个法儿了，不知道能否生效。”

“什么法儿？”

“夫人。息妫夫人为了息国把嫁妆换成了粮食，才使息国渡过了难关。她是一个智慧大义的女子，一定有办法劝醒主公。”

“可是，主公现在都在蒋姬之处，不到夫人的寝宫啊！”

“夫人一定有办法的。老夫也只好去求夫人了。”

听报上卿息达叔求见，息妫夫人忙迎入厅堂。息达叔说：“息国承蒙夫人大义救济，已经度过了最艰难的时期，现在正是百废待兴之时，主公耽于酒色，无暇上朝，政事疏荒。如此下去，息国很危险啊。还望夫人劝谏主公，致力朝政，让息国复兴啊。”

息达叔神情恓惶，跪在了息妫夫人面前。

息妫夫人忙说：“大人请起。吾既已到了息国，就是息国人了，息国的兴衰也有吾的份儿。吾自然希望主公能致力朝政，不过得想一个妥帖的办法。不然，主公不会轻易醒悟的。这段时间，吾也一直在想，只是还没有想好，才没有行动。”

息达叔说：“息国就拜托夫人了。”

“好，请大人先回，再容吾思量。”

息达叔告辞后，息妫夫人陷入沉思。

蒋国原本是为了结好于息国，才来贺婚，送来了歌舞伎子，没想到息侯竟然耽于其中。蒋姬只是一个伎子，她的本业就是歌舞，她有什么错呢？主公就算真的喜欢歌舞，也没有错。可现在，完全背离了常道，他为什么会这样啊？在陈国时，他是多么的意气风发，慷慨激昂。他敏学好问，聪慧灵透。他曾经有让息国强大的雄心大志。息国现在确实困难重重，可是只要上下一致，实行德政，惠民强兵，再大的困难又算什么呢？他一定是不敢面对息国积重难返的局面，选择了逃避。

息妫夫人想到此，心情十分沉痛，其实，她一来息国就已经感到了息侯的情绪不对。她看到他在处理国政时的烦躁、焦虑，甚至暴虐。他想过轻松的日子，可他是国君啊，国君注定是不能过轻松日子的。她没有跟他深入交流，觉得一个夫人，不能过多干预朝政。息侯心中的郁闷无处排遣，被这种情绪缠绕着，看不到希望。所以，他才耽于酒色。息国有如此的大好河山，有那么多忠心耿耿的臣子，息国只是偶尔遇上一些困难，她不能眼看着息侯如此荒废朝政，自暴自弃。她是息侯夫人，息国的命运就是她的命运，可是，她该怎么办才能让息侯醒悟呢？息达叔他们，把希望寄托在她身上，她怎能扛起这如此重任？她连夫君都不能见到，她又能做些什么呢？面对如此复杂的局面，息妫夫人无助而又无奈。可她，却不能袖手旁观，必须扛起这重任。

息侯醉醺醺地来到了息妫夫人的寝宫，他心里其实还是惦念着夫人。不过，他什么也没有说，踉踉跄跄倒在卧榻上就睡了。

看着发出鼾声的息侯，息妫夫人心里十分伤情，两行热泪不禁滚出眼眶。不为风情所妒，不为失宠所伤，只为息达叔曾经的跪求，只为息国的安危。昔日陈国女公子，今日的息国妫夫人，流出了她成年后的第一次眼泪。

息妫夫人轻轻拭去眼泪，眼光一直没有离开息侯。息侯原本白皙的脸庞透出了青黄，魁梧的身体开始有些臃肿，息妫夫人很是心疼。他喝成这样还能来到她的宫中，说明她在他心里分量很重。息妫夫人坐等息侯醒来，她想先劝劝他，不知道能否劝得醒。

息侯醒来，看到夫人一夜未眠，心里十分感动。他说："夫人受苦了，都是寡人不好。"息妫夫人说："只要主公能休息好就行。"

"寡人喝得有些多了。夫人还好吧？"

"吾还好。息达叔来过，说卿、大夫每天在朝门外等候上朝。"

息侯长叹一声："让他们都散了吧。"

"主公……"

"夫人，你一夜未睡，该睡会了。寡人先行一步。"

没等夫人说完，息侯就走了。息侯回到了蒋姬的寝宫，蒋姬已经让舞伎换好了衣裳，各种食物也已备齐，单等息侯到来。听到通报，蒋姬花蝴蝶一样扑了过来。待息侯坐定，舞伎们就开始跳舞了。

息侯的心情顿时好了起来。他不想见夫人，就是因为压力太大，他无法给她一个强大的息国。他答应过她，他一定做一个好国君。可是，他拿什么实现他的诺言呢？他无法面对她的期待。他只有在这歌舞之中，才会忘却一切。

息侯看着舞伎起舞，隐隐约约听到另一种音乐传来。他觉得好熟悉，这音乐飘飘渺渺，好像是很远的地方传来。

"这是什么曲子？"息侯问蒋姬。

蒋姬说："好像《小星》[①]。"

息侯说："不是此曲。你且静听。好像还有一曲。"

---

① 《小星》：《诗经·国风·召南》里的篇目。

于是，蒋姬让舞伎停了下来，果然一曲凄美幽怨的琴声传来。

蒋姬说道："确实是有乐曲，好像是《韶音》里的《湘夫人》。宫中有人在弹琴，是谁呢？"

是谁？息侯知道是谁。息侯并未接话，只是长叹一声。须臾，又嘱咐歌舞继续。可是，这琴声搅得他心神不宁，他让乐师提高音调，想用更强大的声乐，遮盖住这乐曲。他不想再听到这种声音，不想。可是这边乐师演奏的声音越大，那边的乐曲就越清晰。那乐曲像蝼蚁一样在他的心里四处乱爬，爬得他心绪不宁。蒋姬看到了息侯心情不佳，她已经猜出了弹琴的人是谁了。她知道息妫夫人美丽大度，没想到琴技还如此精湛。于是，心下叹服。只是，蒋子嘱咐她要让息侯开心，让息国和蒋国达成同盟。蒋国在息国的东面，如果息侯能奋起抵抗强楚，蒋国也许就能安宁了。所以，她才想法让他日日歌舞，夜夜酒宴，以便在适当的时候，把这种意思表达出来，让息侯心甘情愿地接受。可是，她看到息侯醉心歌舞时，不忍心打扰他。每每喝到高兴时，他又不让言语，待喝多时，怎么表达也枉然。她也知道，息侯现在处境很不好，由此国政荒废，耽于酒色。当她看到他听到那乐曲的神情，她知道其实息侯并不快乐！

蒋姬用手抚摸了息侯一下，息侯抬眼望她，他忧郁的眼睛透出了水光。她柔情地说，"换一个曲子怎么样？您喜欢听什么呢？"

"《有凤来仪》。"

待《有凤来仪》响起时，那一曲《湘夫人》便消失了。其实，那乐曲还在响，只是和这《有凤来仪》重奏罢了。虽然《湘夫人》不再响起，但息侯仍旧快乐不起来。蒋姬纵然使出万般手段，也并未让息侯走出那《湘夫人》的伤情。无奈，她只有亲自上场，为息侯而舞。息侯终于被蒋姬绝妙的舞姿、神异的舞技所感染，为蒋姬鼓掌。蒋姬娇喘微微，走下舞场，依附在息侯旁边，亲自为息侯献上一尊美酒。息侯醉倒在歌舞场上。

息妫夫人并未劝住息侯，她觉得愧对息国满朝的卿、大夫，愧对息国百姓。毕竟，他们把希望寄托在她的身上。她想起了息达叔那揪心的一跪；想起了息侯送与陈国那几百车的鲜花；她想到息国如画的山水美景；想到朝门前每日上朝，而又失望而回的大臣们。息妫夫人夜不能寐，她站在窗前，望着窗外那一蓬蓬的花草，百感交集。她该怎么办啊？

息妫夫人正在满腔惆怅之中，突然，一个小亮点映入她的眼帘，一会儿又一个。那亮点越来越多，不长时间，便聚成了一团光亮。那团光亮像轻飘的丝帛，不停地移动。忽大忽小，忽长忽圆，忽上忽下。息妫夫人十分惊讶，这究竟是什么东西啊？这光亮是那么突兀，冷峻，多变，在夏日的夜晚显得如此诡秘。是神灵在预示着什么？或者是鬼祟在作怪？

息妫夫人由惊讶变成了恐怖。难道，息国真的引起了上天的不满，才出现这种异象？

她叫来了碧叶，问她看到前面的光亮了吗？知道这是什么东西吗？

碧叶是息妫夫人从陈国带来的侍女，她知道夫人在陈国时，很少晚上出门，所以没有见过这东西。于是她回禀道："启禀夫人，这是一种虫子，叫萤火虫，尾巴上有一盏小灯。它们晚上出来，亮起那盏小灯是为了寻找配偶。"

"哦，还有这么神奇的虫子啊！如果，把它们集中起来，不就是一盏明灯了吗？"

"肯定是一盏非常明亮的灯。"

"它们单独一个时只是一个亮点，只要集中起来就是一盏明灯了，就能照亮黑夜了。"

"是的，夫人。"

"吾知道了，你明天遣人通告息达叔大人，让他来吾宫中议事。"

"好的，夫人要早点休息。"

第二天，息达叔来到息妫夫人宫中。息妫夫人问他："大人知道有一种会发光的虫子么？"

"知道，萤火虫，现在正是萤火虫活跃的时候。夫人为什么问这个？"

"这个大人先别问。吾问大人，这种虫子可以捉到吗？"

"这种虫子很柔弱，用手捉的话，肯定要弄伤它。不过，可以用纱网捕捉。夫人需要多少呢？"

"一万只吧，越多越好。用透明的纱网罩住。大人那边捉够了，便来通告吾。还有，同时要通知大臣们到侯宫等候觐见。"

息达叔并不知道息妫夫人让他做这些干什么。他心下疑惑，本来让夫人劝谏主公的，那边没见有什么转变，这边倒是又起了新花样。捉一万只萤火虫，并不是一件容易的事儿。不过，他还是按照夫人的吩咐去做。

息侯仍旧沉溺于歌舞酒色，这些天来，为了博得息侯的欢心，蒋姬亲自歌舞，宫中酒宴不停。

那天，天色已晚，歌舞未尽，息侯吩咐张灯继续，歌舞正酣之时，息侯又听到了《有凤来仪》的乐曲声。这乐曲悠扬明亮，高亢有力，息侯心里猛然一沉。蒋姬也听到了这乐曲，她担心地看着息侯，说："主公，奴婢再跳一曲吧。"息侯心情很复杂地说："有劳了。"

蒋姬正欲站起，厅堂里的灯火突然灭掉了。整个厅堂顿时陷入一片黑暗，歌舞鼓乐也都停了下来，鸦雀无声。足足有一刻时，一盏奇异的灯从外面飘进来，一直飘到厅堂的中间。这时大家才看到和灯一起飘进来的还有息妫夫人。

大家正在惊讶之时，只见那盏明灯，慢慢地变大，光亮越来越弱，最后，散成了一个个小亮点。厅堂里一片昏暗，那一个个散乱的亮点，飘忽不定，跌跌撞撞。它们并不能使整个厅堂亮起来，而是让人感到混乱无序，暗昧可怖。

息妫夫人嘱咐张灯，灯烛亮时，大臣们都已经跪在了息侯的跟前。息妫夫人也同大臣们一起跪在息侯跟前。

息侯不解地说："夫人，这是？"

息妫夫人道："请主公恕罪。妾是想告诉主公，您看到的那盏灯其实不是灯，它是一万只萤火虫聚集在一起的。主公看到了，一万只萤火虫，聚集在一起，就成了一盏明灯。分散开来什么都不是了。这萤火虫就像是息国的民众，如果主公把大家都聚拢起来，就成了一股强大的力量，没有什么做不到的。那么，聚集他们的就是主公啊。息国，不能亡在主公的手里！想想息国的列祖列宗，想想先君息桓侯临终的嘱咐，想想息国的大好河山，想想息国的民众，主公一定要振作起来，息国一定会强大起来的。"

息达叔这时才明白息妫夫人要他捕捉萤火虫的真正目的，他不得不佩服息妫夫人的聪明。于是，他也说道："息国需要主公，大臣们需要主公，息国的民众需要主公啊！只要吾君臣一心，没有什么可以战胜息国的。主公一定要振作起来啊！不能再耽于酒色了。只要主公振作起来，息国就有希望。"

台下的大臣异口同声地说："主公，振作起来，息国是有希望的。"

息侯被这场面深深地震撼了，他的心好疼啊。他从来不敢想象息国的将来，可是他的夫人、他的臣子，都对息国充满了希望，而他却耽于酒色，逃避现实。

两行热泪滚出了息侯的眼窝。蒋姬也被这场面所震撼了，她看一下台下，又看一下息侯，不知所措。当她看到息侯的两行热泪时，想用自己的衣袖为他拭去。息侯猛然把她的手甩到一边，蒋姬连惊带吓，倒在地上。

台下的大臣们，同声说道："杀死她。杀死她。"

息侯这才站起来，说道："都是寡人的错。各位请起吧。从现在起，寡人一定振作起来，和大家一起振兴息国。”

为了表示他的决心，他吩咐内侍：“把蒋姬拉出去砍了。”

蒋姬哀叫道：“主公，主公饶命啊！”

息侯似乎有些不忍，望一眼蒋姬，很快又转过头去。

这时，息妫夫人站了起来。她说：“且慢。主公，夏桀如果不是内政不修，外患不御，暴虐无道，骄奢淫逸，筑倾宫、饰瑶台、作琼室、立玉门，一个妹喜能让夏朝亡掉吗？商纣不是暴殄天物，害虐烝民，不敬上天，作威杀戮，毒痛四海；崇信奸四，放黜师绿；屏弃典刑，囚奴正士；郊社不修，宗庙不享，一个妲己能让商朝灭亡吗？主公不能把罪责推到一个女子身上，再说，蒋国送来了蒋姬这些歌伎，是为了让主公高兴，共修两国之好。如果把她杀了，息国怎么向蒋国交代？蒋姬作为一个伎子，即便是整日歌舞，也是她该做的，并没有罪。请主公赦免她，收回成命吧。只要主公醒悟了，谁又能阻碍了主公呢，何况一个舞伎。”

息达叔说道：“主公，夫人说得有理，蒋姬不过是舞伎而已，如果杀了她，只会伤害邻邦，就按夫人的意思办吧。”

于是，息侯对着蒋姬说：“谢恩吧。”

第二十三章　推行新政息国渐起

息侯在夫人的劝谏下，彻底醒悟。蒋姬仍旧留在宫中，息妫夫人时常提醒息侯驾幸蒋姬宫中，毕竟蒋姬已经被封为妾妃。

息侯召集大臣，商议播种事宜。可是，由于洪涝，息国基本绝收，现在种子就成了问题。息达叔建议去邻国籴种，于是息国便派出使者到弦国、江国籴稻。可是，这些小国家，只是留够了本季的种子，剩余的稻谷都舂成米，已经无法做种子了。

使者回报息侯，息侯一筹莫展。他遣使去了蔡国，可是蔡国并不种稻谷。息侯到了夫人的宫中，向夫人讨教，没有种子，息国怎么办呢?

息妫夫人也颇费思忖，她并没有见过稻谷，因为陈国和蔡国一样，是不种稻谷的。不过，她觉得息国和陈国的气候相差不是很大。陈国的麦黍，息国也应该可以种。真的没有种子的话，她从陈国带回的粮食还有一些，可以当做种子，总比不播种要好吧。只要播种，总会有些收获的，不过多少而已。

于是，她告诉息侯，先把从江国和弦国籴进的少量稻谷种子播上，其余田地用陈国带回的麦黍作为种子，应该可以的。

息妫夫人让这样播种，大家都很担心，不知道陈国的麦子到息国能否出苗？会不会耽误息国一季节的庄稼，而且还浪费很多种子。过了七八天，麦苗都钻出了地面，息国的农人奔走相告，这没有穿衣的种子，却长出如此壮实的青苗，真是太神奇了。因为稻谷是带皮播种，从来没有这样子光秃秃下种的。

大司农接到农人的禀告，亲自去田间看了麦苗，他也十分惊讶，因为息妫夫人提议种麦子时，他也很疑惑，不知道息国能不能种麦子？可是，大家都没有别的办法，就抱着试一试的态度。自从麦子播上之后，他一直揪心，嘱咐农人，一有情况，赶紧回报。当他看到那肥实的麦苗时，眼泪都流出来了。息国有救了，再也不会出现饥馑了。息妫夫人真是太圣明了。

息达叔正向息侯禀报清水和竹竿[①]的清淤事项，只见大司农急急忙忙地闯进来，他们都以为出了什么大事儿，紧张地看着他，只听大司农激动地说：“主公，太好了。出来了。都出来了。绿油油的，非常肥实。”

息达叔说道：“大人说的是什么？吾都没听懂。”

“麦子，麦子都出苗了。长势非常好。息国是可以种麦子的，不会再有饥馑了。”

“真的？太好了。这都是夫人的功劳啊。”息侯十分兴奋地说。转而对息达叔说：“备车，寡人要亲自到田间去看看，看看北国的麦苗是什么样子。”

当息侯来到了息妫夫人的寝宫，把这一消息告诉她，息妫夫人却十分淡定地说：“出苗了，还不能保证会结籽，还要管理好。主公要遣人去陈国，请教一下麦子的习性，细心照料才是。”

“夫人说得极是，这麦子对息国来说真是个稀罕玩意儿，农人还很生疏，是得请教陈人。”

“除此之外，还有一些耕作的农具，也要购买。陈国有铁耒、铁耜、铁锄、铁铲，这些都是不能少的农具。息国可以自己冶铁，照着样子铸造。这样才能打出更多的粮食。”

“夫人竟然知道这些。”

“吾父做大司空时，家里放过这些农具的。那时候刚刚出现这些新鲜的东西，所以父亲就把这些东西拿回了府中，每天都要看一看。”

“有这些东西真是太好了。”

“农人是国家富强的保证。他们富了，国家就富了。吾随主公游览之时，看到很多荒坡、荒滩、荒地。这些坡、滩、荒地都可以种粮食，可以让农人自己开荒，收获归己，不是很好吗？”

之前，息侯面对内外交困的息国，没有从容地考虑过息国的发展，他焦头烂额地穷于应付。他觉得息国没有希望，所以选择了逃避。可是，他听到夫人如此思想，豁然开朗，是的，土地，他有这么多没有开拓的土地，这些都是财富啊。他由此更加敬佩夫人。夫人在他收宫蒋姬时宽容大度，在他耽于酒色时不计私情，在息国交困关头从容应对。在陈国时，他只对她的美貌倾心，喜欢她的灵透，没想到她还如此仁厚智慧，所以很多事情都是向夫人请教。

因为息国遭到了大灾，息侯颁布减免税赋的政令，让农人休养生息。他按照息

---

① 竹竿：竹竿河，古河道，今在河南息县境内。

达叔的建议，疏通清水、竹竿。并在清水和竹竿之间，修挖沟渠，以保障息国北部农田的灌溉。

有了新水源，新农具，田里麦苗长势很好，农人看到了新希望，开荒的势头如火如荼。一些士、大夫也都相继加入到了开荒的队伍，他们的财富也随着农田的增加而不断增加，这些私田是没有税赋的。随着减赋，国库亏空无法填补，息国出现了财政困难。

息达叔禀报息侯，又快到向楚国进贡的时候了，如果楚国再来催贡奉该怎么办？这确实是一个很现实的问题。息达叔告诉息侯，可以和夫人一起商议，夫人来自北方的陈国，北方的一些国策可以借鉴。

息妫夫人提出了盐的专卖，并算了一笔账，食盐是日用的必需品，一家三口，一年需盐一升左右；经过粗略估算，千乘之国吃盐的人达千万，如果每升加二钱，一年可得六千万钱，这比征人口税多一倍。由此可见把盐专管起来，国家的财政收益很大。息国不产盐，民间的食盐都是从齐国贩运的。贩运数量越少，次数越多，费用越大，盐价也就越高。不如息国派遣官人到齐国统一贩运，不准私营，这样就减少了来回的旅途费用，盐价不升还能降下来呢，使民众得到实惠。

息达叔十分赞成，国库有余，什么事情都好办了。息达叔得到了启发，铁制品也可以专营。国家可以把冶铁的工匠都集中起来，统一制作，统一买卖。这样，又是一项大的财政进项，不会增加民间的负担。

息国推行了一系列的新政，上上下下都很欢迎。由此，息国出现了新的生机。

息侯已经完全从颓废中走了出来，上朝结束，他信步走出了朝堂，已经到了深秋，阳光亮晃晃还很热辣。他抬起头，眯起眼睛看了看太阳，有一种眩晕的感觉。他手扶在公宫廊坊的柱子上，长长舒了一口气。这时，他突然听到了一曲如泣如诉的乐曲，这乐曲拨动了他情怀。他知道，一定是蒋姬。他已经很长时间没有见过蒋姬了。是的，夫人说得很对，女人不是亡国的祸水，暴虐不德、荒淫无度的国君才是。蒋姬又有什么错呢？她不过是个伎子而已，他心里动了恻隐之心，想去看看蒋姬。

那蒋姬在息妫夫人的感召之下，移居别宫。

息侯来到了蒋姬的别宫，内侍通报主公驾幸，蒋姬身边的婢女慌忙出迎。内侍问道：“夫人呢？”婢女答道：“夫人在寝宫，不让奴婢伺候，自己起居。”于是，婢女便领着息侯进了蒋姬的寝室。

内侍在门前通报，却不见蒋姬出迎，便遣婢女进去看看。不一会儿，那婢女慌忙奔出，跪倒在息侯跟前：“主公，夫人她，她……”

“她怎么了？”

“她悬梁自尽了。”

息侯和内侍急忙进去，把蒋姬放下来。息侯怀抱着蒋姬，低声呼唤：“蒋姬，蒋姬，你这是干什么啊？”

然后对着内侍喊道：“快传医师啊！快！”

“蒋姬，蒋姬……”息侯不停呼唤，以期唤醒蒋姬。

蒋姬在息侯的深情呼唤下，终于睁开了眼睛。她看了息侯一眼，气若游丝地说：“主公，妾死在您怀里也算是最大的幸福了。夫人大义，留下妾的性命，妾知罪。息国需要主公啊，是吾害了主公。”

“不，都是寡人的错，跟你没有关系。”

“主公，妾进入息国就是息国的人，妾来自蒋国，也是蒋国的人。妾来息国之前，蒋子曾教导妾，一定要让息国和蒋国一起奋起抵抗强楚。因为主公心情一直不好，妾本想等主公高兴时再说，可是却没有找到合适的机会。现在好了，息国已经出现了转机，强大也指日可待，万望主公能答应蒋子，两国共结同盟，抗击强楚，才能确保两国安宁。妾对蒋子也有所交代了。”

息侯满含热泪，沉痛地说：“寡人答应你。”

蒋姬说：“主公，您多保重，妾不能再陪伴您了。”

息侯紧紧地抱着蒋姬，宽慰道：“没事儿的，一切都过去了，都会好起来的。你一定要挺住，医师马上就赶到了。”

“真好，妾能最后见您一面太好了。”蒋姬在息侯的怀里，一脸幸福地望着他。她一个伎子，完成了蒋国君主的任务，也获得了息侯的宠爱，该走了。

内侍带医师火速赶到时，蒋姬已经离去了。

息侯知道她去意已决，轻轻地为她合上眼帘。看着蒋姬美艳如生的脸庞，息侯觉得恍若隔世。前些时候，还是舞姿曼妙、技超尘寰、让他忘却烦恼的爱妃，转眼间香消玉殒了。是他自己耽于酒色，与蒋姬何关？即使没有蒋姬，他照样会这样。他承认他是懦弱的人，他不敢面对那样的困境，蒋国的歌舞也不过是他暂时的憩息之处罢了。是他害死了蒋姬。息侯顿感万箭穿心，他悲哀地闭上眼睛，两行热泪，顺着脸颊流下，滴在蒋姬的脸上。

内侍看着主公抱着蒋姬不放，在一旁提醒道：“主公，让蒋姬夫人安息吧。后事就交与小人处理，您先回宫吧。”

“厚葬！”

“小人明白。”

息妫夫人听到蒋姬去世的消息，十分哀痛。她建议，在宗庙为蒋姬举办丧葬仪式。不管怎么样，蒋姬还是息侯的妾妃，一定要把讣告送到蒋国。

息侯因为蒋姬去世，心情很沉痛，他觉得是自己害死了蒋姬。他又开始酗酒，为了安抚息侯，息妫夫人把蒋国送来的歌舞伎子，收入宫中，以慰息侯之丧痛。

息侯并不在意歌舞伎子们，只是陷入伤痛之中，醉卧燕寝，不上朝堂。息妫夫人怕息侯继续沉沦，便提议重游濮山。

深秋季节的濮山却另有一番景致，色彩斑斓的山坡上，都是一些经霜之后的老叶子，不停地摆动挣扎，迟迟地不愿离开树干。息侯被这深秋的山色所感染，和夫人一起登上了山顶，站在祭坛上，看到息城那一望无际的田野，十分感慨。

息妫夫人说道：“主公，多壮美的山河、田野，息国在您的治理下会更加壮美。”

息侯终于找到了感觉，这美丽的风景，肥沃的田野，比在陈国看到的更胜一筹啊。息国也完全能和陈国一样歌舞升平，国泰民安。

息妫夫人告诉他，要在冬天即将来临之时，筹建泮宫和乡学，让公族和士族的孩子都能上学，国家需要人才，只有学校才能培养人才。还有，要派出使者到各国去聘问，学习借鉴各诸侯国好的治国策略，息国一定会强大起来的。息侯听了夫人这番话，也是激情澎湃，他说，如果不能让息国强大，他就对不起夫人。他跟夫人说，咱们这就下山，还有很多事情要做呢，等明年春暖花开之时，寡人再陪夫人登山。息妫夫人正等息侯这句话呢，于是，他们双双回宫。

第二十四章　强兵习武会盟邻邦

从濮山下来，息侯这时候才真正地意识到自己肩上的责任。他知道，当前诸侯国战乱纷纷，征伐四起。南有强楚，北又兴齐，要想立得住，必须有强盛的兵力。他想起了在陈国学习的《干舞》，又叫《武舞》，威武雄壮，类于兵阵，可用于战前号召将士。于是，他便从宫廷侍卫开始，排练《干舞》。

息妫夫人看到息侯兴致很高地亲自训练侍卫，感到十分高兴。再看那些侍卫拿着盾牌，在不停地变化队形，士气高涨，喊声震天。这才是她想看到的，息侯这种状态已经让她很放心了。她仿佛又回到了陈国，息侯在陈国学习《干舞》时，也是这样意气风发，神采飞扬，他的舞姿是老师最为称道的。息桓侯把他送到陈国，就是为了训练儿子的从容与淡定，在关键时刻能够拿得稳，拿得住啊，不要像他一样，那么轻率做出决断。对郑国轻易一战，不但陷息国于不义，还使息国国力衰微，年迈的息桓侯，半生都是在悔恨中度过。

可是，息侯从陈国回来，面对息国的困难，一下子就被压垮了，毕竟他还年轻，没有经过历练，如果他一直在息国，也许会更好一些。他现在已经完全走出来了，还需要更加坚定地走下去。息侯有时候会感情用事，性格多变，这都是一个为君的致命弱点。不过，有她和息达叔，还有息国的卿、大夫，他们都会齐心协力，共同辅助他。

息侯训练结束，嘱咐祝人[①]准备尝祭[②]，他要在尝祭之时上演《干舞》。息国的卿、大夫们都参加了尝祭，看到息侯如此精神，很受鼓舞。他们看到上演《干舞》的士卒，如猛虎一样，面色红润，气吞山河，左手拿着雉羽，右手拿着盾牌，鼓槌重擂，声冲云霄，都很激动，仿佛看到了息国雄起的希望。

---

① 祝人：古代掌祭祀的官。

② 尝祭：古代祭祀的一种。

息达叔更是激情焕发，他向息侯禀报，冬季狩猎的时候到了，他要借助狩猎训练阵法，使农人熟悉各种阵法，操练各种兵器和射御之技。

息达叔看着这些勇士们，心里那件无法释怀的事情又泛然而起。对郑国的征伐，他是主战派，那时候他年轻气盛，觉得凭借息国的力量是可以打败郑国的。如果打败郑国，息国就有可能成为霸主。可是，就在两国难分胜负时，郑国使用了一种奇特的阵法，息国便如倒山之势败了下来。当时，是他护着君侯拼命突围，才保住性命。这些年来他一直忠心耿耿辅助小息侯，就是想让息国能恢复到伐郑以前的状态啊。那时的息国，也算是中原数得上的强国了。

这些年来，息达叔从来没有忘记过那场征战给息国带来的灾难。还有，更让他不能释怀的就是“鱼丽阵”法。就是这个神奇的阵法，几乎让息军全军覆没。息桓侯在世时，他不敢再提“鱼丽阵”，怕他受刺激。息侯濮继位之后，息国一直处在困境之中，他无暇再提。现在好了，息国终于出现了转机。

他向息侯建议，要把郑国的“鱼丽阵”引入息国。息侯也很兴奋，他虽然没有亲自见识过“鱼丽阵”，但是他在陈国时听说过“鱼丽阵”，当时的陈国，好像是花了重金在郑国请了一个将军教习的。

息达叔说：“主公何不遣人去陈国学习‘鱼丽阵’法呢？”

息侯问道：“派何人去呢？”

“主公可以亲自校场选人。”

息侯点头称赞。

息达叔便在狩猎校场举行射御角力比武，挑出一些精明的获胜者，由一名副将军带队，到陈国学习“鱼丽阵”。

息侯把这些事情通告给夫人，夫人高兴地说：“息国如果引进‘鱼丽阵’，那肯定是一支战无不胜的军队了。恭贺主公！息国兵力不足千乘，单靠息国的力量，是不能和楚国抗衡的。主公何不联合周边小国，一致对抗强楚呢？”

息侯赞道：“夫人说得极是，寡人正是这样想的，弦国、蒋国、江国、黄国、赖国，都不堪楚国的侵扰，息国可以和他们结为盟国。”说到结盟，息侯想起了蒋姬，蒋姬临终还在嘱咐他和蒋国结盟，如果这次会盟成功，也算是对蒋姬一个交代了。

息侯还提出了邀请蔡国一起参加。息妫夫人说：“蔡国地处中原，与楚国很少交集，蔡侯的心思在北方的齐国、宋国，而不是南方的强楚。不过，主公如果想邀他也不是不可以，至于盟主位置，您可要好好掂量一番。”

尽管息妫夫人这样提醒，息侯还是想邀蔡侯过来。他们是同窗好友，好久没有见过，既已经结成亲戚，走动一下也是常情。更主要的是他想利用一下蔡国的影响。参加此次会盟的都是小国家，如果蔡国能参加，无疑会给会盟带来更大的效应。那些小国家虽然都会踊跃参加，但是毕竟力量有限，对楚国形不成威慑。既然会盟，至少使楚国知道息国的势力不可小觑。他想，夫人的担心也不是没有道理，至于盟主，这些国家都会推他无疑。至于蔡侯献舞，他有办法对付。

息达叔听说要邀请蔡国参加，也持反对态度。他觉得蔡国不会真心为了息国会盟，因为没有利益在里面，邀了也白邀，蔡侯不一定参加。再说，姻亲这东西，在国家利益面前，力量微乎其微。当然，会有一些益处，那也要看情况，也要看人。蔡国历来不可靠，伐郑的教训还在，如果当时不是因为蔡侯封人从中挑唆，息国怎么会奋起伐郑？如果不是息国上当，自不量力地伐郑，息国根本不是现在的样子。国与国之间，利益永远是第一位的，盟誓都是暂时的。

息侯不听息达叔的意见，他觉得息达叔有些老了，过于保守。息达叔和夫人都担心蔡侯献舞，对付蔡侯献舞，息侯是有胜算的把握的，不然，他也不会邀他。于是，他派人去了蔡国，邀请蔡侯在孟冬朔日于汝地会盟。

让息妫夫人和息达叔没有想到的是，蔡侯献舞竟然非常爽快地答应了。息侯非常高兴，他觉得只要蔡侯答应了，此次会盟才算一次真正的大规模会盟。毕竟蔡国和息国一样，都是侯国，蔡侯一出场，这层次才算拔高了。于是，息侯便派遣息达叔去汝地建筑盟坛和馆舍，并带上息国祖上传下来的鹗卣。息达叔建议，一切从简，通谕各国，要举行衣裳会①，这样就俭省了粮草军需。可是，息侯却想把事情搞得隆重一些，各国国君不带兵马能说得过去吗？息国也不差这些粮草，没有兵马就没有气魄。既然是会盟，就要显出威武才是。

息达叔禀告息妫夫人，想让息妫夫人劝谏息侯，没想到息妫夫人也同意了息侯的意见。息达叔很失望地离开了息妫夫人的宫中。息妫夫人看到息达叔怏怏离开，明白他的意思，叫住了他："大人，请留步。大人一定不理解吾为什么不劝主公吧？"

息达叔折身回来，说道："确是如此。"

"大人是了解主公的，他想要做的事情，一定要做的。吾不能在小事上拂了他的意思，如果让他感到处处受制，反而不好，不过是一些粮草而已。"

息达叔佩服息妫夫人处事精微，他是看着息侯长大的，却不如息妫夫人更了解

---

① 衣裳会：只身赴会，不带兵马。

他，可见夫人对世事人物洞察的非凡能力。

很快到了会盟的日期，各小国的国君都如期到达。楚国的侵扰让他们苦不堪言，而且每年要向楚国进贡觐见，他们希望息侯能够把这些小国联合起来，抵抗强楚。楚国军队再强大，也抵不上这些国家的联军吧。

当大家听说蔡侯也参加时，都很兴奋，但也很担心。正在议论之时，行人通报蔡侯已到了馆舍。

几个国君都到蔡侯之处拜见。蔡侯依旧英俊潇洒，只是更多了一些成熟和淡定。对这些小国的君侯，蔡侯倒也客气，叙谈一时大家都各自散了，单等明日盟歃。

第二天，息达叔在坛下迎客，息侯请蔡侯首先登上盟坛，息侯随后而上，接下来是各小国的国君。

盟歃之前，要推盟主，当然，小国君都推息侯，因为只有息侯才能和他们共患难啊。况且，这次会盟也是息侯发起的。息侯面带骄色，得意地看了看蔡侯，让蔡侯见识一下他在这些诸侯国中的地位。蔡侯微笑颔首回应，息侯以为蔡侯已经默认并支持他这个盟主。息侯心情很好，他想，看来夫人的担心是多余的。息达叔也说，蔡侯不会参加，结果蔡侯如期而至，看来蔡侯还是很看重他的。事实证明，他们对蔡侯都不了解，都太保守。

不过，息侯觉得这样就盟主之位，似乎太过简单，他还应该谦让一下，以示自己的胸怀和威望。在场的君侯之中，他唯一可以谦让的就是蔡侯。既然他特意邀请蔡侯参会，让一让也是应该的，也让蔡侯感受一下他的分量。

没想到，息侯谦让的话刚刚说完，蔡侯竟然一点都不谦虚，仍旧面带微笑，坦然就盟主之位。

息侯十分惊诧，待要说什么时，息达叔给他递了个眼神，意思是就这样吧。蔡侯就位后，接过息达叔的盟誓简书，开始诵读。息侯心里非常恼火，又无处可发，只好自我安慰：只要有盟誓在，不管谁是盟主，盟誓效果都是一样的。

会盟结束，各小国君都回了国。大家对这次会盟的结果并不满意，本来想着商讨抗楚事宜，不想蔡侯插了一杠子，还当了盟主。蔡侯当盟主，肯定不会商议抗楚之事，他们都不再逗留，扫兴而回，以为息侯不堪大任。

息侯会盟各国的消息传到了楚国，楚王熊赀还是很紧张的。楚王熊赀看着腰间那块翡玉佩，心里猛然一动。不知道为什么，他每次看到这块玉佩时，就有一种心动的感觉。他把玉佩轻轻地捂在手里，想起他得到这块玉佩前一天晚上那个奇怪的梦，一位身着红色衣裳的绝色女子，从远处飘然而至，他欣喜万分，慌忙站起，待伸手去拉一下她的衣袖，那女子突然不见了，而他的手里却多了一块翡玉佩。第二天，当斗廉把那块玉佩呈与他时，他觉得好眼熟，忽然想起梦里的那块玉佩。他记得非常清晰，和这块一模一样。他觉得这是上苍对他的恩赐，他得到了天下最好的宝贝。所以，这块玉佩从未离开过他。他知道，它一定会给他带来好运的。遗憾的是，那绝妙的女子，他搜遍整个楚国也未见到。他并不明白息侯为啥把这个东西作为国宝。它有什么特别之处吗？它背后又有怎样的故事？他把那玉佩对着阳光照了照，那玉佩发出耀眼的红光。这红光让楚王有些眩晕，他便很珍贵地收起。

楚王熊赀很痛恨这个息侯，上次的教训还是不够吗？这回又搞什么会盟，妄想和楚国抗衡，真是自不量力。不过，如果息侯真把这些国家都联合起来，也是一股不可小觑的力量，他不得不重视啊。于是，楚王熊赀召集大臣商议，怎么对付息国。令尹彭仲爽说："这次参加会盟的都是一些小国家，只有一个蔡国还算稍微大一点。但是，蔡国和楚国并不接壤，他们对于楚国并不真正地防备。据说，汝地会盟的盟主是蔡侯，这就说明了息国没有能力率领各小国。既然如此，如果吾大兵压阵息国，想必其他小国不敢相救。待楚国收拾完息国，再收拾这些小国。至于蔡国，楚国总有机会收拾它的。"

斗廉说道："令尹说得对。息国的息达叔和息妫夫人都是贤达之人，息国一定不会同楚国交战。如果息国请成，咱们就可以对付周边这些小国家了。"

年轻的斗般却说，"息国上次请成时，已经答应要朝贡的。现今不但不朝贡，还要吾楚国去索取。索取也罢，竟然还联合这些小国会盟抗楚，不如灭掉它算了。"

大臣鬻拳说："主公要想控制中原，一定要实行宽仁之政啊，息国既有息达叔、息妫夫人，是上天在宣示，息国还不到灭亡的时候。吾赞成令尹大人的意见。而且，一定要大张旗鼓地进入息国，真正对息国造成威慑的效果。"

楚国君臣对于息国主持的这次会盟，确实是极其重视的，如果这些小国真能联合起来，打败楚国也未尝不可。

息侯还沉浸在会盟的兴奋之中，虽然没有当上盟主，蔡侯献舞还是非常重视息国的。小国离开之后，蔡侯献舞提出拜访息国，便跟着息侯来到了息国都城，逗留几日才回。

那天，息达叔慌忙来见息侯，说楚国百万大军已经从郢都出发，以排山倒海之势，向息国而来。

息侯慌忙说："赶紧通告各国，集结兵力抗击楚国。"

息达叔说："楚国如此大规模的军队，这几个小国的兵力未必能够抵挡得住。

再说，您不是盟主，蔡侯又刚刚离去。既是蔡侯愿意通谕各国，怕也来不及。”

“那怎么办呢？赶紧调集息国的部队啊。就是鱼死网破也得拼一拼吧，不能就这样把息国拱手让给楚国吧。再说了，咱们现在的部队，练习了新的阵法，郑国靠‘鱼丽阵’打败了周王的联军，咱们靠‘鱼丽阵’就不能打败楚国吗？”

“是否请夫人一起商议对策？”

“好。”

息妫夫人听到了楚兵压境的消息，倒是很镇静。她说：“楚国不过是威慑息国而已，并不真的打算灭掉息国，他们并不知道会盟的真正效果。息国出兵抗楚肯定不行，因为力量太悬殊了。向外请兵已经来不及了。现在只有一个办法。”

“什么办法？”息达叔和息侯异口同声地问。

“请成。”

息侯很不服气地说：“又是请成。息国要请成到何时啊？倒不如跟他们拼了痛快。咱们不是有‘鱼丽阵’吗？再说，会盟刚刚结束，士气高涨，正是好时机啊！”

息妫夫人说：“息国刚刚进入复苏，国力还很弱，硬拼只能造成生灵涂炭，不会有更好的结果。国君是国民的国君，不但要维持国威，更要爱惜人民。国君爱惜人民，人民才爱戴国君。人民爱戴国君，是国家强盛的基础。国家强盛了，才会有国威。所以，国君要把保全民众放在第一位。再说，‘鱼丽阵’是兵力相当时的一种技巧而已，如果兵力悬殊，单靠这种阵法是不可能取胜的。”

息达叔说道：“夫人说得很有道理。息国目前只有请成，保全国力民生，再图后事。”

息妫夫人建议息达叔在息国边境迎接楚军。息国的粮草已经亏空，息妫夫人建议用陈国带来的麦子作为犒劳楚军的物资，这样楚国才相信息国的诚意。再说，楚国不出产麦子，他们对这些北方的东西肯定稀罕，胃口就会小一些。

息达叔说，“上次楚军就要求息国的国宝，主公把自己随身的宝贝送与了楚王。现在息国国库没有什么宝贝了，只有一件祖上留下来祭祀用的鹗卣。”

夫人说：“鹗卣是息国祖上流传下来祭祀用的，是息国的象征，不能作为礼物送与楚国。楚国这次出兵的目的显而易见，就是为了震慑息国，安定周边小国，并非在物资上有更多的奢望。所以，有陈国的那些小麦，一些牛、羊、酒水足够了。”

因为上次请成时几乎搬空了国库的东西，息达叔这次只带这些东西，心下疑惑，不知道能否向贪婪的楚国交差。

第二十五章　息妫归宁蔡侯失礼

正如息妫夫人的预料，楚国见息国派使者犒劳军士，诚恳请成，也就班师而回了。

息国避免了一场战争危机，息侯很感激夫人，没有夫人的临危不惧，淡定从容，息国也许正在陷入战争混乱之中。

息妫夫人提出要和息侯一起到街衢巡查，看是否有冻馁流浪街头的孤老。息侯与夫人巡查回宫，依照夫人的意思，开仓救济贫、弱、老、残、孤、寡之人。息国人民莫不称赞息妫夫人的恩典美德。

息达叔佩服夫人的神算，楚军班师，他也有时间整修城墙，警戒门闾，修理门栓。加强边防力量，完善要塞，谨慎关梁，堵塞小径，这些事务因为内灾外乱，几年都没有实施。现在好了，楚军退了，息国可以干自己的事儿了。如果像这样发展，息国很快就会强大起来的。

转眼间，息妫夫人嫁到息国将近一年了。这一年来，息妫夫人经历了息国的风雨飘摇，内忧外患，从无忧无虑的陈国公子，到多事之秋的息国夫人，这样的转变好苦好累，她觉得这一年好漫长，自己一下子变老了很多。现在好了，息国现在充满生机勃勃，充满希望，君臣们都憋着一股子劲儿。特别是楚国军队离开之后，让息国人懂得没有强大的国家，就是要挨打受气的道理。还有，陈国的麦子在息国长得很好，田里的麦苗像绿毯子一样，松绒绒地暖着息国人的心，这些麦子到了夏天就可以收割了。息妫夫人看到这种情况，一切的辛苦都化作欣慰。自到息国以来，她还没有真正地歇息过，现在她终于有了喘气的时机。一种乡愁飘入她的心里，她特别想念陈国的亲人。女子年后归宁也是祖上的规矩，所以，她想回陈国看看父母、亲人。

她向息侯通告了自己的想法，息侯虽然十分不舍，但是也是祖上的规制，不能强难不允。息侯嘱咐宫人为夫人准备行装，以及夫人归宁的礼物。毕竟是一个国君夫人归宁，有关国体国威，再说，没有陈国的资助，息国是不可能度过这么大灾难的。

一切筹备妥当，息侯与夫人依依惜别。息妫夫人带着大队车马，浩浩荡荡地离开息国，往陈国进发。

从息国到陈国必须经过蔡国。待车马将要进入蔡国时，息妫夫人想起了琥儿姊，她们姊娣几年没有见过了，将要进入蔡国，是不是要见一见琥儿姊？因为息国到陈国路途遥远，他们必须要在蔡国停留一晚。息妫夫人想早点回到陈国，所以心里还在犹豫。

息妫夫人一行，到了蔡国边境，出示国书。蔡国的边戍大夫，一看是息侯夫人，便快马加鞭回禀蔡侯。

再说蔡侯献舞，自从息国使者通告会盟之后，心里一直兴奋不已。他一口答应参加会盟，期待会盟早日进行。想当年，他在陈国留学之时，本想能够把陈国的两位女公子一起娶到蔡国，谁知息侯竟然从中作梗。不过，那时候他确实也只看中了琥儿。可是，就在他牵着新娘上车的一瞬间，看到了惊羡仙人的桃花。他心里充满了无限的失落，如果让他重新选择，他会毫不犹豫地选择桃花。可是，没有如果。于是，桃花就成了他心里永远的憧憬。不想，老天开眼，息国遣使通告会盟，他想，无论如何也要借机看一看桃花，以慰他心里多年的相思之苦。

他没想到经历了这么年的历练，息侯还是如此见识浅短，那些小国推息侯做盟主时，他竟然一脸得意之色，真可笑。有他蔡侯献舞在，盟主还有息侯的份吗？他知道息侯会假意推让，他专门等着呢。不过，他真不是冲着盟主去的，这样的盟主对于他来说毫无意义，只是另赚而已。会盟结束之后，他留下来，正戏才算开始。他向息侯说道："濮弟不邀吾到息城观览一番吗？"

息侯单知道他是为了同窗之谊，兄弟之情，不知道他心里还想着别的。于是，便邀他一起到息城。

息侯把他安排在国都馆舍住下，第二天息侯宗庙享礼。息侯是按照国君来访的礼节接待他。宗庙享宴结束，晚上在宫中宴请。酒至酣处，他实在按捺不住，提出："请尊夫人一见，吾等既是同学，也是亲戚，不必过多拘于礼节。"

息侯倒是欣然应许，当下传谕侍者往后宫请夫人参加晚宴。当侍者离开之后，蔡侯就没心思用膳了，他回想着息妫在琥儿出嫁时的惊艳，不知道如今变成了什么模样？

当息妫夫人到来时，他手里的玉箸便掉在地上。此时的息妫，变得超乎他的想象。她不再是清纯得像不食人间烟火的仙女，而是丰腴、沉稳、干练，举止之中透出了大气磅礴的高贵，简直像天上的王母。蔡侯献舞倒吸了一口冷气，他日思夜想的女子，变得如此让他惊叹，那么亲切，而又高不可攀，近在眼前，却又遥不可及。

他俯身拾起玉箸，目光并未离开息妫女人。息侯嘱咐另铺一席供夫人宴飨。

看得出来，息妫见到他非常高兴，她并不阻止息侯铺席，入席后频频向他敬酒。蔡侯的心思全在息妫夫人身上，根本不知道酒肉是什么滋味，不觉间他已经喝多了，说话也磕磕巴巴。息妫夫人一看他喝多了，就不再敬酒，离席回宫了。他想挽留她，碍于息侯，不敢孟浪。

蔡侯在息国耽搁了几日，就是想再一次见到息妫。他原想邀请息侯夫妇同游濮山，只是不好开口，息侯似乎也没有那个意思，所以直到他离开了息国，没有再见到息妫夫人。

蔡侯带着遗憾回到蔡国，心情十分郁闷。当他听说楚国大军威压息境，他想如果息国请求增援，他一定要亲自率兵增援。后来战事未起，息国向楚国请成，据说是息妫夫人的建议。他由此对息妫刮目相看。息妫，他心中的女神，不知今生今世还能再见否？

蔡侯献舞正在胡思乱想之时，行人来报，说息侯夫人归宁，暂住蔡国馆舍。蔡侯献舞顿时觉得一定是有天神相助，他想她，她竟然来了。他简直不敢相信自己的耳朵，又问了一下行人："谁来了？""回禀主公，是息侯夫人，回陈国归宁，路过蔡国。"

"息侯夫人？你快马加鞭，速到馆舍，请息侯夫人到宫中，寡人一定要好好地招待她。"

息妫夫人听到蔡侯献舞遣人来请，自然十分高兴。她还在犹豫呢，这下好了，终于可以见到琥儿姊了。自从琥儿姊嫁到蔡国，她就没见过她，时间过得真快，她们一起去泮宫上学的日子还历历在目，转眼间已经各为人妇，听说姊姊已经生了小太子。

息妫夫人被迎在侯宫的馆舍，她正要去宫中探望琥儿姊，行人通报蔡侯前来探望。息妫夫人慌忙起身迎接蔡侯献舞，蔡侯献舞道："夫人免礼。"他告诉息妫夫人第二天要举行宗庙享礼。息妫夫人说，她不过是路过此地，不必如此重礼。

蔡侯献舞道："夫人虽然路过，但也是君侯夫人，比一般使者规制要高，夫人放心，既来敝国，不妨多留几日，献舞一定奉陪。"

第二天，蔡侯在宗庙享宴息妫夫人，铺设二重席。想当年，蔡侯献舞继位之后，也是在此宗庙享宴息妫的父亲，他的岳父，当时的陈国大司马杵臼，铺设了三重席。不想今日，以两重席之礼，享宴息国夫人。

蔡侯献舞其实就想留息妫夫人多住几日，才以使节之礼，在宗庙享宴。按照规制，国外使节在宗庙享宴之后的两天，才在宫中宴飨。在等待宴飨之时，蔡侯献舞便以探视为名，可以见到息妫夫人。

到了第二天晚上，蔡侯献舞让夫人蔡妫出面宴请息妫夫人。两天以来，息妫夫人一直想见琥儿姊，还没有见到。因为是自己姊姊宴请，息妫夫人就没有穿礼服，一身轻便深衣，素装打扮。

息妫、蔡妫相见，格外亲切，二人诉说想念之情，各自生活情况，唏嘘不止。蔡侯献舞也入席作陪，因为是在宫中宴请，也就免去了许多礼节。其实，息妫夫人一直想要这样的气氛。

蔡侯献舞看她们只顾说话，就插话道："息妫夫人还要住上几日，你们日后再叙，咱们现在喝酒。"蔡妫夫人从来都是对蔡侯逆来顺受，就示意息妫喝酒。

息妫夫人也觉得她们说话冷落了蔡侯献舞，就转过来向他敬酒。不多时，蔡侯献舞已经酒不醉人人自醉，他开始骚动不安，一团欲火从他的心里烧到了眼里。

蔡侯献舞喝下一大杯酒之后，嘱咐奏乐，他开始吟唱："隰桑有阿，其叶有难。既见君子，其乐如何。隰桑有阿，其叶有沃。既见君子，云何不乐？隰桑有阿，其叶有幽。既见君子，德音孔胶。心乎爱矣，遐不谓矣？心中藏之，何日忘之？[①]"

息妫听到蔡侯这样唱歌，觉得十分不妥。因为有蔡妫在场，她还是要按礼节回应的。于是，她只好唱道："假乐君子，显显令德。宜民宜人，受禄于天。保右命之，自天申之。千禄百福，子孙千亿。穆穆皇皇，宜君宜王。不愆不忘，率由旧章。威仪抑抑，德音秩秩。无怨无恶，率由群匹。受福无疆，四方之纲。之纲之纪，燕及朋友。百辟卿士，媚于天子。不解于位，民之攸塈。[②]"

蔡侯献舞听到息妫唱《假乐》，心情更加激动了。他知道，这首诗歌是周王朝的大臣召公伯虎所作。表达了周王朝的大臣们对刚刚即位年轻有为的周宣王的由衷赞赏和殷切希望，同时也表达了他们对一个明君的期盼要求。

看来，这位息妫夫人对他还是十分欣赏的，竟然把他比作周宣王了。其实，他并不比周宣王差啊，蔡国现在歌舞升平，国泰民安。虽然不是蔡国最鼎盛的时期，也算是中兴了吧？比一个周宣王正合适。

其实，息妫只想提醒蔡侯献舞，应该把心思用到治理国家上，要在德、章、纲、位上要求自己，做一个圣明的君主。

有时候，人总是不能正确地把握自己，正确地体悟别人的意图，此刻的蔡侯献

---

① 隰桑有阿……何日望之：《隰桑》文，《诗经·小雅》中的篇目。

② 假乐君子……民之攸塈：《假乐》文，《诗经·大雅》中的篇目。

舞即是。息妫夫人的吟唱，不但没有起到规劝提醒的目的，反而更加让蔡侯献舞得意。他开始有些把持不住自己，不再吟唱，而是直截了当地说，息侯凭什么就娶了这样美丽的夫人，这夫人本该是他的。

息妫夫人本来就对蔡侯献舞吟唱那首诗歌反感，又听此言，更是生气。只是，她以为蔡侯献舞喝多了，酒后失言。不想和他纠缠，就向蔡妫夫人说道："蔡侯哥哥喝多了。咱们也散了，明日再叙。"

蔡侯听说要散，便拉住息妫夫人的手说，"夫人不能走，今天就住在吾宫中。"息妫夫人勃然大怒，这蔡侯越来越不像话了，怎么能这样不识大体，胡说八道？

息妫夫人甩开他的手，转身要走。蔡侯献舞完全失去了理智，埋藏在心里这么多年的情感，终于借助酒力爆发了。他从腰间摸出一只翡玉佩，说："这是吾在陈国时就许诺给夫人的信物，这么多年来，一直在吾身上，没有机会送与夫人。如今是上天把您送到吾蔡国。如果吾不能有所表示，就愧对上苍。"蔡侯献舞借助赠送玉佩之机，拉住息妫夫人的手不放。

蔡妫夫人看到蔡侯如此失礼，劝说不住，含泪离席。她不知道该怎么办。想要通知上卿季孟大人，又恐家丑外传，她只有离开，任蔡侯胡闹。

蔡侯见夫人离开，更加放肆，上前抱住了息妫夫人。息妫夫人无比愤怒，在碧叶的帮助下，摆脱了蔡侯，顺手把那块翡玉佩扔在地上。她和碧叶迅速离开了蔡侯宫，回到了馆舍。她嘱咐侍卫，无论何人求见都不得通报，不得放入。

蔡侯由于饮酒过多，被碧叶拨了一下便倒在地上。他捡起地上的翡玉，呵呵大笑。上天送他如此美人，他怎么能失去机会呢？于是，他拿起翡玉佩，踉踉跄跄地追过去……

息妫夫人没有想到蔡侯会如此无礼，她感到十分委屈。可她想起琥儿姊无助的眼神，更是心疼。她知道琥儿姊一向是没有主张，可是这时，她至少应该阻止蔡侯。不过，蔡侯既如此，怕是她也劝不住的。站在琥儿姊的位置上想想，她也确实为难。她必须听从蔡侯的，她的儿子已经被立为太子，如果蔡侯发怒，夫人可能被废掉，太子也可能被废，一个女子，她不为自己，也要为儿子着想啊。

蔡侯在陈国时，息妫夫人对他的印象还是不错的。他英俊的外表，让琥儿姊心动不已。琥儿姊曾经私下告诉她，将来一定要嫁献舞哥哥这样的夫君。所以，当时他把白玉佩交与琥儿姊时，她还替他们遮掩。他当时确实也说过送她一块翡玉佩，因为那时他只有一块白玉佩送与了琥儿姊，她说只喜欢翡玉是为了给他找个台阶，而不是真要他的翡玉佩，她说过也就忘了。想他那时也知道她是替他们遮掩，不过说说而已。不想，他今天还真是拿了一块翡玉佩。不过，作为国君，他实在不应该这样做。即便那时他们真的是有情有义，也都是过去的事情了。现在她已经是息国夫人，琥儿姊为蔡国夫人，他理应以礼相待，怎么能如此放肆？由此看，他从来没有把息侯看在眼里，从来没有把息国当做回事。她不会因为他喝了酒就原谅他。蔡侯献舞去息国时，息侯在宫中宴飨，他就不太对头，眼里那团火焰，让她心里很不安。但是，她不敢往深处想，只想献舞哥哥不是这样的人，他过去还是很含蓄，很内敛的，也许是喝多了才这样，不能误会他。谁知，他就是这样的人！如此看来，他去会盟并不是为了息侯，当时她和息达叔都担心蔡侯献舞不会赴会，息侯却坚信蔡侯一定会去，事后息侯还炫耀说蔡侯是不会辜负他。息侯真是瞎了眼了，如此信任一个猪狗不如的朋友。

息妫夫人越想越气，她一定要教训教训这个猪狗不如的人。

息妫夫人羞愤交加，一夜未眠。第二天一早，便带着大队人马离开了蔡国。

蔡侯献舞第二天醒来，知道自己喝多了，行为不雅，失态失礼，十分后悔。于是，便去了息妫夫人的馆舍赔礼道歉。可是，当他急急忙忙赶到馆舍时，息妫夫人早已离开了。他站在空荡荡的馆舍门前，心情十分沮丧。他真的不该喝多啊，如果他不喝多，不急于求成，他或许还有机会赢得息妫夫人的芳心。她对他还是有意的，他在息国时就看出来了，她看他时从里到外都是笑意，笑得他毛发都是酥了。还有，就在他的宫里，她对他吟唱《假乐》，这难道不是她在表露心迹吗？他堂堂的一个侯爵国君，一表人才，任何女子也不可能不动心的。后悔，后悔啊！不过，那种场合，无论是谁都无法控制。息妫太美了，特别是她酒后妆容，真是令人销魂。何止是艳若桃花啊，那就是一团跳动的火，任谁都会被点燃。老天爷不该让一个女子生得那么美！生得美也罢了，不该那么聪慧灵透。聪慧灵透也罢了，不该那么贤德坚贞。这样一个女子，竟然属于那个懦弱无能的息侯，而不属于他蔡侯献舞，老天爷太不公平了。

蔡侯献舞心里充满了失落。是的，他再也见不到息妫夫人了。以她的秉性，从陈国回息国，决然不会再在蔡国停留。

对蔡侯献舞来说，这场醉酒的代价，何止是得罪了息妫夫人，永远见不到她，而是丧身灭国的危险。这是他自己都没有料到的，上天把她送给他，是为了让他彰显礼仪，缔结盟邻的，可是，他却心生邪念，轻薄失礼。上天是公正的。灭亡都是自取的。

第二十六章　陈响郑音两姬争宠

息妫归宁的消息，传到了宣宓的宫中。宣宓十分高兴，她想念两个远嫁的女儿，不知道她们过得怎么样。自从郑伯送来了郑姬，主公耽迷于郑音，很少来她宫中，即便是鲁曹宫中也是很少去。特别是两位女儿远嫁，太子上学，她宫中十分冷清，真不知道怎么打发这枯燥的时日。她想桃花归宁，就住在她宫中，她们也好叙谈。

息妫本来是高高兴兴地归宁，高高兴兴地去看琥儿姊，没想到碰上了这么一个不着调的蔡侯献舞。她心里十分沮丧，待见到母亲，知道母亲的名分已废，心情更是沉重。

她知道母亲大义仁慈，宽厚得体，怎么会废掉名分呢？

原来，鲁曹自从上次流产之后，就再也没有怀上孩子。开始，陈侯杵臼还时常到她宫中，自从有了郑姬之后，来她宫里的次数越来越少。鲁曹心情越来越坏，特别是宓夫子出嫁时，把她的侍女小荷作为媵女送走之后，她变得更加敏感多疑。为什么单单从她宫里选人呢？为什么偏偏是小荷？难道她最贴心的小荷也是宓伯的人？她觉得她的背后一定有一个巨大的阴谋，她无从确认阴谋者的身份和意图。她怀疑这些跟宓伯有关，但也只是猜测。她现在势单力薄，原想主公对她一往情深，不会冷落她，她还有机会从容谋划，可是现在郑姬得宠，她见主公的时间也很有限。这让她更加恐慌。

鲁曹已经乱了方寸，好像怎么努力都没有用，她不断地去祭祀高禖，祭祀祖先，还是不能怀孕。这时候她还是冷静的，她想，她是不是不会怀孩子了？不，怎么可能？想都不能想，太可怕了。

正当鲁曹焦躁疑虑之际，传来了鲁国打败齐国的消息。这消息化解了她所有的不良情绪，她太兴奋了。她终于有了起死回生的机会，这一定是上天在帮她，鲁国胜了，说明她母国的强大，有强大的祖国做后盾，她一定会取得最后的胜利。她敢肯定，主公晚上一定会驾幸她的寝宫。无论如何，她要抓住机会，小心伺候。

果然，陈侯杵臼晚上驾临鲁曹的寝宫，当他听到鲁国打了胜仗时，突然想到好久没有见过鲁曹，不知道她现在怎么样。晚上决定去她的寝宫。陈侯杵臼进入鲁曹寝宫，看到她恭顺候迎，陈侯杵臼笑道："你知道寡人要来啊？"

鲁曹巧笑盈盈地说："妾不但知道主公要来，还知道主公是向妾道喜的。"

"还真是的，妾太聪明了。"其实，陈侯杵臼并不太喜欢聪明的女人，聪明的女人容易引起内宫相斗，他讨厌宫斗。他不但讨厌宫斗，而且也厌倦了一切权斗，却又不能置之身外。

陈侯杵臼落座后说："鲁国取得了大胜利，可喜可贺！只是齐国的鲍叔牙大智过人，却也骄兵大意，以致兵败。"鲁曹笑道："妾倒是觉得是吾鲁国有人才。"

原来齐国的公孙无知死后，齐襄公的两个弟弟，公子纠与公孙白都在国外。鲍叔牙奉公子小白在莒国，管仲、召忽奉公子纠在鲁国。因为公子纠年长，雍廪杀了公孙无知之后，便派人到鲁国请公子纠回国继位。鲍叔牙和公子小白听说之后，走在了公子纠的前面。管仲为了阻止公子小白，拿箭射了公子小白，小白中箭而倒，管仲以为小白中箭而亡。急忙回报给鲁侯和公子纠，说公子小白已经被他射死。其实，管仲只射中了公子小白的衣带钩，小白中箭而倒是做给管仲看的。公子小白在鲍叔牙的陪同下提前回国继了君位。当管仲和鲁国护送公子纠的部队到齐国边界时，齐国的部队已经在边界等候，阻止他们入内。双方开战，齐国军队打败了鲁国的军队，而且一直打到了鲁国境内，逼迫他们杀掉公子纠。鲁国打不过齐国，只好把公子纠杀了。管仲被押上了囚车，鲍叔牙又设计要回了管仲。鲁侯同非常痛恨齐国，当初他在蔇地[①]会盟时，希望他们能提出立公子纠为君，齐国的大夫却没有一个说出来。不说也罢，终于等到了齐国通知他送公子纠回国即位，他亲率大军，护送公子纠回国。可是，齐国又翻脸不认账，不让他们进入齐国。不进就不进，齐国还变本加厉地打到鲁国境内，逼他杀死公子纠，设计要走了管仲，真是欺人太甚。他想趁齐侯小白还没有稳住国政，进行报复。消息传到齐国，齐桓征求管仲的意见，管仲建议不要开战，齐侯小白却不听，派鲍叔牙率兵直插鲁地长勺。

鲁侯同更是恼羞成怒，本来说要打人家报仇的，自己还没动，人家已经打进国门。于是，他征求施伯的意见，怎么才能打胜这一仗。施伯便向鲁侯同推荐了曹刿。

这施伯，陈侯杵臼原是见过的，他即位之初来过陈国。陈侯杵臼一直觉得他是

---

① 蔇地：鲁国境地，今山东枣庄境内。

一个睿智识礼的大夫。有他辅佐鲁侯同，鲁国一定不会衰败。所以，这也是陈侯杵臼重视和鲁国交好的主要原因，由他向鲁侯同推荐的人，一定没错。

曹刿确实是个人才，他是周文王儿子曹叔振铎的后人，被封在曹地。施伯引荐他见鲁侯同，鲁侯同问他："齐强鲁弱，鲁国能打胜仗吗？"曹刿并不回答，而是问鲁侯同："主公作为国君，为老百姓办了哪些好事儿，能让老百姓和主公同心同德去战胜敌人？"鲁侯同说："寡人虽尽责不够，不过还是时时想到百姓。吃穿不敢独享，常常分给身边的大臣。"曹刿说："这很好，但只靠施这些小恩小惠，百姓还不会真心实意跟国君去作战。"鲁侯同说："祭神用的猪牛羊，玉器丝织品等，吾从来不敢虚报夸大数目，一定对神说实话。"曹刿说："这小小信用不能取得神灵的信任，神灵是不会保佑您的。"鲁侯同又说："寡人还能时刻想到百姓疾苦，凡重要诉讼案件，不因自己所爱而滥赏，不因自己所恶而加刑，一定按实情作出处理。"曹刿高兴地说："好！真能做到这样，鲁国就可以与齐国一战。"

鲁侯同听曹刿这样说，不太相信他，便进一步问他："鲁国究竟用什么方法才能战胜齐国呢？"曹刿说："打仗要根据战场的变化随机处置，决不能事先凭空决定采用什么固定的战法。吾愿随主公一同作战，根据实际情况进行谋划。"鲁侯同认为曹刿讲得有理，就同曹刿一起率领大军迎敌。齐、鲁两军在长勺摆开了阵势。齐国主将鲍叔牙因一路进军顺利，便有轻敌之心，待布阵完毕，便下令击鼓进军。齐军呐喊着向鲁军阵地冲来。鲁侯同见状，欲击鼓迎战。曹刿连忙制止，并要鲁侯同传令全军严守阵地，不得乱动和喧哗，擅自出战者斩。鲁军纹丝不动，齐军冲不破阵势，只好退了回去。鲍叔牙又下令第二次击鼓进攻，齐军重振精神，再次向鲁军阵地冲来，鲁阵仍岿然不动，齐军又一次退了回去。鲍叔牙见鲁军两次不出动，以为是怯阵，下令第三次击鼓进攻。这时，曹刿果断地告诉鲁侯同击鼓冲锋。随着鼓声，鲁军阵中杀声骤起，士兵们像猛虎出笼般冲杀过去，势不可挡。齐军被杀得七零八落，丢盔卸甲，狼狈溃逃。鲁侯同见齐军败退，欲下令追击。曹刿忙说："不急。"他仔细察看了齐军逃走的车辙，又登上战车前面的横木，向齐军逃跑方向瞭望了一阵，才要鲁侯同下令全力追击。鲁军追杀了三十余里，斩杀、俘虏了许多齐军，缴获辎重无数，全胜而回。鲁侯同立即拜曹刿为大夫，并把女儿曹姬嫁给曹刿。

陈侯杵臼说："鲁君任贤用能，不愧是大国君主，正是得一人者得一国啊。"

这才是鲁曹真正想听的话。于是，她便说道："主公可知这曹刿是奴婢的什么人吗？"

陈侯杵臼说道："大概是夫人的同族吧。"

“正是奴婢的父亲。”

陈侯杵臼道：“噢？你的父亲？寡人怎么没有听说过？”

曹鲁回答：“奴婢觉得这并没有什么值得炫耀的，不过是一场战争而已。”其实，长勺之战前，鲁国人对曹刿也知之甚少，他不过是一个曹邑国人。借短接长，这就是鲁曹的高明之处。

陈侯杵臼由衷地说道：“这可不是一场寻常的战争，敌强我弱，敌众我寡，是智慧与战术的较量啊！祝贺！”

那一晚，鲁曹用尽手段，讨宣公高兴。但是，她面色憔悴，身体虚弱，气喘吁吁，却不能让陈侯杵臼尽兴。陈侯杵臼离开的那一刻，鲁曹沮丧到了极点，她不知道这一次能否怀上孩子。因为像这样的机会实在不多了，她也知道，鲁国和齐国多次交火，鲁国胜利的时候并不多。即便鲁国有了像父亲这样的将军，鲁国、齐国也不能常年打仗，即便常年打仗，谁又能保证鲁国每次都打胜仗呢？

鲁曹继承了父亲的才智，把自己的对手谋虑了一遍，最后想到了郑姬。这不是一般的女子，她不但精通郑音，而且深藏不露。郑姬知道主公痴迷郑音，所以靠靡靡郑音拴住了主公。如果郑姬不除，她的夫人梦就更渺茫了。

宣宓夫人知道主公喜欢郑姬，为了让主公更好地操心国政，不但不嫉妒郑姬还对她十分关爱，时不时地送去一些东西，不至于郑姬寂寞，缠住主公，贻误国事。

宣宓给郑姬送去一些薰衣香草，这是主公最喜欢的味道。她知道，只要她夫人的身份还在，只要她还掌控内宫，内宫就不会乱，内宫不乱，就不会牵扯主公更多的精力。主公喜欢谁又有什么关系呢？

鲁曹听说宣宓夫人给郑姬送了薰衣香草，便遣婢女送去几匹缯锦。那婢女禀告郑姬：“鲁曹夫人身体欠安，不能亲自来看夫人，送几匹缯锦略表心意。”说完就离开了。缯锦这种东西，女人没有不喜欢的。果然，那郑姬欢天喜地地收着了。

过了几天，郑姬突然发病了。前额焦黄，口舌腥臭，神智不清，性情暴躁。口中不停地喊着有鬼，说听到了鬼叫。她的病来得非常突兀，症状也很诡异，有时候她像带枷扛锁的犯人，有时候又像有刀兵箭卒在追赶。郑姬的神智完全错乱了，一会儿要上吊自尽，一会儿又要自焚宫殿，把整个宫中搅得鸡犬不宁。

一时间，整个后宫阴云密布，惊悚恐怖。宫中医师诊遍，都不知道是什么病，更无法下药。

陈侯杵臼忧心忡忡地向宓伯说起郑姬的病，医师都无能为力，这可怎么办啊？宓伯奏道：“主公何不城门张榜，征求名医，能医好郑姬之病者，重赏。兴许民间多有能者。”

陈侯杵臼称许，于是，陈内城的东门、西门、南门、北门都张贴了求医榜，并有侍卫昼夜守候。一位巫者来到榜前，大笑三声，揭榜而去。侍者慌忙跟上，领她来到郑姬寝宫。那巫者进宫后，在门口站定，念了一阵子咒语，又狂舞了一阵子，才开口说道：“吾要面见主公。”

侍者通报陈侯杵臼，陈侯杵臼立刻宣见巫者，巫者奏道：“主公，夫人是中了‘中害神’之蛊。”

“‘中害神’之蛊是什么呢？”

“这是来自荆苗的一种蛊毒，不知道怎么会在夫人的房间里。‘中害神’又叫‘放害神’，是荆苗一种神秘的蛊毒。吾是在夫人房里那一束薰衣香草中发现的。因为事关重大，吾必须亲自禀告主公。”

陈侯杵臼说：“有救治的办法吗？”

“有倒是有，不知道能否治愈。因为中毒较深。”

“好，你尽量医治。有一条你必须记住：这事儿不准外传。如果传出去，寡人拿你是问。”

巫者开了方子：生地四钱，白芍、知母、元参、生连翘各三钱，柴胡一两，百合五钱，青蒿六钱，天冬一钱，夏枯草二两，紫背浮萍二钱，水煎服。并嘱咐病人，宜戒盐荤鱼虾腥物，俟毒净自愈。愈后，方可食用鱼虾等物。

陈侯杵臼问清了薰衣香草的来历，知道是夫人宣宓遣人送的。他心里一沉，宣宓和“中害神”有什么联系？究竟是女人之间的妒忌还是有更大的阴谋？他必须亲自查清。于是他来到宣宓的寝宫。

陈侯杵臼没想到，宣宓很快就招认了。问她为什么这样做？她说：“主公独宠郑姬，后宫的妃妾们怨声载道，吾不得已而为之。”

陈侯杵臼问道：“你从哪里弄来的那个东西呢？”

宣宓回道：“一个巫者手里讨的。”

陈侯杵臼悲哀地闭上眼睛，看来这事儿就是她干的，上次鲁曹就是因为她送的肉汤差点流产，当时他还不太相信，被她的假贤德所迷惑。这次，她倒是自己痛快地承认了。陈侯杵臼实在痛心，他真希望宣宓别这么快就承认，只要她不承认，他就是认定是她，也有回旋的余地啊。宣宓就是这样的人，是她做的，她一定会承认的，不承认她就不是宣宓了。宣宓和他同甘共苦那么多年，他从来没有发现过她的过错。一个女子，从来没有过错，是非常可怕的。她把自己隐藏得那么深？她连郑姬都要害，还有谁不敢害呢？他的宫中，绝不容许这样的夫人。

第二天，陈侯杵臼宣布废除宣宓夫人之名号，他只是说宣宓管理后宫无方，并未说她蛊害郑姬，因为这件事实在太邪恶了，任谁也无法把这件事和宣宓联系在一起。其实，陈侯杵臼内心始终无法这样认定。宣宓被废后，考虑到大司马宓伯在朝中的影响，陈侯杵臼并未再立夫人。

陈侯杵臼心情很糟糕，他一向看重宣宓的人品，自她嫁给他以来，从未有过失德行为。她竟然如此阴险地隐藏在他身边这么多年，而他却没有发现，宫中还隐藏多少图谋不轨的人？多少呢？

郑姬还在恢复之中，陈侯杵臼来到了鲁曹宫中，鲁曹自然使出手段，尽心伺候陈侯。陈侯杵臼说起宣宓之事，鲁曹倒是替宣宓说了很多好话。并要求陈侯杵臼宽宥宣宓，毕竟是她一时糊涂。她说，“宣宓夫人跟随主公这么多年，统领后宫有方，这次也是为了后宫的安宁，才不得已而为之。况且，郑姬也是有惊无险，没有酿成大祸。”

陈侯杵臼听鲁曹这样为宣宓求情，觉得鲁曹确实是个善良明礼的女子。心中便有立她做夫人的念头。不过，这念头也只是一闪而过。因为，立夫人毕竟不是小事，宣宓身上不止是一个夫人的名分，还有宓伯及宓氏一族的势力，不能轻易动的，弄不好会酿成大祸。

相当一段时间，陈侯杵臼都是住在鲁曹宫中，他理解鲁曹的心思，也想让鲁曹再生一个孩子。可是，奇迹并没有出现，这已经足够说明她确实不会再有孩子了。

鲁曹的思路不断地拓展，她非常清楚，如果没有孩子，她就是被立为夫人又怎么样呢？她突然感到绝望，不知道接下来该怎么办。郑姬或许很快就会好了，她不可能专宠于主公，就是立为夫人，她也很难做到像宣宓那样大度、包容、仁慈。既不能这样，后宫必乱，她也会像宣宓一样再度被废，如果真是这样，后果更是不堪设想。绝望，让她内心狂躁不安，心绪无常。

太子御寇听到了母亲夫人的名号被废，急忙去了母亲的宫中。他知道，母亲绝不会加害郑姬。但是，她为什么要把这种事儿揽到自己身上？

御寇见到了母亲问她：“究竟为什么？”

母亲说，她知道这是鲁曹干的。但是，那东西是在她送的薰衣香草里发现的。正常推测就是她干的。如果她不承认，主公肯定要在内宫进行彻查，那么后宫就没有安宁之日了。如果主公真的查出来是鲁曹干的，肯定要把她打入冷宫，如果这样，鲁国会怎么看呢？鲁国送她来是为了缔结两国友好的，陈国却把她打入冷宫。鲁国和陈国的关系还能友好融洽吗？鲁曹的父亲曹刿正是鲁国炙手可热的人物，自长勺一战，拜为大夫，鲁庄公还把女公子曹姬嫁给了他。如果他知道他家女子被打入冷宫，说不定会对陈开战。再说了，鲁曹一个女子，不远千里来到了陈国，孤单无助，举目无亲，想得到主公的宠幸也是能理解的。鲁曹是个聪明的女子，她既然想栽赃陷害本宫，就不会留下破绽，要想查清谈何容易？况主公如果把这事儿交给别人查办，张扬出去国体颜面何堪啊？如果他亲自查办，要浪费多少精力？内宫混乱本来就是吾的错，吾怎么再让他为这种事情耗费心思呢？陈国这么多大事儿等着他呢。吾受些委屈又算什么呢？

“鲁曹邀宠不择手段，怎么是母亲的错呢？母亲这怎么是委屈呢？这是天大的冤屈。”

“为了主公，为了这个国家，就是冤死又算什么呢？”

御寇长叹一声：“吾怎么办？”

太子御寇万般无奈地离开了母亲的寝宫，母亲夫人的名分已经废掉了，那么太子呢？太子的名分是不是也有废掉的可能？舅舅一定知道这件事儿是鲁曹做的，但是他为什么不向父亲说明？他怎么就袖手旁观呢？御寇想知道这究竟是为什么。

于是，太子御寇又见了他的舅舅宓伯，一向对他谆谆教导的舅舅，这次并没有说什么，他只说：“有些真相是不能挑明的，因为势力不等。如果没有足够的力量翻开一件事儿，最好不要动它，等候机会再说吧。你母亲已经被废掉，你一定要小心谨慎，不要做错任何事情，也不要和朝中大臣们来往密切。你唯一能做的‘笃定于外，强壮于内’！等待……”

小小年纪的太子御寇，真是一头雾水。“笃定于外，强壮于内”，这是舅舅给他的答案吗？一定是宫中有变，他才这样的。如此的政局让他心里很不安。等待，他不怕等待，就怕在等待中嬗变。

过了一段时间，郑姬身体慢慢地恢复了，开始拨弄琴弦，陈侯杵臼好久没有听到这么优美动听的音韵了。郑姬一边拨弄着琴弦，一边用甜美醉人的嗓音唱到：“青青子衿，悠悠我心。纵我不往，子宁不嗣音？青青子佩，悠悠我思。纵我不往，子宁不来？挑兮达兮，在城阙兮。一日不见，如三月兮。[①]”

陈侯杵臼如痴如醉地看着郑姬妩媚雅致的弹奏，听着她甜美柔润的唱腔，实在

---

① 青青子衿……如三月兮：《子衿》文，《子衿》是《诗经·国风·郑风》中的篇目。

是销魂夺魄。和郑姬在一起，他会忘却所有的烦恼。宣宓是个贤德的夫人，但是和她在一起，他就会想着国家，想着人民，想着很多没有干完的事儿，好累啊。还有鲁曹，她虽然也是个妖媚灵透的女子，但是，她太聪明了，让人觉得每时每刻都在做戏中，根本无法完全放松，生怕一放松，就变成了别人。只有郑姬才是让他最可心的，他已经好久没有去鲁曹那里了。后宫，应该是君主放松安宁之地，只可惜女人们并不懂男人的心。争宠、宫斗、无休无止，不但伤了女人，也伤了男人。

陈侯杵臼正沉浸在美妙的音乐中，鲁曹宫中的侍女来报，说鲁曹夫人病重，要见主公。

第二十七章　谜团重重鲁曹毙命

陈侯杵臼离开郑姬寝宫，急匆匆赶往鲁曹寝宫。

鲁曹已经奄奄一息，原来她饮了鸩酒，生命垂危。她见到陈侯杵臼，紧紧拉着他的手，突然生出了对生的渴望，生出对这个并不完全属于她的男子的无限眷恋。可是，一切都晚了。她和他曾经一起度过多少甜蜜的时光！如果不是她心生妄想，也许她和他还会有更多幸福时光，是她毁灭了属于自己的幸福。她要走了，她爱这个男子，爱这个给了她宠爱、愉悦的君侯。只是，她再也不能陪他了。她要把那两件事儿告诉他，不然死不瞑目。

鲁曹在临终之前，说出了两件石破惊天的秘密。最后，她请求陈侯杵臼，一定要让青儿住进宣宓的宫中，由宣宓抚养。这时，她才说出那个曾经的梦，也许真的有定数，天命不可违，青儿将来要远嫁周王的。

鲁曹，随着她生命的消失，也终结了她的夫人梦，她所有的谋算，都云烟散尽了。

鲁曹殡葬之后，陈侯杵臼十分伤情，陷入了沉思。鲁曹临终时的话，让他震惊无比。他没有想到，竟然是宓伯，他为什么这样做？他已经是大司马了，权倾朝野。他曾经扶助他登上了君位，功不可没。宓氏一族的荣耀也达到了顶峰。他还想干什么？他是个有智慧的人，应该清楚宓氏一族是不可能登上君位的。他究竟为什么要这么做？

鲁曹告诉陈侯杵臼，曹刿在鲁国打胜仗之后，宓伯就约见了她，向她祝贺。宓伯早就知道她是曹刿家的女子，因为施伯来陈国时，宓伯宴请过他，他们私交不错，所以施伯就把鲁曹的底细交代给了宓伯。如果没有曹刿的长勺一战，鲁曹也就没有什么身世可言。长勺一战后，曹刿拜相入将，鲁侯同又把女公子曹姬许配于他，他成了鲁国不可小觑的人物。宓伯就要重新考虑鲁曹的事儿了。宓伯对鲁曹说：“除了祝贺尊父大人胜仗之喜，还要祝贺鲁曹夫人将荣升正夫人之喜，夫人可谓双喜临门啊。”鲁曹说：“升正夫人？怎么可能？”宓伯说：“夫人的父亲成了鲁国的栋梁，鲁国既已示好，陈国怎么也得立夫人为陈国正夫人，虽然宓氏也是世族，但是一个国内世族的力量怎么能和一个国家的力量相比呢？所以，主公肯定会掂量轻重，立鲁曹夫人为正夫人的。”

宓伯停了一下说：“只是，还要费一番周折，不会那么轻易就成了，夫人想听下言吗？”

鲁曹说：“请大人赐教。”

宓伯说：“真正妨碍你的是郑姬。郑姬的郑音是所有男人都无法抗拒的，那音韵实在太美妙了。如果夫人想立为正夫人的话，必须除掉郑姬。如果夫人想除掉郑姬，臣下愿意帮助夫人。”曹鲁问：“帮助吾？为什么？”“因为，吾无法保住宣宓的夫人名号。既如此，吾何不帮呢，如果夫人立为正夫人，日后吾也许会有用得着的时候。如果立了郑姬，吾会有什么好处呢？”

听宓伯这样说，鲁曹不能不信。她说：“大人怎么个帮法儿？”

宓伯拿出一个东西说：“这个，只要放在郑姬的房间就行啦。这是从荆蛮那边弄来的蛊毒，国中是没有人可以医好的。”

鲁曹也曾犹豫，宓伯能借她除掉郑姬，难道就不能除掉她吗？可是，她还有什么别的办法吗？她之所以把蛊毒放到宣宓夫人送给郑姬的熏衣香草里，就是想嫁祸于宣宓，这是宓伯没有想到的。虽然宓伯这样说，他不过是借着她的手除掉郑姬，并非真正地为了她，除掉郑姬之后，下面就是她了。鲁曹深知宓伯的为人，她必须牵制住他，除掉郑姬是她和宓伯暂时的共同利益。可是，她面临的真正障碍是宣宓，如果宣宓不剔除的话，她怎么可能立为正夫人？所以，她必须除掉郑姬而又嫁祸于宣宓，这样才能一箭双雕，稳坐夫人之位。

没有想到，竟然出现了一个巫者。宓伯说过，国内没人可以医治的。那么，这个神秘的巫者究竟是怎么回事儿呢？巫者救了郑姬，主公肯定彻查此事，最好交于原仲查办。原仲和宓伯不是一路的，如果原仲知道这事和宓伯有关，他就会大动干戈，彻底追查。这样更好，动静闹得越大越好，就没有人同情宣宓了，宓伯也会浮出水面，宓氏一族泰极否来。即便是郑姬还在，只要宓氏不再参与，她还是有胜算的。可是，事情并不是鲁曹想象的那样，“郑姬事件”主公没有交与原仲，而是亲自查办的。更让她没有想到的是宣宓竟然承认了。鲁曹真的不明白，宣宓为什么要承认。她知道这一切都是她的哥哥所为吗？而宓伯，这个绝顶聪明的人，明明知道宣宓冤枉，为什么又无动于衷呢？他们是故意演戏？还是另有图谋？这一切的目的又是什么？一团团迷雾般的诡秘，压得鲁曹喘不过气来。但是，不管怎么说，主公毕竟废掉了宣宓，这对于鲁曹来说还算是一个安慰吧。可是，主公也并未有立她为夫人之意。她为了撇清自己，还假惺惺地替宣宓说话，这样，她就无法再提立夫人之事了。

绝望之下的鲁曹，想到了宓伯，宓伯是她唯一可以抓住的稻草。兴许宓伯可以为她说话。宣宓已经被废了，复立的可能性很小。如果她和郑姬两人必立其一的话，宓伯很可能选她，因为，“中害神”是他给她的。如果这事儿捅出去，他自身难保，他们现在是一根绳上的蚂蚱。可是，宓伯家的宓夫子是郑国夫人，他会不会倾向郑姬呢？不是没有这种可能。好在，郑姬不是郑国的宗族女子，只是郑伯子仪在国内搜索而得。想必郑伯子仪，早已忘了郑姬的存在。以鲁曹对宓伯的了解，他只会顾及最近的自身利益，不然，他不会和她一起给郑姬下蛊毒。

鲁曹思来想去，没有别的办法，她只能选择和宓伯继续合作。她以探望宓伯内子为由，约见宓伯于他家中。正是这次约见，才让鲁曹这个鲁国大将曹刿家的女子，绝命于陈国内宫。

鲁曹见到了宓伯，说到宣宓夫人蒙冤被废，她已经奏请主公宽宥宣宓，恢复她夫人的封号。请大司马务必面奏主公为其洗冤。

宓伯说：“君主之命，臣不能变。如果主公还看臣下的面子，就不会废掉宣宓的夫人名号。不过，臣下会力荐主公立夫人为正夫人。”

宓伯是个绝顶聪明之人，知道鲁曹来到他府中的目的，不待她言明，就进入了正题。其实，鲁曹正斟酌着怎么才把话引到这个问题上，宓伯就先说了。看来，跟聪明的人打交道，确实很轻松。

宓伯说完，鲁曹暗暗呼出一口气，终于吐出了心中的郁结。她甚至有些恍惚，难道这是真的吗？她眼前甚至出现了被册封的幻象。她觉得还是自己智高一筹，牵住了宓伯。

正当鲁曹得意之时，宓伯又说了一番话。他说，“夫人如果被立，一定要重谢臣。臣还为夫人做了一件大事。”

“大事？多大的事？还有更大的事吗？”

“有！夫人还记得为夫人调养的那个医师吗？”

医师？鲁曹心里一惊，当然记得，就是后来再也找不到他了。她费了很大工夫，也没有解开医师失踪之谜。

宓伯说：“对，就是为夫人保胎的那位医师。那天，医师从夫人宫里出来，正碰到臣上朝，臣就和他聊了起来。他说出了一个秘密，关于夫人的，天大的秘密，所以臣下就让他消失了。”

“关于吾？天大的秘密？他说了什么？”

他说，“鲁曹夫人这辈子不可能再怀孩子了。这对夫人来说还不是天大的秘密吗？如果这消息一经传出，夫人觉得还可能被立为正夫人吗？”

“他，他真是这样说的吗？”

“是的，而且他还说，夫人向他要了换胎的药方，其实那孩子是夫人自己打掉的。让他消失，这还不是臣为夫人做的天大的事儿吗？夫人不应该重谢臣吗？”

鲁曹不知道是怎么回到宫中的，她觉得自己陷入泥沼中，面临着灭顶之灾。她所做的一切，完全被宓伯掌控着。夫人之位的立与不立，也完全取决于宓伯。这还不是最主要的，最主要的是她打掉自己的孩子，这事如果让主公知道，她就完了。最最主要的是，她丧失了生育能力。如果没生育能力，那她活着还有什么意义？即便她父亲有意为她报仇，鲁国会因为她而和陈国打仗吗？即使打仗，鲁国一定能胜利吗？况且，他父亲绝不会为了她一个人，拿鲁国的军队和陈国开战的。因此，绝望之极的鲁曹就选择了饮鸩。

陈侯杵臼现在知道了宣宓是冤枉的。以他对宣宓的了解，她不可能知道他哥哥所做的这些事。她是个大义的女子，她是为了他才这样做的。可是，现在，陈侯杵臼还不能动宓伯。他还没有弄明白他究竟为什么。也许，他只是为了宣宓的夫人地位，才害死了鲁曹，毒害郑姬的。如果鲁曹没有野心，宓伯未必会害死她。说到底，是鲁曹自己害了自己。宓伯有什么错？那蛊毒，也是鲁曹放入郑姬寝宫的。陈侯杵臼被这些事情弄得不胜其烦，但，他并未恢复宣宓的夫人之位，或许为了遮掩自己错误的判断，或许是将错就错地牵制宓伯。真正的原因，无人知晓。

息妫夫人回到陈国，一年的时间，陈国已是物是人非了。鲁曹姨娘已经去了。郑姬独霸后宫，母亲也已经废掉了名分，弟弟太子御寇前途未卜。郑姬来陈时，她还是知道的，从郑姬被蛊害，到鲁曹的死，到母亲被废，这些她都不知道了。

看起来繁荣昌盛的国家，朝廷却是如此复杂，权斗，宫斗，称霸，征伐，一个生在宫廷的女子，又怎么能脱掉干系呢？她母亲，贤淑、宽容、坚贞、大义，结果又怎么样呢？还不是被废掉吗？一个宫廷的女子，究竟应该怎么做才好啊？

陈国的春夜是如此静谧馨香，息妫推开窗子，一阵动听迷醉的乐曲，飘了进来。她知道宫中的馆舍靠近郑姬的寝宫。息妫心里升起了无限的惆怅，她为陈国担心，总觉得陈国要有大事发生。

在息妫夫人离开陈国之前，公子完来看望她。完哥哥给她送来了一个很大的

“人祖之根”的泥泥狗，他说他家里也有一个这样大的，这是他从一个陶工手里买的，送她一个，想家的时候看看，就知道家在哪里了。琥儿出嫁时，完哥哥就送了她一个，只是没这个大。公子完有些伤感地说：“无论走到哪里，都要知道根在哪儿。”息妫夫人本想问问鲁曹的事，公子完好像也在回避。她知道完哥哥是非常睿智的人，这里边肯定有隐情，也许他还未探明真相，宫廷形势非常诡秘，不然他不会对她也回避。

公子完说，他刚刚从齐国回来。主公派他去齐国聘问，主要是学习齐国的治国之策。君侯知道北方的齐国正在崛起，中原各国的力量有了新的格局，才派他去的齐国。齐侯小白是一个有政治抱负的君主，即位后四处招揽人才，鲍叔牙力荐管仲。开始的时候，齐侯小白还是放不下那一箭之仇，就跟鲍叔牙说：“你不知道他是我的仇人吗？”鲍叔牙说，“管仲，天下奇才。他英明盖世，才能超众。主公要想使齐国强大，非用管仲不可。”齐侯小白听鲍叔牙这样夸赞管仲，就问鲍叔牙：“管仲与你相比又如何？”鲍叔牙说：“管仲有五点比吾强。宽以从政，惠以爱民；治理江山，权术安稳；取信于民，深得民心；制订礼仪，风化天下；整治军队，勇敢善战。”于是齐侯小白放下了私仇，择吉日在郊外迎接管仲。齐侯小白尽管以大礼相迎，还是对鲍叔牙说的有些怀疑，就准备试探一下管仲。

于是，齐侯小白问管仲：“寡人初获社稷，人心不定，国势不张，今欲修理国政，立纲陈纪，应该先做什么呢？”管仲说：“礼、仪、廉、耻，国之四维，四维不张，国乃灭亡。今日君欲立国之纲纪，必张四维。”

齐侯小白又问道：“寡人想使国家富强、社稷安定，要从什么地方做起呢？”管仲说：“必须先得民心。”“怎样才能得民心呢？”齐侯小白接着问。管仲回答说：“要得民心，应当先从爱惜百姓做起；国君能够爱惜百姓，百姓就自然愿意为国家出力。爱惜百姓就得先使百姓富足，百姓富足而后国家才得到治理，通常讲安定的国家常富，混乱的国家常贫，就是这个道理。”齐侯小白又问：“百姓已经富足安乐，兵源不足又该怎么办呢？”管仲说：“兵在精不在多，兵的战斗力要强，士气必须旺盛。如果士气旺盛，这样的军队还怕训练不好吗？”齐侯小白再问：“士兵训练好了，如果财力不足，又怎么办呢？”管仲回答说：“财力不足，要开发山林、开发盐业、铁业，发展渔业，以此增加财源。还要发展商业，取天下物产，互相交易，从中收税。这样财力自然就增多了。军队的开支难道不就可以解决吗？”

齐侯小白继续问道：“兵强、民足、国富，就可以争霸天下了吧？”管仲严肃地回答说：“还不可以。争霸天下是件大事，切不可轻举妄动。当前迫切的任务是让百姓休养生息，让国家富强，社会安定，不然很难实现称霸目的。”管仲系统地论述了治国称霸之道，这些正是齐侯小白日思夜想的问题。经过这番讨论，齐侯小白所面临的问题全部迎刃而解，这才算真正认识了管仲。齐侯小白终于找到可以辅助他称霸的人才了，决心把国政交与管仲。于是就拜管仲为相，主持政事，为表示对管仲的尊崇，称管仲为仲父。

公子完激动地说，他到了齐国，才知道什么叫国家新政。齐国实行了管仲的治国方针，集国政、军政、民政于一体的新的模式。齐国的国政：把国家分为三个部门，制定三官制度。官吏有三宰。工业立三族，商业立三乡，川泽业立三虞，山林业立三衡。郊外三十家为一邑，每邑设一司官。十邑为一卒，每卒设一卒师。十卒为一乡，每乡设一乡师。三乡为一县，每县设一县师。十县为一属，每属设大夫。全国共有五属，设五大夫。每年初，由五属大夫把属内情况向齐侯小白汇报，督查其功过。于是全国形成统一的整体，君侯完全可以掌控。军政：军队方面，管仲强调寓兵于农，规定国都中五家为一轨，每轨设一轨长。十轨为一里，每里设里有司。四里为一连，每连设一连长。十连为一乡，每乡设一乡良人，主管乡的军令。战时组成军队，每户出一人，一轨五人，五人为一伍，由轨长带领。一里五十人，五十人为一小戍，由里有司带领。一连二百人，二百人为一卒，由连长带领。一乡二千人，二千人为一旅，由乡良人带领。五乡一万人，立一元帅，为一军。齐侯小白、国子、高子[①]三人就是元帅。这样把保甲制和军队组织紧密结合在一起，每年秋冬以狩猎的方式来训练军队，由此提高了军队的战斗力。同时又规定全国百姓不准随意迁徙。人们之间团结居住，做到夜间作战，只要听到声音就辨别出是敌我；白天作战，只要看见容貌，大家就能认识。为了解决军队的武器，规定犯罪可以用盔甲和武器来赎罪。犯重罪，可用甲与车戟赎罪。犯轻罪，可以用值[②]与车戟赎罪。犯小罪，可以用铜铁赎罪。这样可补充军队的装备不足。在民政方面：管仲提出“相地而衰”的土地税收政策，就是根据土地的好坏不同，来征收多少不等的赋税。这样使赋税负担趋于合理，提高了人民的生产积极性。又提倡发展经济，积财通货，设“轻重九府”，观察年景丰歉，人民的需求。规定国家统一铸造钱币，发展渔业、盐业，鼓励与境外的贸易。齐国经济开始繁荣起来。齐国推行管仲的改革，它的强大势不可挡。

---

① 国子、高子：国子：齐国世袭卿。高子：齐国世袭卿。

② 值：货币。

说到最后，公子完忧心忡忡："陈国的中心地位，很快就要被打破了，主公为此担忧，才派吾到齐国聘问学习的。"

息妫夫人问道："陈国为什么不这样做呢？"公子完长叹一声，并未接着她的话说。转而又说，"齐侯小白是个志向高远的君主，管仲更是匡扶天下的贤臣。齐国这种新气象的出现，更激发了齐侯小白称霸的雄心，他曾问管仲：'咱们现在国富民强，可以会盟诸侯了吧？'管仲谏阻道：'当今诸侯，强于齐者甚众，南有荆楚，西有秦晋，然而他们自逞其雄，不知尊奉周王，所以不能称霸。周王室虽已衰微，但仍是天下共主。东迁以来，诸侯不去朝拜，不知君父。您要是以"尊王攘夷"号召天下诸侯，诸侯必然望风归附。'管仲说的'尊王攘夷'，就是尊重周朝王室，承认周天子的共同领袖的地位；联合各诸侯国，共同抵御戎、狄等部族对中原的侵扰。攘夷于外，尊王于内。尊王是一面正义的旗帜。只有用这面正义的旗子，才能聚拢人心啊！管仲，算是把天下霸业看透了。"

息妫夫人说："'尊王'是吾陈国的自始祖至今所奉行的祖训啊，只是'攘夷'是陈国所不能的。完哥哥，你怎么不向父亲奏请效齐呢？"

"效齐，谈何容易？一个国家有一个国家的情况，太阳从东往西，有它自己的轨道，谁又能左右得了呢。齐国的始祖姜尚，就是一个简化礼仪、尊民礼俗、因地制宜、开创新政的政治家，他的后世君主，多继承他的遗风遗训，都有创新改革之理念。陈国，重视陈规旧礼，又无天然屏障，不宜黩武，居民多为安逸自足，君主多以睦邻自保。效仿齐国，谈何容易啊！"

公子完觉得和桃花说这些并不太合适，毕竟她已经是息侯夫人了。不过，他也只有和她说这些，其他人是断不可说的。

息妫夫人一年才归宁一次，他们见一回面也不容易，怎么一见面就谈起国政了？

公子完觉得自己说得太远了，就笑着说："吾扯得太远了，你这次回来要多住上一些时候。息国怎么样？息侯对你还好吧？"提起息侯，桃花心里一阵欣慰，不管怎么说，息国已经出现了转机，息侯致力于新政。这是让她最开心的事儿了。

息妫夫人高兴地说："息国现在好了，饥馑已经过去了，国内也比较安定，陈国的麦子也能在息国种植，长势非常好。"

公子完说："那太好了。息侯还是很能干的。也不知道琥儿怎么样？蔡侯对她还好吗？"

说到蔡侯，息妫脸上露出了恼恨，不过很快就遮掩过去了，无论如何，她不能把蔡侯的行为告诉陈国的亲人，不然会引发纠纷的。

闲聊了一阵，公子完就告辞了。

公子完告辞之后，父亲来看望她。这一年多的时间，父亲明显地苍老了，国内国外的事务，都让他心力交瘁。

天下格局正在发生变化，诗书礼仪抵不过尖刃强兵，陈国一望无际的平原，盛产粮食，却没有隘口，不能阻挡军队的攻袭。陈国虽然也学习了郑国的“鱼丽阵”，但是这样的阵法，也只是一时取巧而已，要使军队真正地强大，需要有不同寻常的国策。陈侯杵臼掂量天下局势，知道整个中原重心肯定要向齐国倾斜，这是他无能为力的事儿。但是作为一个国君，他还是要力争要保住陈国已有的中心地位。所以，陈侯杵臼才下定决心，让公子完去齐国聘问学习。陈国确实缺乏管仲式的人才，一个宓伯也算是人才了，但是他却没有管仲的远见与德行。陈国现在真正的人才，也就是公子完了，辕涛涂也是年轻的才俊。但是，他手里必须有一把不能离身的利剑，以防不测。这利剑就是辕涛涂。所以，只能派公子完去齐国。

陈侯杵臼知道宣宓是冤枉的，但是并不打算恢复她的夫人名分，就是想牵制宓伯。由于鲁曹的死亡，以及鲁曹最后托盘而出的秘密，宓伯终于浮出水面，但他还是不能把宓伯看透，也只能继续观察，他不想让宫内发生无谓的流血伤亡，况且宓伯是他的姻亲功臣。而这一切，都只是他一人的秘密。没有合适的时机，他绝不能把丝毫的信息透露出去的。宓伯确实是个人才，他也不是没有齐侯小白的胸怀，他和宓伯的交集与齐侯小白和管仲的交集不同。宓伯这种人如果用不好，就会成为天大的祸患。

宓伯，究竟什么时候才能露出真面目呢？

第二十八章　息侯暴怒计谋献舞

息妫夫人此番归宁不但没有感受到她想象的那种亲情和畅意，反而心情更加烦恼苦闷。息侯见夫人回国，非常高兴，在宫中大摆筵席。大臣们听说夫人回国，都欢欣鼓舞，前来谒拜。可是息妫夫人却怎么也高兴不起来。她倒是想大哭一场，有种受委屈的孩子见到亲人的感觉。她不知道是不是应该把蔡侯的事儿告知息侯。如果告诉息侯，息侯肯定不会就此罢休，两国的关系也就完了，她和琥儿姊也许不会再有见面的机会。她只有安慰自己，受点委屈算不了什么，她想起了母亲，母亲受了多大的委屈啊，从来都是隐忍不发，她就是为了陈国，为了夫君。比起母亲，她这点委屈又算得了什么呢？绝不能因为这点小委屈，引发两个国家的冲突。所以，她决定不把这件事告诉息侯。

息妫夫人毕竟还是一个年轻女子，虽然经历了这么多的历练，还未达到宠辱不惊、泰然自若的境地。息侯还是看出来夫人这次归宁有些不太正常。他私下把碧叶叫去，问了情况。碧叶开始不说，因为夫人反复交代她要守口如瓶，不得泄露蔡侯献舞醉酒失态一事儿。如果有必要，她会亲自告诉息侯，不必碧叶多言。

碧叶经不住息侯反复盘问，便交代了事情的全部经过。其实，碧叶也为息妫夫人鸣不平，蔡侯实在太过分，胡说也就罢了，怎么还能动手动脚，哪还有一点国君的体面？

息侯面对窗幔，背对碧叶而立，听碧叶说完，他撕掉了窗幔。碧叶吓得赶紧跪下，说："主公饶命。"息侯石柱一样立着，一动不动。碧叶诚惶诚恐地跪着，她看不到息侯的表情。厅堂里很静，只有息侯粗大的喘气声。大约过了半个时辰，息侯才转过身来，对碧叶说："你且回去，不要对夫人说起这事儿。"

碧叶起身的那一刻，才看到息侯苍白的脸，阴森得如鬼魅，那双忧郁的大眼睛像两团跳跃的烈火，炽亮灼人。她从来没有见过主公这样的神态，像被大火烧成的灰烬，惨白而轻飘。她很害怕，不知道接下来将要发生什么事情。夫人不让她告诉息侯，可是，面对息侯的逼问，她又不能不说。息侯嘱咐她不要向夫人说，她确实不能再向夫人说起这事儿了，再这样传来传去，要出大事了。

碧叶离开了许久，息侯才回过神来。他咬牙切齿地叫了一声："献舞！"过了半个时辰，又说了一句："你等着瞧吧。"

本来，息侯拿蔡侯当兄弟当朋友，他们不但是亲戚邻邦，而且还同在陈国留学。那时候，他们的关系多么融洽，畅谈治国策略，胸怀雄心壮志，如果他们联合起来，那也是一股强大的政治势力。息达叔曾经提醒过他，说蔡国教唆欺骗过息国，他以为那都是过去的事了，以他和蔡侯献舞的关系，绝对不会再出现这种情况。没想到，蔡侯献舞竟然禽兽不如。

息侯伤心欲绝，不单单是因为事件的本身，而是因为他竟然是有眼无珠，看错了人，他一直拿蔡侯献舞当亲兄弟啊！在汝地会盟时，他确实想让蔡国给息国助一助威势，才邀请蔡侯献舞参加的，没想到蔡侯献舞竟然喧宾夺主，毫不推脱地当起了盟主。这还不算，他又主动要求来息国游览。那天，宫中宴飨，他就看到了献舞的眼神贼光溜溜，想他是喝多了，没有往深处探究，谁知那时就包藏祸心了，不，也许是更早的时候就对夫人心怀不轨。还有，他们结盟之后，消息很快就传到了楚国，联想到上面那些事情，他断定就是献舞向楚国报信的。

"献舞！"息侯又叫了一声，一拳打碎了他跟前的几案。侍卫听到了响声，急忙进屋，息侯嘶声喊道："出去。"

息侯陷在伤痛和羞辱之中，一人独处燕寝，不见任何人。他脑子里只有一个念头，就是怎么教训蔡侯献舞，直接去讨伐蔡侯献舞，倒是痛快，可是，息国打不过蔡国。如果战败，辱没祖宗颜面，比伐郑后果更严重。对于蔡侯，不能强攻，只能智取。息侯已经不是感情冲动的青年了，实在想不出什么好主意，只有把这事先放一放，一定要从长计议，置蔡侯献舞于万劫不复。

息侯没有上朝，息达叔不知道出了什么事儿，十分担心。他听内侍说主公情绪异常，像是遇上了大事，嘱咐任何人不得通报。息达叔想，什么事情让主公这样？息国刚刚出现了转机，千万不能再出什么事儿了。他好生奇怪，国中之事，尽在他掌控之中，没有什么能让主公动怒的。这肯定和夫人归宁有关，可是并未听说夫人有什么异常啊。

经过几天煎熬的息侯终于走出宫门。

大司农来奏，请主公举行抛秧仪式，每年春季插秧之时，国君都要到公田里举行抛秧仪式，预示着插秧开始。息侯这时已经平静多了，只是面色更加苍白，眼睛更加忧郁。息妫夫人没有见过插秧，要求和他一起参加抛秧仪式。息妫夫人已经感觉到了息侯的变化，他的眼神有一种凌乱，忽飘阴冷，他心里一定酝酿着一个不为人知的计划。

再说蔡侯献舞，自从酒后失礼之后，就一直惶惶不安，等着陈国和息国的反应。息妫如此盛怒，肯定会把这事儿告诉陈国和息国。这两个国家知道之后，一定不会就此罢休的。如果两国联合讨伐他，蔡国肯定要付出惨痛的代价。等了一段时间，并没有任何动静，他想，肯定是息妫没有向他们说起这事。谢天谢地，息妫还是宽宏大量的女子。

不过他想，中原各国的力量在发生变化。蔡国应该权衡形势的变化，做出相应的调整，这是他要考虑的事情。

以蔡国所处的位置看，南边是息国，息国的南边才是楚国，息国肯定是没有实力对付蔡国的，他也不会把它看在眼里。楚国是强国，时刻准备进军中原，以现在的形势看，有息国、玄国顶着，楚国暂时还危及不到蔡国。蔡国的真正危险还是在中原，不过，中原的力量格局正在发生变化，郑国郑伯子仪自顾不暇，宋国内乱刚刚平息，宋公御说还没有心思扩张，陈国不在息妫事儿上发难，他就不用担心了。鲁国虽然侥幸地打败了齐国，从实力上看，并不是齐国的对手。齐国才是中原诸侯国中势力最大的。齐侯小白推行新政的同时，又遣使到京都朝王，还要请求周天子把女王子下嫁于他，这是各诸侯国君主想都不敢想的事儿了。所以，蔡侯献舞也在想法儿和齐国攀上亲戚。和齐国攀上亲戚，他只有一条路可走，就是把自己的女公子媵送到齐国为妾。其实，有这种想法的不止蔡侯，还有徐子[①]和卫侯，他们听说齐侯小白要娶王姬，也都各自媵女为妾。

转眼到了秋季，楚国又遣使来息国索要贡品。楚王熊赀虽然不把息国放到眼里，但是，汝地一盟，给他敲响了警钟。如果“汉阳诸姬”联合起来，其势力也是不可忽视的。所以，他借遣使索贡的时机，试探息国的态度。

听到楚国索贡，息侯先是愤怒，而后又豁然开朗。他亲自接见楚使，态度十分谦卑恭敬，请使者转告楚王，他不日将带贡品亲自朝见。楚使见息侯如此恭敬，十分高兴，即刻回去禀报楚王，说息侯要亲自来朝送贡。

息达叔、息妫夫人都很意外，每次楚国索贡，息侯都是怨愤不已，而这次楚使来息，息侯却如此慷慨，还要亲自去朝见楚王。息达叔力谏，因为息国毕竟是姬姓

---

① 徐子：徐国国君。徐国为周朝前古国，侯爵，嬴姓。西周穆王时期，才臣服于周朝。改封子爵。今安徽泗县、江苏省泗洪县，春秋时为楚国所败，前512年为吴国所消灭。

国家，即便是朝王也只能去京都，怎么能去朝见荆蛮僭王？息国虽然每年向楚国进贡，那是不得已而为之，待息国强大，楚国就不敢再欺负息国了。不过，现在确实需要忍辱负重，以谋后事。但主公也不必亲自朝见楚王啊？

息侯不听息达叔、息妫夫人的劝谏，坚持去楚国朝王，他说是只要稳住楚王不再侵扰息国，屈尊朝拜又何妨呢？于是，他让息达叔监国，辞别了众臣，带着随从去了楚国。楚王熊赀听说息侯来朝，非常高兴，宫中设飨，毕竟息侯是中原姬姓君侯。

息侯待酒宴结束，示意楚王屏退左右，说是有机密之事要奏。

待左右退下，息侯说："其实息国对楚国是忠心耿耿的，出现了会盟之事，都是蔡侯献舞所为，与息国无关。息国是轻信蔡侯谗逆之言，才参加会盟的。会盟之时，蔡侯被推为盟主，他主张汉阳诸姬姓小国共同联合抗楚。现在，蔡侯献舞又和齐国联姻，扩大势力，根本不把楚国放在眼里。像楚国这样的强国，怎么能容忍蔡侯献舞如此张狂呢？楚国不教训蔡国，还有谁能教训它呢？如果蔡国联合汉阳诸姬倚仗齐国，楚国就很危险了。"

楚王熊赀说："蔡侯果然可恨。"

息侯趁机说："君王若要教训蔡国，寡人愿意协助楚国。"

楚王熊赀说道："教训蔡国，孤一直以来都想这样做啊，只是不知道息君怎么个协助法儿？"

息侯说："如果楚国假装攻打息国，寡人去蔡国求援，蔡侯刚刚主持过会盟，他一定会带兵增援，到时候，息国和楚国一起攻打蔡军，不就可以生擄蔡侯了。"

楚王熊赀正想侵轶中原，找不到合适的机会，真是天赐良机啊。生擄蔡侯，他做梦都想。可是息国为什么要这样呢？楚王熊赀有个习惯，想问题时总是抓住腰间那块玉佩。息侯看到楚王熊赀那个习惯性的动作，心里一阵绞痛，那玉佩是他的生命之物啊。如果，他从容一些，吊一吊楚王的胃口，说不定还能讨回这块玉佩。但那就不能保证教训蔡献舞的事情万无一失了，他太想教训蔡献舞了，也就顾不了这么多了。

楚王熊赀似乎感觉到了息侯的想法，下意识地合起两只手，把玉佩捂在手心，一种湿凉的感觉从他的手心传到了心里。

楚王熊赀看看息侯，这个小聪明的国君，肯定是遇上什么不堪的事情。不然，他不会出卖蔡国，他们可是姻亲啊，中原诸侯国非常重视这个的。他一定会查清楚这里面究竟是怎么回事。有一点可以肯定，息国和蔡国发生了不可调和的矛盾。这样最好，他们越闹得凶，对楚国越有利，楚国可以坐收渔利。

息侯回到息国，心情特别好，他很得意自己的计谋。他已经为蔡侯支好套子，专等他往里钻，就算他再狡猾，也妄想逃脱这一劫。好了，如果他一生没有做过什么让自己满意的事情，那么这次，算是真正体现出了他的智慧。楚，虎狼之国，不也是听从了他的谋划吗？还有什么他做不到呢？等他出了这口恶气，报完这新仇旧恨，就要好好地谋划息国的霸业了。

息侯回国不久，楚王熊赀亲自带着大队兵马，开进了息国。息国毫无警备之下，楚王亲率楚军神速逼近息城[①]，整个息城陷入恐慌。

息达叔等大臣都慌做一团，息侯亲自送去贡品到楚国，回来之后情绪不错，这究竟是怎么回事？

息侯看上去倒像胸中有数，他说："楚国既已进入息国，看来是来者不善，息国只有向外求援，邻邦那些小国兵力有限，恐怕不能对付强楚，只有去蔡国求救，蔡国是盟主，蔡侯又是姻亲，蔡侯一定会出兵相救。"于是，息侯遣使前往蔡国求救。

息妫夫人得到消息之后，就预料到楚国出兵肯定另有隐情。待她见到息侯，使者已经出发。

再说蔡侯献舞，接到息国求救的消息之后，十分兴奋，自酒后失礼，他一直放心不下，现在好了，终于有了回转的余地，他可以向息妫夫人道歉了，如能求得她的谅解更好。即便不能得到谅解，至少也能见她一面吧，让她看到他的诚意。再说，上次会盟他还是盟主，支援邻邦，有难同赴，是盟主义不容辞的责任。

于是，他嘱咐使者，先且回国。他即刻亲率大军奔赴息国，共同抗击强楚。

蔡侯献舞，带着他的戎车兵马，浩浩荡荡地来到息国，待靠近楚军驻地，他嘱咐扎营安寨，先让士卒休整，待明日开战。蔡侯一边嘱咐埋锅造饭，一边派人通知息侯，火速来军营商议抗楚事宜。

蔡军刚刚扎营，锅才埋下，还未来得及造饭，谍报传来，说楚军已到。蔡侯献舞十分震惊，他们刚刚扎营，楚军就铺天盖地而来，这究竟怎么回事儿啊？

蔡侯献舞还算冷静，赶紧传令士卒，奋起抵抗。怎奈蔡军远途劳顿，还未停稳，根本来不及整队列阵，加上楚军来势凶猛，寡不敌众，战不几个回合，就败下阵来。蔡侯只好传令军队向息城方向撤离。

蔡侯献舞没有想到他的军队竟然如此溃败，他是来支援息国的，没见到息国的

---

① 息城：息国国都。春秋时期对都城才称城，其他城市称邑。今河南息县城南，有息城遗址。

军队就先败了，怎么向息侯交代啊。他在疑惑息国军队还没到，楚国军队怎么那么神速到来？楚国又是怎么知道他来支援息国的？因为情况紧急，只顾狼狈逃窜，他也没有往更深处想。

蔡军好不容易逃到了息国都城，准备先进城，见到息侯再探究竟，再作商议。可是，息国城门紧闭，不让蔡军进入。攻城是不可能的了，楚军还正在紧追不舍，蔡侯献舞只好率领残兵败将，往蔡国方向逃窜。

蔡侯带着他的军队，一路奔逃，一刻也不敢停止。终于到了蔡国，回首张望，尚不敢停，又逃了一阵，到了莘野，蔡侯献舞看楚军已经不见了，他们也到了自己的地盘，可以喘口气了，便传令扎营。可他这边刚刚停下，那边的楚兵已经赶到了。

这时的蔡侯献舞筋疲力尽，放弃抵抗，被楚兵生擒活捉。蔡国的戎车、辎重、兵卒都归了楚军。蔡侯献舞被绑着上了楚国的戎车，楚军大获全胜。楚将斗廉，带着他的战利品，直接到了息国境内向楚王熊赀献俘。

蔡侯献舞虽然被绑在囚车上，却也远远看到息侯，带着丰厚的物资，犒赏楚国军队。犒军结束，息侯奴颜婢膝地把楚王熊赀送到息国边境。

蔡侯献舞这才明白，楚军为何神速而至，息国为何闭门不纳？原来这一切都是息侯设计的陷阱。面对这个陷阱，他不但没有警惕，而且还心甘情愿地往里跳。息侯为了挖这个陷阱，竟然撬动楚国做他的诱饵，可见他用心良苦啊。是啊，这设计太高明了，他蔡侯献舞，亲自带着大军，满腔热忱，义无反顾地增援息国，还以姻亲、盟主自称，自作多情地要给人家道歉。他真是太小看息侯。

蔡侯献舞悲哀地闭上眼睛，这就是他酒后失礼的代价，他一直等着陈国的反应，他真正担心的是陈国，没想到竟然爆发在息国，而且是让他猝不及防。如今，他已经成了阶下囚，等候楚王的发落。

息侯正兴致勃勃地和楚王熊赀并车而行。他远远地扫一眼落在后边囚车上的蔡侯献舞，心里十分快意，献舞啊，献舞，你也有今日！很快到了息国的边境，息侯驻车和楚王熊赀告别，而后，意味深长地目送囚车上的蔡侯献舞，直到他消失在尘土之中。

息侯踌躇满志地回到了息国，息达叔和息妫夫人才知道这一切是怎么回事。他们都十分震惊，蔡侯被掳，太子还小，蔡国不就完了吗？

其实，息妫夫人没有把事情告诉息侯，就是怕他做出什么不理智的事，她不想两国关系闹僵。息国刚刚出现了大发展的势头，应该珍惜才是。她已经原谅了蔡侯，毕竟蔡侯是酒后失礼，琥儿姊还是蔡侯夫人。可是，息侯怎么能这样做！

第二十九章　蔡侯兵败掳囚荆蛮

蔡侯献舞被绑在囚车上，往楚郢都进发，他不知道等候他的将是怎样的处置，他知道楚王熊赀暴虐，说不定性命难保，只有听天由命。

楚王熊赀看着囚车上的蔡侯，志得意满，这次征伐息国，不但使息国归服，还虏获了蔡侯。这可是大收获啊。他早有逐鹿中原之志，一直受阻于“汉阳诸姬”小国，这次才算真正深入到了中原腹地。想他继位以来，打了很多胜仗，虏获过无数将军士卒，粮草辎重，但是从来没有虏获过国君，而且还是姬姓君侯。

其实，他早就想教训教训这个蔡侯献舞了。这些年来的征伐，汉水之阳的诸姬小国，差不多都已经俯首称臣了，每年都向楚国进贡，就是更远一些的郑国，也每年派遣使者聘问，以示同好。唯独这个蔡国，从来不和楚国来往，正像息侯所说，也太不把楚国放在眼里了。蔡国不把楚国放到眼里，并不只是从蔡侯献舞开始，他的哥哥蔡桓侯时，就已经很嚣张。蔡桓侯时的蔡国，和当时郑庄公时的郑国，联合一起抵抗楚国，还缔约结盟，共守汉阳，阻止楚国北进。到了蔡侯献舞时，就更不理会楚国了。不但不理会楚国，还在汝地会盟，自当盟主，联合小国抵抗楚国。楚王熊赀实在忍无可忍。

楚国早就想讨伐蔡国了，只是还没有找到合适的机会。没想到息侯帮了他这个大忙，亲自把这块肥肉送到他嘴里。

楚王熊赀对蔡侯献舞的恼恨可想而知，他思忖着怎么处置蔡侯献舞。具体用什么办法还没有想好，但有一条，就是不能让他活着离开楚国。这叫杀一儆百，做给其他姬姓诸侯看的，让他们知道对抗楚国的下场。更重要的是，楚国进入蔡国，就算打开了中原的大门，这在楚国历史上是一件非常有意义的事儿。

楚王熊赀性格迅捷凌厉，桀骜狂放。他，熊赀，终于挺进中原。一定要告之列祖，他完成了他们的夙愿。于是，他想把蔡侯献舞烹了祭祀祖先，用诸侯君主祭祀太庙，这大概是楚国祖先还没有做过的事情吧。他就是要做先祖们没有做过的，想到此，楚王熊赀兴奋无比。

蔡侯献舞一直被押在楚军大营里面，完全想象不出楚王将会怎么处置他。他想，不管怎么处置，还是越快越好。他一个国君，竟然经受如此的屈辱，还是来点痛快的。

到了第三天，楚王宫的侍卫来提蔡侯献舞，蔡侯献舞问道："要提寡人到哪里？"

侍卫道："太庙。"

"太庙？"

蔡侯献舞心里犯了嘀咕，押他到太庙干什么呢？他一个被掳的国君，难道要参加楚国祭祀？不可能，当然，诸侯国君到了其他国家，按照规制是应该先在太庙享礼，然后宴飨。楚，荆蛮之地，未必知道这些礼节。即便知道，他现在还捆绑着，肯定不是楚王以国君之礼享在太庙，有绑着接受享礼的吗？

蔡侯献舞被提到楚国太庙里，楚王已经等在那里。太庙厅堂里，楚国的令尹、莫傲、左司马、右司马、各位大夫，都已经在两边分排站齐，看这阵势，想要举行盛大的祭祀仪式。

蔡侯献舞还未站定，侍卫通报："启禀吾王，蔡侯献舞已经带到。"

楚王熊赀爽声道："好！"

蔡侯献舞打量太庙几案，已经摆好了太牢三牲，庙堂里当庭支起一口大铜鼎，下面架起了熊熊的柴火，鼎里咕咕嘟嘟地翻着花的东西，像是一鼎油。

楚王熊赀说："孤要在这里祭祀先祖，请大祝宣读祭文。"

当大祝说道楚国大捷，以虏获之物尚飨先祖时，蔡侯献舞才知道，原来那一鼎翻着花儿的油是为他准备的。楚王不是用国君的礼节享宴他，而是用他享宴楚国的先祖。

蔡侯献舞刚刚明白过来，两边的卫士便押着他往那口大鼎走去。

这时候蔡侯献舞彻底清醒了，他看看庙堂的布置，几案上放置三牲，两边各放四尊铜鼎，加上自己跟前这个冒着油花的大鼎正好九个，周朝规制，天子九鼎，诸侯七，这个狂妄的楚王熊赀，僭越称王也就罢了，连祭祀也比拟天子，真是狂妄至极啊。他竟然拿周王朝的封君祭祀祖庙，真是太残忍、太恶毒、太灭绝人性了。烹杀？蔡侯献舞想过种种死法，独不曾想过这种，熊赀，亏你想得出啊！既已死定，蔡侯献舞也血性迸发。他说："稍等片刻，让吾说几句。"楚王熊赀示意侍卫放开蔡侯。蔡侯活动一下被拧过的双肩，开口说话了，他先骂息侯诡计多端，不顾姻亲友邻，设计陷害于他。他不过是酒后对他夫人失礼而已，怎么能如此恶毒地算计他？

息侯，就是一个卑鄙小人，枉为一国之君。如果不是姻亲，他怎么能去增兵救援？他骂得痛快淋漓。

楚王熊赀笑看蔡侯献舞死到临头还徒劳谩骂，觉得很有意思，不过他终于明白了，息国和蔡国的矛盾，不过是为了一个女人而已。如果这样，息侯真的算不上高明。

蔡侯献舞骂完息侯，就开始骂楚王熊赀。骂他僭越规制，自拟天子。骂他不仁不义，肆意征伐。骂他不遵王法礼仪，肆意烹杀诸侯，惨无人道。他骂完楚王熊赀，又骂楚国祖先，僭越假王，四处扩张，本一个小小子爵，却要欺负堂堂的姬姓诸侯大国，不合天道，一定会遭到上天的惩罚的。

蔡侯献舞只管痛快淋漓地骂着，楚王熊赀再也不能满脸笑意地听蔡侯献舞谩骂了，顿时暴怒，不等蔡侯献舞骂完，就嘱咐立刻下鼎。这蔡侯献舞确实该烹杀，辱骂他也罢了，竟然还辱骂楚国先祖。

蔡侯献舞这时候倒是闭上嘴也闭上了眼睛，只等那两个人抬起他扔到鼎里。

两位侍卫听蔡侯献舞骂得实在不堪，待楚王吩咐，即刻弯腰掀起蔡侯的衣裳，准备抬起他往鼎里下。这时，只见一个大臣从队列中蹿出，大声喊道："且慢，主公，蔡侯不能杀啊！"侍卫听到喊声，暂时放下蔡侯献舞，等候楚王再次发令。楚王熊赀一看是鬻拳。这鬻拳是有名的谏议大臣，不知道他又要说出什么话来。楚王熊赀，杀意已决，不管鬻拳说什么，蔡侯必杀无疑。

楚王熊赀冷眼看着鬻拳，只听鬻拳劝道："君王息怒，且听臣把话说完，楚国刚入中原之地，您就用这么残忍的手段杀害被俘虏的诸侯，实在是难以让其他诸侯归服。如果楚国放过蔡侯，并与蔡国结盟，既得盟友，又能让其他诸侯国信服，不是一举两得吗？楚国需要的是人心归服，而不是暴虐强夺。"

如果不是蔡侯献舞死到临头还在辱骂楚王熊赀，鬻拳如此谏议，说不定他还能听从。可是，这该死的蔡侯献舞，竟然当着楚国众多大臣的面，不但辱骂他，还辱骂祖先。他本来是让这些大臣们见识他的威武的，不想却招来不堪的辱骂。应该把蔡侯献舞碎尸万段才对，还赦免他，绝对不可能，除非抹掉他的头。这时，楚国的大臣们也发出了杀蔡侯的呼声。

楚王熊赀盛怒，不听鬻拳的劝谏，执意烹杀蔡侯。嘱咐侍卫，立即执行。

鬻拳看楚王怒不可遏，想必蔡侯性命不保。如果蔡侯性命不保，楚国挺进中原之梦就要破碎，他必须不惜一切代价，救蔡侯一命。楚人历来崇尚为国捐躯，视死如归。为了楚国后世发达，他鬻拳何惜一命？此时此刻面对暴怒的楚王，他也只有冒死强谏。想到此，鬻拳一步上前，左手拉住楚王的胳膊，右手拔出佩刀，驾在楚王的脖子上。他急匆匆地说："臣宁可与主公一同去死，也不愿见主公失信于天下诸侯！"

楚王熊赀没有想到，鬻拳会用这样的方式进谏，如果不赦免蔡侯献舞，恐怕他要动真格的。他太了解鬻拳了，他认准的一定要做的。

面对鬻拳如此的架势，楚王惊愤交加，他也只能先稳住鬻拳，连忙改口道："孤听你的！听你的，不杀蔡侯。"说着，他连忙命人撤下油鼎，为蔡侯松绑。

鬻拳见油鼎已撤，蔡侯获赦，以他对楚王熊赀的了解，他当着众大臣的面说的话肯定要算数的。于是，他丢下刀跪倒在地说："吾王能听臣的谏议，是楚国之福。但为臣者胁迫君王，罪当万死。臣请伏斧锧[①]之刑。"

楚王熊赀素知他耿介忠勇，轻死为国，虽然惊魂未定，但也并没有怪罪他的意思。叹口气说道："孤明白你是一片忠心，并不怪罪你，算了吧，都回吧。"

鬻拳觉得自己虽然情急之下而为之，但终归是犯了王法，于是说道："望各位大人稍稍留步，待臣说一句话再走不迟。今日此举，主公虽赦免臣罪，臣何敢自赦？"话音未落，便举出一把板斧，在众目睽睽之下，挥斧斩下自己的双脚，然后忍痛大呼："人臣有无礼于君者，视此！"

鬻拳此举，惊呆在场所有人。楚王熊赀回过神后，确实没有想到鬻拳会如此收场，他确实为鬻拳的忠心所感动，连忙派人救治鬻拳。

之后，楚王熊赀将鬻拳斩下的双脚供藏于库府，作为自己不纳谏言的警示。楚王敬重鬻拳，因为他砍断了双脚，不能走路了，就让他做了大昏[②]，尊称他为大伯。

鬻拳之所以这样固执己见，并非为了救蔡侯献舞，确实是为了楚国。纵观当时的形势，不杀蔡侯对楚国最为有利。杀一个小小的蔡侯是轻而易举的，因为他已经是死老虎了。但他的死会给楚国带来不可估量的麻烦，其他诸侯很有可能因为蔡侯献舞被杀而感到恐惧，在恐惧之余，会联合起来共同抵御楚国。这样，楚国北上中原的道路就会更加艰难。鬻拳确实是审时度势，觉得楚王熊赀之举弊大于利，烹杀蔡侯献舞，虽可解一时之恨，但会使楚国陷入四面受敌的境地，实在太不合算了，所以才冒死刀谏。

再说楚王，能够这样对待鬻拳，也充分显示出了他开明的一面。他不但能从谏

---

① 斧锧：（zhì）古代斩人的刑具。

② 大昏：守卫城门的官。

如流，还能给鬻拳这样的荣耀和重用，说明了他对忠臣的态度。鬻拳，以他非凡的举动，给同僚大臣们做了一个忠臣的榜样。

楚国有这样的君臣，国家怎么能不强大呢！

楚君臣离开之后，蔡侯献舞被侍卫押送到楚国馆舍。这馆舍虽然比兵营大牢条件好，但是仍旧不是自由之身。好在馆舍内不缺饩廪，但有士兵把守，戒备森严，不得自由出入。

经历一场生死考验的蔡侯献舞，似乎还没从被烹杀的噩梦中走出。他眼前一会儿是楚王熊赀阴森暴怒的面孔，一会儿是鬻拳舍身就义的脸庞，这惊心动魄的场景，让他刻骨铭心。

作为国君的他，他看到了鬻拳的大义凛然，机智勇猛。他现在终于明白楚国为什么会强大。明君、忠臣，楚国不强大天不容许！

楚王熊赀虽然要烹杀他，但是，就他放过鬻拳这一幕，实在令蔡侯献舞折服。一个国君能做到这样非常不容易，有楚王熊赀的开明，楚国才有这么多的忠臣。楚国的人才多啊，不但是一个鬻拳，令尹彭仲爽，斗氏一族的斗廉、斗伯比、斗祁也都个个贤德有能。

他想，如果蔡国也有这样为了国家奋不顾身的大臣，有这样的智士能臣，也一定会强大的。是蔡国没有人才，还是他没有发现呢？

蔡侯献舞被囚在馆舍里，许久才开始有了正常的思维。他反思自己，如果不是他那样辱骂楚王，楚王也许会赦免他。可是他那样大骂楚王，还辱骂了他的祖先，虽有鬻拳的刀谏，楚王肯定也不会放过他的。如果换作他蔡侯献舞，他肯定会找机会灭掉对方。

现在想起来很后悔，不过再回到那个场景，重新来一遍，他还会骂他的，这就是他蔡侯献舞的本性。那时，他只想自己难逃一死，反正是死，痛快一会儿是一会儿吧。谁曾想蹦出来个鬻拳呢？当然，鬻拳并不是为了救他，而是为了楚国的事业。他敬佩鬻拳不是因为鬻拳救了他，而是冒死刀谏；最让他敬佩还不是鬻拳的冒死刀谏，而是冒死刀谏之后自伏锧刑。楚王熊赀已经宽恕了他，而他自己却砍掉了双脚，这一点又有多少人能做到呢？如果换了别人，即便是楚王熊赀要砍掉双脚，自己还会求饶。鬻拳的举动，实在让他这个为君的汗颜，更让那些所谓的英雄豪杰羞惭啊！鬻拳救他一命，虽然只是为了楚国的利益，而并不是为他，他还是很感激鬻拳的。他确实不该骂楚王啊，更不该骂楚国的祖先，到如今后悔又有什么用呢。他只能这样等候，等候哪天楚王熊赀心情不好时，就要他命了。

此时此刻，蔡侯献舞除了后悔辱骂楚王熊赀和楚国祖先之外，还后悔自己失礼。除了后悔之外，还有对息侯的千咒万骂，断子绝孙的息侯。如果他能回到蔡国，第一件事儿就是讨伐息国。他要倾举国之力，开进息国，活捉息侯。他也会在太庙里架上油鼎，烹杀息侯。对，烹杀，他得亲眼看着息侯的骨肉化成黑炭，他要用化成黑炭的息侯祭奠先祖。

蔡国不会有鬻拳，即便有个鬻拳式的大臣出来，他也一定要烹杀息侯。对，还有那个息妫夫人，都是因为她，他才成为阶下囚的。他也不会放过她，他不会让她和息侯一起死，他会把她掳到蔡国，打入冷宫，让她在孤独中终老。这个妖冶的女子，再也不能让她出来害人了。如果不是她的妖艳，他怎么能在牵手新娘的那一刻，被她击中，从此难以忘怀。如果不是有那一刻惊鸿回眸，他蔡侯献舞也不会在酒后失礼。如果不是酒后失礼，他怎会囚在楚国受尽煎熬？

蔡侯献舞这样囚在楚国馆舍，倒也不是最难熬的，最难熬的是等待死亡。他明知道自己必死无疑，而却不知道什么时候死讯来临。对于蔡侯献舞来说，等待死亡的惊悚，何异于面对那翻着花的油鼎啊！楚王熊赀大概是余怒未消，并未嘱咐释放蔡侯回国，或者给他自由。所以，蔡侯献舞也只能在后悔与咒骂中等候性命的终结。

息侯自蔡侯献舞被掳，才真正觉得自己是智者，不但拥有雄才大略，还可以纵横捭阖。他正在息妫夫人和上卿息达叔的辅助下，雄心勃勃地治理息国。他心里充满了豪情壮志，息国这样发展下去，不久的将来肯定能称霸中原，扬眉吐气，再也不用担心楚国的侵扰。现在息国正处在一个发展最好的时期，虽然那次会盟已成闹剧，各国都不再提起会盟之事，息国正好可暂停与那些小国的交往，全力以赴致力于国内发展。还有，只要蔡侯献舞还在楚国，楚国就不会征伐息国，这也算是蔡侯对息国的补偿。

可是，这样的局势，息妫夫人却高兴不起来。自从蔡侯献舞被掳，她就深深地自责，这件事确实因为她而起，如果不是她在蔡国停留，也不会出现这种情况。她倒也是没有更多责怪碧叶，因为碧叶不说，息侯总会知道的。他是个细心的人，肯定会看出她情绪不对，肯定会从其他随从那里知道真相。虽然息侯是为了她的尊严，也是为了息国的尊严，但是，这种灭国式的惩罚似乎太重了。她并不知道息侯做了这样的计划，如果她知道，她一定会阻止的，息达叔也会阻止的。虽然蔡侯献舞应该得到惩罚，但罪不至于灭国。如今蔡侯献舞被拘于楚国，楚王熊赀暴虐异常，他时刻都会有生命危险。蔡国无君，琥儿姊又是个遇事没有主张的女子，太子尚小，如果蔡国大司马季孟没有野心，忠心监国，倒也可以一时无虞。如果季孟有野心，后果不堪设想。谁会知道蔡国将会出什么意外呢？一个没有国君的国家，随时都可能出现内乱，随时都可能引起外患，也随时有可能灭国。

她不为蔡侯献舞担忧，却为蔡国担心。当然，如果蔡侯献舞能够平安回到蔡国，蔡国也就不会有问题了。她为蔡国祈祷！

第三十章　息妫夫人再次归宁

息妫夫人闷闷不乐，在月明之夜用埙吹奏《宛丘》，歌声凄婉而忧伤。息侯现在状态确实很好，但一切未必像他想象。楚国有那么多勇智的大臣，绝不会杀掉蔡侯献舞的。楚国需要中原的屈服和认同，杀掉蔡侯，楚国就会失去中原众诸侯的认同，称霸中原的目标就不能实现。如果楚王熊赀现在不杀蔡侯献舞，肯定不会再杀他了。那么，蔡侯献舞回去之后，息侯和蔡侯将会是怎样啊？以她对蔡侯献舞的了解，他是个没有大胸襟的人，只图眼前，不图长远，他一定不会善罢甘休的。蔡侯献舞不甘罢休，就会倾举国之兵，讨伐息国。如果蔡国起兵，息侯一定不会请成。那么，息国、蔡国就会再起干戈。真是这样的话，息国刚刚出现的这种局面就会被破坏，两国人民就会苦于战乱。

楚国正在等着蔡、息两国自相残杀，渔翁得利，借机扩张。这些，息侯都想过吗？他怎么做出这样轻率的决定呢？两个国家的命运，绝不可以感情用事啊！她也觉察到了息侯的异常，没有想到会是因为这事儿，她已经嘱咐碧叶不许透露消息。大意，都是她的大意才酿成这样的祸患。

息妫夫人想起了那天蔡侯献舞喝多时的情形，想起了琥儿姊盈盈的泪光和拂袖而去的背影。现在，琥儿姊肯定整天以泪洗面。

转眼又到了春天，息妫夫人想回陈国看看，顺便看看琥儿姊。于是，她向息侯请行。息侯不但高兴地许诺，而且还向她夸示，息国现在部队已经很强大了，再发展一个时期，就可以和楚国抗衡了。如果楚王杀掉蔡侯，蔡国，马上就要内乱。息国趁机扶乱，就可以让蔡国听命于息国。如果蔡侯囚居楚国，主弱臣强，国政不稳，息国就可以驾驭蔡国。如果蔡国不听从，息国就可以灭掉它。所以，蔡国早晚都是息国的。蔡侯献舞不是看不起息国吗？酒后失礼于夫人，没想到灭掉蔡国的正是息国，这就叫智慧。再说楚国，是息国让他们虏获了蔡侯，虏获了蔡国的兵马辎重，楚王一定会记着息国的好，不会再侵扰息国。息国有这样安稳的发展环境，很快就会壮大起来的。息侯的感觉从来没有这样好过。所以，他向夫人说起息国的未来时神采飞扬。息妫夫人又看到了陈国留学时的息侯，真是又喜又忧。息侯只看到眼前的利益，却没有看到背后的危机。息妫夫人并未被息侯的激情所感染，只是长叹一声。她说，路过蔡国时，想探望一下琥儿姊。息侯这次倒是很大度，一并应诺。

息妫夫人此次轻装简行，只带了不多的侍卫和侍女。她来到蔡国，所有的接待和礼节并未缺失，也没有表现出仇视息国和息侯的言行，没有感到现在的蔡国和上次她到蔡国有什么差别。

她见到了琥儿姊，两人唏嘘不止。蔡妫夫人说，当时蔡侯要增援息国时，大司马季孟也曾力谏，不要引火烧身，即便要去，派去军队即可，不必君侯亲自出征。楚，虎狼之国，不可以主动结怨。但是，主公只说是姻亲，执意要去。季孟说，主公亲征，必定监国之人。于是，主公便留季孟监国。谁知道，主公这一去竟然被掳往楚国去了。季孟倾举国之财，亲自带人去了楚国，厚贿楚王，请求放回主公。季孟大人刚刚出发，不知是否能够成功啊。

息妫夫人这才舒了一口气，蔡国有这样的大臣，是天不亡蔡啊。季孟这个人，她是听说过的，他是蔡侯献舞庶兄蔡季的儿子，蔡桓侯薨殁之时，他就是大将军了，当时蔡侯献舞在陈国学习，如果他有野心，蔡侯献舞即便再有陈国作后盾，也未必能够成功继位。蔡侯献舞能够平安地回国即位，说明季孟是一个没有野心的人。蔡国有这样的大臣，是蔡国的幸运，也是蔡侯献舞的幸运，更是蔡太子肸的幸运。要知道，那时候弑君迭起，父子、兄弟、叔侄相弑，毫无人道，蔡国能虚席待君，实在难得。所以，这次季孟能够赴楚迎君，也算是一大壮举了。

既如此，蔡侯定能保全性命，蔡国就不会有大问题了。可是，蔡侯献舞回国之后，他会对息国怎么样呢？他会像息侯设计害他一样陷害息侯吗？现在，息妫夫人开始为息国担心了。她本想和琥儿姊一起归宁，探望母亲，但蔡国如此情况，她也只好安慰琥儿姊一番，离开了蔡国，往陈国去了。

息妫夫人到了陈国，没见到父亲。因为周庄王薨殁，父亲亲自去王都吊丧并贺新王继位。远在北方的齐侯小白，还打起了尊周的招牌，作为有尊王传统的陈国，对周王朝更应该尊崇恭敬。所以，但凡周王朝有这样的大事，陈侯都要亲自到场的。

这次陈侯杵臼外出，嘱咐由上卿宓伯监国，这是自鲁曹事件以来，宓伯又有被重用的新气象。但是，这种气象似乎跟以前有所不同。

宓伯非常谨慎，太子御寇才十岁，姊姊宣宓的夫人名分还没有恢复。他不知道鲁曹最终向陈侯杵臼说了什么。但是，他从宣宓现在的待遇上看，似乎主公已经知道了宣宓是冤枉的。宣宓现在还在主持内宫事务，陈侯杵臼并未册立新夫人，以陈侯杵臼的智慧，他肯定是知道了宣宓冤枉才这样。还有一种情况，那就是因为他——大司马宓伯，才对宣宓手下留情的。令宓伯不解的是，主公既然知道宣宓是冤枉的，为什么不恢复她的名分？她是太子的母亲，母亲没有名分，太子的地位就有些玄妙。不能保证太子的名分，他的一切努力不都是枉然吗？所以，宓伯如履薄冰，战战兢兢，他希望太子快快长大，那样，他也就有了可以依靠的力量了。对公子完他倒是很有把握地掌控住，但是，辕涛涂、原仲、公子结他们都不会站在他这边，关键时刻都有可能反击一戈。他现在必须不动声色，稳住才能有胜算的可能。是的，可能！也仅仅是一种可能而已。

宓伯来探望息妫夫人，和宓伯一起来的还有宓伯的小儿子宓子叔。宓子叔是个十分聪明可爱的男孩子，他抱着母亲为桃花姊姊亲自刺绣的锦缎老虎，双手递给了桃花姊姊。他非常天真地说："姊姊，息国很远吗？吾长大了就去看你，外国究竟是什么样子啊？"

息妫夫人笑道："有山有水，风景怡人，等你长大了，吾来接你去看看。"

息妫此次归宁，并未准备过多的礼物，一是时间仓促，二是息国确实也没什么国宝。她就带了一些息国的"珍珠玉"香米，顺便回敬舅母一些。因为，北方并不产稻谷，所以，这东西相对来说还是稀罕的。息国自从那次洪大涝灾之后，一直是风调雨顺，稻谷也连获丰收，息国的香米很有名气，就多带了一些，让陈国的亲人们品尝品尝。

宓伯拿到息国香米非常高兴，问起息国的情况，息妫为了不让舅舅担心，就说息国现在情况很好。宓伯也听说蔡侯被拘，以为楚国是因为蔡侯援助了息国才被掳的，并不知晓内情。蔡国也是陈国的姻亲，蔡夫人是他的甥女，他很同情蔡侯。息妫夫人看到舅舅并未往深处说，以他的智慧，他肯定猜到蔡国、息国之间事情。这说明了宓伯心里装着很多大事情，没有心思考虑其他事儿。

宓伯和宓子叔告辞，息妫看着舅舅沧桑的倦容和佝偻的背影，感到他心里负担很重，不是一般人能够承受的。陈国，究竟隐藏着多少她不知道的秘密呢？

公子完也来探望息妫夫人，他和这个桃花娣娣从小就心灵相通情如手足。再说，息侯在陈国时他们关系不错，留下了很深的友情。他问息妫夫人，蔡侯献舞到底怎么回事？息妫知道公子完不是一个轻飘的人，就把蔡侯失礼，息侯算计蔡侯的事儿和盘托出，倒一倒心里的郁结和委屈。

公子完沉吟半天，说道："即使这样，且不可为外人知晓。倘若传出去，恐怕会挑起征伐。”

桃花点头道：“吾知晓。”

公子完愤然说道：“蔡侯献舞怎么可以这样呢？一国之君做出这等事，真是有辱国体。可是，息侯也真是糊涂啊。怎么能让楚国牵扯进来呢？息国、蔡国终归是自家兄弟，有什么事情自己可以解决。只要楚国一掺和，后果不堪设想。”

公子完停了一下，接着说，“可是，又有什么办法呢？已经这样了，只有等了，等候老天的安排吧。播什么种子，结什么果子。”

息妫夫人说：“蔡国的季孟已经去了蔡国，倾举国之财，也要迎蔡侯献舞回国。蔡国有这样的臣子，是不会灭亡的。”

公子完说：“息国的息达叔也是一个贤臣啊。”

“是的，息达叔确实有勇有谋，只是，息侯却不能尽用其才啊。陈国怎么样啊？最近有什么大事儿吗？”

公子完说，“还真有件大事。”

是有关于宋国大将军南宫长万的事。说到南宫长万，他和陈国还真有渊源。当年，宋庄公冯讨伐郑国时，就是派他携重礼来陈国求兵。当时接待他的正是陈侯杵臼，那时他还是陈国大司马。一晃多少年过去了，宋庄公冯薨殁，其子捷继位，南宫长万还是一个比较受器重的将军，和国君宋公捷的关系也不错。事情还是得从头说起，都是齐侯小白惹的祸。齐侯小白继位之后，长勺一战被鲁国的曹刿打败，觉得这样面子上很过不去，就想联合宋国攻打齐国。原本宋庄公和齐襄公脾气相投，两国关系不错，但是齐小白继位之后，宋公捷一直没有遣人聘问，这次齐国请兵，他也是为了示好，才派大将军南宫长万率兵增援齐国。齐、宋联军在鲁国的郎城[①]集结，准备攻打鲁国的都城。当时的战况比较危急，鲁国的公子偃用虎皮蒙在马上，夜袭南宫长万大营，南宫长万由于大意，并未备战，一群“老虎”闯进军营，一时间军营乱作一团。南宫长万对其副将孟获说：来时主公交代，齐、宋两国第一次合作，一定要大获全胜，现在宋军营出现了这样的情况，你、吾今日务必死战。南宫长万与孟获两员宋国猛将，神勇过人，力大无比，左冲右突，倒也让鲁国军士心寒，不敢上前。眼看他们就要逃脱，这时鲁侯同拿出了他的“金仆姑”[②]，亲自拉弓射箭，一箭射中南宫长万的右肩。南宫长万拔箭的当儿，鲁侯同的副将颛孙生又刺了他大

---

① 郎城：鲁地。今山东费县境内。

② “金仆姑”：鲁国的镇军利箭。

腿一戟，南宫长万便倒在地上。鲁军士一哄而上，把南宫长万擒获。孟获见主将被获，自己弃车而逃，宋军大败。倒是鲍叔牙聪明，见宋兵大败，不战而返。本来是宋国帮助齐国打仗的，结果是宋将被掳，损失惨重，齐国倒不曾折一兵一卒。

齐国、宋国为鲁国所败，便与鲁国结了怨，预备瞅准时机，再联合伐齐。其时，齐国和周王攀亲成功，周王遣使让鲁国主婚。鲁国有尊王的传统，又是礼仪之邦，现在有王命在，没有办法，齐、鲁两国只得释怨和好。鲁国想，既然齐国、鲁国和好了，也不必再和宋国计较，于是在宋国发大水时候，遣使前去慰问。宋国本来就是帮齐国打鲁国的，鲁国主动慰问，也就和鲁国讲和。于是，三国和好如初。三国既已和好，宋国借机请求让南宫长万回国。

南宫长万回国之后，宋公捷时常嘲笑他。宋公捷对南宫长万说："寡人当初敬重你，因为你是大将军，现在你是囚徒，寡人不会再敬重你了。"南宫长万很惭愧。

南宫长万有一手绝技，就是掷戟。他可以把戟掷向空中几丈高，然后用手接住，从不失手，非常神奇。宋公捷和宠妾在后花园游玩，宠妾想看南宫长万掷戟，宋公捷为博宠妾高兴，召南宫长万进宫为他的宠妾掷戟。南宫长万的绝活博得宫人们不断喝彩。宋公捷是个小肚鸡肠之人，见宠妾为南宫长万喝彩，便起了妒忌之心。他想，掷戟他肯定不是南宫长万的对手，但是博戏[①]是他的长项。于是，他命内侍置博局赌酒，谁输了罚酒一大金斗。南宫长万连输几局，喝了很多酒。南宫长万喝多了，就不顾君臣之礼要求再来。宋公捷不屑地说："你一个败将囚徒，还敢和寡人再赌？真是自不量力。"南宫长万默然不语。

众妃妾看到君臣斗嘴，都嬉笑不止。宋公捷见宠妾高兴，继续说："你在鲁国两年，见过鲁国的无数美女，鲁后宫的女子有寡人的女人漂亮吗？"谁知那南宫长万是个直肠子的人，老老实实地回答："还是鲁国的女子漂亮，天下没比鲁侯更有福气的人了。"宋公捷一向以这宠妾的姿色夸耀，听了这话很不高兴。他就嘲笑南宫长万说："像你这种当过俘虏的人，懂得什么是美？你一定会把莸草[②]当成薰草[③]。这世上，只有寡人的爱妾才是最漂亮的。你，不过一个囚徒而已，还在这里胡说八道。"

南宫长万羞得面红耳赤，尚且忍住未发。恰在这时，有人来报，周天子薨殁，

---

① 博戏：古时候的一种赌博的方式。

② 莸草：一种有臭味的草。

③ 薰草：香味的草。

请主公速遣人往京城吊丧。南宫长万借着酒劲说："臣未曾去过王都，请主公应允臣往王都吊丧。"宋公捷不屑地说："吾宋国无人了，派一囚徒去。"南宫长万实在忍无可忍，仗着酒兴，指着宋公捷骂道："你这无道昏君，信口胡言。"宋公捷听到南宫长万竟然骂他，夺过南宫长万手中的戟就去刺他，南宫长万并不躲闪，一把手抓住宋公捷刺过来的戟，一拳打在宋公捷的头上。宋公捷顿时倒地而死。就这样，本是君臣同乐，为君的竟然死于戏臣的一句话。不过，也不能全怪南宫长万，如果宋公捷稍微收敛一点，尊重一点，也不至于丧命。就算宋公捷如此，如果南宫长万再忍耐一时，也不至于最后成为肉醢。世界上哪有如果啊，都是既成。

南宫长万，弑杀了宋公捷之后，又杀了大臣仇牧和华督，立宋公捷的从弟[①]公子游为君。南宫长万怕宋公族造反，就想把宋国五世君主（戴、武、宣、穆、庄）的子孙都驱除出宋国。宋公捷的弟弟公子御说跑到亳邑，他颇受宋国公族的爱戴，众公族就推拥他为宋君，并帮助他打进宋都，杀死了公子游，回国继位。南宫长万听说公子御说杀了公子游，准备出逃，想到家里还有八十老母，又回到家里，以手推车，载着老母出了宋城。

南宫长万出了宋城，本想逃往齐国，但是齐国、宋国关系非常密切，齐国肯定不会接纳宋国的叛臣。郑国更不行，郑国、宋国世仇不说，郑伯子仪整天战战兢兢，哪有心思管别国的闲事。那只有奔陈国了，一是陈国与宋国并无太多交往，二是他与陈侯杵臼早就认识。于是，南宫长万手推戎车，载着他的老母，一天时间便至陈都。可见南宫长万的神力。要知道，宋都到陈都有二百七十里啊。

南宫长万到了陈国，先见了大司马宓伯。宓伯嘱咐南宫长万先在馆舍住下，待他向主公禀报后，再回将军。陈侯杵臼听了宓伯的禀报，问他："依你看，陈国该怎样处置南宫长万？"

宓伯说："南宫长万有万夫不敌之勇，是宋国一大隐患。如果南宫将军能为陈国效劳，那就是陈国的一支利剑。"

"哦。"

陈侯杵臼又征求了公子完的意见，公子完说："南宫长万是宋国追讨的罪人，用在陈国肯定不合适，会助长谋逆之风。"

"那怎么处置他呢？把他交给宋国？"

---

① 从弟：古代同祖父的兄弟。即叔伯兄弟。

“那倒不用，南宫长万危难来投，如果把他交与宋国，有悖大义。可以把南宫长万作为挟制宋国的筹码。宋国得不到南宫长万，就会一直不安，不敢轻举妄动。现在宋国与齐国的关系非常密切，牵制住宋国，也就牵制住齐国了。如果这样，陈国在中原的中心地位可保，南宫长万就是一张牌，一直握着，就有价值，一旦出手，就失去了价值。”

陈侯杵臼颔首认可。

再说宋国，公子御说继位，召急大臣们商议羁押南宫长万回国一事。宋公御说说：“可遣使者到陈国羁押长万。”仅五岁的公子目夷在一旁笑道：“一定要不回来南宫长万的。”

宋公御说说：“你个小孩子家怎么知道要不回南宫长万？”

目夷说：“人们都敬畏英雄。宋国遗弃的，陈国一定想得到。你们这样空手去陈国，陈国得到什么好处呢？既然得不到好处，为什么要放他回宋国呢？”

宋公御说也不能不承认这小孩子说得有道理。于是，他遣人带了厚礼去见陈侯杵臼。陈侯杵臼自然不是见钱眼开的人，但是这么多的财宝，谁看着都很舒服。所以，他肯定是在这种比较舒服的状态下思考怎么对待南宫长万。宋公御说刚刚继位，陈国虽然没有安乱之功，但也不能结怨，这是陈国的祖训。南宫长万确实是个人物，但是他与宓伯相善，这就是隐患。如果只是用于内防，那南宫长万是个绝对的人才。可关键是谁用他。如果他留下南宫，得罪宋国，又埋下内乱的祸根，对外落得收容逆臣的名声，实在不合算。何况，宋国送来了那么多的财宝。所以，陈侯杵臼打算送南宫长万回国。送南宫长万回宋国，并不那么容易，他神勇无比，单靠武力一般人对付不了他。

陈侯杵臼便把此事交给了公子结。

公子结得到主公命令，到了馆舍看望南宫长万，带了很多的礼物。公子结说：“主公对南宫将军非常敬慕，嘱咐臣下为将军制定大车，以供大人出行方便。陈国地方褊小，大人不嫌弃就好。如果大人想到更大的国家避难，陈国会派人护送将军的。”

南宫长万一听此言，感动得热泪直流，他一个逃难之人，有碗饭吃就行啦，还能有过高的奢望？当下，备下酒席，与公子结同饮至酣醉。自此公子结多次到馆舍探望南宫长万，送一些日用物品，每次两人必小酌攀谈，甚是投机。南宫长万只觉得是他国遇知己，上苍垂怜他，感概之余，心存感恩，准备到公子结府上回拜。

那天，南宫长万到了公子结的府上，公子结非常高兴，设宴招待南宫长万。两人喝了很多酒，公子结看起来好像有些喝醉了，他摇摇晃晃地嘱咐夫人、爱妾、侍女，轮番给南宫长万敬酒。南宫长万酒量再大，也搁不住这样轮番上阵。毕竟他身在异乡的逃亡之中，甚是伤怀，酒量大大不如从前了，一圈下来，已经不省人事了。

公子结看南宫长万不省人事，就嘱咐手下人用牛皮把他包裹严实，然后用绳子结结实实地捆住，抬到事先特制的车上，连同他的老母一起押往宋国。

到了半路，南宫长万醒来，感到手脚都不能动弹，就问这是怎么回事儿，御者告诉他，要送他回宋国。

南宫长万这才明白原来公子结主动示好，都是虚情假意设的圈套，于是他大骂公子结卑鄙无耻，大骂陈侯杵臼冷酷无情。他一边骂着一边挣扎。南宫长万力大无比，他一挣扎，车子就晃动起来，几乎不能前行。于是，御者嘱咐护送的卫士，砍掉了他的脚和手。好汉南宫长万，毫无痛色，继续叫骂不止，倒是那些护送侍卫胆丧心寒，不敢靠近。御者实在没法了，就停下车，用绳子把南宫长万又捆了几道，然后割下他的衣衫，塞进了他嘴里。就这样南宫长万被送到了宋宫廷，同时，投奔卫国的孟获也被送到。南宫长万和孟获，一主一副的大将军，只因一场助齐伐鲁的败局，引发了后面的故事，被制成了肉醢，赠送给每一位大臣。宋公御说通告国内："人臣有谋逆者，如同此下场。"

公子完叹道："只可惜南宫长万的神勇，未能尽用。更可怜南宫长万的老母，已经八十多岁了，她有什么罪？也一同遭受杀戮。"唏嘘之余的公子完，他也感到了陈宫廷里一股阴霾在飘动，他不确定这是什么，但是却十分担忧。

公子完心想，他从兄公子结，忠厚仁慈，不会这样设计陷害南宫长万的。主公肯定也不仅仅为了宋国的财宝，戕害南宫长万，物阜民丰的陈国还缺少宋国这些黄金白玉吗？再说，主公做大司马时，和宋国的南宫将军一起讨伐过郑国，也算是老相识了。他究竟为什么要对南宫长万这样？这里究竟暗藏着什么样的玄机？这决不仅仅是宋国与陈国之间的事。

第三十一章　楚王恣情宴归蔡侯

楚王熊赀不放蔡侯献舞回国，也没有要杀他的迹象，一直把他囚在馆舍里，丝毫没有放他的意思。这对蔡侯献舞来说确实是无比煎熬。他想让楚王熊赀快点了断，要杀要剐痛快点，这煎熬他实在受不了。他知道楚王熊赀是个果断厉行的人，为什么在这个事儿上这么样优柔寡断呢？难道他忘了还有献舞这个人？不可能，如果他是一个普通的俘虏，也许真的把他忘了，可是他是一个国君啊。一个国君押在楚国，楚王熊赀怎能把他忘了？绝不可能。那熊赀究竟想干什么呢？还在计较挨骂，没有消气，伺机再杀他？鬻拳大人那惊天动地的一谏，都知道了他蔡侯活着对楚国有大大的好处，如果熊赀执意杀他，就毁掉了“明王”的名声。楚王熊赀要想杀掉他，就必须找一个合适的，大家都接受的理由。这个理由熊赀或许还没有想好，所以暂时还不杀他。蔡侯献舞猜测，还有一种可能，那就是熊赀留下他另有所图。这似乎又不太可能。他如果另有所图，应该和他谈啊，或者派人和他谈。不和他谈，即便要求什么，也没有人可以办得到啊。至今没有人找他，所以，这猜测蔡侯献舞不敢多想。令蔡侯献舞绝望的是，鬻拳大人已经剁掉了双脚，当了大阍。他可能不知道蔡侯献舞还囚在楚国，如果他知道蔡侯献舞还在楚国，他可能会劝谏楚王熊赀放了蔡侯献舞。楚国那些大臣们，对蔡侯献舞辱骂楚国先祖恨之入骨，都想杀了蔡侯献舞解恨。他求见令尹彭仲爽，彭仲爽不是楚国公族，他比鬻拳更明白蔡侯献舞活着的意义。可他多次要求，那些侍卫没有一个为他传话的，都把他当成一个会说话的活物。

蔡侯献舞就这样翻来覆去地想着，不知道楚王熊赀究竟要干什么。

蔡侯献舞猜不透楚王熊赀，可是，楚王熊赀早已把蔡国研究透了，这就是区别所在。在鬻拳大人刀谏之后，他已经非常明了鬻拳的远见卓识，并为楚国有这样的大臣而庆幸。不过，他确实没有按照鬻拳的谏议放蔡侯献舞回国。他不能就这样放他回去了，这样也太便宜他了。楚国需要扩张，连年征伐，需要更多的财力物力，他要使蔡国成为楚国的军需库府。所以，他要等，他要煎熬蔡侯献舞。他不但要煎熬蔡侯献舞，更主要是他要煎熬蔡国。蔡国的上卿季孟，公室之后，忠勇兼备，是蔡国的中流砥柱。蔡国太子尚小，他在监国，所以，他一定会想办法赎蔡侯献舞回国的。楚王熊赀不动声色，单等季孟大礼到来。

正如楚王熊赀所料，季孟带着数十车的蔡国财宝浩浩荡荡往楚国进发，他一定要救回主公，如果不行，就是把自己押在楚国，也得让主公回来。当然，他没有主公的分量重，可是，加上这些财宝，也算可以了。尽管蔡国库府已经空虚，只要主公在，这都不是问题，财宝总会慢慢地回来。如果没有主公，蔡国就灭亡了。他伯父蔡桓侯在世时，他的父亲（蔡季）、叔叔（献舞）忠心辅主，上下同心，蔡国多么强大啊。他伯父蔡桓侯没有子嗣，他去世之时，叔叔蔡侯献舞在陈国留学，并不在国中，有人建议他继位为君。蔡国和陈国一样是礼仪之邦，宗法尊礼是第一位的，叔叔继位是兄终弟及，符合礼制。如果他继位就为谋逆，他不会顶着谋逆的罪名，继承君位的。他去大司马府商议主丧之事，就是想稳住大司马，稳住蔡国的局势，是他派出使者去陈国请回叔叔的。这一切他都没有向大司马说清楚，他们都认为他有可能密谋篡位，他并不想洗刷自己，时间会说明事情真相的。不过，他看到大司马神情紧张，以为大司马必有兵变。所以，他才急匆匆地回去安排好宫廷侍卫，严备警戒，以观其变。叔叔献舞继位以来，虽然没有伯伯桓侯时兴盛，但是他还是竭尽全力治理国家的，蔡国并未衰退。他也听说了主公酒后失礼于息妫夫人，男人酒后失礼本也不是什么大错，事情过后也没有听到陈国、息国有什么反应，想必这一切都已经过去了。息国请兵之时，他力阻这事儿，不是为了别的，就是为了不引火烧身。毕竟蔡国离楚国还远，楚国征伐主要是为了扩张疆域，不是向齐侯小白那样虚图“霸”名，他们想的是实实在在的好处。所以，蔡国有南边的小国作庇护，可以暂不和楚国交集。另外，他也觉得，息国请兵有些怪异，息国、楚国两军并未交锋，就要请兵，即便没有所图，也是息国拿蔡国的部队跟楚国打仗啊。一向精明善算的主公，怎么就没有思量一番，而轻易地就答应了，这令他百思不得其解。

到了楚国，季孟要求直接面见楚王，他一定要说服楚王放主公回国。可是，楚王并不接见他，而是让大将军斗廉见他。斗廉见了他非常客气，说是蔡侯在楚国待遇很好，吾王想留他在楚国多住些时日，多了解一些楚国，到时候自会让他回去的。

当然，季孟把蔡国的意思向斗廉说了，请他向楚王转达。如果还不能抵住主公在楚国的用度，他们还会想法儿筹备。斗廉笑纳了蔡国的财物，并没有一个明了的态度，只说要向君王禀报之后，再回大人。

斗廉离开之后，就没有再回访。季孟非常着急，私贿行人，请其通报大将军，请求会见。现在，人为刀俎，他为鱼肉，他得尽快弄明白楚国的意图。而他唯一能接触的只有这一个斗廉，见楚王熊赀怕是不可能了。

斗廉再来见季孟时，态度仍然很好，他说，他已将蔡国的意图禀报了楚王，楚王对蔡国的使者非常满意。他说，有一件事儿，他想请季孟大人帮忙，他是楚国的大将军，关心楚国的军备，楚国连年战事，国库亏空，蔡国乃中原粮仓，粮草充足，既能以兵支援息国，何不以粮草支援楚国呢。季孟连忙答应，说："应该的。吾即刻安排人马，现在就回去筹备。只是吾想见一下吾君侯，还望大将军通融通融，在下将不胜感激。"

斗廉说，"这个好说，好说。大人且听吾把话说完，楚，乃荆蛮之地，向往中原文明，想与蔡国结好，不知大人意下如何？"蔡季孟并不知道楚国的意图，只得一一应诺。

斗廉继续说道："如果大人不嫌弃的话，那么等贵国的粮草运到之时，在下就和大人盟歃，大人觉得怎样呢？"

季孟说："在下十分荣幸，只是，盟歃之后，吾和主公可否回国了？"

斗廉说，"这个，当然可以。"

季孟虽然非常愤怒楚国的条件，可是他也佩服楚国君臣的算计，这无疑是楚国对蔡国最狠的惩罚，几乎把蔡国吞并了。但，蔡国也只能甘吃哑巴亏。因为，屈[①]在蔡国。

季孟已到楚国多日，也答应了楚国提出的所有条件，可到现在，还未和蔡侯见面。蔡侯献舞还被囚在馆舍里煎熬着，等候将被处死的消息，并不知季孟已到楚，正和楚国交涉。

终于有一天，楚国遣使来献舞馆舍，说："请蔡侯准备一下，吾王要宴请君侯。"蔡侯献舞以为楚王终于露出了真面目，他的死期到了。宴请？肯定是宗庙里鸩杀，如果再有一次临终"赠言"，他还要大骂楚王熊赀的，反正是死定了，有什么好怕的。作为一国之君，一定要死出个体面，他依旧会大义凛然地大骂无道昏王熊赀。

蔡侯献舞怀着赴死的心态，被领进了楚王宫，而不是进楚宗庙。蔡侯献舞心下

---

① 屈：不对，屈理。

迷惑，楚王熊赀真要设宴请他？一时间，他有些惶然了，为什么？如果是国君之间的宴席，是不是太迟了？楚王熊赀到底要干什么？

蔡侯献舞被楚国气势恢宏的王宫震撼了，亭台楼宇建筑在重重叠叠的凤凰山上。每层阶都有楼栏转接，转弯之处都有亭子，台上有台，馆上有馆。整个建筑在小溪和大涧之间，处处可见溪水环绕，流水潺潺。蔡国地处平原，不见山水，这样的景致，让蔡侯献舞看起来真好比神仙府邸。

蔡侯献舞被使者引导，走进了楚王熊赀的厅堂，只见大门上悬挂珠帘，门楣雕花，房壁上云母如镜，玉钩上挂着琳琅满目的玉器。翡翠的罗帷，朱砂的板壁，黑玉的房梁。抬头一看，整个殿堂金碧辉煌，凤凰飞栖，震人心魄。厅堂的正中间，已经铺上了朱红的宴席，四周乐队歌舞女子都已经就位。

楚王熊赀这一切铺设都是按照接待诸侯国君的规制，蔡侯献舞猜不透他为什么突然由一个囚徒变成了一个国君。

楚王熊赀请蔡侯入席，蔡侯献舞诚惶诚恐，完全不知道楚王熊赀究竟唱的那一出。事到如今，也只好听人家摆布了。

入席之后，乐队开始演奏楚国的宫廷之乐。蔡侯献舞哪有心思欣赏音乐，他眼神飘忽，惶惶不安，一切恍若梦境。

楚王熊赀说："今日宴飨君侯，是为了给君侯送行。君侯来楚多日，孤未曾得闲陪同君侯观览敝国王宫，欣赏敝国歌舞，今日飨宴也请君侯体验一番，楚国与中原有何不同。"楚王熊赀说完，开始敬酒。

蔡侯献舞好像没有听明白，楚王熊赀要让他回国了？而且还以诸侯国君主的规制宴请他，那就是说他已经恢复了蔡侯的身份，而不是囚徒了？蔡侯献舞还没有完全找到感觉，事情也太突然，他好像更习惯于囚徒的身份，突然回到君侯的身份，有些不太适应。

等楚王熊赀敬完酒，该蔡侯献舞回敬了。蔡侯献舞不知所措地傻愣着，在侍者的提醒下，才局促不安地回敬楚王。待献舞回敬结束，楚王指着旁边弹筝的女子说道："此女子弹技相貌俱佳，可为君侯敬上一杯。"于是，那女子款款起身，向蔡侯献舞敬酒。这确实是一个绝色女子，可是蔡侯献舞哪有心思欣赏美女啊，他忐忑不安地接过酒厄[①]，一饮而尽。接着又有几个绝妙的女子起身给蔡侯献舞敬酒，蔡侯

① 酒厄：一种盛酒的器物。

献舞一一接过喝了。

美酒下肚，蔡侯献舞才慢慢地找到了感觉，思维也开始活跃了。他现在感觉到楚王熊赀是真的打算让他回国了，虽然他不知道为什么。但结果确实如此。这样一想，他百感交集，忘掉了在楚国的煎熬，又起身为楚王熊赀敬酒。

楚王熊赀接过酒，一饮而尽，然后哈哈大笑，手指那位弹筝的女子说："君侯在中原，可曾见过如此美色的女子？"

蔡侯献舞虽然醉眼朦胧，但他还是清醒的。听楚王熊赀问话，他才仔细地打量着这个女子，确实非常妖冶。特别是她脸上一层酒缥[①]，更加美艳动人，他不得不佩服楚王熊赀的眼光，同时也领略了荆蛮女子的风采。那女子颔首低眉，却也无法掩盖那种骨子里的狂野，更是透出一种夺人魂魄之魅。这个女子，让他想起一个人来，而且这个人与他今日的困境有关，那就是息妫。他知道楚王好色，一条毒计从心而出。

他佯装诚惶诚恐，小心翼翼地说道："这女子确实是少见的绝色。但是天下女子最美的不是她。"

"那是谁呢？"

"息妫夫人。息妫夫人才是天下最美的女子，即便是天上的仙女也无法相比。"

楚王熊赀听了之后，饶有兴致。他知道息侯之所以陷害蔡侯，正是因为他酒后调戏了息妫夫人，一个能让君侯如此失态的女子，一定不是平凡的女子。据传息夫人是桃花仙子降世，不知道究竟有多美。于是他问道："息妫夫人到底怎么个美法儿？"

蔡侯献舞说："寡人愚钝，语不能达，口不能传。"

楚王熊赀更是着急地说："但说无妨，但说无妨。"

蔡侯献舞沉吟一会儿说："荷粉露垂，杏花含烟，目如秋水，脸似桃花，长短适中，举动生态，国色天香，无与伦比。寡人从没有见过任何一个女子超过她。"

楚王熊赀果然心动，说道："孤能一见息妫夫人，死而无憾了。"

蔡侯献舞想到息侯闭门不纳的绝情，和犒赏楚军的得意，恨上心头，故意说道："君王如此威风，就是想要齐国的美女、宋国的妙人，都不是什么难事儿。况，息国本来就是楚国的附属，离您最近，想见一个息妫夫人，对于您来说不是难事

---

① 缥：浅红色。

儿啊！”

楚王熊赀被蔡侯献舞吹捧得晕晕乎乎，他和蔡侯两人都喝得酩酊大醉。蔡侯献舞回到馆舍，见到了季孟，才知道楚王为什么宴请他，为什么让他回国。君臣相见，唏嘘不止，不管怎么说，他们总算是团圆，可以一起回到蔡国了。

蔡侯向季孟讲述了鬻拳刀谏楚王和自伏镢刑的故事，仍旧感叹不已。季孟听了之后，自然也是感慨一番。他想，还是自己不够沉稳，被楚国算计得太苦了。如果他不去楚国，在蔡国耐心等待，楚国照样会放回主公的。这就是智力的较量，他赌上了蔡国的整个国库啊，还有一年的粮草。楚国的强大，不但有忠臣，而且还有楚王熊赀超人的智慧。

蔡侯君臣回到了蔡国，卿、大夫们都来庆贺蔡侯归来，君臣相见悲喜交加，哭作一团。蔡侯经过了这么一场生死劫难，细细回想，都是息侯这小子作的孽。如果不是他从中插一手，蔡侯献舞就能娶到陈妫两位女公子，也就不会有这样的事情发生。他插手也罢，娶回桃花就算了，献舞不计较，而且还把他看作姻亲，参加他的会盟。息妫归宁，本来蔡侯献舞是热情接待，以示姻亲之情，不过是酒后失礼，小事一桩，息侯责难一下就行啦，没想到就这样设计陷害，使他蔡侯献舞差一点亡命亡国。这息侯也太狠毒了，不教训教训他，蔡侯献舞誓不为人。

蔡侯献舞稍微休整，就准备整顿军队与息国决一死战。

上卿季孟知道了此事，力谏道：“蔡国已经库府亏空，再也不能起兵了。如果报复息国，现在不是时候，让蔡国休养一时不迟。再说，听说息侯现在正在致力于德政，息国国力迅速增强，现在开战，蔡国恐怕不是息国的对手。”

蔡侯献舞说：“你怎么灭自家的威风，长他家志气？”

蔡侯不听，无论如何他是咽不下这口气。他嘱咐集结军队，向息国开战。季孟后悔自己押上蔡国国库，如果不是这样，主公伐息还有可能取胜。现在，所有粮草，恐怕不一定能够到达息国，更何况要打仗呢？不行，此去必败无疑。他想起了鬻拳的刀谏。这次他一定要冒死拦住主公。

就在蔡侯献舞向息国进军的校场，季孟持刀跪在蔡侯献舞跟前。季孟说：“主公请回吧！臣去楚国时，就没有想到要活着回来。吾活着回来了，已经侥幸地多活了这么长时间，如果主公一定要讨伐息国，就用吾祭旗吧！吾知道，此去，蔡国只会自取其辱，不可能打胜仗的。吾此处一死，愿吾的灵魂和你们一起伐息。”

下面的士兵一阵哗然。

蔡侯献舞没有想到季孟这样刀谏，连忙嘱咐人拿下季孟脖子上的刀戟。季孟说：

“主公不回，臣绝不会苟活于世。”蔡侯献舞想到了季孟倾举国之力救他，为他的忠心所感动，说，“起来吧。寡人不去就是了。”说完，悻悻回宫。

蔡侯献舞经历楚国的生死考验，又经历了季孟忠心的刀谏，他似乎也想明白了很多东西。他不得不承认季孟说得有道理，蔡国其实面临的是内外交困，他现在必须修明德政，让亏空的库府先充盈起来。如果现在外兵来侵，他们确实是无法应付的。所以，不能图一时之快，遗万世之憾，只是他仍旧放不下对息侯的仇恨。

蔡侯献舞从楚国回来不久，齐国使者来聘。蔡侯献舞十分高兴，其实他也正想遣使聘齐，齐侯小白是他的女婿，现在霸业正起，只有齐国才能与楚国抗衡。

齐国使者来聘，有一项重要的任务，就是邀请蔡侯参加明年的北杏会盟。季孟听闻消息，向蔡侯谏议，应向齐使说明情况，蔡国特殊时期，暂不参加会盟。蔡侯献舞哪里能听得进去，他答应齐使，一定赴会。季孟说道：“也可暂且答应，主公到时候再权衡势变，齐国确实也是不能得罪。”

第三十二章　熊赀巡息谋掳息妫

息妫夫人从陈国回到息国，就心思不宁，听说蔡侯献舞已经从楚国回来了，他肯定不会善罢甘休，息、蔡之战一定会爆发。谁败谁胜都不重要，重要的是战争不能起，这两个国家都是国力虚弱，百姓困苦，不堪一战。息国，她和达叔都会力谏息侯停止战争，可是，蔡国呢？季孟虽然也是位贤明的大臣，但他能阻止得了蔡侯吗？

息妫夫人已经想好了，如果蔡侯率兵来伐，她就一人站在蔡国兵阵之前，以一人之命，保全息国人民，只有这样才能使两国免遭战乱之苦。

息妫夫人想，蔡、息之间的事情，怎么都好说。可是，楚国就不一样了。蔡国倾举国之力救出了蔡侯，而蔡国、息国之间再起战事，最大的赢家是楚国而不是息国或者蔡国。楚国，看起来是为了帮助息国，其实是为它自己对外扩张。接下来，楚国会怎样呢？即便蔡国、息国不战，楚国未必能就此放手，“观中国[①]之政”是熊赀的父亲楚武王提出的目标，息国、蔡国是周王朝最南面的姬姓侯国。深入蔡国、息国，基本上就实现了楚先王“观中国之政”的梦想。楚王熊赀，不会仅满足于汉阳诸姬小国对它进贡。周王朝的规制对于楚国已经没有任何约束力，一个小子国已经征服了三苗九蛮，灭掉了权国、申国、邓国，成了一个南方强国，接下来还会有一些诸侯国被灭掉。面对楚国的血腥扩张，这些诸侯国只有自强自保，联合抗楚，才能真正抗拒被灭掉的危险，万万不可再互相征伐了。息侯、蔡侯难道就不明白吗？为什么还要再起战事？息妫夫人为息国、蔡国的前景忧心忡忡。

楚王熊赀送走了蔡侯之后，心里就惦记上了息妫夫人。正如蔡侯献舞所说，楚王熊赀确实是一个好色之徒。他本以为楚王宫收罗了国中美女，而他宫中美女也是

---

① 中国：这里指中原之国。

天下最美的了。没想到还有蔡侯献舞所说的息妫，那该是一个怎样的绝妙女子呢？

他想起了大将军斗廉呈他翡玉佩的头天晚上做的那个梦。难道，息妫比他梦中的女子还要美吗？他手里握着这块玉佩，怎么会有一种心动的感觉？

他想象不出，息妫究竟有多美。一个要命的想法，在他心中升起，那就是要到息国去看看息妫长什么模样。

可是，他怎么才能到息国去呢？如果是征伐，不一定能够到达内宫，况且息国已经请成称臣，他没有征伐息国的理由。如果征伐一个称臣的国家，他是无法向其他诸侯国交代的。

楚王熊赀被息妫夫人搅得心神不宁，每天夜里都会梦见一个穿缥衣的女子若隐若现地出现在他面前，他却无力也无法抓住她。

于是，楚王熊赀找了画师，在他的授意下画了一个他梦中女子的画像，让手下悄悄地在楚国国内搜索。宫人把搜索出的美女献给了楚王熊赀，楚王熊赀都不满意，只有一个叫苗瑶的女子留下来。苗瑶是一个非常聪明漂亮的苗家女子，博得了楚王熊赀的心欢，暂时稳定了楚王熊赀躁乱的情绪。

那天，楚王熊赀实在烦闷，就和申侯伯带着大队人马去云梦狩猎。他看着云梦广阔的山林原野，心中的狂野一触即发，随着火苗噼噼剥剥的升腾，各种野物四处逃窜。于是，他腾身纵马，风驰电掣一般，疾速而去，侍卫们不见楚王熊赀身影，只见一大物应声而倒。众侍卫走向前去，只见猎物眼、耳、口中皆中一箭。众人还未回过神来，就听斗丹高喊："吾王神勇……"接着众人欢呼如雷动，皆喊"吾王神勇"。楚王熊赀这才感到痛快淋漓，郁闷尽散。楚王熊赀难得高兴，夜宿于云梦行宫。此次狩猎，猎物甚丰，到了晚上，楚王熊赀便嘱人烧烤，他和申侯伯欢饮甚晚。熊赀刚刚入睡，那缥衣女子又飘然而至，神情郁郁寡欢，待他起身相迎，那女子却飘然而去。熊赀醒来，夜半时分，心情随之郁闷，便起来小解。室内还未掌灯，他却看到一团东西幽幽发光，他十分惊讶，吩咐张灯。待点火张灯之后，并未发现异物，发光之处不过是那块玉佩而已。他手握那块玉佩，竟有一种暖暖的感觉。突然，他发现，那缥衣女子的缥衣，竟然与这翡玉的颜色一样，便更加惊奇。这奇怪的梦，使他夜不能寐，破坏了打猎的兴致。第二天一早，申侯伯问安，楚王便说起他的梦来。

申侯伯道："吾王神勇，竟情结于此，为何？"

楚王熊赀说："自蔡侯赞息妫夫人之绝妙，孤思慕夫人之美名，时常梦见缥衣女子，故夜不能寐。"

申侯伯说："这有何难？息国不过是楚国的附属而已，主公何不以巡方为由，驻进息国，息侯必然恭敬迎候，一切便在您的掌控之中，想见息妫，不是很容易吗？"

楚王熊赀听了申侯伯的话，豁然开朗。他想也是，既然息已服楚，去巡视一番也在情理之中，息侯攀了楚国，应该高兴才是。

于是，楚王熊赀匆匆结束了打猎，回到了王宫，准备巡方一事。此次巡方的真正目的，恐怕只有申侯伯最清楚了。

楚王熊赀因心有所系，所以此次巡方计划得十分周详。不但申侯伯跟随左右，还派大将薳章、斗丹率军同行。他嘱咐斗丹精心挑选精壮兵士数百人，必是身怀绝技，勇猛敢死之士。所选之士，外穿兵服，内置盔甲，携带精良刀戟，以备不虞之用。一切准备妥当，楚王熊赀嘱咐太史占卜吉日，择日出发。到了那天，整个楚王宫为之轰动，毕竟是楚王熊赀第一次到境外巡方，众大臣都到场饯行。

楚王熊赀虽然以巡方为由，但究竟心中另有所图，所以和大臣们匆匆告别之后，就急忙带着大队人马，浩浩荡荡往息国进发了。

往息国进发的路上，楚王熊赀显得十分焦躁不安，一会儿让御者挥马扬鞭，戎车飞奔。一会儿让御者放慢速度，缓缓而行。马车飞奔时，是他希望快一点见到息妫夫人。然而，他又不知道是否能见得上。又嘱咐队伍缓缓而行。这样一个搅得他寝不能寐、食不甘味的女子，究竟是什么样子呢？她是不是蔡侯献舞为了陷害息侯，编造的一个传说呢？如果蔡侯献舞胆敢欺骗他，他一定要再次讨伐蔡国，让蔡侯献舞付出代价。

息妫夫人得知蔡侯献舞讨伐息国，被季孟以死劝谏，由此消弭了一场恶战，心里特别高兴。她知道上天不亡一个国家，一定会给它派去一个忠烈之臣。有季孟在，蔡国就不会灭亡。息国也会借机发展壮大。

息妫夫人兴致勃勃地去了青龙宫，朝拜青龙。祈求青龙庇佑息国，民昌国盛。当她行完拜礼之后，突然听到一声低沉的龙吟，她十分震惊，待走出寺院，好像看到一股青烟，直飞青龙山而去。这异兆扰得她心神不安，不知道它将预示着什么。

息妫夫人没有把这异兆告诉息侯，怕影响息侯的心情。息侯正是勤修国政的时候，不能让他太分心。他心里装不下太多的事儿，这些乱七八糟的讯息会影响他的情绪，还是不和他说为好。

谁知第二天，息侯来到夫人的寝宫，说了一件更稀奇的事儿。他说大司农来报，濮山祭坛边上的大树全部死掉了。

息妫夫人心里一沉，祭坛边的大树都死了，肯定不是什么好事儿，息国要出大事了。息侯并不像夫人想得那么多，死几棵树算什么？谁说树不能死呢？如今息国蒸蒸日上，能会有什么大事？死掉的树还会发新芽，不发新芽，可以再种新的。息侯现在觉得自己比过去通透多了，考虑问题也十分周全。目光高远了，事物便轻小，处置起来就容易。多亏蔡献舞，没有蔡献舞，还不能激发他如此的智慧呢。他现在终于找到了当君主的感觉。现在的息国，国家繁荣兴旺，人民安居富足，库府饱满充盈，兵源丰沛强盛。息国从来没有这样好过，他相信过不了多长时间，完全可以达到或者超过父亲伐郑时期。他像齐侯小白任用管仲一样，任用息达叔，把一切政务交给息达叔，由息达叔裁量谋划。息达叔是他息国的功臣，更是息国的忠臣，这一切都是夫人的功劳。息国，不久就可以摆脱楚国的压制，立于华夏之强。

息侯万般柔情地看着夫人，心里充满爱慕与敬重。他拿起夫人的手说："息国如果没有夫人，不一定成什么样子呢。寡人与息国百姓都感激您啊。"

息妫夫人说道："吾既是息国的夫人，息国的百姓都是子民，吾怎么能不爱惜他们呢。主公能够这样，吾真是很高兴。息国，真的有希望了，将来有一天息国能够不再担忧外贼来侵，该多好啊。"

息侯与息妫夫人正在宫中缠绵之际，忽听行人来报，说楚王熊赀带着大队人马往息国进发，不日即到边境。

息侯与夫人俱惊，楚王熊赀来息国干什么？征伐息国没有理由啊。息国贡奉按时奉送，就是怕楚国再度挑起征伐。过去，息侯一直不理解息妫夫人为什么要主张和楚国讲和，按时送奉贡品。现在他知道了，所以，不等楚国来催，他就遣人送去了。肯定不是因为供奉，那究竟是为什么呢？如果是来聘问，像息国这样的国家，楚王熊赀没有必要亲自来啊，他派一个大夫足矣。

于是，息侯派出行人，再去打探，是否真是楚王熊赀亲自来了。

息侯急匆匆地从夫人宫中出来，宣息达叔进宫议事。息达叔也听到了消息，正急匆匆去见息侯。息侯说："楚王熊赀带着兵马往息国进发，以大人看来，会是什么情况？"

息达叔沉吟半天，说道："是否跟蔡国有关呢？蔡侯已经回到了蔡国，听说是季孟倾举国之力，赎蔡侯回国的。蔡侯本来是要讨伐息国的，也被季孟拦下。如果跟蔡国有关，息国的噩运就要来了。"

息侯说："为什么？"

息达叔说："蔡国会认为息国让他们几乎亡国亡君，蔡侯会用更恶毒的计谋算计息国。”

息侯说：“蔡侯无非是向楚王熊赀说，会盟是息国挑起的，是寡人让他做的盟主，跟他没有关系。他还能怎么说？他的话，楚王能相信吗？”

息达叔说：“他果真这样说就好了，这些都不重要了，楚国已经因此讨伐过息国，楚王熊赀不会再为这种小事费这么大的周折，更不会拿这个作借口，挑起事端。”

“那么会不会是楚王熊赀感谢息国为他提供了讨伐蔡国的机会，他们得到了蔡国的举国之财？”

息达叔说：“熊赀大概不会有这样的善举。如果是齐侯小白，主公可以这样想，但熊赀是绝不会这样做的。”

息达叔说：“夫人知道这事儿吗？”

息侯说，“知道。夫人也纳闷，楚王熊赀这时候来究竟是为什么？让寡人和爱卿商量一下应对之策。”

他们正在商议，行人再报，说是边戍大夫来报，楚王熊赀只带几百侍卫，并无兵器，说是巡方而来，并无别意。

息侯终于松了一口气，说道：“巡方就好。”

息达叔并不轻松，他说，“如果单是巡方，就好办了。可他为什么突然巡方呢？过去从来没有过。一定是别有所图，他究竟为什么呢？”

息侯好像自言自语，又好像是问息达叔：“怎么办呢？”

息达叔说：“一定要恭恭敬敬接待，而且要挑选精兵，加强宫廷保卫，确保主公安全。千万不能重蹈蔡侯覆辙。”

“重蹈蔡侯覆辙？怎么会呢？”息侯自问自答。

息达叔匆匆告辞，如此突变，让他措手不及，他要挑选一些精明强干的士兵，充实到宫中侍卫当中，增强护卫力量，确保主公安全。无论如何，息国也不能出现蔡国那样的悲剧。

息达叔安排完宫中事务，就率领众大夫到郊外迎接楚王熊赀去了。过去，凡楚国来使，都是他接待的，他跟楚国人打交道有经验。楚王熊赀他也见过，确实是强硬如挟雷带电，诡谲如翻云覆雨，七分雄鸷，三分昏庸，他是不会照常理行事的。他说是来巡方，不一定包藏着什么祸心呢。

息达叔走后，息侯去了馆舍，他亲自为楚王打扫馆舍，里里外外都打扫得干干净净。打扫完后，恭恭敬敬地站在门口，等候楚王熊赀的到来。

息侯终于看到楚王熊赀，他身着戎服，威猛彪悍，在息达叔等一帮息国大臣的簇拥下健步走来。息侯慌忙地走出大门，在门口外面迎住了楚王熊赀。

息达叔让两国君主叙谈，他去准备享宴。按照规制，君主与君主的享宴是在宗庙里。可是，息侯为了表达对楚王的恭敬和感谢，安排息达叔把享宴设在朝堂之上，这是接待天子的规格啊。

息达叔把息国所有特产，都献上了，还取了祭祀用的鹗卣给楚王熊赀敬酒。

一切准备停当，息达叔就遣人请息侯和楚王熊赀到宫中朝堂就席。息侯十分恭敬地端起鹗卣，为楚王敬酒。楚王熊赀微笑着接过鹗卣，一饮而尽。待还回鹗卣时说道："过去，孤曾经为尊夫人效劳过，今日孤到息国，尊夫人不来为孤敬一杯酒吗？"息侯大吃一惊，楚王突然提出让夫人敬酒，他一时不知所措。

楚王熊赀嗔道："怎么？君侯不乐意吗？"

息侯甚惧，诺诺称是。他慌忙嘱咐宫人传信夫人，请夫人向楚王敬酒。

楚王熊赀便停下喝酒，一心等候息妫夫人的到来。息侯在一旁小心翼翼，殷勤劝食。楚王似乎并不在意他，只是心神不宁地盯着门口。

不多时，传来了一种悦耳的环佩之声，楚王熊赀眼睛直直地盯着声音传来之处，未见人影晃动。随着环佩之声由远及近，息妫夫人盛装而出。

楚王熊赀眼球欲飞出眶，这正是他夜间每每梦见的女子啊。纁色的深衣，正是这纁色，让他痴迷不已。为了她，他把王宫里的窗幔都换成了纁色。

息妫夫人纁色的深衣外边，是青色的礼服，这礼服虽是青色，却也绣着纁色的凤凰。是的，凤凰，正是楚国崇拜之物啊。这女子不就是楚国的女神吗？她青色的礼服下端，是白色裳裾，裳裾飘逸拖地，罩住了纁舄[①]。只见她随着环佩的响动，整个身体像仙子一样飘移而至，并不见脚步的摆频。

蔡侯说得一点没错，天下没有一个能比得上她的女子。她的眼睛比秋水更亮，仿佛里面有一盏耀人的烛光。她的颜面比桃花更艳，娇嫩得好像经不起目光扫射。她的嘴唇比熟透的樱桃更润，像一汪饱满的水滴经不起任何微风。再看她神情淡定从容，端庄婷直而立，不惊不扰不卑不亢，静如满月雅如闲云。正像蔡侯所说"语不能达，口不能传"，他无法形容她的美，他甚至不敢长一点时间看她。

楚王熊赀盯了一下食物，眼光又迅速盯住了息妫夫人，生怕她消失了一样。他

① 纁舄：红色的鞋子。

看一下她，仿佛怕伤着她，赶紧再看一下眼前的食物。他目光只能这样不停地交替游移，那食物也已都变成了他心里的她。

息侯看夫人到了，嘱咐另设宴席。息妫夫人就在另一张席上就位，施礼答谢楚王熊赀。楚王熊赀惊慌失措地起身回礼，碰倒了他身边盛有肉羹的豆[①]。息侯连忙帮他收拾，嘱侍者撤掉倒下的豆，换一个新的。

这时，息妫夫人取了一个白玉卮，斟满酒双手捧上。楚王熊赀一见那双手，更是惊讶，手指、玉卮并无二致，浑然一体，白玉卮被她这么轻轻一捧，仿佛活了一般，透出更加灵动的光泽。楚王熊赀连忙离开席位，想亲自接着那玉卮。不想，息妫夫人转身将玉卮递与碧叶，由碧叶转呈楚王熊赀。楚王熊赀心里万般失落，接过酒卮，一饮而尽。

待楚王熊赀喝完酒，息妫夫人再次拜谢。楚王熊赀再次回礼。礼毕，息妫夫人请求辞归。楚王熊赀眼巴巴地望着息妫夫人离去的背影，再也没有心思吃饭喝酒了。他像一块通红的溶铁，猛然淬水，心身旋即僵硬。他下意识地耸了耸肩背，接着打了一个哈欠。不多一时，酒席不欢而散。

息侯此时，显然并不明白楚王熊赀的意图，执意把他送到馆舍。

---

① 豆：古代盛食物的器皿。

第三十三章　引狼入室息侯祀汝

楚王熊赀回到馆舍，失魂落魄地倒在榻上。他不能闭上眼睛，一闭眼息妫夫人就出现在他的眼前，待他睁开眼睛，她就消失了。他知道，她是上天送与他的礼物，他和她一定是上天谋划好的。在她面前，他的雄鸷和霸气都消失殆尽，只有无限的柔情和爱意，他甚至有一种屈服和无助。从来没有一个女人能让他如此魂牵梦萦，搅得他寝食不安。息妫夫人不仅仅是漂亮，她身上还有一种东西，一种他说不清是什么的东西在吸引他。

楚王熊赀本想见一见传说中的息妫夫人，是不是真如蔡侯献舞说的那样。见到之后才知道，蔡侯献舞为什么会酒后失礼，失礼着实跟酒无关，只因息妫太美。

楚王现在唯一想的就是怎么能再见到息妫。他从卧榻上起身，嘱咐侍从掌灯，在屋里不停地踱步。他觉得屋里好闷，就从屋里转到院子里。息国初春的夜还是有些寒意的，楚王又从院子里进了屋。楚王如此进进出出，心绪狂躁。

斗丹起解，看楚王屋里灯光，知楚王未睡。他悄悄来到楚王窗下，听到屋里走动的声音，以为楚王有事儿，问及侍卫，说主公一直未眠。

斗丹知道主公从来都是倒榻就睡，还没有什么事情能让主公夜不能寐的。即是战事紧急之时，他也照样能酣然入睡。昨天，他是作为宾相陪同主公出席宴飨的，息国是息达叔，单就宴飨并未有什么不妥之处，主公究竟是为了何事？

昨天主公在息妫夫人出场答谢时，有些失态，也不过是碰倒了盛肉酱的豆而已。他也看出了息妫夫人离开时主公的失落。若是平时，昨日的宴飨主公应该尽兴才对，豪饮骑射是主公之好，息妫夫人离开后他竟然没有了喝酒的兴致，宴飨也就早早地散了。看到主公没有兴致，息侯也不勉强，谦恭地将主公送到了馆舍。息侯恭敬周到，并无失礼之处啊。

难道主公不眠是为了息妫夫人？

那确实是一个绝世女人，她一出现便惊艳四座，整个朝堂顿时无声，除了她身上环佩的叮当声和衣裳的窸窣声之外，没有任何动静，甚至听不到大家出气的声音。这是一种震撼，无形的震撼。可是，她终归是息侯夫人啊！

主公虽然喜好女色，但并不专情，他身边从来都不缺绝色的女子。那苗瑶刚入宫不久，其色堪称绝妙，又有苗家风情，主公也甚是钟情。主公巡方息国，不过是一时兴起，想见一见息妫夫人而已，既已见过息妫，为何还如此焦虑不安？

斗丹并未打扰楚王熊赀，又悄悄地回去歇息。此时，他也了无睡意，思想主公究竟为何不寐？他想，如果主公真是为了息妫，该怎么办？毕竟她是息侯夫人，而且主公是巡方而来，并不是征伐。息国已经归服楚国，巡方也不能算僭越，但毕竟息国还是一个姬姓侯国，并不是楚国的附庸国。即便是附庸国，归楚国所有，她已是他人之妇。他太了解主公了，只要他心意已决，是没有人可以阻拦的。他夜不能寐，可见也在思量权衡，也是有顾忌的。但愿他不要为情所困，能够放下息妫。

再说，息侯送楚王熊赀回馆舍后，他就到了夫人寝宫。息妫夫人还未歇息，似乎有意等候他。夫人嘱他明日一早与息达叔商议，尽快让楚王一行离开息国。楚王熊赀喜怒无常，不定会生出什么是非。息妫已经感觉到楚王烈焰般的目光，她由此不安。

息侯倒也并没有感到楚王熊赀有什么异常，席间还说要和息国永结友好，互不相侵。他想，一定要让楚王熊赀高兴才是，他预备明晚要举行舞乐享礼，蒋姬去世，蒋国的歌舞伎子已经好长时间没有在席间表演了，他也想看看她们的表演。息侯说：“观看歌舞，夫人最好亲自陪同。”

息妫夫人说：“两君享礼，吾不便出场，还是遵照礼仪而行。”

息侯说：“也行，明日就让息达叔安排舞乐享礼，款待楚王。”

息侯心情很好，他看得出来，夫人盛装而出，气压众人，连楚王熊赀也都惊慌失措，夫人确实很为他长脸。息妫夫人看息侯难得如此高兴，也不想扫他的兴，两人一起叙谈很久，回忆他们一起在陈国的日子，缠绵悱恻，情浓意长。

第二天一早，申侯伯到楚王处请安，见楚王神情疲惫，面色憔悴，说道：“主公夜间可曾安睡？”楚王熊赀只是摇头，并未言语。

申侯伯见主公没有接话，知道他心绪紊乱，正要问及原因，不料楚王却说了一句没头没脑的话：“你看那息妫夫人如何？”

申侯伯会意，知道楚王熊赀放不下息妫，随即答道：“果然绝妙。”

楚王熊赀说：“何止绝妙二字可以述说的，实在是令孤思慕难禁啊！”

申侯伯说：“君王想得息妫，又有何难？”

楚王熊赀急促地说:“快说来听听。”

申侯伯说:“想得息妫，必得息国。若息国为楚国所有，那息妫便是君王的了。”楚王熊赀说：“这个，孤也知道。孤当是什么好主意呢。吾为巡方而来，带兵甚少，如何能取息国呢？”

“这个好办,君王可火速传讯中军,集结在息国边境,等候命令。若能智取息侯,大军不必前来。若息国军动，楚军旦夕可至，强取息国。”

灭掉息国，是楚王熊赀早有的打算，只是他此次为巡方而来，却灭人之国，有些太过。可是息国不灭，将置息侯于何处？只有灭掉息国，息侯和夫人皆为楚囚，他就可以尽意处置了。息妫，他必得之，楚王熊赀心意已定。

楚王熊赀当下召见斗丹，令他急速遣人调兵。

“调兵？息国褊小，息侯恭顺，君王为何调兵？”

“灭息！”

斗丹看到楚王悠远的目光和他青黑的眼圈，想起他彻夜未眠的身影，知道他肯定是为了息妫夫人，可是由此灭掉息国，似乎有些荒诞。

于是，他说道:“君王可是为了息妫夫人？”

“正是。”

“君王可否再找理由，出兵息国，继而灭之？”

“不，孤主意已定，此次息国必灭。孤不能等。”

斗丹知道再说无益，他说:“臣有一计，不必动用楚国大军，息国可灭。”

于是，斗丹便俯在楚王熊赀耳边嘀咕一番。楚王熊赀颔首称是，说道：“如此甚好！如此甚好！”

再说息侯，一早召见息达叔，嘱咐晚上的舞乐享礼。息达叔也想尽快让楚王熊赀离开息国，组织一场舞乐享礼也行，说明了息国对楚王的态度，让楚王熊赀高兴，也好让他尽快离开。因为，他确实搞不清楚楚王熊赀突然巡方的真正目的。

息侯正在筹备舞乐享礼，楚国使者来报，说楚王感谢息侯的盛情款待，晚上在馆舍回请息侯。

息侯相当感动，谁说楚王熊赀无常？还是很熟稔中原礼仪的。他宣召息达叔，取消晚上的舞乐，可以安排到后一天。息达叔说，“既然楚王回请，怕是他要回国了，就取消舞乐吧，千万不要再节外生枝。”

息侯说道：“楚王回请，说明楚王看重息国。因为按照礼仪，客居君王，是不必回请的。”

息达叔说：“还是取消舞乐为好。再者，主公晚上赴宴，一定带些贴身侍卫，以防不测。”

息侯笑道：“爱卿也太过小心了。在吾息国馆舍，还能有什么不测？再说，楚王也只有为数不多的侍卫。吾带了很多侍卫赴宴，会不会引起他的不快？”

息达叔说：“就按主公安排的办吧。不过，臣还是觉得，如果楚王要走，千万不要再用‘舞乐享礼’挽留他。”

息侯一天都在兴奋之中，他觉得夫人和息达叔顾虑太多，楚王熊赀并没有什么恶意，只是感念他为楚国教训了蔡国，巡方而已。

傍晚时分，楚王遣使来请息侯。息达叔嘱咐侍卫跟上，息侯却让他们都回，说，“这样会显得吾没有诚意。”

到了馆舍，只见楚王已经铺设好了宴席，食物和酒也都准备好了，单等息侯入席。息侯入席，也没有发现楚王熊赀的带戟护卫，心想，他让那些护卫回去还是对的，不然，他带了一队护卫算是怎么回事儿啊。

楚王熊赀今晚兴致很好，说感谢息侯的款待，息国真是个好地方。息侯诺诺称是，说是为君王预备一场舞乐享礼，望君王在息国再幸游一些时间。

楚王熊赀哈哈大笑道：“舞乐享礼就免了，孤明日就回国。”

息侯力挽道：“还请君王看完舞乐再走不迟，这些歌舞女子，都是蒋国送来的，艺技甚妙啊。”

“好的，孤就听你的，看完舞乐再走。”楚王熊赀敬酒，息侯一饮而尽。到了息侯回敬时，楚王熊赀开口说：“孤那些随行军士，长途跋涉来到息国，尊夫人不来犒赏一下吗？”

息侯心下慌张，说道：“息国褊小，不敢有僭越之举，待寡人与寡小君[①]商议后再行犒赏之事。”

楚王熊赀猛然起身，脸色突变，喝道：“无道狂徒，竟然敢蔑视吾楚国将士，还不与吾拿下。”于是，馆舍壁幔之中，窜出无数手握刀戟，身穿盔甲之士，迅速把息侯给绑了。

息侯被绑之后，恍若梦中，刚刚还礼仪周全的楚王，怎么突然就翻了脸。他想起夫人的担心、息达叔的提醒，悔恨自己的轻信，不过一切都为时已晚。现在，他

---

① 小君：国君夫人。

才看清楚王的真实面目，他以为他设计蔡侯被俘，楚王会感谢他，再不会为难息国。他来巡方，息国是那么恭慎恭敬，以天子之礼迎接他，就是为了讨得他的欢心，给息国以发展的时机。没想到，他竟然在息国的馆舍把他给绑了，看来他是早有预谋啊，只可惜他作为息国国君，有眼无珠啊。等这事儿过去之后，他再好好地谋划。看来，一切还得靠自己才行，息达叔和夫人一定会想法营救他的。息侯悲愤交加，悔恨之泪滚出了眼眶。

楚王熊赀绑过息侯，暂押在馆舍。他带着斗丹、薳章大步走出馆舍，跃上戎车，立于轼上，抓起辔策[1]，大喝一声，疾驰而去。

斗丹、薳章见君王亲自御车，不敢怠慢，招呼随行士卒火速跟上。一队戎车，轰隆隆如滚雷一般，驰过息国的街衢，直奔息国侯宫而去。

到了侯宫前，楚王熊赀一跃而下，斗丹赶紧扶上。他放下斗丹，健步如飞朝内宫直冲而去。

再说息妫夫人听说息侯赴宴，一直心神不宁，总觉得要有什么事情发生。所以，她并未歇息，一直等候息侯回来。碧叶多次催她安歇，她却说不困。碧叶再催，她起身走到门前，外面黑沉沉的，像被一张硕大的网罩住，惊悚而诡秘。她不由得打了一个寒噤，息侯为何到现在还未回宫？这时候，宴席应该结束了。是息侯喝多了，还是出了什么意外？她遣人去了息侯的燕寝，看他是否直接去了燕寝，见不到息侯，她无法安心歇息。

她对碧叶说："再等一等。确定主公回宫再歇吧。"

这时，被息妫夫人遣去息侯燕寝的侍卫慌忙来报，说主公不在燕寝。楚王熊赀带着军士闯进后宫，正往夫人的寝宫而来。

息妫夫人听到消息，觉得眼前一黑，扶住了碧叶。她说："该来的还是来了。"不知道是说楚王熊赀还是说这祸患。

她对碧叶说："主公已遇不测，你且为吾梳妆整容。"

碧叶当时就吓哭了，说："夫人，这时候您还梳妆整容干吗啊？赶紧想法子啊！"

息妫夫人说："想法子？想什么法子啊？上天要让谁灭亡，是没有办法的事儿。引狼入室啊！既如此，宁为玉碎不为瓦全。碧叶，抓紧为吾梳妆，吾一定要规规整

---

① 辔策：御马的缰绳和马鞭。

整地见吾祖先。”

碧叶一边流泪，一边为息妫夫人梳妆。息妫夫人说：“碧叶，你把吾那根翡玉笄拿来，这是吾陈国的东西，给吾戴上吧。”

碧叶磕磕绊绊地去打开妆奁，拿出了那支翡玉笄。由于心绪慌乱，绊了一下自己的裳裾。翡玉笄掉在地上，顿时成了两截。

碧叶跪在地上，失声痛哭。

息妫夫人已经很平静了。她说：“碧叶，起来吧，一切都是天意。”

碧叶抖抖索索给夫人梳妆完毕，息妫夫人说：“碧叶，走吧！”

碧叶惊慌地说：“夫人，咱们去哪儿？”

“去该去的地方。”

息妫夫人嘱咐婢女张灯前行，她由碧叶扶着向寝宫后院的一眼深井走去。

楚王熊赀进入息国侯宫大门，遭到侯宫侍卫的阻拦。

楚王熊赀留下薳章应付息侯宫中的侍卫，他与斗丹直奔息妫夫人的寝宫。到了息妫寝室，寝室里已空空如也，根本不见息妫的人影。

楚王熊赀心下慌张，拿刀逼着一个侍女，问夫人的去向。侍女哆哆嗦嗦地说：“夫人往后院去了。”斗丹已经明白，不等楚王熊赀吩咐，即刻跑出门外，朝后院奔去。

息妫夫人已经行至井栏旁，碧叶还在哭哭啼啼。息妫安慰道：“碧叶，吾不该带你到息国，害得你跟吾担惊受累。息国完了，吾跳下之后，你可留下，待有机会回陈国去吧。”说完，纵身一跳。

息妫夫人并未跳起，好像被什么东西绊住了。她回头一看，是一位楚国将军紧紧地拉住了她的衣裳。

那将军便是斗丹，他说：“夫人为何独死，不念息侯乎？”

息妫并未搭话，再次朝井栏跳去。

斗丹又说：“如果夫人听话，息侯还能活命，如果夫人任性，吾王会血洗息国，息侯性命不保不说，息国也会生灵涂炭，人民饱受苦难。久闻夫人大义，怎么能自己轻死而不顾息侯和息国人民的安危呢？”

息妫夫人听罢此言，只好随斗丹而去。

当晚，息妫夫人被掳到了楚王熊赀的馆舍。

楚王熊赀见到息妫夫人，激动得不知所措，他围着夫人转了一圈又一圈，说道：“夫人，孤慕夫人久矣，自蔡侯归蔡，孤就想来拜见夫人。上天垂怜孤，得见夫人，孤要携夫人归楚。夫人还有什么话要说吗？”

息妫夫人忍痛说道：“息国呢？”

楚王熊赀微笑说道：“你既为楚王夫人，哪还有息国可言？”

“息侯呢？”

“如果夫人跟孤回楚，息侯可以苟活。夫人在，息侯性命便在。夫人不在，息侯的性命又算得了什么呢？”

息妫夫人悲愤地说道：“上古训制，灭人国者，不灭人祀。”

“灭不灭息国祖祀，那就看夫人了。夫人如果跟孤归楚，息侯尚可祀祖。”

息妫夫人的眼里，泛起了水光，热泪盈满了眼眶，两颗剔透的泪珠，从她的脸颊上滚下。楚王熊赀看得十分揪心，慌忙说道：“夫人切莫伤心，孤一切依你便是。”

那天夜里，息达叔秉灯静坐，他心里惶惶不安，总觉得息侯赴宴凶多吉少，楚王一刻不离息国，他的心就一刻不安。他本来为息侯预备了一队死士，以备不虞，息侯执意不让。他已在息国馆舍外，安排了侍卫，一有情况，马上报来。宴席早就应该散了，还不见来报，一定是出了什么事情。

终于传来了打门的声音，息达叔心里一惊，慌忙着人开门。正是他安派在馆舍外的那位侍卫，那侍卫气喘吁吁地禀告息达叔，他依大人之命候在馆舍外，只见楚王及其随从驾车飞奔而去，并未见主公人影。他趁乱潜入馆舍，见主公被绑，由楚卒看守。他吓了一跳，赶紧追上楚国的戎车，戎车直奔了侯宫，楚王掳走了夫人。现在息侯和夫人，双双关在楚王馆舍。

息达叔眼前一黑，险些摔倒，他伸手一晃，扶住了几案，他长叹一声说：“吾也想到了楚王巡方只是个幌子，不想包藏如此祸心。”

侍卫说：“大人，赶紧想法子救主公和夫人啊！”

息达叔惨笑道：“想法子？没法。”

侍卫说：“都说大人德智超人，一定会有法儿的。大人，救救主公和夫人吧！”

息达叔仰天而叹：“完了！息国完了！”然后老泪纵横，放声痛哭。

侍卫道：“大人，楚王带兵不多，况在吾息国，现在息国兵强国盛，总可以和他决一死战，不能就这样算了啊！”

“决战？吾何尝不想啊！吾何惜这条老命？可是，除了息国百姓饱受战乱，造成生灵涂炭，不会有什么好的结果啊。楚王熊赀是有备而来的，楚国大军一定驻扎在不远处，就算息国兵强国盛，远不是楚国的对手。”

“大人，难道就这样坐而待毙吗？”

“坐而待毙？天让息国灭亡啊！楚王熊赀雄鸷诡谲，这一切都是算计好的。如果息国兵动，楚军闻风就到。”

侍卫悲恸而去。

息达叔待侍卫离去，含泪找出礼服穿上，坐等天亮。待及天亮，佝偻着身子去上朝，一夜之间他头发全白了。他身穿着祭祀礼服，颤颤巍巍地到了朝堂。

朝堂上端坐的不是息侯，而是楚王熊赀。息国的大臣们，很多还不知道出现了变故，陆陆续续地来到朝堂。

看到朝堂上的楚王熊赀，不知道到底是怎么回事。只知道楚王巡方，息国上下都忙着恭迎，怎么他一下子就坐上朝堂？息侯呢？

待大臣们到齐，薳章宣读楚王诏书。息国已归属楚国，息侯及宗室至亲，将迁往汝地，保留息祀。息妫夫人立为楚王夫人。原息国为楚国息县。原息国上卿息达叔任息县县尹，治理息县。

申侯伯站在堂下，听到立息妫为楚王夫人，他心里为之一振，他知道楚王灭掉息国，就是因为息妫。息国既已灭掉，他何不借此机会，让楚王更加高兴呢。想到此，他出列奏道：“吾王英明，楚国威武。吾楚国既已称王，楚王夫人应以王后相称，臣奏请吾王封夫人为王后。”

“王后？好！”楚王熊赀果然高兴。昂然说道：“准奏！”

息国众大臣们这才醒悟过来，原来一夜之间，息国已经灭亡了啊！息妫夫人被封为楚国王后。他们先是惶然，继而悲愤，不禁同放悲声。整个息国侯宫朝堂，悲恸之声直达云霄……

这时，楚王熊赀士卒来报说：“启禀吾王，大军已到侯宫门外听命，等候吾王吩咐。”

楚王熊赀说道：“好！将士暂驻待命！请司空大人去库府清理国库吧。息县尹息达叔，请前带路。”

楚王说完，只听息达叔说道：“且慢，息国上卿息达叔，乃息国宗室之后，绝不受南蛮强盗之封，辱吾先祖。息国既已灭亡，吾何面目苟活于世？且随吾先祖于地下。呜呼，吾息国先祖，吾来也。”

息达叔说完，便朝朝堂上的大柱撞去。顿时，他脑浆崩裂，倒地而亡……

第三部

楚国　楚文王后

第三十四章　楚子雄起赫赫威震

楚王熊赀带着王后、息侯、息国公族，以及息国库府的财宝，准备往楚国进发。车驾启动之前，问王后还有什么事情要办？文王后[①]只对碧叶说，把那些她们从陈国带来的物件儿，“胡姬来仪”琴、埙、人祖之根的泥泥狗，还有那对织锦老虎等，都随身带着。凡息国的，一丝都不要带。斗丹听到王后嘱咐碧叶，不等楚王发话，遣几名士兵和碧叶一起到息侯宫取文王后的东西了。

等碧叶取东西回来，楚王熊赀的大队车马就开始启动。息国百姓听闻息国已灭，息妫夫人被掳，成群结队走出街衢，涕泗横流，跪送息妫夫人。文王后隔着车幔，为息国洒下了最后的眼泪。息国的大好河山，息国的黎首[②]百姓，息国的都城沃野，息国的君侯和夫人，从此都属于楚国了。息国，她曾经那么热爱的息国，她把她的嫁妆，她的心血，都交给了这个国家，而这个国家却因她而亡。天意!

楚王熊赀大队人马很快到了郢都，他把王后请入了“纁宫”。这里都是按照熊赀梦中的颜色置下的壁幔窗纱门帘，所以，他把这个宫室叫“纁宫”。从此，他一颗狂野之心，便落在此处。

楚王熊赀虽是个雄鸷诡谲、霸气血性的汉子，但是他对文王后却柔情百结，因为这个女子身上有一种神秘的东西，让他不能自已。

陈国是礼仪之邦，“三恪”[③]之后，不但是公侯国，而且还是周王朝的亲戚。当他还是个偏于南蛮的楚国太子时，就对这个神秘的北方之国，充满向往。他听师傅葆申讲过很多中原诸国的故事，却不知道中原诸国究竟是怎么回事。特别是陈国，

---

① 文王后：楚文王的王后，为便于叙述，以下称文王后。

② 黎首：百姓、人民。

③ “三恪”：周朝新立，封前代三王朝的子孙以名号，称三恪，以示尊重。封皇帝、尧、舜之后于蓟、祝、陈。

和鲁国并称礼仪之邦。王后，这个陈国长大的女公子，身上有一种让他着迷的神秘之美。也许是诗礼音韵的浸润，也许是水土沃野的滋养，在楚王熊赀看来，那是一种高贵典雅的异域风韵。自她出场的一刹那，他已经打定主意，今生一定要把这个女子娶回楚国。尽管他巡方息国之初，也只是想看一看传说中的息妫夫人，并没有这么明了的想法。可见到她之后，他已经完全着魔了，他从来没有过这么急切地想办一件事情，办一件他自己都认为荒唐的事儿。这件事儿，他必须要做，没有任何人可以阻挡得了的，这就是那个本真的他。

他是一个王者，可是他心中的她，就是一个王者之王，他甘愿俯首称臣。一种从来没有过的情愫让他兴奋不已，手足无措，他甚至不知道该怎么和她相处。狂放不羁，傲睨一切的他，开始注意自己的言行，总感觉自己笨拙鲁莽，再也找不到他认为得体的做派。他想让她对他、对楚国有所了解。他给她讲述了他的先祖，以及他父亲楚武王的创业史。

楚，其实也是华夏族，芈姓。他的先祖是黄帝的孙子颛顼，颛顼的曾孙吴回就是祝融，从祝融到季连，他们的族群还都生活在黄河流域的郑国一带。季连时期，他们的族群被商朝驱逐南迁，几经迁徙，后到荆蛮。自此楚国开始了真正的建国立业。商朝末年，季连的后人鬻熊当首领时，商纣王无道。居岐山的西伯侯姬昌，四处访贤，招纳勇士，准备讨伐纣王。各路诸侯闻讯，纷纷归附。当时的楚国地处偏远，未见归属，西伯侯姬昌就亲自来到楚国，拜见楚首领鬻熊。鬻熊虽然精通文韬武略，有治国安邦之才，但那时他已经九十岁了，姬昌见到了鬻熊才明白他未归附的原因，是因为年龄太大。鬻熊见到姬昌却是喜出望外，他说："久仰西伯侯的大名，正要投奔西伯侯同济苍生，共建大业。不料明主谦恭礼贤，亲到敝邑。甚幸，甚幸！"姬昌见鬻熊皓首银须，不禁感慨地说："老人家虽有雄心壮志，可惜已经年迈，还能光耀几时啊？"鬻熊听了姬昌之言，自信地说道："吾是已经年迈，夺关斩将力所不及。但是，运筹帷幄，决胜千里，还是可以的。"姬昌见他说的有理，又归附心切，就问他："老人家怎么辅吾立千秋万世功业啊？"鬻熊答道："今纣王施暴政，使得天下大乱，诸侯们为了偏安一隅，掳民夫充军伍，刮民财济粮饷，使民众苦不堪言。吾辅贤侯招贤纳士，集诸侯于麾下，以法绳约束之；施仁播德，天下归心；吊民伐纣，建千秋之基业。然后，修文息武，教化万民，振兴百业，便可国泰民安，四海升平。"姬昌一听大惊，惶然拱手谢罪说："老人家果然怀有雄才大略，请登车同往西岐共谋大事。"于是，鬻熊便跟随西伯侯到了西岐，被西伯侯姬昌用为谋臣，尊为师长。后来他立了许多功劳，成为周王朝的开国功臣和老师。不幸的是，周武王封国时，他已经死了。后周成王时，追封文、武时期的功臣之后，鬻熊的曾孙熊绎被封楚地，为子爵。那时的楚国不过是个二十多里的小子国。其实，这次追封虽说是周成王时期，但摄政的是周公旦。周公旦于周王朝有大德大功大治之谓，他不但具有战略眼光和政治智慧，而且是一切礼仪规制的制定者。他意识到了楚人在南方的势力，才建议周成王封了熊绎为楚子国君。楚国封地，还是原来的楚人的地域，只不过是给了一个小小的名分而已。一个小小的名分，不但拢住了荆蛮楚人，也为周公旦开辟了一个避难之处。这就是周公旦的高明之处。

楚，为什么叫楚，有一个楚人比较骄傲的传说。据传，鬻熊的妻子妣厉，生儿子熊丽时难产，剖腹生下熊丽，熊丽出生后，妣厉就死了。妣厉下葬时，巫师用荆[①]条把她的腹部裹起来。熊丽的子孙，为了纪念她，就把他们居住的地方和国号，称为楚。

楚国的自强，大概源于周王朝第一次会盟诸侯。楚子[②]熊绎第一次参加诸侯会盟，异常兴奋，当他来到布置庄严、祭品丰盛、热闹非凡的会场时，十分得意。可是，来参加会盟的诸侯都陆续入场，找到了他们的位置。而他，找了半天，没有找到自己的位置。没有位置也罢，后来还被派去看守大庭前的火炬。他对指派的他人说："吾是楚子啊。"那位笑道："知道你是楚子，今天到场的公侯才有位置，你一个小小的楚子，哪里有你的位置？这是天子的命令，快去看守燎庭吧。"因为楚国偏居荆蛮之地，又是祝融的后裔，所以让他和戎狄之君共守燎庭，也算是天子开恩了。

熊绎本来是兴致勃勃地参加诸侯国大会盟，不想竟然被指派去看守燎庭，非常生气。他想，他之所以受中原诸侯国的轻视凌辱，就是因为楚国又穷又小，兵微将寡。欲不受欺负，须奋发图强，开辟疆域，壮大国力。自此，熊绎带着楚国人，穿着破衣烂衫，乘坐荆条编成的柴车，开发荒山野林，楚国由此踏上了艰苦创业的征途。此次会盟，不但激发了楚人的创业精神，而且也在楚人的心里，种下了与中原对抗的种子。

到了熊绎的后期，楚国的地位略升，因为周王朝发生了变故。周成王即位时年幼，周公旦摄政，成王摄政以后，周公旦为政敌陷害，不得已跑到了楚国。中原那么多的诸侯国，周公旦都没有去，单单去了楚国，可见他与熊绎的关系非同寻常，除了对楚国看重之外，大概也有英雄相惜的意味吧。后来周成王了解了真相，又亲

① 荆：灌木名，又名楚。

② 楚子：楚国国君。楚国是子爵国。

把周公旦召回京都。为了褒扬熊绎的忠贞和功劳，周成王在周公旦的建议下，册封熊绎为“楚君”，但是并未提升楚国的爵级。因为周朝的成例是：处蛮夷[①]，国虽然大，皆子爵。

楚国自熊绎，经历一百多年的惨淡经营，到了熊渠时期，已经初露峥嵘。熊渠是熊绎的第四代孙，他执国政时，是周朝的厉王在位，那时的楚国已经征服了三苗八蛮九夷，侵伐四周小国，疆土开拓至数百里。

说到熊渠，那是楚王熊赀十分崇拜的一位先祖。确实，在楚人的历史上，熊渠是值得一提的君主。楚国到熊渠时，已由始封时的二十多里小子国，变成了汉江流域的大国。熊渠是个有进取精神、有胆有识、勇力过人的君主。他继承了先君遗训，一面小心和睦邦邻，一面趁中原动乱，大胆开疆拓土。熊渠具有超人的聪明和智慧，他善于外交、用兵、治国，楚国一直以来都是和南方各苗夷杂居，熊渠征服了这些杂居的苗夷和汉江一带的小国，使楚国开始真正地崛起。熊渠率领军队先是攻伐西北的庸国，而后东征杨越，一直打到汉江平原的鄂国。楚国疆域迅速扩大，国强兵壮，再也不是为中原诸侯笑话的楚子。熊渠不但不是楚子，而且自称“楚公”，那就是公爵级了，是周王朝封爵的最高等级。他的三个儿子更是肆无忌惮，开始称王，长子毋康自称是句亶王，在江陵一带。二儿子挚红自称鄂王，在武昌一带。三儿子执疵自称为越章王，地域比较偏远。因为周厉王暴虐，熊渠害怕被讨伐，才取消了僭越的“公”与“王”的名号。

说到熊渠的神勇，还有一个流传很久的故事，说他有一次夜间巡行，看到一个横卧的石头，以为是趴在地上的老虎，便拉弓射箭，只听见“嗖”的一声射中了，他到跟前一看，原来是一块石头，箭头射进了石头里，箭杆上的羽毛都掉了下来。而后，他又接着射了几箭，箭头被折断，什么痕迹也没有留下了。所以，后人都说熊渠的神射，比后羿都厉害。[②]

熊渠东征西战，并没有放松教导他的臣民，他每天都用列队的方式治理国内的人民，教导百姓生计不容易，祸患不知哪天就会来到，戒备警惕不能放松。对待军队也同样，告诫军队，胜利不能永远保有，纣得到一百次胜利，而最终还是没有好结果。他的教导和训示成了代代相传的楚国精神，到了熊仪、蚡冒，基本形成了传统。楚国的先君们告示后人，百姓的生计在于勤劳，勤劳就不会匮乏。楚国所以这

---

① 蛮夷：古代对少数民族的称谓。南称蛮，北称戎，东称夷，西称狄。

② 比后羿都厉害：出自《史记》。《史记》曰：羿名善射，不如雄（熊）渠、蜂门。

样强大，就是靠他们一代一代地传承这种艰苦创业、尚武扩张、英勇无畏的精神，而不是靠着诗书礼乐，仁义礼制。所以，楚国后来称霸靠的是真实力，而不是假仁义。只可惜，熊渠在位十年就去世，当时熊渠长子熊毋康早逝，次子熊挚红继位，少子熊执疵发动政变，弑杀熊挚红自立为君。熊执疵即位后改名熊延。

楚国虽然偏居南蛮，但是实行的还是商周时期的规制，到了熊仪也开始有了谥号。熊仪谥号为若敖，他的儿子熊坎谥号霄敖，他的孙子楚眴就是蚡冒，也称楚厉王。蚡冒薨殁其子继位。

楚王熊赀的父亲熊通是霄敖的儿子，和蚡冒是兄弟，因其侄子生性懦弱，熊通弑侄自立。熊通更是一个雄心勃勃、铁腕强政、凶猛彪悍的君主。他的雄心不止是荆蛮和汉江平原，而是打过汉江北上中原。他即位后就与邓国联姻，娶了邓国曼姓女子邓曼。那邓曼也不是等闲人物，智慧而有主见，协助楚君熊通建功立业。楚君熊通即位三年，就挥师渡汉，灭掉了权国，设置权县[①]。楚君熊通除了勇猛果敢，更具文韬武略。他灭权后，权县尹斗缗叛乱，后来为了杜绝原住民的叛乱，每征服一地，迁其公族于楚。

楚君熊通除了大征群蛮，让楚国边境的苗蛮都归顺之外，主要的精力放在汉江一带诸姬小国，一方面征伐消灭，一方面奴役驱使。楚国的疆域越来越大，实力越来越强，就连北方的郑国和蔡国都害怕楚国，因此郑、蔡在邓地会盟，妄图阻挡楚国越过汉江直达北方。那时，北方的郑国已经让周天子威风扫地了，可见郑国的强大，而郑国却是害怕楚国。尽管如此，楚国仍旧是周王朝一个子国，这实在是让楚君汗颜。楚君熊通就想趁周王朝王纲失威，诸侯混战，提高楚国的封号。机会终于来了，他会盟诸侯之时，随国、黄国不到。于是他就借机率师讨伐随国，在随国请成时，楚君熊通提出一个要求，就是让随侯去京都朝王，为楚国请求加封。楚君熊通也是掂量一番才决定的，他不能提出为自己加封，让随侯说比较合适，这样他也有了回旋的余地。他对随侯说：今诸侯皆为叛乱，或相侵，或相杀。吾有敝甲，欲以观中国之政，请王室提高吾封号。

周天子对于楚国不来朝拜反而请封，非常生气，拒绝加封，而且对随侯大加斥责。楚君熊通听了之后暴怒，说："吾先祖鬻熊帮助周文王打败了商纣，又是周文王的老师，功勋卓著，因为去世得早没有得到封号。到了周成王时，才封他的子孙

① 权县：中国历史上第一个县。

于楚地，还只是一个子爵。吾楚国历代君主艰苦治政，归顺夷蛮。现疆域浩大，兵壮国强，周王室不知奖赏，不提封号，反而责难。既如此，吾只好自封尊号，以王相称，”从此自称楚王。那一年，楚王熊通已经即位三十八年了，他后来死于伐随的征途中。楚王熊通一生四处征伐，国威盛大，他给楚国留下了清朗而安宁的江汉平原和一套初具规模的国家机器，楚国由此强盛。

楚王熊赀向文王后讲述了楚国很多故事，他为楚国而骄傲，他要效仿父王，让楚国迅速崛起。他希望王后，这个他爱的女人，能够接纳他，能和他一起实现他的理想。

文王后始终没有说话，她忧郁的神情让楚王熊赀心疼不已，他不知道怎么能够让她开心。这个女人已经成了他的女神，对于他来说，她就是一种精神力量，只要看到她，他就会充满兴奋，充满无法抑制的激情。过去的那些女子，欢愉之后，他不会再有任何牵挂。可是，王后却不一样，让他牵肠挂肚，他心甘情愿地为她做一切。可她从来没有主动和他说过一句话。即便这样，他还是有一种亢奋的感觉，那就是拥有她的自豪。拥她入怀，他便觉得拥有了天下。所以，她成了激励他征战的动力。老天真有意思，这个反对暴力的女子，却成了激发暴力的动力。

楚王熊赀为了让文王后生活得更好一些，他已经遣人去中原籴麦以供她食用，他还嘱咐司农，在汉江平原种植北方的麦子。

文王后，从此改变了荆蛮楚国的种植结构。

楚王熊赀为了让王后更开心一些，亲自陪她到楚王宫内外游览。他引领文王后登上了凤凰山，站在山顶，心中无限感慨，上天对他厚爱，不仅给了他一个强大的楚国，还给了他一个绝世的王后。他不会辜负上天，一定要携王后，征服中原，巡游中原。他现在拥有她，将来楚国还会拥有她的祖国。她是楚国的骄傲，也是陈国的荣耀。

面对楚王熊赀的殷勤，文王后并不领情，作为在陈国宫廷长大的女子，她对礼仪规制非常尊崇，对这个野蛮霸气的君主始终怀有怨愤。她觉得他就是一个强盗，莽撞而无礼，欺小凌弱，四处征伐。她是因为息侯而苟活，如果她不听从他的安排，息侯就没命了。虽然息国完了，可是息侯还有十户俸禄，以维持生计，维持息国后祀不灭，这也是由于她的缘故，是他最温情的地方。而申国、邓国诸君，却没有息侯的待遇。如果不是为了息侯的性命，她早就为息国殉情了。她思念息侯，时常回忆他们夫妻恩爱的时光，不禁悲情落泪。她也因此更加怨恨楚王熊赀。楚王熊赀，灭人国，掳人妻，天地共诛之。她听说了息达叔的故事，她一向敬佩息达叔的智慧和忠贞，只可惜息国没有人能把息达叔的事情记载下来，他才是息国的英雄啊。如果息侯一切都听息达叔的，息国或许就不会灭亡了。可是，这一切终归还是她引起的，她才是息国的罪人。

南方的楚国王宫和一切风物，更加激发了文王后的思乡之情，她十分想念北方的陈国，想念那里的亲人。她的君父和母亲还都好吗？上次归宁，她看到了完哥哥眼中的忧郁，陈国的宫廷，并非一切安好，不知道隐藏了多少危机。她拿出了那只陶埙，吹奏了一曲《宛丘》。幽怨的埙声，飘在楚王宫的上空，大家都不知道这是什么乐器，那么委婉动听。于是，楚王熊赀便命乐师学习这支曲子，命陶工铸造了这种乐器，楚王宫便流行了这首陈国民歌。

楚王熊赀不知道怎么才能让文王后高兴起来，就询问碧叶北方陈国的风土人情，试着在楚国实行，以解文王后思乡之情。

文王后正在伤神中，忽然听到《宛丘》乐曲。她十分惊讶，这种北方民歌，怎么会在楚王宫里演奏？问起碧叶，碧叶说："是楚王嘱咐的，听王后吹奏这曲子，就让乐师学习演奏。据说，他们在楚国的北方平原，种了很多咱们陈国的麦子呢。"文王后心里似乎一动，但也只是一动而已。

麦子，文王后眼前出现了陈国平原上一望无际的麦田，还有息国北部，那里的麦子也和陈国一样茁壮生长。息国已经属于楚国了，即使汉江平原没有麦子，楚国也算有麦子了。那是息国的麦子！息国……息侯，她的夫君，他还好吗？从一国之君，到十户食邑，他怎么生活啊？夫君……文王后不禁悲从中来，唏嘘不止。

文王后置身奢侈华丽的楚王宫中，每天都有丰富的食物，铺张的器皿，还有楚王的殷勤，而她心里只有息侯，只有伤痛，只有悔怨。这一切让她面色憔悴，神情凄楚，饮食无味。

楚王熊赀每天都歇在纁宫，看着文王后的一颦一息，举手投足，心里都充满了万般柔情。虽然文王后从不主动和他说话，但是，只要看着她，他心里已经很满足了。这个北方的女子，在他眼里是如此尊贵仪端，如此高雅灵动，如此婉约可人。

人真是个奇怪的东西，也许正因为楚王熊赀感觉走不进文王后的心里，才如此痴迷。或许因为荆蛮的尚武传统对北方诗礼文韵的尊崇和向往，才有如此情愫。谁知道呢？

第三十五章　文王继起巍巍新郢

自文王后进入缅宫，楚王熊赀就不自觉地改变着自己，楚国的风尚似乎也因此而改变。这一切，都变得不可思议。

熊赀一出生就被定为太子，所以，他从小就是按照君王的标准培养的。楚武王是个英明而有远见的君王，所以他在儿子身上花费了很大的心血。楚武王想把儿子培养成一个文武兼备的君王，继续他的霸业，他计划在中原给太子请位学识渊博的老师。楚国人喜欢占卜，楚武王就让太卜占了一卦，看在哪里请师傅比较吉祥。太卜告诉他，师傅一定要在中原的申国，葆氏一族中寻找。于是，楚武王就派人到申国寻访，找到葆氏族的一位饱学之士，把他请来，给儿子做师傅，这个人就是太傅葆申。楚武王真正的目的，是用中原先进的文明，熏陶太子熊赀，把他教导成一个能驾驭中原的霸主。葆申性格谨慎，才学渊博，兢兢业业地教导熊赀，很多时候为了教导训诫熊赀，只能使用苦肉计。

楚武王在位五十一年，熊赀即位时已经三十多岁了，父王的尚武精神，楚国的扩张传统，和中原文化的正统，都集中在他身上。熊赀小时候聪慧过人而又玩虐随性，身上兼有野性和灵性，所以他的性格就比较复杂怪异，他虽为太子，不修德行，却喜欢打猎养狗，纵情酒色。那时候的他，并未显示出文韬武略，凛然大气，或许面对一个强大的父亲，没有机会显示，或者不显示是更明智的选择。他的父亲楚武王，不但花了很大的心血培养他，而且还给他留下了一个精干的班子，和一支强大的军队。面对一个运转很好的国家，散漫成性的熊赀，一时还不能收心归本，把精力用于国政上。他喜欢打猎，刚继位时，申侯伯进贡了一只茹黄狗和宛路箭，这些东西都是打猎时最好的帮手和武器。得到这两件宝贝之后，他就和申侯伯一起去云梦打猎。一时兴起，在云梦游猎三月，不回丹阳，不问国政。当时的上大夫管绕，直接到了云梦，跪谏楚王回宫主政。楚王熊赀不理他，他就每天跪在楚王打猎的道路旁。楚王熊赀实在不堪管绕跪谏，一怒之下降了他的爵位，由上大夫降为中大夫。

降爵归降爵，毕竟管绕搅了他的兴致，便悻悻回到楚都丹阳。他游猎回来时，路过丹地，得到丹地美女丹徕。那丹徕十分妖艳野狂，正符合楚王熊赀的口味。于是，他和丹徕沉迷于男欢女爱，整整一年不上朝听政。

楚王熊赀一年不上朝听政，楚国也没有出问题，是因为楚武王留下了过硬的班底，那些忠心的大臣们，各司其职，竭力致政，国家还能正常运转。可是，太傅葆申就受不了了，他受先王的嘱咐，要把熊赀培养成为一个有作为的君王，而他却如此恣肆放纵，游猎山林，耽于女色，这样下去楚国就要灭亡了，他怎么对得起先王啊。于是，他进宫劝谏熊赀，他说："先王占卜让吾做太傅，卦象吉祥。如今君王得到茹黄之狗和宛路之箭，前去打猎，三个月不回来。之后又纵情女色，一年不上朝听政。君王的罪应该施以鞭刑。"熊赀虽然玩虐，但是对师傅还是十分恭敬的。他说："吾从离开襁褓就列位于诸侯，请您换一种刑法，不要鞭打吾。"太傅葆申说："吾受先王之命，不敢废弃刑罚。君王不接受鞭刑，这是我废弃先王之命。吾宁可获罪于君王，不能获罪于先王。"葆申坚持，熊赀也没有办法，只好说："吾遵师命。"葆申便拉过席子，让熊赀伏在上面。葆申把五十根细荆条捆在一起，跪在楚王旁边，轻轻地放在熊赀的背上，然后再拿起来。这样反复做了两次，对熊赀说："好了，君王请起来吧！"

楚王熊赀觉得这实在没有意思，就说："既然吾有受鞭刑之名，索性真打吾一顿吧！"葆申说："吾听说，对于君子，要使他心里感到羞耻，对于小人，要让他皮肉觉得疼痛。如果让他感到羞耻仍不能改正，那么让他觉得疼痛又有什么用处？"

其实，楚王熊赀对老师这样迂腐的责罚，并没有放在心上。葆申看楚王熊赀没有悔改之意，说完就快步离开朝廷，把自己流放到南漳的荆山，请求楚王赐死他，以惩罚他的罪行。

楚王熊赀这时才对老师的苦心有了领悟，他说："这都是孤的过错，葆申有什么罪？"于是改弦更张，召回葆申，杀死茹黄之狗，折断宛路之箭，打发走丹徕，将所有的心思全部用在国政上。

他做的第一件事就是把国都由丹阳迁至郢。这是楚国历史上第一次迁都，也是楚国由蛮荒之地贴近中原之举。郢，地处汉江平原腹地，外延可至黄河中游地域，兼有水陆两便。东接云梦，西扼巫巴，北连中原，南临长江。不仅自然条件优越，而且具有重要的战略地位。楚王熊赀之所以迁都郢，就是看重了它的战略优势，也是为了实现父亲"观中国之政"的目标，这足以说明他的目光高远。迁都之后的楚王熊赀，开始经营他的霸业。他做的第一件事儿，就是讨伐申国，打开周王朝南大门。申国是周王朝的姜姓诸侯国，也是周王朝为控制荆楚而设。所以，楚王熊赀要实现“观中国之政”就必须灭掉申国。灭掉申国并不是难事儿，问题是楚国与申国中间还隔了一个邓国。

灭掉邓国，不是武力问题，而是人伦问题。因为，邓国就是楚王熊赀母亲——邓曼的祖国。楚国若要伐申，就必须要借道邓国。只是借道还好说，更主要的是楚王熊赀还另有图谋。

为了借道成功，楚王只好先以外甥的身份，访问邓国，取得邓侯信任。楚王熊赀降低姿态，来到邓国，哄得邓侯高兴，然后提出向邓国借道伐申。熊赀既是邓国的外甥，又是楚国君王，邓侯自然是以国君之礼，大摆筵席招待他。宴席中，觥筹交错，酒饮正酣，气氛热烈。不多时，邓侯微醉，起身小解。邓国的三位大臣骓甥、聃甥、养甥随邓侯而出，借机对邓侯说：“灭亡邓国的一定是这个人，如果不早点除掉他，等到他要灭掉邓国时，主公就像自己吞噬自己的肚脐，还能来得及吗？现在正是机会，只要主公发话，吾等即刻动手。”邓侯说：“他是吾外甥，吾若杀掉他，旁人都不会吃吾祭祀时剩余的肉了。”三位大臣说：“如果主公不听吾等劝谏，就连祭祀社神、谷神的粮食都没有了，主公还有祭祀的肉吗？连祭祀的肉都没有，主公还会有剩余的肉给别人吗？主公一定要当机立断啊！”邓侯仍旧不同意杀掉熊赀。果然，楚国灭掉申国之后，大捷而回，路过邓国，就把邓国给灭掉了。

其实，楚王熊赀灭掉邓国是必然的。他既已灭掉申国，就必须灭掉邓国，不然，他怎么能隔一个邓国，去统治申国呢。既然不能统治申国，就无法“观中原之政”了。所以灭掉申国必须灭掉邓国，这种趋势邓国三位大臣都很清楚。只有邓侯被楚王熊赀的亲情所蒙蔽，以人之常情衡量君王的思维，而不是站在国家的利益上衡量利弊。楚王熊赀，为了楚国的利益，是不会顾及姻亲的，这就是他和邓侯的不同。扩张本来就是血腥的，不讲人道的，倘若讲究仁义道德，讲究姻亲温情，哪里还有楚国的强大。

楚国的强大，除了血腥的扩张之外，还有对人才的重视。楚王熊赀灭掉申国，不但控扼了楚国通往周王朝的咽喉之地，更大的收获是得到了彭仲爽。

彭仲爽本是申国上卿，此人精通文韬武略，熟稔中原礼仪规制，掌握国家军政纲维。楚王熊赀一见，便如获至宝，犹如齐侯小白得到管仲。所以，楚王熊赀伐申回楚的第一件事就是授予彭仲爽令尹一职。彭仲爽的启用，说明了楚王熊赀对人才的渴求，以及他举贤选能的决心和气魄。楚国在楚武王时期，已经看到了宗法对国家发展的制约，改革了一些官制。但是，还没有启用宗室以外的人才。楚王熊赀大胆启用彭仲爽，打破了楚国单一的宗亲用人模式，为楚国的发展注入了新的活力。楚国的迅速崛起，跟他不分身份、不分民族、不分等级的破格提拔使用人才有很大的关系。

彭仲爽自然不负楚王熊赀厚爱，对楚国做出了很大的贡献，灭掉申国设置申县，灭掉息国设置息县，都是他的杰作。

楚王熊赀对彭仲爽的启用，可谓是知人善任。彭仲爽对楚王熊赀的辅助，可谓殚精竭虑。这一对君臣算是互知、互信有余。可是，息妫夫人来楚，倒是让彭仲爽疑惑不解。他确实没有想到，楚王熊赀这样一个雄鸷好战，怀揣着“观中原之政”野心的君王，竟然对一个息妫夫人如此钟情，做出许多有悖常情之事。楚王熊赀后宫的绝色美女不少，特别是苗瑶进宫之后，他曾经非常宠爱。可是，自从息妫夫人进宫，楚王熊赀就像一匹驯化的野马，服服帖帖地围着她转，对后宫那些妾妃视而不见。

让彭仲爽更加费解的是楚王熊赀为文王后烧掉獬豸冠。这獬豸冠，可是他一直视为珍宝的东西。

说起楚王熊赀的獬豸冠，确实有些来历，并非是彭仲爽大惊小怪。楚王熊赀在葆申的死谏下，杀掉“茹黄”，不久便觉得十分烦闷，想去云梦狩猎。当时，申侯伯侍奉楚王熊赀左右，探知楚王熊赀的心思，便私下寻觅了一只神鹰送给他。楚王熊赀一见，果然喜欢。那只神鹰确实非同一般，爪距宽大，十分锋利。于是，楚王熊赀就带上神鹰和申侯伯一起去了云梦。到了云梦之后，开始设置大网，焚烧林草，一时间飞鸟走兽，争噬竞搏。可是，那神鹰轩颈瞪目，竟无搏噬之志。楚王熊赀说：“其它的鹰都捕获了很多，而那神鹰没有任何动静，你不是欺骗孤吧？”申侯伯：“如果只是抓捕野鸡走兔，臣下哪敢献上啊？”申侯伯正说着，突然发现云际有一物凝翔，鲜白不辨其形。那神鹰闪电一般，冲天而起。须臾，羽堕如雪，血下如雨，有大鸟堕地，度其两翅，广数里，众莫能识。申侯伯找到一个当地见识多广的老者，辨认其鸟，老者说：“此乃大鹏雏也。”楚王熊赀非常高兴，厚赏申侯伯，从此申侯伯便受宠于楚王熊赀。申侯伯得宠之后，一心琢磨楚王熊赀的喜好，投其所好，楚王熊赀愈加宠爱，不离左右。

楚王熊赀闲暇之余，就带着申侯伯打猎。有一次，他们刚到云梦，就打到了一只非常奇怪的野兽。那野兽有着羊一样的身子，又有着麒麟一样的外表，黑色的毛，四条腿，头上有独角。当时，大家都不知道是什么东西。申侯伯就把这东西带回了楚王宫，让太史来辨认。太史说：“这只野兽叫獬豸，是一只瑞兽。传说獬豸能辨认曲直，见人争斗能以角触理屈者，能将罪该万死之人用角抵死。因而也称‘直辨兽’。据传，帝尧的刑官皋陶曾饲有獬豸，治狱时以獬豸助辨罪疑，凡遇疑难不决之事，都由獬豸裁决，均准确无误。吾王能获此兽，是天赐吾王福瑞，说明吾王能辨是非曲直啊。”申侯伯把这消息告诉了楚王熊赀，并恭贺楚王熊赀圣明，天赐祥瑞，楚国昌盛。申侯伯巧舌如簧，说得楚王熊赀非常高兴。于是，楚王熊赀便用獬豸皮亲自缝制了一顶獬豸冠，以明示自己能辨忠佞曲直。楚王熊赀对自己制作的这顶獬豸冠非常钟爱，常常戴在头上。申侯伯也比照楚王熊赀的獬豸冠的样式，做了一顶帽子，戴着它在郢都的街市上招摇过市，一时间，楚国上下都流行起这样的獬豸冠。

楚王熊赀为了讨得文王后的喜欢，也是为了展示他的圣明，便找到了那顶他珍藏起来的獬豸冠，戴在头上去见文王后。文王后何曾见过这样奇怪的东西，吓了一跳，说：“这不是一个君王应该戴的东西。”楚王熊赀听罢，立刻就把那顶獬豸冠扔到火盆里。内侍想把它捡起，楚王熊赀说道：“不要捡了，王后既然不喜欢，就烧了它吧。”后来，文王后听到了关于獬豸冠的来历，觉得实在可惜。她也从此看出了楚王熊赀对她的一片真情，心里的那座冰山，开始融化。

獬豸冠风波刚刚过去不久，楚王熊赀兴致勃勃地来到文王后的宫中，告诉文王后要送给她礼物。说着，招手让内侍抬进几匹缯锦。文王后十分惊奇，楚国本地的丝织很多，也很好，怎么会有缯锦呢？楚王熊赀说，“这是专门从缯国运来的。”她说：“楚国的织锦不是很好吗？”楚王熊赀说：“只要王后喜欢，就是天上的星星，孤也上天去摘。”文王后再没有下言，她知道这里肯定有些问题。待楚王熊赀离开之后，文王后把碧叶叫到跟前，问她怎么回事儿。

原来，楚王熊赀一直想让文王后高兴，但又不知道该怎么办，也不知文王后喜欢什么。特别是獬豸冠事件之后，就更不敢造次了，他悄悄地问碧叶，“王后喜欢什么东西？”碧叶一下子就被问住了。君王问话，她又不能不回答。她只说：“在陈国时，鲁曹送去缯锦时，王后很喜欢，其他的就不知道了。”楚王熊赀说：“你怎么不早点说呢，以后王后喜欢什么东西，就直接跟孤说，明白了？”

文王后知道真相后，明白楚王熊赀只是为了讨她喜欢，才费尽这样的心思。不过，这也太胡闹，几匹缯锦，至于到缯国去吗？再说，楚国的丝织品非常漂亮，凤纹绣娟、神兽织锦、龙凤绣罗，品种多样，工艺精湛，色彩绚丽。特别是楚国人喜欢的那些红色，有棕红、深红、朱红、橙红，明亮喜兴，活泼洒脱，轻盈飘逸，具有南国风韵。与楚国比，陈国丝织偏于素净、单一，大多是青色、玄色、红色、白色，图案也比较正统。其实，文王后非常喜欢这些楚国的织物，不但色彩鲜亮多样，而且图案神秘奇妙，做工精良细致，如果还是在息国，她肯定自己也会做上几件好看的衣裳。

只是，现在她心情不好，没有心思欣赏这些，更没有和楚王熊赀交流过这样的感受。所以，楚王熊赀才为了讨得她的喜欢，去缯国贩运缯锦。如果这事儿让外边的人知道了，还以为她是个祸国殃民的女子，她不想落下这样的骂名。况楚王熊赀自即位以来，东征西战，迁都、灭申、灭邓、灭息，楚国日益强大，已经是楚人公认的明主。她不能因为自己的喜好，而让国人对他有微词。随着时间的推移，她对楚国、楚王也逐渐有所了解和认识。所以，她嘱咐碧叶，不要轻易向楚王提什么要求，也不要把她的信息过多透露给楚王。她告诉碧叶，如果楚王再问，就说王后很满意现在的生活，决不能再为她一时之喜好，兴师动众了。

第三十六章　凤凰遍桃艳艳慰妫

雄鸷多变的楚王熊赀，照样为情所困。他从缥宫出来，心里闷闷不乐，他对文王后千宠百爱，竟然不能打动她的心。文王后依旧对他不睬不理，楚王熊赀十分不解。她的息国，她的息侯，有什么好留恋呢？楚王熊赀信步登上了凤凰山，站在山顶最高处，凭眺他的新郢都，悠然升起一股豪气，心中的烦闷一扫而光。

这是他建的新城，中原诸侯国的都城没有一个可以和它相比的。父王死后，他领着他的子民，从褊小的丹阳迁至此地，就是要实现父王“观中国之政”的目标。这郢都就是长江中游的一把钥匙，有了它，长江中游就是他楚国的天下。上游开通巴蜀，沿江而下，可通吴越，逾江而南，可达苍梧，北经鄢、申、邓直达中原。东西的长江水路，和南北陆路在郢都交汇，郢都西北部乃丘陵和山地，东南是平原和水面，这里水草丰沛，物产富饶，资源丰富，可为霸王之资。郢，此乃一块天然宝藏。从此，楚人结束屈居一隅的历史，登上了中原争霸的舞台。

站在凤凰山顶，可以看到八岭山、纪山、雨台山由西迤东，冈峦起伏毗连，其上佳木葱茏，山岩累累。东望城外，长湖烟波浩渺，水光潋滟；田畈碧翠，生机盎然。

再看他的都城，固若金汤。城域方圆几十里，城墙高耸坚固，城墙上有跑马驰道，瞭望台，士兵们日夜巡逻，城外有护城河，护城河外有兵营驻扎，金戈铁马，旦时可发。城内有四个烽火台，台上有精良士卒，旦夕守望，烽烟骤起，四方兵聚。城墙有八座城门，两个水门，城门的驰道供他王家兵马出入。四条主干通道直通八个城门，如“井”字贯穿全城，便捷顺畅。

新郢城内，繁华盛茂，有山有水，三条河流贯穿全城，朱河自北向南经北城墙入城内，新桥河自东南向北，经南城墙入城内，两河在城的中部交汇于龙河，龙河向东出城入长湖。三河交汇处，便是郢城最热闹繁华的地方。那里面肆贾铺林立，人流擦肩接踵，真可谓车挂毂，民磨肩，市路相交，朝衣鲜而暮衣弊矣。宫殿之后，便是他王亲国戚的府邸。在西南一座烽火台的后面，是他的冶炼制造作坊，精美的青铜礼器和锋利的刀戈剑戟都出自那里。

他的王宫气势恢宏，富丽华贵，那个息侯的侯宫与他的王宫相比，不过是一座平民的屋舍。

文王后，还有什么不满足呢？为了她，缠宫之中，到处种满了桃树。听碧叶说，陈国东北部有一片桃林，就是文王后出生时天降祥瑞之处，那桃园也不过长宽一两里而已。而他的凤凰山上，到处都是桃树，总不亚于陈国那片桃林吧？

文王后刚到楚国时，楚王熊赀听闻她降世时桃花盛开，他觉得如此美丽的女子，一定是桃花仙子下凡了。所以，他除了把缠宫种上桃花之外，把这凤凰山的松柏、樟、楠等等大树，统统伐下，计划种上桃树。中大夫管绕听到消息，进宫进谏，他说："楚国先祖从来没有一个为了女子更植树木的，什么地方生什么树木、种什么庄稼，都是上天的安排，人是不可以改变的。楚国已经种上了北方的麦子，这是改变上天的意志啊。楚国要遭到惩罚的。君王，切不可将这树木砍掉啊。这些老树，都是有神灵的，动不得啊！再说，还不知道北方的桃树，能否在南方成活呢。"楚王熊赀不听。他想，有桃花仙子在，还有什么神灵不让道呢？北方的桃花仙子可以生活在楚国，北方的桃树也一定能在楚国生长。于是，他遣人到北方运回了许多大大小小的桃树。在种桃树时，管绕上山再次阻挠，他甚至抱着那棵最大的老樟树，誓与老树共生存。他说，"这些老树都是楚国的宝贝，楚王不能因为一个女子，毁掉这些祖先留下的宝贝，种上北方的低矮桃树。"楚王熊赀实在忍无可忍，就把管绕从中大夫降为下大夫，还削了他的封邑，从此不让他进宫。他实在不想看见这个管绕，一个败兴的家伙。这个败兴的管绕并没有阻挡住楚国种植桃树，楚国不但凤凰山上种满了桃树，而且郢城街衢都种上了桃树。一时间，楚国的城邑乡野，到处种满了桃树。没想到，这些桃树不但都活了，而且长得很茂盛，今年都开花了。因为文王后，桃树便成了楚国的国树，桃花也成了楚国的国花。楚王熊赀因此遭到很多病诟。

时下，正是桃花盛开的季节，凤凰山满山遍野被桃红尽染，楚郢都到处飘荡着桃花的芳香，郢都居民都陶醉在花香之中，成群结队地观赏桃花。桃花，成了郢都一景。

楚王熊赀置身于花的海洋，心情却时晴时阴，忽冷忽热。这个驰骋战场的君王，困情于他的王后。这样的季节，这样繁花似锦的景色，应该有他那仙子般的王后陪他才是啊！没有王后的陪伴，他的心如此寂寥，满目的景色也索然无趣。

楚王熊赀听说息侯与文王后定情于陈国的桃林，他想象他们在桃园相会的情景，心中便涌出了酸涩。他，堂堂的楚王，竟然不能打开一个女子的心扉，难道他还不如一个无能的息侯吗？楚王熊赀很是不甘，一股霸气豪情从他的心底升起，王后，这样的女子，只有他楚王熊赀才能配得上，他一定要夺得王后的芳心。

明天，他就带着文王后来欣赏这满山满城的桃花，让她看看楚国的桃花，是不是比陈国的桃花更多？地域更大？相信这满城的桃花，一定能感动她。她的心就是一块石头，他也一定要把它捂热了。

第二天，碧叶正在给文王后梳妆，宫中内侍来报，楚王让王后一起去凤凰山观赏桃花。碧叶说："王后，是穿那件缯锦的礼服呢？还是楚国凤纹织锦的礼服呢？"

"凤纹礼服吧。不然，又要去缯国贩运缯锦了。"

碧叶叹道："要说楚王对王后可真是一腔痴情，他也算是盖世英雄，如果没有前边的事儿，王后和他倒也是般配的姻缘。"

文王后心中感慨颇多，只是叹了一口气，并未说话。也许，是不知道说什么好。碧叶接着说："咱这院子里桃花也开了，楚国的桃花比咱陈国开得早，花朵还很肥硕，真的不错，应该去看看。"

不多时，楚王熊赀亲自来接文王后到凤凰山观赏桃花。楚王熊赀看着盛装的文王后，她高贵凝重的神情，如桃花般的肤色都让他惊叹不已。只是，她明亮的眼睛里，蒙上了一层淡淡的忧伤。这忧伤让她看起来更加迷人，更加让人爱怜。

到了凤凰山顶，郢都便一览无余了，这里不但可以看到满山的桃花，就连满城的桃花都能看到。整个郢都到处桃花飘香，桃红染尽大街小巷，人头攒动，到处都是熙熙攘攘观赏桃花的人群。这情景，太让人震撼了。是的，这是陈国所没有的。陈城东北的桃园，方圆不过几里，桃花盛开的季节也有人去观赏桃花，大多是一些青年男女。可是，楚国的郢城，这满城的桃花和那些观赏桃花的人，都是因为文王后来楚之后才有的。

楚王熊赀牵着王后的手，引她至一棵还未完全绽放的桃树前，然后松开了手，离她几步之外站定，眼睛盯着他的王后，真是太美了。也许是这满山的桃花，驱散了她眼睛里的那层忧郁，她的眼睛明亮如黑色的琉璃，能照出桃花的颜色。楚王熊赀从未见过这样明亮的眼睛，能收纳人的魂魄，这眼睛任何一个男子都不能久盯，盯久了怕是整个人都要化掉。她的脸庞比桃花更加娇艳粉嫩，有这张脸，那些盛开的桃花都黯然失色。想必，桃花真是王后的前世真身。"桃花王后"，楚王喃喃地说，这称谓对于她来说再合适不过了。

文王后身着楚国人崇尚的橙红礼服，犹如桃红中跳跃的火精灵。楚王熊赀满眼爱意地看着文王后，有他的王后在，别说是桃园，就是整个天空都黯哑了。文王后凝视着那树上的花蕾，神情如此宁静恬淡。“桃花王后”，楚王熊赀不禁又说了一句。于是，“桃花王后”名字便不胫而走，传遍了郢都的街市。

可是，当文王后看到那朵正在慢慢张开的桃花时，花朵里慢慢幻化出她和息侯在陈国桃园相会的情景。息侯那透出绯色的脸庞，桃花般红润的双唇，深情而热烈的凝望，慌乱和无助的眼神。三百车的鲜花聘礼，濮山峰上相拥携游，侯宫里的伉俪情深，息国子民的跪送，汝地的十户之食。一幕一幕的情景都在那朵张开的桃花里闪过。文王后不禁悲情大发，泪光盈盈。

楚王熊赀本来看到文王后眼里忧郁散尽，光亮四射，可不一会儿又阴霾重重，泪光再现。他知道，她一定是想起了息侯才这样的。所以，他的心情，也顿时沮丧不悦。本来的大好春光，花海畅游，结果却是这样。

从凤凰山下来，文王后的心情更加郁闷。

楚王熊赀看着心疼，想着如何才能让她振作起来呢?

陈国乃礼乐盛地，陈国的礼乐一定和南方楚国不同。那么，就让她见识见识楚国的舞乐吧。

楚王熊赀专门嘱咐乐师为文王后编排了一场盛大的编钟舞乐《大武》。编钟舞乐气势恢宏，场面浩大，是一种宫廷舞乐，一般是在战争、祭祀等非常隆重的场合才会演奏的。楚王熊赀为了打动文王后，让她尽快融入楚国，才在凤凰山上的“南苑宫”演奏编钟。

“南苑宫”是楚王专门演奏歌舞的地方，建筑在凤凰山顶。此刻的“南苑宫”，宫外的桃花锦簇争艳，芳香四溢，沁人心脾。宫内人员穿梭，乐师匆匆，正在准备上演大型编钟舞乐《大武》。

楚王熊赀与文王后结伴而至，款款落座，演奏大厅里，上百人的乐团，已经各就其位。舞乐开始了，有总乐师一人指挥，六十四人各司一钟、十人演奏编磬，一人司悬鼓，其余皆为舞者。

一曲惊天动地的《大武》从南苑宫传出，高亢洪亮的吟唱，威武雄壮的舞者，场面极其震撼。庄严的宫廷舞乐，加上南方特有的编钟、编磬和楚音的轻灵神透、委婉飘逸，显示了不同于北方的舞乐独特风韵。这就是楚王熊赀要为文王后献上的一场舞乐盛宴。

文王后确实为这场舞乐所震撼，她见过北方的《大武》，也曾为之震撼。但是楚国的编钟规模宏大，音域宽广，音列充实，音色优美。更让人耳目一新的是，每件钟均有呈三度音程的两个乐音，分别击发而互不干扰，亦可同时击打，构成悦耳的和声。编钟有深沉浑厚的低音、圆润淳朴的中音和清脆明快的高音，音域内具十二半音，可以旋宫转调。

除了这些神奇的乐器之外，还有武士华丽的着装和一些色彩艳丽的羽毛饰物，使《大武》有了观赏性和灵动性。楚国的舞乐无论是规模还是气势，都远远超过北方。

文王后其实非常清楚，楚王熊赀除了让她感受楚国的舞乐之外，还让她感知楚国的尚武精神和饱满的斗志。《大武》才是楚国人喜欢的，亢奋，激昂，雄威。而陈国，更喜欢尽善尽美的《韶乐》，包含着平和，欢乐，宣德、繁盛之作。这些不同于北方风格的舞乐，虽然能让文王后耳目一新，却不能让她从抑郁忧伤中走出来。而文王后，还是更喜欢中原的明快祥和的韵律。她对楚王熊赀的身上那种霸气凌人的习性始终都很反感。

从满城的桃树到盛大的舞乐，楚王熊赀费尽心机，却不能让文王后高兴起来，反而触景生情，挑起了她对息侯更深的思念。

第三十七章　妫后降楚煦煦北风

楚王宫里飘出《宛丘》的埙声，但不是文王后自己吹奏的，那是楚王熊赀为了让文王后高兴而嘱咐乐师演奏的。

听到这变了味的《宛丘》，文王后心情更加惆怅。自她到楚国以来，就没有高兴过一天。她十分想念息侯，放心不下他，不知道他生活得怎么样。她的母亲时常教导她，你嫁给了一个国君，就等于嫁给了这个国家，就要为这个国家付出一切。她母亲为了陈国，受了多大的冤屈啊，从来没有过一句怨言。而她呢，是息国按照规制娶回的夫人，尽管息国不存在了，但是息侯还在，她还是息侯夫人。息侯夫人？！却生活在楚王宫中，与亡掉息国的楚王生活在一起。这是上天对她的惩罚！

她不想见到楚王熊赀，见到他就想到了息侯，想到息侯就觉得自己是个罪人。息侯因为她，才落得国家破碎，流离失所，苟活在十户之食。她愧对息侯，愧对息国啊！

文王后身在楚王宫，心在息侯处。虽然楚王熊赀对她很好，却不能解除她心里的怨愤与伤痛。楚王宫里这种变了味道的《宛丘》，更加勾起她心中的哀伤。所以，她自己已经不再吹奏《宛丘》，将那个从陈国带来的埙珍藏起来。

文王后拿出那把“胡姬凤仪”七弦琴，弹奏了那曲凄美动听的《湘夫人》，这琴声遮住了从乐师那里传来的《宛丘》。委婉凄迷的琴声从文王后的宫中传出，乐师也惊住了，这音乐他只在乐典里见过，从来没有听到过真实的演奏。但他知道，这乐曲就是《湘夫人》，除了文王后，楚国还没有人会弹奏这首曲子。这种七弦琴，并非是楚国之乐器，而是北方的，据传是舜帝制作五弦，周文王增加两弦，故为七弦。这种乐器能传到楚国，实在是楚国之幸啊。于是，他上奏楚王熊赀，比照此琴，制作楚国七弦乐器。自此，楚国也有了七弦琴。

楚国的王宫里，不但有了湘夫人的乐曲，而且还多了七弦琴的乐器。北方之乐已经在南方的楚国盛行。

文王后弹奏一曲之后，便觉乏力，起身之时，感到头晕眼黑，一阵气喘，咳嗽不止，不一会，就咯出血来。碧叶吓坏了，赶紧传报楚王熊赀，速遣医师诊治。

楚王熊赀正和令尹彭仲爽等人商议齐侯小白北杏会盟之事。楚王熊赀听到禀报，丢下那些大臣们，急匆匆赶到缥宫，文王后已经躺在床上，脸色发青。

楚王熊赀抱起她，急切说道："王后怎么了？怎么会这样啊？"

看到楚王熊赀如此着急，文王后摇头示意没事儿。然后，她无力地闭上了眼睛。楚王熊赀不停地喊道："王后，王后，你一定没事儿的。"

医师过来了，楚王熊赀放开文王后，说道："马上医好王后的病，不然要你的命。"

医师看到楚王熊赀的神情，吓得魂不附体，哆哆嗦嗦地问碧叶："可曾有谁来过王后宫中？"碧叶说："昨日苗瑶来宫中向王后请安，别无他人。"

医师向楚王禀报，王后可能是中了苗人的蛊毒。只要找到放蛊的人，王后的病就没大碍了。

于是，苗瑶就被带了出来。

原来，苗瑶是个有蛊的女子，因为有蛊，虽然聪明漂亮，却也没有人敢娶。蛊毒在苗家十分流行，而且只传女子不传男子。所以，苗家的男子都非常害怕娶到有蛊的女子。他们在娶妻之前，父母都要暗地里对女方进行严格"清针线"[①]，看其家庭及亲戚干净[②]与否。如果发现女方有不干净的嫌疑，就借口婉言拒绝。苗瑶因为有蛊，不能嫁中意的男子。不想，楚王熊赀选美的消息传出，苗瑶便想碰一碰运气，精心设计与奉命选美的宫人偶遇，她的美貌引起了他们关注，才被带进楚王熊赀宫中。苗瑶进宫之后，很讨楚王喜欢，在宫中十分得宠。苗瑶是个有智慧的女子，见楚王对她如此宠幸，便幻想有一天能正式立为夫人。有了这个想法，有蛊的阴影便一扫而光。可是，正当苗瑶做夫人梦时，楚王熊赀却心血来潮，要去息国巡方。本来，苗瑶还想让楚王带着她一起去息国，她也很想去看一看中原的风物。可是，楚王并未来她宫中告别，急匆匆地就走了。她等得好苦啊，好不容易等到楚王回国，他却带回来个王后。带回来个王后也罢，她想，楚王即便有了王后，总不能一点情分都不念及，总会来她宫中看看吧。她和楚王的恩爱缠绵，楚王不会全都忘记吧？即使没有王后的名分，能有一个妃妾的名分也行啊。

---

① 清针线：审查。

② 干净：即有没有蛊。

可是，她等啊等，自从楚王离开之后，就再也没有到过她的宫中。她听说，王后是个仙子一般的女子，便想去见识一下。究竟是个怎样的女子，能让君王如此痴迷。宫中妃妾拜见王后也是常理，不会有人怀疑她的目的。

拜见完文王后，苗瑶真的绝望了。这绝非是一个凡常女子，只要有她在，楚王绝不会再宠幸别的妾妃。

所以，苗瑶只有铤而走险，她知道此事败露的下场，但她没有别的法子，绝望的她，就在文王后的宫中放了蛊。本来，她一个带蛊的女子，能够得到君王的宠幸，已经没有任何遗憾了。所以，她很快就招认了，放蛊时，她就没有奢望能活下来。

当文王后知道苗瑶的事情时，苗瑶已经被处死了。她很同情苗瑶，知道一个女子失宠的绝望，宫中的女子都可能会面临这种命运。楚王熊赀说："楚国的律历绝不容许她活着。"在他的王宫内，不容许任何人伤害王后。从此，后宫任何妃妾宫女，不经楚王容许，不准拜见王后。

文王后病愈之后，心情更加郁闷。她想起了息国宫中的蒋姬，息侯要处死蒋姬时那种不舍，这也是她能救下蒋姬的原因。如果换作楚王熊赀，无论如何也是救不下的。她由此想到了陈国宫中的鲁曹、郑姬，还有现在还没有恢复名分的母亲，这些女子的命运让她心痛。她们争宠、宫斗，身不由己，胜败不定。胜时，如花开一季，灿若一时，看似风光占尽，却如履薄冰，惊忧君恩尽失，宠爱不再。败时，如落花流水，生死莫测，或一世悲凉，或悔恨无期。由这些女子的命运，她想到了自己。本来她和息侯在息国生活得很好，如果不是楚王熊赀，息国现在已经是一个很昌盛的国家了。对息国灭亡的自责，转化为对楚王熊赀的怨愤，在她的眼前，又出现了息国百姓满街衢的跪送，那是怎样的不舍啊！而她，抛下他们，在楚王宫里当了王后。她走不出对息国百姓的愧疚，这是一种刻骨铭心的伤痛。

楚王熊赀在文王后病好之后，又和彭仲爽商议怎么进入中原与齐国争霸。

楚文王八年（公元前681年），楚国得到消息，周僖王继位，北方宋国遭南宫之乱，中原弑杀迭起，各国战乱纷纷，而北方的齐国，在宰相管仲的改革下，正在兴起，齐侯小白不但娶了王姬，还打起了"尊周攘夷"的大旗，大有称霸中原之势。齐国为了称霸诸侯，借宋国内乱之机，遣人朝拜周天子，并请命天子，大会诸侯以定宋君。齐国得到周天子的应许，布告宋、鲁、陈、蔡、卫、郑、曹、邾诸国在北杏会盟。这是齐侯小白第一次会盟，那时的齐侯小白，还未引起诸侯国的重视，所以会盟之时卫、郑、曹三国没有参加。陈侯杵臼是老成精明，既看出了齐国的发展趋势，也看出了齐侯小白的意图，当然会借机买好，所以他提议齐侯小白为盟主。

虽然这次只有五国参加会盟，但是对于齐侯小白来说意义非常重大，这是他第一次登上了盟主之位，开启了霸业征程。齐国对没有参加会盟的国家，绝不会就此罢休，不然还图什么霸业？所以，会盟结束，齐国先收拾鲁国，灭掉了鲁国的附属国遂国，迫使鲁国归服。鲁国归服之后，齐国大部队讨伐宋国。这宋公御说真是不识抬举，本来是为定他君位的，而他却因为不满齐侯小白的不逊和张扬，提前逃离盟会。齐侯小白本想在会盟现场就移兵伐宋，被管仲拦住，管仲谏道："霸业的基础是'尊周攘夷'，而不是讨伐提前离会的盟国。讨伐宋国有的是理由，不能因为他逃会。宋公御说继位以来还未朝王，这是标准的不尊周王，待请了周天子旨意，冠冕堂皇地讨伐他不迟。"齐侯小白听了管仲的话，暂时放下宋国，准备讨伐郑国，扶助郑伯突复归君位。

纵观中原诸国，齐国称霸已成定局。如果齐侯小白在中原称霸，楚国"观中原之政"的目标就难以实现。不但难以实现，而且还很危险。以当下的情形，和楚国争中原只有齐国。因为西方秦国虽然也正在兴起，但是秦的主要目标是西戎，况还隔着一个晋国。秦国现在挺进中原的可能还不大。

楚国和齐国对抗，关键在郑国，因为郑国在南北轴线上，得郑国者得中原。对，还有那个蔡侯献舞，虽然已经和楚定了盟约，却违背盟约，去参加他的女婿齐侯小白的北杏会盟，只要有机会，楚国一定会教训他的。

楚王熊赀和彭仲爽商议，瞅准机会，择日挺进郑国，以遏制齐国的势力。楚王熊赀下朝之后，就去了缠宫。文王后病愈之后，增添了一丝柔弱和凄美，也多了一些沧桑和成熟，这让楚王熊赀更加着迷和爱怜。他决定暂时放下一切国事，陪王后巡幸郢都。

楚王熊赀嘱咐御者备驾马车，停在缠宫门前，这是一驾楚王巡游时的礼车，高大华美，四面帷幔都是精美龙凤纹织锦，帷幔下方是精致的丝绦。车子上方是同样的华盖，只是车厢里摆放了两个座几。独辕的两侧，各套了三匹高头骏马。文王后由碧叶搀扶来到了马车前，看到了这样的马驾，却不肯上车。

楚王熊赀不知为何，再三请让，文王后就是不肯。

碧叶禀报楚王熊赀，说王后不敢上车，是因为车驾六马是天子规制，她若上车，有僭越之嫌。周朝规制，天子驾六，诸侯驾四，卿驾二。

楚王熊赀哈哈哈大笑，说，"吾楚国早已为王，驾六有何不可？既然是王后不喜，那就去马两匹。"

文王后这才上了车。楚国自楚通称王，王家规制是他们心中最为尊崇，不可侵犯的荣耀。没想到楚王熊赀为了文王后，竟然在规制上自愿降低规格，由此看出他对文王后宠爱之极。

楚王熊赀和文王后坐上礼车，从王宫的大门出发，然后顺着郢都东衢往北而行，驾往郢都“井”字中心环路巡游，然后穿越三河交汇的闹市。

楚王熊赀为了展示他王后的风采，撤掉了礼车的帷幔。于是，郢都市衢，人群拥挤，擦肩接踵，国人争相一睹“桃花王后”芳容。文王后自来楚以来，民间传说甚多，特别是楚王“桃花王后”之封，坊间已经疯传，说王后是桃花仙子下凡。所以，郢都居民，包括王亲公族，听说王后巡游，都迫不及待，一大早就在街衢恭候。

在久久的期盼之中，人们终于见到了盛装而出的文王后。

她穿着楚国人没有见过的中原礼服，光彩四射，雍容华贵，微含笑意，神态平和，妆仪淑静，端庄典雅。

楚国的女子，多是被她的服饰所迷倒，她的礼服样式，是楚国所没有的。因为楚国的女服都直衽的，而文王后的礼服是右衽的。楚王熊赀就坐在她的左边，轻轻地握着她的手。文王后女王般巡游了新郢都的闹市街衢，关于她的传说像一阵飓风，刮遍了郢都的角落。

于是，楚国的女子，从大臣家的内子到平民家的女子，全部的服装由过去的直衽，换成了文王后身上的右衽样式，便服换成了曲裾深衣，楚国掀起了王后服饰热。楚王熊赀看到楚国的民众对文王后的崇拜，想起了息国百姓的跪送，他不由自主地拉起了王后的手，捧在手里，这个女子，真是上天赐给他的宝藏，他一定会好好地珍惜她。巡游结束，回到楚王纁宫，楚王熊赀亲自把王后抱了起来，抱回了纁宫的卧榻上，就这样把她放在自己的胸口，久久不忍放开。

第三十八章　三年不语款款情深

文王后感到了楚王熊赀那排山倒海似的爱，这种爱充满力量，充满激情，让她感到震颤，那是息侯身上所没有的。可是，她还是无法接受他，息侯还在，息国刚刚灭掉，她怎么能耽于楚王的爱恋？

不过，她感到欣慰的是，她已经怀上了楚王的孩子，她作为楚王后，不能把心给他，给他一个孩子也算是对他的回报。身为楚王后的公子桃花，还担着息夫人的名分，她心里还想着息侯，想着息国。所以，她从来没有主动和楚王说过话。这种角色错位，让她有些神思恍惚。对息侯的牵挂无时不在，对息国的愧疚刻在心上，然而楚王的爱有时候也会让她生出许多感动，这种繁杂，纠缠，让她苦不堪言。

文王后很快到了临盆期，楚王熊赀陪在她身边，一刻也不离开。这时候的她，确实需要这个男子，他让她感到可靠安全，心身放松。她牢牢地抓住了他的手，就像抓住了希望。她想，如果她这一生没有遇见息侯，没有嫁到息国，那该多好啊！她一定会一心一意地爱他。可是，他现在无论如何也挤不进她的心里，因为她心里太满了。

楚王熊赀的这个儿子，在父亲极度兴奋中呱呱坠地。楚王熊赀看着这个儿子，就看到了他挺进中原的希望。他把儿子和王后都抱在怀里，便觉得拥有了整个世界，他的雄心，他的目标，他的国家，他的一切都在这里了。楚王熊赀宴请了朝中大臣，庆贺小王子降世。

这个孩子，叫熊艱，是楚王熊赀的第一个儿子。楚王熊赀给他起名艱，就是让他长大后知道治国之艰难。

楚王熊赀的弟弟子善[①]听到消息之后，非常高兴，亲自去了缥宫，送给熊艱一

① 子善：字子元，楚王熊赀之弟，楚国令尹。

个翡玉雕刻的凤凰，他说，这个名叫“火凤凰”的玉雕，是他送给侄子黰儿的礼物，祝愿他就像凤凰一样，成为楚国人心目中的神。其实，他一直想把这尊“火凤凰”送给王后，她才是他心中的女神，他的母亲曾把这个东西留给他，是让他送给一个他最爱的女人。可是，他并没有遇上他最爱的那个，或者说他并没有觉得有谁能配得上这尊“火凤凰”。自他见到王后之后，他才觉得，这个世界上，只有这个女人才配拥有它。可是，她是他的嫂子，他不敢有非分之想。也许是爱屋及乌，他觉得把它送给熊黰最合适不过了。他再次见到文王后时，又一次被她的美所震撼了。产后的虚弱，使她的脸色褪去了桃花般的红润，然而却多了一份慈爱，多了一份宽厚，他不明白，上天为什么要把一个女子生得这样完美？

楚王熊赀看到那尊“火凤凰”，非常意外，因为这本是父亲送给母亲的礼物，母亲一直珍藏着。母亲临终前，并没把这尊“火凤凰”送与他，因为母亲觉得他不是一个专情的人，那时他的兴趣不在女子，而是在游猎，他从来没有想过要立一个女子为夫人，所以母亲觉得他不会对一个女子真正动情。反倒是他的这个弟弟，是一个用情专注的人，所以，她把这尊“火凤凰”传给了弟弟。没想到，弟弟竟然把这个东西送给了黰儿。当他在息国看到王后的那一刻，他想，母亲还是看错了，他用情不专是没有碰上一个他真心喜欢，值得他珍惜的女子。如果，那“火凤凰”在他手里，他一定会送给这个女子——他的王后。不过，弟弟既然已经把它送给了黰儿，也等于把它送给了王后，也算是物归原主了。由此，楚王熊赀，对弟弟子善颇多感念，甚为中意。

母亲生前喜欢弟弟子善，子善聪明乖巧，温顺灵透，不像他那样桀骜不驯，纵情游猎，沉浸酒色。母亲出生在中原邓国，子善身上有种中原人身上的含蓄和内敛。这是母亲比较喜欢的东西。如果不是父亲刻意培养，恐怕母亲会让子善继承王位。不过，母亲倒是一个大气睿智的女子，不会像郑庄公的母亲，因为喜欢一个儿子而伤害另一个儿子，最后造成郑国内乱，小儿子段叔死于非命，她自己被迫离开都城，郑庄公发誓不及黄泉不相见。如果不是颍考叔以孝感动郑庄公，挖了一条地道让他们母子相见，她恐怕一辈子都见不到大儿子了。不过，母亲临终前嘱咐他，一定要善待弟弟，要多多历练他，让他成为辅政的主要力量。一定要削弱若敖氏的力量，确保楚国的王权稳定。英明的父亲，不但竭尽全力地培养他，而且还给他留下一个强大的政权班子，这个班子里，都是文韬武略的人才。他有了黰儿，楚国一定会在这支血脉中一统中原。

熊黰一周岁时，楚王熊赀把楚国的一个镇国之宝“和氏璧”送给文王后，感谢她为他生了一个儿子。

说起那“和氏璧”，是楚王熊赀最得意的国宝，这里还有关于他的一段佳话。楚国蚡冒时期，有一个叫卞和的人，在荆山中得到一块未经雕琢的璞玉，他认为这是一块稀世之宝，不是他一个人所应该拥有的，便把它献给楚国国君蚡冒。蚡冒让一个有经验的玉匠去鉴别。玉匠看了看那块石头，说：“这不过是一块普通的石头呀，哪里是什么稀世之宝？”蚡冒很生气，这个人竟然拿了一块普通的石头说是美玉，一定是个大骗子。这骗子也太可恶了，竟然骗到国君头上。一怒之下，就把卞和的左脚砍掉了。蚡冒就是因为砍掉了卞和的左脚，他的谥号才取“厉”。“厉”在谥号里，就是乱伤无辜的意思。楚厉王死了以后，武王当了楚国的国君。卞和不死心，仍旧捧着那块璞玉去见楚武王，要把它献给楚武王。楚武王也找了一个有经验的玉匠去鉴定。不想，那玉匠又说：“这是一块普通的石头呀！不是璞玉。”楚武王也认为卞和是个骗子，就把卞和的右脚也砍掉了。楚武王死了以后，楚王熊赀继位。这次，卞和没有再把璞玉献给楚王熊赀，而是抱着璞玉在荆山脚下痛哭。他哭了几天几夜，眼泪哭干了，最后哭出的都是鲜血，可是他并没有停止痛哭。楚王熊赀正在打猎，听到这事，便派人去问卞和，说：“天下被砍掉双脚的人多得很，为何唯独你哭得这样伤心呢？”卞和回答说：“吾不是伤心自己的脚被砍掉了，吾所痛心的是宝玉竟被说成石头，忠诚的好人被当成骗子。”楚王熊赀被他感动，便叫玉匠打开这块石头，看是不是一块稀世之宝。玉匠遵照楚王熊赀的命令，认真琢磨这块璞玉，果然发现这是一块稀世的珍宝。

得到宝玉的楚王熊赀，有感于卞和的忠贞和执着，封卞和为陵阳侯。谁知，卞和拒之不就，作了一首《追怨之歌》，以诉说自己的冤愤之情，其歌曰：“悠悠沂水[①]，到荆山兮。精气郁决，谷岩岩兮。中有神宝，灼烁明兮。穴山采玉，难为工兮。於何献之？楚先王兮。遇王暗昧，信谗言兮。紫之乱朱，粉墨同兮。俯仰嗟叹，心摧伤兮。天监孔明，竟以彰兮。沂水滂滂，流于泯[②]兮。进宝得刑，体离分兮。断者不续，岂不冤兮。”

楚王熊赀听闻此歌，唏嘘不已，于是，就把那块宝玉命名为“和氏璧”，以此纪念卞和的忠贞和节气。

一块“和氏璧”不但是稀世之宝，还造就了这么曲折凄楚的故事，但它更是楚

---

① 沂水：摘《渚宫旧事》原文，作者以为应为淅水。

② 泯：摘《渚宫旧事》原文，应为岷江。

王熊赀圣明识宝的见证，所以，一直被放在楚国的库府之中，当作镇国之宝。楚王熊赀现在才明白，只有人才是镇国之宝啊。王后，就是他的镇国之宝。“和氏璧”，非她莫属，于是，他便把和氏璧送给了王后。

得到“和氏璧”之后，文王后又怀了孕，不知是巧合，还是天意。十月之后，文王后又为楚王熊赀生了一个儿子，在儿子诞生的前一天夜里，“和氏璧”竟然突然发出光亮，文王后十分惊讶，却也不敢声张，因为毕竟孩子还没有降世，即使降世，他不过是二王子而已。这种征兆，不一定是好事。

文王后的第二个孩子，楚王熊赀给他起名叫恽。恽是敦厚，厚道的意思。楚王熊赀希望他做一个厚道的人，协助哥哥治理楚国。

随着两个孩子的降世，文王后对楚王熊赀的感情越来越浓。毕竟，她是两个孩子的母亲，是楚国的国母。她不爱楚王熊赀，但是，他是孩子的父亲，是楚国的君王，她属于他。她虽然愧对息国，但是那已经成为过去了，她不能再愧对楚国。她一定要把两个儿子教育好，为他们找最优秀的师傅。她必须按照楚国精神，楚国理念，去教育培养儿子。楚国人、楚国君王，身上都有种狼性，这是她不喜欢的。可是，儿子是将来的楚国君王，他身上必须有楚国人身上的狼性。这是必备的！必须的！虽然她一时还不能完全从息国灭亡的阴影中走出来。但是，她也不能太辜负楚王熊赀，这个男人已经挤进了她的心里。她欣赏他勇猛智慧，他的彪悍孔武，还有他对她的百般呵护，柔情似水。任何一个女子，遇上这样的男子，都不可能不动心的。可是，息侯，她的夫君，还在汝地，楚国的汝地啊，她的心给撕裂了。

文王后想到了陈国往事，郑伯子仪、蔡侯、息侯他们在陈国学习的时候，那是一段多么美好的时光啊。那时候的他们充满理想、激情，胸怀强国抱负。这才多少年啊，诡异的命运，让他们天各一方，物是人非。万万没有想到的是，她竟然来到了楚国，做了王后，她的息侯也来到楚国，却成了一个平民，息国没了。

白天追思、回忆，夜里，文王后做了一个非常奇怪的梦。梦到郑伯子仪不知为何惊慌失措，慌乱中打碎那块翠玉璧。当他弯腰去捡碎片时，那些碎片化成了一道烟雾，直飞到了郑国的城墙上。而后，郑伯子仪竟然随着那股烟雾，也急匆匆地赶到郑国城墙。他刚刚站稳，一把刀从背后直穿胸前。顿时，他整个人都变得血肉模糊了，再也看不清他的脸。只见他张开双手，向她喊道：“桃花……救我，桃花……救我……”郑伯子仪慢慢地扑倒在血泊……

文王后惊醒了，觉得这个梦凶多吉少，她为郑伯子仪担心，子仪哥哥究竟怎么了？那时，她还不知道郑国发生了内乱。

正如文王后的梦境一样，郑国发生了内乱，郑伯子仪被傅瑕所害。

郑国内乱的起源，还是齐侯小白的称霸所致。齐国北杏会盟时，郑伯子仪没有参加，这使齐侯小白十分生气，他计划要讨伐郑国。可是，他称霸打的是“仁义”旗号，要讨伐郑国，就要出师有名。他找的这个“名”，就是“郑伯子仪弑兄篡位”。他以此讨伐郑国，让郑伯突归位。郑伯突已经在栎地等了十几年，无时无刻不想攻回新郑。郑伯突靠齐国即位，必定归服齐国。也该郑伯子仪倒霉，这一年，郑国正卿祭足死了，郑伯子仪用了并不贴心的大夫叔詹为正卿。齐国看准了时机，派大将宾须无悄悄地去见郑伯突，说齐国愿意协助他打进新郑。宾须无还说起了十年前郑国城门两蛇相斗的传说，说有齐国相助，君主您一定能够复位。于是，郑伯突便在齐国的协助之下，打进了郑国的边境城邑大陵。大陵的守将是傅瑕，破城之时，郑伯突要杀掉他，因为郑伯突进攻大陵很多回，傅瑕都拼死抵抗，不让郑伯突进城。这回捉住了他，肯定要砍头的。傅瑕为了活命，愿意进新郑诱杀郑伯子仪，迎接郑伯突进城。郑伯突不信，傅瑕便把自己一家老少都押在大陵。

傅瑕进了新郑，找到了叔詹，说大陵失守，齐国大军和公子突的军队已经快打进新郑。齐国要扶助郑伯突复位，新郑怕是不保，郑伯子仪也完了。叔詹在公子亹被杀时，就想要归复原主郑伯突，因为祭足阻拦，才作罢。现在既已出现变故，也是天意。于是，二人合计，在郑国城墙上计杀郑伯子仪。郑伯子仪自祭足死后，也少了依靠，担心郑伯突回攻新郑，才没有参加齐侯小白的北杏会盟，他怕一离开都城，郑伯突就会乘机攻进。真是怕鬼就有鬼，他正在忧思之时，叔詹急急忙忙赶来，说齐国和子突的军队马上就要攻进新郑。

郑伯子仪听到消息，十分震惊，不知所措。慌忙之际，他腰间那块翠玉璧碰在几案的棱角上，顿时成了碎块，撒落在地。郑伯子仪猛然一惊，一种不祥之兆在心头升起。这时，叔詹说：“请主公火速集合城中军队，严防攻城。”郑伯子仪说道：“齐国和子突联合，郑国的部队肯定抵抗不住，速派人去楚国请兵支援。”郑伯子仪继位之后，和楚国关系一直不错，况有文王后在，她也会督促楚国增援的。他知道，只要郑国能坚持住，就没有问题，现在能和齐国抗衡的也只有楚国了。所以，他嘱咐叔詹速到楚国请求增援。叔詹口头答应得很好，却迟迟不派人出城，单等傅瑕来刺杀郑伯子仪。

郑伯子仪以为叔詹已经派人请兵楚国，心里稍微轻松，便去了新郑城墙上巡视，嘱咐守城将士，尽死守城，楚援军很快就到。他刚离开哨所，只见傅瑕急急匆匆跑来，说：“主公，不好了，郑军败了，齐国的军队和子突的军队已经打进城里。”

郑伯子仪俯墙引首张望，傅瑕从背后一刀刺进他的心窝。可怜郑伯子仪，继位十年，并无失德失政之事，却死于自己手下叛将。那傅瑕弑杀了郑伯子仪之后，又进宫杀了郑伯子仪的两个儿子，夫人宓夫子闻讯自缢身亡。宓夫子媵女小荷因为有身孕，在一内侍协助下出逃，正碰上公子踕杀进来，抢走了小荷，养在他府里。

还真是奇怪，文王后梦到的正是郑伯子仪打碎玉璧那一场景，一模一样。

郑伯突复位后，计划等一切处理稳妥，再从容遣人聘问楚国。不想郑使到楚国时，楚王熊赀非常不满，继位多时，竟然才来报信，分明是小看楚国。其实，他和彭仲爽已商讨好了伐郑事宜，郑伯突报聘来迟只是措辞而已。

文王后听到郑伯子仪被弑的消息，唏嘘不已。她由此想到了她的两个儿子，强大的国君，往往培养强大的儿子。可是，国君只有一个儿子还好，如果儿子多了，都很强大，难免互相争斗，悲剧就会发生。郑庄公就是例子啊，文王后担心儿子们的未来，一定要楚王早定太子之位。

楚王熊赀似乎并没有这样的担忧，他那么开心地看着儿子们，仿佛他们都是英雄好汉，都是楚国之王。

文王后正和两个孩子玩，楚王熊赀下朝回到纁宫，看着文王后开心的样子，心里特别感动。文王后生了孩子之后，少妇的润泽丰腴，母亲的慈祥宽爱，更加丰富了她的美。她身上由里及表都透出靓丽的光辉，迷人的神韵。楚王熊赀知道，其实他并不是没有走进她的内心，这个女子心里装的东西太多了。她从来没有主动和他说过一次话，从来没有给过他这样甜美的笑容。可是，他却无以加复地爱着她。

楚王熊赀轻轻地走近他们母子，站了好大一会儿。熊囏看到了他，喊道："父王。"文王后才知道是楚王熊赀来了，脸上的笑容也就收了起来。楚王熊赀多想再看看她那醉人的笑靥，她看到他，那笑容却被一丝的忧伤所覆盖，这一丝忧伤刺痛了他的心。难道，他就这么让她厌恶吗？于是，楚王熊赀不禁问道："三年来，孤为王后做了这么多，王后从来没有主动和孤说过一句。孤，就这样让你讨厌吗？"

说到三年，文王后百感交集，三年了，发生了多少故事啊，她受了多少煎熬。女子的脆弱，让她不禁潸然泪下。三年了，面对楚王，她不知道从何说起，所以仍旧没有说话。也许是她不知道该怎样和他说话。楚王熊赀不甘她的沉默，又继续说道："三年了，孤自见到王后，从来没有亲近任何女子，没有谁能超过王后在孤心里的位置。王后难道还不满意吗？王后，为什么就不能开口跟孤说一句话呢？"

过了一会儿，文王后拭了一下眼睛，她并不看楚王熊赀，好像自言自语道："是的，三年了。吾从来没主动和你说过话。可是，吾有什么好说呢？吾一个女子，嫁了两个丈夫，又不能为前夫殉节而死。吾这样苟活在世上，还有什么脸面说话呢？”

楚王熊赀终于听到文王后开口和他说话了，不想却说了这些。但是，他心里更加敬佩这个女子，她生活在尊贵的王宫里，得到了君王的专宠，并没有忘记远在汝地的息侯。息侯，这样一个灭国之君，有什么值得她爱的呢？就是因为她嫁给了他吗？这就是中原陈国教导出来的大义、忠贞吗？

楚王熊赀不禁心生感慨，爱怜地说：“这些都是因为蔡侯，蔡侯才是罪魁祸首啊！都是他从中挑唆的，如果不是蔡侯，孤绝不会到息国巡方，也就不会见到你了。不见到你，孤就不会把你娶到楚国。孤一定为王后报仇，狠狠地教训蔡侯献舞。还有，请王后放心，孤也会为王后替郑伯子仪报仇的。”

第三十九章　噩梦惊醒幽幽思濮

碧叶侍奉文王后早起，发现文王后的锦枕上有些水印，知道肯定是文王后夜间伤怀，暗自哭泣了。

是的，楚王熊赀一句“教训蔡侯”的话，又勾起了文王后伤心之事。

夜间，她梦到了息侯。

还是息国，濮山脚下，淮水南岸，她和息侯，游幸在黄灿灿的稻田间，她看到田间的农人拿着一捆割掉的稻谷，向他们致意。息侯握着她的手，高兴地说：“今年息国又是一个丰收的年份。可以增加二百乘的兵车，以后楚国再也不能随意攻伐吾息国，吾可以高枕无忧了。”他们从稻田里出来，到了濮山脚下，登上了峰顶，这里的景色一如她初登濮山一样的壮美。他们携手来到濮山的祭台上，正观赏着息国的大好风光，突然天上一声雷震，一条青龙从西北而来，幻化成人性，厉声道：“你们两个罪人，还到这里干什么？”

息侯紧紧拉住她的手，问青龙道：“你说什么？”

青龙道：“罪人！你们是息国的罪人！息国已经没了，你们还有什么脸面来濮山祭台。吾青龙宫的祭品，都是楚人供奉的。这里已经是楚国的属地，你们来这里干什么？”

说完青龙腾空而去。

息侯转脸望着她说：“息国没了？息国怎么就没了？”

于是，楚国的兵马从天而降，气势汹汹朝他们包围过来。息侯惊慌失措，跳上一辆马车，亲自御马，拉上她就跑。他们跑啊，跑啊，楚兵在后面紧追不舍。突然，他们被一条山涧拦着，眼看楚兵就追上来了。这时，蔡侯献舞出现在山涧的那一边，他笑道：“你们也有今天啊，怎么？需要吾为你们架桥吗？楚兵就要到了，你们走投无路了，跳啊，跳啊，跳下去就好了，跳下去一了百了。息国已灭，你们活着还有什么意思，跳下去，跳啊……”

他们正在惊悚之际，那蔡侯献舞哈哈哈大笑而去。

她和息侯，正准备跳下去，对面的息达叔率领众卿士而至，他说："君侯、夫人你们受惊了，臣等来迟了。"可是，息达叔欲来救驾，前面却隔着一条山涧。面对急湍的涧水，他们无能为力，焦急万分。眼看楚兵将至，息达叔说："君侯、夫人，吾来矣……"说完，他纵身跳进了山涧！

息达叔跳进了山涧，片刻，山涧中升起一股青烟，慢慢地，那股青烟在空中散去……息国的卿、大夫也都化成了青烟……

息侯看到此景，嘶声喊道："爱卿……"

他不由得身子向前一扑，失足跌进了山涧……文王后万分惊恐，嘶声喊道："君侯……君侯……"然后也随他跳下去……

楚王熊赀被她的喊声惊醒，看到她惊悚的样子，想她肯定是做了噩梦，在她的耳边轻声呼唤："王后，王后……"

文王后醒了，她看看身边的楚王熊赀，一时还没有回过神来，迷迷糊糊地说："吾这是在哪儿？"

"王后，怎么了？你当然在孤的王宫里，做噩梦了？"

"哦，噩梦……"说完，文王后闭上了眼睛。她不敢再看楚王熊赀，这离奇的梦，让她心痛不已。她是罪人，息国的罪人！而他的身边就是灭掉息国的仇人！可是，她是他的王后。文王后闭上眼睛，佯装睡去了。

楚王熊赀由此而起，早朝去了。

楚王熊赀走后，文王后的眼泪终于无法控制，奔涌而出。息国、息侯，息达叔、息国的众卿、大夫息国的农人……都在哪里啊？！

文王后的眼泪浸透了绣罗枕。

息侯自迁至汝地，她没有任何他的消息。汝地离郢都几百里，在楚王宫中，除了碧叶其他人都不熟，谁又能替她打探息侯的消息呢？况且，她现在是楚王后，不能再有所造次，稍有不慎，可能会给息侯带来性命之危。

文王后也只有这样以泪洗面了。

碧叶正在给文王后梳妆，她知道文王后心情不好，也不便多言，只是默默打开带有双头凤纹的漆木妆奁，这精美的漆木妆奁是地道的楚国工艺，而里面都是文王后从陈国带来的头饰。碧叶她按照中原的发式，一一为王后盘插钗簪。

碧叶嘱婢女重新更换铜鉴[①]，突然，铜鉴里出现了蔡侯献舞那邪恶的笑容，她

---

① 铜鉴：古代梳妆用的镜子，一个釜一样的器物，里面盛水照影。

不禁打了一个寒噤，闭上了眼睛。待她再睁开时，蔡侯献舞就消失了。她心里不由得升起了对蔡侯献舞的怨愤。

是的，这一切都是蔡侯献舞的罪恶。原本是他先失礼，不认错也就算了，息侯教训他也是正当的。可是，他不该这样报复息国。息侯再错，罪不该灭国啊。

蔡侯献舞的计谋也太邪恶了，本来她对蔡侯献舞还是有些同情的，在他被掳到楚国之后，她一直觉得有些愧对他，还有琥儿姊和太子肸。她为蔡国有季孟这样的大臣感到庆幸，蔡、息两国没有起战。可是，蔡侯献舞却不顾姻亲邦邻，把息国卖给了楚国。

蔡侯献舞现在竟然还四处会盟，他一定会遭到报应的。

文王后如此忧郁伤情，加上悲愤难诉，一下子就病倒了。楚王熊赀听到文王后有恙，慌忙遣医师来为王后诊病。医师诊过，让碧叶遣人取药，自己回王宫复命。

楚王有令，医师诊治之后，必到王宫复命，他要知道王后得了什么病。他真的很担心文王后再有个什么闪失，苗瑶因为妒忌蛊害她，他现在还心有余悸。

楚王熊赀正思考文王后的病，医师禀告道："王后是气滞血瘀症，病因是忧伤过度，加上睡眠不足，才导致乏力昏厥，静养调理一些时候就会恢复。"

忧思过度才是王后的真正病因，楚王熊赀也知道王后是心病。他一定会治好她的心病的，可是，这心病需要时间。只要有足够的时间，哪怕她的心是块石头他也要把它感化。短时间之内，他无法抚平她的创伤。因为，她不是一个可以随便征服的女子，中原礼制的忠贞、明义，都刻在她的骨子里，成了一种无形的力量，这也正是楚王熊赀痴迷她的所在。这种忠贞、明义、诗礼，让她原本美艳的容貌，注入了高贵、典雅，而又温婉从容。这种美充满了魔力，让人敬仰爱慕，而却不能走近。楚王熊赀，相信他的至诚，一定能够打动她，能够化解她心中的郁结。只是，这需要时间。

楚王熊赀下朝之后，匆匆忙忙赶到缥宫看望文王后。这时，碧叶已经把煎好的药端上来，正要侍奉文王后喝下去。见楚王熊赀进来，碧叶手持药盏退避一旁。

文王后虽然在病中，也不愿失礼，她想起身施礼迎王，被楚王轻轻扶住。他连忙说道："王后免礼，孤来迟了。"

楚王熊赀嘱咐碧叶把药交给他，他要亲自服侍王后喝药。

文王后看到楚王熊赀亲自端药递水，心里百感交集。

他毕竟是楚国的君王啊，竟然亲自服侍她喝药饮汤。

文王后喝完药，便躺下了，她闭上了眼睛，她不是瞌睡，而是实在太疲惫了。

她心里太苦太乱，她真的无法平静地面对这样一个人。她只想这样睡去，什么都不想。可是，息国、息侯、楚王熊赀、蔡侯献舞，这些都像已发出的箭镞，一支支都射进了她心里。

楚王熊赀服侍文王后躺下，看到文王后闭眼而睡，悄悄地把碧叶叫出去，问她王后怎么就病倒了？

碧叶不知道怎么回楚王的问话，她想起了文王后给她讲述的梦境和文王后罗枕上的泪痕，她告诉楚王，王后做了噩梦，可能是被梦惊吓住了。楚王熊赀也想起了文王后夜间惊悚的样子，就问碧叶，“王后做了什么噩梦？是什么东西让她如此害怕？”

碧叶不想说王后和息侯的事儿，那是属于王后的私密，所以只说蔡侯献舞的狞笑让王后害怕。其实，碧叶也很痛恨蔡侯献舞，酒后失礼也罢了，怎么又这样害人呢？如果不是他，息国会灭亡吗？她们也不至于来到这荆蛮之地。蔡侯献舞还是息国的姻亲呢，想到此，她又加上一句，“王后的病，都是蔡侯害的。”

楚王熊赀说：“有孤在，蔡侯献舞算什么呢？他怎能害吾王后？别说是梦中，就是现实，收拾一个蔡侯献舞跟收拾野物有什么区别。”

他希望王后快些好起来，教训蔡侯献舞实在不是什么难事儿。蔡侯献舞已经是他的刀俎之肉，蔡国也不过是他羽下之卵，灭掉它是很轻松的事儿。不过，他还是不能让她事先知道，一定要给她一个惊喜，这是他治疗她忧思的一剂温良之药。

楚王熊赀充满爱意地看一眼躺在卧榻上的文王后，离开缥宫，回到了朝堂。他宣彭仲爽即刻进宫议事。

自文王后有恙，楚王熊赀每日罢朝之后就来探视，亲自为她服侍汤药。过了一段时间，文王后身体慢慢地恢复了，她心里的郁结也在一点一点地化解。

那天，楚王熊赀兴致勃勃来到缥宫，要王后和他一起去巡幸军府，并说要给她一个惊喜。

自从楚王熊赀问话，文王后把憋在心里的话说出来之后，感觉压在她心里的冰山已经消融了，她和他的关系在慢慢地缓解。特别是他亲自服侍药饮，让文王后十分感动。她是楚国的王后，是楚国的一员，和楚国紧密地联系在一起，无法分割。她的孩子还可能是未来的楚王，既已如此，她同样要对楚国负责。所以楚王熊赀邀她巡幸军府，她也就高兴地答应了，不知道楚王熊赀会给她什么惊喜？

车驾到了军府，楚王熊赀亲手搀着王后下车，从军府的营房前走过。

突然，文王后停住了，看到一个熟悉的身影。天啊，这怎么可能？于是，她揉了一下眼睛，再次定睛一看。是他，真的是他，蔡侯献舞，被囚在楚国的军府。这就是楚王熊赀给她的惊喜吗？

文王后惊诧地盯着楚王熊赀问道："他怎么会在这儿？"

楚王熊赀这时才得意地说道："他是你的仇人，就应该在这儿啊。王后不高兴吗？"

文王后不知道该说什么，她看到被囚在楚国军府里的蔡侯献舞，没有惊喜，只有惊诧。楚王熊赀那天只说要教训蔡侯献舞，她以为不过是安慰她而已，虽然她也知道他是个说到做到的君王，可教训一国之君，并不是一句话的事儿啊。没想到，他竟然又把蔡侯献舞掳到楚国。

第四十章　蔡侯再掳凄凄居楚

蔡侯献舞被囚禁在军府之中，这次他真的绝望了。他想，蔡国跟他已经没有关系了，楚王熊赀不会再放他回去，他不是被杀掉就是客死楚国。他清楚，他之所以再次被掳，都是楚王为了讨好那个女人。他看到楚王小心翼翼地扶着她，像服侍女王一样对她，就知道那个妖妇，已经迷住了熊赀。桃花——息妫，但愿她能给楚国带来灾难最好是灭顶之灾。她就是一个妖孽，灾星，她害了息侯，灭掉了息国，害了他蔡侯献舞，也将要灭掉蔡国。她，也一定会让楚国灭亡的。这个恶毒的妖妇，看到他被囚在楚国，一定高兴死了。只是，他原以为她会羞辱他一番，可她竟然没有走近他。他已经做好了准备，只要她开口，他定会以牙还牙地羞辱她。

蔡侯献舞远远地望着转身而去的文王后，心里充满了仇恨。

文王后并没有走到蔡侯献舞跟前，但她已经感觉到了蔡侯献舞的仇恨，他阴鸷的眼睛死死地盯着他们。她并不是害怕，而是觉得于心不忍，怕他受更大的刺激。蔡侯献舞，一定以为是因为她，他才被掳到楚国的。不这样想，他就不是蔡献舞。

是的，她恨他，如果不是他酒后失礼，息侯也不至于请楚谋蔡。他被掳到楚国也是应得的惩罚，只是不该临走时还设计陷害她。他不但害了她，还害得息国灭亡，确实是罪不可赦的。可是，蔡侯献舞既然已经回国，她只希望他能够总结教训，强大蔡国，因为蔡国还有她的琥儿姊，她的外甥太子肸，她希望蔡国好。

她其实已经原谅了蔡侯献舞，完全没想到楚王再次掳他。当她看到蔡侯献舞的那一刹那，真的没有惊喜，没有报仇的快感，她的心被一种什么东西刺痛了。

当然，她也清楚，蔡侯献舞再次被掳，绝不仅仅是楚王熊赀为讨她的心欢。她没有这么单纯地就相信了这句话，楚王熊赀也还没有这么昏庸，只有蔡侯献舞才这样想。这里面，肯定有楚国的利益。

果然不出文王后所料，还是蔡侯献舞做出了对楚国不利的事儿。原来蔡侯献舞不顾上卿季孟的劝谏，执意参加北杏会盟。蔡侯第一次被掳在楚国时，季孟与斗廉有过歃盟，永不叛楚国。所以，齐国遣使通谕时，季孟就不让蔡侯答应。蔡侯既已答应，他劝蔡侯到时候见机行事，借故推辞，千万不要去北杏。可是蔡侯就是不听。楚国虽然是个不讲信用的国家，但它不容许已经歃盟的蔡国不讲信用。那个时期，兵强才是“真理”。

蔡侯去北杏会盟也是有情可原的，季孟不好硬谏。他实在是不能从被掳楚国的噩梦中走出来。齐国，是唯一能和楚国抗衡的国家了，蔡国若想要摆脱楚国，必须依附齐国，再说齐国也是蔡国的姻亲之国，虽然不是姬姓，但是始封侯国。齐侯小白是仁义贤德之君，扶助弱小，讨伐无道，正义威武，诸侯信服。不像楚国，虎狼成性，靠武力野蛮扩张，即便是依附它，照样会有灭国的危险，谁又能和狼虎亲近呢？

从北杏会盟回来，蔡侯的心情就好多了。楚王熊赀掳走息妫，灭掉了息国。这消息实在太让他振奋。息侯，这个害人害己的家伙，终于遭到了报应，这也不枉他在楚国被囚几个月。只是，便宜了那个息妫。原本，他想要把息妫囚于蔡国，让她生不如死，永远不得再见天日。不想，却被楚王熊赀封了王后。不过，他还是要感谢楚王熊赀的，如果不是他，谁能帮他出这口恶气呢？可是，季孟却不那么乐观，息国没了，蔡国和楚国就直接接壤了，蔡国就更危险。蔡国还是要小心事楚为宜，暂且保住安危，齐国虽是仁德大国，究竟远水不解近渴。可是，蔡侯的心思却始终在北方齐国。

北方齐侯小白北杏会盟之后，没有参加的几个国家，都被收拾服帖了。宋国因为不朝王，齐国请天子之命讨伐宋国，周僖王刚刚继位，也正想借齐国的威力，树天朝之威，就派了大臣单公代表周王朝，督促伐宋。宋公御说在齐国大臣宁戚的说服下，向齐国请成。郑伯突在齐国的支持下，攻回郑都继位。郑国、宋国都已归附，齐侯小白想，单公既已代表周天子来到齐国，就得做点文章才是，于是，又发起诸侯国在鄄地[①]会盟。齐侯小白、陈侯杵臼、卫侯朔、郑伯突、鲁侯同、宋公御说、蔡侯献舞等齐会在鄄地，单公代表周天子参加了会盟。齐侯小白作为正式盟主闪亮登场，单公宣读周天子旨意。齐侯小白的英明之处，就在于留住单公参加会盟，单公出场，他的盟主地位也等于得到周天子的承认。

齐侯小白在鄄地会盟，本没有邀请蔡侯献舞参加，可他还是积极地参加了。季孟

---

① 鄄地：今山东鄄城。

苦谏，北杏会盟参加也就算了，切不可再去鄄地，一错再错。蔡侯不听。毕竟，蔡国还是姬姓侯国，参加这样的会盟，确实比他参加荆蛮楚国的会盟，更舒心更有底气，更能找到感觉。他实在不忍在楚国的淫威下苟活，索性痛快一会儿是一会儿吧。

让蔡侯献舞没有想到的是，他从鄄地会盟回来，楚国的大军已经进入了蔡国。

楚王熊赀明说是为王后报仇，其实是不能容忍蔡国一而再地背叛。蔡国，本来就是他刀俎之鱼肉，还到处参加齐国会盟。你以为参加了会盟，齐国就能保全你吗？幼稚！可笑！

蔡侯没想到，噩运这么快就降临了。

他请兵已经来不及了。齐国远在千里之外；郑国厉公刚刚复位；陈国宣公世故通透，况楚国也算是陈国姻亲之国，陈侯杵臼一定不愿与楚结怨；周边的其他小国，都是楚的附庸。蔡侯献舞悲哀地闭上眼睛，一筹莫展。

上卿季孟主张请成，蔡侯献舞无奈，也只得按照他的意见办。他嘱咐季孟拿出库府里的财宝，与楚军谈判，只保不灭蔡祀。

楚军大将军斗廉非常客气地接待了季孟，说道："季孟大人，别来无恙啊？在下知道大人有忠贤之名，可蔡侯不守盟誓背叛楚国，这恐怕不是您这些财宝能扯平的吧？还望大人通告蔡侯，请他务必亲自来请成才行啊。"

蔡侯献舞经历那些事情之后，只知道楚国的贪婪，不曾想到别的。他想，拿出了国库的财宝，楚国肯定要退兵的。只要楚国兵退，他就有筹划的时间了，他一定要让蔡国强大起来，不能再这样受楚国的欺辱。

正当蔡侯献舞这样自我安慰之时，季孟回禀蔡侯，说："楚军要求主公亲自去楚军营请成。"季孟忧心忡忡，说："恐怕是凶多吉少。"蔡侯说，"有什么凶多吉少的？咱们已经请成了，财宝也已经送过了，还能怎么样呢？总不会再把寡人掳到楚国吧。"

季孟说："楚，强盗之国，没有常理可讲，主公还是安排好国事再去吧。"蔡侯这时候才真正感到恐惧。他说，"寡人如果暂时不能回国，太子肸就交给爱卿了，请你辅助太子治理蔡国。"

蔡侯献舞确实没有想到，这次楚王熊赀还真是专门为了掳他，并没有动蔡国的一兵一卒。

从军府巡幸回来，文王后心情非常沉重，她不知道楚王熊赀怎么处置蔡侯献舞。如果像处置息侯那样，灭掉蔡国，那她的罪名就更大了。因为她，息国已灭，她不能再背上灭蔡的罪名。蔡国还有她的琥儿姊，她的外甥太子肸。楚王熊赀，肯定是想灭掉蔡国的。她该怎么办？

楚王熊赀来到缥宫，征求处置蔡侯的意见，这是他第一次以国事征求她的意见，毕竟是打着她的旗号掳的蔡侯，楚王熊赀确实想让她高兴。可她真不知道该怎么说。文王后想到自己那些经历，不禁悲从中来，潸然泪下。楚王熊赀顿时慌了，这个在战场上肆意杀戮，雄鸷诡谲的君王，竟然在心爱女人的泪水下慌乱不已。他把她揽过去，说道:“王后，孤最看不得你伤心。快别哭了，孤的心都碎了。你说吧，孤一切都听你的。”

文王后便收起眼泪，她决定着蔡国的生死存亡。从来没有主动和楚王熊赀说过话的她，为了蔡国，为了蔡侯献舞，她不得不向楚王求情!

文王后说道:“吾虽然是楚国的王后，可是吾害了息国，吾不能再害蔡国了。如果君王肯听吾的，那吾就说两句:蔡国不能灭。蔡侯不能死。”

楚王熊赀听文王后这样说，十分惊诧，他以为文王后会提出处死蔡侯献舞，她那么恨他。可是她竟然说出这样的话，替蔡侯献舞求情。不过，楚王熊赀也由此更加敬重文王后，她不但慧心尊礼，而且还胸襟博大，放下私仇，保全蔡国。是的，在她的心里，一个人私仇和一个国家相比，又算得了什么呢?

楚王熊赀本来打算灭掉蔡国，可是没想到文王后是这样的态度。他不能再让她伤心了，她对他刚刚有点感觉。虽然他一向鄙视为女子所累的男子，可是他对王后却是那样情不自禁。如果不是王后，他绝不会让蔡侯献舞活着。因为，他已有了计划，灭掉蔡国，置蔡为县，然后杀掉蔡侯献舞，因为他早就想杀掉他了。不过，既是王后有话，暂时买她一个人情，先放过蔡侯献舞和蔡国。

蔡国因为文王后一句话，没有被灭掉，蔡侯献舞也是因为文王后的一句话，被囚在楚国至死，这都是后话。

收拾完蔡侯献舞，楚王熊赀开始收拾郑国。收拾郑国是楚王熊赀与彭仲爽早就计划好的，不过文王后的噩梦是导火索。郑伯子仪被杀，文王后伤心不已，被噩梦惊醒。楚王熊赀劝慰文王后，一定要替郑伯子仪报仇，讨伐郑国。楚国讨伐郑国，不能说没有文王后的因素。但那也仅仅是一个方面而已。

郑伯子仪在位时，郑国一直没有停止对楚国的聘问，保持着良好的关系。郑伯突复位之后，忙着处理国内的一些事务，还有齐国的会盟，就没有顾上报聘楚国。他本以为等他把一切都安定住了，再遣人去楚国聘问不晚，郑国毕竟是中原姬姓伯国。没想到郑国使者到了楚国，楚王熊赀大为不满，责怪郑国新君继位不及时通告，要借机讨伐。

其实，楚国讨伐郑国，最主要的是楚国君臣们对整个中原局势的把握。北方齐国的崛起已经是不争的事实，齐国远在北方，楚国鞭长莫及。楚国君臣都清楚，齐国虽然不能遏制楚国，但是，如果齐国联合中原各诸侯国对付楚国，那么楚国就危险了。所以，楚国必须遏制住齐国联合的主要脉络，那就是遏制郑国。郑国，本是楚国祖先居住之地，更是楚国牵制齐国联盟的关键，因为它正好在南北的轴线上，齐得郑齐强，楚得郑楚强。所以，争取到了郑国，就等于遏制住了齐国军事联盟的大趋势。因此，伐郑，是楚国必须做出的抉择，楚王熊赀不过是拿已经定好的计划，取悦文王后而已。即便没有文王后，郑国依然逃脱不了被楚国征伐的命运。

于是，楚王熊赀亲率二十万大军，和令尹彭仲爽、斗廉、斗伯比、斗丹等一班楚国大将，浩浩荡荡开进郑国。

楚王熊赀出发之前，来缥宫和文王后告别。文王后听说楚王熊赀亲自率军伐郑，她拿出了一个织锦的包裹，说要送与楚王熊赀。

楚王熊赀打开织锦包裹皮，里边是个锦囊，锦囊里装着一束扎着红色绸带的植物杆。

楚王熊赀不解地看着她，她说："这是吾陈国独有的神物，叫蓍草。文王演算八卦就是用的这种灵草，也是吾陈国祭祀占卜用的灵草。吾父在吾出嫁之前，赠与吾的。这束蓍草，是在吾太庙里祭祖时用过的，吾父说这是带有祖训和神谕的蓍草，并嘱吾珍藏，它会保佑吾后世绵长。吾今天把它赠与君王，请君王随身带着，它一定会保佑君王大捷。"

楚王熊赀十分感动，自从文王后来到楚国，从来没有主动向他示过好。这次，她竟然拿出了陈国国宝赠与他，说明她已经把自己完全融入楚国。

楚王熊赀深情地望着文王后，一种豪气从心中升起。他的王后，昔日的陈国女公子，不仅仅是一位女子，而是一种中原文化的化身，一种力量的化身，一种精神的化身。她总能让他亢奋，激发他内心的热情和斗志。他不明白，为什么她身上会有这样神奇的魔力。他，楚王熊赀，要征服的不仅是中原的土地，还有中原陈国这个礼仪之邦的女公子。楚国要扩张的，也不仅仅是疆域，而是精神，他要用楚国的精神统御中原。看到王后，他就看到了成功的希望。

楚王熊赀情不自禁地拥抱文王后，就像拥抱着整个中原大地。许久……他都没有松开。

文王后也伸出臂膀紧紧地抱住了楚王熊赀，这一抱前怨尽释，这一抱恩爱渐浓，熊赀双手捧着王后的脸，将嘴唇贴了上去。文王后手抚着他的脸颊说道："去吧，你是楚国君王，一定会打胜仗的，楚国没有打败仗的先例。吾和儿子都等着君王的好消息。”

“好！王后就等候楚军大捷吧。”

此时的楚国大军，已经分成前、中、后、左、右五队军列，列队完毕。五队军列前面是楚军的斥侯[①]。这些站在军前的斥候们，单等楚王熊赀分发苞茅[②]了。

按楚国大军出征的先例，这五队军列的中间一列，由楚王熊赀亲自率领，其余由彭仲爽、斗伯比、斗廉、斗丹各率一军。

楚王熊赀告别了文王后，直接走向中间的军列，亲自把苞茅送到前面斥侯手中。楚国有一个传统，部队出发时不管是步行或骑马，都会有斥侯走在前面。这些斥候都是精心挑选的威武之士，他们手持苞茅走在队列之前，就像各国的旗手一样气势轩昂，神勇并至。苞茅是楚国的特产，也是楚国祭祀占卜时滤酒之物，更是楚国的象征。所以，楚军行军时，斥侯手持苞茅作为信号，既有军事意义也有浓重的宗教意义。

楚王熊赀赠完苞茅，就挥师北上了。

郑伯突听说楚大军朝郑国进发，已经到了郑国的边境，十分惊慌。他连忙找来叔詹商议拒敌之策。叔詹说，楚国从来没有打过败仗，这次楚王熊赀亲率大军，已经到了郑国的边境。就算请军增援，援军未到，楚国已经打进城门了。郑国打这么多年的内战，刚刚稳定，不能再打仗了，不如向楚国请成。

于是，在大军压境之下，郑国厉公和叔詹向楚国请成。郑国答应，归服楚国，每年朝楚，不再事齐。楚国不战而胜，自然答应请成，便撤兵回国。

再说那郑伯突本是由齐国支持才复位的，刚刚参加了鄄地会盟，但迫于楚国的压力，竟然不敢再去朝齐。

齐侯小白听说郑国归服于楚国，不敢朝齐，十分生气，遣人去郑国问责。郑伯突只得让叔詹去齐国说明情况。叔詹到了齐国，见到了齐侯小白，说道：“郑国被楚国围困，实在是没有办法来朝聘啊。楚国实在太厉害了，如果齐国能帮助郑国打败楚国，吾家主公天天朝拜君主都没有问题。”

齐侯小白听叔詹这样说，十分恼火，这叔詹也太张狂了，不朝齐国也罢，找个齐国能接受的理由就算了，竟然还拿楚国来压齐国，齐侯小白岂能容忍。于是，就把叔詹囚在军府里。叔詹怕身遭不测，借机逃跑了。从此，郑国就不再事齐，一心一意跟着楚国。

---

① 斥侯：楚国军队走在前面的士兵，相当于旗手。

② 苞茅：楚国所特有的一种草，用来祭祀和滤酒。

第四十一章　王后生情眷眷恋赀

文王后目送楚王熊赀离去的背影，心情很不平静，这个高大威武的君王，为她付出的太多了。

她回想着他为她做的一切，楚国的麦子，楚国的桃树，都因她而生。苗瑶因她而死。他至爱的獬豸冠因她而焚。还有从缯国运来的织锦。镇国之宝“和氏璧”。作为一个男子，他对她的爱，无以复加。作为一个国君，他英勇无畏，雄才大略，堪为一代明君。

是的，她曾经恨他，怨他。可是他，非常清楚她对他的怨恨，却丝毫没有改变对她的爱。即使他有许多的后宫佳丽，却从来都不把她们放在心上，千恩万爱宠于她一身。

面对这样一个有烈焰般情怀的君王，她心里的坚冰早已融化。随着她对楚国的了解，对楚王熊赀的了解，已经在不知不觉中爱上了他。而且，这是一种从来没有过的感觉。过去，她从心里排斥他，怨恨他，觉得他是造成她遭遇的祸首，她一直不能从息国灭国的伤痛中走出来，对他的一切都是听之任之，漠不关心。

自她从楚国军府巡幸回来，她的心被触动了。她一直思忖蔡侯献舞再次被掳的真正原因。她并不是为楚王熊赀开脱，她想，如果蔡侯献舞第一次被掳是息侯的算计，那么第二次，他完全可以避免的。她一个女子就很清楚地知道，楚王熊赀再次掳走蔡侯献舞并非为了她。蔡侯献舞从楚国回国时就应该反思，面对强大的楚国，蔡国应该怎么办？而不是一味地想着自己的屈辱，想着报仇，这不是一个国君应该做的。特别是息国灭亡之后，蔡国更应该警觉了，息国成了楚国的一个县，楚国的这个县和蔡国接壤，蔡国该怎么和楚国相处？这是一个新问题，这才是一个国君应该想的，而不是仅仅参加会盟，寻找外援。要知道，一切外援都是有代价的。季孟倒是个有主意的大臣，可是蔡侯献舞并不听他的。蔡侯献舞是个意气用事，没有远见，缺乏大智慧的君主。蔡国虽然暂时不灭，以后，也逃不了被灭掉的噩运。蔡侯献舞，从来就没有真正思考过蔡国和息国唇齿相依的关系，如果他想到了，他就不会设计陷害息侯。

文王后不仅想到了蔡侯献舞，而且还想到了息侯。她用一种全新的心思思忖她和息侯的事情，按照她在陈国所受的教育，她嫁给了息侯，也就是要为息侯守节守贞。她确实这样做了，不但为息侯，而且为息国，都竭尽全力付出所有。息侯爱她，她也爱息侯。她爱息侯，不仅是女子对一个丈夫的爱，同时也是一个国君夫人对国君的爱。息侯对她的爱，确实无以复加，但那只是一个男子对一个女子的爱。息侯是国君，他对女子的爱不能超越对国家的爱。她没有把自己的屈辱告诉息侯，因为她觉得，为了息国她可以忍受这种屈辱，她不是一个普通的女子，而是一个国君夫人。息侯谋算蔡侯，是一个男子谋算另一个男子，而不是一个国君谋算另一个国君应该做的事儿。她如果知道，会竭力阻止他的。息侯作为一个国君，首先应该想到的是国家的尊严，而不是一个夫人的尊严。息侯应该思考一个弱小的息国，怎么能在楚国虎视眈眈下生存。息国的灭亡，并不是她一个女子的罪责，如果息侯能够宽怀大度，着眼长远，息国或许并不会这么快就灭亡了。在朝纲不整，礼乐败坏，诸侯混战，弱肉强食的时代，息国如果不能自强，它的灭亡是必然的。即便没有她的出现，息国也照样会灭亡的，息国的祸患早已经埋下了，她不过是不幸引发而已。

她走出了对息国灭亡的自责，国家的灭亡，不是一个女子应该承担的责任。她也想到了楚国，以她对楚国的了解，楚国的强大也是必然。楚国自封国以来，有一种爱国、实干、创业的精神传承，这精神一直在激励着他们。他们有一套适合自己的完备规制，不为虚设的冗繁礼仪所累。楚国国君，多是胸怀大志，兴国至上，他们亲临战场，神勇善战，不仅具备文韬武略，还都有不同的兴国之计。更可贵的是楚国国君不拘一格启用人才，才使楚国人才济济，将领臣工都是忠勇精英。楚国人从来不羞于他们“子国”“荆蛮”之称谓，这种并不是褒扬，反而有种蔑视和戏谑成分的称谓，却成了激励他们的力量。正是这种能够自我反省和自我度量的勇气，才使楚国不畏艰难，图强扩张。

文王后到了楚国之后，才真正地了解了这个国家，了解了这个国家的过去和现在，了解了她的君王。所以，她不知不觉中，已经被楚国精神所征服，被楚王熊赀所征服，这绝不是她想不想接受，想不想屈服的事情。

她已经不是心里充满怨愤的息妫，而是热爱楚国的王后。正是因为这心灵的嬗变，她才把陈国的蓍草送给了楚王熊赀，也把自己完全交给了他。

息国已经不存在了，息侯已经成为了她的过去。她不能再为这些无用的事情伤心劳神，她必须适应这种新的角色，为楚国负责。

她牵挂着在北方征伐郑国的楚王熊赀，她祈祷神灵保佑楚王大捷而回。她坐卧不安，第一次感到对楚王熊赀的眷恋和思念。她每天都站在后宫花园里的最高处，向郢城的北门瞭望，看是否有归来的楚国军队。

她希望看到楚王熊赀高大威武的身影，听到他浑厚高亢的声音，还有他笨拙的温柔。她从来没有过如此的别离之苦，如此热切地盼着他的归来。

她想，她不能这样苦苦地待在宫中想他了，她应该做些事情。自她来到楚国，除了那次和楚王巡游郢城之外，基本没有出过郢都，她想出去看看，看看楚国的风物。她更想去楚国郢都野外巡抚臣民。她是楚王后，她要让楚王的恩典惠及郊野之民。

于是，文王后在大司农陪同下出了王宫。车马出了王宫往西边而去，到了郢城的东大衢转向北行。这东边的大衢是郢都的一条主干道，贯穿了宫殿区、公族区、闹市区、作坊区。文王后透过帷幔向外张望，这个郢都确实是一座非常规整，喧闹繁华，充满活力的新都城。穿过闹市，她远远地看到高大巍峨的城墙，如铁山铜崚。城墙上兵甲林立，骑士驰骋巡逻。郢城东北角上的烽火台，高耸挺立，台上兵甲驻守，日夜瞭望。

不多时，车马已经到了东北门。因为靠近城外，人群稀少，车马不由地加鞭增速。车马从驰道而出时，文王后仿佛看到一个熟悉的身影，一晃而过，进城去了。

文王后只顾欣赏郢都新城，和城外的田野，并没有太在意那个熟悉的身影。

车马从郢都的东北门而出，直奔郢北的村野。这里是开阔的汉江平原，完全不同于北国沃野。那如棋盘一样的田埂里，是一方方绿毯般的稻谷。一望无际的稻田，充满盎然生机，这南国的田园风光，让文王后惊叹不已。

文王后下了车，往东望去，看到了水烟浩渺的长湖，远处的舟楫，穿梭于湖边，正在进行着渔猎。

文王后走到了稻田边，向正在打理稻田的农人问候，问他们的收成生计。那些农人，得知眼前就是传说中的“桃花王后”，都纷纷拜见请安。文王后一一扶起他们，嘘寒问暖。农人感念王后恩德，村落路边，都种植上了桃树。

文王后不但了解到了楚国的历史，楚国的精神，楚国的文化，还亲眼看到了楚国的田园风物。她不由得升起了自豪感，楚国，她的楚国，是个正在崛起的，充满希望的，富足强大的南方大国，非中原任何国家可以比拟的。

她一定会辅助她的君王，把楚国治理得更加强大，这是她的责任。她对楚王熊赀有了新的认识，这是一个值得她敬爱的男子，是一个她值得信赖的君王，是一个值得她托付一生的夫君。

她每天都被新的希望所激励，思念她的君王，期待楚国大捷。这种新的心态，让她感到振奋。每天，她都遣碧叶打探楚军的消息。碧叶对文王后这种转变，非常高兴，她从来没有见过文王后这样开心过，没有见过她如此灿烂的笑容，她像一个小妇人一样羞涩地说起楚王熊赀，说起他的一切。

文王后让碧叶找了一些非常绚丽的楚国织锦，她要为楚王熊赀亲手做一件礼服，她要让楚王熊赀在祭祀时穿着她亲手缝制的礼服，他一定会非常高兴的。

文王后想象着楚王熊赀归来时的情景，想象着他看到礼服时的神情，想象着他们见面时的场景，这一切都让她心境不能平静。她有了初恋的少女期待情郎时的情怀。

正当文王后以一种新的思想，新的姿态投身楚国事业的时候，突兀地出现了一个人，这个人扰乱她的计划，让她惊慌失措。

第四十二章　濮妫相见涟涟泪水

那天，文王后正在和熊囏、熊恽兄弟讲述陈国的故事，讲述着楚国的历史，突然一阵悠扬的埙声传来。

她停了下来，这乐曲十分耳熟。她把两个孩子交给了侍女，嘱咐她们先带两位王子到外边去玩。

她屏气聆听，那乐曲渐趋清晰。她终于听清楚了，这是一曲埙奏的《有风来仪》。

埙是陈国乐器，虽然楚国也曾有过，那是在她来到之后，楚王熊赀让乐师比照陈国样式做的。楚国虽然善于吸纳外源，但比照毕竟是比照，决然不似陈国的那种。而这埙声也不同，不似楚国的乐律。这种吹奏的技法，也绝对不是楚国乐师吹奏的。这是一种纯粹的陈国音调。

她心里猛然一惊，在这荆蛮之地的楚国，怎么会有地道的陈国之音律？这个演奏者是谁？他为什么会在楚国？陈国、楚国离得很远，中原的陈国人，很少来到他们认为是蛮荒之地的楚国。而这个吹奏埙的人，一定是陈国人，而且还不是一般的陈国人。因为，即便是在陈国，也不是人人都会吹奏这种乐器的，即便是会吹奏这种乐器，也不一定会吹奏《有风来仪》，这种绝妙的《韶乐》，不是一般人能吹奏的。

文王后心里十分不安，这埙声一定是预兆着什么？一定是发生了什么大的事情。

埙声能传到楚王宫，说明吹奏的人就在附近。

他为什么要在王宫附近吹奏？一定是想引起她的注意。难道他是陈国的使者？不太可能。如果是陈国的使者，他应该先到楚国公馆，由行人接待，然后通报才是。他不必在王宫外面吹奏。这些年来，楚国和陈国并未有使节来往。难道是陈国出了什么大事儿？陈国会出什么大事儿呢？那一定是宫中发生变故，如果真是这样，他完全可以直接进宫啊。

文王后心中疑团重重，心神不宁。她嘱咐碧叶，遣人到宫外探寻这个吹埙的人。

碧叶回报，说已经找到了那位演奏者，正在等候王后传见。文王后吩咐，快快请进宫中。

那位老者来到文王后的缥宫，施礼道："王后别来无恙？"

文王后看着那老者十分眼熟，北方口音，却想不起来在哪儿见过。

她突然想起，出城巡访时东北门那个熟悉的身影。对，就是这位老者。可是，她当时就觉得很熟悉啊，肯定是在这之前见过，在哪儿见过呢？

老者拿出一只埙，说道："王后不知道这是什么？陈国所特有的乐器。老朽还曾在陈国城里送过王后一只。"

文王后当然知道这是什么，陈国的埙，只有这样的埙，才能吹奏出真正的陈韵。文王后想起来了，这位老者，就是那次她和息公子、琥儿姊一起去陈国街肆，碰到的吹奏埙的那位老者。那是她第一次看到这种乐器。当时，息公子还感叹说："陈国的民间都能演奏《韶曲》，太了不起了。"多少年过去，这一切恍若隔世，文王后不禁唏嘘。

过了一会儿，文王后问道："老人家怎么到了楚国？"

老者说："老朽爱好山水，多年来出游于山山水水，林林壑壑，前不久有幸来到楚国。不想，在汝地遇见了故人。"

"汝地？"

"对，楚国的汝地，原来是息国的。"

"他？"

"是的，吾知故人国家破碎，山河他属，人亦流离他乡，惶惶度日。可叹！可叹！"

"他还好吗？"文王后不禁问道。

文王后自到楚国以来，第一次听到息侯的消息，她很激动，也很不安。她不知道这位老人会给她带来什么样的消息。他既然这样来见她，肯定有什么事情要告诉她。可是，她又害怕听到他的消息。

老者停了一下说："他很不好。只言悔不该忘记老朽之嘱，世上哪有什么后悔药啊，一切皆为定数。"

文王后不知道该说什么，她只能静静地等候老人接着往下说。

老人家说："一个国君，沦落到食十户之俸，以继祖祀，灭国之罪难赎啊。国家存亡，人之生死，终会有的。但毕竟亡国之君，天不垂怜，人之不幸。"

文王后仰天长叹，热泪双流。

老者说："王后也不必伤情，老朽此来，只是为故人传达消息。故人思念夫人之切，想在有生之年见夫人一面，便死而无憾。不知夫人可肯垂怜？"

“这？”文王后被这消息打晕了，她从来没有想过，他们还能相见？还会相见？她只想，她与息侯，结局已定。怎么突然又出现了这样的情况？她真的不知道该怎么回答。这太突然。

老者看出文王后为难之情，说道：“你们既是正当夫妻，见一面又有何妨？难道夫人独碍于王后之尊，不肯降贵吗？”

“只是……”文王后还没有说出后面的话，老者便接上了，他说：“夫人何不借机做个了断。现在楚王出征未回，正是极方便之时。如果夫人想好了，就在明日隅中[①]时刻，郢城南门水道码头旁的茶肆里相见。切记，夫人毋留憾事。”

文王后还没回过神来，老者说完就走了。

文王后愣在那里，并未起身送客。她被这事儿打懵了，息侯濮，她曾日思夜想的夫君，她苦苦期盼着他的消息，音信全无。她想开始新的生活时，他又一下子出现了。是上苍在捉弄她吗？她的一切完全被搅乱了。

她该怎么办？她现在已经是楚王后了，怎么能再私自去见息侯？可是，如果不见他，他会怎么样？老人说毋留憾事是什么意思？是不是息侯要出什么事了？如果真是这样，这次不见，也许一辈子就再也见不上了，真的就会遗憾终生。

可是，如果她去见息侯，让楚王熊赀知道了，息侯肯定性命难保。这一点息侯一定明白，既然明白，他还要冒死见她，可见他的痴情。

见或者不见，文王后反反复复地掂量着。

见她，也许是息侯活着的念想，拒绝见他，就是拒绝了他的性命。想当初，她也是为了息侯的性命才苟活于世，当了楚王熊赀的王后，如果不是为了息侯，她也许早就殉节而死。而今，息侯要见她，而她却不见，情理不容啊！可是，她现在的身份是楚王后，又怎么能不顾名节，再和息侯又纠缠不清呢？

她实在不知道该怎么办？

也许正如老者所说，一切都是定数。既如此，不妨问问天意吧。于是，文王后自己占卜一卦。正是这一卦，让她下定决心去见息侯的。这一卦不是别的，正是巽卦。卦辞为：小亨，利有攸往，利见大人。

那天巳时[②]，文王后带着碧叶来到了老者所说的那家茶肆，茶肆里并无其他人，只有一位老者，佝偻着身子，面壁而坐。碧叶引着文王后坐下，她正要出门张望时，

---

① 隅中：上午九时——十一时。

② 巳时（sìshí）：指上午九时正至上午十一时正。

那老者转过身来，开口说道：“夫人，你还好吗？”

天啊，这老者竟然是息侯。文王后一时哽咽，说不出话来。

碧叶见息侯如此情景，也流下心酸之泪，她说，“主公，碧叶有礼了。”

息侯说：“哪里还有什么主公啊。你照顾夫人辛苦了，吾应该给你施礼才是。”

碧叶说，“你和夫人说话，吾去门口候着。”

碧叶离开之后，息侯起身走到文王后的几案前，挨着她坐下。他说：“夫人不必难过，自息国一别，吾没有一天不想念夫人的，吾只想在有生之年见夫人一面，不然早就到地下侍奉祖先了。上天有眼啊，多亏偶遇老者，不然，吾死不瞑目啊。”

文王后含泪道：“夫君……”

息侯喊道：“夫人……”

息侯夫妇两手相执，哽咽悲戚，涕泗横流，百感交集，相对无语。

许久，文王后说道：“不曾想，你、吾二人还有见面之时。当初，吾也曾想过殉节，不过是为了夫君性命、息国百姓而苟活。”

息侯说道：“夫人，这一切都是吾的错，跟夫人无关。今日既见夫人，吾，死亦无憾了。濮，既为人夫，却不能保护夫人，不能同生，亦不能同死，枉为人夫。濮，既为国君，不能存成国祚，灭国灭祀，有何面目苟活于世。夫人，多保重吧！”

息侯说完，起身朝庭柱上撞去。他原本想，这就是他和夫人最后的诀别。他在汝地野外见到那位老者时，已经搭好了三丈白绫，准备结束他凄楚悲怆的一生。他听说楚国的部队讨伐郑国去了，楚国日益强大，息国已经灭亡，他不可能再有任何复国复仇的机会，甚至他连见到夫人的机会都没有。夫人三年不语的故事已经传遍了楚国，他知道夫人对他的一片痴情，对他的忠贞，可是他有什么值得她这样呢？他这样苟活于世有什么意义呢？倒不如一死了之。他死之后，夫人就没有什么负担了，她可以开始新的生活，这也算是他为夫人唯一能做的。至于息宗的祭祀，早晚要断的。与其让后人落得骂名，不如他一个人担着吧，难道还有比灭国的骂名更大吗？他不怕再担上断祀的罪名。

老者看到白绫说道：“生死乃天数。君侯何必这样匆忙赴死呢？难道你不想在死之前，见一见夫人？”

“见夫人？难道吾有生之年还能见上夫人？”

“也许，君侯何不试一试呢？老朽愿为君侯搭桥牵线。”

于是，息侯便与老者一起来到了郢都。没想到，还真是见上了夫人。既已见到夫人，他也就可以安心地走了。他见到夫人那一刻，就打定主意，不能死在汝地，就死在郢都，这样离夫人更近。

文王后死死地拉住息侯说：“夫君，你听吾说完再死不迟。要死也不差这一时半刻。”

息侯闻听此言，便停了下来。他听文王后说道：“你口口声声说是为了吾，可你想过没有，你若是今日碰死在这里，必定会在楚国掀起轩然大波，楚王回来会怎么处置这事儿？你一定清楚的。你既然来见吾，肯定早已把生死置之度外，这一点吾很清楚。可是，你想见吾，想到的一定是活着，而不是死。如果只想着死，吾见你也就没有任何意义了。吾之所以来见你，就是为了让你活下去。不但是你，还有吾，都得活下去。不然，你、吾会面还有何意义？吾能理解你的心情，你再不能意气用事了。你、吾今天的处境，也许是天数，人是不能违背天数的。夫君，你、吾今天相见，已经是一种奢望了，事到如今，悔怨已经毫无意义。你吾虽是夫妻，那已经是过去，吾不能再给你什么许诺。不是吾贪图富贵，而是只能这样。吾想，如果你、吾死在楚王之前，今生便无再见之时。倘若老天垂怜，让你、吾死在楚王之后，吾愿和你再续前缘。这就是吾今天和你见面要说的话。”

息侯听完，涕泗横流。许久，他长叹一声，说道：“天数！好一个天数啊！”

文王后说：“夫君，请回吧。”

息侯道：“夫人，这是你、吾今生最后的约定，愿上天保佑。你多保重啊！”

文王后把一块翡玉佩交与息侯，说道：“夫君若想念吾时，见佩即人。”

息侯看着玉佩，十分惊讶，这是他作为镇国之宝，送给楚国的那块玉佩啊！难道是楚王熊赀已经把它送给了夫人？不，这玉佩虽然和那一块一模一样，但是却小了很多。这究竟是怎么回事啊？陈国、公子桃花，究竟藏了多少故事啊？

息侯正在疑惑，文王后说道：“这是吾从陈国带回的玉佩，是陈国始祖母大姬遗传下来的物件，它会保佑你的。”

这一块玉佩确实是文王后从陈国带国来的，而且有些来历。这是文王后两岁半时，陈厉公赏赐给她的一块玉佩。然而不幸的是，陈厉公赠她玉佩不久便薨殁。她的母亲把这件东西收藏起来，直到她出嫁前才交给了她，嘱咐她一定要收藏好了。母亲说，这是一块陈国祖传之物，是陈国始祖母大姬从周带回的，当时大姬下嫁于陈胡公，带来几件祭祀用品，一件白琥，一件黄琮，一件苍璧，用于祭祀。先是白琥不知去向，而后黄琮跌落成两块，这黄琮本是一块翡玉做成，大姬便找玉匠把那两块翡玉，雕刻成两件玉佩，一件用于祭祀，一件自己佩戴。大姬薨殁，小的便存入库府，大的仍旧用于祭祀。后来，苍璧被小祝打碎，瘗埋于大姬灵牌之下。小祝因打碎苍璧，被逐出陈城，走时把那块大的翡玉佩带走，不知道去向。三件瑞器只剩下这一块小玉佩，还在库府。因为她降世时有许多瑞象，陈厉公便将这小的玉佩送给她。

息侯接过玉佩，心里不禁被感动，这确实和他送给楚国的那块玉佩是一模一样的。真是天意吗？他不知道，他那一块玉佩是不是陈国小祝带走的那个，不过，他接过这块玉佩时，心里充满了希望。

息侯满含眼泪地望着夫人，说道："夫人，今生今世吾遇夫人实属万幸。承蒙夫人不弃，以此相许，吾只有苟活于世，以候与夫人再续前缘。夫人，吾告辞了。"

文王后望着息侯佝偻的背影，两行热泪夺眶而出。她今日相许也是不得已而为之，既已相许，就要守诺，她和他还能再续前缘吗？只有天知道。

不管怎么说，她得给这个男人希望，尽管这希望很渺茫，毕竟还能支撑着他活下去。不然，一个生命就此凋零。他曾是她的夫君啊，即便是不相干的人，她也不能坐视不管。

文王后嘱咐碧叶，今天的事情要带到地下，绝不能有只言片语在世上流传。

碧叶脸色惨白，凝重应承，她知道这事的重大，弄不好会牵涉到几条人命。她已经错过一次了，不能再错，就是要她的命，她也不会透出半句的。如果不是当年她经不住息侯的恐吓，把蔡侯献舞酒后失礼的事儿告诉他，一切都不是现在这样的。那件事虽然夫人没有怨她，可是她自己却不能原谅自己。

第四十三章　子元登场隐隐衷情

楚王熊赀果然大捷而回，回到郢城，他并没有进入朝堂，接受百官的庆贺，而是直接去了缅宫。他迫不及待地要见王后，把大捷的喜悦最快、最直接地与她分享。她的陈国蓍草，她的祝愿，都在激发着他的斗志，他的雄心。她，是他大捷的真正动力。

文王后在缅宫门外盛装迎候。此时的文王后，光彩照人，淡定从容。她把一切都埋藏在心里，任何事情都不会摆在脸上了。

楚王熊赀看到王后如此盛情，十分感动，忙把王后搀起，一起回到缅宫。当下，文王后嘱咐膳人，准备晚膳，为楚王熊赀庆贺大捷。

当晚，楚王熊赀的弟弟子善听说楚王大捷而归，文王后在缅宫摆宴，不请自到为楚王庆贺，也为楚国庆贺。

于是，缅宫另铺设宴席，子善入席。

就席时，文王后这才看清子善模样，上次子善送给囏儿“火凤凰”时，有些匆忙，放下东西就走了。

子善虽和楚王熊赀是一奶同胞的兄弟，但长相、性格却截然不同。他没有楚王熊赀鹰隼一样的眼睛和凌厉的眉峰，也没有楚王熊赀方正的脸膛和赤红的肤色。相对楚王熊赀而言，他比较柔和纤弱，他的脸庞比较圆润，缺乏棱角，肤色偏向白皙。更有意思的是，他矜持中好像还有一丝羞涩，这一丝的羞涩，倒是衬托出了他的可爱。但是，他眼睛里透出聪慧的灵光，他唯一和楚王熊赀相像的就是眸子的颜色，都是那种褐色泛黄透着金子一般的光亮。他没有楚王熊赀身上的那种豪放粗犷，恣肆霸气。这也许就是楚武王比郑庄公英明之处，郑庄公的几个儿子都十分厉害，都有同样的雄心壮志，都不甘示弱，所以，郑国这么多年来，一直内乱不断，把一个本来的小霸主国，变成了一会儿依楚一会儿依齐的附庸。而楚国，只要有楚王熊赀在，子善绝对不会有篡权谋位的想法。

子善恭恭敬敬地向楚王、王后敬酒。楚王熊赀此时也一改平时的豪气，变得温情十足。他的这个弟弟，一直被父亲母亲娇惯，没有经过太多的历练，特别是他庶兄屈瑕自缢身亡之后，父亲对他更加娇宠。父亲临终前还嘱咐要善待他，所以，楚王熊赀以父亲般的心态栽培子善，把他交给令尹彭仲爽学习礼仪规制，然后再让他学习带兵打仗，培养他楚人英勇无畏的精神。子善资质聪慧，很快就会成为一个楚国的栋梁之才。现在朝中一帮重臣，都是若敖斗氏一族，斗氏一族的权势过大也未必是好事儿，父亲已经意识到这样的问题，所以，他设令尹[①]一职，置于莫敖[②]之上。他同时把大司马的位置提升，也超越了莫敖。父亲是想通过这样的建制控制若敖氏一族的势力。楚王熊赀除领悟了父亲的策略之外，还要培养新生力量。子善，就是他要培养的新生力量。

宴席结束，文王后说，“明天要为君王上演一场北方的舞乐，为君王消解疲惫。”

这时，子善告辞。楚王熊赀说道：“何不邀子善一起观看？”

文王后说：“臣妾听从君王的安排。”

第二天，楚王熊赀和文王后及子善来到南苑宫观看舞乐。这是自他和丹徕离开南苑宫后第二次来。第一次是为文王后上演编钟舞乐。每一次来，楚王熊赀都心生感慨，都感到自己肩上的责任重大。

他是楚王，要让父王留下的楚国更加强大，所以，他和他的臣子们东征西战，迁都、灭申、灭邓、灭息，汉江一带小国都已经归附。就连中原门户的蔡国，也成了附属国，中原腹地的郑国，已经盟约依楚，每年朝见。现在，整个周王朝，除了西边的秦国，北面的齐国，没有谁能和他抗衡。楚国已由二十里子国发展到千里大国，他，楚王熊赀，就要挺进中原了。周王朝，不过是偏安一隅的摆设，一面旗帜而已。齐侯小白打着尊周的旗号，他真的是为了尊周吗？不，他不过是为了统领中原诸侯，实现霸主梦罢了。这就是中原人，明明是自己要做的事儿，还要打着别的幌子，假模假样。他楚国，从不打尊周的旗号，周王朝也没有什么可以尊崇的地方，他不靠虚假的礼仪、腐朽的规制笼络人心。他要靠实力统领诸侯。他和他的王后，一定要巡方中原。如今他的老师葆申已经告老，看不到他征服中原的壮举了。不过，有他的王后在，就有了一切。其实，他最想让陈国归附，他和王后能巡方陈国，到

① 令尹：楚国在春秋战国时代的最高官衔，是掌握政治事务，发号施令的最高官，其执掌一国之国柄，总揽军政大权于一身。

② 莫敖：楚国官名。原为楚国最高官职，楚武王时降至左司马之下。

传说中的伏羲故都看看，这是他的目标。王后，以及她的祖国都属于他，属于楚国，那该是一种什么感觉啊！

文王后并不知道楚王熊赀在想什么，轻声说道：“君王，开始吧。”楚王熊赀回过神来，拿起文王后的手说道：“好，开始。”

随着一曲《南风歌》的乐曲，乐师唱道：南风之薰兮，可以解吾民愠兮；南风之时兮，可以赋吾民之财兮……

楚王熊赀知道，这是舜帝《大韶》里的乐章，因为陈国是舜帝之后，所以这乐曲一定是陈国的宫廷乐曲，王后把它带到楚国，也是用心良苦啊。她肯定是希望楚国能接纳北方的礼乐规制，也希望他像舜帝一样，以德仁治国，关心人民的疾苦。楚国，不乏强大的军队，广阔的疆域，满朝的精英，缺乏的就是这些东西。

尽善尽美，美轮美奂的《韶曲》，飘荡在楚王宫的上空。

一曲舞乐终了，接下来上演了《万舞》。《万舞》也是北方的舞乐，分为两部，上部是《干舞》也是《武舞》，下部是《羽舞》也叫《文舞》。《干舞》的舞者手执兵器，以一种威武雄壮之势，震撼人心。看到这场景，文王后想起了息侯演练《干舞》的情形。息侯喜欢演练《干舞》，他想通过演练《干舞》振奋军威，训练军士，强大息国的部队。他不但演练了《干舞》，而且还遣人去陈国学习“鱼丽阵”，可是，这些都没有救得了息国。她想起前几天和息侯会面的情景，息侯的惨状让她揪心。

她为楚王熊赀筹备这样的舞乐，其实也遮掩她内心的愧疚。楚王熊赀不在，她和息侯私下会面，她觉得愧对楚王熊赀。虽然她和息侯是夫妻，但毕竟那已经是过去了，现在她是楚王后。从茶肆回来，她想了很多，她要做一个称职的王后，她要和楚王熊赀一起为了楚国的事业尽力。她和息侯这样见面，也算是一个了断。她虽然给了他一个空诺，也是为了挽救他的性命。可是，眼前的《干舞》，却又一次让她想起了息侯。她不知道是救了他还是毁了他？她给他一句空诺，息侯就会在穷困中守候，可她，却在楚王宫中拥享富贵荣华。这空诺会实现吗？她更希望楚王熊赀长寿，这个英武强大的男子，是她的依靠，她儿子们的依靠，他不能走在她的前面。可是，息侯，可怜的息侯，她拿什么兑现她的承诺？一种愧疚涌上心头，她的心被撕裂成两半，伤痛让她的眼里出现了粼粼水光。她原本以为她能把一切都遮掩住，不会在她的脸上流露出任何蛛丝马迹。可是，她做不到，这撕心裂肺的痛楚，是无法遮掩，眼泪这东西也是无法控制的。

坐着她旁边的子善，是个细心敏感的人，他看到了她眼中的泪光。他不知道王后为什么会这样。他以为她喜欢这种舞乐，感动所至，并默默地记下。在他心里，王后就是女神，他无限崇敬地望着她，就像望着天上的神仙一样。

楚王熊赀看到文王后的表情，也以为她被舞乐所感动，把手放在她的手上。文王后突然回过神来，对楚王微微一笑。

这一笑，如一道闪电，照亮了子善的天空。他从来没有见过这样迷人的笑容，但是，他知道，这绝不是一种开心的笑，更不是一种幸福的笑，这笑容如云雾叆叇一样，无法体味其真实心境。只是，这笑容让他刻骨铭心。

文王后并未在意子善，只对楚王熊赀说道："这《干舞》实在太好了！如此威武，正如君王之师。下面的《羽舞》更好看。"文王后说完，羽舞已经开始了。

楚王熊赀从来没有见过这样的舞乐，被深深地震撼了。中原，有太多好东西，这种舞乐一定要在楚国保存下来。

自此，楚王熊赀在出兵之前，都会演练《干舞》，以激发士气。

自南苑宫观赏舞乐之后，子善对楚王熊赀、文王后更加亲近了。楚王熊赀也对他更加器重，觉得还是自家兄弟可靠，便让他给斗廉当副将，历练他带兵作战的能力，同时也是对斗廉的一种监控。

但是，文王后对子善却有种预感，他心思缜密，又胸怀雄心，不知道是好事还是坏事。文王后不禁想到了郑庄公的母亲武姜夫人，因为她的骄纵，才造成段叔的悲剧。子善在楚武王和夫人邓曼那里，同样也是骄纵的，不过邓曼是个有大智慧的夫人，她没有支持也不会支持小儿子篡逆。也许这并不是她原本的意思，而是因为大儿子熊赀太强势了。楚武王本身也是弑君自立的，子善是他的儿子，能不受一点影响吗？楚国的政治，比起中原，更加诡异，更加残暴。

文王后心里一直惴惴不安，这次楚王熊赀伐郑而胜，就是因为郑国内乱才逐渐羸弱。郑庄公时期，郑国是第一个和周王朝对着干的诸侯国。他的儿子们，也都太强势了。楚王熊赀也是一个强势的明主，他的儿子们将来会怎么样啊？

文王后想得比较远，她不得不想。她不想让儿子们相互残杀。她必须做出决断，像楚武王夫妻一样，只培养一个国君儿子，另一个必须是臣子，这是国家需要。再说郑庄公也是非常睿智的君主，他在嗣君问题上，也不是没有意识到危机的存在。他也采取了一些措施，他把公子突（郑伯突）送到了宋国，就是为了避免他们兄弟自相残杀，可结果还是没有阻止得了。他明白得太晚了，也做得太晚了，儿子们都已经羽毛丰满，无法控制了。怎奈一个英明的小霸主，竟然把身后的郑国弄得这样混乱不堪，儿子们都死于非命，实在令人心寒。

那天，楚王熊赀来到缥宫，见王后郁闷不乐，就问她有什么心事。

她说，她做了一个噩梦，又梦见郑伯子仪，带着那把透心的刀扑倒在地，她十分害怕。

“有孤在，王后还怕什么？孤不是已经替王后出气了吗？郑国已经臣服楚国，如果王后还觉得不够，孤就把郑伯突也拘到楚国来，只要王后高兴就行。”

文王后说：“万万不可，郑国的臣服已经说明了君王的神威，楚国的强大。臣妾为您感到无尚荣光。臣妾只是替郑伯子仪惋惜而已，郑国内乱时，他逃到陈国原本是为了避祸，并没有篡逆之心，也没有再回国继位的想法，是郑国大臣祭足不想归复郑公子突，才亲自到陈国迎奉他继位的。他在治理郑国期间，重用祭足，和睦邦邻，郑国虽无大的起色，也并无失德行为，郑国整体还是很稳定的。可是最后，他还是没有逃脱被弑杀的命运。他有什么过错呢？”

楚王熊赀说：“他的过错，就是没有参加齐小白的北杏会盟。齐小白假借仁义，才给他安了个叛逆之罪，归复郑伯突的。齐小白的目的是为了得到郑国，仁义不过是个幌子。他哪里想到，这个郑伯突，还不如郑伯子仪呢。郑伯突虽然是在齐国的扶持下复位的，现在不是也朝楚忘齐了吗？齐小白啊，枉费心机！哈哈哈，‘假仁义’是没用的，只有真武力才行啊。”

文王后接着说道：“君王神勇。妾身在想，其实郑国在庄公时期还是很强大的。郑庄公时，郑国和齐国关系非常密切，齐僖公因为北戎入侵还请郑国军队支援。当时的郑国太子忽威武神勇，大败北戎，齐僖公三番五次地想要女公子文姜嫁他。公子忽硬是推脱，最后娶了吾陈国女公子。那时的郑国，联合蔡国抗衡楚国，就连楚国也不能小觑。可是，郑庄公薨殁，这么一个强大的国家，说完就完了。君王知道为什么会这样吗？”

“为什么啊？”

“内乱。郑庄公的儿子们为了争抢君位，不停地内战，哪还有心思治理国家啊？所以，才造成郑国国力衰微，受制于楚国、齐国。”

“王后说得极是，可是，这跟楚国有什么关系呢？”

“这跟楚国是没有联系。但是，郑国的教训，让吾惊醒了。吾是担心楚国的将来会不会和郑国一样？”

“楚国的将来？和郑国一样？王后，您这是什么意思？”

“吾是说，君王虽没有郑庄公的儿子多，但是也有两个儿子。两个儿子，只有一个继承王位。要怎么办呢？”

“现在考虑这个还为时过早，他们都还是孩子。楚国选拔太子主要还是看个人的天资和后天的德行。他们这么小能分出高低吗？”

“是的，君王说得没错。可是，一个君王和一个臣子，必须从小就灌输这种意识。如果不从小培养，将来是要发生祸患的。”

“王后远见，可是具体该怎么办呢？”

“君王要培养一个君王，一个臣子。”

“以你的意思，立谁为太子呢？”

“这个吾还在想，还没有一个明确的想法，吾想听听君王的意见。”

第四十四章　立储熊囏殷殷希望

楚王熊赀并未说出太子人选，他觉得现在还为时过早。

楚国的王位继承制不同于中原的嫡长子继承制。楚国是几种形式并存的，有些是嫡长子，有些是兄终弟及，还有些是次子或幼子继承的。这样就有利于选拔更优秀、更出色、更贤明、更有德行的君王。所以，楚国的君王没有十分昏庸无能的，这也是楚国强大的一个因素之一。但是，这种继承制也有不足的地方，因为缺乏明确的规制，形式多样，众王子都觉得有机会，竞争不可避免。所以，也就埋下了弑杀、谋逆、篡夺的祸根。当然，有了前边这些，楚国的政权也就更加残暴、血腥、诡异。这正是文王后忧虑和担心的地方。所以，她反反复复地诉说着郑国的悲剧，郑国衰败的祸根就是典型中原继承制造成的。

楚王熊赀并没有感受到文王后的揪心所在，因为他不太了解中原继承制下废立的残酷。中原的嫡长子继承制，只要你是嫡长子，无论贤愚、强弱，一生下就是太子，当太子全靠的是天命。可是，即便是这样，照样还会有废立。只是这种情况下的废立，多是君王个人的喜好，这喜好挑战了规制，所以要付出更大的代价。

楚王熊赀并未把太子册立放在心上，主要是他正值壮年，本来继位就晚，再说现在两位王子年龄太小，所以他不打算册立太子。还有一个更主要的原因是，他需要对两个儿子进一步考察。他还没有完全把握住他们的性格，册立太子，不仅仅是册立本身，册立的还有楚国的未来。所以，他必须慎重。

以他的观察，王子熊囏性格玩虐不羁，喜欢弓箭猎狗，这一点倒是更像他，楚国需要的是这样的勇猛武力。未来的楚王必须是神勇无畏，能打善战的。熊恽倒是没有这些爱好，他更加聪慧、通透、善解人意，他更善于用心处事儿。楚国已经挺进了中原，需要更大的智慧和对中原礼仪规制的了解和运用。这一点好像熊恽更合适。楚王熊赀由此犹豫，他想等他们再大一点，进一步考察之后再做决定。

可是，文王后无法从这种忧郁中走出来，她没有得到楚王熊赀任何册立太子的信息，一直郁郁寡欢。

楚王熊赀刚刚暖热了文王后的心，两人相处渐入佳境，不想因为册立太子让文王后忧心忡忡，不想看到她愁眉不展的样子。他喜欢她明亮的眸子里闪出熠熠的光辉，可以照得见人影儿。他喜欢盯着她的眼睛，看着自己的影像，他知道了自己在她的眼里是个什么样子。所以楚王熊赀也就想了却文王后的心愿。在他看来，这两位王子，都不是完美的太子人选，如果他们两人的优点结合在一起就完美了。不过，天下哪有那样完美无缺的事儿啊。他小时候不也是玩虐狂野吗。他的两位王子，都是文王后的儿子，就看王后要立谁吧。

正值中秋节的前夕，子善来缥宫，送给两个孩子一人一个小风车，还和他们玩了一会儿。待子善要告别之际，熊囏还要缠着他再玩一会儿，熊恽则在站在一旁说道："叔叔再见，空闲时再来啊。"子善离开之后，文王后心里不禁一沉，自楚王熊赀伐郑之后，子善似乎有所改变。他对两位王子的态度非常亲善，当然，这也可以看作是亲情，不过用亲情解释似乎又有些牵强。以子善的智慧，只怕意图不在两个孩子。他是否也在观察太子人选呢？楚王熊赀会听他的吗？文王后是决然不会让他掺进太子册立一事的。

楚王熊赀来缥宫时，文王后告诉他子元[①]来过，看望两位王子的。

楚王熊赀说道："子元最近还是很上进的，彭仲爽和斗廉对他都比较满意。"

说到子元，楚王熊赀看到文王后眼中有一丝忧虑。她是担心子元吗？这倒是没什么必要。他太了解这个弟弟了，子善是个性情中人，虽然也很聪明，但是并不具备一个君王的特质，绝不会有叛逆之心。所以他才刻意地历练他，就是为了让他将来辅助儿子。他到缥宫是为了给小王子送玩意儿吗？还是有别的用意？缥宫，不是随便什么人都可以进入的，子元真的不明白吗？这些念头在楚王熊赀的脑海里只是一闪，他并未有往深处想，他还是比较信任子善的。楚王熊赀拉起文王后的手说："今天，孤，想听听王后对册立太子的意见。"

楚王熊赀终于提到了册立太子一事，文王后说："君王不是打一出生就被立为太子了吗？这是先王的英明。先王的英明，也一定会在子善身上体现出来的，他也是先王的儿子啊。"

楚王熊赀说："子善？这跟子善有什么关系？"

---

① 子元：子善、字子元；楚文王弟、后来为楚邻。

文王后说："吾是说，君王不征求子元的意见吗？"

楚王熊赀果断地说："不，孤想听王后的意见。"

文王后说："当然是囏儿。按照规制，立嫡立长。凡事儿按照规制是没有错的。做父母的不能有偏心，特别是在立储上，有偏心就有悖规制，有悖规制，就名分不正，名分不正就会出现祸乱。"

"好，那就按王后的意思办。"其实，楚王熊赀也是更喜欢熊囏，大概是熊囏更像他的脾性吧。不过，他突然觉得，熊恽某种地方也和子元相似。这是不是天意呢？册立熊囏为太子，还是能够让人信服的。

第二天，楚王熊赀在早朝时，把册封太子作为一件大事商议。毕竟这是关系到楚国未来的兴衰。他提议立熊囏为太子，大臣们都十分赞同，因为按照规制，立太子也是应该的，而且熊囏是嫡长子，没有什么不妥当的。熊囏还小，但也见其聪明过人，从小培养，将来一定会成为一代明主的。

楚王熊赀让令尹彭仲爽做太子太傅，彭仲爽是申国旧臣，熟稔诗礼规制、治国方略，做太子太傅再合适不过了。

楚王熊赀册立太子，臣工百官都上奏恭贺。楚王熊赀嘱咐太卜，占卜吉日，举办册封大典。

太子熊囏在册立大典结束之后，就开始了太子的特别培养与训练了。

楚国对太子的培养和训练非常严格，教学的内容十分繁杂。总的来看，大抵有这几个方面的内容：一是周朝史及中原诸侯史册，让他熟知历史教训，扬善抑恶，学习做人之道。二是，熟知楚国的历史，历代楚王的情况，让他懂得创业之艰辛，守业之不易，知晓作为楚王应该发扬什么，摈弃什么，让他知道楚国精神是什么，楚国优良传统是什么。三是熟读诗书，立志成为一个像诗歌里颂扬的成汤、周文王、周武王那样的明王，能名流千古。四是学习礼仪，让他知道君臣父子，上下尊卑的一些基本准则。五是学习乐律音韵，让纯美之声，涤荡自己的心灵，荡涤国人心里的邪秽轻浮。六是教他律令，知晓各种法令，规制，让他知道百官各自的事务，更好地管理百官，更好地管理黎民百姓。七是教他说话的艺术，让他知晓哪些话语可以弘扬先王的美德，可以激励百官百姓。八是要教他各种各类籍典，让他从先王先朝的教训中总结经验，知道应该推行什么，警惕什么，有他自己的主张，将来有自己的建树。除此之外，王太子还要一早一晚地向老臣和重臣请教。更重要的是，除了这些文化、历史、思想、品质的学习之外，还要学习骑射等军事技能。

通过这些学习，把楚国未来的君王培养成有勇有谋，有胆有识，敢拼敢打，敢爱敢恨，以积极兴国，建功立业为荣，以贪图安逸，贪图享受为耻的王者风范。

楚国这些培养太子的科目和北方陈国不太相同，陈国并没有设置一些个性的，针对性很强的科目，比如本国的历史，本国的历代的君主的情况，比如一些说话的艺术等等。文王后对楚国这样培养太子十分赞赏，她也积极参与配合教导太子。她觉得这也是她需要学习的东西，她作为楚国王后，她也需要了解这些，她必须把儿子培养成一个合格的楚国君王。

可是，太子熊囏对这些训练并不是十分感兴趣，特别是一些诗书礼仪，甚至有些反感。他更向往自由散漫，狂野放任的生活。他喜欢养狗，喜欢戏耍，甚至喜欢恶作剧。当然，他对骑射的军事训练还是比较喜欢。小小的年纪，便有了王者的做派。

倒是熊恽常常要和哥哥一起学习，对于各科的学习内容更感兴趣。他非常谦和、笃厚，也非常勤奋。他时常提出问题，向太傅请教。但是，他毕竟还只是一个陪学的王子。文王后时刻提醒他，他是太子的弟弟，将来的臣工。这孩子非常聪明，因为母亲的教导，他对哥哥也非常恭敬。

文王后并不担心太子的教育，她知道楚王熊赀小时候也是如此，楚国的君王需要这种骨子里的狂野，需要不拘一格的个性，需要超脱凡尘的智慧，这些熊囏都具备，以熊囏的聪明，只要严格训练，他一定能成长为一个合格的楚王。熊囏现在年龄还小，他需要慢慢地成长，没有旁枝的大树是不能成材的，但是要成材需要剪掉旁枝。她有耐心等待太子成长为一个君王。只要太子册立，她就可以放心了。

文王后终于轻松了，她只是督促太子和王子熊恽的学习。

那一段时间，相对轻松的文王后，却心神不宁，不知道为什么。难道会有什么事情发生吗？楚国不会，只要有楚王熊赀在，没有什么可以让她担心的事儿。那么是陈国吗？陈国究竟发生了什么事情？

那天，文王后做了一个非常奇怪的梦。

文王后梦见她又回到了陈国，那里的一切还都是她熟悉的模样。她进入了陈城，远远地望见高大森严的宫墙，心情非常激动。她终于回来了，回到了她日思夜想的陈城。她急急忙忙地往宫门走去，还未进公宫的大门，就看到了整个公宫张灯结彩，十分热闹，她不知道陈国有什么大喜事儿，难道是太子御寇大婚？

她快速走向大门，可是明明是到了大门前，却怎么也进不去。她好像被什么看不见的东西罩住，就是迈不过去。她急得要命，正要大喊，可是又发不出声音。她想，既然这个大门进不去，就走偏门吧。她来到那个小的偏门前，门依旧开着，仍旧过不去。她只好停下来，希望能碰上一个熟人，领她进宫。公宫门前空荡荡的没有一个人，她站在门外往里张望着，这一望不要紧，吓了一跳，里面的红绸带，突然变成了白色。这怎么回事儿啊？有人死了？谁？是谁啊？她嘶声大喊，把自己喊醒了。

文王后醒来之后心有余悸，陈国，她的祖国，究竟发生了什么事儿？她最担心的是她的母亲啊！她还好吗？

文王后正在思念陈国的亲人，碧叶进来禀报：王后，陈国使者求见。

文王后惊诧不已，不知这陈国使者给文王后带来怎么样的消息。

第四十五章　惠妫嫁周戚戚母丧

文王后宣见陈国使者，看到来使她不禁涕泗横流。原来这使者不是别人，竟然是公子完。难怪文王后那么激动，自从她上次归宁，再也没有见过陈国的人，更甭说完哥哥了。文王后见到公子完只顾流泪，碧叶说道："王后，大人不远千里从陈国而来，你应该高兴才是啊！"

文王后这才止住眼泪，说道："是啊，应该高兴。完哥哥，你怎么到楚国来了？"

公子完面色悲戚地说道："吾受主公之命聘问楚国，送讣告的。"

"讣告？"

"母亲薨殁了。本来主公是派了大夫女叔，是吾向主公请求更换的，吾想来看看你。自你回陈归宁，已经几年了，母亲十分惦念你，常和吾念叨，如果有机会去楚国，一定要吾看看你。所以，吾想，既然陈国要遣使送讣告，倒不如吾去为好。"

"吾母亲到底怎么了？"

公子完大概说了陈国的情况。

陈侯杵臼去幽邑参加齐侯小白的八国会盟，留上卿宓伯监国。宓伯自宣宓夫人废掉封号之后，沉寂了一阵子，也冷落了一阵子，后来，又慢慢地恢复到从前的状态。不过，宓伯还是十分谨慎。大将军辕涛涂跟着陈侯杵臼去了幽邑，原仲留在宫中，协助宓伯。宓伯为了向原仲示好，想和原仲结为儿女亲家。宓伯的小儿子宓子叔已经到了婚配的年龄，而原仲有一待嫁的女子，如果他们两家结为姻亲，那就是最好的同盟了。可是，那原仲是个非常有心计的大夫，他很清楚宓伯的意思，但是他不能答应也不能拒绝。因为陈侯杵臼是个多疑的人，如果怀疑他们结党，恐怕就不妙了。所以，他也没有答应，也没有拒绝，顾左右而言他。

宓伯睿智，一看是这种情况，就知道了原仲的意思，这种事情是不能勉强的。他不是没有考虑原仲的拒绝，但他没有更好的办法，只好怀着侥幸的心理。他原想与原仲联姻，能增加一些他和太子的力量。毕竟，原仲是朝中重臣，还是有些势力的。如果原仲同意，他自己也增加了势力，这是两全其美的事儿啊。可是，原仲不置可否，不置可否就意味着拒绝。

原仲非常狡黠，他对宓伯的态度，也是斟酌再三，他清楚宓伯现在的处境，宓伯提亲不过是为了拉拢他。如今的陈国形势很微妙，他不能和宓伯搅在一起。宓伯在朝中有很多传言，想必主公都能听得到。都知道宣宓夫人的贤德，而且都知道她是冤枉的，主公肯定也知道，但就是不恢复她的名分，这就说明了一个问题，主公要遏制宓氏一族的势力。一个是国君，一个是太子和上卿，他能分清哪重哪轻？因为这种较量都是隐性的，当然也有反转的时候，所以，他必须不置可否。

原仲对于宓伯提亲不置可否，确实是对宓伯不小的打击。由此，他知道自己力量的单薄，也知道了原仲决不会站到他的阵营里。原仲老谋深算，本来他们之间就不是很融洽，他的示好就是想解除过去的芥蒂，谁知原仲并不买他的账。其实，他也应该预料到的，只是不敢正视而已。事已至此，关于提亲的事儿决然不能让主公知晓。如果主公知晓，肯定怀疑他结党营私。要封住原仲的嘴，只有通过郑姬。

原仲喜欢郑音，特别喜欢郑姬的弹奏。郑姬表面上从未提及夫人之位，但是她一直都在暗中酝酿着。她对朝中大臣的情况了如指掌，能帮她的只有原仲。她知道原仲喜欢郑音，所以才利用原仲这个爱好，为她谋取夫人之位。其实，这事儿宓伯也早就知晓，只是他故作不知。因为，他觉得现在还不是和原仲摊牌的时候，他需要在关键时刻拿出这个杀手锏。只要有他宓伯在，郑姬夫人的位置，就不会如愿得手，而原仲和郑姬也一直是他缸里的鱼，他必须得先养着。现在他要钓一钓原仲这条狡猾的大鱼了。

一日朝会结束，宓伯说他家里新近买了一个歌伎，擅长郑音，想请原仲大人指点一二，不知大人可否赏脸？

原仲知道，在儿女婚事上没有明确态度，已经得罪了宓伯。他现在也不能太得罪宓伯了，得给自己留条后路，以防形势逆转。况且，宓伯现在还是陈国上卿，他必须不即不离，就像他对婚事的态度一样，不可明了，暧昧晦暗得刚刚好，才可以游刃有余。所以，他非常高兴地接受宓伯邀请。

待宓伯铺设宴席，奉上酒肉，那歌伎才翩然入场。果然，一个绝色的歌伎。歌声甜如润露，纯如天籁，只听她开口唱道：“风雨凄凄，鸡鸣喈喈。既见君子，云胡不夷？风雨潇潇，鸡鸣胶胶。既见君子，云胡不瘳？风雨如晦，鸡鸣不已。既见君子，云胡不喜？[①]”

一曲终了，宓伯说道：“在下不懂音律，大人可是音韵高人，这歌女比郑姬夫人唱得如何？”

原仲突然一愣，看来宓伯已经知道他昨日在郑姬处听了这首歌曲。不过，他马上就回过神来，笑道：“上卿大人过谦了，主公不在，郑姬夫人唱给谁听呢？”

宓伯笑道：“大人请放心，主公不在，就是郑姬唱曲，也没人会听到的。”

原仲也笑道：“大人监国，主公要听到的，也只有从大人这传出去的，其他的，谁还有开口的必要呢？”

宓伯知道他已经封住了原仲的嘴。但是，封住原仲的嘴，并不等于原仲不替郑姬谋划。也许，他会更加周密地谋划这事儿。毕竟，在主公那里他已经失去了信任。

原仲和宓伯的这次较量，就这样打了个平手，但真正的较量似乎才刚刚开始。原仲手里的武器是郑姬，而宓伯手中的武器是太子御寇。还有更多的势力也掺杂进去，最大的势力无疑是陈侯杵臼，经历了那么多宫变的他，已经变得多疑善变。但他仍旧是掌控一切的君侯。原仲知道，如果宓伯不倒，他和郑姬的事儿，早晚露馅，那他所面临的就是诛灭九族。

陈侯杵臼回国，并未发现什么异常，因为他相信原仲，比相信宓伯更多。他原本是让原仲监视宓伯的，如果原仲那里没有什么消息，国中肯定也就不会有什么大事儿。

到了第二年，陈国又出现了一件大事，那就是郑姬生了一个儿子。说是大事，是因为这件事对于原仲和宓伯都太重要了。

对原仲来说，确实是一件值得庆贺的喜事，他的筹码又加重了，有了更大运作空间。陈侯杵臼的宠妾生了儿子，这就是做文章的题目啊。

可是，对于宓伯来说，就是雪上加霜。他不能像对鲁曹那样对待郑姬。如果还是鲁曹时期，他绝不允许这孩子出生的，鲁曹的失败就是没有找对朝中大臣作外援，倘若他不是宣宓的哥哥，鲁曹的夫人之位，也不是不可能的。郑姬似乎比鲁曹更有智慧。她的手段是柔媚，是温顺。她的武器是郑音。这对男子来说都无法抵御。况且，她有了原仲做外援。这较量的天平就有些倾斜了。

宓伯来到宣宓的宫中，关键时刻，需要她挺身而出。宓伯怕她退缩，她是个单

---

① 风雨凄凄……云胡不喜：《风雨》原文。《风雨》是《诗经·国风·郑风》中的篇目。

纯的女子，太过善良。宓伯见她，跟她说郑姬生了一个儿子。她说，她知道了，已经派人送去了礼物。送礼物是应该的，可是你想过这事儿吗？这对太子来说，意味着什么？意味着有可能被废，如果太子被废，早晚都会遭到杀戮的。

宣宓听到此话，顿时惊悚不已。她虽然是个贤德的女子，可以为了主公，为了国家献出性命，可是当她儿子有危险时，她一定不会袖手旁观。她该怎么办啊？她觉得她哥哥这样做是很危险。哥哥已经因为鲁曹之死受到怀疑和排斥。主公是个敏感的人，他一旦怀疑，就不会再释前嫌。宓氏一族，在陈侯杵臼一世，不会再有希望了。

原仲与宓伯较量的天平，因为公子款的降生，更加倾斜。宓伯非常着急，他不能眼睁睁地看着天平继续倾斜。他必须行动了，哪怕是有一线希望，他也得出手，再倾斜下去，他就完了。

第二年，陈侯杵臼十七年（前676年）周僖王薨殁，周惠王[①]继位。天子登基，各诸侯国君都去朝见。虢公、陈侯杵臼、晋献公[②]、郑伯突、原庄公[③]一起朝见周惠王。这时，正值惠王后薨殁，周王朝遴选王后人选。郑伯突建议说，“陈国的女公子美丽贤惠，知书识礼，是天子的绝配。”

说起陈国女公子的美丽，还是源于楚王熊赀掳走息妫夫人的事儿。这事儿闹得诸侯国没有不知道的。陈国女公子究竟有多美丽，谁也没见过，都说比传说中的仙女还美。这样的女子，不配周天子，还有谁能配得上啊！再说，陈国乃中原大国，礼仪之邦，舜帝后裔，从始封君就是周王朝的姻亲。王后出自陈国，天地神人顺和！

陈侯杵臼在他们议论时，想到了鲁曹临终时说的话，觉得青儿这女子确实是有天命的。她在宣宓宫中长大，处事十分得体周详，从来没有失言失礼的行为，作为一个女子是十分难得的。诸侯们既然这样美誉，也许真是天意吧！

几位国君便想联合保媒，撮合周惠王与陈国的婚姻。周惠王也听闻陈国女公子的美丽，关于她们的故事在周王朝广为流传，他也很希望能娶一位陈国女公子。不过，他还是嘱咐太卜对王后人选进行占卜，看看究竟出自哪里更吉祥。

太卜占卜之后说：“周东南妫姓之陈地，最为吉祥。”周惠王大喜，随即商定迎

---

① 周惠王：姬阆，周僖王子。

② 晋献公：晋国国君。姬姓，名诡诸，晋武公之子，在位二十六年。

③ 原庄公：原国国君。原国，周朝封伯爵诸侯国。武王灭商，封文王第十六子为原伯。今河南省济源市。

娶日时。

虢公、晋侯、郑伯一致举荐原庄公作为周大夫到陈国迎娶王后。因为原庄公原本就是周朝卿士，又是姬姓伯爵国君。原国离洛阳比较近，离陈国也不远。所以，他去陈国迎亲是最合适。

陈侯杵臼告退回国，他要为青儿筹备嫁妆。陈国女公子嫁给周天子，是一件大事，陈国的地位由此会更加稳固，齐侯小白称霸还打着尊周的旗子呢，陈国现在是周天子的姻亲国，理应更加受到尊崇。这次青儿嫁到周王朝，是陈国第二次与周王朝联姻了，不是所有诸侯国都有这份殊荣。

青儿远嫁周天子，整个陈国上下都在为这件事儿忙活着，它暂时遮掩了陈国的许多危机。

青儿自幼长在宣宓宫中，秉承了宣宓的仁德大度、温婉贤淑的品行，同时也秉承了她母亲鲁曹的妩媚灵透、聪慧过人的个性，品貌双全，十分受人爱戴。到了婚期，陈国的送亲队伍也在择定之中。按照规制，送亲的队伍除了国君之外，从国卿到上大夫都要去送亲的，这就是说宓伯、原仲、女叔、辕涛涂、公子完都要去送亲。陈侯杵臼下诏，所有在朝具备送亲资格的，都要去王都送亲。

原庄公以周王室大臣身份，来陈迎亲，祢庙里举行仪式之后，陈侯杵臼亲自把青儿送出国境才回，像这样的送亲仪式在诸侯国也是不多的。只有过一回，就是齐僖公送女公子文姜，送到齐国的边境。不过，当时齐僖公遭受到诸侯们的批评，因为这是不符合规制的。本来鲁国没有齐国强大，由卿士送亲也就行啦，不应该由齐僖公亲自送的。所以，齐文姜到了鲁国之后，与哥哥的淫乱，都归结到齐僖公不合规制送亲上。但是，陈国不同，陈国是个守礼仪的国家，再说陈国是与周王朝结亲的，所以，各诸侯都对陈侯杵臼送亲称赞不已。

青儿嫁到周王朝，应该算是陈国最辉煌的时期了。不管国内怎么暗伏危机，但是，陈国在中原诸国中的地位有升无降。陈侯杵臼比周围的诸侯国国君继位都早，而且他是在陈国没有内乱的情况下继位的。齐侯小白称霸之初，还是陈侯杵臼一手推荐的盟主，齐国大小会盟，陈国都积极参与。如果没有陈国的参与，齐国的会盟肯定不会这样顺利圆满。这一时期，除了齐国国威甚盛之外，中原诸侯各国，都在陈国之下。宋公御说曾仰仗着陈国帮他除去心头大隐患南宫长万。郑伯突刚刚复位不久，并经受着齐国、楚国两边的挤压。卫侯朔是仗着齐国、陈国等联军才复位的。蔡国已经沦落为楚国的附庸，因为蔡侯还在楚国囚禁，就算太子即位，太子肸还是陈国的外甥。南方的楚国也算是陈国的姻亲了，虽然不很正式，但是实际上的姻亲。

当时的陈国，在强齐和强楚那里都是受尊崇的，而在周天子那里又是岳丈。所以，综合起来，那一时期的陈国，是中原最有影响的国家。

但是，在陈国内部，却不是那么平静。惠妫出嫁之后，好像一场大雪融化了，原本被这件事儿包裹起来的一切，又恢复了原貌。

惠妫出嫁之后，宣宓宫中更加冷清了，陈侯杵臼基本不去她的宫中，特别是郑姬生子之后。太子也已经长大了，陈侯杵臼让原仲做了他的太傅。宓伯对这件事好像一直琢磨不透，把太子太傅的职位给了原仲，究竟是什么意思。难道，主公已经发现了原仲与郑姬的阴谋？还是防止宓伯与太子过多接触？抑或要置原仲于宓伯之上？

宓伯只有一条路，那就是让原仲和郑姬一起毁灭。只有这样才能保住他和太子。不过，这确实是着险棋，弄不好会诛灭九族的。他必须有十分的胜算，才能开启实施。胜算，以他的力量，又谈何容易啊！

宣宓一直处在惊忧交加之中，不长时间身体就垮了。宣宓病倒了才明白，夫人与太子的名号都不重要，重要的是儿子的安危。只要儿子平安，这些又算得了什么呢？御寇还是孩子，就处在这样凶险的权斗之中，太残酷了。

宣宓病危之时，公子完去看望她。宣宓对公子完视为己出，所以，对他也不避讳。她牵挂女儿们，特别是桃花，又去了楚国，也不知道究竟怎么样。蔡侯被囚楚国，琥儿也让她揪心。但是，她最放下不下的还是太子御寇。她嘱咐公子完一定要辅助太子御寇，把他当做自己的嫡亲弟弟，公子完一一答应。他向宣宓夫人承诺，一定会去楚国看望桃花，一定忠心辅助太子。

宣宓夫人临终前，心中充满悲哀，她知道自己大限已到，可是儿子是她最大的牵挂。她翻来覆去想着哥哥说的话，脑子臆想着儿子的种种结局。她遣人请来了哥哥，希望哥哥能保全儿子的生命，不要再惦记太子的名号。

陈侯杵臼在宣宓临终之前探望她，宣宓泣不成声，希望主公保重身体，照顾好太子，不然她死不瞑目。

宣宓夫人走了，至死也没有恢复名分。陈侯杵臼也有些愧疚，他以为宣宓会提出恢复她的名分的，因为她确实是冤枉的，可她没有。他以为宣宓会怨恨他，因为有些事儿对她确实不公，她也没有。她是国君夫人，她搅到了这样的权斗之中，那也是她的命运。难得的是，她至死都不怨他，还要他保重身体，要他保护好太子。这是一个大义智慧的女子，确实不愧国君夫人的名号。于是，陈侯杵臼嘱咐，以国君夫人的规制筹办宣宓的丧事。

宣宓薨殁之后，陈侯杵臼就遣人往各国送讣告。当时，他是派了女叔去楚国的，公子完想起了他对宣宓夫人的承诺，他确实也想到楚国看看，所以就提出由他代替女叔出使楚国。

陈国这些情况，有些是不能和文王后说的。因为，公子完不想让她有更多牵挂。文王后本想和公子完一起归宁。她想回陈国看看，母亲已经不在了，父亲还好吗？御寇弟弟、舅舅他们又怎么样呢？公子完劝她还是不要去吧，路途遥远，等她到了陈国，说不定宣宓夫人已经下葬了。其实，公子完更怕陈国的内部的一些危机牵扯到她。有些事情，恐怕无意中牵动一丝，危机就会爆发。

公子完忧心忡忡，也有些迷茫。陈国，如果大臣们都像齐国的那些臣子，或者像楚国的这些臣子，而不是各自想着自己的利益，相互倾轧，陈国一定会强大。那么，率领中原诸国的就不是齐国，而是陈国了。可是，陈国……如果他将来真能够辅助太子的话，他一定像齐管仲一样，竭尽全力。

目前呢？目前怎么办啊？

第四十六章　赀桃伉俪蜜蜜情爱

楚王熊赀知道陈国使者聘楚，十分高兴，过去陈、楚两国一直不通礼聘。现在有了王后，楚王熊赀对陈国一直都很期待，他希望能和陈国互通友好。所以，他以卿士之礼享公子完于太庙，后又在宫中宴飨。

得知陈国国丧，楚王熊赀也颇为沉痛，他去缥宫安慰文王后。虽然宣宓夫人薨殁，但惠妫嫁周天子为王后，也算是值得庆贺之事。他告诉文王后，想留公子完在楚国多停留一些时间，陪他看看楚国的新郢都，再去云梦游猎。楚王熊赀也是好久没有去云梦游猎了，这次他想请王后一起去。

文王后看楚王熊赀如此用心安排公子完，心中十分感念，这些高规格的礼节，都是看在她的面子。楚国的很多故都和传说，都与云梦有关，她从来没去过，也没有见过打猎的情景。她想去看看，看看楚国王家猎苑的云梦，看看神奇魔幻的云梦究竟是什么样子。所以，她就听从楚王熊赀安排，计划和他们一起去云梦。

公子完由子元陪着，游览了整个郢都。过去他只听说楚国为荆蛮之地，偏远野荒，当他看完楚国的郢都，才知道中原人对楚国的鄙视是多么的可笑。他明白了楚国为什么敢挺进中原。这个繁华的大都邑，除了齐国的临淄城，中原各诸侯国的都城几乎没有可以与它相比的。街衢、河流、城墙，还有烽火台，新颖规整，充满活力。他由此看出了楚国的希望，看出了楚国美好的未来。他也由此佩服楚王熊赀的气魄。

公子完游览完郢城，楚王熊赀又在南苑宫为他安排了楚国的编钟舞乐。当然，楚王熊赀也有夸示楚国音律之意。中原之国都以为楚乃为蛮荒之地，其人也野蛮无度，没有礼乐之教。特别是礼乐之都的陈国，对荆楚音律一无所知，他想让陈国使者见识一下真正的楚韵。正当公子完为之惊叹之时，楚王熊赀说："如果公子能留在楚国，楚国及孤，都将不胜荣幸。"

公子完婉言道："臣已经领略楚之威盛，国之兴旺。但臣乃陈国使节，身负国命，不敢有悖吾主旨意，贪图贵国荣华。还望君王恕罪。”

楚王熊赀哈哈哈大笑，他不过是为了夸耀楚国对人才的渴求而已，哪能真正地挽留公子完。公子完当然知道楚王熊赀的意思，所以才如此回答。

舞乐宴罢，楚王熊赀亲自陪公子完游猎于云梦。楚王熊赀的这次狩猎，队伍和规模都十分浩大，他留下彭仲爽监国，子元、斗谷於菟、斗勃、成得臣等众多臣子都去了云梦。楚王熊赀、文王后、公子完走在前面，后面车马千乘，队伍浩浩荡荡。远远看去，只见旌旗蔽日，尘土飞扬，惊天动地，蔚为壮观。

云梦位于郢都东南，汉江平原的西北部，其地山岭湖泊交错，空旷广远，林草丰茂，风光旖旎，这是陈国平原所没有的。公子完也曾有过田猎，不过，陈国的田猎之处，就是陈城西北株林猎苑，那里同样是平原，只不过是一片丛林而已。像这样广阔的山林湖泽相映，丘陵平地交互的地貌，是陈国所没有的。

队伍行走一日，驻扎在楚王云梦行宫。

第二天一早，打猎的队伍进入了围场，点燃了树枝，野火起处，宛若云蜺，兕虎嗥声，响若雷霆。楚王熊赀跃身马上，驰骋而去，随后的侍卫也都腾身上马，紧跟追随，一时间箭声如哨，呼呼作响，四处窜跳的野物纷纷中箭而倒。接下来欢呼如雷：“吾王神勇”之声不绝。

文王后从没有见过如此盛大的游猎，顿时心情大振。她满含爱意地看着楚王熊赀矫健敏捷的身影，心中升起了无限的骄傲，这才是她心中的君王啊。

楚王熊赀旋风一般飞驰而回，后面的侍卫抬起了大大小小的野物，一路欢呼而至。顿时，人声鼎沸，马嘶啸啸，场面喧嚣。

站在旁边的公子完，也被此情此景感染了，未等楚王熊赀下马，就跨上了一匹骏马飞驰而去。旁边的子元，看一眼文王后，也不甘示弱地跨上了一匹骏马，追着公子完去了。

文王后看到楚王熊赀回来，不由地往前走了几步。楚王熊赀慌忙说道：“王后且慢。”于是，他急速下马。由于慌张，下马时脚踝崴了一下。侍卫们赶紧上去扶着，文王后急忙上前一步，拉住了他的手。他笑道：“王后莫慌，孤没事儿的。”于是，楚王熊赀嘱咐他们继续打猎，他由王后陪着，暂回行宫歇息。

当晚，楚王熊赀嘱咐在行宫院外的空场上，点起了篝火，烧烤猎物，让大家围着篝火欢畅痛饮。他带着王后铺张宴席，和那些臣子们欢情畅饮。待宴席进入高潮，他的脚踝有一些隐隐作痛，就安排子元和各位大臣们陪着公子完继续喝酒欢宴，他和王后回到了行宫寝室。

其实，楚王熊赀特别想在这样的夜晚和王后独处。他斜躺在卧榻之上，文王后就坐在他身边。随从们都到外面烧烤饮酒了，行宫里除了站岗的侍卫，并无他人，所以整个行宫显得十分幽静。

寝室里显得有些昏暗，不知道是火烛暗昧，还是窗外的明月太亮。亮晃晃的月光透过窗户射进了室内，像一团淡黄色的雾霭，晕染了火烛，室内更加昏黄了。这样的光线，使室内更加朦胧迷离，让人心旌摇曳。

楚王熊赀望着文王后，她好像被一种神秘的叆叇包裹着。神圣、迷幻，深不可测。这一切恍若梦境一般，飘然出世。这个曾经让他神魂颠倒的女子，让他不顾一切的女子，让他梦中萦怀的女子，此刻就在他的身边。他仿佛身置仙境之中，甚至有一丝的惶然。

他不由地拉起王后的手，满眼爱意地注视着她。许久，他们就这样静静地凝望着。

这样幸福的时光，让楚王熊赀心里一阵阵地颤栗。他不知道该说什么，仿佛一说话，这一切都会消失。

楚王熊赀感到心中有许多话要对文王后倾诉，实在按捺不住，终于他小心翼翼地开口了，好像自己讲给自己听一样，低声婉转地讲述了他在云梦打猎时，与她在梦中相遇的情景。讲述梦中的她，是如此的美轮美奂，就像现在这样子。他说，就是在这里，他决定到息国去，要见一见他梦中的仙子。

楚王熊赀喃喃地说："王后，你想象不出孤对你的思念之情，如不是前世的姻缘，孤怎么能把你从息国娶到了楚国呢。一定是上天在帮助孤。"

文王后也被此刻的情景所感染，眼里出现了楚王熊赀跨马时矫健的身影，骑射时洒脱的雄姿。不曾想，这个叱咤疆场的君王，他竟然如此温情脉脉，柔肠百结。此刻，她才看到了楚王熊赀的另一面，这才是她心中渴望的东西。她的心被他所感化，这才是世上最值得她珍爱的男子。

她下意识地握住了他的手，生怕一松手，他就要跑掉似的。两双手紧紧地握在一起，仿佛血肉相连。

楚王熊赀继续说着，现在，他终于如愿了，他的仙子永远属于他，陪伴他了。这一生有王后足矣，再无憾事。

文王后幸福地依偎在他身边，低声絮语，诉说对他的爱慕和钟情。这一刻，仿佛世界上只有他们两人，沐浴在爱河里，肆意畅游。

他们如同初恋的情人一样，柔情缱绻，窃窃私语。楚王熊赀轻轻地抽开了一只手，揽住王后的肩膀，另一只手依旧握住王后的手，此刻，他是这世上最幸福的人了。

多少年来，他一直向往这一刻，多少回梦里的场景，终于实现了。

王后，他心中的女神，如今心思已经完全归属于他。他不会再让她心里想着别人，不会再让她有任何忧思。他一定要好好地保护她，呵护她，珍爱她，一生一世，不让她经受任何委屈和波折，直到生命的终结……

外面的篝火噼噼剥剥地响着，空场上弥漫着烤肉的醇香和酿酒的芬芳，酒酣肉饱之时，大家的兴致更高，热闹喧嚣的气氛有增无减。

子元喝了很多酒，晕晕乎乎地小解去，事毕，他抬头看看天上的明月，心里陡然失落。他不知道这失落究竟是什么，只是一股无名的忧伤，袭上他的心头。一边是喧嚣热闹的篝火欢会，一边是皓月当空的广袤清幽。他心里犹如这空旷的苍穹，沉静而孤寂。

他朝行宫里面望了望，院子里静悄悄的。君王和王后，他们……他神差鬼使地向院内走去，走到那一间明灯寝室的窗下，隔窗看到楚王熊赀和文王后依偎在一起，沉浸在幸福之中。他心中不禁一阵刺痛，一股热辣辣的东西，从他眼里涌出来。

子元仰起脸闭上眼睛，两行热泪终于滚落，他悄悄地退了出来，用手揉了一把脸，这就是他的失落吗？他为什么会这样？他应该高兴才对啊！可是，他真的高兴不起来了，那是一种无望的酸涩，空洞的孤寂。他又回去喝酒了，他似乎忘记了自己的身份，端起酒觥挨个向人敬酒。他拿起刀子，在烤肉架上割了一块烤肉，咬了一口，然后用尽全身的力气扔了出去……像扔掉了自己的失落。他不停地喝，喝，不能停下来，一停下来，就有种想嚎啕大哭的感觉，然而，此时此地决然不能哭出的。没办法，他只能把自己喝醉，喝得不省人事。后来，由侍卫们把他抬回了行宫。

公子完看到了子元的伤情，他不清楚子元为什么会这样。楚王熊赀对他如此信任，楚国的君臣如此和谐，他为什么还会如此失落？难道是为情所伤吗？楚国王子，妻妾成群，他还能有不能到手的女子吗？他更不会为楚国的未来伤情的，楚国太子已经册立，应该没有什么让他烦恼的事儿啊！

公子完望了望天上的明月，也生出了伤感。但是，他很清醒，他必须把握住，不能让自己喝多。因为他是陈国的使节，代表着陈国的形象，不能失态、失礼。所以，无论如何他是不能让自己喝多的。而此刻，在异乡他国，无牵无碍，他多想喝醉一回啊！让他那颗负重的心，彻底地放松。可是，他不能，真的不能啊。

他看到的楚国，是一个有希望的，强大的，生机勃勃的国家。楚国君臣和谐，士气高涨，猎技精湛，将士勇武。他们君臣精神饱满，斗志昂扬，精诚合作。这让他想起了陈国宫廷的斗争，纷繁复杂，诡谲多变。他多么希望陈国也能像楚国这样，这才是一个国家最珍贵的。

云梦狩猎回来，公子完就要回陈国了。他再次来到了缥宫，向文王后告别。他嘱咐文王后要多保重。

他跟她说了云梦之夜子元的伤情。神秘的云梦，不知道还会酝酿多少楚国的故事啊。他说，看起来他心中藏有大事。作为一个陈国使节，本不应参与楚国的内部事情，可是她是他的娣娣，是他在这个世上最亲的人。他必须把一些信息告诉她，让她心中有数。

不管国家再强大，君臣再和谐，宫廷的权斗是不会消失的。只要是有人的地方，欲望和现实的冲突就不会消亡，这是一切斗争的根源。

文王后也请公子完保重。公子完颔首领悟，是的，陈国更加血腥的争斗还没有开始，恐怕也不会太远了。

第四十七章　文王抗巴悼悼[1]而薨

文王后在公子完走后，十分伤痛。她母亲在临终之前还念念不忘地让完哥哥来看她。可她再也不能见到母亲了。梦中的情景还历历在目，母亲……走了，这样也好，也许对她是一种解脱。

这一年，楚国并不像楚王熊赀和文王后的感情那样甜蜜幸福，而是发生了很多事情。

首先是巴国的部队攻伐楚国，一直打到了楚郢都附近，逼近了楚国的西南门。这使楚王熊赀十分震怒，一直想“观中原之政”的楚国，竟然被小小的巴国攻打到了郢都，实在是太丢脸了。这究竟是怎么回事啊？边防守将都到哪里去了？

原来，巴国与楚国的那处接壤。那处的守将是阎敖。阎敖平时嗜酒如命，荒于政务，疏于守防，以至于巴军来攻伐时，不战而败，溃不成军。巴军占领了楚国的那处，阎敖泅水逃回郢都。没有了边防的抵御，巴军长驱直入，一直打到了郢都的西南门。楚国还没有过如此不堪的战局，所以，楚王熊赀一怒之下斩杀阎敖。

那处的居民原本是权国的，楚武王灭掉权国之后，设置权县，这是中国历史上的第一个县。权县设立之后，楚武王派斗缗为权尹，管理权县。斗缗原本是若敖之子，斗伯比之兄。按辈分，楚武王应该喊他为叔叔。斗缗到了权县之后，与当时的原住民迅速融合在一起，当地人不满楚武王的灭权置县，斗缗也不太服气熊通弑王自立。权人想恢复权国，斗缗想做国君，二者一拍即合。斗缗就和当地的居民一起叛乱。楚武王围剿权县，杀死了斗缗。楚武王担心权县居民再次作乱，把他们迁到那处，派阎敖去管理他们。阎敖为人傲慢无礼，又酗酒成性。巴人伐楚原本跟那处的居民无关，巴人与楚国结怨，是几年前的事儿。那时候楚王熊赀刚刚继位，与巴

① 悼：谥号中，年中早夭曰悼。

国一起讨伐申国，阎敖因为喝醉酒之后，辱骂了巴国将士。巴国将士不堪辱骂，就袭击了楚国的驻军，结果又被楚国的部队打败，巴军一直对此耿耿于怀。

楚王熊赀十四年，巴军为了报复阎敖，攻打阎敖据守的那处。阎敖从来没有把巴国放在眼里，以为巴国军士不过是他手下败将而已。没想到巴军竟然袭击了那处，而他来不及抵抗，兵败而逃。阎敖的兵败，不但让楚王熊赀震怒，而且让楚国上下都很震怒。小小的巴国竟然打到楚郢都的西南门，简直丢尽祖先颜面。

阎敖被处死之后，阎敖一族人对楚王熊赀十分怨愤，加上那处权人的怨愤，那地居民便与巴人勾结，里应外合，一同伐楚。

楚王熊赀处死阎敖不久，巴人在那处居民的串通下，再次起兵讨伐楚国。楚王熊赀忍无可忍，决定亲自率兵迎战，狠狠地教训巴人。令尹彭仲爽使太卜占卜此次出兵，结果主丧元帅之兆。彭仲爽力谏楚王熊赀不要亲自带兵，让子善率军，楚王熊赀后方指挥，可随时增援。楚王熊赀怒不可遏，执意要亲自帅兵，歼灭巴军。

楚王熊赀在出征之前，和文王后告别，刚到缥宫，内侍来报，说楚国太庙的房梁突然坍塌。楚王熊赀心里猛然一缩，他知道这绝不是好征兆。楚国人比较迷信，所以对一些征兆很重视，可是已经是箭在弦上，他必须出征。

文王后听到这消息，心里也十分惊慌。她知道，此次楚王熊赀出兵，和他父亲楚武王最后一次出兵伐随有些相似。不过，他，楚王熊赀，是不会因为这些征兆而改变出师计划的。她，楚王熊赀最宠爱的王后，也阻挡不了他的出征。所以，她必须把最淡定的神态，最美好的妆容，最愉快的心情，最吉祥的祝福，最坚强的信念传输给他。虽然她心里柔肠寸断，她必须把悲戚不舍和别离之苦咽到肚子里。

她脸上挂着最妩媚的笑容，动情地说："君王是战无不胜的，一定会大捷而回。臣妾等你归来，共赏舞乐。待君王归来，臣妾一定要亲自弹奏一曲《有凤来仪》，这是吾最擅长的，也是陈始祖母大姬最心爱的曲子，臣妾等君王大捷！"

楚王熊赀被文王后感染了，他说，"有孤的王后在，孤一定会打胜仗的。孤这一仗是为王后而战。"

文王后坚定地说："吾和囏儿、恽儿等君王归来！"

楚王熊赀拉着文王后的手，依依不舍，他突然有一种生死离别的感觉，把她拥在怀里。文王后久久地抱着他，生怕一松开他就再也回不来了。她眼里的泪水，慢慢地盈出，她只好转动着眼球，不能让它流出来。不，绝不能让他看到一丝泪光，这是不吉利的。楚王熊赀轻轻地拿开了王后的双手，说道："王后，等孤回来，一定好好陪你。孤得走了。"

文王后再次拉着他的手，放在自己的脸上，她说："君王，您多保重！"楚王熊赀看出了文王后眼里的那一丝慌乱，一丝不舍，还有一丝的悲戚。他知道他在这个女子心中的位置，他知道她已经完完全全地属于他了。楚王熊赀再次把她揽入怀中，然后拿出他身上的那块玉佩，交与文王后说："王后，这块玉佩，是孤最喜欢的，自到孤手中，不曾离开过，这一战时间不会太长，王后先替孤收着，等孤回来时，再还给孤。在孤离开的时间里，就让它代孤陪伴王后。"

文王后接过那块翡玉佩，心里猛然一惊，这东西好眼熟啊！对，没错，这是息侯的玉佩。难道楚王熊赀已经知道了她和息侯会面的事情？还是息侯已遇不测？楚王熊赀在监视她？不可能。她拿在手里才知道，这块比那块大多了。难道这就是陈国小祝带走的那块玉佩？为什么会在楚王熊赀身上？文王后并未问起这块玉佩的来历，楚王熊赀也未来得及说明，只说让她先保存着。她把那块玉佩轻轻地和"火凤凰"放在一起，然后把楚王熊赀送出缥宫大门，看着楚王熊赀离去的背影，两行热泪终于流出。

文王后快步走到凤凰山顶，那是楚王宫最高点，她可以看到楚王熊赀率兵出征的队伍。远远地，她看到楚王熊赀的戎车，从南门的驰道而出，文王后闭上眼睛，她默默地祈祷，愿上天保佑她的君王平安归来。久久，直到大军扬起的尘土消失得无影无踪，文王后还在极目远眺。这时碧叶拿出了那件银狐的披风为她披上，说道："王后，回宫吧。外边太冷了。"

再说楚王熊赀，率领楚军在津地与巴军相遇，两军交锋，战况甚烈。天色渐晚，未分胜负，各自罢战扎营。夜半，楚军营中火光四起，喊杀骤至，顿时乱作一团。

原来，那处阎敖的族人，扮成楚兵，混入楚军营与巴军约好丑时[①]起事，他们乱内，巴军攻外，一起败楚。

当时，楚军营一片混乱，楚王熊赀还没有明白怎么回事儿，巴军已经攻入。楚军来不及整队抗敌，军中混乱不堪，楚王熊赀只好下令撤退。

巴军见楚军败逃，死死咬住，紧追不舍。

此时，天色已经大亮，楚王熊赀回首张望之时，巴军已经追至近处。楚王熊赀正要下令继续撤退，一只箭镞嗖地一下，射在他的面颊上。楚王熊赀应声倒下，楚军继续撤退。巴军见楚王熊赀已经中箭，就不再追击，收兵回巴。阎氏一族也随巴

---

① 丑时：夜间一时至三时。

军而去，永为巴人。

楚军见巴军不再追击，就停下来安营扎寨。随军的医师为楚王熊赀拔掉箭镞，包扎疗伤。楚王熊赀包扎完毕，即令军队略微休整。

楚王熊赀万分沮丧，伤痛自不必说。单是兵败，足以让他羞愧自惭了。这是他有生以来第一次尝到兵败。兵败也罢，竟然是褊小巴国军队，而且他还因为巴人袭击那处杀了阎敖。

真是愧对先祖，王后还等候他大捷呢！他没有面目再见王后啊！

斗谷於菟来探伤，问及下面的打算。

楚王熊赀仰天长叹："孤有何颜面回郢？"

斗谷於菟说："胜败乃兵家常事，君王不必自责，以臣愚见，此次楚军与巴军交战，只是败阵，并无太大伤亡，大军可暂回郢都休整，待时以举国之兵，镇压巴国，即不灭巴，可使称臣，一解君王之恨。"

楚王熊赀说道："只好这样了。"

于是，楚军稍事休整之后，便朝郢都撤退。

楚国大军日夜兼程回到郢都，到郢都西南门时，正值夜间。楚王熊赀亲扣大门，鬻拳早已在门里等候。他并未启开大门，隔门而问："吾王得胜否？

楚王熊赀说道："败退。"

鬻拳说："吾楚国自先王以来，战无不胜。巴，小国也，君王亲自率兵而战，战败而回，不怕天下人笑话吗？楚国的威严何在？黄国①很久没有朝奉楚国了，不如君王讨伐黄国，如果能得胜而回，还可以遮掩这种耻辱。"

鬻拳竟然不开大门，把楚王熊赀及大军拒之门外。

郢城上的夜空，黑沉沉的，像化不开的泥浆。冰冷的夜风像锤子一样敲打着门外的将士。

被拒之门外的楚王熊赀羞愤难当。

鬻拳竟然拒王不纳，上次刀谏，念他忠心，宽宥于他，不想竟然愈发狂妄，拒王！

雄谲的楚王熊赀，自觉英武盖世，可曾有过如此的不堪？兵败，臣拒，千古一辱。

凛冽的寒风搅动军旗呼呼作响，楚王熊赀举首望天，苍穹黑滞沉寂，面对如此境地，面对那些将士，心里生出无限悲壮。于是，在西南门下就地誓军："此行若

---

① 黄国：周朝封嬴姓诸侯国。侯国。今河南潢川一带。

再不获胜，孤不回矣。”于是，楚王熊赀又亲自率大军连夜进攻讨伐黄国去了。进入黄国踖陵，与黄国军队交战，楚王熊赀亲自擂鼓，楚军士气大振，个个奋勇。

那黄国本是嬴姓侯国，曾经和息侯会盟抗楚，息国灭亡之后，迫于压力，才依附楚国。朝奉楚国原非本意，自然不会殷勤，所以，这些年来楚国没有催逼，他们也就不去朝奉。不过，黄国终归是小国，哪是楚军的对手？况且楚军又是决一死战，战不几个回合，黄军大败而逃。黄侯遣人请成，愿意重新朝贡楚国。楚王熊赀得胜而回。

楚王熊赀虽然伐黄得胜，心情并不好，他完全没有从败巴的阴影中走出。显然，他再次宽宥了鬻拳，鬻拳拒王不纳虽然过分，但他也是为了楚国的荣誉。是他楚王熊赀给楚国带来了耻辱，他打起了父王“观中国之政”的旗帜，却连小小的巴国都不能战胜，何遑中原他国？楚国将帅有战败即死的律例，他虽为楚王，怎么能逃脱自裁？楚军克黄，不过是一块遮羞布而已，有什么意义？

楚王熊赀郁郁而行，到楚国的湫地，下令安营扎寨，休整士卒。

夜间，楚王熊赀刚刚入睡，就做了一个梦，梦见阎敖带一族人来见他，阎敖说：“主公杀吾确实不错，吾疏于防守，失地该杀。可是，君王亲率楚师败于巴军，又该当何罪？”

楚王熊赀恼羞成怒，大喝一声：“罪臣何敢多言？”

只见阎敖手指楚王熊赀道：“你一败王，何言臣之罪？楚有军法，败者当斩。你，自裁吧！”随手扔一刀戟直刺楚王面颊。楚王熊赀躲闪不及，刀戟正中面颊。于是，一阵剧痛使楚王熊赀惊醒。

楚王熊赀醒来，面颊疼痛，始知旧伤复发。待医师来时，伤口已经崩裂，血流不止，待及天亮，楚王熊赀薨殁。

消息传出，楚军拔营而起，直奔郢都。

楚军将至郢都，将士全部素衣缟冠，默声屏气而行，这消息很快就传到了楚王宫。鬻拳得知楚王熊赀薨殁，麻衣素缟迎至大门外。鬻拳说：“吾两次冒犯君王，以致吾王薨殁于途中，纵然君王不加诛杀，吾有何面目苟活于世上？”他又对身边的人说：“请务必转告吾家人，吾死之后，把吾葬在绖皇[①]，让吾后世子孙，知吾是守门人。”于是，起身拔剑，自刎身亡，追随楚王熊赀去了。

① 绖皇：古代冢前的门阙。

文王后得知此噩耗，顿感天旋地转。碧叶赶紧扶住她，说道：“王后节哀啊！”

文王后知道楚国大军出发前，彭仲爽已有劝谏，更有庙梁坍塌之兆。听到楚军兵败回郢时，她还庆幸楚王无恙。只要有楚王熊赀在，兵败只是暂时的，灭巴是一定的。可是，当她听说鬻拳拒王不纳时，已知凶多吉少。那鬻拳虽然刚正爱国，但是拒不纳王也不是臣子该有的守分。刀谏君王还有情可原，毕竟不至危害君王性命。如今，君王薨殁，他有几条性命能抵君王之命？文王后坐下，问碧叶道：“那鬻拳呢？”

碧叶说：“鬻拳大人自刎身亡。”

文王后此刻已经很镇定了，此时此刻，她不能倒下。她必须冷静地想一想，没有楚王熊赀的楚国，该怎么办？她和她的儿子们该怎么面对这样的变故？楚国的王权将会落入谁人之手？这是眼下最迫切的问题，稍一拖延，恐怕就要陷入灭顶之灾。艱儿才七岁，即便他被立为王，七岁的孩子又能做什么呢？彭仲爽，这个外族的令尹，楚王熊赀在世时，那些宗室畏惧他，虽然心中不满，不敢使到面上。现在楚王熊赀已经薨殁，他还能稳坐令尹之位吗？楚王室形势危机重重，异常严峻。

文王后想到此，她对碧叶说：“速请令尹大人过来。”

此刻，彭仲爽已经快到缠宫了，碧叶在缠宫门前迎住了彭仲爽，她说：“王后正要请大人。”

彭仲爽见过王后，说道：“王后，速扶太子即位，以定王室。臣年事已高，请准辞去令尹一职。”

文王后一听如遭霹雳，她的话还未出口，令尹就提出辞政，分明是安于自保。彭仲爽睿智过人，肯定是感到了巨大的危机。

是的，现在的楚国王弱臣强，暗流涌动。但是，彭仲爽是万不能辞职的。如果他辞职，楚国王权就会旁落，真正的祸乱就要发生。

此刻的文王后，如临悬崖峭壁之上，面前是万丈深渊，但她必须稳住心性，找准支点，才能从容脱离绝境。那么，挽留住彭仲爽就是这个支点。可是，以她的能力，能挽留住这个足智多谋的令尹吗？

彭仲爽非常清楚，他在楚国就是一个外族人，势单力薄，没有根底。如果楚王熊赀还在，他只是一个棋子，可是楚王熊赀薨殁，新王年幼，没有棋手，他这个棋子毫无用处。楚国王室王族势力太大，对于他来说，这就是危险，他必须远离国政，才能免遭祸殃。所以，他才提出辞政。

彭仲爽虽然足智多谋，但还有一个更深的问题他没有想到，也许是他被这突然的变故打懵了，也许是他不敢想。那就是新王年幼，他既是一个棋子，又必须是一个棋手，只有这样，才可以保全他自己，保全小楚王。然而，这种关系的转变，彭仲爽是无法把握的，因为主权在于文王后而不在他。彭仲爽是个明智的人，他对文王后并不了解，所以不敢去想，只想全身而退。

这些，文王后想得很明白，所以在这关键时刻，她必须留住彭仲爽，才能稳定和操控楚王室。可她，又不能把更深层的东西托出，这种时刻显然不甚合适。示弱，才是权宜之计。于是，她满含热泪说道："君王难道亏欠令尹不成？君王刚刚薨殁，大人竟然抛下吾孤儿寡母，自图安逸。"

彭仲爽似乎决心已定，从容说道："君王待吾恩重如山。所以，吾才不图权位，适时退身，以保全小楚王，稳定楚王室，望王后宽宥。"

"宽宥？既然君王对大人恩重如山，大人却不报君恩，置吾母子性命、楚国安危而不顾，只图自己全身而退。您身为楚国令尹，忠义何在？节气何在？七尺男子，不如一妇人也！还敢言什么宽宥？"

文王后知道，她必须这样激将彭仲爽，不然是无法留住他的。

彭仲爽默默无言，也许心里正在进行着激烈的斗争。

文王后继续说："如果令尹执意要辞政的话，吾和太子，就饮鸩同归。与其死于祸乱，不如自己了断。大人，这样的罪责，您担当得起吗？"

文王后此言堵死了彭仲爽的退路，他无奈地说："王后息怒，臣知罪。臣誓保小王即位。只是，臣有一奏请。"文王后说："令尹请讲。"彭仲爽说："臣请子元为大司马，斗廉将军老矣。"

文王后施礼道："一切听大人安排。适才多有冲撞，还请大人见谅。吾母子就托付与你了。"

楚太子熊艱在令尹彭仲爽的扶助下，登上了楚王之位。新王继位之后，要为亡故君王商议谥号。令尹彭仲爽恭请文王后就上位，有太史就谥号之意宣读于各位大臣。

太史大声诵读道："经纬天地曰文；道德博闻曰文；慈惠爱民曰文；愍民惠礼曰文；赐民爵位曰文；勤学好问曰文；博闻多见曰文；忠信接礼曰文；能定典礼曰文；经帮定誉曰文；敏而好学曰文；施而中礼曰文；修德来远曰文；刚柔相济曰文；修治班制曰文；德美才秀曰文；万邦为宪曰文；帝德运广曰文；坚强不暴曰文；徽柔懿恭曰文；圣谟丕显曰文；化成天下曰文；纯穆不已曰文；克嗣徽音曰文；敬直慈惠曰文；与贤同升曰文；绍修圣绪曰文；声教四讫曰文……"

文王后说道："停，令尹大人，您觉得'文'字如何？"

彭仲爽说："'文'字最能宣先君王之德，各位大人觉得怎么样？"

在场各位大臣们都觉得"文"字甚好，用于先君王谥号甚是恰当，于是，楚王熊赀，谥号为"文"，史称楚文王。

第四部

楚国　楚成母后

第四十八章 献舞亡楚唏唏归蔡

楚文王下葬之后，子元来缥宫探望文王后，他现在已经是大司马了。他对文王后十分感激，他知道，他之所以就任大司马是文王后的支持。当然，他师傅彭仲爽肯定是竭力推荐，他一定知恩图报，尽力协助新王熊囏治理好楚国。现在的楚国并不稳定，若敖一族势力强大，对令尹彭仲爽多有微词。彭仲爽是楚国第一位芈姓宗族之外的令尹，之前的楚国令尹都是楚国宗族。楚武王之前，楚国最高职位是莫敖，并无令尹一职。到了楚武王时，才设置令尹一职，将莫敖置于令尹、司马之下，就是想通过体制、职位的设置，遏制若敖一族的势力。若敖一族的斗廉、斗丹、斗谷於菟以及其弟成得臣，儿子斗班等，仍是楚王室现在的重要力量。他现在虽然是大司马，但是真正的兵力还在斗丹、斗谷於菟手中。

子元除了对文王后感激之外，更重要的是对她的倾慕。然而这种倾慕只能埋在心底，无法传达给她。哥哥在世时，他已经送了那尊“火凤凰”给囏儿，他不确定她是否知道“火凤凰”的真正寓意。那尊“火凤凰”明着是送囏儿的，其实就是送她的。子元想，他一定要向她讲明“火凤凰”的来历，让她知道，母亲邓曼留给他的“火凤凰”不是送给男子，而是要送与他最心爱女子的。可是，当子元看到文王后悲戚的样子，心里十分不忍，文王刚刚薨殁，现在说这些确实不合适。

历尽世事变迁的文王后，她的美如今已经不只是美艳了。她像一只经霜的果子，花期的美包含在其中，更多的是成熟，沉稳，智慧。子元觉得他绝对不能轻举妄动，他一定要像哥哥楚文王一样，真正地获得她的芳心。

子元看到文王后神情凄然，伤痛欲绝的样子，他手足无措，慌乱不已，不知道该怎么安慰她。他心里很痛，想了很多安慰她的话，却又不知该从何说起。他那么迫不及待地来到缥宫，来到之后却又不知道该做什么。他觉得自己笨拙无用，不能给她安慰。子元陷入一种困窘之中，这其实也是一种煎熬，一种近乎绝望的煎熬。他觉得实在待不下去了，只好告辞：“王后节哀顺变，多多保重，臣弟告辞了。”

不想，文王后却说：“司马请留步。”

子元驻足：“王后请吩咐。”

文王后说：“蔡侯献舞已经囚在楚国五年了，蔡国也未有行动，继续囚禁下去，可有必要？”

子元道：“王后不是痛恨蔡侯献舞吗？”

“是的，吾痛恨蔡侯献舞，那是吾一个人的事情。可是，鬻拳大人的意见是对的，楚国需要诸侯归心，而不是残忍无道。囚拘蔡侯献舞是他罪有应得，但是，蔡国有没有蔡侯献舞好像并没有什么异常，这就是说，蔡侯献舞对于蔡国来说并不太重要。与其吾楚国担起囚人君主的名声，而留一毫无用处的蔡侯献舞，不如放他回国，赢得蔡国的真正归附。你说呢？”

“王后说得极是。不过，怎么才能让蔡侯献舞归国呢？”

“司马需要向令尹大人讲明利害，由令尹上奏新王，特赦蔡侯献舞归国。新王就位，应以惠施德政，以归服诸侯之心，扬楚国之恩威。”

“遵王后旨意，吾会向令尹大人转达此意。”

子元离开之后，文王后陷入沉思，她不知道这样做会不会在斗氏一族中引起动荡。毕竟，蔡侯献舞曾经辱骂过楚国先祖。

其实，文王后之所以让子元这样做，主要是让他向斗氏一族透露消息，让他们知晓其意。她相信彭仲爽是不会阻挠这事儿的，真正的阻力在楚王宗室。毕竟，楚文王刚刚过世，现在就释放蔡侯献舞会让他们难以接受。

可是，楚文王已经去了，蔡侯献舞还活着，不管他做了多少不应该的事情，一个国君被囚五年，已经够了。楚国再囚禁他没有丝毫的意义，她本来计划等楚文王抗巴回国时，就向他提出释放蔡侯献舞，没想到，楚文王就这样走了。现在小楚王刚刚继位，需要实施德政，彭仲爽会教他怎么做的。可是，她的想法，必须通过子元传达，这样才能减轻彭仲爽大人的压力，实施起来会顺利一些。

果然，彭仲爽求见文王后。

文王后宣见，令尹彭仲爽奏道：“释放蔡侯一事，臣本考虑过，和王后的意见是一致的，只是新王刚刚继位，还是以稳定为主。所以，臣才没有提出来。王后既已有此意，臣就奏请吾王，颁发旨意，释放蔡侯。”

文王后说：“好。吾想先去看看蔡侯。”

“要臣陪王后去吗？”

“不用。”

文王后来到羁押蔡侯献舞的军府，她看到苍老邋遢的蔡侯献舞，正在笑眯眯地望着天空。他见文王后过来，并未起身，而是转脸眯着眼睛看文王后。

文王后并未开口，倒是蔡侯献舞狞笑着开了腔："王后来了？不，应该叫你楚王母后了。"

文王后平和地看着他，依旧沉默无语。

蔡侯献舞继续说："熊赀死了，谥号'文'王，名副其实的'文'字啊。楚文王，熊赀，他终于死了，吾等到了这一天。楚文王后，不，还是称你楚王母后吧。楚王母后，这才是你现在的身份。不是吗？楚王母后！多尊贵的名号。你今天来，是想看看吾现在落魄的模样，告诉你在地下的文王吗？你能吗？你告诉他啊！告诉他，吾还活着，活着……而他，已经死了。苍天有眼啊！他不死，谁死呢？哈哈哈……"

蔡侯一阵狂笑之后，闭上了嘴，挑衅地盯着文王后。

这时文王后说话了，她说："蔡侯，怨愤没有任何意义。吾告诉你，吾今天来不是看你落魄的模样，而是放你回蔡国的。吾告诉你，你今天的落魄是你自己造成的，跟别人没有关系。吾还告诉你，放你回去，不是因为你，而是因为虢儿姊和肸儿。你，是不值得吾为你做这些的。"

"放吾回蔡国？王后，真的吗？"蔡侯献舞仿佛从颠狂状态中醒来，急切地说。

"真的。"

"什么时候？"

"楚王诏书马上就到了。"

蔡侯献舞马上起身，仰天大笑："吾要回国了，吾要回国了，吾要回国了……"

文王后看到蔡侯献舞如此激动，竟然不顾一点体面。她想，囚禁并未改变蔡侯献舞的德行。于是，她转身离开了。

文王后回到缥宫，小楚王熊囏牵着一条大猎狗来到缥宫，他是由内侍领着向母后请安的。文王后见熊囏牵着猎狗，非常生气地说："囏儿，你现在已经是楚王了，不能再养狗。你要多向太傅学习。楚国的君王要把国家的利益放在首位，而不是游猎玩耍。你不是一个普通的王子，你是一个君王！君王！你知道吗？"

小楚王熊囏看到母后如此生气，也很害怕，他说："母后息怒，囏儿知错了。"

文王后望着低首回话的熊囏，心里漫过一阵疼痛。她知道，一个七岁的孩子，正是玩虐的时候，可是他是一个君王，他必须舍弃这一切。她必须要按照君王的标准塑造他。她要把这个孩子培养成君王，一个合格的君王，这是她的责任。她原以为，她有足够的时间培养他，可是，没有想到上天竟然不给他长大的机会。

让一个七岁的孩子，成为一个强大国家的君王，这一切又何其艰难。她希望彭仲爽能像葆申一样教导熊艰儿，可是，彭仲爽却不能像葆申一样伸展。葆申教导楚文王时，有楚武王撑着，楚文王继位时已经是个智勇双全的成年人。可熊艰儿，还只是个孩子，楚文王已经不在了，楚王宫中形势又很复杂，所以，她必须挺身而出，呵护这个孩子，必须保证楚国的稳定。而她，一个异国女子，要求得到楚国王室的认同，又是何其艰难！

她不能有一丝的差错，不然，她和熊艰，都得出局。出局并不可怕，可怕的是性命不保。他们性命还不是主要的，更主要的是楚国将要大乱。楚国的安危，他们母子的性命，全都系她一身啊！

释放蔡侯献舞，她确实冒了很大的风险。可是，她必须这样做。她不是为了蔡侯献舞，也不是为了蔡国，而是为了楚国，新王继位时释放蔡侯献舞，是楚国向蔡国示好的最佳时机。楚国既不能灭掉蔡国，就要把蔡国争取过来，成为自己的力量。北方的齐国，已经非常强大，不能再让蔡国归附齐国了，这些，楚国的王族，或许不会去想。彭仲爽肯定很清楚，所以，彭仲爽才和她不谋而合。

她去看望蔡侯献舞，想释尽前嫌，毕竟一切都成为过去。她想让他振作起来，痛定思痛，总结教训，让蔡国尽快强大起来。没想到，他还是那样的德行。她不会再去看望他了。随他去吧，一切都是天意。

文王后筋疲力尽地望着缥宫里的怒放桃花，自从她到了楚国，楚文王就把整个楚国都种满了桃树。她多么希望文王能够突然归来，和她一起共赏桃花。她心里充满了对楚文王的思念，她回想起和他一起的时时刻刻，他对她的爱恋，对她的包容，对她的柔肠百结，如果有来生，她只爱他一个人。她回想起他们离别时那一刻的缠绵悱恻，缱绻柔情，缥宫门外的依依不舍。不曾想，她的君王，却再也没有归来，只留下她们孤儿寡母，在这危机四伏的楚王宫中，惊悚煎熬！她真想随他而去，可是，她不能啊，她的儿子们，她的楚国，她不能这样撒手不管，她必须担当起来。

文王后正在伤心之时，令尹彭仲爽求见。文王后暂且把悲伤压下，将儿女之情抛开，不能把沮丧和懈怠表现出来，她必须这样，必须成为这个国家的精神支撑，把楚国的力量聚拢在一起。

彭仲爽施礼奏道：“王后，蔡侯献舞薨殁了。”

文王后大吃一惊，说道：“什么？”

“蔡侯献舞薨殁。”

“怎么回事？”

彭仲爽奏道，他领了王后旨意，上奏楚王特赦蔡侯献舞。楚王熊艱遵照文王后的旨意下了诏书。彭仲爽想，楚王熊艱既已下诏，文王后对此事也非常重视，他嘱咐宫中内侍，为蔡侯献舞准备礼服，他要亲自迎接蔡侯献舞，让他暂住王宫馆舍，待请文王后旨意，以国君之礼宴飨之后，再送他回蔡国，以示楚国态度之诚恳。

待彭仲爽一切筹备好，去军府迎接蔡侯献舞时，他已经气绝身亡了。

听军府侍卫说，蔡侯献舞自王后离开后，一会儿哭，一会儿笑。这样过了几日，一直狂躁不安，最后一次仰天大笑之后就扑倒在地，再也没有起来。

文王后叹息到："是吾害了他。吾如果不去看他，也许不会这样。"

彭仲爽说："这跟王后无关，也许都是天数。"

蔡侯献舞从第二次被掳到现在，已经五年了。蔡侯献舞第一次被掳回蔡，就立志强国，寻找一条能与楚国抗衡的路子。只可惜，他只在依靠齐国上琢磨，却不想怎么改善与楚国的关系。依靠齐国，只是蔡侯献舞赌气的举措，而不是他沉静下来思考的真正出路。所以，第二次被掳表面说是楚文王为文王后出气，其实也是一种必然。本来，蔡侯献舞以为他会被楚文王处死，他并不知道文王后为他和蔡国说过情，他不明白楚王为什么这样不杀不赦地囚着他。五年了，他已经心如死灰，放弃了回蔡国的念想。当他听到楚文王薨殁的消息之后，真的很高兴，他想或许他真有希望回国了。可是，楚文王已经下葬了，他这里仍旧没有消息。他想，也许是楚国王室已经忘记他的存在了，他的情绪又低落到原点。

那天，他看到阳光很好，觉得这是个一好兆头。他眯着眼看着明晃晃的太阳，等待着好消息的到来。不想，文王后驾到。这个女子是他这辈子最不想见的人，如果没有她，他就不会经历这么多的磨难，不会被囚在楚国这么多年。所以，看到她，他怒从心生，无法控制情绪，才恶语相加。他甚至想囚死楚国，也不接受她的怜悯。可是，当她说出要放他回蔡国时，他还是欣喜若狂。他真的太想回国了。

文王后离开后，蔡侯献舞心情非常激动，他不知道这个女子说的是不是真的。他痛恨她，可她又在帮他。虽然她说不是为了他。不管为了谁，他就要自由了，他可以回蔡国了，即便不再做国君，只要回到蔡国就好，他想回国。

他等啊，等啊，度日如年。两天过去了，这两天好比两辈子那么长，可是，并没有等到楚王赦免的诏书……她说，诏书即刻就到，为什么两天了还没有音讯啊？

蔡侯又陷入了绝望，他想，肯定是他说的那些话，惹得文王后生气，她收回了赦免的诏书。一种新的恐惧，新的绝望，在煎熬着他。他又开始后悔了，后悔不该如此对待文王后。他一生灾难，都是因为冲动造成的，可是后悔也晚了。

蔡侯这次的绝望不比从前。从前，他还觉得有尽头，他可以等，可是这次却是遥遥无期了。他不想再这样下去了，不想……

蔡侯献舞在这样情绪极度波折跌宕中，不幸身亡。

文王后嘱咐，要按国君的规制入殓蔡侯，然后把灵柩送往蔡国。一定要让他回到蔡国。彭仲爽奏道：“由谁去送蔡侯灵柩呢？”

文王后沉思一会儿，说道：“令尹看呢？”

“让斗廉大人去吧。他和蔡国的上卿季孟相交甚好，斗廉大人是个智勇兼备之人，能够处理好这样的事情。”

“好的。吾也是这个意思。令尹一定和斗廉大人商议好蔡国后事，一定要他扶助太子肸继位之后再回楚国。”

“好的，一切遵照王后的旨意。”

第四十九章 楚王宫中汩汩暗流

文王后安排好蔡侯献舞的后事，心里猛然轻松。蔡侯献舞的死似乎在楚王宫廷中并未引起更大反响。也许大家的精力并未放在他身上。那么，楚王宫现在如此平静，也绝不正常，应该有所反应才是，也许是爆发之前的平静吧。文王后轻松过后，心情又不禁沉重起来。

她想，只要斗廉能够去蔡国送回蔡侯献舞的灵柩，也许楚国王室就算是平安过度了。

文王后不知道他们是否已经上路了，是小楚王熊囏召见了斗廉，还是彭仲爽大人代为传诏呢?

彭仲爽本是斗氏一族排挤的对象，楚文王在世时，那些人有所收敛，现在楚文王薨殁，他们会听他的调遣吗?虽然诏书出自小楚王熊囏，可是他们都知道小楚王熊囏不过是个傀儡而已，政令出自她和彭仲爽。所以，文王后也想通过蔡侯献舞送灵一事，试探他们的态度。

有些时候，智谋是无法战胜势力的。彭仲爽虽然为楚国立下了赫赫功劳，可是，在斗氏一族眼里，都是楚文王的英明决断，彭仲爽不过是楚文王手中一个控扼斗氏的棋子而已。

特别是楚文王临终前，做出的两件事，更让斗氏一族代表人物斗谷於菟，料想不及，更觉楚文王的卓绝明断。

楚文王箭疮复发，知道自己大限已到。他把斗谷於菟叫到跟前，安排了他两件事，一个是要给管饶恢复上大夫爵位，增加封邑。管饶现在是个级别比较低的大夫，但他很正直，是个礼仪忠信之士。他总是用礼仪规制约束楚文王，因为强谏楚文王，他被两度降爵，并罚不得进宫。但是，楚文王临终之际，却想到了管饶，他告诉斗谷於菟说:“管饶这个人，处处要求孤遵守规制，让孤很不开心。见不到他，孤是永远不会想他的。但是，孤从中得到不少益处，虽然孤并不喜欢这个人，但一定要恢复封他的爵位，作为对忠义之行的奖赏，楚国需要这样的人才，你替孤办这个事情。像管饶这种礼义之臣，如果孤在世之时，不能得到恢复爵位，后世的圣人会怪罪孤，楚国的子孙也会怪孤的。”

斗谷於菟说道：“臣谨遵吾王旨意。”

楚文王接着说：“还有，申侯伯，一定要辞掉他。申侯伯，孤很喜欢他，孤的生活中不能没有他，如果没有他，孤就会很不开心。这个人，凡是孤有什么欲望，他都鼓励孤去做，凡是孤所喜欢的事，他都为孤先安排好，与他相处孤感到安逸，开心，见不到他，孤就想他。但孤因此有了许多过失，你一定要给他足够的财物，即时打发他离开。如果孤在有生之年，不把他打发走，会给楚国埋下祸根，也会给申侯伯带来不幸，后世的圣人也一定会怪罪孤的。你在申侯伯离开之前，让他到孤这里来一下，孤有话对他说。”

斗谷於菟离开之后，传申侯伯觐见楚文王。

申侯伯长跪不起。楚文王对他说：“孤怕是大限已到，你要尽快离开楚国。你做事儿不讲规制、礼仪、仁义，只是一味谄媚阿谀，又想得到国家的政权，吾死后，楚国是不会容你的。吾已安排子文（斗谷於菟），给你足够的财物，你速速离开楚国，到别国去吧。另外，你切记，不要到小的国家去，人家容不下你的，特别不要到鲁、宋、郑，因为你总喜欢干涉国政。”（申侯不听，到了郑国，投奔郑伯突，得到郑伯突的喜欢。三年之后，在郑伯踺时参政，当政五个月后就被杀掉了。）楚文王是一位英明的君主，他知道忠信之臣对国家的重要，也知道谄谀之臣对国家的危害，为国家计，在他离世前安排封爵管饶而辞掉申侯伯。这样一个明君，国家的政绩，会记在臣工头上吗？斗氏绝对不会认为楚国的强大跟彭仲爽有关系。

可是，对王宫臣工了如指掌的文王，并未对身后的其他人员作出安排。这究竟是为什么呢？也许他已经意识到无法控制斗氏一族。当时的令尹彭仲爽并没有跟随他出征。他身边都是斗氏一族，他这样安排管饶和申侯伯，跟斗氏没有任何的冲突，都可以实现。特别是申侯伯，估计斗氏也想把他遣送离楚，他们肯定也不屑与这样的人为伍。至于管饶，是个刻板没有野心的人，他妨碍不了斗氏一族。

也许楚文王另有安排，但却没有丝毫的泄露。斗谷於菟是个睿智之人，深得楚文王的赏识，他除了这些，并未有其它的举措。楚文王是否有安排，不得而知。

文王后陷入沉思，斗氏一族对她和彭仲爽会有什么样的态度？他们会采取什么样的手段对付他们呢？

内侍来报：“令尹大人求见。”

文王后起身，宣道：“有请令尹大人。”

彭仲爽奏道："王后，臣无能……"

文王后说："直说吧，大人。"

彭仲爽说："臣无能，并未完成王后旨意。斗廉，斗大人，不能去蔡国。"

"是不能去，还是不愿去呢？"

"是……都有吧。斗廉大人说有足疾，不能行走。臣亲自去了他的府上请他，他并未起身送迎，说是有足疾，不便。"

"看来是真有足疾了？"

"这个……"

"哦。吾知道了。另派谁去呢？"

"请王后吩咐。"

文王后沉吟不语，过了一会儿，她说："大人觉得子元怎么样呢？他是楚文王的弟弟，又是大司马，这规格也不算低了。"

彭仲爽说："司马大人最合适。"

文王后说道："请大人速遣人通谕司马大人，即刻到缥宫见吾。"

彭仲爽道："臣遵旨。"

这次文王后并没有让彭仲爽直接奏报小楚王熊囏。她已经知道了斗氏一族的态度。斗廉足疾是斗氏抛出的信息，他们肯定不甘受制于她和彭仲爽。但是，他们究竟要采取什么措施，怎么夺得王宫大权，恐怕还没有成熟的计划。不过，斗氏一族多是足智多谋之士，他们会权衡力量的强弱，借机行事，没有十分把握是不会出手的。

现在她必须利用一切可控力量，稳住局势。子元是她目前可控的最大力量。他知道子元对她的感情，她必须利用这一点。公子完走的时候告诉她子元的忧伤，她心知肚明，只是无法出口。

但是，这件事儿，她必须亲自调动子元，斗廉既然已经拒绝了，虽是以足疾为借口，实际上等于暗自抵抗王命。这就是王权失控的信息，她一定要子元按计划行事，不然整个王宫就要乱套，小楚王熊囏这块王牌也要失灵。

子元接到通谕，火速赶到了缥宫，他知道一定是王文后有要紧的事情才会这样通谕他。随着时间的推移，他对文王后的感觉有了变化，过去他一直觉得得到她是一种妄想，有高山仰止的感觉，所以他是那么绝望，那么痛苦。现在，他突然觉得有希望了，也许老天眷顾他。虽然，现在还不是表白的时候，但毕竟他可以去努力了。所以，无论文王后让他做什么，他都会在所不惜。

听文王后说完，子元明白了。他知道这事儿本来是让斗廉去的，这个老狐狸肯定不愿和彭仲爽共事。没有了楚文王，彭仲爽就算有再大的本事，也不是斗氏一族的对手。

子元很理解文王后现在的处境，虽然她没说斗廉为什么不去蔡国，甚至没有提起原先的计划，他知道斗氏一族已经开始行动了。斗氏一族的势力，在楚武王时已经很大，本来令尹一职在斗祈之后就应该是斗廉了。那时斗廉已经是战绩赫赫的司马，可是楚武王薨殁之后，令尹斗祈辞政，楚文王却启用了申国的俘虏彭仲爽。彭仲爽虽然为楚国做出了贡献，他对楚国的贡献能和斗氏一族相比吗？彭仲爽为令尹，在斗氏一族中引起了强烈的反响，但是斗廉却以超人的智慧隐忍不发，他知道楚文王绝非是一般的君王，他既能启用彭仲爽，肯定会有稳中制胜的法子，所以他们才没有轻举妄动。对于彭仲爽，他们时刻都在瞅准时机弹劾他。可是，楚文王对他却是十分信任，以至于他们没有下手的机会。现在不一样了，楚王熊囏年幼，文王后又是中原人，他们在楚国没有任何的根基，斗氏肯定会在这时候行动。所以，楚王熊囏、文王后、彭仲爽他们，就比较危险了。所以彭仲爽只能拿他来对抗斗氏，司马一职非他莫属。斗廉既已失司马之位，肯定不会听从彭仲爽的安排去蔡国的。

子元虽然心系文王后，但是他也是楚国王族中人。他非常明白，斗氏一族即使行动，也不能直接篡位，他们必须扶持一位楚文王的王子，或楚武王的王子。这场权斗中小楚王熊囏有可能就会成为牺牲品，那么熊恽，或者他，都有可能继承王位，至于是谁，那就看上天的安排了。虽然他并未有篡位的野心，但是到手的王位，他是不会推辞的。现在楚国王权之斗，并没有谁能明显取胜的迹象。所以，他也只能坐观其变。不管是谁胜谁负，他都是不可或缺的力量，都是赢家。所以，他现在只能听从文王后的安排。他相信，斗氏一族也很快就会拉拢他的。

子元从缥宫出来，他才真正地敬佩起文王后来。如果不是文王后这样亲自嘱咐他，他一定以为是令尹彭仲爽的主意。现在楚王熊囏的任何指令，都是由彭仲爽发布的，他一个七岁的孩子，不可能有什么主意的，彭仲爽除了是令尹之外，还是熊囏的太傅。文王后在大家的心目中，不是一个有野心的女子，都知道她不会干涉国政，这样彭仲爽被推进了漩涡的中心，好像楚王一切政令皆出于彭仲爽。如不是太后亲自安排，即便是子元对彭仲爽也不甘心俯首听命，尽管他是他师傅。

只有子元知道，其实楚国的国政，还是由文王后掌控着，这才是文王后的高明之处。而文王后必须依靠他，才能实施国政，所以，子元非常兴奋。彭仲爽虽是令尹，名誉上掌控国政，实际上不过是块挡箭牌而已。只有他才是楚王亲族，是文王后可依靠的力量。

子元回到府邸，他遵照文王后的安排，在等候着小楚王熊囏的旨意。王后只是把消息传达给他，按规制她不能直接派遣他。马上就会有小王熊囏的通谕了，因为蔡侯献舞的灵柩已经准备好，就差有人护送他上路了。

文王后这样重用他，子元真是太高兴了。他从来没有过这样的感觉，她需要他，他必须在关键时刻，与她站在一起，让她感到他的力量，最好主动向他示爱。他曾经苦苦萦怀的愿望，有望实现了。

不多时，小楚王熊囏通谕就到了，宣司马进宫议事。子元到了王宫，行了觐见之礼，小王熊囏倒也有些为王的做派，只见彭仲爽恭恭敬敬地站在一旁，听候熊囏一板一眼地颁发旨意。

子元见令尹尚且如此，自然也是十分恭敬。接完旨意，他才明白，彭仲爽为什么会得到楚文王的信赖，他的恭敬与忠贞，就是他制胜的法宝。小楚王熊囏有他做令尹和太傅，还有一个更高明的母后，楚国的王权一定不会轻易易主。所以，他一定要多加留意才是。不过，斗氏一族的力量也不可小觑。

文王后在子元离开之后，心里并不平静，她知道，这场争斗，才刚刚开始，最后的结局实在是难以预测。

人在疑惑或者无助的时候，往往决断于神灵。楚国人更迷信，巫觋之风甚行。文王后听说范地有个叫矞似的巫师，擅长神鬼之事，精通于相人[①]。于是，她差人把她请进宫中，为熊囏和熊恽看相。

矞似见到了楚王熊囏和王子熊恽之后，悲哀地闭上眼睛。她说，“也许吾会死在君王手中。”文王后大惊，慌忙说道：“你只管说吧，吾保你无虞。”

矞似说：“王后保得了一时，保不了一世。”

文王后说：“你只管直言吧，吾会竭力保全你性命。”

“王后，当今君王之命是上天管的，吾就不说了。只是小王子熊恽，还有子玉，子西，他们三个人都是不能善终的。吾闻王后圣明，再说一句：楚王宫要发生变故。”

文王后问道：“变故？会是什么时候呢？”

矞似答道：“不在此时。为时也不会太远。吾只能说这些了。王后多保重吧！”

矞似这些话让文王后惊忧不已。小楚王熊囏，她不能说，为什么不说？是怕死于君王之手吗？可是，熊恽也不能善终，那就是说他要遭受不测。天啊，这变故什么时候来临啊？王子熊恽如果遭受不测，肯定是和王位有关，他现在还小，已经可以看出他的智慧和聪颖。他的将来会这么样啊？

---

① 相人：给人看相。

第五十章　手足相残烈烈权斗

斋似的相辞，让文王后惴惴不安。彭仲爽面对楚国的形势，也很不安。

斗廉自辞送蔡侯灵柩，就开始告病不朝。

令尹彭仲爽奉小楚王熊囏之命，到斗廉府上拜访探病。当然，这也是彭仲爽的意思，他必须辅助熊囏稳住斗廉。可是，斗廉见彭仲爽探访，并未起身，既然已称有足疾，自然要卧榻不起。他知道彭仲爽的意图，不过是为了宣扬小王熊囏的恩德罢了，这都是彭仲爽的小把戏，逃不了他的法眼。

彭仲爽回到王宫，向小楚王熊囏禀报了探望斗廉的情况。熊囏也像是若有所思，他确实是个很聪明的孩子，有了这个年龄不相称的成熟，可他毕竟还只是个孩子，并不能把这么复杂的事情想清楚。他既是熊囏的师傅，又是令尹，就必须竭尽全力地辅助他。眼下，对于王室的人员，不能有任何的变动。他已经安排了子元任大司马，这安排是抢抓了最佳时机，他只能这样顺势而为，不可有一丝的疏忽，半点磕撞。子元是楚文王的弟弟，他不会为斗氏一族所用，所以才把他推到司马的位置。但是，他是否全力辅助楚王熊囏，就很难说了。楚王宫，是个滋生野心的地方。

斗氏一族的势力太大了，按说一个令尹，一个楚王，一个司马，还有一个文王后，这力量足够稳控楚国的大局了。只是，这里面复杂的程度，不是外界可以想象得到的。

若敖氏一支的斗氏，是一支庞大的队伍，若敖是楚国第十七任君主熊仪的谥号，熊仪葬在若地，楚国“敖”字就是统领的意思。所以，熊仪死后尊称为若敖。若敖熊仪有五个儿子：熊坎、斗伯比、斗廉、斗祈、斗缗。长子熊坎继成了王位，为霄敖。霄敖有两个儿子：熊眴、熊通。霄敖死，长子熊眴继位，为蚡冒。蚡冒死后其子继位，蚡冒之弟熊通弑君（其侄）自立，后自称为王，死后谥号武王。熊通虽然是个有作为的楚王，但毕竟是弑王自立的。所以，他也不得不重用若敖氏一族，以稳定王权。当时的斗伯比、斗廉、斗祈都是他的干将。到了楚文王时，此时斗伯比、斗祈都已告老，老将只有斗廉，而斗伯比、斗祈等的儿孙们都已经成长为新生力量，把持着楚国很多重要的地方。虽然彭仲爽也是文韬武略兼备，但真正带兵打仗却不如斗廉，况斗廉在楚武王时已经战功赫赫。楚国是个尚武的国家，排斥中原礼仪，斗氏一族都是战将，根本不服气彭仲爽。他们看到楚文王身后的楚国，被令尹彭仲爽和王后控制着，肯定心生不满。

斗氏一族以为，楚国祖先留下的基业，不能落在这些中原人手中。中原文化与他们祖先传承的精神不同。特别是在处理蔡侯献舞的事件上，他们觉得楚国靠实力扩张的传统被篡改了，他们原本就不同于中原诸侯国，中原诸侯国中也没有他们的地位。他们的先王，是靠着强大的武力扩大疆域，而不是靠外交，靠笼络人心，靠所谓的德治。仁义，是不能扩大楚国疆域的，扩张本来就是不仁义，所以楚国从来不假惺惺地打着仁义的旗子。斗廉是斗氏的头领，拒送蔡侯，是斗氏一族的集体态度，是在传递公然挑衅的信号。

楚宗室斗廉、斗丹等老将，加上斗氏中间力量斗谷於菟、成得臣等等，还有后生都班、斗梧，他们与令尹和王后及楚王熊艱开始了一场政治较量，一场王权易主的角逐。斗氏一族扶助的对象是小王子熊恽。

小王子熊恽，自幼聪明伶俐，勤学好问，博闻强记。小小的年纪，便讨大家欢喜。文王后心里十分矛盾，她希望自己的儿子能够文韬武略。可是，生在王室，过于聪慧并不是什么好事。而且，熊恽还有一个智勇双全的师傅斗廉。斗廉，绝对是按照楚国的精神去培养熊恽的，他不但把他培养成一个纯粹的楚国人，而且还要把他培养成一个有野心的楚王后裔。恰恰相反的是熊艱，他喜欢养狗，喜欢游猎。她当时并未制止他的这些爱好，她觉得一个男子有这些爱好并不是什么坏事，总比把心思用在女子身上要好。况且，他的父王也是喜欢游猎的。她以为，他在这些爱好中会历练为王的神勇。没想到，他还没有得到历练，为王的重任就压在他的肩上。熊艱如此下去，很危险的。彭仲爽也常常规劝他，这孩子比较任性，当时会答应得很好，真正做起来还是吾行吾素。这倒是有些为王的性格，可是现在的楚国，却不能凸显这种性格。虽然，文王后心里更喜欢熊恽，但是，为楚国的大势计，她必须保护好小楚王熊艱。

子元从蔡国回来，向文王后禀报出使蔡国的情况，蔡国太子肸已经在上卿季孟的扶助下即位，蔡侯肸与子元盟誓，蔡国愿朝奉楚国，永不叛楚。

文王后点头称许，周边稳定，她才有精力稳控内部。

这一年，周王朝发生了“五大夫”之乱。周惠王逃至郑国栎地，郑伯突在叔詹的建议下，接纳了周惠王，并联合虢公一起扶助周惠王复位。齐侯小白因为齐国发生了灾难，无暇顾及，保王的重任才落到了郑伯突的肩上。

斗廉的儿子季融送给小楚王熊囏一只猎狗，熊囏非常喜欢。季融倒是斗氏一族的另类，他不但没有站在斗氏的阵营里，而且跟小楚王熊囏关系非常好。熊囏得到了猎狗，爱不释手，虽然不敢再牵着它向母后请安，却想带着它去打猎，试一试它的勇猛。

熊囏年龄不大，但对王宫的规制掌握得很到位。他以一个君王的身份，命令令尹彭仲爽和他一起到云梦打猎。楚国君王到云梦打猎，也不是什么大事，云梦是王家猎苑，过去楚先王也是经常去的。可是，鉴于楚国当时的政局，令尹彭仲爽还是非常谨慎，他上奏小楚王熊囏说，最好向文王后禀报一下。小楚王熊囏大怒，说他是君王，他说了算，这事儿不必向母后禀报，并让彭仲爽通知季融，一起去打猎，即刻出发。彭仲爽突然觉得，熊囏小小的年纪，也是十分有主张的。以前彭仲爽做他太傅时，他还是一个比较听话的学生。现在不一样，虽然他还是个孩子，毕竟已是楚王了。

彭仲爽做事谨慎，他想，还是禀告王后一下为好。但是，熊囏却不给他时间，他想算了，反正楚王打猎也不是什么出格的事儿。

文王后听说熊囏出去打猎时，熊囏的大队人马已经出了郢都。她不知道令尹怎么不拦住他？为什么也不禀告？这事儿可能会搅动王宫内部暗伏的危机，现在的楚国，有一丝的风吹草动，就有可能爆发内乱。熊囏意识不到，难道彭仲爽不清楚吗？为什么不拦下他？

果然子元来报，斗氏一族都聚集在斗廉府上，明是探望，其实在商讨怎么弹劾令尹彭仲爽。

文王后清楚，子元之所以来禀报，是因为他也参加“倒彭”事件，不然他不会知道得那么清楚的。他参加“倒彭”肯定是为了令尹的职位，楚文王去世了，楚文王开创的外族当令尹的先例也该结束了。按照过去楚王室的规矩，令尹一职，必须是君王的兄弟或者近宗室的。所以，斗氏一族肯定以此拉拢他，给他一个大的诱饵。子元肯定这样想：如果他当令尹，他就能控制住小楚王，当然文王后也会为他所控制。而斗氏一族却不这样认为，他们压根没把子元当回事，给他一个诱饵，只不过是为了瓦解彭仲爽的势力。他们对付一个子元是没有什么问题的，拉住子元“倒彭”是斗氏一族最初的计划，以后再怎么着，要看形势的发展。他们也都知道子元对文王后心有所属，知道他会把这些情况传达到文王后那儿。而这一点，文王后也很清楚，可她必须利用子元牵制斗氏一族，这是没有办法的事儿。权斗就是这样血腥无情。

没过几天，文王后接到斗氏联合上的奏简，令尹彭仲爽纵王玩虐，不理朝政，不堪令尹重任等等十几条罪状。文王后心知肚明，压下奏折，单等熊囏游猎而回。

熊囏从云梦回来，向文王后请安。文王后问他："为何这些天都不来请安？"熊囏说道："本王得一猎犬，试一试好不好用，便去了一趟云梦。"

文王后震怒，小小熊囏，竟然在她面前自称本王。分明是不把她这个母后放在眼里。虽然他这样做不过是害怕责罚而已，但由此可以看出这个孩子的秉性。

这时，熊恽也来向文王后请安。熊恽见哥哥熊囏也在，行了君臣之礼，而后又向文王后禀报了他学习的情况。文王后很是欣慰，这孩子确实识得大体。于是，就对他说道："恽儿可以暂且退下。"

文王后见熊恽退下，便对熊囏说道："你刚才说本王？那么，吾是不是要向吾王请安了？"而后，大声喝道："熊囏，你小小的年纪竟然如此张狂？你今天站在这里，就是吾儿子，不是楚王，吾要好好地教训你。不然，愧对你父王在天之灵。"

正在文王后发怒之时，令尹彭仲爽负荆请罪而来，他替楚王熊囏跪下，请文王后发落。他说都是他的过错，没有教导好君王。他知道葆申跪挞楚文王的故事，可是熊囏不是楚文王啊，他这个师傅真的很无奈。

熊囏一看事情闹大了，赶紧跪下，请母后原谅，愿意接受责罚。

文王后说道："烹杀猎狗，以后不得游猎，太庙内向祖宗请罪。"

发落了熊囏之后，文王后对彭仲爽说："大人请起，请看看这个。"

彭仲爽说："这已在意料之中。但是，臣确实没有拦住君王，臣有罪。"

文王后说："这才是刚刚开始，斗氏一族之意不在大人，而在废王。废王再立，他们便可掌控一切了。可是，无论如何，也要保王。大人，要不惜一切！"

彭仲爽应道："回王后，臣明白。"

彭仲爽回到府邸，坐卧不安。他可以不顾及自己的安危，可是，如何保全小楚王熊囏啊？斗氏一族势力太大了。确实，现在看来，他们是有废王的苗头。废王？立王？王子熊恽肯定是他们扶持的对象，斗廉是熊恽的老师，他一定会不惜一切扶助熊恽的。熊恽，平心而论，是个有资质的孩子。可是，他是熊囏的师傅，受文王之托教导熊囏，也是受托于文王后辅助熊囏。楚文王对他有知遇之恩，文王后有托孤之义，他决不能辜负楚文王、文王后，保王是他义不容辞的责任！

"保王"，像一块大石头压住了彭仲爽。夜深了，他毫无睡意，他在思考面对这样强大的势力，任何才能保住楚王熊囏？除了少年熊囏，他和文王后这些外族的力量，如何能与楚国庞大的宗族较量？即便是加上大司马子元，恐怕远远不能敌及。那么只有智取，可是，斗廉那一族确实有勇有谋之士不少啊。

彭仲爽一夜不眠，也没有想出什么好法子。不过，有些法子他是不敢想的，不，是不敢深想。早朝结束后，熊囏告诉彭仲爽说，他一定要除掉熊恽，因为他老是在母后面前讨巧卖乖，母后太偏爱他。他将来一定会影响他的王位的。不如早早除掉。

彭仲爽似乎很吃惊，其实这正是他不敢深想的，这样血肉相残，不到万不得已决然不敢深想。可是，王权就是这样，如果不除掉熊恽，斗氏一族早晚会扶持熊恽废掉熊囏的。文王后所说不惜一切代价就是这个意思吗？

彭仲爽说："吾王是不是已经做好了打算？"

"是的。"

"容臣再想想吧。"

"师傅，你一定要支持孤。"

"那你准备怎样啊？"

"吾想要邀熊恽一起打猎，然后伺机而动。只是，母后那里需要您通融，因为她不让吾打猎。这次不是真的打猎，以后吾永远也不再打猎了。"

彭仲爽知道，这是一步险棋，可是，他也没有更好的办法。只有除掉熊恽，才能彻底消除隐患，才能确保熊囏王位的稳定。至于内部的稳定，也只有慢慢地翦除异己，不能引起大的动荡。

可是，他怎么向文王后说明？她是一个女人，一个母亲啊！他帮楚文王东征西伐，灭人国祚，也从来没有过如此艰难的抉择！他的智慧在血缘亲情面前那么愚弱，毕竟他们还都是孩子！

彭仲爽知道，这种事儿不宜拖延，应该当机立断。君王的这一想法，他得去实施，而且保证万无一失，如果稍有不慎，就会全军覆没，无一幸存。

彭仲爽来到纁宫见文王后，上奏道："王后，君王请求要去云梦打猎。"

"打猎？"

文王后心里猛然一动，这不是一般的打猎，一般的打猎彭仲爽是不会来奏请的，而且她已经下令不允许熊囏打猎，当时彭仲爽是在场的。

"是的，还有，君王想要王子熊恽一起去。"

"恽儿？"

文王后长叹一声："终于来了。"

彭仲爽垂首待命。文王后闭上眼睛，气若游丝地说："去吧。吾知道了！令尹和君王多保重！”

彭仲爽转身之后，两行热泪从文王后紧闭的双眼中流出。她日夜惊扰的事儿终于来了，楚文王走得太早，郑国的悲剧重演，却不是因为她的儿子们太强，而是因为他们太弱太小。儿子……儿子……她不能眼睁睁地看着他们手足相残，这对一个母亲来说太残酷了。她觉得她的心被撕碎了。不，她不能！

她嘶声叫道：“碧叶，速遣人请司马大人到缥宫。”

子元并不知道发生了什么事情，匆匆忙忙来到缥宫，叩见王后。文王后说：“你速去斗廉府邸，让他保护好王子熊恽，谨慎行事，切勿大意。去！快去！”

子元从缥宫出来，一路快跑，来到斗廉府邸。斗廉沉吟，他知道真正较量的时刻到了。可是，他不能带着斗氏一族血拼，必须争取更大的舆论力量。是的，保护好熊恽是第一位的。他分析文王后的意图，她为什么要向他通报这样的消息？她究竟是站在谁的立场上？君王除了游猎之外，并未有失德行为，如果弑王，将会落下千古骂名的。难道是文王后设的圈套？不管怎么样，他必须让熊恽正正堂堂地继承王位。他告诉子元，他知道了，并未有下言。

待子元走后，他嘱咐斗氏一族各整顿家兵待命。因为，有些事情，他是不能让子元知晓的。子元是大司马，他得听从君王的指挥，况他又是王后的人。有些时候，利用他一下可以，但决不能让他知晓核心机密。

彭仲爽让太卜占卜了一个吉祥的日子，熊囏就在这一天带着彭仲爽和他的精锐卫队，浩浩荡荡地开往云梦。

王子熊恽也遵照楚王熊囏的旨意，陪同楚王熊囏游猎。一场特殊的“狩猎”行动开始了。

第五十一章　猎场突变汹汹战起

到了围猎场，楚王熊黵跨马走在前面，一旁陪着的是令尹彭仲爽和他的精锐护卫，季融牵着那只猎狗，嘱咐燃火烧林。

熊恽也骑着马，他离熊黵比较远，看上去还比较淡定。师傅斗廉安排他，尽量远离楚王，小心跟随，见机行事。他身边的侍卫是斗廉精心挑选的蓄死之士，那些人猎犬一样警觉地四处观望。

楚王熊黵看一眼令尹彭仲爽，只见彭仲爽面色凝重，心神不稳，他冷笑了一声，令尹还是身经百战，这样的事情，竟然搞得如此紧张。

熊黵见火光骤起，便放开猎犬。

突然一只黑熊窜出山林，楚王熊黵拉弓射箭，一箭射中黑熊。于是，一片欢呼。熊黵下马，亲自察看猎物。

当他走近猎物时，回看了令尹一眼，抬起了黑熊的前爪。这时，一支箭镞，嗖的一声，从他的面前飞过，落到前面不远处。

于是，楚王熊黵大怒，嘱咐彻查是谁放的箭，很明显，这就是谋逆弑王。

不多时，一卫士来报，放箭者已经查明，是王子熊恽的随从，此人已经被捉拿。

王子熊恽正在疑惑之时，他的一个随从就被捆走了。他不知道这位随从是谁，怎么会进入他的侍卫队伍？他的侍卫都是斗廉亲自挑选的死士，他都认识，这个人他从来没有见过。显然，这是一个阴谋。他师傅斗廉临行时安排，楚王若有变故，不可辩解，更不能发生正面冲突，一定要想法迅速逃脱，斗廉已经安排好接应的军士。

楚王熊黵，即刻着令令尹彭仲爽，定了熊恽弑王之罪。于是，他命精锐士卒立即拘押熊恽。

熊黵的侍卫得到命令，迅速靠近熊恽。那些士卒，还未到熊恽跟前，熊恽已在那班死士掩护下，策马飞驰而去。

熊鞬的那些侍卫，已经脱掉了外衣，露出了盔甲，迅速进入了战斗状态。司马子元，早已经遵照熊鞬的安排，带兵赶到。他和熊鞬的精锐侍卫随从，合并一处，追赶逃脱的熊恽。

这边的斗廉，带领斗氏一族的精兵，在云梦中途等候。身经百战的他，此时也是十分的焦虑不安，毕竟他不能亲到云梦现场。他也不得不佩服熊鞬和彭仲爽的设计，因为如此安排，确实是回避了大的军事冲突。如果靠军事力量，楚王熊鞬所掌握的军队，根本不是他的对手。可是，他们安排游猎，斗氏一族是没法参与到现场的。狩猎的陪同人员，都是楚王亲定的，这些都在楚王熊鞬的可控范围。斗廉只能为熊恽设计侍卫，别无他法。斗氏一族倒是有一个人参加狩猎，这个人不是别人，正是斗廉的儿子季融，他是熊鞬的人，不能为斗氏所用。如果不是文王后送来消息，王子熊恽恐怕已经毙命云梦了。斗廉现在才明白，文王后送信不过是妇人之仁，怕儿子熊恽死于非命。

远远地，斗廉看到了一股尘土高起，这肯定是熊恽的侍卫，不知道他是否逃脱了。如果熊恽不能逃脱，斗氏一族面临的恐怕就是一场血洗了。熊鞬能计杀其弟，离收拾斗氏也不远了。

一队人马终于来到，斗廉并未下马，接应住了熊恽。他嘱咐斗班、斗御疆、成得臣一伙壮士，掩护熊恽往东北方向逃脱。他带着斗氏一族精兵断后。

一场争夺王位的战争正式拉开了序幕。

斗廉知道，他现在已经掌握了正义的力量。现在是熊鞬要谋杀熊恽，而不是熊恽谋逆。他不能和熊鞬的军队发生冲突，他必须保住熊恽，保住战斗力，拖住熊鞬的军队。

熊鞬志在灭掉熊恽，他和彭仲爽、子元亲帅大军急急追赶熊恽。

不想，他的部队在中途遇上了斗廉率领精壮家兵，拼死抵抗。至此，斗氏和楚王熊鞬开始了正面冲突。两方军队，开始了激烈攻杀，进入了你死我活的对峙。

熊鞬亲自率兵，也大大激发了士卒的士气。斗廉的部队，渐渐不支。他嘱咐放弃抵抗，往熊恽逃离的方向撤退。

斗廉率领着斗氏家兵追上了熊恽，簇拥着熊恽渡过汉水，逃往随国去了。

再说熊鞬的队伍，赶至汉水，就停了下来。熊恽早已过了汉水，到随国去了。令尹彭仲爽上奏，请君王即刻返回王宫，即便渡过汉水，也不一定能追得上熊恽。看来熊恽和斗氏一族，早有准备的。他还没有来得及思考是谁把消息透露出去的，但，他必须保护楚王熊鞬速回王宫，以防王宫那边有变。

楚王熊囏回到王宫，和令尹、子元商议。集聚大兵攻伐随国，迫使随侯交出熊恽。此时不除熊恽，等于养痈为患。因为斗氏一族已经撕掉面纱，公然扶助王子熊恽，与楚王熊囏对抗。

彭仲爽却不赞成楚王起兵伐随。楚国的将领，大都是斗氏一族。况且，斗氏精兵都随熊恽而去了。如果斗氏和随兵联合在一起，是非常危险的。现在，楚国政权未稳，不是起兵之际。

楚王熊囏说道："孤要把此事禀报给母后，让她拿个主意。"

彭仲爽悲哀地闭上眼。他说："吾王三思。君王和熊恽都是王后的儿子啊。吾现在还不明白，是谁把消息透露出去的。如果熊恽没有准备，他是出不了云梦的。他的那些侍卫，都是一些死士，说明他们事先是有所准备的。君王不觉得这很奇怪么？"

熊囏人小心大，倒也点头称是。难道是母后？母后不知道这会造成楚国大乱吗？他也隐隐觉得，母后更喜欢熊恽，即便如此，她也不至于支持熊恽……事到如今，他也只好听从彭仲爽的意见。

第二天一大早，彭仲爽就上了朝奏请楚王熊囏，速诏大司马到宫中议事。熊恽已经逃到了随国，还有斗氏一族的追随，这些势力就像一个上了弦的弓箭，时刻都有可能发出。如果，在没有判定熊恽谋逆之罪之前，楚王熊囏还有时间从容地处理这一切。可是现在，他已经不能回避这场时刻都有可能发生的战争了。现在需要调集所有军队，保护王宫，抵御熊恽及斗氏的反扑。只要能保住王宫，也就能保住楚王熊囏了。

彭仲爽让楚王熊囏等候大司马，诏令他即刻调集兵马保卫王宫，他自己也回去调集家兵，加强王宫禁卫。待彭仲爽集合完家兵，火速回到王宫时，子元也领旨离开了王宫，调集兵马去了。

熊恽由斗氏一族保护着，来到了随国。先由斗廉觐见随侯，以求得暂时的庇护。

先说这随国，是周王朝在汉水以东最大的姬姓国，与楚国的关系极为微妙。楚武王时，曾几度伐随，并与随国结盟。楚武王还请随侯通报周天子为楚国加爵升级，但是事与愿违。后来，楚武王死于伐随的途中。屈重和斗祁秘不发丧，迫使随向楚请成。好在是楚文王时期，楚国并未讨伐过随国。现在，楚国出现了内乱，楚王子熊恽逃到随国。随侯斟酌再三，觉得这应该是随国和楚国改善关系的关键时机。如果支持楚国王子熊恽继位，随国就有了扶王之功，楚国日后必定看重随国，况且熊恽还有斗氏一族的支持，熊恽继位的胜算很大。如果不接纳熊恽，就要把他交给楚王熊囏。现在熊恽有斗氏精兵护卫，交出他势必要与斗氏开战，斗氏一族都精于军事，与之开战胜负未卜。即便随国与斗氏开战胜出，有斗氏一族在，熊艱也未必能稳坐楚王之位。

再三权衡，随侯决定帮助斗氏和楚王子熊恽，随侯举倾国之兵，和斗氏一族攻入郢都，共拥熊恽为王。

随军、斗氏一族家兵已经冲进了王宫，和楚王熊艱的侍卫、彭仲爽的家军厮杀在一起。楚王熊艱和彭仲爽，都万分火急地等候大司马子元的援军，却迟迟不见子元的踪影，更甭说救兵了。

再说文王后听说熊恽逃往随国时，暂时松了一口气。她想，无论如何，他们都暂时没有性命之忧。斗廉确实也是老谋深算，这样不失为上策，她也就有时间从容谋划后事。

文王后想，小楚王熊艱一定会禀报熊恽谋反事宜。到时，她和彭仲爽、熊艱再商定后事。可是，她并未等到熊艱。心中升起了不祥，不过有彭仲爽在，应该不会有大问题。

文王后按捺不住了，遣人去请令尹彭仲爽。

那人匆匆回报："王后，不好了，王宫已经被随兵包围了。"

文王后悲哀地闭上眼睛，她没想到会这么快。熊恽和斗氏一族联合随兵一旦攻入王宫，楚王宫的侍卫，肯定不是他们的对手。

彭仲爽怎么就没有调集军队啊？对，大司马子元呢？他掌控着楚国的部队，楚国如果倾全国之力，还是能够保住王宫的。

文王后听到王宫传来了厮杀声，她知道，熊恽他们一定是攻进了王宫。

文王后望着院子里那些郁郁葱葱的桃树，她的心一直揪着，这场恶战，无论谁胜，她的儿子必有一死。这些桃树，都是楚文王为她栽植的，楚文王时的楚国多么和谐啊。如果楚文王知道他的两个儿子在争夺王位，相互残杀，他该怎么想啊？

泪水从她的脸颊上慢慢地滚落，湿透了她深衣的前襟。她此刻万般无助，这场惨烈的厮杀好像发生在她心里，她的心在慢慢地撕裂，而她却无法控制，无法把握，更无从判断。等！她只能等，等一方败死。文王后上牙齿紧紧地咬住下唇，一缕鲜血从齿间慢慢浸出……厮杀声一阵紧过一阵地传来，文王后唇间流出的鲜血慢慢地顺着嘴角流下，一滴一滴地滴在她的衣衽上……

彭仲爽眼看侍卫不支，派人去司马府请兵，回报说司马不在府中。彭仲爽再派人催促，子元救兵依旧不到，楚王宫侍卫力量渐渐不支，经过惨烈厮杀，随兵终于直逼朝堂，楚王熊艱和令尹彭仲爽被随军杀死。

厮杀的声音渐渐地消停了，文王后踉踉跄跄地走到了卧榻前，再也无力支撑身子，瘫倒在榻上。她并不知道谁胜谁败，她已经困乏得无法睁开双眼，她要睡了……文王后昏厥过去。

大司马子元从王宫出来，碰上了斗氏一族的斗谷於菟，被他绊住。斗谷於菟没有参加斗氏与王室的争斗，他拉上大司马子元去他家里吃熊掌去了。子元平时最爱吃熊掌，这是大家都知道的。不过，他知道这次万不可应承的，因为楚王嘱咐秘密调兵，切勿外漏消息，所以他极力推脱。而斗谷於菟却缠着他不放，说是专门为大司马准备的，这会儿已经快熟了，再急的事儿，吃了熊掌再走也不迟。盛情实在难却，子元也不好和斗谷於菟说明白，只想待他尝一尝熊掌，即刻离开，并不耽误大事，便和他去了。

斗谷於菟之所以没有去随国，是斗廉故意留下困住子元。

斗谷於菟不但让子元吃了熊掌，而且还喝了特酿的酒水，子元喝得不省人事，有随行侍卫把他抬回府邸。待他醒来侍卫通告，令尹已经多次催司马调兵增援王宫，他这才想起了楚王熊囏下令调兵之事。于是，他嘱咐副官集合兵马，火速增援王宫。

他的兵马还未出发，王宫侍卫来司马府通报，楚王熊囏和令伊彭仲爽被杀身亡，新王熊恽已经即位。大司马子元方从醉酒中完全清醒，惊愕万分。他这一醉不当紧，楚国已经易主了。这一切究竟怎么回事儿啊？他用冷水冰了冰脸，好让自己更清醒一些。现在他才知道，楚王熊囏令他调兵时，熊恽和随军已经快到郢都了。不过，由此看来，他没有调集兵马，也许是好事儿啊。如果他调集兵马，胜负真是不定，说不定他自己也会被杀身亡。

子元略微理一下纷乱的思绪，想一想他下一步该怎么办呢？斗氏一族已经拥立新王了，那么令尹之位会是谁呢？斗氏之前说的那些，还有可能兑现吗？他想到了文王后，只要文王后还在，她一定会控制住斗氏一族势力，他坚信，她有这个能力。

子元思绪纷乱，不过，有一点他很清醒，那就是他得火速进宫恭贺新王熊恽继位啊。

小楚王熊囏自七岁继位，到被杀身亡，在位五年。熊囏被杀，其弟熊恽继位。楚王熊恽，以熊囏未尝治国，不成为君，号为“堵敖”，不以君王规制殡葬。

第五十二章　陈废太子戗戗坐宓

文王后醒来时，碧叶告诉她，王宫传报：“楚王熊恽已经即位了。”文王后感到嘴唇火辣辣地痛，她轻轻地用舌尖舔了一下，又慢慢地闭上眼睛，两行热泪顺着脸颊流下。

“终于结束了……”她喃喃地说。她那颗悬着的心，总算落下来。她不知道应该悲痛还是应该高兴。囏儿死了，他确实不是一个合格的楚王，这种悲剧早晚都会发生。因为楚国不是中原诸侯国，宗法传承的意思并不是很强。楚国的君王必须是强势的，神勇和智慧并至，不然就会被这个民族所淘汰。熊恽虽然年幼，但是他的聪慧已经展露。她原以为，熊囏在彭仲爽的辅助之下，能够稳定住楚国的局势，他再慢慢地羽翼丰满，在历练中成长。她不想看到楚国内乱，不想看到兄弟相残，所以她想把熊恽培养成一个臣子，希望他们能够齐心协力治理楚国，就像陈国的厉公、庄公时期一样，有一个稳定发展的局势。她甚至想到了兄终及弟，可是，她和彭仲爽，这些外族势力相对于楚传统势力的力量太有限了。力量的悬殊是无法靠智慧解决的。

楚王熊恽已经在繐宫外等候多时了，他即位后第一事，就是拜见母后。

文王后从卧榻上起身，宣熊恽觐见。小楚王熊恽伏地不起，只是哭泣。九岁的孩子，即便他再有智慧，经过这样的血腥宫斗，还是心有余悸的，他和外族人一起和自己最亲的人搏杀，这种感受大概也是无法言传的。他只有在母后面前痛哭，他还只是个孩子，他需要母亲的安抚。

可是，文王后知道，她面前的不是一个孩子，而是一个君王。所以，她并未走近他，像一个正常的母亲一样把孩子揽在怀里，给他母亲的抚慰。

文王后任他哭泣，并无话语，她等他平静，也在平定着自己的情绪。熊恽渐渐地平静下来，文王后淡定地说：“君王请起，一起都过去了。你必须继承楚国的精神，撑起楚国的希望，以慰你父王在天之灵。”

熊恽听母亲这样说，也就彻底地平静下来。他拭干脸上的泪水说：“母后，孩儿想奏请令尹人选。彭仲爽死了，谁来接替他的令尹一职？”

“斗氏一族呢？”

“吾想听母亲的意见。”

文王后心里突然松弛下来了，她知道，这是个内心强大的孩子。他有自己的思想，磨难对他来说，或许是成长的养料。他一定不会被别人左右的。虽然斗氏一族拥立了新王，但是，令尹一职决不能由他们担任，因为这样就会怂恿他们叛逆，会遗留下无穷祸患。

她想到了一个人，这个人她可以控制住，控制住令尹，就等于控制住了楚国。现在，熊恽还小，楚国必须在她的掌控之下，不然，君弱臣强，还会有叛乱发生。

于是，她说，“按照楚国的传统，令尹一人一般都是君王的兄弟，现在只有大司马子元了。”就这样，子元名正言顺地成了令尹。斗氏一族虽然不平，也无话可说，不过他们也算是兑现了对子元的承诺。子元并不在这场权斗的中心，由他就任令尹，王权暂时得到平衡。

文王后觉得楚国的局势暂时可以稳定，她终于可以松口气了。

那天，碧叶通报说，她今天出去，在楚王宫外有一个可疑的北方人，拦住她说，要面见文王后，请她务必通报为盼。

文王后让碧叶宣那人进宫。

来者一进缥宫便哭倒在地。

文王后说道：“你是谁？为何来楚王宫？”

来者哭诉道：“姊姊，你不认识吾了？吾是宓伯家的小儿子，宓子叔啊。那年您回陈归宁，吾和吾父去探望你，还送你吾母亲自缝制的布老虎。”

文王后当然还记得这布老虎，现在还在寝室里放着。那个可爱的少年，才几年啊，已经长成了大人，她竟然不认得了。

“宓子叔？你怎么会到楚国来了？”

宓子叔说：“陈国发生了大事儿，太子被杀，吾全族被灭。惨啊！”说着又呜呜痛哭。

待宓子叔哭了一阵子，王后问，“这是何时的事儿啊？”

宓子叔说：“一年前。吾当时正在封邑，听说都城发生了惨案，就连忙从封邑逃出陈国，本来是准备投奔蔡国。琥儿姊毕竟还在蔡国，再说蔡国离陈国也近。吾正在踟蹰间，一老者说道：‘子[1]何不前往楚国，投奔文王后。那里离陈国远，子可

① 子：你。

隐姓埋名苟活一生。如投蔡国，蔡国离陈国不过两天路程，不安全啊。’吾听从老者之言，一路躲过追杀，来到楚国郢都。吾在郢都多日，才打听到了楚王宫，正准备进宫求见，没想到楚王宫也发生变故。所以在王宫门前盘桓多日，不敢进来。今日才见碧叶出门，求她通告姊姊。”

“你如实说来。”

宓子叔讲述了陈国的宫廷之变。

“郑姬生了公子款之后，便开始密谋夫人之位。原仲老谋深算，自己并不出面提议立夫人一事。吾父现在虽然不得主公的信任，但是他还是上卿，原仲若这样公然提出，肯定两相交恶，就此撕开了颜面。所以，他撺掇一直深得君侯信任的大夫女叔，提议君侯再立夫人。

女叔处事谨慎正直，从不参与各派之间的争斗，因此深得主公信任。由他提出册立夫人，君侯肯定接纳。因为他不会出于私利参与结党，而是从稳定内宫出发的。陈宫廷都知道君侯宠爱郑姬多年，除了喜欢郑音之外，主要是郑姬没有野心，不参与国事，口碑还不错。听说，卫国又有媵妾至陈，怕是再度引起内宫争宠之乱，波及整个朝廷。所以，女叔才提出册封郑姬为夫人。他奏议君侯：‘宣宓已经去世，内宫不能无主，郑姬尽心事主，亲善后宫，请主公册封郑姬为夫人。’

君侯其实也早有此意，只是碍于吾父。这次由女叔提出，他欣然接纳，正好也可以通过此事看一看吾父的反应。

郑姬夫人册封大典之后，吾父回到了府里，像一只受伤的老虎，斜卧在榻上，直喘粗气。他知道这一切都是原仲的设计。但是，这种事儿他是无法阻拦的。这一个回合，无疑原仲取得了大胜利。如果不是女叔参与，原仲肯定难以得逞的。他不是害怕郑姬册封为夫人，他真正害怕的是郑姬的儿子，郑姬既立为夫人，下一步肯定是为儿子谋取太子之位。郑姬绝不是一简单的女子，光靠郑音是难以拴住主公的心的，她是一个韬光养晦，阴阳谋术都具备的女子。她知道主公喜欢什么，不动声色地讨他喜欢。所以，郑姬册立夫人，对太子就是潜在的危险。你母亲已经不在了，吾父很无助，想重新取得主公的信任已经不可能了，有原仲在，郑姬的儿子公子款立为太子是早晚的事儿！太子被废，下场一定很悲惨，吾宓氏一族必受到牵连。吾父就想寻找机会，伺机而动，他不愿坐等待毙。

正如吾父所预料，原仲确实在筹划废立太子之事。但是，他现在只是在放风，他在刺激吾父，让他行动。只要吾父一动，他就有机会可乘。不然，废立太子只能是一句空话。他必须利用朝中的老臣，散发这样的消息。不过，大家也都知道主公特别喜欢郑姬夫人，爱屋及乌，主公也一定喜欢郑姬的儿子公子款。所以，太子御寇被废的传言不是空穴来风。或许，这种传闻是君侯故意放出来的。吾父即使再冷静，再有智慧，都无法避免这样的刺激，他已经处在崩溃的边缘。

那时候，周惠王在郑伯突和虢公的帮助下，打败了王子颓，回到了京都。君侯嘱咐吾父监国，他带着大将军辕涛涂去洛邑朝王。

吾父觉得机会终于来了，他找到了公子完，商议扶助太子继位的事情。他和太子都需要公子完的支持。公子完德行笃厚，聪慧过人，在同僚中很有威信。只要公子完出面，就能镇住妫姓公族。君侯现在已经离开国都，他既已离开，就不能再回来了，他和太子只能有一个君侯在位。如果君侯强攻回国，那么公子完就可以率领妫姓家兵抵御。君侯虽然有大将军辕涛涂跟着，毕竟兵力有限。

公子完面对这样的突变十分惊诧，他没有想到吾父会这样。可是，他很镇静，既然吾父已经跟他商量这事儿，想必吾父早已做好了准备，如果他不参与，吾父肯定不会放过他的。他作为妫姓公族，肯定也不能参与这种谋逆之事。然而，他也不能有悖吾父，只好暂且应承，到时候再做权变。

第二天，吾父撤换了宫中侍卫，通知各位大臣来宫中议事。他计划以主公已遇不测诏告于臣工，先立太子御寇为君，待御寇即位之后，再肃清一些旧臣。待君侯朝王回陈，陈国已经是太子御寇的天下。

公子完并未参加朝会，他知道吾父已经行动了，只要他不参加朝会，就有进退。如果参加朝会，他就会被认为是吾父的同党，那只有一条道，就是吾父必胜，可吾父又有多少胜算的把握？主公多疑，虽然交吾父监国，必有所防备，他这样实际上是一种博戏[①]，公子完只有在府里等待最后的结果。

正在吾父宣布君侯遭受不测之时，君侯在大将军辕涛涂的护卫下，进入了朝廷。于是，公宫中大乱，大将军辕涛涂当场拿下了吾父、太子一行。吾家军和护卫，跟辕涛涂的士卒混战一起。

其实，这一切都是原仲的安排，他知道废立太子的风声放出去之后，吾父肯定有所行动。所以，他上奏君侯说，吾父有篡逆之心，曾私下和他做亲家，以结朋党。君侯久经变故，深藏不露，他只说，同为臣工，应该同谋国之大计，不必胡乱猜忌。原仲小心应承，他知道他只需这样一点，君侯必然有所行动。

---

① 博戏：一种赌博方式。

当君侯说要离陈城去京都朝王时，原仲就有所怀疑，即便是周惠王回京，也不是朝王的时间，他怎么就突然宣布朝王呢？吾父撤换宫中侍卫时，原仲已经把信息火速送到郑姬夫人宫中。郑姬安抚原仲，对他说吾父一定会保证她和公子款的安全。因为公子款才是主公最疼爱的公子。'

吾父自以为谋划周密，技高一筹，没想到，这一切都是圈套。他的一切都在君侯掌控之中。

君侯对吾父怀疑已久，但并不真正相信他会谋逆。他是太子的舅舅，宣宓夫人的哥哥，是他继位时的大功臣。自鲁曹死后，他一直在琢磨，他多希望吾父仍旧像以前一样，对他忠心耿耿！太子御寇已经二十多岁，应该是有继位的野心了，可是，大司马不应该助长他的野心啊。他现在已经是上卿了，就算太子当朝，也还是个上卿，他那么着急干嘛啊！他现在终于看清楚了吾父的真实意图。如果他这次真的走出陈都，也许就永远回不来了。"

"篡逆，罪不可赦。"

"于是，太子御寇被杀。吾宓氏一族男女老少全部被诛灭。吾因为不在陈城，侥幸逃脱，却也一路被陈兵追杀。"

宓子叔说完，仍旧唏嘘不止。

文王后说："好，情况吾都知道了。陈国的情况，你也不必向外人讲起。你呢，为了安全起见，从此隐姓埋名吧，你暂把宓姓改成芈姓，先在王宫住下，待有机会，吾把你荐于令尹，让他给你安排一个差事。把陈国的一切都忘了吧，有些事都是天数。"于是，宓子叔姓了芈姓，从此陈国宓氏一族断祀。

安顿住宓子叔，文王后心情非常沉重，她没有想到，陈国也发生那么大的变故。芈子叔说到了公子完，她的完哥哥究竟怎么样啊？他还好吗？

公子完自宓伯离开，便做好了打算，他将要告别这个国家。他没有打算去参加宓伯的朝会，这样忤逆之事，他肯定不会去做的。他也清楚，即便是宓伯立太子成功，他也不可能成为太子的班底，因为他并未参加他们的密谋。宓伯失败了，他即便是没有参加朝会，也是脱不掉干系，朝廷都知道他与太子关系密切，与宓伯相与甚厚。宓伯只要一动，他注定要受牵连，即便不受牵连，也难在陈国受到重用。他多么希望太子能够顺理成章地继位啊，那样，他也就可以辅助太子治理陈国，不必流亡他国。天意啊！公子完其实心里也清楚，宓伯是斗不过主公的，可是这是宓伯最后的机会，他决然不会放弃。宓伯，野心太大了，太过聪明了，他缺乏的正是厚德和淡定。

公子完听到太子和宓伯被抓的消息，已经准备好了行装，连夜上路，投奔齐侯小白去了。他未去参加宓伯的朝会，也未把宓伯的谋逆及时通报主公，因为他同样不想落下背叛的罪名，因为宓伯一直厚待于他。所以，无论谁败，他都注定受到牵连，往适他国是他命中劫数。他原本想去楚国，可是楚国在楚文王去世后，王弱臣强，国势不稳。他到过齐国，对齐侯小白甚是崇敬，所以决定投奔齐侯小白。

公子完到了齐国，果然得到齐侯小白的厚爱。齐侯小白是个爱惜人才的国君，想让他做卿。公子完十分清醒，知道自己的状况，推辞道："吾是一个寄宿的客人，假如能有幸获得赦免，是基于齐国宽大的政治，赦免吾不熟悉教训，不计较吾出逃的罪名，让吾不至于背着行李到处流浪，这已经是您最大的恩惠了。吾所得到的已经很多了，不敢再占据卿的高位，以加速做官人对吾的诽谤。敢请一死，免除高位。有 一首诗说：'翘翘车乘，招我以弓，岂不欲往，畏我友朋'。还望主公宽宥。"

于是，齐侯小白便令他做了工正[①]。公子完是个注重德行修养的人，有一次，他在家里请齐侯小白饮酒，齐侯小白非常高兴，到了晚上还没有尽兴，就和他说，"点上灯火，咱们继续喝酒吧。"公子完却婉言拒绝，他说："吾只占卜过白天宴客的事儿，没有占卜晚上宴客的事儿，所以不敢这样留您喝酒。君子说：酒用以完成礼节，不继续夜饮淫乐。对于国君只为完成礼节，而不使他陷入淫乐，这是仁爱。"于是，齐侯小白只好作罢。其实，公子完在陈国的德行就得到大家的赞赏和爱戴。传说，他小时候，有一个周朝的太史来到陈国，他父亲陈侯跃就让太史用蓍草为他占卜，结果得的是"观"卦，变卦是"否"，太史说，这"观"卦的意思是说"国家的光辉，而能做王的宾客。"这不是将代替您做陈国的国君，而是在别的国家。也不是他本人，而是他的子孙。"国家的光辉"这句话的意思是，光辉照得很远，从这里照到别处。"观"卦，坤在下巽在上。变成"否"卦的话，那就是乾在上，坤在下。坤就是土地，巽就是风，乾等于天；由巽变成乾，就是风变成了天，在土之上面，就是成为山。有山的木林，而以天的光辉临照它，于是他就居在土上。"而能做王的宾客"这句话的意思是说，门庭中陈列着百物，供奉着宝玉和丝绸，天地间一切美好的东西都具备了。这些还有待"观"望，所以说"在他的后代身上"。"巽"是风，风吹动而果实落地，所以说"要在别的国家"，若是在别的国家，必定是姜姓的国家。因为，姜是大岳的后裔。山岳高大，足以配

---

① 工正：春秋时掌管百工官职。

天，凡事不可能两大并立。陈国衰微之后，他会在姜姓国家里昌盛。事实他的确如此，陈国第一次为楚灭亡，公子完的第五世孙陈桓子才在齐国做大官。等到陈哀公十七年，陈国再为楚灭，公子完的八世孙陈成子得以执掌齐国的政治，到了陈国第三次被楚灭了，公子完的后代便在齐国称王了。

正因为有周太史的占卜，他母亲蔡姬才为他苦心竭虑地谋取君位。

第五十三章　子元谋嫂绵绵情长

楚王熊恽每天都要向文王后请安，楚国内政渐渐地走向了正常。文王后建议熊恽派遣使者去鲁国聘问，一是鲁国在诸侯国中礼制最为周详，因为鲁国为周武王的弟弟周公旦之子所建。西周初年周公旦辅佐周成王灭掉了伙同武庚叛乱的奄国，周成王便分封周公长子伯禽于奄国故土，建立鲁国。所以，鲁国是姬姓“宗邦”，诸侯“望国”，故有“周之最亲莫如鲁，而鲁所宜翼戴者莫如周”之说。周王朝的很多规制都是周公旦制定的，鲁国理当成为典型周礼的保存者和实施者，因此世人皆称“周礼尽在鲁矣”。二是因为当时的中原诸侯国中，与齐国关系特殊也是鲁国，两度与齐联姻。鲁侯同的母亲文姜是齐国僖公的女公子，齐襄公的娣娣，鲁侯同的夫人是齐襄公的女公子，齐侯小白的娣娣。所以，齐国、鲁国关系非常特殊。那么楚国能够聘问鲁国，与鲁国结好，也是对齐国称霸的一个制约。所以，楚国派出了斗廉的儿子季融出使鲁国。因为季融和堵敖关系不错，其父虽然是朝中的重臣，但他不为重用。所以，文王后就建议楚王熊恽派遣他去了鲁国，一是想为熊恽培植人才，二是对斗廉也是一种安抚。像斗廉这样智勇双全的老臣，一定要安抚住他，楚国才能稳定。

文王后经历那么多，更加的沉稳练达，思谋周全，楚国一些大的决策还都要经过她，她像一只无形的手，推动着这个君弱臣强的国家运行。

子元自当令尹，重权在握，就以为楚国就是他的天下了。楚王熊恽年龄尚小，文王后一些事情还真是要找他商量，很多国政，必须通过他才能实施。所以，令尹子元出入文王后缥宫比较多。可是，每一次从缥宫出来，他便心绪不宁。王后的魅力让他不能自已，他对她倾慕无以复加。他不知道怎样才能走进她心里，怎样才能获得她的青睐。每一次走进缥宫之前，他都心慌得厉害，甚至上奏时语无伦次。奏请结束，他又不愿那么快就离开，希望她那一双明亮的眼睛，多看他几眼。但又怕在她的注视下自己会失态失仪，又想隐身而去，她那一双犀利的眼睛能够穿透一切。

缠宫，对于令尹子元来说，进也不安，不进更加不安，搅得那颗敏感的心，痛苦不堪。

子元试图找一个能够突破他和文王后关系的切口，一个融洽的相处方式，或者一个能够让她接受的信物。他苦思竭虑，不得其果。“火凤凰”他送给了熊囏，熊囏死后，文王后已经嘱咐收藏到了楚国库府里，据说是不想勾起过去伤痛的回忆。以她的智慧，肯定知道“火凤凰”的真正寓意。她并没有将这尊“火凤凰”归还于他，而是收藏在库府了。但是“火凤凰”被收藏，肯定是向他传达一些信息。没退还给他，肯定不是拒绝，收藏到库府，看似珍重却是遗弃。他完全琢磨不透文王后，她像神一样明智笃定，又像神一样幻化莫测。他看似走近了她，向她请奏一些事情，但是他好像又觉得离她更远了。他们之间有一层无法逾越的障碍，他永远都无法走近她。她有时候对他显示出关心，送他一些礼物。有时候又十分冷漠，这冷漠像鞭子一样抽打着他的心，让他那点妄想迅速萎缩。

他是令尹，一人之下，万人之上。他手中握有重权，可以操控整个楚国。可是，他却无法控制这个心仪的女子，他甚至觉得自己在她面前那么卑微，无可奈何。他非常清楚，对于文王后，绝不是可以靠武力所征服的。不要说他一个令尹，就是楚文王，也没有真正地征服她。她到楚文王宫中，为楚文王生了两个儿子，却又三年不主动和楚文王说一句话，这是楚国尽人皆知的事儿。三年不说一句话，不可谓意志不坚，不可谓用情不专。这也绝不是一般女子可以做到的，也正是这个原因，楚文王对她更加敬重更加宠爱。楚文王对她尚且如此，更何况他一个令尹。由此可见，她不但是一个坚贞的女子，而且是一个拥有大智慧的女子，通过她对楚国这些势力的处置，他领教了这个女子的智慧，征服她并非是一件容易的事儿。但是，她毕竟还是个女子，是一个美艳绝伦的女子。这样一个女子，哪一个男子会不动心呢？而他早已被她的美丽所虏获，不是现在，而是她刚刚入宫时就有了。那时候，有楚文王在，他不敢有非分之想，可是现在楚文王已经不在了，她也是正值壮年，她也需要男人啊！而楚国，除了他，谁还能配得上她呢？

他不知道文王后是否感觉到他对她的心思，对她的渴慕。他想离她更近，时刻能感受到她的气息。他也知道，缠宫不是他随便出入的地方。于是，他想了一个自认为绝妙的主意，就是在缠宫旁边建筑府邸。这样，他就离她更近了，他也可以密切注视她的行踪，或许会因此打动她。

于是，令尹子元就开始他荒诞的行动，在缠宫旁边，比照王宫的样子，建筑他的府邸。府邸开建，他那颗无所定措的心，才暂时得以安宁。

府邸建成之后，他让芈子叔教他吹埙。他吹埙的声音传到了缥宫，但是并未引起文王后的注意。因为，楚国会吹埙的人很多，这种曲子曾经在楚王宫流行一时。所以，文王后并未注意。或者她虽注意，只是故作不知罢了。

子元每天吹奏埙并没有什么效果，实在觉得乏味，就放弃了这古怪的乐器。他把太史传进了他的府邸，向他了解陈国的宫廷规制，陈国的特产特物，陈国的风土人情。可这些似乎都不能为他找到一个可以打开文王后心扉的机关。

费尽心计的子元，并未引起文王后丝毫的注意。他心里很不甘，他是一个心思缜密，而又多情敏感的男子。他回想着，文王后在楚国最喜欢什么？

想着想着，他就高兴了，他想起那次楚文王伐郑回宫，文王后为他筹备的舞乐，是北方的《万舞》。他回想起一个细节，就是文王后看到《万舞》时眼里的点点泪光。那一定是她被《万舞》所感动。

这个太好了，文王后一定会喜欢的。于是，子元就开始排练《万舞》。《万舞》不像埙那么委婉纤柔，那是一场气势很大的舞乐，声震云霄。

这次文王后确实注意到了，她不知道哪来这样的舞乐，这是宫廷舞乐，不是随便演奏的。是何人所为？她能听到动静，说明就在王宫。难道是熊恽又耽于舞乐？楚国刚刚稳定，熊恽切不可再有不轨之举啊！于是，文王后嘱咐碧叶，通知芈子叔来缥宫。芈子叔已经被安排到令尹手下，成为令尹的侍卫长。因为是文王后亲荐，所以令尹自然是高看一眼，重用身边。

芈子叔到了缥宫，文王后问了他的近况。芈子叔回答：“一切均好。”文王后转而又问：“最近宫中有什么大事儿？”芈子叔说：“并无大事。只是令尹这边比较忙。”

“令尹比较忙？他都忙些什么呢？”

“前一段时间，大人忙着建筑府邸。”

“建筑府邸，他不是有府邸吗？”

“他在缥宫旁边建了府邸。”

“为什么要在缥宫旁边啊？”

“令尹大人说为了上奏王后方便，府邸建成之后，又让臣下教他吹埙。现在大人忙着排练《万舞》。”

“排练《万舞》？他排练《万舞》干什么啊？”

芈子叔停了一下，小心谨慎地说道：“令尹大人说，王后喜欢这个。”

文王后已经明白了子元的所作所为，他怎么可以这样胡闹啊！他是令尹，不能这样任性，这样会有损楚国的形象啊。

文王后长叹一声说道："你回禀令尹，就说王后听说令尹排练《万舞》，非常震惊。现在楚国刚刚从内乱中恢复，令尹怎么会有闲心排练《万舞》呢？过去先王排练《万舞》是用于战事之前鼓舞士气，以显吾楚国之威，使诸侯的朝贡不绝于楚庭。十年了，楚国兵卒不曾到中原诸国，中原诸侯也不朝楚，今令尹不图雪耻，而在吾一个未亡人[①]之侧排练《万舞》，不是很奇怪吗？"

芈子叔把这些话传给了令尹子元。子元听了之后十分惭愧，说道："文王后果然女中丈夫也。她都不忘楚国的中原之志，吾反而忘了。"文王后的话，像鞭子一样抽打着他，他原本是想讨她高兴，结果反遭斥责。那么，什么才是她喜欢的呢？子元让芈子叔一遍一遍地复述文王后的话，他自己也反反复复地咂摸其中的意味。忽然他抚掌大笑，终于明白了文王后想要的东西了，那就是"彰显楚国之威"。他想起了楚文王伐郑大捷之后，文王后盛装迎接的情景，还安排了晚宴和舞乐。楚军挺近中原，她肯定高兴。可是，挺进中原绝非儿戏，他必须选准目标，确保获胜。那么只有伐郑。郑国这些年乱弱，又是华夏中轴，虽然为楚国姻亲（郑伯踕夫人为楚文王庶女），但多年归依强齐，未曾朝楚。伐郑，不但是令尹子元强逞私欲之需，更是张扬楚国国威之需。

子元向楚王熊恽奏请："楚国多年未曾出兵，君王新立，宜张国威。郑国依齐轻楚，多年不朝。不伐郑，非丈夫也。"

楚王熊恽未知子元私意，以为令尹效忠，欣然应允。

子元得到楚王熊恽的应允，做了充分的准备，他要打一场大胜仗，来证明他的能力。他，虽是令尹，也并不比楚文王逊色。他要向文王后证明，向楚国上下证明，他是一个可以配得上文王后的男子。

到了秋天，子元只留下斗谷於菟护卫楚王熊恽，其余将士都随他出征。他亲率六百辆战车，浩浩荡荡开往郑国。大将斗御疆、耿之不比、斗梧拿着大旗走在前面，斗班、王孙游、王孙喜殿后，这是一场必胜的战争，所以他倾其楚国的兵力，共赴郑国。

大军出发之前，子元来到缥宫，向文王后告别。文王后说道："令尹出征应祷告祖庙，楚国祖先会保佑您大捷而归的。"

"臣弟虽然不能为楚国扩大疆域，也算是为王后报仇吧。"

---

① 未亡人：寡妇的自称。

文王后虽然清楚子元出兵的目的，但她还是希望他能够取得大捷。毕竟楚国多年没有过征伐了。小楚王熊恽已经即位，他需要历练。楚国也趋于安定，确实需要一场凝聚人心的战争。大军将出，子元却说出这样没头没脑的话，而她却不能说不吉利的话，也不能扫了他的兴致，她实在也不愿对他说更多，滋长他的不轨之心。

楚国大军到了郑国，郑伯踕急忙召集大臣们商议御敌之策。郑国内部分成了“主战”“主和”两派。“主和派”堵叔说：“楚兵甚众，郑国打不过，不如请成。”“主战派”师叔说：“吾新与齐国歃盟，向齐国求援，齐国必然来救。不如我们死守，等候齐兵增援，共同抗楚。”郑伯踕太子华，年少方刚，也是“主战派”，请求背城一战。郑伯踕一时没有主意，问叔詹道：“您怎么看？”

叔詹道：“师叔、堵叔的意见吾都赞成，又不全同意。以吾看，楚兵不久就要退了。”郑伯踕道：“令尹亲自率兵，怎么能轻易退兵呢？”

叔詹说：“楚国自出战以来，从来没用过六百辆战车。令尹子元是操着必胜之心，以讨好文王后而来的。楚兵若来，臣自有退兵之计。”

叔詹本是郑国三良（堵叔、师叔）之一，自郑厉复国以来，用为重臣。郑伯踕继位以后，楚国一直处在君弱臣强时期，基本没有对外扩张，郑伯踕有赖于其父郑伯突留下的这三个良臣，局势得以稳定。

郑国君臣正在商议间，有谍报道：“楚兵已经斩桔柣①而过，攻破城郭，到了纯门②，马上就要进入逵市③了。”

叔詹说：“不要害怕，没事儿的，一切听吾安排。”他安排兵卒埋伏到城门里面，大开城门，让士卒扮作百姓像平常一样，在逵市里来来往往。他甚至鼓励他们说说笑笑，故作轻松，以迷惑楚军。

再说楚军先锋斗御疆，攻破几道城门，到了新郑逵市。斗御疆看看郑国逵市里，人们悠闲游逛，并无惧色，再看城墙上也毫无动静，便起了疑心。他对斗梧说：“你看郑人这样闲暇，一定会有诡计，哄吾入城。楚国的大军来到郑国，郑国竟然没有戒备，这是极不正常的。咱们不可轻易入城，等令尹兵到，再作商议。”于是，他们撤退五里扎营，等候令尹子元。

不多时，子元率大军已到。斗御疆便向他说了郑城中的情况。子元亲自登上高

---

① 桔柣：郑国外郭的城门。

② 纯门：郑国内城的城门。

③ 逵市：内城的大街。

阜以望郑城，忽然见到旌旗整肃，甲士林立，刀光戟影刺人眼目。叹道：“郑有三良，其谋叵测啊！万一失利，吾有何面目见文王后啊！”于是，扎营不动，遣人进城探听虚实，然后再定是否攻城。

到了第二天，后队的王孙游遣人来报，谍探得报，齐侯小白亲率宋、鲁三国联军，前来救郑。斗班将军准备迎敌，不敢前进。

子元闻此消息大惊，谓诸将说：“诸侯联军若截吾去路，吾军腹背受敌，必败无疑。吾大军伐郑，已至逵市，也算是大获全胜了。”

于是，他暗传号令，人衔枚，马裹蹄，连夜拔寨而退。他害怕郑兵追赶，嘱咐军幕大旗都不许撤掉，以疑惑郑军。

子元率大军退出郑国境界，才鸣锣击鼓，高奏凯歌而还。楚国令尹子元，热热闹闹地伐郑，就这样草草地收场。

子元大军还未到郢都，他就先遣人到缥宫报捷。报捷人遵令尹之命往见文王后，报道：“启禀王后，令尹伐郑全胜而回。”

文王后说道：“令尹果能歼敌成功，乃楚国之幸。理应宣示国人，以彰国威，告诸太祖庙，以慰先王之灵。为何先告知吾一未亡人？你且将本后原话，转达令尹大人。”

子元听到先遣人回报文王后之言，心里十分惭愧，不敢再到文王后宫中亲自奏报。这便是子元的可爱之处，更是可怜之处。

再说楚王熊恽，自继位以来，国中没有大的举措，也只是稳控国内形势，暂无心思也无能力考虑对外策略。所以，待令尹子元提出伐郑，他确实很高兴。他想，这也是彰显楚国之威的重大举措，是继父王伐黄之后，楚国第一次出兵诸侯。他盼着令尹大捷，毕竟这次战事出动了六百辆战车，倾举国之兵。可是，没想到令尹只率兵至郑国逵市，不战而回。这样徒有劳军的战事，没有任何实际意义。楚国从来不图虚荣，只要实战，像这样的战事还没有过，真是丢尽了祖宗的脸面。所以，楚王熊恽并无劳军，更无任何慰问之辞，反而表现出了极其不悦。

令尹子元辛辛苦苦地讨伐郑国，虽然没有大捷，但也算是张扬了楚国的威风啊。文王后那边没有什么表示也就算了，楚王熊恽也表示出不满。这让子元十分恼火，这熊恽小小的年纪，便这样使性，不把他这个令尹放在眼里，倘如他羽翼丰满，还能控制得住他吗？于是，他便萌生了取而代之的念头。他想，如果他做了楚王，那文王后不就乖乖地就范了吗？她一个女子，还能拗过一个君王。当时楚文王把她从息国掳到楚国时，也不过是三年不语。只要他做了楚王，即便她再有个三年不语又何妨呢？他还干嘛费那么大的劲儿讨好她。

楚王熊恽的不满和对文王后的图谋，使令尹子元起了篡逆之心。不过，这种事儿他需要有帮手，熊恽虽然年纪不大，毕竟有斗氏一族的支持，这势力也是不容忽视的。可是，他并没有可商议的人啊，斗氏肯定不行，如果有的话，也就是一个芈子叔。芈子叔是王后荐来的人，处事稳妥，忠诚可靠，很得王后的信任。而且，他还可以帮助探听缥宫的情报。不管怎样，子元还是很有信心的，他自己掌握着宫中禁卫和楚王的东广、西广之兵，斗氏一族势力再大，也不过是自己家兵而已。楚王熊恽不过是个孩子，即便他再有智慧，能算计过他吗？再说，他在暗中密谋，他们并不提防，等他们明白过来，大事已成矣。

于是，他便和心腹芈子叔商议篡逆之事。

第五十四章　叔嫂谋斗颤颤惊心

子元和芈子叔商议完之后，顿觉神清气爽，心情舒畅。是的，楚国就是他的了。废除楚王熊恽并不是难事，难的是斗氏一族的归附。熊恽是斗氏一族扶助即位的，他必须要用计先除掉他，而后他再正正堂堂地即位。他的父亲不也是这样即位的吗？他为何不能啊？他之所以和芈子叔密谋，除了芈子叔是他的心腹之外，还有一点就是芈子叔不是斗氏族人，他没有根基，肯定要依附令尹这个大树，不会反戈。还有，芈子叔是王宫侍卫首领，能知晓熊恽的行踪。

熊恽即位后，每天都要去向母后请安。而且，熊恽有一个特点，他每次去缥宫请安，都是把侍卫留在缥宫门前，只身进去朝见母后，他觉得只有这样才表现出对母后的恭敬。子元安排芈子叔时刻注意楚王熊恽的动向。他必须掌握熊恽行踪，最好能在缥宫起事。

芈子叔虽然是子元的心腹，但听了子元的计划，顿时惊呆了。他从来没有想到子元竟然要弑王自立。他只知道他对王后有图谋，这是楚王宫都知道的。楚王宫没有人会想到子元要篡位的，如果他真的这样做，还真有可能成功。不过，这么大的事儿，他该怎么办啊？“谋逆”，是个让他心惊胆破的字眼。他，一个因为陈国“谋逆”案而逃亡的人，怎么能再把自己搅进楚国的“谋逆”。不，他决不能再和“谋逆”联系在一起了。

不过，他既已是令尹的心腹，必须表现出忠心耿耿的样子，保持淡定，佯装听从他的谋划，不然可能会遭致杀身之祸。

子元和芈子叔商议结束，芈子叔就借机脱身，急匆匆地去见文王后了。他是文王后的亲人，他一定要把这事儿告诉文王后。文王后已经因为权斗失去了一个儿子，她肯定不希望再失去这个儿子。再说，熊恽聪慧过人，又有斗氏一族支持，也并未有失德之处，子元这样“谋逆”，实在是胜负难料啊。

芈子叔为了不引起子元的注意，乔装成宫女混进了缥宫。

碧叶见芈子叔扮成这样，知道一定是出了大事儿，就急匆匆地引他见了文王后。

文王后见到芈子叔，脸色唰的一下子就白了。她知道，她担心的事儿终于要爆发了。芈子叔喘了口气，一五一十地把子元的计划告诉了文王后，文王后脸色更加苍白阴沉。芈子叔从来没有见过文王后这样的神情，他惶惶不安，战战兢兢地跪那里，等候文王后的旨意。

许久……时间凝固了一般，缥宫的厅堂里，芈子叔还在跪着……他似乎能感受到自己的呼吸和心跳，他强迫自己稳住，稳住呼吸和心跳。

文王后终于说话了，她并未看芈子叔，仿佛是对着空中说："你去吧，知道自己是谁就行，不要轻举妄动，从容应对，一切暂顺从令尹的安排。有什么变化，即时通报，随时听吾的传唤。"

"是，王后。"芈子叔小心谨慎地从缥宫出来。

芈子叔猜不透文王后的心思，顺从令尹的安排，这好像也不是什么具体的旨意。他想，文王后肯定是受到了大的打击，还没有想好对策。

正如芈子叔所料，文王后确实被这一消息打晕了。她本想，楚王熊恽有斗氏一族支持，有令尹子元辅助，楚国可暂时稳定，不会出什么大乱子。她知道子元对她有妄想，知道他在缥宫附近建筑府邸，知道儿戏一般征伐郑国，这一切她都知道。她只想子元的心思在她身上，她之所以不漏声色与他周旋，就是因为楚王熊恽羽毛未丰，怕子元倒戈。她了解子元，他是个敏感的人，这种人没有大智慧，成不了大气候，但这恰恰是祸乱的根源。她一直都在利用他，可是她确实没有办法。谋逆弑王！她还是太小看他了。楚国的王室，绝不容忍这样的谋逆。真的，她也不想对子元下手，他毕竟是楚文王的嫡亲兄弟，楚文王在世时，特别溺爱这个兄弟，楚武王在世时也一再叮嘱要文王呵护弟弟。她一直没有让子元直接参与王宫之斗，就是不想让他们骨肉相残，可子元，太让人心寒了。

可是，她现在怎么办？她知道芈子叔跪拜那么长时间，就是为了得到她的旨意。这事儿太大了，在她没有想好对策之前，决不能轻举妄动，更不能走漏丝毫消息，否则，后果不堪设想。子元重兵在手，还掌握着王宫的禁卫，楚王的御军，他的权力太大了。她不想看到一家人这样血腥相残，可是，如果她不出手，她的儿子将要遭到杀戮，楚国，将要再次陷入混乱。

她之所以把芈子叔推荐给子元，就是要掌握子元的行踪。她必须掌控住这个令尹，她对子元的野心是有预感的，但是没有想到这样大。文王后斜靠在榻上，觉得自己快要倒下去，她真的撑不住了。她感到孤独、无助，彭仲爽死了，她没有可以依靠的人。这种事儿不可以找人商量，也没有人可以商量，她只有自己扛着。现在，她束手无策，只能见机行事。不过，有一点她很清楚，必须确保熊恽的安全。不能再让他进缥宫。不让熊恽进缥宫，只有一个办法，那就是让他“有病”。对，先让熊恽“病”上一段时间，“病”得不能进缥宫请安。然后，她再图别策。

子元听说楚王熊恽病了，他想，也许这正是个机会，就召芈子叔商议，借探视君王之机，结果楚王熊恽。

可是，楚王熊恽的侍卫通谕，所有人等一律不得探视，只有楚王宣见时才能进入王宫。

子元见不到熊恽，也就没有办法了。他不知道熊恽究竟得了什么病，听说是传染病，很严重的。也许是上天帮助子元，但愿这个病要了熊恽的命，这样他就不用担负谋逆的罪名了。真是太好了！

不过，好像熊恽并没有像他想象的那样，有什么生命危险，王宫内也没有传出病状的消息。子元让芈子叔找一个神勇之士，以更换侍卫之名，安置在熊恽身边，探听消息，伺机而动。

子元正紧锣密鼓地谋划宫变，传来了文王后小疴的消息。他灵机一动，想出一个绝妙的主意。文王后小疴，熊恽肯定要来探视，机会不就有了吗？

子元急匆匆到缥宫探视文王后，到了缥宫，果然见文王后病容满面。他看到文王后的病容，心里十分难过，连替文王后害病的心思都有了。于是，他改变了主意，想借这个机会，在缥宫中和文王后待上一阵。他不能在文王后身体有恙时离开缥宫。熊恽不过是笼中之虎，结果他性命有的是机会。他住进缥宫，不仅张着网等候熊恽，而且还可以每天探视文王后。熊恽对母后非常恭敬，知道母后有疴，肯定会来缥宫探视的。子元十分得意自己的计谋，他想，一定是上天在帮助他。

子元暂且放松了王宫那边的警戒，遣人把自己的卧具都搬进缥宫。他想，熊恽一定会来的，就这样等候吧，不等到熊恽，他是不会离开的。等到了熊恽，那他就是这里的主人了，就不用离开了，这一切太好了。子元把缥宫里的护卫都撤换了，并在缥宫外围增加了护卫，以防不测。他其实也防着芈子叔，自他与芈子叔商议除掉熊恽，熊恽就病了？而且不让人探望，有这么巧吗？如果是熊恽知道了消息，那会是谁透漏出去的？一定是芈子叔，只有芈子叔一个人知道此事。芈子叔这个人来路不明，他和文王后的关系没人能说得清。他想，如果王后知道了这个计划，一定会阻止的，所以才有熊恽的“病”。

对，有可能是芈子叔把消息告诉了文王后。不过，这只是猜测，芈子叔一直都对他忠心耿耿，没有二心。他对芈子叔不薄，也曾试探过他，觉得他不应该会出问题啊。一切都在变化之中，防着他点没有坏处。所以，他撤换侍卫并未告诉芈子叔。子元嘱咐护卫，除了楚王熊恽，其他人等不准出入缥宫。他要和王后独处，才有机会表白。不，他现在不想表白了，他想等一等，等他成功了就不用表白了，文王后自然而然地就属于他了。他和屈瑕、熊赀都是楚武王的儿子。屈瑕活着时已经是莫傲了，他虽然兵败自裁，活着时也很风光。熊赀更不用说了，他从小就被立为太子，继承了王位。熊赀又得到息妫，把王位传给了息妫的儿子。他呢？却什么也没得到，现在令尹的位置，也是他自己争取过来的。所以，他要自立为王，要拥有文王后，一点也都不过分。

斗廉听说文王后小疴，前去探望。

斗廉原本对文王后没什么好感，他甚至对楚文王立她为王后持有不同的意见。不过，立后是楚文王自己的事儿，只要不危及楚国利益，作为大臣，他不能过多干预。因为楚文王对斗氏一族是有提防的，所以他不便多说。他本以为，文王后不过是一个中原女子，美貌过人，深得楚文王的喜爱而已。楚文王本来就喜好女色，做出这等事儿并不稀罕。所以，他在楚文王死后，对文王后和彭仲爽挟持熊囏执政非常不满。楚国就是楚国，不是中原诸侯国，如果楚国走中原诸侯国的道路，早就被灭掉了。所以，他才和斗氏一族扶助他的弟子熊恽即位。他虽然扶助熊恽继位，但从来不敢以有功自居。毕竟，熊恽是弑兄即位的。虽说楚国传统是传位于幼子，但这也不是什么规制。还是要看德才贤能，楚国需要强者，需要神勇过人之君。然而，经过了一系列事情之后，他对文王后才有所了解，由此也更加敬佩她，知道了楚文王为什么如此钟情于她。这绝非是一个平凡的中原女子，关键时候，她以楚国的利益为重，超越儿女情长，这对一个女子来说，确实太不容易了。特别是在楚王熊恽即位之后，启用他的儿子季融，实在是非常之举。他儿子季融，不是一个超凡的人才，启用季融完全是为了他斗廉。季融一直不被重用，其实跟他有无德才无关，主要的是他和堵敖关系甚好，他曾经多次贡送堵敖猎犬等玩物。虽然堵敖谋害熊恽，季融并不知情，但是“云梦之变”时，他是熊囏的随从，被视为败寇一类。堵敖熊囏死后，没有人敢提起他。

斗廉知道，文王后启用他儿子季融，是为了稳住他。稳住了他，也就稳住了斗氏。是因为他是熊恽的师傅，而且还是楚文王时期的旧臣，斗氏一族他资格最老。当然，以她的慧眼，也看到了季融的不同寻常。季融陪着熊囏学习时，对诗书礼仪那一套特别喜欢，而且还很熟稔，这正是楚国人所不屑的，这也是季融不被重用的另一方面的原因。文王后发现了他的才学，大胆地起用他。斗廉在这么长的时间里，一直都在反思，他觉得自己愧对文王后，他一定要好好地辅助熊恽，以报文王后对他儿子的知遇之恩。他只有这么一个儿子啊！所以，斗廉听说文王后身体有恙，就去缥宫探望。

斗廉到了缥宫门口，却被侍卫拦下，不准进去。

斗廉问：“吾是斗廉，请为通报王后。”

侍卫说：“令尹大人有令，任何人不得随便出入缥宫。

斗廉问道：“为什么啊？”

侍卫说：“不知道。令尹大人的命令，任何人都不得通报。”

斗廉问道：“令尹大人？他在哪儿呢？”

“在缥宫里。”

斗廉又问：“他在缥宫里？何时进的缥宫？”

侍卫说：“已经搬过来三天了。”

斗廉不由得怒火中烧。令尹怎么能够如此放肆？都知道他对文王后有图谋，但是也都知道文王后是不会为他所动的。所以，对他的胡闹也都睁一只眼闭一只眼。毕竟，他是小楚王的叔叔，楚文王的弟弟。可是，他竟然住进缥宫，而且还不让别人进入。这也太不顾大体了，他想造反吗？

斗廉本是神勇无敌的大将军，这些侍卫也都听到过他的威名，他硬闯进去，那些侍卫并不刻意阻挡。

斗廉闯进缥宫，并未通报拜见文王后，而是直接到了子元的寝室。只见子元正在对着铜鉴整理头发。斗廉更是震怒，他责怪道：“令尹大人，这里岂是做臣子洗漱住宿的地方？这是楚王的内宫啊。请令尹大人自重，速速离开。”

子元很不屑地说：“斗廉，斗大人，你也太多管闲事了吧？你不在家休养身体，跑到这里干什么？缥宫是你能进的吗？吾不是有令吗？你是怎么进来的？那些侍卫恐怕要掉头了。”

“大人你是令尹，怎么可以这样不顾大体呢？”

子元道：“这是吾家的宫室，吾想怎么样就怎么样，关你什么事儿啊？还请大人速速离开，不然吾就不客气了。”

斗廉怒发冲冠，赫然说道：“你不客气又怎么样？王侯之贵，弟兄不得通属。今令尹虽是介弟，亦人臣也。人臣过阙则下，过庙则趋，咳唾其地，犹为不敬，况寝处乎？且文王后就在近处，男女别嫌，这些规矩令尹难道不知道吗？”

子元勃然大怒，说道：“楚国之政在吾之手，你有什么资格在这里胡说。来人，把他给吾绑了。叫你知道吾不客气会怎么样。”

于是，子元让左右侍卫把斗廉绑了起来，斗廉虽然神勇，但毕竟老矣，侍卫人多势众，搏击一番还是被绑住了。子元把斗廉绑在庑下，不放他出缥宫。

既已绑了斗廉，子元就要行动了，斗廉是他弦上的箭头。斗廉不知道他的计划，只是偶然碰上。如果放了斗廉，他就会召集斗氏一族，以保护熊恽，保护文王后为名与他对抗。斗氏正在伺机取而代之，他们决不会放弃这样的机会。他所有计划，都会毁于一旦。所以，他现在的当务之急是斗氏还未有知觉，让芈子叔集合宫中侍卫，强行发动宫变。等大事已成，再放斗廉出宫，斗氏一族亦在他的控制之下。

子元通知芈子叔，火速赶往他的寝处。

芈子叔见到子元，子元告诉他，斗氏一族要行动了，他已经将斗廉绑在缥宫庑下。子元嘱咐芈子叔把他身边的几个侍卫火速送进王宫，然后，再回到子元身边待命。

那几位侍卫是子元早已寻访的杀手，已经跟随子元身边多日，对王宫的地形非常熟悉，只要他们能进得了王宫，熊恽性命即休。芈子叔心中一惊，这些人他并不知晓，看来子元对他早有提防。

文王后知道子元住进缥宫，倒是松了一口气这也是他为子元设的圈套。子元进了缥宫，她就能掌控住他的行踪，熊恽也暂时脱离了危险。她知道子元不会对她怎么样的。其实，子元对她的一往情深，她是知道的。十年了，他都一直对她恭恭敬敬，未有冒犯，他是想赢得她的心，可是，她心里怎么能装得下他呢？他无论怎么做都是徒劳。以前，她不能让他感觉到这种徒劳，不能让他绝望，因为她必须要利用他，稳住他。她知道这样做实在是有愧于他，现实是无情的，她必须这样。她既不能答应他，也不能拒绝他。她必须让他可望而不可及。她心里苦啊，楚文王，他知道这一切吗？

文王后陷入对楚文王的追思中，突然听到了吵嚷声，让碧叶看看怎么回事儿。碧叶回禀说：“令尹大人把斗廉绑在庑下。”

文王后十分震惊，子元怎么可以绑了斗廉啊？斗廉，连她都敬畏三分，他可以碰他吗？真是丧心病狂！她正一筹莫展地无处下手，时机终于来了，都是子元自己做的孽啊。

于是，文王后对碧叶说，“你速去把芈子叔叫来。”

碧叶还未出门，芈子叔穿着侍卫服，戴着面具进了文王后的起居室。

第五十五章　熊恽任贤渐渐继起

芈子叔见了文王后，取下面具。他说："吾有急情禀报王后。"

听完芈子叔禀报，文王后倒也镇定，她说："他终于行动了，天要灭他啊。"

芈子叔说："情况紧急，令尹大人要吾带几位侍卫火速进入王宫，然后再回到缥宫。这几位都是吾从来没有见过的人，可能是令尹私蓄的杀手。他们一旦进入王宫，楚王就危险了。请王后明示。"

文王后说："一定要保证君王的安全。"

"臣还没有想好对策。所以，只好冒险来见王后。"

"好。你先遣一人入宫，保护君王火速离开王宫，暂到斗谷於菟府邸躲避。然后，你尽量拖延一些时间，等君王离开王宫后，再把那几个侍卫领进王宫，暂且不要理他们。"

"吾还要回到缥宫吗？"

"不，你直接到斗谷於菟府中，告诉他斗廉被令尹绑在缥宫庑下，他知道该怎么办。然后，你再回到缥宫，稳住子元。"

"好。臣明白。"

芈子叔回到了膳房不远的茅厕，脱掉面具，换回了原来的衣服。原来，当子元要他领几位侍卫进王宫时，他就想好了对策。他领着他们刚出子元的寝室，走到了缥宫东南的膳房处，他突然弯下腰，捂着肚子，痛苦不堪。他告诉他们，稍等一下，他去一下茅厕。他进入茅厕，换上侍卫服，戴上面具，翻越后墙，直接到了王后的房中。他得到王后的指令之后，先遣一人火速到王宫报信，而后从后墙翻入，换回衣服，又捂着肚子出来了。

芈子叔说："一定是吃了什么不洁净的东西。你们几个，暂且扶住吾，哎呀，不行，得背上吾才行，吾实在走不动了。"

其中一个便背起了芈子叔。芈子叔假装痛楚不堪，嘱咐他们慢点，再慢点。他们速度慢了下来，并未有所怀疑。他们一行进入王宫，芈子叔就匆匆离开。芈子叔赶到斗谷於菟的府上时，已经是夜半时分。他敲开大门，说是有急事奏报大将军。

斗谷於菟听芈子叔说完，叹了一声，说道："子元性命休矣。他怎么能把斗廉大人绑了，又要谋逆弑王？"然后他对芈子叔说："你速回缫宫，稳住子元，切勿让他有丝毫的怀疑。切记，一定要稳住他，吾这就密奏吾王。那几个侍卫找不到君王，一定会回到缫宫禀报子元的，你要安排人在缫宫门前拖着他们，不能让他们再进缫宫。"

其实，楚王熊恽有"病"这一个时期，正在思谋着怎么除掉子元。他知道，不除掉子元，楚国就不能雄威再起，子元占着令尹的位置，却不谋令尹之职。念及他曾通报熊艱谋杀他的消息，念及他是他的叔叔，所以他一直不忍动他。直到伐郑无功而返，他实在忍无可忍，但是还是没有发作。不想，他竟然生出了谋逆之心，要弑王自立，不能再等了。只是，母后不让他出王宫，他知道，母后也一定在伺机而动。所以，他在没有得到母后的旨意之前，只好这样"病"着。不想，子元竟然住进了缫宫，绑了斗廉，还要私蓄死士进宫弑杀他，这也太猖狂了。天要灭子元啊，他若是绑了别人，恐怕还暂时动不了他。他绑了斗廉，那斗氏一族还能不动吗？子元其实不用再添上谋逆的罪名，仅是绑了斗廉，斗氏一族就不会放过他的。所以，斗谷於菟来禀报时，他想，正好可以借刀杀人了。

于是，楚王熊恽下令斗谷於菟，约会斗御疆、斗梧，以及其子斗班，不惜代价要救出师傅斗廉。凡阻拦者，格杀勿论。

斗谷於菟是何等聪慧之人，他当然知晓楚王熊恽的意思，也非常清楚熊恽对令尹的态度，楚王熊恽早就想借他的手铲除令尹了。当君王晚间来他府邸时，他已经明白了几分。因为他并未看到君王病容，说明这些天"君王有恙"都是假的，一定是宫中出现了变故。不然君王怎么会无故称病，不见外臣，而又怎么夜至臣府？这一定是一件牵涉王室，事关王位安危的大事儿。但是，这是个敏感的话题，君王不说，他决然不敢相问。他只是迅速集合家兵，加强了府内警戒，确保君王安全。

当楚王熊恽接到密报，要他火速离开王宫时，就知道一定是子元谋逆弑王，但是事情紧急，他还未来得及问清详情，所以就不好告诉斗谷於菟，并不是有意瞒他。他和斗谷於菟一样，都在等候文王后那边的消息。他来到斗谷於菟的府上，只告诉斗谷於菟，想到他府上暂住几天。

当芈子叔夜半闯进斗谷於菟的府邸，说出实情，斗谷於菟才知道这一切都在文王后的掌控之中。文王后让芈子叔告诉他，斗廉被令尹绑在缫宫，并说他知道该怎么办，他已经明白了，文王后也是想要借他的手除去子元。子元不除，楚国不宁！看来，楚王事先并不知道斗廉被绑，所以，没有告诉他详细情况。

令尹子元的那些荒唐事，在楚国上下传为笑谈，真是有辱国体，早该动手了。但是，子元是令尹，掌握军权，稍有疏忽会酿成大祸。没想到，这么危急关头，楚王熊恽的手段如此机智和淡定，他一定是一个有作为的君王。斗谷於菟火急调遣人马，召集斗氏人等，各带众家兵，夜围缥宫，剿杀子元。

情况十分火急，斗谷於菟密令他的儿子斗班，带领家兵，先杀往缥宫。斗氏其他人等随后赶到。斗班也是斗氏中英勇智慧之人，他带领精兵士卒，砍倒了子元在外围布控的护卫，一路杀进了缥宫。

文王后在芈子叔离开之后，一直就站在缥色的帷幔之前，直盯盯地看着外面。其实，她什么也看不到，外面一片漆黑，远处只有一点点萤火虫一样的光亮在跳动。她知道那是子元房屋里的灯光，因为现在不是萤火虫的季节。子元一定很得意自己的计谋，正在等候他想要的结果。这结果会是他想要的吗？那几个人都是子元物色的冷血杀手，芈子叔能和他们周旋吗？不知道芈子叔是否已经脱身？楚王熊恽是否已经离开了王宫？如果楚王熊恽没有离开王宫，后果将是不堪设想。如果那些人找不到楚王熊恽，肯定也会回到缥宫回禀子元。芈子叔是否已经见到了斗谷於菟？只要能见到斗谷於菟，一切问题都解决了。可是，这边并未有一丝的消息啊！

芈子叔究竟是怎么样的情况啊？如果芈子叔被害，宓氏一族血脉断绝！楚文王也会血脉无存！

她一直屏声静气地听着缥宫里的动静。一丝响动，都让她惊悚不已，她已经做好了准备，那白绫三丈已经悬挂在房梁上，如果芈子叔被擒，子元得逞，她就以此结束性命。她，楚文王后，决然不会与子元同流合污。

再说子元，捆了斗廉，派出去芈子叔和那几个杀手之后，心情完全放松了。只要那几个人进入王宫，熊恽就会毙命。那些人都是死士，只要成功，都会就地消失。那么，谋逆之罪名就是落到了芈子叔身上。因为是芈子叔领着那些侍卫进的王宫，芈子叔是宫中侍卫首领，只有他才能做这些事情，所以这些罪名安在芈子叔身上再合适不过。他已经为芈子叔设计好了去处，那就是到地下给楚文王当护卫。他让芈子叔回来，就是准备治他死罪的，他用芈子叔的死，来遮掩他的弥天之罪。是的，弥天之罪！可是，谁又能治得了他的弥天之罪呢？文王后，她的身边没有了芈子叔，也就没有了心腹，她还能依靠谁？只有依靠他——当今的楚王——子元！

斗廉，那个不识趣的老东西，吾马上就是楚王了，还能容你在这里指手画脚，说三道四吗？先教训教训你一下，让你清醒清醒再说。

子元觉得这一切都计划得如此周详，万无一失。他单等那边的消息了，只要芈子叔回报于他，大事成矣。

他，未来的楚王，不，马上的楚王，不能这样乏味地等候。于是，他嘱咐膳人上酒上肉，坐拥宫女吃喝，不知不觉中，酒已喝多了，醉醺醺地站坐不稳。宫女们看令尹大人喝多了，扶他上榻。这边刚刚睡下，就进入甜美的梦乡。

梦中，他已经是在位的楚王，正携文王后站在南苑宫的亭台上看景。这个女子，终于属于他了，他才是楚国的主宰，她的主人。望着身边的文王后，子元心情非常激动，可是他突然感到心悸，慌忙之中，去拉文王后的手。他刚刚伸出手，一阵狂风突然而至，文王后就不见了。子元正在惊慌之时，那边传来打斗的声音。他从梦中醒来，问身边的侍卫，“芈子叔回来了吗？”侍卫答道：“回大人，回来了，正在外面巡逻呢。”

子元说道：“快传他进来。”

那人慌忙去了。可是打斗的声音愈来愈近，他急忙提剑而出。刚出寝室门口，正遇着斗班提着剑进来。子元道：“作乱的人就是你小子啊？”

斗班说道：“吾不是作乱人，吾是诛乱人。”于是，他们两个在宫中打了起来，这时斗御疆、斗梧都到齐了，子元觉得不是他们的对手，想夺门而走，被斗班一剑砍死。

文王后听到了打斗之声，她知道是斗氏一族已经进缥宫了。她还是担心熊恽，芈子叔并未回报，她不知道他是否见过熊恽。

文王后听到打斗声一直在继续，她闭上眼睛，左手的指甲掐进了右手的手掌心里。她必须用这疼痛刺激着自己不能瘫倒。

漫长的煎熬如熊熊烈火，在炙烤着她的心。血液从她的右手心里流出，一滴一滴地滴在她缥色深衣上。

许久……许久……打斗的声音渐渐地消失了，急促的脚步声也由远及近。

文王后，真的快要倒下了。她不知道这脚步声会给她带来什么，也不知道什么时候碧叶已经紧紧地靠在她身边，拿开了她的两只手。

子元已经身首异处，斗谷於菟赶紧把斗廉放了，一班臣子齐到文王后寝室之外，他们看到了窗前站立的人影，知道文王后还未歇息，都稽首道歉抚惊问安。

文王后这才由碧叶扶着，倒在卧榻上。

第二天，楚王熊恽上朝，百官朝见完毕。有些臣工，还不知道一夜之间，楚王宫究竟发生了什么事情。直到楚王熊恽宣告子元之罪，才知道令尹子元已经毙命。

楚王熊恽下命将其罪过张贴到街肆，诏告百姓，诛灭其家。由此，百官俱服楚王熊恽，少年老成，足智多谋。子元一死，楚王熊恽想让师傅斗廉做令尹。斗廉婉辞，他说："现在与楚国为敌的是齐国。齐国用管仲、宁戚，国富民强。臣不才，非管仲、宁戚可比。吾王欲改纪楚政，与中原抗衡，非斗谷於菟不可。"楚王熊恽还未说话，百官齐声保奏："必用此人，方可兴楚。"

楚王熊恽见大家一致拥护斗谷於菟，再想他与斗谷於菟接触中，知道这是一个堪当大任的人物。于是，准奏，遂拜斗谷於菟为令尹。楚王熊恽说道："欲兴吾楚国，需臣工共献智谋，共尽忠诚。齐用管仲，号曰仲父。今大家共推斗谷於菟，孤已颁发旨意，亦当如管仲尊显于齐，楚亦当尊显于斗谷於菟。以后，莫呼其姓，尊称其字。"

斗谷於菟，字子文。于是楚国上下都称令尹斗谷於菟为子文。这是公元前（666）年的事儿。

再说这斗谷於菟子文，在楚国也是一个传奇式的人物。

斗谷於菟本是斗伯比的儿子，其祖父是若敖。若敖娶了一个郧子国的女子，生了斗伯比。若敖死的时候斗伯比还小。他母亲就带着他到郧国居住。当时郧子[①]有一个女子，和斗伯比年龄相当，俩人自小一起长大，作伴玩耍，从不顾及，待年龄已长，便萌生了私情。郧夫人发现时，郧女已经有了身孕。郧夫人这才禁止斗伯比出入宫中。郧夫人谎称女子有病，找了一间房子，让她一个人住了进去，等待产子。孩子生下，乃是一男孩儿。郧夫人怕这种丑事张扬出去丢人，便瞒住了郧子，将这孩子包裹起来，遗弃到了梦泽之中。那时，郧子正好到梦泽打猎，突然看到梦泽中卧了一只老虎。他拉弓射箭，奇怪的是任他怎么射箭，那老虎一动不动。更让人惊奇的是，他平时百发百中的射技，竟然一箭也不中，箭头纷纷落在老虎的身边。他非常惊讶，便遣人去看个究竟。

遣人回报："那老虎怀抱一婴儿，正在喂奶，人去了也不逃避。"郧子说道："神物啊，不可惊扰了它。"

郧子回到了都城，向夫人说起这件奇怪事儿。谁知，夫人却说："此小儿乃妾身所遗弃。"郧子大骇，说道："你从哪里弄来的这小儿，为何把他遗弃？"于是，

---

① 郧子：郧国国君。郧国，周朝封的诸侯国，子爵。

郧夫人便说了斗伯比和他女儿的私情。最后她说："妾闻古时姜嫄履巨人足迹而生子，弃之冰上，飞鸟用翅膀保护他。姜嫄以为是神，便把他收养成人，取名叫"弃"，做了后稷之官，这"弃"便是周朝的祖先。此儿既有老虎喂乳，必是大贵之人。不如先遣人抱回，吾先收养起来。"过了一年，郧子才送其女到楚国和斗伯比成亲。这件事儿便传到了楚国，楚国的方言，称乳为谷（nuo），虎为於菟（wutu），其子取了乳虎之意，便叫谷於菟，字子文。这孩子长大之后，果然有安民治国之才，经文纬武之略，很得大家的推崇。他父亲斗伯比死后，他便继承了父亲的爵位，为楚国大夫。在楚国急用人才之际，斗谷於菟受大家一致推荐，脱颖而出。

子文果然不孚众望，就任令尹之后，积极推行改革，整顿楚国政纪。楚国，自楚文王去世之后，一直国政不稳，前令尹子元意在篡位，讨好文王后，生活奢侈浪费，国家库府亏空。面对这样一个楚国，子文也像管仲一样，启用人才，大胆改革。首先，他削弱了臣子的力量，他倡议道：国家之祸，皆由君弱臣强所致，所以凡百官之采邑，要拿出一半归还给国家。他自己先拿出了自己的家产，交给了库府。从斗氏一族开始，其他臣工便不敢不从。楚国国库由此充盈。而后，他又启用了有贤才之名的屈重之子屈完为大夫。启用了有军事才能的斗氏族人斗廉之弟斗章，治理军中事务。任用他的儿子斗班为申公。于是，楚国便出现了与齐国一样的繁荣。

楚王熊恽上朝结束，向母后请安。奏报了任子文为令尹一事儿，并请母后宽宥没有报请而先准奏。因为他觉得在没有预告的前提下，大家共同推荐，一定是没有错的。

文王后听完非常高兴，不但没有责怪，还拍手叫好。自到楚以来，她从来没有如此轻松高兴过，她的儿子终于成熟了，他完全可以胜任楚国的君王，她再也不用为他担心害怕了。她也可以告慰楚文王在天之灵。她要祭祀楚先祖，报告楚国之现状，请他们庇佑楚王熊恽，以复楚国之盛况。

楚王熊恽继位不久，虽然国内稳定，但是欲图中原，怕还是力不能及的。所以，他向母后讨教欲图中原之计。

文王后说道："欲图中原，须知中原之态势。今齐在北方称霸，收拢人心，不过是靠两条，一是尊周施德会合诸侯。二是君明臣贤国强兵壮。前者虽然是虚，但却是事半功倍之计，如虎添翼之举。这正是楚国所缺的。楚国多年以来，靠武力扩张，疆域大了，但是名声却不好。吾祖先讲究实际，本是楚国强大之必须。但是，若图中原，必须融入其精髓，那就是'尊周'。"

楚王熊恽说道："可是，周王室已经衰微，有什么可尊呢？"

文王后道："周王室是已经衰微，但是现在毕竟还是正统王室，诸侯皆出于此。若人之父母，尊之为贵，弃之为不屑。它就像一面旗帜，可以聚拢诸侯。作战时，旗帜有什么力量？那不过是聚拢人的一个标志罢了。"

"母后教导得是，儿告退。"文王后望着楚王熊恽硕健沉稳的背影，由衷地笑了。这个英俊的少年，已经是一个志图中原的楚王了。他有子文、斗廉、屈完、斗章、斗御疆、斗班、斗梧这些楚国贤臣，还有王子游、王子嘉这些英才，楚国一定会图霸中原，与齐国抗衡的。他的楚国，一定会超过他祖辈的楚国。

第五十六章　息侯文后冥冥再遇

再说息侯，自和夫人荼肆一别，整个人好像都变了。他原本是为了夫人，只求一死。不想，上苍垂怜他。他不仅不能死，而且还要好好地活着。他每天回想着与夫人在息国的情形，回想着他与夫人见面时的情形。他知道楚文王为夫人把整个楚国都种上了桃树。他痛恨楚文王，所以，他把原本的桃树都伐掉了。不过，自从见到了夫人，他又在原来的地方，种上了一棵桃树。不想，这桃树长势非常好，已经开花了。

那天，他坐在那棵桃树前，望着满树怒放的桃花，想起了他在陈国时与夫人在桃园相会时的情景。那里的桃花开得真好啊，夫人，比桃花更好看。他在那里向她发誓，他一定要把她娶回息国，一定要好好呵护她。他向她讲述了他的治国理想，他一定要让息国强大起来。那时的一切多么美好啊！可是，现在，物是人非。他，息侯，山河破碎，流落到汝地，食十户而祭息祀。

不觉间，息侯已经泪流满面了。他很早已经不知悲苦，麻木不仁了，可是，自与夫人见面之后，他变得敏感了。

是的，夫人对他情深义重，他要活着，好好地活着，他要与夫人再续前缘。老天爷不让他死，就是为了让他和夫人团圆的。楚王熊赀，这个灭人国、霸人妻的强盗，一定不会长久。他想起了蔡侯献舞，这个该死的小人，害人害己啊，如今，他也被掳到楚国了，他不会有好下场的。

日子有了盼头，息侯的心情就好多了。他也一改从前的邋遢，衣着也整洁了很多。那天，他做了一个非常奇怪的梦。

他轻飘飘地来到楚王宫，看到楚王宫里白幡飘飘，到处挂满了白绫，好像楚国有大丧了。他正在惊奇之时，只见楚王熊赀直挺挺地躺在那儿，额头上还中了一支箭。他旁边有一个硕大的棺木，棺木的旁边，放了一个宫殿一样的椁，这都是楚王熊赀的。哦，原来是楚王熊赀死了。楚王熊赀真的死了吗？他正疑惑之时，突然看见蔡侯献舞，他狞笑着走到楚王熊赀的跟前，指着楚王熊赀的尸体说，你，熊赀，也有今天啊！你起来啊，起来啊，哈哈，你完蛋了，楚国完蛋了。吾自由了，自由了，吾终于可以回吾蔡国了……蔡侯献舞竟然飘然而去。熊赀死了，终于死了。息侯心情十分激动，他匆忙离开楚王熊赀，去找夫人，他找啊，找啊，找遍了整个楚王宫，却不见夫人的踪影。他不知道，熊赀死了，夫人去哪儿了？他想，他见不到夫人，找到碧叶也行啊，碧叶一定知道夫人的踪影。可是，他也没有找到碧叶，楚王宫里到处都是白亮亮的白绫，就是没有人。他正在疑惑之际，楚王宫里一下子热闹起来，很多的士兵冲进王宫，四处厮杀，他慌忙地出了王宫，就在他跨出王宫大门的那一刻，他看到了夫人，她好像也是一身素白，神情凄楚。他想返回王宫，已经无法进入了。王宫里响起了刀戟的撞击声，人头散落，鲜血遍地。夫人已经不见了，他嘶声喊道：夫人……夫人……

息侯把自己喊醒了。他醒来，天色还未出现亮色，他起了身，静静地坐着，回忆着刚才的梦境。

楚王熊赀死了？他真的死了吗？

待及天亮，他遣人打探消息，楚王宫究竟发生了什么事情？

遣人回报，楚王熊赀确实已经薨殁，太子熊艱继位，王后和令尹彭仲爽把持朝政，楚王宫危机四伏。

息侯被这消息打晕了，他高兴，也很不安。楚王熊赀死了，可是小楚王年幼，夫人能和他再续前缘吗？

他该怎么办啊？虽然，他还没有想好该怎么办，但是，必须先离开这里。他开始收拾行装，他不能再待在汝地了，一刻也不能待。他要到郢都，无论如何，他都要到郢都去，这样他才能离夫人更近。

息侯踏上了去郢都的路，他一路风餐露宿，累了就地休息，饿了讨一些饭食。终于到了郢都的西北门。他进入郢城，却一下子傻住了。他要去哪儿？直接去找夫人吗？楚王宫不是随便可以进的。

那天，他正在踌躇之时，突然很多兵士从郢都城外而入，攻进了城门。据说随国的军队和斗氏一族联合攻打王宫，意在废掉熊艱，扶助熊恽为王。

息侯躲在大衢的一边，风驰而去的军马，急行的士卒，从他身旁经过。他想，楚国要发生大乱了。不管谁废谁立，夫人都难逃一劫啊。她的两个儿子，只有一个能继承王位！

息侯虽然近在尺咫，却无法接近夫人，以现在的情景，即便有机会，她也不会见他。他，不能再给她添乱了，他要等，等候楚国平息了内乱，再寻找机会见她吧。

息侯在郢都流浪，等待时机面见文王后。

一年又一年，息侯在楚王宫的附近流浪，他已经发须皆白，衣衫褴褛，形容枯槁，一直守候在楚王宫的高墙之外。这一切，文王后并不知晓，她一直都在致力于楚国内部的稳定，一次次的危机，一回回的权斗，她丝毫没有想到高墙之外的息侯。

一年四季，息侯就露宿在离缥宫最近的宫墙脚上，希望能探听到楚王宫的消息。

那天，他听到了一阵熟悉的鼓乐声，是的，这舞乐他太熟悉了。楚国的宫廷怎么会有这样的舞乐呢？这是北方的舞乐，楚文王已经死了，没有人会投夫人所好，再排练这种舞乐了。

息侯听到这舞乐百感交集，这正是他非常喜欢，经常在息国侯宫里排练的《干舞》。听着《干舞》，息侯不由地涕泗横流。后来，息侯得知，这是令尹子元为引起文王后注意才别出心裁地演练的。令尹对文王后倾慕已久，一心想得到文王后的青睐。文王后不但不为所动，还遣人婉责令尹。息侯心里稍有安慰，他知道，这就是他的夫人，她不会为子元所动的。

又有一天，息侯看到楚国的部队浩浩荡荡地出发，说是令尹大人亲率大军讨伐郑国去了。息侯对楚国的讨伐已经没有什么兴趣了，只是小楚王刚刚继位不久，他是不会四处讨伐的。即便是小楚王有此意，王后也一定不会让他出兵的。因为，楚国经受了内乱，还没有恢复元气，应以稳定为主。由此看来，这场征伐，肯定是令尹子元的主意。他为什么要这样做？他一定是有野心。息侯为夫人担心，当然，他也为小楚王担心。虽然他痛恨楚文王，痛恨楚国，但是，小楚王是夫人的儿子，如果他有不测，夫人一定会难过的。

息侯不知道夫人能否应付得了令尹子元。楚王宫戒备森严，他无法进宫，他只能在王宫外的墙角处祈求夫人平安。

息侯坐在楚王宫西侧郢城大衢的便道上，一匹谍报飞驰而去，进了王宫。随后不久，楚国的大军回城。据说是子元大捷而归，那谍报是报文王后的。

那天晚上，息侯靠在王宫墙根，望着天上密密麻麻的星星，他想，有一天他和夫人双双归还他的息国，不，息国没有了，他们就去他们的故乡，找一个偏僻的村野，过他们自己的生活。可是，夫人，她愿意么？她可是楚王的母后啊！息侯迷迷糊糊地睡着了。

息侯与夫人携手回归了故里，他们都是乡野村妇的模样，在一片茂密的桃林旁边歇息。他正为夫人整理那一缕凌乱的头发，突然远处响起了马蹄声。夫人猛然一惊，说道：楚兵。他们同时往远处张望，果真是一队楚国兵马，由远而近……

喧嚣厮打的声音，把息侯从梦中惊醒。他侧耳倾听，这声音是从楚王宫里发出来的。一定是发生了什么大事。自他来到郢都，他时刻都在注意着楚王宫的动静，从来没有发生过这样嘈杂的打斗声。

息侯的心一下子紧缩起来，一定是楚王宫发生了变故。夫人，她还好吗？这究竟是怎么回事儿？息侯睁大了惊恐的眼睛，一直等到打斗的声音渐息，他才勉强合上疲惫的眼睛，可是，他合上眼睛之后，马上又睁开了，他怕自己睡着了，一觉醒来，什么都没有了。他甚至害怕连睡觉的宫墙都没有了。

息侯晃晃悠悠地走到了郢都的大衢，他要到郢都的闹市看看，打听一下昨晚究竟发生了什么事情。他来到了龙河的叉口码头，这里是郢都最热闹的地方。熙熙攘攘的人群，并没有谁在意一个衣衫褴褛的乞丐。突然，他看到前面有一群人，聚在一堵墙前，好像在看着什么。他快速走到那群人跟前，大家都在议论，说这令尹早该拿下了。他再朝墙上看去，原来那是楚王颁发的诏令公告，怒斥令尹子元的罪状，以及对他的处置。

息侯心里有一种说不出的激动，他不由地大声说道：“太好了……太好了……”

周围的人一看说话的是个脏兮兮的乞丐，都一哄而散。息侯并不在意周围人的反应，他只是由衷地感到高兴，这下好了，楚国王宫安稳了，夫人也就没有后顾之忧了。真是太好了，突然，息侯又有一种不安，接下来他该怎么办？他活在念想里，不觉日子苦。可当日思夜想的事情突发而至，他反而又不知所措了。

那天，息侯一宿没有合眼。他想了他和夫人的种种可能，种种结果，但是还是没有想出个头绪。他害怕了，他甚至想再回到汝地。

当太阳升起的时候，息侯心里突然明了了。

他拿着那个埙，去了他和夫人相会的那个茶肆。

第五十七章　濮妫续缘双双跳涧

楚王熊恽长大了，楚国稳定了，文王后觉得她终于可以闲下来，享受生活了。她拿出那把“胡姬来仪”琴，弹奏了一曲《南风》，这是楚文王最喜欢听的曲子。她想起了楚文王对她的百般恩爱，心中柔情百结，倘若楚文王不死，她愿为他终老弹奏这一曲，直到他听腻烦了。可是，他现在能听到她在为他弹奏吗？

文王后想到了楚文王，在她的心中，他是最重的，任何人都是无法代替的。他文韬武略，英明神武，仁德宽厚，正像溢号“文”字所有含义，都是为他而设。楚国在他的治理下，日益强大。这样一个强势的君王，对她却是那么恭敬婉爱，温柔体贴。可是，没想到他竟然走得那么匆忙，想必是老天也需要他吧。

文王后所有的思念都寄托在这首曲子之中。突然，那根弦断了。文王后一惊，这弦怎么会断呢？这是陈国的传国之宝，楚国想必没有这样的琴弦。

文王后想起了芈子叔，他好像说过出逃时带了一些琴弦，他也喜欢七弦琴。于是，文王后便嘱咐碧叶去芈子叔府上讨要琴弦。

碧叶去芈子叔的府邸，路过东南门的茶肆，忽然听到了一阵埙声。她驻足一听，竟然是《宛丘》。碧叶来自陈国，对这支曲子非常熟悉。她听过楚王宫的乐师吹奏过这曲子，都不是陈国的味道。但是，她今天听到了这曲子，确实是十足的陈国味道。所以，她就去了那茶肆。她在茶肆门口，看到一个穿着破衣烂衫的男子在吹奏这首曲子。她十分诧异，也不敢多看，就急急忙忙地回宫了。

碧叶禀报文王后，说她在茶肆门口看到一个衣衫褴褛的老者用埙吹奏《宛丘》。碧叶说完，文王后的手抖了一下，手中的茶盏便掉在地上。

碧叶慌忙捡起，换了一只。她对文王后说：“是不是陈国人啊？”

只听文王后叹道：“吾倒是忘了。吾累了，不想再折腾了。可是，那是吾欠下的债啊！”

碧叶说：“王后，这人是？”

文王后说道：“别说了。你去把芈子叔叫来。”

芈子叔来到缥宫，文王后告诉他：“郢都东南门有个茶肆，那里有一个吹奏埙的人。你把他领进缥宫。记住了，去时要带一套干净的衣服，让他换上。”

芈子叔说：“吾听说过这个吹埙的人，已经在楚国大街上流浪好多年了，衣衫褴褛，蓬头垢面。他每天都在大街上吹奏，都说他是个疯子。他从来不和人交谈，只会吹这一支曲子。”

文王后无力地说：“你去吧，按吾说的做。”

芈子叔领旨而去。他并不知道这人是谁，但他知道这个人对文王后很重要。不然，她不会把这事儿交与他办。没有特殊事情，她是不会轻易找他的。没有人知道他的真实身份，大家都知道他是楚国芈姓散落民间的后裔，因为去缥宫送东西时，被文王后发现，文王后看着他的厚道，才荐于令尹子元的。子元原本视为心腹，与其谋反，芈子叔感恩文王后，才把子元阴谋告诉了文王后。所以，现在他被文王后荐到楚王宫担任侍卫首领。

芈子叔迷离的身世，引起了诸多猜测，但都是与文王后有关。

芈子叔见到那人，他仍旧旁若无人地吹奏《宛丘》。这曲子芈子叔再熟悉不过了，正是地道陈国韵味的《宛丘》啊。听到这曲子，芈子叔的眼眶一下子热辣辣。他的祖国啊，他的亲人，他如果能回去，一定要报仇雪恨的。复仇的臆想已经在他心里演练多次，他在伺机而动。陈国！陈国！不知道老天爷是否给他这个机会。老者让他隐姓埋名苟活一生，说明他没有机会再回去了。现在，他已经侥幸地活下来，如果回去，说不定也会丧生的。丧生，他并不后悔，只要能报仇。

芈子叔咽下热泪，把衣服给了那个吹埙的人，让他换了衣服跟他走。看来那人也是有思想准备的，并未问为什么，就跟他走了。

那人来到缥宫，只见文王后面朝窗外凝视。芈子叔对着文王后背影禀道：“王后，他来了。”

文王后并未转身，也没有说话。芈子叔小声说道：“王后……”

文王后似乎做一个深呼吸，依旧没有转身，轻声对芈子叔说：“你请回吧。”

芈子叔对着文王后的背影说：“臣告退。”

那人对着王后的后背说了一声：“在下拜见王后。”

文王后转过身来，已经是泪流满面了。这时，息侯才上前去，扶住了她，叫道：“夫人……”

文王后终于平静下来了，问道：“夫君，你怎么到了那里？”

息侯这时也平静下来了，他说："自茶肆一别，吾就绝了轻生的念头。息国的祭祀对于吾来说已经不重要了。息国都已经灭了，还留着吾祭祀谁呢？如果祖宗保佑吾，息国就不会灭亡。吾只为夫人的那句话活着，吾盼望着那一天早点来到。有时候吾想，也许吾一辈子都等不到那一天了。可是，只要夫人还在，吾就会等下去。如果夫人不在了，吾会随夫人而去。

吾终于等到了那一天，熊赀死了。吾便处理完汝地的事情，徒步来到了郢都。吾就在郢都流浪，就在王宫的墙脚上歇息。吾知道，楚王宫里一切都平息了。所以，吾每天在郢都的街市上吹奏《宛丘》，然后再到茶肆门前吹奏，吾知道，这埙声，夫人早晚会听到的。吾在大街上吹奏，就是为了引起行人的注意，可是所有人都以为吾是个疯子。不知道吾来自何方？将去哪里？为何吹奏这奇怪的北方乐器。疯子！大家都这样叫吾。吾高兴这样的称谓，吾真的疯了，吾是想夫人想疯了。夫人，吾已经在郢都流浪八年，八年了，吾在郢都大街上流浪，只吹这一首曲子。吾不敢太靠近王宫，因为那样太危险。吾每时每刻都在关注着楚王宫的情况，关注着夫人。终于有一天，鼓起勇气到王宫附近，不想王宫里却发生了变故。吾知道，这时候进去，你是不会见吾的，也没有心思见吾。吾不忍给你添乱添堵，只能继续在郢都流浪。

吾等啊，等，到了楚王熊恽即位，吾想楚国终于安定了。可是，没想到出现了一个不知道深浅的令尹子元，又是在缥宫旁边建筑府邸，又是讨伐郑国。吾知道，他都是为了夫人，吾也知道他这一切都是徒劳。那天，吾在王宫外，听到《干舞》的排练，《干舞》。

吾还在等，等啊，子元死了。吾知道这是上苍垂怜吾。吾不能冒昧来缥宫见夫人，只能在茶肆门前吹奏《宛丘》。吾知道，您早晚有一天会知道，这支曲子就是为您而吹奏的，让您知道吾在郢都等您。老天终于开眼，吾等到了这一天。

夫人，十八年了，吾无时无刻不想念夫人。如果不是心里还有夫人，吾早已到地下见祖先了……"

文王后泪流满面，她的心都碎了，看着眼前这个苍老的男人，很难想象一个国君，在异国的国都里流浪了八年，只为见他的夫人。因为，她给了他一句毫无可能的承诺，一句承诺，八年的流浪。

她该怎么办啊？她已经是楚王的母后了，如果她信守诺言的话，那么楚国上下，会怎么议论这事儿？楚王熊恽又怎么面对他的臣民？

是的，她顾及的不过是楚国的面子，楚国人对这些并不看重，现在的楚国完全可以没有她。可是，如果息侯没有她，会怎么样？还会活着吗？她今生今世，欠他太多了。

她给的承诺就是楚文王死后，如果他们还都活着，她和他再续前缘。他就为这句话活着，现在一切羁绊都没有了，他还在等她做出决定。她要反悔吗？

息侯说道：“夫人，吾等这一天等得好苦啊。你说过，熊赀没了，就和吾再续前缘。你是不是舍不得王宫里的尊贵生活？如果你真的舍不得，吾绝不勉强。吾无法给你这样的生活，吾现在就是一个一无所有的流浪汉。一个流浪汉也许不应该有这样的妄想，可是，吾的心……”

文王后不等他说完，就接上去了，她说道：“夫君，你先出宫吧，容吾想想……”

是的，她不能贸然做出决定，她得好好想想，这件事儿太大了。

第二天，碧叶给文王后梳妆，发现文王后眼睛黑了一圈，知道她没有睡好觉。碧叶说道：“王后，是不是一宿没睡啊？那个人真是息侯吗？”

碧叶一直觉得对不住息侯。如果不是她把蔡侯献舞失礼的事儿告诉他，后来这些事儿就不会发生了。所以，她也想帮帮息侯。息侯，真是够可怜的，如果他们后半生能在一起，也算是有情人终成眷属了。

看看文王后没有说话，碧叶又说道：“息侯真是可怜啊，装疯卖傻地在郢都流浪，虽然现在息国没了，可是他毕竟做过一国之君啊。”

文王后这时说话了，她说：“你说吾现在该怎么办啊？”

“走吧，和他一起走，过你们自己的生活，不能再让他一个人流浪了。王后在楚王宫中，而他在郢都流浪，王后心里会好过吗？”

“可是，楚国会怎么看呢？吾是楚王母后啊。”

“没有可是，王后先是他的夫人，而后才是楚王母后。来楚国不是王后自愿的，他才是王后的夫君。王后和他走是对的，没谁会说什么。王后现在自由了，如果还不和他走，倒会有人说王后贪图富贵。”

其实，文王后何尝不是这样想的，她只是还没下定决心。即便她有钢铁般的意志，但她毕竟还是个女子，也需要这样的支持，一丁点，哪怕是像雪花一样，落在地上就化了，也好啊！

现在，她听碧叶这样说，知道是应该下决心的时候了。她不能再辜负息侯了，她要兑现自己的承诺。于是，她跟碧叶说：“你说得对。吾不能再让他一个人流浪，而吾在王宫独享富贵。你去把芈子叔叫来。”

芈子叔来到缥宫，文王后告诉他，为她备一辆轺车和几匹快马，楚国稳定了，她要出去巡游一番，散散心。

芈子叔说：“王后什么时候用呢？”

“越快越好。”

一切都准备了，文王后嘱咐碧叶，“你去茶肆告诉息侯，明日一早在郢都的东北门等候。你要等吾出城三日之后，再告诉芈子叔，让他转告君王，就说吾走了，不用再找吾。”

文王后走的当天，楚王熊恽来缥宫向母后请安。碧叶说王后受了风寒，她嘱咐不见任何人。

楚王熊恽问，“找医师了吗？”

碧叶说：“王后不让，说休息一下就好了。”

楚王熊恽回到王宫，他跟芈子叔说：“不知道母后怎么回事？有病了不让医师看病，也不见人。你说风寒有这么严重吗？母后不是这样娇弱的人，她从来没有这样过。”

芈子叔惊讶地说：“文王后有病？不会吧。昨天还好好的，让吾给她备车要去巡游，怎么就突然病了？”

“昨天？”

“是啊。”

楚王熊恽一愣，他觉得可能会有什么事情发生。于是，叫上芈子叔一起去了缥宫。他们一直走到了文王后的寝室，却没有看到文王后，把碧叶叫出来，问她究竟怎么回事儿，碧叶原想坚决不说，但她看到熊恽那么着急，想息侯和文王后也许早就走得无影无踪了，就如实说了。

楚王熊恽密令芈子叔带一队精兵侍卫，快马加鞭，日夜兼程，一定要把文王后截住。

再说息侯见轺车到来，知道是夫人出来了。他赶紧上车，让御者下车，他自己驾车。他们出了郢都东北门，一路往东北走出。息侯想，他们要返归故里，然后隐姓埋名，终老余生。他驾着车，一刻也不敢怠慢，日夜兼程地往前赶，终于出了楚国，进入了长子国的黄陂①。息侯对夫人说：“咱们已经出了楚国，可以喘口气了。”

文王后说，“好，咱们就先下车歇一会儿。”

---

① 长子国的黄陂：公元前980年——公元前655年，周朝诸侯国。周昭王南征荆楚，由毕公后裔建长子国，都城在黄陂前川椅子山遗址，公元前655年起属楚国。今在武汉黄陂县境内。

此时的文王后已是一身民妇打扮，她和息侯就像一对乡野夫妻，靠在一棵树下歇息。这正是息侯在梦中的情景。

前面是一山涧，水流急湍，哗哗作响。山谷里是一片桃林，已经是秋天了，桃林枝叶繁茂，浓绿滴翠，景色十分宜人。息侯叹道："如果能在这里建上一间屋子，终老于此也很不错。咱们开上一片荒地，种上粮食，自己养活自己，多好啊。"

文王后说："真是不错，不过。还是回到咱们故里吧，在那里踏实。"文王后说完，突然心中一悸。这山涧，这桃林，好熟悉，她好像在那儿见过。在哪儿呢？她一时想不起。

他们正在说话间，听到远方传来了嘈杂的喧嚣声。他们马上就警觉起来，息侯说："咱们还是赶紧赶路吧。"

文王后和息侯上了车，可是，前面好像没有路了，如果过涧需要往回走，要绕道而行。就在他们转头之时，听到后面有人齐喊："王后回銮，王后回銮……"

息侯停下，非常平静地说："夫人，楚人已经追上来了，吾难逃一死，吾不能让他们把吾再捉回去。夫人，能和吾一起离开楚王宫，吾今生再无憾事。既然上苍不愿垂怜吾，不让吾和夫人终生偕老，那就听天有命吧。夫人，就此别过，你、吾来世再做夫妻，夫人多保重。"

文王后也很平静，她说："夫君，既如此，吾又何惜性命呢。吾负你太多。你、吾不能在阳间做夫妻，那就在地下做夫妻吧。上苍管得了生，却管不了死。夫君，来吧。吾和你一起跳下去。"

楚兵将至，文王后和息侯抱在一起，双双跳进桃花涧。

芈子叔看到了这惊人的一幕，顿时觉得像遭到雷击，变成了焦木。天啊，文王后，他的亲人，他的恩人，就在他的眼前跳进了桃花涧。他做了什么啊？他不该来追截他们。事到如今，他怎么向楚王熊恽交代啊？

一个侍卫问他，"大人，怎么办？要打捞吗？"

芈子叔仿佛醒过来，吼道："快，快打捞啊！一定要把他们打捞上来，否则，吾一行，一个都回不了王宫。快——"

不幸的是，息侯跳下时，头碰在一块礁石上，当时就死了。文王后被芈子叔他们打捞上来，用轺车载回缥宫。

楚王熊恽唏嘘不止，他为母后找来了医师，嘱咐碧叶精心看护，切勿再有丝毫的疏忽。他也很同情息侯，毕竟是一国之君啊。于是，楚王熊恽下诏，按照国君规制，把息侯葬在汝地。

第五十八章　八国联军浩浩入楚

文王后醒来，看见碧叶，不知道自己在什么地方。她看到了那尊“人祖之根”的泥泥狗，以为是在陈国，可是她又看到了纁色的帘幕，好像在纁宫。

她虚弱地问碧叶：“吾这是在哪儿？”

“纁宫。”

文王后知道，一切都完了。她什么都没有说，只流下两行无奈的眼泪。

文王后慢慢恢复过来，不再见任何人。只有碧叶在她跟前伺候，即便是碧叶，她也很少开口。她多数时间里，只是对着院子里那些桃树发呆。

楚王熊恽来了，文王后不见，他在院子里默默地站了一会儿走了。

芈子叔也来了，文王后不见，他在院子里默默地站了一会儿也走了。

楚王熊恽年轻气盛，血气方刚，特别是平定了子元之乱之后，就想重振楚国雄风，挺进中原，实现祖上“观中原之政”的目标。当时北方的齐侯小白已成为诸侯中真正的霸主。楚王熊恽跟令尹子文说，“齐侯到处沽名钓誉，人心归向。楚国地处汉西，威德俱无，怎么办呢？”子文说，“齐侯小白经营伯业三十多年了，不可与他为敌。郑国是南北线上最关键的国家，挺进中原，必须争取郑国。”于是，楚王熊恽便派斗章伐郑。可是，斗章知道齐桓联军将至，怕战之失利，到界而返。楚王熊恽知道后，非常生气，这是他继位之后第一次亮剑，子元伐郑虽然是一出闹剧，毕竟不是他的决策。而这次不同，这次是他亲自部署的，斗章也是他亲选的将军，竟然不战而返。于是，楚王的本性再现，他派出斗廉前去军营，要斗章自裁。斗廉是斗章的哥哥，为斗章出主意偷袭了郑国，虏获了郑国大将聃伯。楚王熊恽知道斗廉弟兄小胜，又督促二人再次伐郑，郑国再次向齐国求救，齐国增援迟迟不到，所以，郑伯踕才向楚国请成。不管怎么说，楚国还是得胜而回。

楚王熊恽正在伐郑的胜利喜悦中，他第一次出兵已经胜利，离他挺进中原，与齐国一比高低为时不远了。

恰在这时，行人通报，说蔡侯肸求见。楚王熊恽心中嘀咕，蔡侯肸这时候求见干什么？不管怎么说，蔡国也算是楚国的姻亲啊。于是，宣见蔡侯肸。

蔡侯肸见了楚王熊恽，说："君王，不好了，齐侯小白率领八国联军讨伐蔡国，其实讨伐蔡国是幌子，真正的目的是讨伐楚国。君王，赶快商议御敌之策啊。"

楚王熊恽这才慌慌张张地去见文王后，他来到缥宫，文王后仍旧不见。

他一直站在那里，等候……这次不见母后是不会走的。他跟碧叶说，"你再次禀告母后，说楚国遇上了大危机，吾必须要见母后，不然吾会一直站下去的。"

许久，碧叶从里面出来，对楚王熊恽说："君王请进吧。"

这是楚王熊恽自文王后出逃之后，第一次见母后。他说："齐侯小白率领八国联军，正从蔡国开往楚国，楚国面临着巨大的危机，母后，吾该怎么办？楚国，从来都是讨伐别国，还从未被讨伐过啊！吾愧对祖先！"

"这是楚国的事儿，你不找楚国的大臣们商议，找吾这垂老之人商议什么？"

"母后早已把楚国当做自己的祖国了，不能看着楚国遭受灾难不管，八国联军讨伐楚国，楚国必败无疑，这是楚国的耻辱，孩儿还怎么能面对祖宗，还有什么脸面苟活于世。母后，您一定要帮帮孩儿啊。"

"去吧，找子文和屈完，他们会有办法的。"

楚王熊恽说："这次联军也有陈国军队，陈侯和辕涛涂都参加了，母后不想见见他们？"他其实想用血脉亲情缓和他和母后的关系。

文王后长叹一声说："战争是国家之间的事儿，国君在国家利益面前是没有亲情的。吾想见他们，他们也未必想见吾，说不定还怕担上被策反的罪名。记住了，国君，国家利益必须至上，超越一切。"

"儿记住了，母后多保重。"

年轻气盛的楚王熊恽，面对来势汹汹的八国联军，十分惊慌。他告别母后，急匆匆地召集子文和屈完去了。

八国联军突然伐楚，也是有前因的。还得从楚国伐郑，郑国请成说起。郑国请成主要是因为齐国救兵不到，才向楚军请成的。齐侯小白一向抑强助弱，讨伐不道，为什么不派兵救郑呢？这也是有原因的。因为管仲告诉齐侯小白，你现在救郑国，没有任何意义，你一撤军，楚国还是要来的。齐国不能老这样反复奔波，疲于救郑。齐侯小白说："那怎么办？"

管仲说："要想彻底解决问题，就要遏制楚国侵进中原的野心。他讨伐郑国，就是为了挺进中原。如果楚国这种野心得不到遏制，咱们只能疲于应对。要遏制楚国，就要给予它狠狠的打击。”

齐侯小白问道：“楚在南方，吾在北方，这么能打击到楚国呢。”

管仲说：“起兵讨伐楚国。”

伐楚，齐侯小白正是这样想的。只是楚国属虎狼之国，兵强擅战，且地处荆蛮，相距甚远，齐国远征未必全胜，身为霸主，既无胜算，是不能轻易出兵的。所以，伐楚，他只是心中思量，并未抛出只言片语。不过，楚国始终是他心头上的疥疤。他在中原霸业已定，只有荆楚不曾归属，不但不归附，还在南方称王称霸，是该教训教训它了。齐国打着尊周的旗子，可是楚国就是不尊周，不但不尊周，而且还僭越称王。齐侯小白提出讨伐不道，楚国无道征伐。楚国既不尊周，又无道乱伐，如果不讨伐它，枉为霸主。其实，讨伐楚国，齐侯小白还有一个更隐秘的，不便说出的原因。齐侯小白在管仲的力挺下，做了他这一生最为轰动的事情——讨伐楚国。伐楚，单靠齐国的力量，肯定是不行的。他必须借助盟主的威力，号召盟友共同伐楚。于是，他便约宋、鲁、陈、卫、曹、许、郑一同起兵伐楚。不过，如果这样八国联军浩浩荡荡直赴楚国，楚国肯定早有准备，况且联军远行至楚，地形不熟，作战不利，胜负未卜。只有在楚国毫无准备的情况下，突然袭击才有取胜的把握。齐侯小白和大臣们商议：“不能直接打着讨伐楚国的旗子，大张旗鼓地挺进楚国，要声东击西，让楚国毫无防备。”管仲向齐侯小白建议：“可以打着讨伐蔡国的幌子，一定不会引起楚国的戒备，而后再从蔡国进入楚国。”

讨伐蔡国，正合齐侯小白的心意，他早就想教训教训蔡侯肸了，教训蔡国也是跟那件不便说出的事儿联系在一起的。这件事，是他个人的一段婚姻纠葛。

这纠葛说来有些可笑。齐侯小白继位之后，在北方霸业渐起。齐侯小白本也是个好色之人，娶了王姬为夫人，一些国家为了投其所好，便给他送去了媵妾。除了王姬之外，他又立了徐、蔡的媵妾，徐姬、蔡姬两位夫人。这还不算，他又一下子立了六位如夫人。长卫姬、少卫姬、郑姬、葛嬴、密姬、宋华子。也正是立了这些夫人们，齐侯小白这一代霸主，临终凄凉，死无葬身之地。这都是后话了。还是说这前面三位夫人之一的蔡姬。蔡姬本是蔡侯献舞的女公子，送与齐桓为媵妾，被立为夫人。蔡姬送到齐国时，年龄尚小，性格活泼，娇小可爱，齐侯小白自然宠爱不已。那天，齐侯小白带着蔡姬到湖中玩耍，他们划船到了湖中，蔡姬见湖水清澈，凉爽宜人，非常高兴，便和齐侯小白不停地戏水。蔡姬高兴，齐侯小白也很开心，玩耍了一阵子，便停下来歇息。蔡姬年轻好动，蝴蝶般要来耍去，舟子便不停地摇荡。齐侯小白虽然一赫赫霸主，却是怕水。舟子这样摇晃，他很害怕，告诉蔡姬不要闹了。蔡姬觉得好玩，不听齐侯之言，嘻嘻哈哈故意摇晃舟子。齐侯小白吓得脸色煞白，蔡姬仍旧不停。他一怒之下，把她送回蔡国。

蔡姬被送回蔡国，蔡侯肸也生气，这本来也不是什么大事儿，不过是摇晃一下舟子而已，你一个堂堂的霸主，怎么会这样害怕摇晃舟子，分明是故意找茬。齐国既然这样轻易地把蔡姬送回来，就是看不起蔡国。蔡姬本来也正是青春年少，送与齐侯小白够委屈的了，又这样被遣送回国，更是于心不甘。蔡侯肸想，既然是齐侯无情，也别怪吾无义。他就想赌气把姊姊再嫁。嫁给谁呢？中原各诸侯国，谁敢和齐国作对？没有！只有南方楚国才可以和齐国抗衡。所以，他就把姊姊送到了楚国，嫁与楚王熊恽。楚王熊恽虽然年少，蔡姬长他不少，但是那蔡姬并未生子，模样还如少女一般，与齐侯厮磨了几年，已经被滋养得如熟透的瓜果，汁液欲滴。楚王熊恽如何能抵得住这样的诱惑，便收入宫中，日夜欢愉。齐侯小白得知蔡侯肸把蔡姬嫁给了楚王熊恽，非常生气，他本来是要教训一下蔡姬，让她懂点规矩，并未要休妻。既未休妻，她还是齐侯小白的夫人，怎么能再嫁呢？蔡侯肸也太不把齐侯小白放在眼里了。更气人的是，你再嫁也算了，嫁给别人啊，竟然把她嫁给了楚王熊恽，明显是依仗楚国的势力，故意臊他面孔，这就是齐侯小白哽在喉头，又不便说出的事儿。所以，伐蔡、伐楚，除了“尊周伐不道”之外，也有这些无法示人的纷杂由头。

大计一定，齐侯小白起兵伐蔡，他命管仲为大帅，率领隰朋、宾须无、鲍叔牙、公子开方、竖貂等人先遣进入蔡国。蔡国本无防备，齐军一下子便攻进都城。竖貂在蔡城里耀武扬威，蔡侯认得竖貂，遣送蔡姬时就是他来蔡国的。竖貂原来侍奉过蔡姬，蔡侯肸知道他是个宵小之辈，于是夜间备了一车的黄金白玉锦帛，悄悄地送与竖貂。竖貂接到了礼物，便把八国联军先伐蔡再伐楚的军事秘密透给了蔡侯肸。蔡侯肸听罢大惊，连夜收拾东西，带着宫眷逃往楚国了。见了楚王熊恽把这石破天惊的消息告诉了他。

楚王熊恽从缅宫回到了王宫，一会儿屈完和子文便到了。楚国君臣商议结束，便由子文迅速召集楚国军队，驻扎汉西，派大夫屈完到楚国边界迎接齐侯小白的诸侯联军。

齐军进入蔡国之后，蔡侯肸夜逃，百姓四散，很快就占领了蔡城。齐侯小白不知道竖貂已经把他卖了，只当是他的军队尖锐，便照会其他七国军队会合一起往楚国进发。

联军很快到了楚国边境。一进楚国，界道上有一戎车，车在道左，人在车上，那人衣着整肃，恭恭敬敬地候在那里。这时，大军便停了下来。那人不是别人，正是楚国大夫屈完。屈完拱手行礼，朗声说道："来者可是齐侯？楚国大夫屈完奉吾王之命，在此等候已久。"齐侯小白对管仲说："楚人怎么预知吾军至此？"管仲说："必定是有人走露了消息。他这样恭候，一定有话要说，吾先以大义指责他，让他自愧，可不战而降。"于是，管仲也乘车而出，与屈完拱手车上。屈完说道："吾寡君听说上国的部队徒辱于敝国，使臣下屈完致命。寡君让吾问齐侯：齐、楚各君其国，齐居北海，楚近南海，虽风马牛不相及也。不知道君侯何以涉吾地？"

管仲对道："昔周成王封吾先君太公于齐，使召康公[①]（召奭）赐命，命辞说：五侯九伯，汝世掌征伐，以辅助周室。其地东至海[②]，西至河[③]，南至穆陵[④]、北至无棣[⑤]，凡有不共王职，汝勿赦宥。周自东迁以来，诸侯放恣，寡君奉周王之命主盟，修复先业。汝楚国，应该每年贡奉茅草用于王祭。可楚国不尊王室，缺贡包茅，以致周王祭祀无滤酒之物，所以才讨伐楚国。还有，周昭王南征到楚国就没有再回去，也是你们的责任。你还有什么话要说？"屈完说道："周失其纲，朝贡废缺，诸侯都这样，只有楚国吗？没有贡奉包茅吾寡君知罪。吾楚国贡奉就是了。周昭王南征不返，那是因为胶舟[⑥]的原故，跟吾楚国有什么关系？吾寡君绝不承担这样的责任。吾且回去禀报寡君。"说完命令车子调头而回。管仲看屈完说话有角有棱，便对齐侯说："楚人倔强，不是说道理能让他们屈服的，还是大军压境威逼。"齐侯指挥大军前进，直至陉山，迫近汉水。这时管仲下令扎营。诸侯都说，"既然已经到这里，何不渡过汉水，决一死战。为什么在这扎营啊？"管仲说："楚国遣使，肯定有备。如果交锋，和解无望。咱们暂且在此驻扎，楚国肯定害怕，一定还会遣使请成。吾讨伐楚国，如果楚国请成，不是更好吗？"

却说楚国部队驻扎在汉水以西，谍报说："联军已经驻扎陉地。"子文向楚王熊恽说："管仲善于用兵，他现在驻扎陉地，肯定是有阴谋的，可再遣使探听虚实。"楚王熊恽说："派谁去呢？"子文说，"屈完已和管仲较量过，可使他去。"屈完说："吾已经说过要贡奉包茅，如果君王答应，吾便可再去。如果不答应，吾无言以对，没法去。"楚王熊恽说："你可见机行事，或战或盟由你裁定。孤不会怪你。"

---

① 召康公：召奭，周朝卿士。

② 海：渤海。

③ 河：黄河。

④ 穆陵：楚地

⑤ 无棣：北戎国。

⑥ 胶舟：用胶粘的舟，入水就散。传说周昭王南征不返，是因为渡江时乘坐胶舟，坠入长江。

屈完又见齐侯小白，“楚王已知罪，愿意贡奉包茅，但是齐军必须后退三十里。”齐侯小白说“你能辅助你君以修旧职，吾对天子也有所交代了。”于是，联军后退三十里驻扎在昭陵[①]。屈完回报楚王熊恽说：“齐侯已经后退，君王不可失信。”

楚王熊恽一看齐等八国联军撤退，以为他们害怕了，就后悔不该让屈完请成。子文说道：“八国联军不失信一个大夫，您怎么能让一个大夫失信于八国国君呢。”于是，楚王熊恽乃命屈完赉金玉锦帛八车，又备了包茅一车，送到了齐军营。齐侯小白把犒赏之物一一验收，分发给各国，包茅也验了一遍，让屈完带回去由楚自行送到京都。虽然是这样，齐侯小白觉得不够过瘾，八国联军浩浩荡荡来到楚国就这样回了？没有起到震慑的效果，于是便邀请屈完检阅八国联军。屈完与齐侯小白登上戎车，只见各诸侯国军队驻扎一方，放眼望去，连绵数十里。这边齐国军中一声鼓响，那边七国鼓声相随，如雷霆震击，惊天动地。齐侯小白面带喜色，说道：“大夫看到了吗？吾有这样的军队，还怕不打胜仗吗？”

谁知屈完不卑不亢地说道：“君当盟主，是为天子宣德布意，抚恤黎民。君如果是以德抚绥诸侯，谁敢不服？若恃众逞力，楚国虽小，有方城[②]为城，有汉水为池，您有再多的军队有什么用呢？”齐侯小白本想显摆一番，却碰了屈完一个软钉子，直叹楚国有良才啊。于是，便有结盟之意，屈完当然高兴了。这么多君主与一楚国大夫结盟，他自然感到十分荣耀。

齐侯小白当下嘱咐建筑盟坛，准备歃盟物品，率领七个君侯，与楚国大夫屈完结盟。这便是著名的昭陵会盟。

齐侯小白大张旗鼓地伐楚，却不战而回，虽然楚国请成，但是这一歃盟，无形中也提升了楚国的国威。联军撤回的路上，鲍叔牙还问这一会盟的导演者管仲，楚国最大的罪状是僭越称王，而你去责怪楚国不贡包茅，为什么啊？管仲说：“楚国僭越已经三世，吾若责其革号，他们肯听吗？不听就要交兵。一旦开战，不管谁胜，以后南北之间再也不会消停了。吾以包茅责他，他们容易接受。他们一服罪，诸侯们都知道楚国屈服，齐国威盛，天子那里也好交代了。这不比连年征战更好吗？”鲍叔牙自愧不如。

这一盟，可以看出齐国的势力正在衰退，楚国正在崛起。再说楚王熊恽，本来就想尊母之计，遣人往京都朝王，还没有实施。正好借着这次会盟，遣人朝王。

---

① 昭陵：楚地。今湖南邵阳。

② 方城：楚国城邑。今河南南阳方城县。

周惠王经历了很多坎坷，对待诸侯各国来朝非常看重。楚国能够朝王，他更加高兴。楚国，自从楚熊通称王以来，不曾有过朝拜天子。这次到王都朝拜，也算是自愿归顺。于是，周惠王便赐胙于楚国来使，颁发诏书，诏书上写道：镇尔南方夷越之乱，无侵中国。

昭陵会盟，等于承认了楚国为中原诸侯的盟友地位，不但没有削弱楚国的势力，而且还给了楚国挺进中原的正当途径。楚国不仅取得了与齐等华夏之国抗衡的合法地位，而且以奉周天子之命为由，大力攻伐不臣之国，开拓疆域。

会盟结束之后，楚国就灭掉了与楚国临近的弦国。弦子逃到了黄国，后来楚国相继灭到了英国、六国、贰国、谷国、绞国、蒋国、道国、柏国、房国、轸国、夔国①等诸侯国。

楚王熊恽遇上重大的问题，仍旧去向母后讨教。他知道，他的母后，虽然现在貌似退出了国政，但是她才是楚国精神的象征。

---

① 英国……夔国：周朝封的楚国周边的小诸侯国。

第五十九章　子款继位融融宣和

楚国自京都朝王之后，便开启了与齐国争霸中原的序幕，挺进中原已不再是梦，而是现实了。楚王熊恽分析了中原各国形势，蔡国已经彻底归楚，郑国也曾请成。昭陵之盟，虽然七国都参与，但是那些诸侯国毕竟是齐国的附属。现在能争取的力量就是陈国，因为齐国和陈国关系非常微妙。

这微妙的关系，还得从昭陵之盟说起。昭陵会盟之后，齐国撤兵而回。陈国大夫辕涛涂怕联军路过陈国，给陈国造成负担，就私下和郑国大夫申侯伯[①]商量："如果诸侯军队返回经过郑国、陈国的话，这两国就要负担所有军需，这么多的军需由这两国负担，一定十分困难。不如，你吾共同建议齐侯绕道东夷，沿海而行，让徐、莒两国供给军需，郑国、陈国就没有负担了。"申侯伯说，"好，你先去向齐侯说说看。"

于是，辕涛涂便去见齐侯小白，说："君侯北伐狄戎，南伐楚国，已经成了各诸侯拥戴的盟主，如果这次率领诸侯大军，绕道东夷，东方诸侯看到君侯的威风，谁还不归顺君侯麾下呢。"齐侯小白说："大夫说得好啊，就按你的意见办吧。"不一会儿，申侯伯去见齐侯说："吾听说军队在外面久了不免疲惫，吾等这次伐楚，从春天就出发了，现在已经到了夏天，那么长时间，军队恐怕已经疲惫不堪，如果路过郑国、陈国，两国都是盟国，一切军需由两国负担，就像大部队本身的军需库一样，非常方便。如果绕道东夷，道路一定不好走，万一打起仗军需也是一个大问题。辕涛涂建议绕道，不过是为了陈国不供给军需罢了，不是什么好计策。还请君侯明察。"齐侯小白这时才如梦初醒，说道："这个陈大夫辕涛涂，差点误了寡人的大事。"立即遣人，把辕涛涂囚禁起来。为了奖赏申侯伯，又让郑伯踕把虎牢那个地方封给申侯伯。齐侯小白虽为霸主，但拿着郑国的城邑封赏，郑伯踕心里很不痛

---

① 申侯伯：楚文王临终前遣走的楚国大夫。

快，只是碍于齐侯小白霸主的地位，不便多说而已。这也给后来的郑国亲楚背齐留下了根由。

辕涛涂被囚于齐侯小白军中押到齐国。陈侯杵臼多次说情，仍旧不放。齐侯小白当然很生气，赫赫霸主是决不容许背叛的，一个陈国大夫竟然如此，难道他不代表国君吗？所以，到了秋天，齐国就讨伐陈国的不忠。陈国派女叔送去金玉锦帛到齐军营，以求请成，齐侯小白毕竟大度，不但应许，而且还放回了大夫辕涛涂。

齐侯小白虽然放回了辕涛涂，但这怨还是结下了。凡与齐国结怨的，楚国都会争取，所以，楚国要派出使者，前往陈国聘问。其实促使楚国派使者聘问陈国，还有一件事儿，那就是周天子对齐侯小白有了意见。这事还是要从齐侯小白伐楚说起，齐侯小白伐楚之后，没有及时报告周天子，待他遣人报告之时，楚国已经朝过王了。这就好像楚国朝王不是迫于齐国的压力，而是楚王熊恽幡然悔悟，主动朝王的，功劳没有算在齐侯小白的头上。这还不算，齐侯小白派隰朋朝王时，不但去得晚，还带回了不好的消息。隰朋说："周王朝将要发生内乱，因为周惠王不喜欢太子郑，想立惠妫王后的儿子带为太子。"这惠妫王后就是陈国女公子青儿，如果惠妫王后的儿子被立为太子，那么未来的周王就是陈国的外甥了，陈国的地位会更加尊显。可是，齐侯小白霸主的义气又上来了，王纲不能再失，王朝不能再乱。他竟然管起周天子家的事儿。他便召集各国诸侯在首止（卫地）会盟，以稳定太子的地位，齐侯小白这样多管闲事，周天子肯定不高兴，陈国也不高兴。所以，周惠王就写信给郑伯踕，不让他参加首止会盟，把辅助王子带的重任交与他，还告诉他要背齐亲楚，抑制齐国势力。郑伯踕也是因为上次齐侯小白把虎牢封给申侯伯，心存不平，所以就听了周惠王的话，不等会盟开始就离开了首止。齐侯小白非常生气，就讨伐郑国，诸侯的军队包围了新郑。

楚国听说郑国逃离首止，非常高兴，就派出使者向郑国示好。郑国有了周惠王的旨意，自然就与楚国结好。齐国伐郑国，郑国自然要向楚国求救，楚国为了救郑国，就攻打了与齐国关系很好的许国。果然，齐国撤兵救许，郑国的围困就解除了。

中原局势出现了纷乱复杂的情况，楚国瞅准时机，加强自己的力量，才遣使聘陈。楚国既然要遣使去陈国，楚王熊恽就要向文王后禀报。因为陈国是文王后的祖国，她的父亲还在君位。熊恽前往缥宫禀报文王后，请示两件事儿：一是看她有什么事儿要嘱咐的，二是看看要派谁去陈国合适。文王后虽然现在不再参政，但大的决策楚王熊恽还是要征求她的意见，虽然她不会多说，只有一两句话，已足够矣。

楚王熊恽禀报完之后，文王后说道："让季融和芈子叔去陈国吧。"

"遵母后旨意。"熊恽说完，并没有离开。其实有一件事儿他一直纳闷，想必母后一定会问起。但是，她没有。虽然她没有问，他还是想把这事说出来，这是他和母后的一个结，他想解开。那就是息侯最后的安葬。可是，母后从来没有说过关于息侯的一句话。其实，楚王熊恽这样安葬息侯，就是想对母后有个交代。他几次开口，都把话咽下去了。他知道，这件事母后还没有原谅他。

熊恽稍待了一会儿，文王后一个哈欠把他撵走了。他不能再不识趣地待下去了，母后什么也不会和他说的。

周惠王薨殁，太子郑继位，为周襄王。周王新立，在齐国与楚国的抗衡中，无疑为齐国增加了分量。因为，周襄王为太子时，齐侯小白就为了他的太子地位在首止会盟，周惠王薨殁后，齐国又集中诸侯国的兵力保证他即位。所以，周襄王即位之后，就派遣冢宰孔参加齐侯小白的葵丘会盟，并赐给他祭祀周文王、周武王的祭肉。其实这不仅仅是赐肉，而是天子赐给诸侯的荣耀。齐侯小白的霸业已经达到了顶峰了，超越了周天子。连周天子的王位，都是由他来定的。

楚王熊恽除了对付汉阳诸姬之外，在中原诸侯国中关系比较好的也就是蔡、陈、郑了。郑国一直在齐楚之间摇摆，真正能够靠得住的就是蔡国和陈国了。他希望两位使臣此次出使陈国，能给楚国带来更好的消息。

芈子叔从陈国回来，回奏楚王熊恽，说，"季融没有回来。"楚王熊恽听罢暴怒："国家使臣，怎么能滞留他国？罪不可赦。这季融，原本是堵敖余孽，太后为了安抚斗廉才启用他，他竟然不思君恩，不顾臣节，擅留他国。孤绝不容忍，一定要起兵伐陈，要回季融，作为叛逃罪处置。"

楚王暴怒的消息，很快传到醺宫，文王后听到消息之后，遣碧叶速请楚王熊恽到醺宫，说文王后有要事商议。

这是文王后自出逃后，第一次主动请楚王熊恽进缥宫。

楚王熊恽急忙来到缥宫，报告了季融出使未归之事。文王后说："知道吾为什么派他去吗？就是为了让他呆在陈国。季融曾经去过陈国，他对陈国的印象很好。他适合在那里发展。楚国没有他的位置，因为他和堵敖的关系，谁都不会用他。斗廉是个老臣，他的儿子不能在楚国见用，你觉得对他公平吗？陈国需要他，就让他去吧。"

楚王熊恽这才明白，文王后为啥让季融出使陈国。楚王熊恽走后，芈子叔也来到缥宫，拜见文王后。

芈子叔长跪不起，泪流满面。

文王后说：“起来吧。”

芈子叔擦了一把脸问道：“王后，为什么要派吾去陈国呢？

“你不是要去陈国复仇吗？所以，吾才给你这个机会。”

“是的。吾想复仇，吾宓氏一族已经在陈国消失了，吾时刻都想着复仇。因为，吾觉得王后虽然收留了吾，可是王后和陈国已经没有关系了。王后是楚国的王后。所以，吾复仇也不是对王后的不忠和背叛。当王后派吾去陈国时，吾就没有打算活着回来。”

“你还是回来了。”

“是的，吾本来准备刺杀陈侯杵臼。可是，当吾看到那个已经衰老得颤颤巍巍的老人，吾的刀子就掉在了地上。吾的心顿时像撕裂一样，这就是那个吾日夜诅咒的仇人吗？这就是吾要报仇雪恨的人吗？这样一个风烛残年的老者，吾不杀他，他又能活上几年呢？吾为什么要背上弑君的罪名呢？吾就放弃了杀他。于是，吾想，那么就杀掉太子款吧。

太子款温雅聪慧，非常周详地接待了吾和季融。他的举止行为，没有任何可以挑剔的地方。吾的心也动摇了，吾杀了他，不是也杀了无辜吗？因为那桩惨案跟他并无关系。所以，吾也放弃了杀他。王后，吾不明白，明明知道吾去复仇，为什么还要让吾去陈国呢？”

文王后说：“因为仇恨长在你的心里，所以，只有你自己才能把它消弭掉。如果吾不派你去陈国，你的仇恨还会继续长在心里，而且越长越大。你复不了仇，就会交代你的子孙去做。仇恨会灭绝人的良知。你去了，你经历了，你自己放弃了，你就不会再有仇恨了。不管你姓什么，陈国都是你的祖国。”

“可是，王后怎么知道吾会放弃仇恨呢？”

“因为吾了解你。你是一个善良的人，是一个大义的人。上天眷顾宓氏，把你留了下来，不会让你弑杀你的国君。如果你弑杀他们，你一定不能活命，宓氏就会真的灭亡。”

芈子叔呜呜痛哭，他不知道哭什么，也不知道为什么哭。

许久，文王后说道：“好了。陈国不会有宓姓，楚国也不会有。你姓芈，是楚国人。”

楚国一直和齐国不停地较量。那一年，楚国出兵讨伐黄国，因为黄国不向楚国进贡，楚文王不幸薨殁于讨黄途中。这么多年来，黄国和楚国一直都在敌对之中，黄国不再向楚国朝贡，不但不朝贡，还接纳逃跑的弦子[1]，这让楚国很是恼火。更让楚国恼火的是，黄国不朝楚主要是依仗齐国。

所以，楚国决定要教训黄国。于是，令尹子文亲自带领大军，开往黄国，灭掉了黄国。那一年，他的孙子出生，他就给他取名“克黄”。

楚王熊恽正在犒赏灭黄的军队时，陈国使者到楚。待楚王熊恽见到使者，大吃一惊，原来，这使者不是别人，而是斗廉的儿子季融，就是那个出使陈国而不愿回来的人。他见到了楚王熊恽先是谢罪，然后送上了讣告：陈侯杵臼薨殁，在位四十五年[2]，谥号宣公，太子款继位。

楚王熊恽说道：“季融，你知罪吗？”

“臣有罪。”

“大胆季融，你就不怕回不去吗？”

“不怕，君王要是真治吾的罪，不会等到现在。”

“你凭什么那么自信？”

“不是吾自信，而是吾相信君王。吾相信君王的胸怀，君王如果治吾的罪，王后就不是王后了。楚国的君王，是不会这样做的。”

辞别了楚王熊恽，季融来到了纁宫，拜见文王后。文王后已经穿了一身丧葬的礼服出来了。季融大吃一惊，她怎么知道宣公薨殁了？

季融长跪，文王后说：“起来吧。起来说话。你现在已经是吾祖国的人了。是吾尊贵的客人。”

“王后？”

“吾怎么知道吾父薨殁是吧？如果不是送讣告，你是不会回来的。你回来也是为了见吾一面。想问一问为什么要派你去陈国？是的，吾知道你要问的。你是一个知书识礼之人，你父亲本来是想让你练习弓箭射杀技能，想让你驰骋沙场，为国立功。可是，你伴读熊囏，却对诗礼更感兴趣。楚国，没有你的用武之地，加之你与熊囏的关系，你不可能在楚国受到重用。你父亲对你也很担心。吾第一次让你出使陈国，就是让你对陈国有个了解，你喜欢陈国，你适合在那里。所以，吾才第二次派遣你到陈国。现在，吾父薨殁，太子款继位，你一定要协助他治理好陈国。陈国也需要楚国的尚武创业精神。你的使命是把楚国的精神，带到陈国去。按吾陈国的

---

① 弦子：弦国国君，弦国，周朝封诸侯国，子爵。

② 陈宣公四十五年：公元前648年。

规制，吾要为君父穿戴斩衰，吾现在是楚国人，吾就穿上楚国的丧葬礼服吧。你肯定会问吾怎么知道吾父薨殁了。你从陈国回到楚国，除了送讣告不会有别的。因为，你为别的事情回来，肯定会有危险。只有送讣告，才是安全的，因为你必须要见吾，你知道只有吾才会保你安全。你是一个聪慧的人，在陈国发挥你的特长吧，陈国需要你。”

季融说道：“王后圣明，一切都在掌控之中。吾会好好地辅助陈侯款，肝脑涂地，死而后已。”

陈侯款继位以后，继承了陈宣公时期好礼睦邻的传统。多次参加诸侯会盟，从来没有主动征伐过，尊周睦邻，弭战宣和。

陈宣公薨殁后的两年，齐侯小白也薨殁了，谥号桓公。齐桓公是春秋时期第一个诸侯霸主，他苦心经营了四十一年，齐国成了称霸中原的强国，他也成了一呼百应的霸主。可是，他的后事，并不比郑庄公好到哪里。他最后饿死在宫中，儿子们各据一方互相残杀，争抢君位，不顾其父尸体，以至于他肉身生虫。英明一世的齐桓公，可曾想过身后的悲哀？是啊，齐桓公的霸业多亏了管仲，如果管仲还活着，他就不会落到这样的下场。葵丘会盟时，齐桓公看到周王室因为争夺王位发生了那么多的祸乱，这让他想到了自己，他死后他的儿子们怎么样呢？太子昭并不是儿子中最出色的一个。所以，他想找一个可以托付太子的国君，以辅助太子昭继位。那时，宋公御说薨殁，宋公子兹甫继位。宋公兹甫的父亲还未下葬，他就匆匆去葵丘参加会盟，见到了他心中的英雄齐侯小白，两人意气相投。齐桓公看好宋公兹甫，因为他有让位之贤，他父亲临终时将国事托付给他，他却想让位于庶兄公子目夷。公子目夷在宋国很有贤名，为辞君位而逃。所以，宋公兹甫没有让出君位，却赚得了贤名。另外，宋国、齐国又是世好，所以齐桓公就把太子昭托付给宋公兹甫。不过，以当时的情形，也只能托付给他了。齐桓公这一托付不要紧，就惹出了后来宋公兹甫争霸的野心。人的野心是不能超过德行的，德不配位，就会出祸患。

齐桓公死后，齐国乱了一阵子，太子昭还真是依赖宋公兹甫的扶助，才回国继了位，那就是后来的齐孝公。郑国在齐国内乱时，也彻底投靠了楚国。这时整个中原群龙无首，诸国混战，宋国讨伐曹国，卫国讨伐刑国，还有北戎侵伐中原，西边的秦国也和晋国开战。中原诸侯国，内战外患，战乱纷纷，给南方楚国登上争霸的舞台，提供了大好时机。

当然，也有不是这样的，那就是陈国。陈国一直都很稳定，可谓繁荣昌盛，陈国主张睦邻结好，是不会称霸的。所以，陈侯款看到这种情况，觉得陈国应该站出来，以其大国风范，礼仪之邦，消弭这种无谓的征伐。于是，他决定邀请蔡国、楚国、郑国、齐国等诸侯国在齐国会盟，也是怀念齐桓公时期以德扶绥诸侯的友好和平盛况。这次会盟，重申了齐桓公在葵丘时的几条规约：不准把水祸引向别国；不准因别国灾荒而不卖给粮食；不准更换太子；不准以妾代妻；不准让妇女参与国家大事。条约规定：凡我同盟之人，既盟之后，消弭战事，言归于好。

陈国由于主事会盟，当时在中原诸侯国中，地位尊崇，东夷的风姓四国：任国、宿国、须句、颛臾都来到伏羲故都陈国祭祀伏羲，也以此寻求庇护。

第六十章　成王纳甥骊骊失德

陈国的稳固与繁荣，也让文王后感到欣慰，毕竟那是生她养她的祖国。她觉得自己已经到了风烛残年，心如静水，波澜不起。她终于可以安宁地老去，不再想来生来世，只想就这样静静地走，去哪儿都行。

可是，当那件事传到缥宫时，她差点气晕过去。那就是楚王熊恽把他的两个甥女郑伯踕的女公子，带回了楚王宫。她的心好痛，她教导儿子要有楚国精神，要有狼性，可有狼性不能有悖人伦，泯灭人性啊。礼仪、规制，还是要传承的。她只对儿子的狼性有期待，而忽视了对儿子更多人性的教导。这正是她的心痛之处。

这件事儿还得从宋公兹甫称霸说起。

齐桓公薨殁之后，中原霸主之位缺失。刚刚继位又目睹了葵丘会盟盛况的宋公兹甫，便起了当霸主的野心。这野心也不是空穴来风。一是他让贤落得好名声。二是他平定齐国内乱，扶助齐侯昭[①]继位有功劳。三是他国内有几个贤臣。有了这些，宋公兹甫有想当霸主的梦想就顺理成章了。于是，他便想效仿齐桓公，会合诸侯，确立霸主地位。他在和众卿士商量会盟时，公子目夷劝谏他：以小国之力会合诸侯，要有祸患的。宋公兹甫不听，一意孤行。特别是在平定齐国内乱之后，他豪情大发，先邀请几个小国在曹国[②]地盘会盟。这是他第一次会盟，结果只有曹国、邾国二君按时到会，滕、缯两国迟到。他为了显示未来霸主的威风，下令先到的滕君把后到的缯君绑起来，用缯国国君祭祀睢水之神，然后再杀滕君。目夷劝他，你举行一次会盟就杀害两位诸侯，这样不行。他不听，坚持把缯君杀了，滕君厚赂才免一死。曹国的国君看到宋公如此残忍，便提前离开。宋公兹甫很生气，责怪曹国提前离会，不尽地主之谊，又兴兵伐曹。他本想靠这种残暴的手段，

---

① 齐侯昭：齐国国君，齐孝公，齐恒子之子。

② 曹国：周朝封诸侯国，姬姓，伯爵。今天在山东定陶一带。

在东夷小国中建立威信，结果适得其反。宋自封国以来，并未扩张，地域不大，附庸它的自然都是小国。宋公兹甫对这些小国不是靠恩德聚拢，而是靠暴力威慑，这样仅有的一些虚名也丧失殆尽。

宋公兹甫伐曹之后，觉得威风尽显，但是还是有些不过瘾，就想聚集各诸侯大国会盟。当时的大国，当然还是齐、楚。只要他们参加，这会盟之事也就成了。齐国他觉得没问题，因为齐侯昭是他扶助继位的，应该会听他的。只有楚国不好办。不过也难不住他，宋国有贿赂的传统啊。为了实现众诸侯的会盟，他先让公子荡贿赂楚国。他想，只要拢住楚国，其他小国就好办了。公元前 639 年春，宋公兹甫和楚王熊恽、齐侯昭在齐国鹿地相聚小会，商议会盟之事。宋公兹甫自然以盟主之位自居，引起齐侯昭和楚王熊恽的不满。宋公兹甫其实还是很注意策略的，他先与楚国签约，约定会盟日期。因为他觉得只要楚国签了，齐国就没问题。这事儿他事先也没有和齐侯昭通气，他想等他与楚国签过之后，再临时与齐国沟通，没想到当他拿着简版与齐侯昭签约时，齐侯昭对他先与楚国签约相当不满。齐桓公虽然不在了，但齐国的国威还在，让齐国在楚国之后签字，分明是看不起齐国，齐侯昭拒不签字。这次小会已经闹成了这样，如果宋公兹甫明智，就此罢休也算了。可是，他还执迷不悟，一心想当霸主，继续组织会盟。目夷再次劝谏，宋公兹甫不听，约定当年秋天在宋国盂地会盟。

再说楚王熊恽，齐桓公死后，他非常兴奋，中原再没有人可以跟他抗衡了。他与齐桓公相争了十年，终因齐桓公薨殁而告结束。他觉得现在楚国，可以任意挺进中原，没想到又蹦出来个不足轻重的宋公兹甫。更可笑的是宋公兹甫还让他召集他属下的诸侯国参加盂地会盟，推宋公兹甫为盟主。真是太自不量力，他在齐国鹿地小会时勉强签字，就算给他面子了。宋公兹甫还是蹬鼻子上脸，以为鹿地签了字楚王熊恽就听他的了。凭宋国那些金玉锦帛就能拢住他的心？简直就是做白日梦。所以，他准备好好地教训宋公兹甫一番，让他知道自己姓啥。

宋公兹甫还真会做梦，以为楚王熊恽真的答应他做盟主了，大张旗鼓地筑建盟坛、会所。不过，通过前次鹿地三国小会，他也知道一点自己的分量，连自己扶助的齐侯昭都不买他的账，何况别的国君。他本想借助楚国的力量，让诸侯臣服于他，然后凭借臣服于他的诸侯与楚国抗衡，完成霸业。他这样想也没错，按加减法算也是这么个结果，要命的是楚王熊恽算账用的乘除法儿。试想，如果楚王熊恽能帮你宋公兹甫称霸，他自己干嘛不称霸呢？要知道，他爷爷那一代都想称霸中原，他自己也和齐桓公争了十年！他好不容易等到齐桓公没了，不会傻到他帮宋国称霸。

终于到会盟时期，宋公子目夷又劝宋公兹甫带上军队，以防有变，楚国人是不讲信用的。宋公兹甫本来就是效仿齐桓公的“衣裳会”，跟目夷说，是吾自己提出来不带军队的，已与楚人约好，怎能不守信用呢？于是，宋公兹甫不带军队到了盂地。会盟之时，陈、蔡、许、曹、郑等国之君都来了，单等楚王熊恽。齐侯昭到底没来，鲁侯申大概和齐侯昭通了气，也没来。楚王熊恽倒是真来了，他把他带的精兵强将安置在附近，自己乘车姗姗而来，大概也是故意摆给宋公兹甫看的。

登坛时，其他国君不敢僭越楚王熊恽，让他先上。楚王熊恽也不客气，自顾自地走右道登阶而上，随后的是成得臣、斗勃二位将军，其他诸侯都走在他身后，随着登坛。升阶登坛各走左右，也算是论过宾主。既已登坛，陈牲歃血，要天矢日[①]，列名载书，便要推盟主了。宋公兹甫在登坛时走了左道，觉得自己已经是盟主了，所以他目示楚王熊恽，想让楚王熊惲开口说话，推他为盟主。谁知楚王熊恽低头不语。宋公兹甫实在忍耐不住，便昂首而出，说道：“今日之举，寡人欲修先伯主齐桓公故业，尊周安民，息兵罢战，与天下同享太平之福，诸君以为如何？”楚王熊恽这时才抬起头，眯着眼睛看着宋公兹甫，慢悠悠地说：“君言甚善，但不知盟主是谁？”宋公兹甫说：“有功论功，无功论爵”。论爵当然要数宋公兹甫，宋国是公爵，楚国是子爵。楚王熊恽说：“那好，孤冒爵为王已久矣。宋虽为公，难列王前。孤告罪占先了。”于是，就了盟主之位。宋公兹甫恼羞成怒地说：“寡人邀福先代，忝为上公，天子亦待以宾客之礼。君既言冒爵，乃僭号也。怎么能用假王压真公乎？”楚王熊恽慢条斯理地说：“吾既是假王，你请吾干嘛？”待宋公兹甫再争，成得臣大喝一声说道：“今日之事，只问诸侯，是为了宋来还是为了楚来？”陈、蔡等国君齐声说道：“实为楚国而来。”楚王熊恽哈哈哈大笑道：“宋君还有何言？”宋公兹甫知道说不过楚王熊恽，想脱身又没有甲兵相护，正在犹豫，只见成得臣、斗勃已经脱去礼服，露出重铠，腰间都插着小红旗。成得臣拿着小红旗向坛下一挥，坛下那些护卫也都脱去了礼服，露出铠甲，手持暗器，如箭镞一般飞到坛上，这小红旗其实就是楚军集结的暗号。各诸侯吓得魂不附体。成得臣命人捆了宋公兹甫，把坛上陈列的玉帛器皿通通收走。宋公兹甫对目夷说：“寡人悔不听你之言，你赶紧回国，保守都城，不要管吾。”目夷才趁乱逃脱。

楚王熊恽把宋公兹甫押至馆寓，又邀几位国君同至馆寓，当着诸君控诉宋公兹

---

① 要天矢日：指天发誓。

甫六大罪状：一问罪滕子赴会稍迟，辄加縶辱。二用人代牲以祭淫鬼[①]。三曹国缺地主之谊而恃强伐之。四自不量力犹思图伯[②]五妄自尊大，全无逊让之礼。六天夺其魄，单车赴会[③]。今寡人统战车千乘，战将千员，踏平睢阳，为滕、缯、曹等国报仇。诸君稍驻车驾，待寡人取宋回来，与诸君痛饮十日。须臾，楚军将领斗班、蒍吕臣率楚大军亦到。

却说目夷回到睢阳，与公孙固等大臣商议守城之策。公孙固知目夷之贤，暂推他为君，以抵御楚军。

楚王熊恽率军到了睢阳城下，斗勃在城下喊道："尔君已被吾拘执在此，生杀在吾，快快献土纳降，可保汝君性命。"

公孙固在城墙上说："国人已立新君，故君生杀由你，宁死不降。"

斗勃见公孙固说话强硬，回禀楚王熊恽，楚王熊恽大怒，下令攻城。可是城上矢石如雨，楚军伤亡甚重。楚王熊恽说道："他们既然不要宋君，杀了他又有何用。"成得臣说："杀宋君不能取宋城而取怨，不如放了。"楚王熊恽说道："攻城不下，又释其君，让人耻笑。"成得臣说："臣有一计，此会盟鲁国没有参加，鲁国一贯辅齐背楚，不如吾移军亳地，以献宋之俘虏为名邀鲁君来，鲁君见宋君被拘，必然害怕，不敢不来。鲁、宋是葵丘盟国，鲁君来到一定会为宋君说情的。待鲁君说情，吾再释放宋君，也算给了鲁君面子，不是一举两得吗？"楚王熊恽抚掌大笑，说道："子玉真人才也。"

鲁侯申接到楚国书信大惊，正像子玉所说，又不敢不来。他到了亳地之后，先找人通会子玉，送上厚礼，求他引荐楚王熊恽，两君相见各道相慕之情。

郑、陈、蔡、许、曹五君也一起从盂地来到亳地，他们借探望鲁侯申之际，一起商议下一步怎么办。盂地会盟突遭变故，是继续进行，还是不欢而散？陈侯款说："几个国君既已会集，还是要继续会盟为好。"其他的几位国君也都赞同。接下来议商盟主，郑伯踕首推楚王熊恽为盟主。这时鲁侯申说道："盟主须仁义布闻，人心悦服。今楚王恃兵车之众，袭执上公，有威无德，人心疑惧。吾与宋有同盟之谊，若坐视不管，惟知奉楚，为天下豪杰耻笑。"众诸侯同道："鲁侯此言甚善。可将此言，转告楚王。"

成得臣将此言传与楚王熊恽，这其实正是他想要的结果。楚王熊恽非常高兴，对

---

① 用人代牲以祭淫鬼：用缯国君祭睢水。

② 伯：通霸。

③ 单车赴会：不带兵车。

诸侯说："鲁君大义，谨遵盟誓，吾理当释放宋君。"这时，郑伯踕再次提议推楚王熊恽为盟主，各诸侯一看楚王熊恽愿意释放宋公兹甫，都一致推拥楚王熊恽为盟主。

楚王熊恽并不推让，说道："各位诸侯既以盟主之义责寡人，寡人岂可违乎？"于是，当下约会歃盟，就在会盟的前一日将宋君释放，与各诸侯相见，并邀他参加会盟。到了会盟之时，郑伯踕又十分殷勤地拉着楚王熊恽登上盟主之位。宋公兹甫一看到郑伯踕此举，一股恼恨从心而生，由此，宋国与郑国算是结下大仇。

盟誓已毕，各诸侯回国。宋君得知目夷已即君位，万分沮丧，本想当盟主，谁知盟主不但没当成，还差点丢了性命。现在宋国已立新君，他连宋国也回不去了，就准备逃往卫国。还未启程，目夷已经亲自来接他回国了，并把为抗楚假即君位之计禀告宋公兹甫。

可想而知，宋公兹甫回国之后，是何等的羞愧，何等的痛恨楚国。这时，又听说郑伯踕去楚国朝见，更是火上浇油。他一怒之下，举倾国之兵伐郑。目夷、公孙固力谏不止。郑伯踕听到消息之后，急忙去楚国求救。

楚王熊恽问策与成得臣，成得臣说："救郑不如伐宋。宋君被执，国人已怕，今又大兵伐郑，其国必虚，乘虚而捣，宋若回兵而救，疲劳矣。以逸待劳必胜。"于是，楚王熊恽便以成得臣为大将，斗勃为副将，起兵伐宋。

宋公兹甫正在与郑国相峙，闻楚国伐宋，便从郑国撤军，驻扎泓水北岸，预备与楚军决一死战。公孙固谏道："吾甲不如楚坚，兵不如楚利，人不如楚强，何以得胜，不如释郑谢楚以求和。"宋公兹甫怎么能咽下这口气呢，他说："楚甲兵有余仁义不足，吾甲兵不足仁义有余。昔武王虎贲三千战殷兵亿万。惟仁义也。"宋公兹甫不听。公孙固叹道："战主杀而讲仁义，吾不知君之仁义何在？天夺其魄！危矣！"

楚军行至泓水南岸，并开始渡河，这时宋军已布好阵势，单等楚军。公孙固再向宋公兹甫建议：彼众我寡，可半渡而击。宋公兹甫拒不同意说："仁义之师'不推人于险，不迫人于阨'"。等到楚军得以全部顺利渡过泓水，开始布兵列阵势时，公孙固又奉劝宋公兹甫乘楚军列阵未毕、行列未定之际发动进攻，可以打败楚兵。宋公兹甫仍然拒绝。一直等到楚军布阵完毕，一切准备就绪之后，宋公兹甫这才击鼓向楚军进攻。宋军哪里是楚军的对手，一阵厮杀后，宋军受到重创，宋公兹甫本人大腿受了重伤，其精锐的禁卫军[①]悉为楚军所歼。宋公兹甫在公孙固等人的拼死掩

① 禁卫军：门官。

护下，才得以突出重围，狼狈逃回宋国。战后的宋国人皆怨襄公指挥不当，但宋公兹甫并未认识自己的错误，向臣民辩解说："古之为军，临大事不忘大礼；君子不重伤[①]；不擒二毛[②]；不以阻隘[③]；不鼓不成列[④]。寡人遵守古训行事，秉承君子之德，并无不当。"可怜的宋公兹甫空图霸主梦，于周襄王十五年五月（公元前637年）旧伤复发而死。

再说楚国伐宋大捷，复渡泓水，奏凯而还。楚军方出宋界，有哨马报于成得臣："楚王亲率大军接应，已到柯泽[⑤]。"

于是，成得臣率领大军到柯泽谒王献捷。楚王熊恽说道："明日郑君将携其夫人劳军，当陈列俘馘，一展楚威。"

郑伯踕的夫人是楚王熊恽的姊姊，郑厉公（突）时，郑国为了讨好楚国向楚国联姻，楚文王便将其庶女嫁与当时太子踕。太子踕早已将妫小荷纳入宫中，还未正式立为太子妃。郑伯踕即位，便立了妫小荷为夫人，后妫小荷病卒，郑伯踕为了郑国的利益，也为了向楚国表示忠心，便立楚文王庶女文芈为夫人。文芈夫人听说楚王熊恽驻扎柯泽，非常高兴，想尽地主之谊。楚王本是她兄弟，况楚军伐宋是为了救郑，如今大捷，驻扎郑地，前往劳军本是应该的。

于是郑伯踕携夫人文芈，带了许多金玉锦帛，牲畜酒浆，犒赏楚军。郑伯踕夫妻觉得这样还不足表达心意，便邀楚王熊恽到郑都新郑，太庙设享，行九献[⑥]之礼。太庙礼毕又在宫中设宴，宴席上食品数百，外加笾豆六器，丰富奢侈，列国未有。

文芈夫人不但亲自作陪，还把自己两个未嫁的女公子伯芈和叔芈带来给楚王熊恽敬酒。文芈这两位女公子，正值妙龄，如花似玉，动人心魄。楚王熊恽看着两位甥女，十分兴奋，从午时到戌时，直喝得酩酊大醉。楚王熊恽醉眼朦胧地说，"寡人领情过厚，酒已经喝得过量了，姊姊与二甥送吾一程如何？"文芈不便推辞，便和两位女公子与楚王熊恽并驾而行，直至军营。

楚王熊恽下车后，佯装醉酒，让两位甥女扶他进入营房。谁知一进去，便未再

---

① 君子不重伤：不再次伤害受伤的敌人。

② 不擒二毛：不捉拿头发花白的敌军老兵。

③ 不以阻隘：不阻敌人于险隘中取胜。

④ 不鼓不成列：不主动攻击尚未列好阵的敌人。

⑤ 柯泽：属郑国之地。

⑥ 九献：国君与国君之间的最隆重的礼节。主客九次献酒。

出来。文芈在外边的帐中候着，这一候就是一夜。文芈彷徨帐中，夜不能寐，心如油煎，毕竟她的两位女公子还待嫁宫中，如此逗留成何体统？可是，她迫于楚王之威，不敢出声。

原来，楚王熊恽在宴席上就看上了两位甥女，心性难耐才邀请她母女送行。待到了营房，借助酒兴，强行拉着她们进入寝室，遂成枕席之欢。

一夜欢愉，楚王熊恽对两位甥女十分不舍，第二天一早，便把伐宋所获之物一半赠与文芈，打发她回郑国去了。他带着楚国大军和两位甥女，启程回了楚国。回到楚国后，楚王熊恽便将两位甥女一起纳入后宫。

文王后听了这个消息之后，顿时感到万箭穿心。这个不讲人伦的东西，甥女可是他的骨肉血亲啊！

她知道，她的这个儿子，肯定会遭到报应的。上天不会放过他，他一定不会善终。她想起了范巫矞似的相辞，难道这就是祸根？

不管文王后怎么痛恨他这个儿子，但是有一点她是欣慰的，楚国已经挺进中原。泓水一战，标志着楚国挺进中原的顶峰。当时中原诸侯国中，没有一个可以和楚国匹敌的。

第六十一章　迎接重耳惺惺相惜

楚王熊恽因为纳两甥女遭到文母后的斥责，所以，一直不敢拜见母后。直到他把晋公子重耳送出楚国，才向母后报告。他想，母后一定会赞赏他的做法，毕竟这样的仁德，不是任何君主所能做到的。但是，没想到，母后却说："妇人之心，日后必被其所败，霸中原者，必其人。"

楚王熊恽并不明白母后的意思，她一直推崇她中原以德治国的信念。为什么独对重耳这样呢？

说起这晋公子重耳，有相当复杂的背景。他父亲晋僖公，伐骊戎时得到了骊戎之女骊姬，立为夫人，由此晋国就陷入混乱。父子相残，兄弟逃难，后又弑杀迭起，全都是这骊姬夫人做的孽。骊姬立为夫人之后，又想立儿子为太子。她不惜勾结朝廷大臣，谗言陷害太子申生、公子重耳、公子夷吾，把晋国搅成了一锅粥。晋国祸乱的根由起于晋穆侯，晋穆侯随着周王征战西戎，打了败仗，这年生了太子，取名叫仇。后来，打胜仗时又生了个儿子叫师成。当时，有人说，没有这样取名字的，太子怎么能叫仇呢？仇意味着仇恨。第二个儿子叫师成，师成就是胜利，意味着强大。小儿子比大儿子强大是要发生祸乱的。果然，仇当国君时，他的叔父叛乱。仇的儿子晋昭侯继位时，封自己的叔父师成为曲沃桓叔，桓叔的曲沃比当时晋都都大。又有人说，曲沃比晋都大，桓叔又行仁政，这就是祸患啊。果然，曲沃桓叔屡次攻打晋都。到了师成的孙子辈——曲沃武公终于替代了晋国的国君，并得到了周王朝的认可，这就是晋武公。晋国到了晋武公时，经历了六十七年的战乱，终于暂时安定。晋武公死后，他的儿子晋献公继位，这晋献公就是重耳的父亲。晋献公不汲取前辈的教训，又开始废立太子，晋国再度陷入了混乱。重耳也因此带着他的臣子，在外流浪。这一流浪就是十九年，几十号人，跟他流浪了十九年，可见重耳是个怎样有德才的人？所以楚王熊恽才以一个国君之礼对待流浪中的公子重耳，并在太庙享九献之礼。楚王熊恽不但在太庙九献，还带着重耳到云梦打猎。在打猎中，他更见识了重耳随从的神勇、机智、博闻。也正是英雄相惜之情，在享礼宴席上，他问重耳："公子若返晋国，何以报寡人？"重耳说："子女玉帛，君所余也；羽毛齿革，楚地所产。何以报君王？"楚王熊恽笑道："虽然这样，必有所报，寡人愿闻之。"重耳说道："若以君王之灵，得复晋国，愿同欢好，以安百姓。倘若不得已与君王以兵车会于平原广泽之间，请避君王三舍。"行军三十里为一停，也叫一舍。三舍就是九十里。楚大将军成得臣看不下去了，当晚对楚王熊恽说："吾王待晋公子甚厚，而他却出言不逊，异日归晋必负楚，臣请杀之。"楚王熊恽说道："晋公子贤，其随从也都是国家栋梁，似有天助，楚国不可违背天意。"成得臣说："即便不杀晋公子，且拘狐偃、赵衰等人，勿令与虎添翼。"楚王熊恽说："即使留下他们，他们也不会为楚国效力的，不过徒增他们的怨恨而已。吾待晋公子，为了施德，不能以怨换德。"于是，更加厚待晋公子。

送走了晋公子，楚王熊恽觉得自己做了一件有德行的事儿，母后定会赞赏，就急匆匆地禀告母后。没想到，母后竟然与成得臣看法相当。楚王熊恽正在疑惑之时，成得臣来报，说是顿子[①]来朝。

那顿国本是陈国附属国，因为泓水一战，楚国国威大振，顿国就想脱离陈国，依附楚国。顿子朝见楚王并不为别的，而是想鼓动楚国讨伐陈国，为他出这口憋了多年的恶气。顿国本来是个子爵国，因为和陈国比邻，饱受陈国的压迫，沦为陈的附属。顿子朝见楚王熊恽，说陈国和宋国来往密切，宋公兹甫薨殁后，儿子王臣即位，陈国不但遣使吊贺，而且还和宋国盟誓，永结友好，互不侵犯。

楚国和宋国本是仇国，楚王熊恽听顿子这样一说，非常生气，陈国本来是依楚的，怎么能这样脚踏两只船？于是，召集众臣商议，讨伐陈国。成得臣请战，要亲率楚军教训陈国。

成得臣率楚国大军围攻陈国，取得了陈国的焦、夷两邑。楚国得胜之后，又到了顿国，替顿国修整都城。这时陈国才明白是顿子从中作梗，陷害陈国的。

却说成得臣回到楚国，楚王熊恽为他庆功，犒赏三军。这时楚国的令尹子文已经年迈，看到成得臣屡立战功，就推荐成得臣为令尹，他告老辞政。

陈侯款，本也是有作为的国君，齐桓公死后，曾主持过会盟。他秉承了陈国遗风，主张德仁睦邻，从不主动出兵征伐。现在中原各诸侯国局势微妙，宋国与楚国

---

① 顿子：顿国国君。顿国，周朝封诸侯国，子爵。后为陈国附属国。

已结下深仇，郑国在晋、楚之间摇摆受气。齐国强弩之末，与鲁国之间纠纷不断。只有陈国稳固。陈国与楚国一向交好，楚国虽然是南方强国，曾主动遣使来聘，而且还是陈国的姻亲国。陈国的原则是：远交强楚，近抚友邻。宋国襄公薨殁，遣使送来讣告，陈国遣使吊贺不过是正常的邦交礼仪，有什么值得可非议的？都是可恶的顿子，挑拨是非，才使楚国征伐陈国，把陈国的两邑归于顿国。所以，陈侯款决定举兵讨伐顿国，灭掉顿国。这也是陈国历史上第一次主动出击的征战，而且是自己的附属国。待陈国大军渡过沙颍河，消息就传到了顿国。

顿子听到陈国要灭掉顿国的消息之后，非常害怕，连夜逃到了楚国，请求楚国的庇护。于是，楚国再次出兵围困陈国，把顿子又送回了顿国。陈国面对强大的楚军，只好请成，放弃攻打顿国，彻底归依楚国。

这时候的楚国，已经挺进中原，成为准霸主。亳地会盟，七国已经盟誓，但是盟誓只是个形式，只说明盟主的威力而已，谁也不把它当回事。不过，再看中原诸国与楚国的关系，便可知道楚国的地位，蔡国早已归附，陈国也刚刚拿下，郑国早就与楚勾结，卫国把女公子送与楚王熊恽为媵妾，建立了姻亲关系。曹国主动朝见。鲁国因受齐国的侵扰，暗中向楚国求救。还有一个齐国暂未完全归属，但楚国已经占领他的谷城。楚国不但占领谷城，而且还打算更换齐君。齐桓公死后，齐侯昭继位，其他的七位公子都潜逃到楚国，在楚国做了大夫。所以楚国和鲁国一起攻打齐国的谷城，把齐桓公的公子雍安顿在谷城，准备扶助公子雍为齐君。楚国“观政中原”的目标基本实现。现在中原诸侯国中只有一个宋国和楚国死磕。宋公兹甫因在泓水之战时大腿中箭，一年之后就死了，他儿子王臣继位。宋公王臣觉得是楚国害死了他的父亲，所以痛恨楚国，宁死不和楚国来往，而是主动归依晋国。再说晋国在晋文公的治理下逐渐强大，但是晋国偏隅西域，晋侯重耳与楚王熊恽相识相慕，两下相安。所以，楚国并未把晋国放在对立的位置。因此，伐宋，使宋国归服，已经成为楚王熊恽心头大事。

楚王熊恽为了讨伐宋国，派前令尹子文和现令尹子玉，分别在楚国的睽地和芳地阅兵。子文阅兵，只用了一个早晨，没有惩罚一个士卒。子玉阅兵，用了一整天，用鞭子责打了七个士卒，用长箭刺穿了三个士卒耳朵。一些老臣向子文道贺，说他荐举子玉为令尹是知人善任。子文也高兴，向子玉敬酒。一同观看阅兵大典的芳贾，不仅不向子玉道贺，还说子玉既不适治民，也不善于用兵，如带兵超过三百乘[①]非

① 乘：一辆战车为一乘。每乘战车配甲士三人和车后的徒卒七十二人。

打败仗不可。偌大一个楚国的令尹，充其量只能指挥这个数目的军队，国人道忧尚恐不及，何遑道贺？

楚王熊恽当然没有听到蒍贾之言，亲自率领楚、陈、蔡、郑、许五国联军包围宋都，此次出兵对于楚国来说，非同寻常，楚王熊恽这样阅兵还是首次，更主要的是他计划攻克宋都之后，起兵至齐，扶助在谷地的公子雍为齐君。这样，宋国和齐国都在他的麾下了。中原霸业成矣！

宋公王臣听到楚军伐宋的消息，就遣人去晋请兵。接到宋国的求救，晋侯重耳也很犯难，楚王熊恽对他不错，他不想与楚国开战。可是，宋国刚刚朝拜过晋国，不救宋国也说不过去。于是，召集大臣商议。先轸说："不如这样，曹国和卫国都是刚刚归附楚国的，吾征讨曹国、卫国，楚国必然去救，这样就解了宋国之围。

即使不救宋国，晋国也打算讨伐卫国、曹国的。因为晋侯重耳出逃时，卫国闭门不纳，曹国轻慢。晋侯重耳即位之后，就准备讨伐他们，这样就一举两得了。

楚王熊恽进入宋国，已经攻克了缗邑，马上就要到了宋城睢阳。这时，卫国的使者火急到了楚国军中，说晋军打进了卫国，攻克了五鹿①，卫侯已经被迫逃至襄牛②。如果救兵稍迟，卫都楚丘就完了。楚王熊恽新纳了卫女为妾，所以决定亲自救卫。他留子玉、斗越椒、斗勃、宛春等一班将佐和各路诸侯围宋，自统蒍吕臣、斗宜申率中军救卫。楚王熊恽正在路上，已听说晋军围曹，待议救曹之计，又传晋军已破曹，囚执卫、曹二国君。楚王熊恽大惊，晋国用兵何其神速，遂驻军申城③。

楚王熊恽觉得需要重新调整军事布局，不能轻易与晋国交战。他派申公叔侯与齐国交涉，交还谷地，撤回公子雍，先稳住齐国再说。然后遣人往宋国，通知子玉撤兵。他让使者告诫子玉：晋侯在外流浪十九年，年逾六旬而得国，备尝艰险，通达民情，上天赐给他寿命就是让他昌大晋国的，不是楚国所能抵御得了的。不如吾退一步。子玉自恃才高，每战必胜，听说撤兵，愤愤不平。特别是这次出兵，有六国诸侯在场，成得臣更是恃才逞能，对诸侯军说："宋城旦夕望破，奈何撤兵？"于是，子玉让斗越椒回报楚王熊恽说："愿少待破宋，班师奏凯。若遇晋军必决一死战，若不能取胜，甘伏军法。"楚王熊恽见子玉不愿撤兵，召子文商议，他说："孤

① 五鹿：卫国城邑。

② 襄牛：卫国城邑。

③ 申城：楚地，今南阳。

欲召回子玉，而子玉请战，你怎么看？”子文说：“晋救宋是为图霸业，晋国成为霸主，肯定对楚国不利。现在能和晋国抗衡的只有楚国。如果楚国让晋国，晋国就成了霸主。曹国、卫国都是新近才依附楚国的，如果楚国让晋国当霸主，这两个国家都会调转方向依附晋国。楚国能和晋国相持，就可以让这两个国家很坚定地跟着楚国。但是，让子玉不要轻易与晋国交战，能和就和。这样南楚北晋的局面就可以保持。”

于是，楚王熊恽嘱咐斗越椒一定要告诫子玉不要轻易出战。子玉得到消息，非常高兴，日夜攻城。

再说宋公王臣，看晋国围战曹、卫两国，并没有解除宋国的围困，睢阳马上就要攻破，他只好再次备重礼遣使向晋国求救。

晋侯重耳又召集大臣商议，先轸说：“不救宋国确实说不过去，这样吧，让宋国把这些礼物送给秦国、齐国，让他们替宋国向楚国求情。他们如果求情，子玉一定会向晋国提出放了曹、卫两国君。”

狐偃说：“这样楚国一下子就得到了三个国家，吾什么也没得到啊。”

先轸说：“当然不能让楚国一下子得到三个国家了。吾这边一定要让齐国、秦国说不掉这个情。”

狐偃说：“这吾就不明白了。”

先轸说：“吾把曹、卫两国的土地分与宋国、齐国。子玉看宋国分了曹国、卫国的土地，肯定更加恼火，不会同意从宋国撤兵。这样齐国、秦国就说不掉情了。得了人家好处，又说不掉情，这两个国家一定怨恨楚国，他们就会出兵和晋国一起攻打楚国了。另外，遣人到卫国、曹国，私下许诺归复其国。让他们与楚国交绝。接到这两个国家的绝交简函，楚国的子玉，一定会暴跳如雷，同晋国决战。晋、宋、齐、秦联军，对楚、陈、蔡、郑、许如何？”

先轸这一连环计可真够厉害的。正如他说，曹、卫二国君苦于受困，听说要归复其国，果然纷纷按照晋国的意思写信给子玉，表明要断绝关系。齐国、秦国见宋国使者携礼而至，知晓其意，便遣人到楚国军营说情。见楚令尹子玉态度强硬，不肯撤兵，果然回去帅兵救宋。

待齐国、秦国使者离开楚军营，子玉对众宣誓：不收复曹、卫决不回军。誓师还没结束，却接到两国绝交书信。可想而知，如先轸所料，子玉暴跳如雷。他说，“肯定是重耳老贼的威逼，两国才有这样的书信。吾誓与晋军决一死战。”斗越椒说道：“吾王告诫勿与晋军轻战。吾虽然有陈、蔡、郑、许等国相助，但齐、秦两国也会增援晋国。真要开战，吾这边兵力较弱，还需请兵增援。”子玉说道：“还望大夫速速向吾王请兵。”斗越椒火速赶往楚国申地，向楚王熊恽请兵。楚王熊恽原本让子玉撤兵，他不仅不撤，反而请求增兵。所以很生气，说道：“孤戒勿要轻战，子玉不听，偏要强战，能胜吗？”斗越椒说：“回吾王，子玉有言，不得胜，甘伏军法。”楚王熊恽心中不快，只给他西广之兵。楚兵的精英都在东广，看来楚王熊恽确实不想让子玉开战。子玉儿子成大心看到楚王熊恽只给其父西广之兵，恐其父兵弱不胜，又聚集宗人家兵约六百人请战，楚王熊恽许之。于是，子玉帅军风驰电掣之势来到晋军附近扎营。

先轸设好的套子，单等子玉往里钻。子玉自以为聪明过人，却也乖乖地钻进了先轸套子。晋军看楚军已至，君、臣商议，退避三舍，既诱敌深入，又使楚军疲惫，亦算报答楚王厚待。

斗越椒担心楚军战败，劝子玉道：“晋君避臣，吾亦有名，如此撤兵，虽无功亦无罪也。”成得臣不听，以为晋军胆怯，执意直追不舍，以求全胜。

楚军追上了晋军，两军对阵。临阵时，子玉夸口说：“今天一定要晋师不再存在！”子玉将中军，子西将申、息之兵为左军，子上将陈、蔡之兵为右军。晋以中军对抗楚中军，以上军对抗楚左军，以下军对抗楚右军。楚、陈、蔡联军有战车一千二百乘，晋、宋、齐、秦联军有战车一千乘。楚右军陈、蔡兵力比较软弱，他们是作为附庸来帮忙的，以保全自己为目的，顺境下尚能冲锋陷阵，逆境下势必难以坚守顽抗。晋师看准了楚师这一致命弱点，命令晋下军攻击楚右军。晋下军战车的前马披着虎皮，突然出现在楚右军阵前。陈、蔡的战马受惊，顿时车阵混乱，将士们见状，争相逃散。在楚右军溃退之际，晋上军佯作后撤之状。子西指挥楚左军进攻晋上军，不料受到晋上军和中军的夹攻，伤亡惨重，且战且退。子玉自将的楚中军失去左右两翼的依托，恐被晋师包围，只好退出战场。

子玉率残部回楚国，先遣儿子成大心拜见楚王熊恽，试探楚王熊恽的态度。楚王熊恽见了成大心，勃然大怒道：“你父有言在先，‘不胜甘当军令’。今日何言？”大心叩头曰：“臣父自知其罪，便欲自杀，臣实止之，欲使就君之戮，以申国法也。”楚王曰：“楚国之法，兵败者死。诸将速宜自裁，毋污吾斧锧。”

成大心见楚王无怜赦之意，号泣而出。

子玉行近方城时，见儿子成大心悲啼而回，知楚王熊恽无赦免之意，于是说道：“即使楚王赦免，吾怎么向申县和息县的父老交待呢？”

子玉说完，遂拔剑自刎身亡。

楚国征战败将自裁始于屈瑕。屈瑕本楚武王之子，因为伐罗国兵败而自缢身亡。之后文王兵败巴军，鬻拳拒不纳王，也是受屈瑕的影响。晋侯重耳听到子玉自刎的消息，高兴地说："晋国这下就没有什么可担忧的了。"

其实，楚王熊恽闻报子玉自刎身亡时，已经非常后悔了。虽然子玉不听招呼，但是也是为了楚国而战，他身经百战，为楚国立下赫赫战功。子玉是楚国难得一将，失一子玉，他如失一臂膀啊。子玉不听指挥，也看出了若敖氏一族的势力过于强大。所以子玉死后，他任蔿吕臣为令尹，可惜的是，蔿吕臣在强大的若敖氏面前孤弱无力，只干了一年的令尹，令尹一职又落得若敖氏斗勃手中。

城濮之战让楚国遭受到了空前的打击，结束了楚国独霸中原的势态。（如果不是城濮战败，统一中原的一定是楚国，而不是秦国。不过，灭秦的也是楚国后代，这都是后话了。楚和秦都是诸侯眼中的虎狼之国。没有虎狼之性，没有扩张精神，统一是不可能。首先是暴力的统治，才有精神文化的统治。没有暴力，精神文化的浸润是不能彻底改变一个地方的。只有暴力没有精神的统领，是不会长久地发展的。秦亦如此。）自此，晋侯重耳正式登上了中原霸主的舞台，也拉开了晋国、楚国争霸的序幕。

城濮之战败北的消息，传至文王后的縹宫，文王后心里一下子放松了。她一直为这个儿子担心，现在上天已经教训了他，子玉也死了，或许儿子可以善终了。

文王后对子玉没有阻谏成王纳甥，耿耿于怀，她因此怀疑这个人的品行。子玉死后，让她想起了范巫矞似的相辞。也许，这一切都是上天设计好的。

第六十二章　矞似再相冥冥命伤

文王后虽然对子玉有看法，但是子玉自尽，她还是觉得很可惜的。子玉虽然刚愎自用，但是他确实是一位难得的将领，善于谋略，为楚国立了赫赫战功。城濮之战，他违背王意，恃强而战，结果战败。如果不是他败给了晋国，楚国就可以独霸中原了，子玉由此成为楚国的罪人。

城濮之战后，晋国登上了称霸的舞台。也许真是天意，如果熊恽当时除掉重耳，也就没有了后来的晋国称霸。这就是当楚王熊恽自以为高明地厚待重耳，而文王后说他妇人之见的由来。城濮一战，对于楚国来说，就是一死穴。如果子玉不死，楚国还有和晋国争霸的实力。因为，子玉不死，以他的秉性和谋略，日后一定会打败晋国，为楚国复仇的。子玉的才能，晋侯重耳比楚王熊恽清楚，所以他听到子玉的死讯，竟然大宴宾客，说他没有后顾之忧了。

这一切都是天意啊！城濮之战中，楚国参战的三位将军，子玉，子西（斗宜申），斗勃，自己捆着自己，向楚王熊恽请罪。子玉死了后，子西、斗勃也准备自裁。

子西正是矞似所言“三位都不得善终者”之一。这次子西没有丧命，多亏了艻贾。那日艻贾在家，听说子玉兵败，问其父艻吕臣：“闻令尹兵败，真的吗？”其父艻吕臣说：“真的。”艻贾曰：“君王怎么处置他啊？”吕臣曰：“子玉与诸将请死，王听之矣。”艻贾说，“吾说过，子玉刚愎而骄，不可独任。然而，他强毅不屈，如果有智谋之士辅助，可使立功。今虽兵败，他日能报晋仇者，必子玉也。父亲何不谏而留之？”艻吕臣说：“君王怒甚，恐怕谏而不听。”艻贾说：“父亲没听说过范巫矞似的相辞吗？”艻吕臣曰：“没有听说过。矞似怎么说的？”艻贾说：“范巫矞似善相人，主上为公子时，文王后曾请矞似相之，矞似曾言：主上与子玉、子西三人，日后皆不得其死。主上切记其言，即位之日，即赐子玉、子西免死牌各一面，欲使矞似之言不验也。子玉兵败，主上怒中，也许是忘记了。父亲若言及此，主上必留二臣无疑。”

芳吕臣即往见楚王熊恽，奏曰：“子玉罪虽当死，然吾王曾有免死牌在彼，可以赦之。”楚王熊恽惊诧地说道：“难道真如矞似所言？若不是你说，孤几忘之矣！”

楚王熊恽乃遣人急速往见子玉，待王命到时，子玉已经死了半天了。左师将军子西（斗宜申）悬梁自缢，因身躯重大，悬帛断绝，恰好免死命至，留下性命。斗勃原要收殓子玉、子西之尸，方才自尽，故此亦不曾死，单死了个成得臣，难道不是天意吗？

楚王熊恽在子玉死后，对矞似的相辞，半信半疑。不过，子西的命还是保住了。于是，他就封子西为商公。子西被封商地之后，有些忘乎所以，迅速扩大治域，从汉水至长江上游，差不多快到郢都了。于是，郢都传遍了子西谋逆的消息。楚王熊恽听说之后，在渚宫[①]会见了子西。子西非常害怕，说道：“君王免死于臣，封臣于商，现在又有人进谗言，说吾有野心，请廷尉问吾的罪吧。”

楚王熊恽听完，很是怜惜，于是改任他为工尹[②]，一定要保住子西的命。（后来子西因谋逆，死于楚穆王商臣之朝）

楚王熊恽处理完子西的事儿，心情很不好，矞似的相辞一直如阴影时常伴着他。楚国人都很相信巫术和占卜，子玉已经死了，他和子西将来会怎么样呢？

他想册立太子，在诸王子中，看上了王子商臣，想立他为太子。他想起了晋楚之争，想起了子玉，想起了矞似的相辞，就遣人悄悄地把矞似传来，让她为王子商臣看相。

矞似见到楚王熊恽使者，向家人告别，说道：“吾将死于君王。”她家人道：“为何？”她说：“王将死于太子。王怒，必不赦吾。”家人说：“你何必直说呢？”

“不能欺人，何况欺王？”

楚王熊恽在王宫召见矞似，把商臣召去看相。

矞似见到了商臣之后，悲哀地闭上眼睛。她自知在劫难逃，却不得不说实话。

她对楚王熊恽说：“请君王让王子离开吧。”待商臣离开之后，矞似接着说：“商臣是吉祥的。但是，君王不吉祥。鸱枭[③]食母而飞，非子之不吉，而是母鸟的灾难。”

楚王熊恽十分惊恐，怒不可遏，下令杀死了矞似。

消息传至缥宫，文王后想起了她宣矞似相楚王熊恽时矞似说过的话。矞似说，

---

① 渚宫：楚王的行宫，在长江边上。

② 工尹：主管工程的官职。

③ 鸱枭：恶鸟。

自己必死于君王。当时，她以为要死于熊囏，所以她说保她不死。没有想到，裔似的话，竟然在这时应验了。她后悔，没把这些告诉熊恽。也许，这一切都是定数。

楚王熊恽杀了裔似之后，对于太子人选也曾犹豫过。不过，年长的商臣和其他王弟相比颇多心计。他常常把珠玉环佩等小玩意送给楚王熊恽身旁的近臣，以探知宫内的消息。商臣见父王在立太子一事上踌躇未定，唯恐他人获得嗣位，他一边抓紧收买楚王熊恽近臣，请他们美言；一边借进宫问候之机，在楚王熊恽眼前表示得十分殷勤恭顺。楚王熊恽满耳听到的是奖饰商臣的话语，满眼看到的是商臣谦谦有礼，终于下定了决心立商臣为太子。

那天，他把斗勃召至燕寝，征求斗勃对立太子的意见。他对令尹斗勃说："商臣有祖宗遗风，能担大任，又比其他王子年长。孤欲立商臣为太子，爱卿觉得如何？"

商臣的行为，斗勃早已看得清清楚楚，见楚王垂问，便直言不讳地回答："君王正值壮年，何须早立太子？即便要立太子，也不一定要立商臣。楚君嗣位，立少不立长，历代都是如此。君王何必要坏祖上遗训呢？再说，商臣之相，蜂目豺声，脾气残暴，善弄玄虚。现在主公喜欢他，便要立他为太子，以后心里腻烦，若要废他，必生祸乱。请君王三思而行！"

楚王熊恽不听斗勃之言，还是立了商臣为太子，让潘崇做太子太傅。商臣终于如愿，但他知道斗勃曾经阻挠他立为太子，怀恨在心，便进谗言杀斗勃。

楚王熊恽后来才明白斗勃的话是对的。他想废掉商臣，立王子职为太子。王子职是楚王熊恽爱妃郑子瞀的儿子，楚王熊恽就把这个想法告诉了郑子瞀。郑子瞀告诉楚王熊恽，最好不要惊动奸猾之人，如果惊动了他，必为他所害。古人说：和敌人相峙，自己不强大，一定会被敌人所伤。如果君王想废太子，不如先把他杀掉。楚王熊恽不听。

楚王熊恽走后，郑子瞀对侍女说："君王要废太子商臣，立职为太子。吾害怕商臣作乱，请求君王杀掉太子，君王不听，他一定以为吾是进谮馋之言。如果君王能明白废掉太子的后果，吾就不会被怀疑了，与其活着受怀疑，不如以死相谏，使君王醒悟。"于是，郑子瞀就自杀了。楚王熊恽得知郑子瞀自杀，他才知道自己犯了致命的错误。但是，此时他已经无能为力了。

他知道郑子瞀是个大义的女子，不会为了自己的儿子，而加害于太子。可是，商臣是他儿子，没有什么明显的过错，废就废了，怎么还平白无故地杀掉他啊？他于心不忍。这或许就是文王后所说的"妇人之心"吧，楚王熊恽还是狼性不足，以至于后来被太子弑杀。这都是后话，不是本书应该写的。

楚王熊恽厚葬了郑子瞀，为失去她伤痛不已。郑子瞀是他很敬重的夫人。原本郑子瞀是他夫人郑姬的媵妾。她初进宫的那一年，楚王熊恽一时兴起，到后宫的高台上，临视他的后宫佳丽。那些后宫佳丽们，为了得到君王的恩宠，都往台前靠近，仰视着他，露出了灿烂的笑容。唯独郑子瞀直行平视，并不抬头仰望他。楚王熊恽看到之后，非常奇怪，他说："那个直行的人，你抬起头看孤，孤即封你为夫人，你的家人也都会得到封赏的。"郑子瞀仍旧不抬头看他。

楚王熊恽越发好奇，就走下高台，来到她的身旁，问她："夫人的位置很重要啊，你的家人都可以封邑加爵。你只须看孤一下就可以得到，你竟然不抬头，为什么啊？"

郑子瞀说："妾闻妇人保持端庄才是最基本的礼仪。现在，君王在上面，如果妾身抬头仰望，就是失去了最基本的礼仪。君王说过让吾抬头，吾以为，为了遵守礼仪而不能抬头。如果君王许诺夫人之尊，封爵之重，而后妾再抬头，那就说明妾是贪图利益之人。失去礼仪，而贪图利益，妾还怎么能侍奉君王呢？"

楚王熊恽大为感动，当即就封她为夫人。其实，楚王熊恽欲立王子职为太子，也是看重了他母亲的大义。

不想，他还没有立职为太子，郑子瞀就死了。她一定是为了惊醒他才这样做的。楚王熊恽有太多的女人，他唯一敬重的就是郑子瞀了，可是，她竟然为了楚国的未来死了。他知道，她提出杀掉太子，并不是为了自己的儿子。斗勃也曾阻止立商臣为太子，斋似也说过，立商臣对他不好。可是，当时，他却没有觉得商臣有什么不好。他从来都是凭着自己的直觉，也从来没有出现过大错。可是，直到他处死斗勃之后，成大心哭诉实情才知道斗勃是冤枉的，都是商臣进的谗言。他开始有些怀疑商臣。

文王后听说郑子瞀自尽，一股不祥之兆从心而生。斋似的相辞，再一次回响在她的耳边。她觉得熊恽虽然有些失德，但是他还是个非常合格的楚王。他为楚国做出了不朽的贡献。可是，他的结果会怎么样呢？

芈子叔来探望文王后，他新近托一个商贾从陈国带回来一些金针菜[①]，送给文王后。这金针菜又叫忘忧草，是陈始祖母大姬从周地带到陈国的。大姬下嫁妫满，随妫满从镐京至陈建国，由于路途遥远，思乡情切，便带了一株忘忧草。这忘忧草到了陈地，迅速繁植，不仅是观赏的花卉，而且还是美食，兼有止血、消炎、清热、

① 金针菜：又名黄花菜，是现在河南淮阳一代特产。

利湿等药效，成了陈国的特产和宝贝。早些时候，文王后还念叨着这东西。

芈子叔看到文王后疲惫地坐在院子里，他想，她一定是在回忆陈国的往事，是不是在想陈国那金灿灿的金针菜呢？楚国的王室正在暗潮涌动，她觉察到了吗？芈子叔来探望她，就是想把这事儿告诉她。

这些都是由郑子瞀自杀引起的。郑子瞀自杀，文王后一定听到了这个消息。郑子瞀之死，引起王宫的诸多猜测，有人说是她因为失宠而自杀。有人说她为了立儿子为太子被君王拒绝而自杀。还有人说是因为她牵涉到蛊毒之事被赐死。

太子商臣听到消息之后，马上意识到事情的真相。他感到了危机，所以，他要行动了。

那天，商臣急急忙忙地拜见他的老师潘崇，跪地不起，他说："师傅，郑子瞀死了，听说是因为要立她儿子为太子。您认为可能吗？都知道郑子瞀是个忠贞大义的女子，她不会为了让儿子立为太子，以死逼迫君王。一定是君王要废太子这件事引发的，楚国其他的事儿不可能牵扯到她。要么是她死谏不废太子，要么是她以死谏杀太子。师傅，您看这究竟是怎么回事儿？君王真的要废太子吗？请师傅给吾指条生路。"

潘崇作为太子太傅，深得楚王熊恽的信任。他是一个有谋略的人，可是，一面是对他信任的君王，一面是他的弟子太子。他该怎么办呢？如果太子被废，他这个太子太傅还有什么意义呢？如果，保住太子，那就可能会出现谋逆之事啊！

潘崇沉吟半天，他只做自己应该做的，其他的，让天做吧。他说，"如果你想知道真实的情况，那么你就去宴请你的姑姑江芈。江芈和君王的关系最好，她是知道内情的。"

"可是，江芈会告诉吾真实情况吗？"

"江芈当然不会。"

"这……"

"江芈是个性子暴躁的人，如果你故意怠慢她，她会暴跳如雷，把不该说的话，说出来。"

这些情况，是芈子叔的一个心腹侍卫跟芈子叔说的。

芈子叔看到文王后安详悠远的目光，他不知道要不要把这事儿告诉文王后。如果太子商臣知道了真实情况，他会怎么做呢？如果，文王后知道了这事儿，她会怎么做呢？如果君王知道了这件事儿，他又会怎么样呢？

芈子叔犹豫了半天，还是没有把此事情告诉文王后。他把金针菜呈给文王后，文王后看起来很高兴，她说，“多少年了，没有见过这东西。真好！”

芈子叔坐着，听着文王后讲述陈国的一些事情，他也很高兴。很久不见文王后这样高兴了，他也从来没有听她这样唠叨过陈国的故事。也许，她真的老了。

文王后说完，芈子叔就告辞了。

文王后对着芈子叔的背后说：“你还有别的事吧？”

芈子叔转过身来，犹豫了一下，说，“没事儿。”

“不说也罢。”

芈子叔还是把持不住地说：“是，太子太傅，潘崇……”

“不说也罢……一切都是天意。”

“天意……”芈子叔重复了一句文王后的话，转身就走了。

也许真的是天意，如果芈子叔把这一切都告诉了文王后，太子商臣最后还能弑杀他的父王吗？

第六十三章　王后葬瑕徐徐谢幕

芈子叔从缥宫出来之后，很纳闷，文王后为什么不让他说呢？也许她真知道一些情况。可是，她并没有什么表示啊？

自芈子叔拜见之后，文王后就下了一道指令，楚王宫的事务，一律不得奏报。

她已经垂老，该放手了。一起都是上天注定的，上天不容许人胡作非为，人造孽都会有报应的。每天，她只是慵懒地坐在太阳光下，等候死神的降临。

那天，有一个人求见。

侍卫说文王后有令，楚王宫一切事情均不得奏报。来者说，他不是楚王宫的人，他是郑国公子瑕的侍从。他必须要见王后，万望通报。

于是，碧叶领他见文王后。他说：“公子瑕要吾把这个东西交给王后。”

文王后接过那两块翠玉佩，不禁潸然泪下。

两年前，郑公子瑕来求见文王后，拿出了这两块玉佩。文王后听完他的故事，就把他留在楚国。谁知，这公子瑕命短，在回郑国的路上，路过汝地时，竟然翻车身亡。

于是，文王后嘱咐碧叶，通告芈子叔，让他遣人到汝地入殓公子瑕的尸体，待一切准备停当，等她送葬。

公子瑕的侍从跟碧叶去找芈子叔了。

文王后回想起了公子瑕来楚国的情景。

那天，她正在看着沸沸扬扬的大雪飘然而至，这样大的雪好多年都没有过了。她好怀念陈国的大雪啊，那简直是铺天盖地，一瞬间天地全变白了。陈国的雪粗犷，猛烈，有时候还和呼啸的寒风搅在一起，狂风怒号，大雪飞舞，那情景真是惊心动魄，让人感到天地之神威。而楚国的雪总是那样绵软，飘飘洒洒，还没有落定就化了，让人提不起精神。

她早已不弹琴了，“胡姬有仪”已经藏到了楚国的库府。她想把公子完送她的

“人祖之根”泥泥狗送给芈子叔，让他珍藏起来，让他的后人知道根在哪里。楚国人不懂这些东西。所以，她让碧叶去了芈子叔的府邸，把“人祖之根”送去。碧叶走时天还是晴，怎么说变就变了？不一会儿的工夫就下起了大雪，这也太反常了。她不知道会有什么事情发生。不过也无所谓了，发生什么事情都跟她无关了。

没想到，碧叶回来时带来一个快要冻僵的人。碧叶说这人拉着她，一定要见文王后，有重要的事情禀报。

碧叶只好把他带回宫中。

那人说，他是郑国公子瑕。他母亲是妫小荷。

郑伯子仪被弑，公子踺对怀有身孕的妫小荷情有独钟，养在府中。公子踺即位之后，立妫小荷为夫人。妫小荷生下公子瑕之后，又生了公子华和公子藏。因为公子瑕身世不明，郑伯踺便立公子华为太子。郑伯踺后宫媵妾无数，妫小荷的儿子虽然被立为太子，可她年老色衰，备受冷落，而后忧郁而卒。妫小荷临终之前，把公子瑕叫到跟前，把两块玉佩交与他。告诉他，这两块玉佩是他父亲郑伯子仪的遗物，一块是夫人宓子夫临终之前交给她的，另一块是她在陈国时公子桃花送给她的，陈国的公子桃花，就是如今的楚王母后。郑国人都知道郑伯子仪在他的封邑得到了一块玉石，做成两块玉佩，一块玉璧。如今那块玉璧已经打碎了，而这两块玉佩，一定要珍藏好，到了关键时刻或许能救公子瑕性命。妫小荷病卒后不久，郑伯踺便立了文芈为夫人。文芈虽然生了两位女公子，但是太子华还是很担心自己的太子之位，因为父亲的儿子众多，而父亲的性格又十分多疑，也许废立就在一念之间。

时，周王庶子泄驾仕在郑国，为郑国大夫。泄驾因为公子瑕的身世，十分嫌弃他，经常在郑伯踺跟前说公子瑕的坏话。郑伯踺本来对公子瑕有些厌恶，加上泄驾时常聒噪，对他更加不放心。

郑太子华被派往齐国参加会盟，不料到了齐国，却想到联合齐国除去“三良”，窃取君位。他的计谋被管仲识破，并故意把消息透给郑国随从人员。那随从回到郑国，便把此信上奏郑伯踺。郑伯踺暴怒，一气之下杀了太子华，驱除诸公子。公子瑕自然在驱除之列。

公子瑕被驱除，出了郑国城门，一时不知道身往何处？陈国肯定去不了，宓氏一族全部被诛杀了。宋国和郑国是世仇，以他的身世，肯定也不会收留他。蔡，小国。齐、鲁两国也都不会收留他。公子瑕仰天长叹，欲以自裁了断。举剑之时，突然想起母亲临终前给他的玉佩，于是便直奔楚国而去。

公子瑕拿出那两块玉佩，文王后看到之后，知道他确实是郑伯子仪的儿子。这两块玉佩，本是郑伯子仪赠与她和琥儿姊的。琥儿姊的那块给了宓夫子，她的那块给了小荷。所以，这一对玉佩才与郑伯的玉璧在郑国相遇。没想到，时隔几十年，这对玉佩竟然来到楚国。天意啊。她得知郑伯子仪遇害之后，心情久久不能平静，觉得亏欠他。现在，他的儿子竟然流落到了楚国，她收留了他，也算是对子仪哥哥的一点补偿吧。

文王后唏嘘之余，便把公子瑕托付给芈子叔，芈子叔把他用在身边。两年以后，郑伯踕薨殁，公子兰继位。

由于晋国的崛起，中原的形势发生了变化，郑国、陈国、蔡国都有依附晋国的倾向。楚国便出兵征伐陈国、蔡国。陈国、蔡国又向楚国请成，表示彻底归附楚国。楚国归服陈、蔡之后，继续北上讨伐郑国，这时郑伯踕已经死了，郑伯兰在晋国的扶助下即位。

楚国的大军挺进了郑国，因为文王后有过交代，芈子叔便上奏楚王熊恽，送公子瑕回国。

公子瑕回国之前，来跟文王后告别。他说，祖母一直叮咛他不让他再回郑国了，可现在郑伯踕已经不在，郑伯兰即位了，他还是想回郑国，结束漂泊之旅。

没有想到，公子瑕的车子，到了汝地时竟然翻了，他被压在车子下面。他觉得祖母说得对，他自己不应该回郑，所以才在汝地翻车。他让侍从速回郢都，禀告文王后，他可能回不到郑国了，让文王后找一个地方把他给葬了。

芈子叔把公子瑕的尸体入殓，一切都是按照公子的规制安葬。

文王后在碧叶回来之后，就开始准备她的礼服。她带上楚文王留下的那块玉佩，穿上祭祀时的礼服，等待芈子叔的消息。辎軿（带帷幔的车子）已经等候在纁宫门前，待芈子叔的消息一到，即刻往汝地出发。她要送一送公子瑕，送一送……这才算真正地还了郑伯子仪的人情。

文王后来到了汝地，公子瑕的棺椁已经放好了。

芈子叔回报文王后，只等文王后吩咐下葬。这时，文王后问芈子叔，“息侯的墓地在哪儿？”

芈子叔当然知道，因为是他亲自下葬的息侯，他觉得自己愧对息侯，如果不是他追赶太急，也许他们会逃脱。是他快马加鞭地跑啊，跑啊，才那么快赶上了他们。他只想截回文王后，那是他唯一的亲人啊。没想到，竟然有一条山涧挡住了他们的去路。当他看到他们纵身一跳的那一刻，他的心都惊破了。他为他们的忠贞所感动，为他们的勇气所震撼，更为息侯不幸遇难而心疼。息侯，这个被灭国的国君，最后竟然落得这样的下场。所以，楚王熊恽下令要厚葬息侯时，他心里多少有些安慰。

文王后从来都不曾过问息侯的下落，这时候怎么突然就问起了息侯？芈子叔心里升起了不详的征兆。

芈子叔带着文王后找到了息侯的墓地。文王后说，“就在它的右边挖吧，公子瑕就埋在这里。”

芈子叔挖好了墓穴，文王后把那两块翠玉佩一起扔在那里。她说：“息侯没有后代，就让公子瑕陪他吧。”

葬完公子瑕，文王后拿出楚文王的那块玉佩，对芈子叔说：“这块玉佩与息侯的那块本是一体，现在终于合二为一了。芈子叔，你现在是吾最亲近的人了，记住吾的话，吾死后，就葬在息侯的旁边。记住了，芈子叔，这是吾对你唯一的要求！”

芈子叔心中一阵臃堵，眼中热辣，不禁喊了一声：“王后！”

这时，只见一道红光从文王后头顶升起，直达云霄，文王后溘然而逝！

跋

我与《公子桃花》

2015年2月2日夜里，我敲完最后一个句号，看看表已经是2015年2月3日凌晨2时。之后，我关上电脑，几乎瘫倒在床上。躺在床上，我却无法入睡，进入一个癫狂的状态。

那个句号，是历史长篇小说《公子桃花》一稿结束标点。写过几个长篇，也写过不少的中篇、短篇，但是从来没有过这样的状态。敲完那个句号的第二天一早，我对镜整容，眼圈乌青，面目憔悴，但仍然亢奋不已，有点范进中举的感觉。

我强迫自己坐下来，泡了一壶茶。然后手捧着杯子，问我自己：你这是怎么了？一部小说，至于这样吗？我为自己辩护：不是，不是，我……我……

我，从头说起。其实，我本不打算写历史小说，也从来没有写过。表面说，写历史小说不过是重塑历史，不能算是真正地创作。其实，是自己没有功底，怕写不好。说到底，是吃力不讨好的事儿。写《公子桃花》是一次偶然的饭局促成的，2012年初，几个文友聚会，大家聊兴很高，文友聚会从来没有正题，都是云天雾地地瞎扯。那天，不知道怎么就扯到“息夫人”，说是春秋时期跟陈国有关的一个凄美的爱情故事。有人说已经有作者写了《息夫人》，据说是一位信阳人写的，其实，这个人物应该由淮阳人写。我想，不就是一个历史人物吗？写一写又有什么关系，好像淮阳没写手似的。于是，便逞能地说道：我写，实在不行就写一个三五万字的中篇，不过是几天的功夫而已。我现在才明白，说大话真是要付出代价的。既然吹出去了，只能动手写了，我开始上网查一些资料，过了一段时间，该查的资料也查了，整个故事也有了轮廓，以为这样就可以了，于是，满怀激情开机写作。

我打开电脑，写了一个标题，又写第一章的小标题，可是，接下来，脑子里一片空白，突然我觉得不知道该怎么写？我好像不会写作了。这状况让我非常恐慌，后悔说了大话。我这人一根筋，说出的话，无论如何也不能就这样算了。于是，我关掉电脑，开始做功课，从《春秋·左传》开始，然后《史记》《春秋史》《礼记》《周礼》《仪礼》《春秋教育史》《陈国史》《楚国史》《东周列国志》《诗经》《国语》《一本书读懂春秋》《春秋繁露》等等，凡是有关春秋时期的书籍，都不放过，而且，我除了读书做笔记以外，还在网上查阅大量的资料，正像一个朋友说的，恶补那一段的历史。这一补，就是三年，三年的时间，我放下了所有的创作，一心研读春秋时期那一段的历史文化。渐渐地，我有了感觉，有了收获，我觉得那一段历史太有意思了，看懂了春秋，才知道中华文明的渊源在哪儿。

做完功课，我于 2014 年 11 月份开始动笔，时常我会焚香静坐，进入一种穿越的状态，然后开始敲打键盘，不到三个月，我完成了一稿。我从来没有进入过这样的写作状态，除了单位正常工作之外，基本是一种半封闭的状态，节假日我可以连续几天不出家门一步，除了吃饭、睡觉、上洗手间，没有离开过电脑。我过着“与世隔绝”的生活，穿越到春秋时期，纵横捭阖、酣畅淋漓地摆布着那些国君、国王、卿、大夫，描述着那些波澜壮阔的历史画面，讲诉那些历史故事，我进入了一种癫狂的状态。真的，我不知道作品出来之后，会不会像我想象的那样好？那样让读者喜欢？但是，我，真的自己过足了瘾。

这是一个怎样的人物，让我如此癫狂？

她，公子桃花，是春秋早期一个最具有传奇色彩，最尊贵，最美丽，最大义，最完美，最智慧的一个女子。说她传奇，她曾经去过四个诸侯国，留下了很多为后人传诵的故事。说她尊贵，她有四个最显赫的身份，陈国公子、息国夫人、楚文王后、楚成母后。说她美丽，她曾被冠以“桃花夫人”的美称，艳若桃花，从她而来。她是中国历史上第一位以一个国君夫人的身份，被掳到另个一国家封为王后的女人。说她大义，为了息国人民，她甘愿跟随伐息、灭息的楚文王。她为了蔡国，向“三年不语”的楚文王说情。临终时，她又大义埋葬了郑公子瑕，倒在息候的墓前。说她最完美，历经了两千多年，无论是在朝在野，无论是文人、史家，她是没有任何异见的女子。说她智慧，楚国文王死后，面对危机四伏动荡不安的楚王室，面对觊觎她美貌的令尹子元，她以超人的智慧，辅助儿子熊恽继位并稳定了楚国局势。

我为这样一个女子痴迷，我想让更多的人了解她，了解她的时代，了解她的故事，了解她传奇的人生。她，是中国历史上第一奇女子。

她为什么会成为历史上第一位奇女子，我想，是她成长、生活的时代背景所决定的。那么，她所生长、生活的时代又是什么样子的呢？那是在中华历史上，最为特殊的一个时期——春秋早期，春秋早期（东周早期），社会文化从神本向人本转化。社会形态从奴隶社会向封建社会转型。纷乱中的规制，规制中的纷乱，颠覆、弑杀、征伐、战乱，整个社会动荡不安，纷繁复杂，幻化莫测。这样的社会，就会有故事，会有传奇，会有文化的繁荣。在那个时期，中华文化文明的起源、变迁、传承，都可以看到。这就是公子桃花成长、生活的社会背景，一个美丽绝伦的女子，在这样的社会中，会有怎样的故事呢？非常好看的故事，真的……

所以，完成《公子桃花》之后，我特别亢奋，我知道我离真正地了解那段历史，还差得很远，但是作为一个写作者，用三年的时间坐下来研读那段历史，那个人物，然后把她写出来，是多么愉悦的事情，这种愉悦是无法按捺的。

我特别希望大家能在阅读《公子桃花》时，想象她的成长，她的美丽、她的才情、她的丰富、她的故事，还原一个历史真实的她……

当然，像所有写作者一样，一本历史小说创作，需要很多老师、同仁的帮助指导和各方面的支持。感谢河南省委宣传部把本部作品作为“中原人文精神系列工程——文艺精品工程”重点项目。感谢周口市文化局把本部作品列入周口文化系列丛书的文学卷。感谢著名军旅作家朱秀海老师，欣然为本书作序。感谢《陈国史》作者张进贤老师，提供了大量的陈国史料，还为本书完成了一次校对。感谢河南大学的李玉洁教授，为本书完成了一次史料校对。感谢长江大学徐文武教授，为本书提出史料疑问并校正。感谢长江大学的管兴平教授寄来《楚国史》。感谢湖北省黄陂县的黎世炎先生奉献了自己写的桃花夫人的文章。感谢荆州电视台的王跃先生、荆州作协的黄大荣先生、周万年先生、息县的徐泽林先生为本书史料实地考察时提供的帮助。感谢淮阳老画家范景恩先生，为我创作了公子桃花的肖像。感谢淮阳县委、人大、政府、政协的领导，在本书的创作中给了我很多鼓励和支持。感谢淮阳同仁散文作家董素芝女士，陪我考察了很多地方。感谢所有给予此书支持、关注，为此书付出辛苦的同仁、老师。

图书在版编目（CIP）数据

公子桃花 / 柳岸 著. -- 北京：作家出版社，2016. 6
（2018. 5 重印）
ISBN 978-7-5063-9001-9

Ⅰ. ①公… Ⅱ. ①柳… Ⅲ. ①长篇小说 - 中国 - 当代
Ⅳ. ①I247.5

中国版本图书馆CIP数据核字（2016）第155032号

公子桃花

作　　者：柳　岸
责任编辑：宋辰辰
装帧设计：曹全弘
出版发行：作家出版社
社　　址：北京农展馆南里10号　　**邮　　编：**100125
电话传真：86-10-65930756（出版发行部）
86-10-65004079（总编室）
86-10-65015116（邮购部）
E-mail:zuojia@zuojia.net.cn
http://www.haozuojia.com（作家在线）
印　　刷：三河市紫恒印装有限公司
成品尺寸：170×240
字　　数：453千
印　　张：26.25
版　　次：2016年7月第1版
印　　次：2018年5月第3次印刷
ISBN 978-7-5063-9001-9
定　　价：49.00元